Inhaltsverzeichnis:

Ein G. Voigt Roman

Band 1 - Die Rückkehr der Ahnen

Die Folgen des vom Menschen verursachten Treibhauseffektes sind katastrophal und schlagen in einen ewigen Winter um...
Die menschliche "Elite" - ein Team Wissenschaftler - erlebt in der Stadt Noah-City den Untergang der Welt.
Voller Grauen müssen sie mit ansehen, wie die Natur erbarmungslos die auslöscht, die sich ihr gegenüber roh und genauso erbarmungslos zeigten. Ihre einzige Chance, das Inferno zu überstehen - ein Kälteschlaf, der Jahrhunderte überdauert.
Hat der Mensch der neuen Zeit aus den Fehlern seiner Vorfahren gelernt?
Bobak, Häuptling der Sonnenanbeter und sein Gefährte Goli, der Säbelzahntiger, werden die treuen Wegbegleiter in eine ungewisse Zukunft, in eine Welt voller Abenteuer...

Erschienen beim BoD Verlag, Juni 2016 - als E-Book und Print-Ausgabe!

ISBN: 9783837011975

Impressum:

Bibliographische Information der Deutschen Nationalbibliothek:
Die Deutsche Nationalbibliothek verzeichnet diese Publikation in der
Deutschen Nationalbibliographie, detaillierte bibliographische Daten sind im
Internet über
http://dnb.dnb.de   abrufbar.

Herstellung & Verlag
BoD - Books on Demand, Norderstedt
Cover Gestaltung: selected by freepik
© 2016 by A. & J. Voigt
ISBN: 9783741256332

Geheimnisvolle Wesen

Glutrot hing die Sonne wie ein gewaltiger Feuerball unheilverkündend am
Himmel und beleuchtete das grausige Szenarium. „Das ist bereits der dritte
Angriff binnen weniger Tage. Diese verdammten Biester werden immer
dreister, wir müssen sie töten! Koste es, was es wolle! Vorher werden wir keine
Ruhe mehr finden." Bobak, der Häuptling der Pikos, der Sonnenanbeter, kniete
neben der blutverschmierten Stelle nieder und untersuchte eingehend die
unzähligen Spuren. Jeni, ein junger Krieger der Sonnengarde, wog bedenklich
den Kopf. „Der Saurier ist mindestens vier Meter hoch. Ihn zu erlegen wird
nicht einfach werden", gab er zur Antwort und ließ seinen sorgenvollen Blick
über die Büsche gleiten. Bobak nickte wortlos.
„Er ist mit der aufgehenden Sonne gekommen - dort hinter dem Strauch hat
der Saurier auf ihn gelauert. Er hatte keine Chance!" kommentierte Jeni die
Ergebnisse seiner Beobachtungen. Ein kurzes Blinken, etliche Meter vor ihm,
ließ ihn stocken. Misstrauisch näherte er sich der Stelle.
„Häuptling, komm her und siehe Dir dieses eigentümliche Ding an!"
Bobak sammelte seine Waffen auf, mit wenigen Sprüngen war er bei dem
Krieger. Vor ihnen lag eine flache, V-förmige Klinge. Bobak hob sie auf und
wog sie in den Händen. „Ziemlich schwer, liegt aber gut in der Hand." An der
Außenkante lief eine scharfe, stählerne Schneide entlang. Die beiden äußeren
Enden schienen genau für die Faust eines Mannes gearbeitet. Jeni nahm ihm
staunend das Gerät ab. „Was ist das - wo kommt es her?" fragte er und prüfte
selber noch vorsichtig die Klinge der Schneide. „Stimmt, verdammt scharf das
Ding." Bobak kratzte sich nachdenklich am Kinn und kniff die Augen
zusammen. „Oben in Noah-City habe ich etwas Ähnliches gesehen. Unsere
Freunde aus der Alt-Vorzeit nennen dieses Ding Bumerang. Er ist in den
Händen eines erfahrenen Kämpfers eine gefährliche und tödliche Waffe. Damit
dürfte klar sein, mein junger Freund - wer hier gestorben ist, war kein
Angehöriger unseres Stammes. Ich hoffe nur nicht, dass es einen von
Dr. Harpers Leuten getroffen hat…?"

Er schob sich die Waffe in den Gürtel, ein letztes Umherschauen, dann brachen beide Männer auf und folgten der deutlich sichtbaren Spur des Sauriers. Stunden vergingen, ohne dass sie das Tier auch nur aus der Ferne zu Gesicht bekamen. Schließlich näherten sie sich einer kleineren Felsformation. „Da drüben ist er!" flüsterte der Häuptling. Nacheinander erklommen sie einen Hügel. In der Schlucht vor ihnen rumorte es, wenig später entdeckten die Jäger das Untier. „Großer Gott, dem möchte ich nicht einmal im Dunkeln begegnen!" raunte Jeni vor sich hin und tastete erschrocken nach seinem Bogen. „Schweig still, wenn er uns hört, sind wir tot", wies Bobak ihn vorwurfsvoll zurecht und lugte erneut aus ihrem Versteck hervor. Welcher Art der Saurier war, vermochte er auf Anhieb nicht zu sagen. Das Ungetüm stampfte auf seinen kräftigen Hinterläufen umher und zerstückelte mit den riesigen Zähnen einen offenbar seit längerer Zeit hier liegenden Kadaver eines Bisons oder Büffels. Genaueres konnte er aus dieser Entfernung nicht erkennen. Zufrieden grunzte und schmatzte der Saurier vor sich hin. Behutsam zogen sich die Männer zurück.

„Hast Du das Horn auf der Nase und diesen stachligen Kamm längs des Rückens bemerkt? Ich verwette meinen Kopf, dass wir es mit einem Carnosaurier, einem sogenannten Ceratosaurus zu tun haben."

Jeni sah den Häuptling fragend an. Dieser winkte lächelnd ab und drohte ihm scherzhaft mit dem Finger. „Ihr jungen Burschen solltet etwas mehr aufpassen und die Gelegenheit, in Noah-City ausgebildet zu werden, besser zu schätzen wissen." Bevor Jeni seinen Protest zum Ausdruck bringen konnte, lief Bobak los und zog unbeirrt und wortkarg seine Bahn. Es dämmerte bereits, als sie endlich das weit sichtbare Wachfeuer von Kilbaat aufleuchten sahen.

„Der Häuptling kehrt heim!"

Der Ruf der Wache auf der Mauer der Siedlung wurde freudig aufgenommen und weitergetragen. Die Angehörigen des Stammes der Pikos liebten und achteten ihr Oberhaupt. Bobak war froh, endlich wieder zu Hause zu sein. „Ich bin richtig müde und kaputt. Ich werde gleich schlafen gehen - morgen in aller frühe geht es weiter…", erklärte er Jeni, als sie durch das Tor schritten.

Einige Kinder umringten sie, aufgeregt plapperten sie durcheinander.

„Ihr müsstet doch schon lange im Bett sein - jetzt aber ganz schnell nach Hause!" Bobak schnappte sich einen kleinen Kerl und ließ ihn hoch durch die Luft wirbeln. Jauchzend schrie der Knabe auf. „Ich auch...! Ich auch!" jubelte die Menge, aber der Häuptling setzte einen strengen Blick auf. „Was habe ich gerade gesagt?" Ohne Murren verabschiedeten sich die Kinder und eilten zu ihren Häusern. Ein wehmütiger Blick folgte ihnen. „Vielleicht hätten Sina und ich inzwischen auch so einen strammen Burschen...?" Er scheuchte die trüben Gedanken weg.

Vor seiner Blockhütte erwartete Ninos die Ankömmlinge. Seit dem Tod seiner Tochter Sina in der Grauen Stadt vor einigen Jahren fühlte sich Ninos für den Häuptling verantwortlich und versuchte ihm, die Vaterstelle so gut es ging zu ersetzen.

„Nun mein Sohn, ich wünsche Dir Gesundheit und Kraft und hoffe, dass Du erfolgreich warst?" „Leider waren wir das", entgegnete Bobak und grüßte den Alten ehrfürchtig. Während des kurzen Berichtes des Häuptlings zog Ninos die Stirn kraus. „Du hast Recht - seit den letzten Sonnenwenden wird es nicht mehr richtig kalt. Das ist sicherlich ein Grund, weshalb sich die Saurier in unseren Gebieten immer mehr ausbreiten - sie werden langsam zu einer Plage und Bedrohung!" entgegnete der Alte. Wie zur Bekräftigung hallte ein dumpfes Röhren durch die Nacht und ließ die Bewohner von Kilbaat sorgenvoll aufblicken. „Rede mit dem Administrator - vielleicht hat er einen brauchbaren Rat für uns. Ich habe schon darüber nachgedacht, ob wir sein Angebot annehmen und einige unserer Krieger mit ihren modernen Gewehren ausrüsten sollten?" „Ja das wäre eine Alternative", bestätigte der Häuptling nachdenklich. „Hier, das haben wir heute da draußen gefunden." Bobak hielt ihm stumm die fremde Waffe hin. Ninos hob den Bumerang in Augenhöhe. „Diese Art der Waffen kenne ich oder besser ausgedrückt; habe ich schon einmal gesehen", fuhr er fort. „Es ist bereits viele Sonnenwenden her, Dein Vater Miriam hatte gerade die Zeremonie des Häuptlings hinter sich, als eine Handvoll Fremder hier auftauchte. Ihre Haut war dunkler als unsere, sie trugen allesamt langes, schwarzes Haar. Ich habe damals mit eigenen Augen gesehen, wie einer der Fremden mit solch einem Ding einem Hirsch im vollen Lauf fast vollständig den Kopf abtrennte. Eine starke Waffe - es ist in der Tat

so!" Vorsichtig legte er den Bumerang auf dem Tisch ab. „Ich werde mit dem
Administrator reden - doch sag mir noch, wie sich der Stamm nennt und woher
die Fremden kamen?" bat Bobak schließlich und schöpfte eine Kelle Wasser
aus dem Eimer neben der Tür. Während er trank, bemerkte er das
eigentümliche Zucken in Ninos Gesicht. Er wollte ihn schon fragen, ob etwas
mit ihm nicht in Ordnung ist - da hob Ninos abwehrend die Arme. Der Alte
brummelte einige unverständliche Worte vor sich hin, dann zuckte er hilflos mit
den Achseln. „Ich habe es vergessen..." stammelte er sichtlich verwirrt,
verabschiedete sich dann recht hastig und zog sich in seine Hütte zurück.
Geistesabwesend strich Bobak über die Schneidefläche des Bumerangs.
„Der Alte wird wohl verrückt…?"
„Darf ich jetzt gehen?" unterbrach Jeni die Gedankengänge des Häuptlings.
„Wir sehen uns morgen früh - kontrolliere noch einmal die Wachen und dann
geh schlafen. Der Rat wird entscheiden, was geschehen soll? Also, bis dann!
Ach ja - sag den Frauen, sie möchten die Steine für die Sauna erhitzen. Ich
muss meinen Körper entspannen - brauche etwas Zeit zum Nachdenken. Nun
geh!" Bobak sah dem jungen Krieger nach, bis er zwischen den Häusern
verschwand. Seufzend und mit schweren Schritten näherte er sich dann
seinem Heim. In dem einzigen Raum brannte das Feuer im offenen Kamin und
verbreitete angenehme Wärme. Auf dem Tisch stand ein Krug mit frischem
Quellwasser, daneben eine tönerne Schale voller Früchte und Beeren. Am
Kopfende seiner Schlafstätte blinkte die Kontrollleuchte des Funkgerätes,
seine Direktverbindung zu Noah-City, der unterirdischen Stadt der Fremden
aus der Alt -Vorzeit. Bobak hängte seine Armbrust an ihren Platz neben dem
Eingang, dann setzte er sich kurz entschlossen an den Sender. „Noah-City,
bitte melden! Hier Bobak, Häuptling der Pikos. Ich möchte bitte Dr. Harper
sprechen!"

„Es tut mir leid, Mister Harper, Sir. Wir haben die Ursache des Stromausfalles
bereits lokalisiert - aber die Reparatur wird länger als geplant dauern.
Ich schätze, gegen morgen Mittag werden wir die Leitung wieder unter
Spannung nehmen können." Michael Fox beendete vorschriftsmäßig seinen
Bericht an den Administrator. „Okay - Sie wissen schon, dass wir unter

Zeitdruck stehen? Wir wollten eigentlich heute vor dem Dunkelwerden die neue Gießerei und Schmiede in Betrieb nehmen, Na ja, was soll's! Es hat nicht sein gesollt. Ich erwarte im Laufe des Tages Ihre endgültige Meldung!"
Die Stimme von Dr. Harper klang verärgert, doch Michael nahm es ihm nicht weiter übel. „Michael - das Gebiet ist nicht ungefährlich! Seien Sie also besonders vorsichtig!" hörte er ihn noch brummen, dann brach das Gespräch ab. Die fünf Männer des Reparaturtrupps saßen auf einem Plateau in luftiger Höhe im Halbkreis. „Ihr habt gehört, was der Chef gesagt hat. Versuchen wir unser Glück. Können wir wirklich im Moment nichts tun?" Jo und Ben, die beiden Elektriker der Truppe, schüttelten zugleich energisch den Kopf. „Lebensmüde sind wir noch nicht - schon der Aufstieg hierher war eine Tourtour. Und das, obwohl es hell war. Jetzt bricht die Dämmerung herein. Ich habe jedenfalls nicht die Absicht, mir das Genick zu brechen. Lasst uns lieber das Lager für die Nacht vorbereiten - morgen in aller Frühe fangen wir an, das Kabel zu flicken, alles klar?" wehrte Jo jede weitere Debatte ab. Die Einwände der Jungs waren berechtigt. „Okay, wir warten bis morgen und gehen heute mit den Hühnern schlafen!" entschied Michael und suchte sich eine geschützte Stelle für die Nacht. Während er unweit des Kabels seinen Schlafsack ausrollte, betrachtete er noch einmal eingehend die merkwürdige Bruchstelle. Das Kabelgeflecht war auf mehrere Handbreit aufgerissen, die Isolierung lag in kleinen Stücken fast auf dem gesamten Felsvorsprung verstreut. „Wie ein Steinschlag sieht die Sache nicht gerade aus - scheint eher, als hat irgendein Biest seine Beißwut an dem Starkstromkabel ausgelassen...?"
Er kratzte sich ratlos am Kopf. „Tja das wird morgen ein langer Tag, das ist ja wohl schon mal sicher." Er warf einen kurzen Blick hinab ins Tal.
Von hier oben wirkten die wenigen, gerade noch sichtbaren Bauten der neuen Stadt, New-Noah-City, wie eine Spielzeugburg. Das Kabel - die wichtigste Lebensader der neuen Heimstätte der Menschen aus der Alt -Vorzeit - wie sie von den Pikos genannt wurden, verband New-Noah-City mit dem Reaktor in ihrem alten Fluchtwinkel, dem unterirdischen Bunker im Fels, Noah-City. Vor zwei Jahren hatte die Mehrheit der Wissenschaftler beschlossen, die Festung in den Bergen zu verlassen und ein neues Leben unter freiem Himmel zu beginnen. „Hat jemand Appetit auf Dörrfleisch und Wasser - nein? Niemand?"

Michael zog sich einen Streifen in der Sonne getrockneten Fleisches aus dem
Packen und schob ihn genussvoll in den Mund.
Er lächelte insgeheim, kannte er doch die Abneigung der Männer gegen dieses
„Indianerzeug". Sicher, für einen Feinschmecker war es nicht gerade optimal,
doch es sättigte hervorragend und verdarb nicht so schnell in der Wärme.
Ermüdet vom schwierigen Aufstieg schliefen die Männer schnell ein...

Vor ihm, auf dem grob gehobelten Holztisch, türmten sich Berge von Skizzen,
Zeichnungen und Plänen. Dr. Jim Harper, einstimmig gewähltes Oberhaupt
und Administrator der alten und neuen Stadt, saß grübelnd in seinem geliebten
Sessel - das einzige, fast prunkvoll zu nennende Stück in diesem sonst
schlicht wirkenden Raum. Er rieb sich die brennenden Augen und gähnte
herzhaft. Obgleich er müde und kaputt war, wollte er noch nicht vorzeitig
aufhören. „Ich glaube, ich sollte mir langsam eine Brille verschreiben lassen.
Werde mal mit dem Doc reden, was er noch für Reserven liegen hat?" In
Gedanken flogen die letzten Wochen und Monate noch einmal vorbei. „Es war
damals die einzig richtige Entscheidung, das hier in Angriff zu nehmen!"
murmelte er sich in den Bart und rollte eine Karte ordentlich zusammen. Die
Zeit der großen Katastrophe lag nun soweit zurück, doch ihre unmittelbaren
Auswirkungen auf ihr jetziges Leben waren unverkennbar. Um der drohenden
Lethargie des jahrelangen Aufenthaltes in der unterirdischen Stadt Noah-City's
zu entrinnen, wagten die mehr als tausend Bewohner der menschlichen
Festung den entscheidenden Schritt - sie wollten den Grundstein für eine neue
Zivilisation auf Mutter Erde legen. „Ein nicht allzu leichtes Unterfangen, wie
sich ja in den letzten Jahren herausstellte. Aber wie auch immer - der Aufwand
hat sich auf jeden Fall gelohnt! Und mit jedem Tag schaffen wir ein Stückchen
mehr...?"Jim streckte sich und stand auf. Noch immer in Gedanken vertieft, lief
er unruhig hin und her. Der ursprüngliche Plan des Stabes, gemeinsam mit
dem Volk der Pikos eine neue Siedlung am Fuße der Rocky Mountains zu
errichten, scheiterte am Wunsch der Sonnenanbeter, weiter in Kilbaat leben zu
wollen. „Ihr wolltet Euch damit Eure eigene Identität erhalten. Heute weiß ich,
dass diese Entscheidung klug und weise ist. Zu groß sind die Unterschiede in
der Lebensführung - so bleibt uns trotz zunehmender Probleme zumindest das

Gefühl der Freundschaft und Selbstachtung erhalten." Nachdenklich glitten seine Hände über den Lageplan der Siedlung an der Wand. New-Noah-City - die Stadt der neuen Hoffnung - stand nun unmittelbar vor ihrer Vollendung. „Ich staune immer wieder, was unsere Hände in so relativ kurzer Zeit zu schaffen vermögen. Eine echt starke Leistung!" sinnierte er weiter. Sie hatten bewusst dem pompösen Luxus ihrer alten Festung entsagt, ihr Leben bescheiden, den Umständen entsprechend, eingerichtet. Die meisten von ihnen fühlten sich glücklicher und zufrieden. Ähnlich dem Kastell einer alten, vorgeschichtlichen, römischen Siedlung wurde zuerst eine meterhohe Umfriedung aus Felssteinen nebst Wallgraben geschaffen. „Eine Vorsichtsmaßnahme, die sich bereits mehrfach bewährte. Da hatten die alten Römer ein paar sehr gute Ideen und Vorschläge..." Die Umrisse der Wälle waren rot eingezeichnet. Im Innern wurden vorwiegend flache Häuser aus massiven Baumstämmen und Fels errichtet, Straßenzüge mit richtigen Wegen und Abwasserkanälen sind inzwischen entstanden. „Ja der Vergleich mit einer alten Goldgräberstadt trifft durchaus auch den Kern der Sache. Nur mit dem Gold hapert es ein wenig...?" Er lächelte still vor sich hin und betrachtete sorgfältig die grün skizzierten Flächen. In der Umgebung gab es Äcker und Weiden, die ersten Obstgärten wurden angelegt. Herden von wilden Schafen, Ziegen, Schweinen und Pferden wurden wieder domestiziert. „Das sind die wichtigsten Neuerungen für unser tägliches Auskommen. Unser Weg zurück zur Landwirtschaft. Brot und Fleisch statt Chemiebomben...! Es geht zwar langsam und beschwerlich vorwärts, aber das Leben normalisiert sich!" Der Administrator kehrte zum Sessel zurück und setzte sich wieder. Lässig legte er die Beine auf den Schreibtisch ab und verschränkte die Hände hinter dem Kopf. So grübelte er weiter.

Es verlief nicht alles so, wie sie es geplant und bedacht hatten? Die begonnene Allianz mit den Nachbarvölkern bröckelte. Trotz mehrfacher Versuche Dr. Harpers, die Ursachen dafür zu ergründen, scheiterten diese an der zunehmenden Abwehrhaltung ihrer Oberhäupter. „Ich kann diese Leute nicht verstehen. Möchte zu gerne wissen was in ihren Köpfen vorgeht...?" brummelte Jim. Es klopfte zaghaft an der Tür. Dr. Linda Ferrow trat herein. „Du musst endlich etwas essen, Jim! Ich habe Dir Dein Abendessen zubereitet. Ich gehe erst wieder, wenn der Teller leer ist. Vorher wirst Du mich nicht los!"

Linda setzte sich demonstrativ auf einen Hocker, schob dem Administrator den dampfenden Teller vor die Nase und starrte ihn grimmig an. Verdutzt schaute Dr. Harper auf die Frau, dann auf das Essen. Ein spitzbübisches Grinsen überzog sein Gesicht. „Okay, dann wirst Du wohl oder übel die Nacht hier verbringen müssen. Ich habe wirklich keinen großen Hunger..."
„Papperlapapp - von wegen! Jetzt wird gegessen. Manchmal stellst Du Dich wie ein Trotzkopf an. Solltest froh sein, dass die anderen...!"
Lindas Argumentation wurde durch mehrere Schüsse und laute Rufe unterbrochen. „Verdammt noch mal, was ist da los?" schnaubte Dr. Harper und stürzte sofort zur Tür hinaus. Schreiend rannten mehrere Männer an ihm vorbei. „Joe, Kel - was ist passiert?" brüllte er lauthals hinter ihnen her.
„Einer unserer Außentrupps wurde angegriffen. Es hat offensichtlich Tote gegeben. Mehr weiß ich auch noch nicht", hörte er Joe noch rufen, dann verschwanden beide hinter der nächsten Hausecke. In seinem Zimmer läutete das Telefon. Wie ein Blitz sprang er hinein und riss den Hörer hoch.
„Dr. Harper, Sir. Hier ist die Wache vom Haupttor", vernahm er die keuchende Stimme des Postens. „Mann, beruhigen Sie sich erst einmal. Ich verstehe kein Wort!" schimpfte der Administrator sichtlich verstimmt. Endlich hatte sich der Soldat soweit in seiner Gewalt, dass er einen halbwegs vernünftigen Bericht geben konnte. Ein Erkundungstrupp, bestehend aus vier Kriegern der Pikos und sechs ihrer eigenen Leute, war vor einer knappen Woche aufgebrochen, eine alte Lagerstätte zu überprüfen. Sie benötigten dringend Rohstoffe - Kohle, Erze, Zuschlagstoffe und vieles mehr, um selber einmal Metall gießen zu können. Ihre Mission schien erfolgreich, neben ausgedehnten Schrottplätzen und halbverschütteten Mülldeponien aus der Alt-Vorzeit fanden sie einen Stollen, in dem früher Kupfer abgebaut wurde. „Auf dem Heimweg, unweit des Ostpasses wurde der Trupp offensichtlich aus einem Hinterhalt angegriffen." endete der kurze Bericht. „Okay, weiß man schon, wer oder was da unsere Leute angegriffen hat?" wollte Dr. Harper auch wissen. Der Posten verneinte. „Lassen Sie die Verwundeten versorgen, ich schaue nachher bei ihnen vorbei", wies er die Wache noch an, dann legte er den Hörer auf. Linda saß noch immer auf ihrem Hocker und schaute ihn mit großen Augen fragend an.

„Ein Pikos - zwei von unseren Jungs!" Tonlos kamen die Worte über seine

Lippen. Die Frau seufzte, dann erhob sie sich und umarmte ihn fest.

„Wir wussten doch, dass es nicht einfach werden würde, Jim. Der Preis ist

hoch, den wir bezahlen, aber eine andere Chance haben wir nicht!"

Linda strich zärtlich über die leicht grau schimmernden Strähnen des Mannes,

dann hob sie lautlos das inzwischen erkaltete Essen vom Tisch und huschte

hinaus. Wenig später meldete sich der Häuptling der Pikos über Funk bei

Dr. Harper.

„Wir hatten bereits den Ostpass durchquert und näherten uns dem Rand der

Maisfelder, als diese Wesen wie tollwütige Hunde über uns herfielen. In der

Dämmerung konnten wir leider nicht ausmachen, wie viele es waren -

außerdem...!" Prof. Alan Taylor, seines Zeichens Geologe und Leiter jener

unglückseligen Expedition stockte, verstört rieb er sich mit dem verbundenen

Arm den Schweiß vom Gesicht. Dr. Harper nickte ihm aufmunternd zu. Er sah

voraus, was nun kommen würde. „Außerdem - es ist meine Schuld, dass die

Jungs tot sind", murmelte der Professor vor sich hin, die Augen des Mannes

füllten sich mit Tränen. Er nahm seine Brille ab und wischte sich die Wangen

mit einem Tuch ab. „Sie würden noch am Leben sein, verstehst Du, Jim! Ich

dachte doch, es wären nur ein paar verdammte Ungis. Mit einigen

Schreckschüssen in die Luft wollte ich sie vertreiben - deshalb gab ich

Anweisung, nicht direkt zu feuern. Ich wollte doch nicht, dass jemand stirbt!"

Prof. Taylor schluchzte wie ein Kind, auf ein Zeichen von Dr. Summerfield

kümmerten sich zwei Frauen um ihn.

„Es sind die Nerven - er hat einen Schock. Ich schätze, einige Tage Ruhe und

er wird halbwegs wieder auf dem Damm sein", erklärte der Arzt und starrte

eine Weile vor sich hin. Dann bat er den Administrator in den Nachbarraum.

„Okay, ich komme sofort. Und Ihr sorgt für den Professor!" flüsterte Dr. Harper.

Die Frauen nickten ihm beruhigend zu und führten den Kranken hinaus.

Unruhig lief der Administrator in dem kleinen Zimmer auf und ab.

„Ich werde morgen früh eine Obduktion der Leichen vornehmen, vielleicht

erhalten wir dadurch mehr Klarheit über die eigentliche Todesursache. Die

Jungs sind bereits alle versorgt und schlafen jetzt!" Dr. Summerfield folgte mit

seinem Blick der gebeugten Gestalt seines Gesprächspartners. „Im Übrigen -
Sie sollten etwas mehr Rücksicht auf sich selbst nehmen. Es ist nur eine Frage
der Zeit und wir treffen uns in meinen Behandlungsräumen wieder. Ich gebe
Ihnen einige Beruhigungstropfen - schlafen Sie sich einmal richtig aus - das ist
eine ärztliche Anweisung", betonte Dr. Summerfield und hielt ihm den
Messbecher mit den Tropfen hin.

Dr. Linda Ferrow schlenderte wie gewöhnlich ihre Runde durch die vom
Mondlicht erhellte Siedlung. Die Straßenlaternen waren wegen des Defektes
am Hauptkabel abgeschaltet, doch das störte sie nicht. Im Gegenteil, so kam
die Ruhe und Schönheit dieser Sommernacht noch mehr zur Wirkung. Sie
liebte diese Augenblicke, in denen sie ihren Gedanken nachgehen konnte,
ohne gestört zu werden. Manchmal schloss sich Jim dieser allabendlichen
Zeremonie an. Leider kam es in letzten Monaten nicht mehr sehr oft vor. Sie
lächelte still vor sich hin. „Wie doch die Zeit vergeht - und wie schnell sich alles
verändert hat?" Linda erinnerte sich an einen der ersten Spaziergänge - als
hier noch Unmengen von Balken und Steinen umher lagen und sie oftmals
umkehren musste, weil ein Durchkommen schier unmöglich war. Damals lernte
sie Dr. Harper - Jim - persönlich näher kennen. „Ja Jim und noch mal Jim und
kein Ende…!" Sie liebte ihn mit ganzem Herzen. Ein Lächeln umhuschte ihre
Lippen. Sie lebte bis dahin, wie die meisten Bewohner von Noah-City, allein
und abgeschieden, sah nur ihre Arbeit als Mikrobiologin, sonst nichts. Sie
gehörte zu den ersten Wissenschaftlern, die eine Umsiedlung in ein normales
Leben forderte. „Und heute ist ja zu sehen, wie Recht wir hatten?"
Leise knirschte der Kies unter den Füßen. Vor ihr tauchten die Umrisse der
Schutzmauern aus dem Dunkel auf. Etliche Dutzend Schritte entfernt
flimmerten die von einem knatternden Notstromaggregat betriebenen Lampen
des Haupttores. Plötzlich spürte sie einen eisigen Windhauch, im Busch neben
ihr knackte verdächtig ein Ast. Erschrocken fuhr Linda herum. „Ist da jemand?
Das ist ein schlechter Scherz, wirklich…" rief sie zaghaft und versuchte, die
dunklen Ecken auszuspähen. Nichts rührte sich. „Alte Närrin, solltest mal den
Psychiater wechseln!" spottete sie dann über sich selbst und marschierte
forsch weiter. Dennoch war sie froh, als sie endlich die Stimmen der Wachen

vernahm. „Hey, Dr. Ferrow - wieder einmal auf nächtlicher Schatzsuche?“ wurde die Frau freundlich von den beiden Posten empfangen. „Wie man es nimmt - meinen Schatz muss ich aber nicht mehr suchen, der liegt hoffentlich im Bett und schläft“, konterte sie schlagfertig und hatte damit die Lacher auf ihrer Seite. Sie plauderte noch einige Minuten mit den Männern, dann verabschiedete sie sich und lief schnurstracks nach Hause. Sie wurde einfach das eigenartige Gefühl nicht los, dass irgendetwas jeden ihrer Schritte beobachtete…

Der Morgen graute bereits, der erste Silberstreif umspielte die zerklüfteten Kuppeln des riesigen Gebirges. Ein neuer besonders schöner Tag kündigte sich an. Michael schreckte aus dem Schlaf, brummend raffte er sich den Schlafsack über dem Kopf zusammen und wollte wieder einschlafen, als ein plötzlicher Gedanke ihn hochschnellen ließ. „Habe ich das eben geträumt? Ist da was?“ Er griff zur Waffe und entsicherte sie automatisch. Das Klicken des Sicherungshebels beruhigte seine aufgeputschten Nerven. Im fahlen Dämmerlicht sah er die vier Gestalten seiner Begleiter am Boden liegen, der Wind zauste sein Wuschelhaar und klatschte es auf Stirn und Wangen. „Ist doch alles ruhig?“ Er neigte den Kopf und lauschte der vielfältigen Geräuschkulisse ihrer steinernen Umgebung. „Dunkel wie ein Affenarsch. Wie spät ist es denn eigentlich?“ murrte er vor sich hin. Er zog seine Uhr aus der Tasche. „Was, erst 3.00 Uhr?“ Es blieben ihn also noch fast zwei Stunden Schlaf. „ Jetzt aber flott - und nicht mehr gegrübelt!“ Er gähnte, schob die Pistole unter sein Kopfende zurück und rollte sich fest in seinen Schlafsack. Im Augenwinkel sah er einen Schatten weghuschen. „Nanu?“ dachte er noch, dann nickte er schnell wieder ein…
Ein derber Stoß weckte ihn. Ben, ein sonst recht schweigsamer und zurückhaltender Typ, beugte sich über ihn, seine Augenlichter blitzten finster und verärgert. „Weißt Du vielleicht, wer hier ein dummes Spiel treibt?“ grollte er wütend den Schlaftrunkenen an. Michael schaute ihn verdutzt an. „Was meinst Du denn? Hör gefälligst auf mich so anzuschnarren!“ „Unsere Rucksäcke sind weg, haben sich einfach in Luft aufgelöst!“ krähte nun ebenfalls Jo empört. Mit einem Schlag war Michael hellwach. Ihm fiel sofort diese eigenartige

Erscheinung ein. „Ein totaler Mist aber auch", fauchte Ben erneut, „der Administrator wird uns die Eier abreißen, soviel ist mal sicher! Das gesamte Werkzeug ist ebenfalls verschwunden!" Michael war aufgesprungen, mit geübtem Griff angelte er nach seiner Pistole. „Die ist weg…? Meine Waffe ist weg!" Wie besessen schüttelte er seinen Schlafsack in der Luft. „Weg…?" Michael schaute sich mit ernstem Blick um. Ben hatte Recht, auch das Funkgerät, Werkzeuge, Waffen und die Verpflegungsbeutel - nichts befand sich mehr an der Stelle, wo sie alles ursprünglich abgelegt hatten.

„Und wie kommen wir jetzt wieder runter?" maulte Ben weiter.

Michael kapierte nicht sofort. „Die Seile, Blödmann, die Seile! Wir hängen hier fest und kein Arsch macht irgendwas. Hast du nun kapiert, Du Wichser?" Ben wurde fast hysterisch. „Nun halte gefälligst die Luft an - ich kann für diese Situation genau so wenig wie Du. Jetzt heißt es Ruhe und kühlen Kopf bewahren. Vielleicht fällt uns etwas ein?" herrschte Michael ihn an und erreichte, was er wollte. Ben maulte zwar noch eine Weile vor sich hin, wurde aber sichtlich ruhiger. Nels schob sich bäuchlings an den Abgrund heran. „Hier sind wir gestern hochgestiegen. Vielleicht kommen wir so klar?" meinte er, doch dann sah Michael nur sein Kopfschütteln. Fast senkrecht fiel die Schlucht vor ihnen einige hundert Fuß hinab. „Nee, nicht mit mir! Mein lieber Schwan - nur fliegen ist schöner!" stieß er furchtsam zwischen den Zähnen hervor und ließ sich vorsichtig zurück gleiten. Sein besorgter Blick verriet alles. „Tja, da sitzen wir ganz schön tief in der Scheiße!" unkte Ben mit ratloser Mimik.

„Früher oder später wird man in der Siedlung bemerken, dass etwas nicht stimmt. Jemand wird kommen und uns herunter holen. Wir können im Augenblick nur abwarten!" Michael rollte demonstrativ seinen Schlafsack zusammen und setzte sich obenauf. „Herrliche Aussichten - nichts zu fressen und dann wer weiß wie lange dumm herumliegen", ließ Nels vernehmen, verdrießlich kickte er einen Stein in den Abgrund. „Wieso hatten wir keine Wachen eingeteilt…?" brauste Ben erneut auf, sackte aber sofort wieder auf seinen Platz zurück. „Entschuldige Michael, war nicht so gemeint", nuschelte er mit gesenkten Augen vor sich hin, „konnte ja sicherlich niemand ahnen, dass uns hier in luftiger Höhe die Klamotten geklaut werden?" Ein kurzes Grinsen zog über sein Gesicht, ein befreiendes Lachen entspannte die

Situation. „Ach Gott, was hilft uns jammern und klagen - scheiß, lasst uns noch eine Runde pennen!" schlug Nels versöhnlich vor und legte sich wieder lang.

Sein rechter Arm war wie abgestorben. Behutsam zog Jim ihn unter Lindas Kopf hervor. „Oha das Mädel ist ein Schwergewicht..." flüsterte er vor sich hin. Er schaute ihr liebevoll ins Gesicht und gab ihr einen sanften Kuss auf die Wange. „Bist meine Beste!" Sie stöhnte leise im Schlaf und drehte sich weg. Jim zog vorsichtig die Decke über ihre entblößte Schulter. Auf Zehenspitzen suchte er im Halbdunkel seine Sachen zusammen. „Wo liegt denn mein Hemd - ach da?" Lautlos tänzelte er ins Nachbarzimmer und zog sich an. Es war noch sehr früh am Morgen, der Nachttau entfloh als leichter Nebelschleier und wurde von der Sonne gierig aufgesogen. Der Administrator reckte und streckte sich, er fühlte sich blendend. Die Schlappe der letzten Tage schien wie weggeblasen. „So, eine Katzenwäsche muss erst mal genügen!" Vergnügt zwinkerte er beim Abtrocknen seinem Spiegelbild zu. „Siehst super aus mein Freund! Verstehe nicht was mit mir los war?" Im Hinausgehen angelte er nach einem Stück Brot vom letzten Abend und trat ins Freie. „Oooh ist das schön!" Stille umfing ihn, die Jungfräulichkeit dieses Sommermorgens entspannte ihn. Er genoss die wenigen friedlichen Augenblicke. Verzückt blieb Jim stehen und atmete tief durch. Er hätte schreien können vor Glück, nur mit Mühe konnte er den Aufwall der Gefühle unterdrücken. Gemächlich spazierte er durch die schlafende Siedlung. Seine Brust schwoll vor Stolz angesichts der fertig gestellten Straßenzüge. Er kannte jede Ecke, jeden Winkel von New-Noah-City, die Stadt war die Erfüllung seines Traumes. Der Traum von einem normalen, irdischen Leben. Sein Weg führte ihn in eine der fünf sternenförmig verlaufenden Hauptmagistralen, welche allesamt auf einem Platz im Herzen der Stadt mündeten - vor dem Regierungspalast. „Palast ist sicherlich ein wenig übertrieben", fand Dr. Harper schmunzelnd, aber die Euphorie dieser Tage ließ alles etwas größer, monumentaler erscheinen.
Er lenkte seine Schritte zum Haupttor. „Wieso ist es offen?"
Von den beiden Männern, die es bewachen sollten, sah er keine Spur.
„Hier stimmt doch etwas nicht?" murmelte Jim vor sich hin. Vorsichtig näherte er sich der Schutzmauer. Er schaute sich mehrfach um.

„Wachen - wo seid Ihr, zum Teufel noch mal?"
Sein Ruf verhallte erfolglos. Er erreichte die Freifläche mit ihren flachen
Sträucherbeeten, daneben entdeckte er die beiden leblosen Körper.
„Verdammt noch mal, was ist hier los?" fluchte er laut.
Ein Rauschen in der Luft ließ ihn erschreckt aufhorchen. Er blinzelte in die
Sonne, sah einen glänzenden Schatten über sich hinweg gleiten. Ein Schlag
auf den Hinterkopf brachte den Administrator zu Fall.

Flink huschte Bobak in Begleitung von fünf erfahrenen Kriegern der
Sonnengarde durch das dichte Gestrüpp. Endlich erreichten sie die Ausläufer
des Gebirges. Lange vor dem Hellwerden waren sie aufgebrochen, um
vereinbarungsgemäß am zeitigen Morgen in der Stadt ihrer Freunde
einzutreffen. Jetzt, wo die natürlichen Hindernisse keine Bedeutung mehr
hatten, steigerte der Häuptling erneut das Tempo. „Nun macht schon,
Dr. Harper wird bereits mit dem Frühstück auf uns warten!" feuerte er seine
Leute an. Für die Wegstrecke von Kilbaat bis New-Noah-City benötigte man
normalerweise drei bis vier Stunden Fußmarsch. Bobak schaffte sie stets in
zwei Stunden. Die Körper der Männer glänzten vom Schweiß in der
aufgehenden Sonne. Trotzdem sah man ihnen keinerlei Müdigkeit oder
Erschöpfung an. „Kurze Rast - nur ein paar Minuten zum Verschnaufen!"
Der Häuptling lehnte sich an einen Fels. Aus einem winzigen Bach erfrischten
sich die Krieger und tranken in maßvollen Zügen vom wohltuenden Nass, um
dann geschwind erneut Meter für Meter zu bewältigen. Bobak verglich den
Stand der Sonne mit der angegebenen Zeit seiner Armbanduhr, einem
Geschenk des Administrators. „Wenn meine Berechnungen stimmen, müssen
in einigen Minuten die Mauern der Stadt unserer Freunde vor uns auftauchen."
„Es riecht nach Rauch", stellte Jeni misstrauisch fest und hob die Nase
schnüffelnd in den Wind. Dann erreichten sie einen kleinen Pass, der ihnen
Einblick in das langgezogene Tal ermöglichte. Vor ihnen lag New-Noah-City!
„Du hast Recht, Jeni - sieh, gleich neben dem Tor brennen mehrere Häuser.
Die Wache scheint zu schlafen? Los wir beeilen uns!" Bobak trieb seine
Meute zum Äußersten an. Staub wirbelte unter ihren Füßen auf, endlich

erreichte das Oberhaupt als Erster das Tor. Ein schallendes Geräusch drang in seine Ohren.

„Was haben wir denn da?" Ohne den Lauf zu stoppen, spannte er die Armbrust, legte einen Bolzen ein und schoss blind. Etliche eigenartige Wesen erhoben sich kreischend in die Luft, formierten sich wie Vögel zu einem keilförmigen Schwarm und flogen eilig davon.

„Weckt die Leute - schaut zuerst in den brennenden Häusern nach!" wies er seine Krieger an. Er selbst beugte sich fürsorglich über seinen Freund, Dr. Harper, und zog ihn in den Schatten der Mauer. Er fühlte seinen Puls.

„Jim hat es verdammt böse erwischt. Sieht aus, als hat er hat einen Schlag auf den Kopf bekommen?" Aus einer klaffenden Wunde am Hinterkopf floss Blut und verklebte das zerzauste Haar des Bewusstlosen. „Möchte wissen was die vorhatten? Jim entführen - oder was?" Kopfschüttelnd suchte er nach seiner Wasserflasche und spritze dem Bewusstlosen einige Tropfen ins Gesicht.

„Endlich - er wacht auf!" Für einen Moment hielt er Jims Hand fest und nickte ihm aufmunternd zu. „Was ist denn los…?" wollte Dr. Harper wissen. „Oh mir brummt vielleicht der Schädel!" Kraftlos lehnte er sich an die Wand.

„Weckt die Leute, los Beeilung!" spornte der Häuptling noch einmal seine Kämpfer an. Binnen weniger Sekunden erwachte die schlafende Stadt zum hektischen Leben. Linda erbleichte, als Bobak Dr. Harper durch die Tür schleppte und behutsam ins Bett legte. „Der Arzt kommt gleich - er ist noch vorn bei den Bränden. Es hat einige von Euch ziemlich schwer erwischt." Bobak ließ sich auf einen Hocker sinken und streckte die schmerzenden Füße lang aus. Seine rechte Ferse blutete. „So ein Mist aber auch!" fluchte er laut. Ein scharfer Stein hatte die Haut aufgeritzt. Linda erholte sich schnell vom ersten Schreck. Sie füllte behände eine Schüssel mit Wasser, suchte einige saubere Lappen und begann, Jims Kopfwunde zu säubern. „Ich sehe, unser Patient befindet sich bereits in den besten Händen!" begrüßte Dr. Summerfield die Anwesenden. Dann kümmerte er sich um den Verwundeten. „Lass mich nach Deinem Fuß gucken", bat Linda leise. Dankbar schaute sie den jungen Mann an. „Wenn Du nicht rechtzeitig eingetroffen wärst - nicht auszudenken?" Wenig später trafen die Krieger der Sonnengarde bei ihrem Häuptling ein.

„Wir haben alle wach gemacht und aus den Häusern geholt!" meldeten sie
ihm.

Lt. Gordon ließ indessen den gesamten Bereich abriegeln.
Der größere Teil der Männer schleppte unzählige Eimer Wasser aus den
künstlich angelegten Zisternen heran und versuchten, das Feuer unter
Kontrolle zu bekommen. „Sei vorsichtig, tritt nicht auf die Balken, bleib
gefälligst auf dem Mauerwerk! Ja, ja, so ist es okay!" dirigierte der Lieutenant
den jungen Soldaten, der unter Einsatz seines Lebens auf einem brennenden
Dach entlang kletterte und von dort aus mehrere Wassereimer verteilte. „Kann
es sein, dass noch wer im Haus ist - ich höre jemand weinen?" brüllte Marc
von oben herab. Dann sprang er mit einem kühnen Satz die fast drei Meter
hohe Hauswand zur Straße hinunter.
Er wiederholte seine Frage, erntete dafür nur verständnislose Blicke.
„Lieutenant, wer wohnt hier - wurden alle in Sicherheit gebracht?" drängte
Marc. Lt. Gordon zuckte resignierend mit den Achseln.
„Soweit ich weiß, haben die Pikos vorhin die Eheleute Woods bewusstlos
rausgeholt. Verdammt - die kleine Anna - die habe ich bisher nicht gesehen?"
Bevor er weiterreden konnte, stürmte Marc wie ein Besessener los. Die Tür
brannte bereits lichterloh, die Hitze versengte ihm die Augenbrauen. Mit einem
gezielten Fußtritt fegte er die Planken zur Seite. Rauchschwaden quollen
hervor und nahmen ihm die Sicht. Die Augen tränten, er hustete sich die Lunge
aus dem Hals. „Dieser Rotz ist glühend heiß wie ein Backofen…!" fluchte er.
Trotzdem tastete er sich weiter durch das brennende Zimmer. Das Dachgebälk
über ihn knirschte bereits verdächtig. Plötzlich befiel ihm eine zweifelhafte
Ahnung, dass bestimmt nicht mehr viel Zeit bleiben würde…? „So ein Scheisse
aber auch!" Die Panik beflügelte ihn noch einmal, ohne nachzudenken stürmte
er in die nächste Kammer. Er sah einen schmächtigen Köper am Boden
liegen. Das Wimmern wurde merklich schwächer. Er erreichte die Kleine, riss
sie hoch und presste sie an sich. „Halte Dich an mir fest - ich bringe Dich
raus!" schrie er so laut er konnte. Ein Feuerregen prasselte auf sie herab,
seine Haare begannen zu verglühen. Doch er spürte es nicht. Ein Gedanke
beherrschte ihn: „Nur raus hier!" Er stolperte über einen Gegenstand…? „Gott

sei Dank - Wasser!" stieß er erleichtert hervor und goss sich den Eimer über den Kopf. Das wachsende Singen und Tosen der Flammen wurde durchdringender. Als er in Richtung Ausgang rannte, fielen die lodernden Dachschindeln ins Zimmer. Später ergoss sich ein wahrer Funkenstrom über das Haus und zwang die draußen wartende Menge zum eiligen Rückzug. Ein Aufschrei des Entsetzens hing in der Luft. „Das schafft er nicht mehr!" Fassungslos musste Lt. Gordon zusehen, wie sich offenbar einer seiner Männer sinnlos opferte. Er bemerkte nicht, wie sich seine Finger in die Erde krallten. „Da ist er ja - er hat das Kind in seinen Armen! Dieser Teufelsbraten!" Wer es zuerst rief, später wusste es niemand mehr...

„Tut mir leid, Major Hammer, ich teile Ihre Auffassung in keinster Weise. In meinen Augen gibt es für alles eine schlichte, plausible Erklärung. Diese heißt: Sabotage!" Lt. Gordon unterbrach seine stetige Wanderung durch das schmale Zimmer, sein rußverschmiertes Gesicht gab ihm ein gespenstisches Aussehen. Bobak sah reglos und unbeteiligt dem Disput der beiden Militärs zu. „So viele Zufälle können nicht aufeinander treffen; der gestrige Überfall, die Ermordung der beiden Posten heute Nacht? Dr. Harpers Niederschlagung und der Defekt unseres Hauptstromkabels? Da steckt System dahinter, mein Lieber! System und noch mal System! Wir passen irgendjemandem nicht in den Kram. So sieht das Ganze in Wirklichkeit aus!" Der Lieutenant ließ einen düsteren Blick in die Runde schweifen. „Ich habe bereits Kontakt zu Cornel Stirnberg in der Grauen Stadt aufgenommen", fuhr er fort, „er klagte über ähnliche Erscheinungen. Zwei Dutzend seiner besten Jäger hat er bisher verloren. Es gibt keinerlei Anhaltspunkte, wer dafür in Frage kommt?"
Die Diskussion entbrannte erneut. „Das können doch nur diese verdammten Saurier sein!" Major Hammer war mit hochrotem Gesicht von seinem Sitz aufgesprungen und ballte die Fäuste. „Wir sollten die gesamte Brut ausräuchern und vernichten. Die Waffen dafür besitzen wir doch?"
Als er des Lieutenants verkniffenes Lächeln bemerkte, rief er sich selbst zur Vernunft. „Verzeihen Sie, meine Herren. Manchmal gehen die Nerven mit mir durch. Es tut weh, wenn man nur tatenlos zusehen soll."
Dann setzte er sich resigniert wieder hin.

„Die Saurier - nicht nur diese - sind für uns das kleinere Übel. Sie sind da, sie hinterlassen Spuren, denen wir folgen können, aus denen wir lesen können, um welche Art von Bestien es sich handelt. Dann töten wir sie!"
Bobak sprach leise und ohne sichtbare Gefühlsregung.
„Lt. Gordon hat wahrscheinlich Recht, auch wenn wir es nicht wahrhaben wollen. Wir haben es mit einem mächtigen, heimtückischen Feind zu tun. Wir haben ihn heute auch zum ersten Male gesehen."
Lt. Gordon erstarrte in der Bewegung. „Ihr habt was gesehen...?"
Bobak nickte bedächtig. „Ja, wir haben sie gesehen. Es sind… 'Azuros'!"
Die Männer blickten sich verständnislos an. „Azuros - das klingt ein bisschen italienisch. Oder irre ich mich? Ist das nicht die Bezeichnung für Blau?"
Lt. Gordon spielte ungeduldig an seinen Fingern.
„Verzeiht, wenn ich Euch nicht folgen kann. Wer die 'Azuros' sind, woher sie kommen - die Antwort kann Euch vielleicht die alte Orona, die Seherin meines Stammes, geben. Ihr wisst, unser Volk kennt viele Geschichten aus der Zeit, bevor die Götter sich entschlossen, die Menschen zu strafen und die ewige Kälte auszuschicken. Ich für meinen Teil habe in den heiligen Höhlen der Ahnen einmal das Abbild eines 'Azuros' gesehen."
Bobak ließ sich einen Stift geben und malte eine Figur auf ein Blatt.
„Könnte eine riesige Fledermaus sein", stellte Lt. Gordon lakonisch fest. „Keine Fledermaus - Lieutenant - ein Mensch! Ein fliegender Mensch - ein Blauer Engel!" erklärte der Häuptling bedeutungsvoll…

„Wo bleiben die denn - verdammt noch mal, die müssten doch schon längst bemerkt haben, dass etwas nicht stimmt?" Michael wich den vorwurfsvollen Augen seines Gegenübers aus und beschäftigte sich mit den Steinen zu seinen Füßen. Unablässig stapelte er sie übereinander und schuf damit immer wieder neue Figuren und Formen. „Sie werden schon kommen - irgendwann! Wenn nicht heute dann morgen. Ist doch egal. Weglaufen kannst Du sowieso nicht", versuchte er zu beschwichtigen.
Doch diesmal erreichte er genau das Gegenteil.
„Du gottverdammter Arsch, ich bin mehr als angepisst, verstehst Du? Lass erst einmal die verdammte Sonne herumkommen und uns hier grillen, dann werden

Dir Deine blöden Sprüche im Hals stecken bleiben!" schnaubte ihn Jo giftig an,
riss ihm die Steine aus der Hand und schleuderte sie ärgerlich in die Schlucht.
Wie zwei aufgebrachte Kampfhähne standen sich die Männer einen winzigen
Augenblick gegenüber, dann siegte offenbar doch die Vernunft.

„Das bringt uns nicht weiter - Jo hat Recht. Wir sollten etwas tun! Wir könnten
die Schlafsäcke auftrennen und Seile daraus drehen...? Einer von uns muss
da runter und Hilfe holen! Na ja, es käme zumindest auf einen Versuch an,
oder?" Beifallheischend stand Ben auf und begutachtete seinen Schlafsack
näher. „Das ist der blanke Wahnsinn - das Zeug ist uralt! Ihr selbst habt doch
gesagt, dass Ihr nicht lebensmüde seid!" Michaels Argument verpuffte
wirkungslos, es schien, als spräche er zu dem toten Gestein. „Wenn Du Schiß
hast Alter - Du musst ja nicht. Dann warte hier bist Du schwarz wirst!" konterte
Ben verbissen und sammelte entschlossen die Decken ein. Im Nu waren die
Säcke in gleiche Streifen gerissen, die Enden fest miteinander verknotet.

„Erinnert mich irgendwie an unsere alten Filme - wenn die Knastbrüder mit
ihren Bettlaken aus ihren Zellen sprangen", witzelte Nels laut und prüfte mit
einem kräftigen Zug die letzten Knoten.

„Mehr als dreißig Meter sind das nicht - eher noch weniger", schätzte Jo nach
der Fertigstellung. „Wir sollten eine geeignete Stelle suchen, die wir damit
auch erreichen!" Michael wurde von der allgemeinen Hektik angesteckt,
entgegen besseren Wissens glaubte auch er nun an eine Möglichkeit, das
Plateau mit eigener Kraft verlassen zu können. „Wenn wir uns genau an dieser
Kante abseilen, genau hier…", mit der rechten Hand wies er die Richtung,
„dann müssten wir auf den Sims darunter treffen. Von dort aus schaffen wir es
auch ohne Seil. Was ist? Versuchen wir es?"

Die Männer zauderten kurz, dann trat Jo entschlossen vor und schlang sich ein
Ende um die Hüften. „Hals- und Beinbruch!" murmelte Michael ihm zu, dann
verschwand sein dunkelhaariger Schopf in der Tiefe.

„Nicht so schnell - ich kann mich kaum halten!" schallte es zu ihnen herauf.
Michael beugte sich über den Rand und lotste die Männer am Seilanfang.
„Etwas mehr nach rechts halten - so ist okay!"

Die letzten Bahnen glitten durch die Hände, dann stockte Jo's Abstieg.

„Was ist denn - sind nur noch knappe drei, vier Meter, dann habe ich es geschafft?" Er stemmte die Füße gegen die Wand und schaute nach oben.

„Tut mir leid - nichts geht mehr!" Michael schüttelte energisch den Kopf.

„Komm wieder hoch, es hat keinen Sinn", rief er dem Gefährten zu.

Jo protestierte. „Von wegen - ich bin fast da!" Ehe sich die Männer versahen, hatte er den Knoten gelöst und rutschte bis ans Ende des Seiles.

„Nur noch ein kurzes Stück. Ich springe jetzt - Achtung!"

Die Männer hielten den Atem an. Als der dumpfe Aufprall ertönte, wagten sie es kaum, ihre Köpfe über den Rand zu schieben.

„Er hat es geschafft - er hat es wirklich geschafft", brüllte Nels und schlug sich vor Freude auf die Schenkel. Jo verschnaufte einige Augenblicke. Ihm zitterten noch immer die Beine. „Puuh, das war mächtig knapp!" Er vermied es, weiter als bis zu seinen Fußspitzen zu sehen. In seinem Innersten jubelte es. „Okay Alter, das Schlimmste liegt hinter Dir", beruhigte er sich selbst, dann tastete er sich den nächsten Schritt weiter. Seine zerschundenen Hände suchten fast automatisch die Punkte im Fels, an denen sie sich festkrallen konnten. Er erreichte die nächste Biegung - vor ihn lag das Tal in seiner vollen Pracht. Mittendrin New-Noah-City, wie das Gelbe in einem gebratenen Ei. Er lachte schrill auf. „Wie das Gelbe in einem gebratenen Ei?"

Der Gedanke belustigte ihn - und stachelte seinen hungrigen Magen an.

„Was ist mit Euch, kommt da noch jemand?"

Der Ruf erstarb auf seinen Lippen. Er überschattete die Augen mit einer Hand, um besser sehen zu können. Im ersten Moment glaubte er, dass der lang erwartete Rettungstrupp endlich eingetroffen sei, wollte die Hand zum Gruß erheben, als er seinen Irrtum bemerkte.

„Oh... Scheiße!" fluchte er lautlos und wich ängstlich zurück.

Die Gedanken purzelten durcheinander, er spürte, wie sein Wille gelähmt wurde, kämpfte verzweifelt dagegen an, wehrte sich wie ein Berserker. Dann fühlte er nur noch den freien Fall.

Zwei Stunden später traf die Rettungsmannschaft ein…

„Er ist aufgewacht - Sie können reingehen, meine Herren!"

Linda hielt ihnen die Tür zum Krankenzimmer auf. Wohltuende Dämmerung empfing die drei Männer. Bobak schloss kurz die Augen, um sich schneller orientieren zu können.

„So sieht man sich also wieder?" tönte es aus der Ecke des Bettes.

Dr. Harper lächelte schwach, als der Häuptling auf ihn zuschritt und ihn voller Begeisterung begrüßte. „Freund Jim - das Schicksal muss meine Schritte gelenkt haben - nur wenige Augenblicke später und diese blauen Teufel wären mit Dir auf und davon gewesen. Wir sollten den Göttern danken!"

„Bevor ich den Göttern danke, danke ich dem Freund und Bruder, der mein Leben rettete!" entgegnete der Kranke freudestrahlend und erwiderte den Händedruck. Major Hammer und Lt. Gordon brachten Stühle ans Krankenlager heran. „Nun Jim, wie fühlst Du Dich - alles wieder halbwegs okay?" erkundigte sich der Major, bevor er sich ächzend auf der Sitzgelegenheit niederließ. „Der Schädel brummt noch wie ein Bienenschwarm, ansonsten könnte ich normalerweise aufstehen. Ihr kennt ja die Frauen!" wisperte der Administrator den Freunden zu, und machte ernsthafte Anstalten, sich aufzurichten. „Die Frauen sind meist klug und weise. Du solltest auf Lindas Rat hören und liegen bleiben!" Mit Nachdruck unterband der Häuptling Jims Vorhaben. „Schöne Freunde seid Ihr", grollte der Kranke verhalten, fügte sich aber letztendlich der einheitlichen Forderung. „Lasst uns beraten, was wir in der gegenwärtigen Situation tun können, um wieder Herr der Lage zu werden", schlug Bobak vor. Die Zeit verging sehr schnell, ohne dass sich die Männer richtig einigen konnten. „So, es reicht für heute. Jim muss sich ausruhen. Alles raus hier!" Linda stemmte demonstrativ die Hände in die Hüften. „Ich warte!"

„Einen Moment noch Schatz. Wir müssen einen wichtigen Gedanken bereden... Nur noch fünf Minuten" beruhigte Jim sie. „Okay, nicht eine Minute länger!" grollte die Frau und setzte sich zu ihm auf das Krankenbett.

„Fakt ist dass wir im Moment noch nicht genau wissen, wie unsere Sicherungsmaßnahmen aussehen werden? Ob es überhaupt wirksame Maßnahmen geben wird, oder?" fragte Jim und schloss ermattet die Augen. Das war der Moment, in dem Linda mit einer heftigen Kopfbewegung der Debatte ein endgültiges Ende bereitete.

„Wir stellen einen vorläufigen Schlachtplan auf und kommen morgen wieder.
Schlaf gut!" verabschiedete sich Bobak von ihr. Mit einem verschmitzten
Grinsen hauchte er der Frau einen Kuss auf die Wange. „Pass gut auf ihn auf!"
raunte er ihr zu, dann verließ er mit eiligen Schritten das Haus.

Lärmend zogen die Kinder über die blumenübersäte Wiese am Berghang.
Tim, der älteste und erstgeborene Junge der Siedlung, schaute mit
Argusaugen auf seine jüngeren Spielgefährten. Mit seinen knappen acht
Jahren wirkte er sehr verständig und klug. Er wurde geboren im Jahre 02 der
neuen Zeitrechnung und war das erste Kind in Noah-City überhaupt. Was Tim
nicht ahnte - seine Geburt galt als das Zeichen der Hoffnung, sein erster
Schrei als ein Signal des Neubeginns! „Es wird Zeit, wir müssen zurück! Die
Sonne geht bald unter - und unsere Eltern suchen uns bestimmt schon?"
Tim spürte wieder ein leichtes Ziehen in der Magengegend - sein schlechtes
Gewissen machte sich breit. „Also los, ab nach Hause! Ohne Widerspruch
jetzt!" „Du bist ein Spielverderber", maulte Stefanie, die Kleinste der Truppe,
und stolperte auf ihren zierlichen Füßen den Übrigen nach. Wie alle Kinder
trug auch sie einen einfachen Lendenschurz aus grob geschnittenem Leder.
Gegen ihren nackten Oberkörper presste sie einen riesigen Blumenstrauß.
„Warum dürfen wir denn nicht bis zum Bach - gerade dort stehen die
schönsten Blumen. Ach bitte, lass uns doch hinlaufen!" quengelte sie
unaufhörlich. „Mann, lass doch die blöde Ziege - die spinnt ja!"
Georg, ein Sechsjähriger, strafte die Kleine mit einem vernichtenden Blick und
zeigte ihr einen Vogel. „Selber blöd - viel blöder als ich. Bist ja nur neidisch,
weil ich so schöne Blumen habe!" äffte das Mädchen und streckte ihm die
Zunge raus. „Ich knall Dir gleich eine - mach das nicht noch einmal!" keiffte
Georg, empört über die Frechheit solch einer Rotznase. Tim versuchte den
unsinnigen Streit zu schlichten. „Georg, lass gefälligst die Kleine in Ruhe!"
befahl er barsch, „und geschlagen wird hier überhaupt nicht! Und Du Stefanie
hörst auf herumzujammern. Wir dürfen nicht zum Bach, damit basta. Schon
genug, dass ich Euch trotz des Verbotes mit hierher genommen habe. Das

setzt sowieso eine Tracht Prügel, wenn es herauskommt. Wir kehren jetzt um zur Siedlung. Alles klar?"

Langsam trottete die Horde zurück und verteilte sich immer mehr über die Wiese. Stefanie stampfte ärgerlich mit den Füßen. Ihren trotzigen Protest ignorierten die Kinder einfach, nahmen ihn nicht zur Kenntnis.

„Ich will noch nicht gehen! Hier sind noch so viele Blumen und...?"

Plötzlich entdeckte sie wenige Schritte weiter die kleinen, rotschimmernden Beeren. Sie ließ ihre Blumen fallen, freudig patschte sie in ihre Hände und hockte sich vor dem flachen Strauch nieder. Vorsichtig löste sie mit Daumen und Zeigefinger der linken Hand eine Beere und schob sie sich in den Mund. „Hhm, schmeckt gut", stellte sie verzückt fest.

Eifrig und selbstvergessen sammelte sie die Früchte ab, verdeckt vom hohen Gras und unzähligen Blüten. Ein bedrohliches Schnauben ließ sie erschreckt innehalten. Wie versteinert blieb sie hocken, presste sich die kleine Hand gegen den Mund, um nicht loszuschreien. Ein ungeheurer Schatten nahm ihr die Sicht, der Boden erzitterte unter den wuchtigen Schritten der riesenhaften Echse. Der Saurier richtete sich nicht weit von ihr senkrecht auf seinen Hinterpfoten auf, schnaubend sog er die Luft ein und versuchte, die Witterung aufzunehmen. Instinktiv duckte sich Stefanie noch enger an den Boden und wagte kaum zu atmen. Das Tier ließ ein heiseres Krächzen vernehmen, dann folgte es mit wuchtigen Sprüngen der Spur der Kinderschar.

Stefanie zitterte am gesamten Leib, eine Welle der Angst überschwemmte sie und trieb ihr die Tränen in die Augen.

„Tim, Timmi - wo bist Du denn?" Sie traute sich nicht laut zu rufen. Verstört drehte sie sich im Kreise. Von wo waren sie gekommen, wohin waren die Gefährten verschwunden? Die Welt sah plötzlich so groß und fremd aus...

Die Nervosität seiner Bewohner war in der gesamten Siedlung zu spüren. Bobak und Lt. Gordon befanden sich auf dem Weg zum Hause des Lieutenants. „Dieser Jo war ein guter Mann. Er wird uns fehlen. Ich werde morgen einen Suchtrupp aussenden. Mit etwas Glück finden wir seinen Leichnam, bevor ihn diese verdammten Aasfresser zerstückelt haben!"

Etwas leiser fügte der Lieutenant hinzu: „Wenigstens eine vernünftige Beerdigung hat sich der Junge verdient! Das Leben ist manchmal schon hart, hart und viel zu kurz! Findest Du nicht auch?"

Bobak ließ sich mit seiner Antwort Zeit. Wo immer der Häuptling in der Siedlung auftauchte, wurde er von den Bewohnern New-Noah-City freundlich begrüßt. Manchmal war es nur ein flüchtiges „Hallo", eine Geste, ein Kopfnicken oder Lächeln. „Es ist so, Norman, das Leben ist hart, manchmal oder besser meistens sogar grausam. Doch schau Dich um, euer Volk hat sich verändert, seit ihr die Bunkeranlagen verlassen habt. Wir Menschen sind wie die Blumen - nimm ihnen die Sonne und sie siechen dahin! Nimm ihnen Wind und Regen und sie verlieren ihre Lebenskraft und sterben."

Nachdenklich blieb der Lieutenant stehen.

„Eure Philosophie des Lebens ist so einfach, mein lieber Häuptling. Vielleicht ist das der Grund, weshalb sie so schwer zu verstehen ist, zumindest für mich? Da vorn steht mein 'Palast'!" Lachend wies der Leutnant auf eine kleine, sauber verputzte Hütte. „Den größten Teil habe ich selbst gebaut - ist zwar klein, aber mein!" Mit schwungvoller Geste öffnete er die Tür und lud Bobak zum Hereintreten ein. „Lieutenant Gordon!"

Der Ruf erreichte die beiden Männer noch auf der Schwelle.

„Das sieht verdächtig nach Ärger aus, dafür verwette ich meinen Kopf", unkte der Lieutenant, dann erreichte ihn der Posten.

„Lieutenant, Sie müssen sofort kommen...!"

Der Soldat schnappte kurz nach Luft.

„Die Kinder - sie sind fort", hub er erneut zu sprechen an, „wahrscheinlich spielen sie auf den Wiesen oder auf einem der Felder - jedenfalls sind sie weg!" „Wie konnte das passieren? Ich habe doch ausdrücklich befohlen, dass niemand ohne Abmeldung die City verlässt!" bellte der Lieutenant sichtlich aufgebracht. „Sorry mein Freund, die Pflicht ruft...! Diese verdammten Gören. Nie machen sie, was von ihnen erwartet wird!" Er machte auf dem Absatz kehrt und eilte geschwind zum Haupttor. Bobak folgte ihm.

Dort erwarteten sie bereits die beunruhigten Eltern der Kinder. Das Stimmengewirr brach ab, als der Lieutenant in ihre Mitte trat. Die verzweifelten Gesichter der unglücklichen Mütter ließen seine anfängliche Wut in Rauch aufgehen. „Jetzt müsste Dein Goli hier sein. Für den Tiger wäre diese Suche ein Kinderspiel", flüsterte er dem Häuptling zu. Ein wehmütiger Zug legte sich kurzzeitig um Bobaks Lippen. Drei Sommer waren bereits vergangen, ohne dass er seinem pelzigen Weggefährten jemals wieder begegnet war. Bevor ihn die Trauer völlig überflutete, schüttelte er die Erinnerungen ab.

„Trommelt alle verfügbaren Männer zusammen. Sagt ihnen, sie sollen ihre Waffen mitbringen", befahl Lt. Gordon dem Posten und schickte ihn los. Binnen weniger Minuten standen fast hundert Helfer zur Verfügung. Die Aufteilung erfolgte routinemäßig. Kurze Zeit darauf verschwanden die vier bis fünf Mann starken Gruppen im Gelände. Die Mütter der Verschollenen ließen sich abseits auf dem Rasen nieder und harrten der Dinge, die da kommen sollten...

Die große Fahrt

Seit dem Tode des Vaters hatte sich das Leben vollkommen verändert.

„Nichts ist mehr wie früher?" Er fühlte sich allein gelassen und schutzlos. Ken Wolters beugte sich trübsinnig auf die halbzerfallenen Terrasse des einstigen Herrenhauses und starrte auf ein Loch, aus dem unzählige Ameisen herausflitzten, um ihre Umgebung zu tyrannisieren. „Diese blöden Viecher sind aber auch überall!" registrierte er bei sich und guckte sich weiter um. Nicht weit von ihm kroch eine fette, grüne Raupe auf dem staubigen Boden entlang. Noch ahnte sie nicht, welche Katastrophe sich für sie anbahnte, als die ersten Kundschafterinnen ihrem Standort näher kamen. Was dann geschah, riss Ken aus seinen Grübeleien. „Die kleine Ameise gegen das Riesending? Ach Quatsch...?" Voller Interesse schaute er dem ungleichen Kampf zu. Eine der stecknadelkopfgroßen Biester berührte wohl eher zufällig den für sie gigantischen Körper des kriechenden Ungetüms. Die Raupe zuckte zusammen, wie von einem Katapult getroffen, schnellte die Ameise zurück, um sofort wieder Kampfposition einzunehmen. Die Raupe wälzte sich mehrmals um die eigene Achse, schüttelte die Angreiferin erfolgreich ab und suchte dann ihr Heil in der Flucht. „Alle Achtung - die ist fix...!"

Ken wusste gar nicht, wie schnell solch ein kleines Ding sich fortbewegen
konnte? Erstaunt schüttelte er seine wilde Lockenpracht. Inzwischen zählte der
Fünfzehnjährige sechs weitere Punkte, die sich zielstrebig ihrer Beute
näherten. „Los, schnappt sie euch. Fresst sie auf!" fauchte der Junge
selbstvergessen vor sich hin. Um besser sehen zu können, rutschte er
bäuchlings an den Rand der Terrasse. „Diese blöde Raupe aber auch - was
hat die hier zu suchen? Und da kommt noch ein Schwarm - jetzt aber gute
Nacht Marie!" Das Schicksal des „Riesen" entschied sich, als ein brauner
Strom, wie ein lebendiger Faden, den Duftspuren ihrer Kundschafter folgte. Im
triumphalen Rückzug brachten die Ameisen ihr erlegtes Opfer in Sicherheit.
„Ken - wo steckst Du denn?"
Ken überlegte noch, ob er auf den Ruf reagieren oder ihn einfach ignorieren
sollte, als die Gestalt von Old Man vor ihm auftauchte. „Da bist Du ja Junge.
Weshalb antwortest Du nicht, wenn ich Dich rufe? Hast Du nicht gesehen,
dass das Feuer fast erloschen ist? Du solltest doch aufpassen!"
Old Man - eigentlich Gerome Patters - ein Farbiger mit fast schneeweißem
Haar, musterte Ken vorwurfsvoll. Obgleich er das sechzigste Lebensjahr weit
überschritten hatte, funkelten die Augen hinter den dicken Brillengläsern
äußerst lebhaft und voller Energie. „Ich habe den Damm neu aufgeschüttet
und das Wasserrad repariert. Wir sollten ein ernsthaftes Wort mit den
verdammten Biebern reden. Ich habe langsam das dumme Gefühl, sie wollen
uns wirklich ärgern!"
Ken erhob sich und klopfte lässig den Staub von den Knien.
Ohne den Alten eines Blickes zu würdigen, stampfte er über die verdächtig
knarrenden Bohlen ins Haus und drehte am Lichtschalter.
„Na ja, wenigstens funktioniert der Generator wieder. Wurde ja auch langsam
Zeit!" Die schnoddrige Art des Jungen brachte den Alten endgültig auf die
Palme. Old Man streckte das Rückrat durch, mit drohender Miene humpelte er
dem Burschen nach. „Damit ein für alle Mal klar ist, junger Freund", zischelte
er böse, „in diesem Ton sprichst Du nicht mit mir! Dein Vater hat es nie getan -
und bei Gott, solange ich lebe, werde ich es auch von Dir niemals dulden!
Merk Dir das!" Verdattert schaute Ken ihn an. Als er das Weiße in Old Man's

Augen sah, ahnte er, wie sehr er ihn verletzt hatte. Ein Kloß würgte seinen Hals, er räusperte sich verlegen. „Es tut mir leid, Mann, wirklich!"
Aus der Ferne drang Hundegebell zu ihnen herüber, kurz darauf stürzte eine riesige Dogge in das Zimmer und riss Ken fast um.
„Ist ja gut, mein Alter, ist ja gut!" Beruhigend streichelte er die Flanken. Ein langer Pfiff rief das Tier wieder ins Freie. „Seid Ihr da drin?"
Old Man nickte Ken noch einmal zu, dieser spreizte die Finger der rechten Hand zum Gruß. Der Frieden zwischen ihnen war wieder gerichtet.
„Ja, Nathan, wir sind hier. Wollten nur prüfen, ob die Deckenbeleuchtung noch brennt. Du weißt ja, die gottverfluchten Bieber!" ließ der alte Mann vernehmen, dann folgte er dem Hund. Nathan ließ seine Beute auf die Terrasse fallen, stellte die Flinte gegen den Balkon und begann, seine Stiefel auszuziehen.
„Schon wieder Hase - kannst Du nicht mal auf Rebhühner oder Enten schießen? Jeden Tag Hase - ist ja nicht zum Aushalten!" zeterte Old Man. Nathan massierte unbeteiligt seine Füße. „Diese Schmerzen werden täglich schlimmer. Das ist wirklich nicht zum Aushalten!" fluchte er wütend vor sich hin. Das Schicksal war mit dem kleinwüchsigen Mann sehr hart umgegangen. Wenn er sich zur vollen Körpergröße aufrichtete, konnte er dem Hund gerade so in den Rachen spucken. Was er auch oft genug voller Wut oder Wonne tat.
„Okay, so gibt es heute wieder eine besondere Überraschung? Hase am Spieß, da freut sich wenigstens der Hund. Oder Dax?" Old Man schüttelte die Beute und glättete das Fell des Hasen. Wie zur Bestätigung leckte Dax die Hand des Alten. „Werde mal das Abendessen vorbereiten. Du könntest Dich nützlich machen und Nathan einen Eimer Wasser für seine Füße holen. Und dann brauchen wir noch Holz für den Grill - also dann mal hopp..." forderte er dann Ken auf. Willig raste dieser los und brachte schnell das Gewünschte.

Satt und zufrieden lagen die Männer und der Hund etwas später am Feuer und betrachteten lange Zeit schweigend den sternenklaren Himmel.
„Wenn ich einige hundert Meilen von hier zum Himmel aufsehe - sehen dann die Sterne genauso aus, wie hier?" fragte Ken versonnen und stützte sein Kinn in die Hände. „Genauso, mein Junge, genauso!" brummte Nathan schläfrig.
„Aber wieso...?"

Seine Frage konnte er nicht bis zu Ende stellen. Old Man brach einige Äste durch und schürte das Feuer. „Lies die Bücher Deines Vaters - und Du weißt es!" knurrte er vor sich hin. „Ach - lasst mich doch! Wer braucht heute noch die blöden Bücher? Alles nur Schnick! Außerdem fallen die Dinger langsam aber sicher auseinander!" Ken blinzelte matt, er warf die abgenagten Knochen ins Feuer und ging. Dax schien mit dieser Lösung nicht einverstanden zu sein, er jaulte kurz auf. „Blödes Vieh - holte Dir die Knochen selber aus den Flammen!" schimpfte Ken noch vernehmlich.

Old Man blickte dem Jungen nach, bis er in der Tür verschwand.

„Bist Du nicht zu hart - immerhin sind seit dem Tod von James erst drei Wochen vergangen? Du weißt, wie sehr er an seinem Vater gehangen hat?" Nathans vorwurfsvoller Einwand ließ Old Man schroffer antworten, als er es wollte. „Was heißt hart? Der Junge muss lernen, den Tod zu akzeptieren. Ansonsten ist sein eigenes Leben keinen Penny wert. Du weißt, wie ich das meine! Sein Vater war ein Genie - einer der wenigen Männer unserer Epoche, die mit der Technik unserer ehrwürdigen Vorfahren noch umzugehen verstanden. Ken wird der Letzte sein, der dieses Wissen von ihm geerbt hat. Wir brauchen ihn!"

Nathan stocherte unschlüssig mit einem Stock im Feuer herum.

„Er hat sich verändert - ich meine, nicht nur in den letzten Tagen. Er ist fast ein Mann geworden. Er überragt mich bereits um Kopfeslänge, unser Kleiner!" Nathan hielt spielerisch das brennende Ende in die Luft und schwenkte es mit kindlicher Freude. „Ja das stimmt wohl", entgegnete Old Man, „wir sollten unsere Sachen packen und endlich von hier abhauen. Vielleicht finden wir irgendwo auf diesem beschissenen Erdteil ein nettes Mädchen für ihn? Nur so wird er zu einem richtigen Mann!" Nathan richtete sich auf und schaute Old Man überrascht in die Augen. „Die Idee hätte von mir sein können, alter Mann. Wann soll es losgehen?" Old Man zuckte mit den Achseln.

„Was hält uns hier noch? Doch nichts, oder?" antwortete er und begann zu lächeln. „Was hält uns hier noch? Ich denke, Du hast Recht. Lass uns in aller Frühe aufbrechen, gleich wenn die Sonne aufgeht. Der Junge wird vielleicht Augen machen, wenn er es zu sehen bekommt. Darauf freue ich mich schon", stellte Nathan abschließend fest und kicherte lautlos vor sich hin.

Bis spät in die Nacht berieten beide die Vorbereitungen der großen Reise.

„He, Schlafmütze - raus aus der Falle. Es gibt viel Arbeit!"
Ken rieb sich verschlafen die Augen blank, am liebsten hätte er dem Zwerg
eine heftige Abfuhr verpasst. „Ist doch noch dunkel, viel zu früh für mich",
murrte er und wollte sich wieder zur Wand drehen. Nathan ließ nicht locker.
„Nun komm schon, trübe Tasse. Bei Sonnenuntergang wollen wir in der toten
Stadt sein. Old Man und ich haben eine Überraschung für Dich!"
Wie ein Blitz sauste Ken vom Schlafplatz, stolperte fluchend über den Hund,
bevor Nathan sich zweimal um die eigene Achse drehte, drang sein Ruf
herüber. „Ihr habt eine Überraschung für mich? Was ist es denn? Los doch, ich
bin soweit!" Old Man erwartete sie am unterirdischen Vorratsschuppen.
„Hier Ken, das ist Dein Gepäck. Prüf aber nach, dass die Riemen nicht zu eng
sitzen, sie scheuern sonst Deine Haut auf. Da drüben steht das Gewehr
Deines Vaters, es gehört ab jetzt Dir!“
Mit diesen Worten deutete er auf die Flinte an der Wand.
Ken zauderte einen Moment, doch dann griff er entschlossen nach der Waffe.
Der Schaft war spiegelblank und abgescheuert.
„Hier sind einige Patronen. Verwahre sie gut!“ Old Man reichte ihm eine
Handvoll Munition und wartete, bis Ken alles sicher verstaut hatte.
Jeder lud sich einen schweren, vollgepackten Weidekorb auf den Rücken,
hängte sich die noch aus grauer Vorzeit stammende Feuerwaffen um den
Hals. „Alles klar, Männer? Jetzt beginnt eine neue Zeitrechnung!“
Aufmunternd nickte Old Man dem Jungen zu. Schon schlug der Alte die
Richtung zur toten Stadt ein. Ohne weiteren Abschied verließen sie die Stätte
ihres bisherigen Lebens…

Ken triefte vor Feuchtigkeit.
Die Lederbänder schnürten sich tief in die schmalen Schulterblätter des
Jungen ein. Ohne zu klagen oder wie sonst zu schelten, ertrug er diese
Strapazen. Erst, als die Sonne fast senkrecht am Himmel stand und
brennender Schweiß seine Augen verschloss, ließ er stöhnend die Last zu
Boden sinken. „Okay, suchen wir uns ein schattiges Plätzchen und ruhen uns

ein wenig aus!" schlug Old Man vor und wies zu einer Baumgruppe. Ken taumelte dort hin, legte das Gepäck ab und rollte sich wie ein Igel zusammen. Er schlief vor Erschöpfung sofort ein. „Er schlägt sich tapfer, unser Kleiner!" Nathan nahm einen langen Schluck aus seiner Feldflaschen und reichte sie an Old Man weiter. „Wir sollten auch ein wenig ruhen…" schlug er noch vor, dann war nur noch ein leises Schnarchen zu vernehmen. Old Man lehnte sich mit dem Rücken an den Baum und legte sich die Feuerwaffe übers Knie. „Einer muss ja auf Euch Brüder aufpassen." Er schob sich den Hut ins Genick und begann zu dösen.

Einige Stunden später brachen sie erneut auf.
Bevor die Nacht sie erreichte, trafen sie wie erwartet am Ziel ein.
Ken war schon des Öfteren mit seinem Vater in der toten Stadt gewesen, trotzdem befiel ihn wieder dieses bedrückende Gefühl. Riesig und unendlich gespenstisch war die Stadt, in der nur noch die Knochen der Ahnen in der Sonne bleichten. „Darin lebten einst so viele Menschen, dass alle Wege und Straßen voll waren von ihnen", hörte Ken in Gedanken seinen Dad erklären. Es überschritt die Phantasie des Jungen, sich vorzustellen, dass mehr als fünf oder sechs Leute diese Region bevölkerten. „Sammelt jeder einen Arm voll Holz - wir werden in einer Ruine übernachten. Es ist sicherer!" wies Old Man an und begann selber, einige herumliegende Äste aufzuklauben. Mit einbrechender Dämmerung zog der kleine Trupp entlang an halbzerfallenen Häusern, deren zersprungene Fenster wie Augen eines Vorzeitmonsters das zunehmende Schwarz in sich aufsogen. Ihre Schritte hallten am geborstenen Mauerwerk wider, nur hier und da wurde die ewige Stille unterbrochen vom Krächzen eines verirrten Vogels. Nathan trug das Gewehr entsichert, mit wachsamen Blicken spähte er in jede Ecke und Biegung. Auch ihm war die Situation nicht ganz geheuer. Was am Tage recht harmlos und vertraut aussah, in der Nacht veränderte sich alles und weckte eines der ältesten Gefühle - die pure Angst. „Sind wir nicht bald am Ort? Man sieht fast die Hand vor den Augen nicht mehr!" fluchte der Zwerg und kletterte dem Alten über einen Trümmerberg nach. Auch Ken hörte sein Herz lauter als sonst schlagen, er umschlang mit feuchten Händen den Schaft seiner Waffe. „Wir sind gleich

da!" hörte er bald darauf Old Man ausrufen. „Ein Glück aber auch!" stöhnte er verhalten und schloss eilig auf.

Old Man schritt über eine riesige Freitreppe in ein ehrwürdig aussehendes Gebäude. Es schien wie aus einem Stück gegossen, die alten Marmorplatten wiesen kaum sichtbare Spuren der Zeit auf. In großen Zügen waren Buchstaben über den hochgewölbten Torbögen eingemeißelt, deren verwaschener Abdruck matt im letzten Tageslicht glänzte.

„Lies mir vor, was dort steht!" bat Old Man seinen Schützling.

Ken krauste die Stirn. Sein Dad hatte sich frühzeitig bemüht, ihm die elementarsten Grundregeln im Lesen, Schreiben und Rechnen einzubläuen.

„P-a-l-a-s-t d-e-r J-u-s-t-i-z!" buchstabierte er langsam.

„Palast der Justiz - ein eigenartiger Name für ein Haus. Justiz - wer weiß, was für ein Quatsch sich da unsere Vorfahren haben einfallen lassen?" sinnierte der Alte laut vor sich hin, dann traten die Männer und der Hund ein.

„Das ist hier finster wie in einem Arsch!" grollte Nathan.

„Ja wie in Deinem Arsch!" nörgelte Old Man zurück, „Du gehst mir langsam auf den Sack mit Deiner Unkerei. Pass gefälligst auf wo Du hinlatscht - Strolch!"

Ken grinste insgeheim, weil Nathan bereits mehrmals über seine eigenen Füße gestolpert war. „Ja ja - Du Blödmann - mir tun nur sämtliche Knochen weh!" schimpfte der kleine Mann vernehmlich. Der Hund schnüffelte aufgeregt an den Wänden, verhielt sich ansonsten recht friedlich. „Noch einen Moment, gleich sind wir am Lagerplatz. Und dann haben Du und Deine Knochen Ruhe. Lasst uns vorher die Türen schließen!" Old Man grinste verständnisvoll, dann stemmte er sich gegen die massiven Bronzetüren, doch erst mit Ken's Hilfe gelang es ihm, sie zu bewegen. Geräuschvoll fielen sie ins Schloss.

„So, unser bester Schutz gegen unliebsame Besucher!" stellte Old Man erleichtert fest, dann zog er den Jungen mit sich. Sie durchquerten die Halle, jeder Schritt ihres schweren Schuhwerkes dröhnte in ihren Ohren. Old Man wandelte mit traumhafter Sicherheit durch das Dunkel, so als wäre er schon sehr oft hier gewesen.

„Wartet, ich mache sofort Feuer!" verkündete er schließlich und verschwand. Ken hörte ihn im Hintergrund rumoren. Mehrmals klickten die Feuersteine aufeinander, endlich stob eine Funkenfontäne hervor und hüllte die gebeugte

Gestalt in einen kurzlebigen Strahl. Am Boden sah Ken einen Funken glimmen, sanft begann Old Man zu blasen, bis sich kräuselnd eine Rauchfahne erhob, der Funke an Kraft gewann und die ihm dargebotene Nahrung zu verzehren begann. Eine winzige Flamme schlug empor. Geschickt wendete Old Man das mürbe Holz und legte einige hauchdünne Späne nach. Minuten später brannten dicke Äste und spendeten genügend Licht. „Mann, habt Ihr ein Holzlager geplündert?" staunte Ken nicht schlecht, als er den Berg alter Möbel entdeckte. Die Männer lachten.

„Wir haben vor langer Zeit alle Brennmaterialien hier zusammengetragen. Früher - ja da war der Berg wirklich riesig. Jetzt liegt nur noch ein kärglicher Rest herum!" erklärte Old Man. Nathan schlug indessen mit einer Axt etliche Stücke passgerecht und ließ sie polternd neben dem Feuer fallen.

„Ich war mit Dad einmal hier!" erinnerte sich Ken, „ja richtig - das war vor drei Sommern. Damals, als Mutter, Bylli und Lando noch lebten?"

Ken verstummte. Zu sehr wühlten die Erinnerungen an die verlorene Familie seine Gefühle auf.

Die Nacht verlief weitestgehend ohne Zwischenfälle.

Mit den ersten Sonnenstrahlen war Ken bereits auf den Beinen. Old Man und Nathan schliefen zusammengerollt auf den zerschlissenen Decken und schnarchten um die Wette. „Du bleibst hier!" Dax blieb auf Ken's Zeichen liegen und rührte sich nicht. Lautlos schlich der Junge durch das Portal, kletterte die unzähligen Treppen in die nächste Etage hinauf. Böiger Wind blies ihm ins Gesicht, als er die halb zerbröselte Plattform erreichte. Selbstvergessen stand Ken in der aufgehenden Sonne, inmitten einer verrotteten Gebäudelandschaft; Zeugnis einer längst verlorenen Epoche.

„Wir, die Träger des Wissens des einst mächtigsten Geschlechtes auf Erden, haben eine heilige Mission zu erfüllen, mein Junge", hatte Vater ihn damals an dieser Stelle eindringlich beschworen, dabei mit tränenden Augen auf die trostlose Stadt gestarrt. „Du und ich, wir sind die letzten Angehörigen des Clans der Wissenden. Wenn wir beide nicht mehr sind, stirbt das Wissen, verlischt wie ein Stern, der in einen bodenlosen Abgrund fällt. Halte Dir diese Mission immer vor Augen. An uns liegt es, ein neues Geschlecht entstehen zu lassen...!" Ken schreckte aus seinen Träumen. Von hier oben bot sich ihm ein hervorragender Ausblick auf die Freitreppe vor dem Eingang.

„Verfluchter Mist - was wollen die denn hier?" entschlüpfte es ihm, dann rannte er zurück zur Treppe. Dax empfing ihn winselnd. Dem Hund war die Furcht vor dem lauernden Feind anzusehen. Sein Schwanz klemmte zwischen den Hinterläufen. „Pst, sei leise, hörst Du!" beruhigte Ken das Tier, dann weckte er die Männer. Old Man sprang mit einem Satz auf. Ken wies mit dem Daumen zur Tür und flüsterte: „Wir müssen weg - draußen stehen Dutzende Kreaturen. Sie sehen nicht sehr friedlich aus." Eiligst suchten sie ihre Habseligkeiten zusammen, als die Metalltür unter den ersten Schlägen erbebte. Bösartiges Knurren drang zu ihnen herüber. Nathan ließ vor Schreck erst einmal seinen Rucksack fallen und griff zum Gewehr. „Das hat keinen Sinn - wir hauen ab!" schnaubte Old Man. Das Bersten des Riegels trieb sie zur Eile. „Nicht nach oben - da haben wir keine Fluchtmöglichkeiten! Runter in den Keller, aber mit Tempo!" Old Man riss Nathans Gepäck mit sich und rannte zu einer der vielzähligen Türen. Erneut erbebten die Flügel unter der Gewalt der Schläge, dann fiel einer von ihnen dröhnend in die Halle. Der Weg für die Angreifer war damit frei. Das erste Saurotonus, ein säugetierähnliches Reptil, schob sich mit schnellen, ruckartigen Bewegungen herein. Andere folgten ihm. Dax kläffte ängstlich auf, dann purzelte er zwischen den Beinen seiner Herren die geschwungene Kellertreppe hinab. Es wurde schlagartig still.

„Hoffentlich hält die diese Tür ein wenig auf! Wir steigen weiter hinab in die Kanalisation - dort sind wir vorerst in Sicherheit. Zum Glück haben wir damals alles genau erkundet und uns für jegliche Eventualitäten vorbereitet. Ken - Du kletterst als erster runter, danach der Hund, dann Nathan, zuletzt ich. Wir müssen uns dann rechts halten. Und Ken, keine Angst. Da unten sind nur Ratten!" Nur für sich fügte Old Man hinzu: „Hoffentlich nur Ratten...?"

Muffige, abgestandene Luft schlug ihnen entgegen, als sie endlich den runden Deckel öffneten. „Los, rein mit Dir!"

Old Man stieß Ken in das schwarze Loch. Dieser bekam die eisernen Krampen in der Wand zu fassen und ließ sich daran hinabgleiten. Etwa drei, vier Meter, dann stand er auf sicherem Boden. „Bin unten!" brüllte er. „Dann pass auf, die Körbe kommen!" Krachend fielen die Gepäckstücke neben ihn nieder. Dax

wehrte sich gegen die unsanfte Behandlung und bellte Old Man wütend an.
„Halt endlich die Schnauze und mach Dich nicht so steif!" brüllte dieser
entnervt die Dogge an, dann ließ er das Tier ebenfalls rückwärts fallen. „Alles
klar, ich habe ihn zu fassen bekommen", meldete Ken und unterdrückte damit
Nathans Protest. Eile war geboten. Das Splittern der Holztür gab das
entscheidende Signal. Nathan hatte noch nicht ganz den Grund erreicht, als
Old Man sich bereits herabhangelte. Er ächzte vor Anstrengung und schob
Zentimeterweise den Stahldeckel in die Fassung zurück. Er rastete endlich ein.
„Puh, das war knapp", stöhnte der Alte und ließ sich keuchend auf die Knien
sinken. Das Scharren der scharfen, krallenbewehrten Pfoten eines Reptils auf
der Metallplatte erzeugte ein nervtötendes Geräusch. Fluchtartig verließen die
Männer die ungastliche Stätte.
„Wir bleiben vorerst auf dem Weg, irgendwo geht es dann wieder nach rechts!"
meldete Old Man nach einer Weile und dirigierte Ken in die entsprechende
Richtung. „So ist es okay. Da vorn ist die Biegung. Ab jetzt immer nur rechts
halten." An manchen Stellen schien Tageslicht durch metertiefe Einbrüche,
Schutt und Geröll versperrte teilweise den wie eine Straße dahin ziehenden
Kanal. Ken bildete ab hier den Schluss des Trupps. Neugierig schaute sich der
Junge um. „Kann mir einer von Euch erklären, wo wir eigentlich sind?"
„Na klar doch, mein Junge", ließ Nathan vernehmen. Dann lachte er meckernd
vor sich hin. „Wir befinden uns unterhalb der Stadt", fuhr er fort, „dort wo früher
die Abwässer und Fäkalien abgeleitet worden sind. So einfach ist das."
Ken überlegte einen Moment. „Was sind Fäkalien?"
Als hätte Nathan darauf gewartet, prustete er erneut los.
„Scheiße, mein Junge - schlichte, einfache, stinkordinäre Scheiße!"
Ken schüttelte sich bei der Vorstellung und blickte angewidert die Wände
empor. „Hier war alles voller Scheiße…?"
„Hier geht es wieder nach oben!" Old Man prüfte die Wandmarkierung, dann
nickte er bestätigend. „Sicher doch - damals wären wir bis zum Hals darin
versunken. Da haben wir jetzt richtig Glück, oder?" griente er. „Wir sind fast da,
da geht es jetzt hoch. Dein Vater hat damals berechnet, wie weit der Weg in
der Kanalisation an unser eigentliches Ziel heranführt. Sein Zeichen könnt Ihr
hier erkennen. Über uns liegt der ‚Park der Hoffnung'. Ich sehe nach, ob die

Luft rein ist." Old Man stakte schwerfällig die Metallgriffe empor, gleißendes Licht fiel in den Schacht und blendete die Männer.
„Alles klar! Ken, Du bringst zuerst den Hund nach oben!"

„Ich wusste gar nicht, wie köstlich frische Luft schmecken kann - oh Gott, mein ganzer Körper stinkt", stellte Ken entsetzt fest und schüttelte sich den gelblichen Staub aus den Haaren. Wie eine Dunstglocke rieselten die feinen Körnchen von ihm herab. Nathan ließ wieder sein glucksendes Lachen hören. „Das ist alles nur Einbildung, mein junger Freund. Führst Dich trotzdem auf, als käme jeden Moment ein flottes Mädchen vorbei, um Dich zum Tanz aufzufordern", frotzelte der Kleine, dann winkte er gleichmütig ab und schnallte sich seinen Korb um. „Gibt es wenigsten Wasser in der Nähe? Das Zeug ist ja eklig!" jammerte Ken, dann schloss er sich seufzend den Gefährten an. Sie waren aus den Ruinen der toten Stadt heraus. Vor ihnen befand sich ein völlig verwildertes, von riesigen Bäumen überwuchertes Stück grüne Erde. „War früher eine gewaltige Parkanlage - ich habe alte Bilder davon gesehen; weiß der Teufel, welchen Spleen unsere Vorfahren noch so hatten?" Old Man wirkte nervös, jedes Wort von ihm klang wie das trockene Bellen eines Hundes. Ken registrierte die Veränderungen des alten Mannes mit wachsender Verwunderung. Er pirschte sich näher an Nathan heran. „Was hat er denn so plötzlich?" Nathan sah ihm eine Sekunde nachdenklich in die Augen. „Hier an dieser Stelle ist vor drei Wochen Dein Vater tödlich verletzt worden. Darum!" Der Junge zuckte zusammen, blickte sich nun ebenfalls furchtsam um. Plastisch standen ihm die Bilder von Dad's letzten Stunden vor Augen. Wie Old Man und Nathan ihn auf einer aus Ästen gefertigten Trage ins Haus brachten. Die Schreie des Sterbenden im Fieberwahn, sein letztmaliges Erwachen. Nathan hatte ihn beobachtet, die hilflose Geste rührte ihn. „Es ging damals so schnell, wir wissen heute noch nicht, was für ein Vieh es war? Wir wissen nur - es haust irgendwo da drin. Und wir müssen da hindurch - ansonsten haben wir kaum eine Chance, von hier überhaupt wegzukommen. Old Man hat einfach nur Angst. Er hat eine Scheißangst um Dich, mein Junge!" Nathan rückte sich die Tragegurte zurecht, dann trotteten die beiden dem alten Mann nach. „Ab jetzt zusammenbleiben, die Waffen schussbereit

halten. Nathan, Du sicherst uns von hinten. Ist das klar?" zischte Old Man
scharf durch die Zähne und schob seinen löchrigen, selbstgeflochtenen
Strohhut tiefer in die Stirn. Nathan nickte wortlos, dann dirigierte er Ken in die
Mitte und leinte den Hund an. „Los!" befahl Old Man.

Das Gefühl, als vorhin die Kreaturen auf sie losstürmten, war ein Nichts im
Vergleich zu dem, was jetzt in seinem Innersten entbrannte.

Hass, Angst, Verzweiflung - alles purzelte auf einmal durcheinander, doch
keines der Gefühle schien vorerst die Oberhand zu gewinnen. Old Man bog
einige Zweige auseinander, dann verschwand er im dichten Blätterwald.

„Schlaf nicht Ken, komm schon!" rügte er den Jungen, als dieser noch zögerte.
Ken war mit den Gefahren der rauen Umwelt aufgewachsen, sie waren ihm
geläufig und vertraut. Doch hier war sein bester Freund, sein Dad, ums Leben
gekommen. Der, von dem er glaubte, dass er eigentlich ewig leben müsste?
Dieser Ort flößte ihm richtige Angst ein…

Dr. Summerfield beugte sich noch einmal über den Toten.

Es war der Krieger der Pikos, nackt lag er auf dem Tisch. Bleich schimmerte
sein Gesicht im Lichte der glimmenden Deckenleuchte. Der Mann war von
kräftiger Statur, mit vielen Narben an den Oberarmen und Brustkorb. „Das
zeichnet ihn als furchtlosen Kämpfer aus. Den konnte nichts so schnell
umhauen!" So viel stand für den Doc fest. „Damit dürfte klar sein: Unter
normalen Umständen wäre es kaum möglich gewesen, den Piko so leicht zu
töten…" murmelte er weiter vor sich hin. Er begann, systematisch die
Hautpartien abzusuchen. Endlich entdeckte er die winzige Wunde oberhalb
der Nasenwurzel. Nicht größer als ein Mückenstich, glänzte ein Tröpfchen
verkrustetes Blut. Er schüttelte unwillig den Kopf. „Das kann unmöglich die
Todesursache gewesen sein?"

Vorsichtig hievte er den starren Körper um, fand auf seiner Rückseite aber
auch keinerlei weitere Hinweise. „Verflixt noch mal - das geht nicht mit rechten
Dingen zu", nuschelte er und rieb sich nervös die Augenbrauen. Mit einem
Skalpell schabte er die Kruste ab und begann, vorsichtig den Hautlappen
aufzutrennen...

„Unter den gegebenen Umständen steht für mich fest; dieses kleine Ding hier hat unsere Männer getötet!" Dr. Summerfield hielt zwischen Daumen und Zeigefinger einen kaum erkennbaren Gegenstand. Major Hammer rückte mit dem Vergrößerungsglas näher heran. „Sieht aus wie eine Haarnadel, nicht ganz so dick und nicht ganz so lang. Wo haben Sie die gefunden?"
Dr. Summerfield markierte die Stelle an seiner Stirn.
„Alle fünf Opfer wurden genau zwischen den Augen getroffen. Dieses Projektil, ich würde es jedenfalls so bezeichnen, ist durch den Schädelknochen eingedrungen und hat im Gehirn eine Art Explosion ausgelöst. Die Männer hatten keine Chance!" Major Hammer war in Gedanken versunken und lauschte den Ausführungen des Doktors. „Das war es, mehr kann ich dazu nicht sagen", beendete dieser seine Erläuterungen und legte das Projektil in Major Hammers Handfläche.
„Wissen Sie, Doc", hub Major Hammer an, laut zu sinnieren, „ich habe in meiner militärischen Laufbahn vieles kennen gelernt, was sich heute in unserer Situation als Schrott und Mist erweist. Ich habe mir in meiner Jugend das Töten als Handwerk angeeignet, in der Hoffnung, es nie anwenden zu müssen. Mir tut es in der Seele weh um jeden Mann, den wir in unserem täglichen Kampf verlieren. Und glauben Sie mir, ich bin wahrlich kein Freund von Kriegslist und Waffengeklirr. Doch diese Geschichte hier wird ein bitteres Nachspiel haben. Solch einen Tod haben die Männer nicht verdient!"
„Niemand weiß, wer was verdient hat? Viel wichtiger ist die Tatsache, dass offensichtlich eine intelligente Spezies hinter all diesen Morden steht. Das Ding dort ist aus Metall - es wurde also zum Töten erschaffen!"
Dr. Summerfield holte tief Luft, bevor er weiter sprach.
„Ich habe solch eine blöde Ahnung. Diese Typen werden uns noch viel Ärger bereiten, dessen bin ich mir fast sicher...!"

Gleich, nach dem die Suchtrupps ausgeschwärmt waren, winkte Bobak seine Krieger zu sich. „Jeni, Du läufst voraus und liest die Spuren. Führe uns zu den Kindern - bevor es vielleicht zu spät ist!" Jeni nickte gleichmütig, doch in seinem Innern war er hocherfreut über das Vertrauen des Häuptlings. Eifrig begann er, die unzähligen Spuren vor dem Tor zu studieren. Geduldig wartete Bobak, bis der junge Krieger das Zeichen zum Aufbruch gab. „Sie sind mit der Sonne gelaufen - die Spuren der Kinder führen zur Felswand dort, ich vermute, sie sind von dort aus Richtung Wasserfall gelaufen. Keine gute Gegend für Spiele!" stellte er abschließend fest. Dann liefen die Pikos los. Sehr schnell erreichten sie den Durchbruch in der Wand, dahinter begann eine von üppiger Vegetation überwucherte Fläche. Die Wassernähe ließ derartiges Wachstum hier in den Tälern zu. Misstrauisch versuchte Jeni, die Geräusche des Waldes zu orten. „Da geht es lang!" Bevor sie zwischen den uralten Baumstämmen und dem teilweise nur schwer durchdringbaren Unterholz eintauchten, begann der Boden unter wuchtigen Schlägen zu erzittern. „Alles in Deckung, da kommt ein gewaltiger Brocken auf uns zu!" rief Bobak. Kampfbereit warteten die Männer ab. Der Lärm kam schnell näher. Schatten huschten zwischen den Stämmen hervor, mehrere Gestalten lösten sich aus dem Zwielicht und stolperten den Kriegern entgegen. „Es sind die Kinder!" stellte Jeni erleichtert fest und zeigte sich ihnen. „Schnell hierher! Macht schon!" Mit hochrotem Kopf stürzte Tim auf Bobak zu, er keuchte vom Rennen und vor Erregung. „Sind alle zusammen?" wollte Bobak von ihm wissen. Tim verneinte und brach in Tränen aus. Auch die anderen Kinder wirkten plötzlich völlig verstört. „Was ist los, wer fehlt denn im Namen der Götter?" Bobak hob den Jungen auf den Arm und tröstete ihn.

„Die kleine Stefanie - sie war auf einmal fort; und - und dann kam dieses Ungeheuer auf uns zu. Da sind wir weggelaufen!" schluchzte Tim voller Verzweiflung. „Achtung - er kommt!" warnte Jeni und setzte vorsichtshalber einige Schritte zurück. Wie eine Walze brach sich der Saurier seinen Weg durch den Busch. „Alles zurück bis zum Fels - ich versuche das Biest abzulenken!" ordnete der Häuptling an. Die Männer trugen die geschwächten Kinder mit sich. Bobak positionierte sich im Schatten eines übermannshohen Steines und spannte seine Armbrust. Zwischen dem Blätterwall schob sich das grässliche Maul eines Allosauriers hindurch. Mit seinem mächtigen Körper ließ er zwei ausgewachsene Birken wie Espenlaub schwanken, beim nächsten Rammstoß fielen sie krachend ineinander. Bevor die Echse vollends den Waldrand erreichte, handelte Bobak entschlossen, zielte und schoss den

Stahlbolzen ab. Das Tier schrie vor Schmerz auf. Das Geschoss hatte sich tief unterhalb seines Kopfansatzes in den Hals gebohrt. Vergeblich versuchte es, mit seinen kurzen Vorderpfoten die Stelle zu erreichen. Bobak lud die Armbrust nach und schoss erneut. „Hier hast Du noch einen!"

Diesmal hatte das Ungeheuer die Bewegungen seines Angreifers bemerkt. Schnell wie ein Blitz schnellte es auf den Häuptling zu. Viel Zeit zum Überlegen blieb ihm nicht. Wohl eher in spontaner Reaktion riss er den Bumerang, den er im Gürtel trug, hervor, und schleuderte ihn auf den Saurier. Fauchend zerschnitt die Waffe die Luft, für einen Moment schien es, als wäre der Wurf zu kurz bemessen, das Ziel unerreichbar fern. Dann senkte sie sich herab und zog ihre Bahn genau in den weit geöffneten Rachen des Sauriers. Wie von einer Axt gefällt, stürzte der Riese röchelnd um…

Stefanie zitterte am ganzen Körper.

Ihre Beinchen trugen sie weiter fort von dem Ort, wo ihr das Grauen begegnet war. Immer wieder rieb sie sich die tränenverschleierten Augen blank, manchmal schrie sie vor Schmerz auf, wenn ein Ast sie wie ein Peitschenhieb traf. Farne und Ranken verhedderten sich um ihren Körper, einmal stürzte sie schwer. „Ich kann nicht mehr - Tim, ich kann nicht mehr!" röchelte sie.

Doch Tim konnte sie längst nicht mehr hören!

Zu schwach, sich aufzurichten, blieb sie einfach auf dem feuchten Boden liegen. Erst als das Mädchen durch die aufziehende Kühle zu frieren begann, strampelte sie sich frei. „Wo bin ich hier?" Sie hatte sich vollkommen verirrt. Ängstlich suchte Stefanie nach einem Pfad oder wenigsten einem Zeichen, wonach sie sich hätte richten können. „Die anderen Kinder, sie müssen doch in der Nähe sein?" Eine grüne Mauer umgab sie, ab und an huschten einige Sonnenstrahlen bis zum Unterholz und erhellten für diese Augenblicke die unmittelbare Umgebung. Ein bunter Kringel fiel auf ihren Bauch. „Oooh - das ist schön!" Sie versuchte ihn mit ihren Händen zu greifen, festzuhalten. Doch wenige Augenblicke später war er verschwunden. Enttäuscht sah sich die Kleine um. „Sonnenstrahl - wo bist duuu…?"

Da, etliche Schritte weiter schimmerte wieder ein Strahl. Unter ihrer verheulten Maske stahl sich ein Lächeln hervor. So schnell sie konnte, rannte sie, um ihn zu fangen. „Wo bist du denn? Ach - da! Warte, ich kriege Dich!"
Das farbige Spiel ließ sie ihren Kummer einen Augenblick vergessen. Mit jedem Schritt entfernte Stefanie sich weiter weg von ihrem Heim...

Michael fühlte sich schuldig.

Stumpfsinnig starrte er an die Decke seines Zimmers. Das Stimmengewirr in den Nachbarräumen drang nicht in sein Bewusstsein.

Auch die Tatsache, dass er sich freiwillig zum Suchtrupp gemeldet hatte, der am nächsten Morgen die sterblichen Überreste von Jo finden und heimführen sollte, beruhigte seine aufgeputschten Nerven nicht. „Es konnte doch niemand ahnen, dass es so kommt?" Er sah das Gesicht des Gefährten vor sich, sein Winken, als er langsam in die Schlucht stieg. Der Schrei, als Jo abstürzte, gellte in seinen Ohren. „Er war doch bereits unten - was hat er dann gemacht?" Immer wieder versuchte er gedanklich zu rekonstruieren, was auf dem Sims geschehen sein konnte? Als sie später mit Hilfe der Rettungsmannschaft von dort abgeseilt wurden, machte er sich die Mühe und inspizierte jede Stelle genau. Normalerweise war der Sims so breit, dass ein Mann sich bequem darauf setzen konnte, ohne Gefahr zu laufen, abzurutschen. „Ich verstehe das nicht?" Der Schatten fiel ihm ein. „War das nur ein Phantom oder real? Ich bin mir nicht sicher? Gibt es dort oben irgendetwas, wovon wir nichts wissen? Ein Flugsaurier vielleicht...?" Das Deckenlicht flammte auf und blendete ihn. „He, Michael. Hör auf Trübsal zu blasen. Komm mit uns, wir wollen eine Kleinigkeit essen gehen!" Seine drei Mitbewohner standen in der Tür, doch als sie seine verschlossene Miene sahen, winkten sie ab und verschwanden. „Dann bleib doch hier und versinke in Deinem Kummer!" Die Ruhe währte nicht lange. Nach einem harten Pochen wurde die Tür erneut aufgerissen.
„Michael Fox - sofort zum Lieutenant!"

Dr. Harper sah noch etwas blass aus, trotzdem konnte ihn nichts auf der Welt mehr im Bett festhalten. Im 'Palast' tagte der Rat von New-Noah-City heute unter der Leitung von Major Hammer. Der Administrator saß abseits auf einem bequemen Sessel und hörte der erregten Debatte zu. Major Hammer erhob sich von seinem Sitz, furchte nervös mit den Händen durch seinen akkurat gezogenen Scheitel. „So geht es nicht, meine Damen und Herren. Ich bin dafür, alle notwendigen Maßnahmen zur zusätzlichen Sicherung von New-Noah-City umgehend einzuleiten. Im Einzelnen wären dies:
a) Sofortige Errichtung einer mobilen Radarstation. Da wir es mit Angreifern aus der Luft zu tun haben, werden wir unseren Luftraum rund um die Uhr überwachen. Der Trupp, der morgen noch einmal die Absturzstelle absucht, wird personell aufgestockt. Innerhalb der nächsten zwei Tage sind alle erforderlichen Teile aus der Bunkeranlage hierher zu bringen. Das wird von diesen Männern gleich mit erledigt! Soweit einverstanden?"
Die Anwesenden nickten beifällig.
„Okay, kommen wir zu Punkt 2 oder b): Ab sofort patrouillieren weitere Doppelposten innerhalb der Schutzwälle. Der äußere Wall selbst wird durch ein zusätzliches elektrisches Spannungsfeld gesichert. Die Planungen der Arbeiten dazu wurden bereits vor Wochen abgeschlossen. Doktor Ferrow, Sie werden das bitte mit Ihrer Abteilung in die Hand nehmen. Sie erhalten dazu fünfzig Mann der Sicherheitstruppe. Werden Sie damit klarkommen?"
Linda schrieb hastig einige Notizen in ihren Block. „Hhmm, die Zeichnungen und Pläne liegen ab morgen in meinem Büro?" fragte sie, ohne aufzublicken.
„Selbstverständlich, Verehrteste!"
Major Hammer schmunzelte zufrieden vor sich hin.
„Gut Major, dann brauchen wir exakt drei Wochen bis zur Fertigstellung!"
„So sei es, kommen wir nun zum Antrag des Häuptlings der Pikos. Ihr Einverständnis vorausgesetzt, lasse ich einen Schnellkurs vorbereiten. Wir statten die Krieger der Sonnengarde mit leichten Handfeuerwaffen aus - die Ausbildung dauert maximal zwei Tage. Bobak wird mit seinen Kriegern nächste Woche hier anrücken und die Waffen in Empfang nehmen. Ich betone noch einmal, der Einsatz der Waffen erfolgt nur zum Schutz der Siedlung Kilbaat vor wilden Tieren!"

Bobak erhob sich seinerseits und dankte mit einer kurzen Verbeugung.
„Mein Volk wird sich über die weise Verfügung sehr freuen. Zu viele Opfer hat
die Wildnis bereits gefordert - ein Zusammenleben mit den Echsen aus längst
vergangenen Zeiten wird immer komplizierter. Noch einmal herzlichen Dank!"
Sein warmes Lächeln streifte Dr. Harper, auch er begrüßte die Entscheidung
des Rates. Er hatte Bobak schon vor Jahren dieses Angebot unterbreitet, aber
bisher wollten die Pikos keinen Gebrauch davon machen. Lt. Gordon bat ums
Wort. Auch er versuchte, seine Ausführungen auf das Wesentliche zu
beschränken. „Ich möchte den Rat davon in Kenntnis setzen, dass die kleine
Stefanie bis zum Einbruch der Dunkelheit nicht gefunden wurde. Es tut mir
leid!" Er räusperte sich und atmete tief durch. „Wir werden in aller Frühe noch
einmal die Männer zur Suche ausschicken. Ein wenig Hoffnung bleibt uns. Die
Krieger der Pikos, die heute schon die Kinder gefunden und gerettet haben,
werden ihren Abmarsch um einen Tag verschieben. Beten wir zu Gott, dass sie
gesund und unbeschadet gefunden wird!" Lt. Gordon wurde abrupt
unterbrochen. „Lieutenant..., Dr. Harper - Sir! Michael Fox wie befohlen zur
Stelle!" „Kommen Sie herein und setzen Sie sich!" Lt. Gordon wies ihn mit
einer knappen Kopfbewegung auf einen der leeren Stühle. „Eine der
wichtigsten Erfordernisse in der gegenwärtigen Situation sind neben den eben
genannten Maßnahmen zum Schutz von Leben die gleichzeitige Aufklärung
darüber, wer oder was hinter den Ereignissen der vergangenen Tage steht?"
Zustimmendes Gemurmel machte sich breit. Als der Lieutenant weiter sprach,
hörten die Mitglieder des Rates aufmerksam zu.
„Nun, ich habe die letzten Stunden genutzt und mir noch einmal sämtliche
Vorfälle durch den Kopf gehen lassen, um eventuelle Parallelen zu finden.
Doch hören wir vorher, was mit dem Reparaturtrupp geschah? Michael, Sie
waren der zuständige Gruppenführer. Berichten Sie uns, was da oben
vorgefallen ist?" Verlegen drehte Michael sein Basecap in den Händen.
Dann begann er mit klaren Worten zu schildern, was seine Seele bedrückte.
Als er fertig war, trat für einige Minuten absolutes Schweigen ein.
Linda beugte sich etwas nach vorn, um den jungen Mann besser sehen zu
können. „Wiederholen Sie bitte noch einmal Ihre Eindrücke, als Sie in der
Nacht wach wurden!" bat sie nachdenklich.

Michael schloss die Augen, versuchte sich an jede Regung zu erinnern.
„Wissen Sie, es ist schwer für mich, dieses Gefühl wiederzugeben. Es war eine
Mischung zwischen Furcht, Erschrecken - und irgendetwas Fremden? Ich kann
es nicht genauer definieren. Ich wachte auf, glaubte diese Gestalt zu sehen,
griff nach meiner Waffe und… schlief sofort wieder ein. Ich bin jetzt überzeugt,
dass es keine Sinnestäuschung war!" Der letzte Satz kam voller Auflehnung
über seine Lippen, so als müsste er sich erst selbst von dieser Tatsache
überzeugen. „Wir glauben inzwischen, dass Sie Recht und sich nicht getäuscht
haben, Michael!" bestätigte Lt. Gordon seine Annahme.
„Sie sind also auch der Meinung, dass sich Jo sehr merkwürdig verhielt?"
bohrte Linda noch einmal nach. Michael nickte heftig. „Wissen Sie, Jo und ich,
wir waren nicht das, was man Freunde nennen mag. Aber am Morgen, als wir
feststellten, dass die gesamte Ausrüstung verschwunden war, reagierte er
derart überzogen - um nicht zu sagen feindlich, dass es fast zu einer Prügelei
gekommen wäre. Ich konnte mich nicht des Eindrucks erwehren - es war so,
als hätte etwas Wildes seinen Geist in Besitz genommen. Das war nicht Jo,
wirklich nicht." Damit endete sein Bericht.
„Danke, Michael. Gibt es weitere Fragen?" erkundigte sich Major Hammer.
Dr. Harper räusperte sich. „Ich habe gerade den Obduktionsbericht von
Dr. Summerfield gelesen. Diese Wesen verfügen offenbar über technische
Hilfsmittel, die uns mehr als gefährlich werden können. Das sollten wir
ebenfalls in Betracht ziehen. Ich bin dafür, dass der Rat der Bevölkerung von
New-Noah-City reinen Wein einschenkt. Somit wären alle gewarnt, jeder weiß,
wie er sich im Ernstfall zu verhalten hat." Major Hammer hüstelte laut und zog
damit die Aufmerksamkeit der Anwesenden wieder auf sich. „Vielleicht sollten
wir mit der Aufklärung unserer Leute warten, bis wir mehr Fakten kennen?" gab
er zu bedenken. Dr. Harper verneinte energisch. „Jedes Zögern kann die
schlimmsten Folgen haben. Wir müssen unsere Leute sofort umfassend
informieren! Nur wer seinen Feind kennt, weiß wie er zu schlagen ist.
Zugegeben, unsere Kenntnisse sind sehr mager. Aber ich denke, es ist nur
eine Frage der Zeit, bis sich das ändert. Und die möchte ich nicht ungenutzt
verstreichen lassen!"

Die alte Nor hockte träge neben dem lodernden Feuer, scheinbar unbeteiligt beobachtete sie trotzdem jede noch so winzige Bewegung ihrer anvertrauten Schützlinge. Alle Männchen und Weibchen des Stammes der Ungis waren bereits vor Tagen ausgezogen, neue Beute zu jagen. Ein kehliges Knurren rief eines der krabbelnden Wesen in den festgelegten Bewegungsraum zurück. „Bleibst Du wohl hier!" Nor erhob sich schwerfällig und hinkte zu einer Felsspalte, um etwas Holz zu holen. „Ich bin gleich wieder da - niemand verlässt die Senke", schnaubte sie die vier kleinen Ungis an. Greinend blickten ihr die Kinder nach. Wenige Augenblicke später tauchte sie mit dem neuen Brennmaterial wieder auf, legte nach und döste erneut vor sich hin. Eines der Kleinen begann laut zu jammern. „Komm zu mir, komm schon!" lockte Nor den Schreihals und schnalzte beruhigend mit der Zunge. „Ihr habt gewiss großen Hunger - wir haben nichts mehr. Alle Vorräte sind aufgebraucht. Wir müssen warten, bis Sin und die Übrigen zurückkommen", redete sie gurrend auf die Kinder ein. Schließlich ging ihr das Geheul auf den Geist. „Ach Ihr…!"
Sie brach ein Stück Ast ab, schälte mit den Zähnen die bitter schmeckende Rinde ab und gab das Holz der Kleinen. „Hier, kau darauf herum. Es macht nicht satt, beruhigt aber!" Das Wimmern hörte auf, voller Stolz beobachtete Nor, wie das Kind ihren Rat befolgte und zaghaft zu lutschen begann. Sofort umringten die anderen drei Rabauken neidvoll die Glückliche und versuchten, ihr das Stöckchen zu entreißen.
„Wollt Ihr wohl, kommt zu mir! Jeder erhält sein eigenes Knabberholz", fauchte Nor und bereitete drei weitere Äste vor. Endlich zog die ersehnte Ruhe ein. Die quengelnden Geister bissen vor Wonne auf ihre Hölzer. Plötzlich erstarrten sie zu Stein. Ein langgezogenes Heulen ließ die Gesichter der Kinder vor Freude erglühen. „Sie kommen! Hört Ihr - sie kommen zurück!" grunzte die Alte aufgeregt und begann, die Feuerstellen der Familien zu entzünden. Einige Male senkte sie ihre Fackel in die vorbereiteten Holzstöße. Erst wenn die Flammen zischend zwischen den fingerdicken Ästen hervor schlugen, schlurfte sie zum nächsten Stapel. Sie hatte gerade ihre Arbeit beendet, als die ersten Mitglieder der Horde im Tal eintrafen. Laut schnatternd wurden sie von den Kindern begrüßt. „Hunger!"

So manch einer der Jäger schob den Kleinen unauffällig eine Schnecke, Beere oder andere mitgebrachte Leckerbissen in den Mund. „Hier habt Ihr was zu essen!" Die Kinder quietschten vor Vergnügen und purzelten den Erwachsenen vor den Füßen umher.

„Sagt doch, war die Jagd erfolgreich?" grunzte Nor neugierig und hob schnuppernd die Nase in die Luft. Die Jäger rochen nach frischem Blut.

„War sie, war sie!" bestätigten die Ankömmlinge. Wenige Zeit später traf die Mehrheit der Horde am Feuer ein. Mit prüfendem Blick überflog die Alte ihre Angehörigen. „Niemand fehlt, es ist ein guter Tag", stellte sie erleichtert fest.

Drei Trägerpaare rückten ins Licht und legten die zwischen ihnen an eine Stange gebundenen, toten Tiere ab. Angesichts der reichen Beute klatschte Nor vor überschäumender Freude mit den Händen.

„Das ist aber noch nicht alles, Nor!"

Die Sprecherin, ein kräftig gewachsenes Weibchen, deren gewölbter Bauch einen nahe liegenden Zuwachs der Horde ankündigte, winkte eine weitere Trägergruppe heran. Bösartiges Fauchen ließ die Alte und die Kinder erschaudern. Vier Jäger trugen zwischen sich den riesigen Körper eines ausgewachsenen Säbelzahntigers. Wütend funkelten seine Augen, sein heiseres Fauchen entlockte den Ungis ein lautes Gelächter. „Schrei nur, schrei nur!" brüllte Mer, ein junger Jäger, das sich vergeblich in seinen Fesseln windende Tier an, riss einen glühenden Ast aus den Flammen und fuchtelte damit vor dessen Kopf herum. Ängstlich zuckte der Tiger zusammen. Als er die glühende Hitze zu spüren begann, schloss er erschöpft die Augen.

„Weg mit Dir!" bellte Sin den Jäger verächtlich an.

Dieser zog sogleich den Ast zurück und warf ihn ins Feuer.

„Kümmert Euch um die Kinder! Den Tiger sperrt in die Höhle. Morgen bei Tagesanbruch teilen wir die Beute auf!" Bevor Sin in ihrer Wohnhöhle verschwand, schleuderte sie der alten Nor einen Batzen Fleisch zu.

„Wir haben heute schon gegessen, das ist Dein Anteil. Du hältst weiter Wache heute Nacht! Wir sind müde und müssen uns ausruhen!" Zufrieden knurrte die Alte auf und verzog sich erst einmal mit der Nahrung in eine ruhige Ecke.

Sin's Höhle war zwar verhältnismäßig schmal, bot nur Platz für ein mit Gras, Blättern und Moos gepolstertes Schlafnest. Dafür war sie schön warm und trocken. Gleich neben dem Eingang flackerte ein kleines, rauchloses Feuer. Als Sin eintrat und sorgfältig mit dem Fell den Eingang verschloss, huschte Rex, ihr Lebensgefährte, an sie heran und zog sie aufs Lager.

Unwillig schüttelte sie das Männchen ab. Ihr Sinn stand zurzeit nicht nach Paarung. „Lass mich in Ruhe - geh zur alten Nor. Ich bin müde genug!" fertigte sie den vor Erregung keuchenden Partner ab und legte sich schlafen.

Sin's Wort war Gesetz in der Horde. Zähneknirschend zog Rex sich auf seine Seite zurück, noch lange hörte die Ungifrau, wie er sich unruhig auf seinem Lager herumwälzte. Sin erinnerte sich... Seit dem Tode ihres ersten Kindes - welches von Zyg vor drei Sommern gequält und gezüchtigt wurde, an deren Folge das Würmchen dann starb - seit dem Tag hatte sie die Führung der Horde übernommen. Sicher, es war ungewöhnlich, dass ein Weibchen als Oberhaupt anerkannt wurde - in ihrem Fall einigten sich die Ungis aber sehr schnell. Die meisten Männer kamen in dem unglückseligen Angriff auf Kilbaat ums Leben, die wenigen Verbliebenen waren zu schwach und bedurften lange der Pflege ihrer Frauen. „Es gab nur diesen Weg..." Inzwischen war die Horde angewachsen, mehrere Männchen anderer Horden waren zu ihnen gestoßen und hatten sich angeschlossen. Bisher stellte niemand von ihnen den Anspruch auf die Führung und Sin selbst fühlte sich stark genug, die geringste Regung in dieser Richtung ohne Skrupel zu unterdrücken. „Doch was wird, wenn mein Kind da ist? Wer soll die Horde dann führen?" In letzter Zeit war sie oftmals launisch und kaum ansprechbar, ganz im Gegensatz zu ihrer eigentlichen Mentalität. Sie wusste, dass mit der Geburt des Kindes ihr Führungsanspruch verloren ging. Die Horde brauchte einen starken, gesunden Anführer - eine Mutter mit Kleinkind eignete sich in keiner Weise dazu. Die Sorge um die Zukunft ihres kleinen Völkchens machte ihr mehr zu schaffen, als sie sich selbst eingestand. Endlich zog auch auf dem Vorplatz Ruhe ein...

Nur manchmal war das klagende Röhren des Tigers zu vernehmen.
Nor fühlte sich satt und zufrieden. „Das war wirklich ein gutes Fressen!" Sie schleppte noch einmal genügend Holz für die lange Nacht heran und schürte

bedächtig das Feuer vor Sin's Höhle. „Ich werde hier sitzen und Deinen Schlaf
bewachen!" brummelte sie lautlos vor sich hin. Genüsslich leckte sie ihre
Hände sauber. Der Geschmack des Blutes berauschte erneut ihre Sinne. Ihr
sehnsuchtvoller Blick fiel auf die an die Felswand gelehnten Transportstangen.
Nor entschloss sich, die Beute noch einmal aus der Nähe zu betrachten.
„Wer weiß, vielleicht fällt doch noch ein kleiner Bissen für mich ab?"
Sie überzeugte sich, dass sämtliche Höhleneingänge verschlossen waren,
dann schlich die alte Frau zum Fels. Eine mannsgroße Echse, ein Hirsch und
ein Wildpferd hingen ausgeweidet in Augenhöhe.
„Das gibt ein Festessen für die nächsten Tage…" freute sie sich und rieb
gefällig ihre Hände. Dann fing sie einige herab fallende Blutstropfen auf. Mit
ihrer Zunge schlürfte sie diese voller Wonne. „Das schmeckt…!" Das Scharren
von Steinen unterbrach sie. Sie stockte und lauschte angestrengt in die
Dunkelheit. „Vielleicht ist es besser, ich wecke einige Männer?" dachte sie
noch, als ein kühler Luftzug sie einhüllte. Sie sah nur die beiden Gestalten auf
sich zuschweben, ohne einen weiteren Laut von sich zu geben, fiel Nor tot
um…

Jedes Geräusch ließ Ken das Herz erzittern, jedes Astknacken klang wie ein
Schuss. Nathan und Ken hielten sich dicht an Old Man. Manchmal hörte der
Junge den Kleinen vor Wut heulen, wenn sich der Hund mit der Leine im
Unterholz verhedderte. „Verdammtes Biest, Du landest heute Abend am
Bratspieß, elendes Vieh!" fluchte er einmal lauthals auf. Erschrocken presste
er sich die Hand vor den Mund. Schweiß perlte auf Ken's Oberlippe, obgleich
es in der Dämmerung des Busches überhaupt nicht so warm war. Der Marsch
dauerte für ihn bereits eine Ewigkeit.
„Wir sind durch – den Göttern sei Dank", jubelte Old Man und steuerte auf eine
Lichtung zu. „Da liegt er nun, der legendäre ‚Park der Hoffnung'!"
Sie standen auf einer sanft abfallenden Anhöhe. Vor ihnen befanden sich
unzählige verrostete Metallgerüste und verbeulte Aufbauten. Dazwischen
blinkten matt die Scheiben sandsteinfarbener Pavillons, kleinere und größere
Gebäude. Im Hintergrund entdeckte Ken eine langgezogene Halle aus

glänzendem Material. Ken zuckte resignierend mit den Achseln. „ ,Park der Hoffnung' - welch hochtrabender Name für einen Haufen Schrott und Mist!" Old Man lag schon eine scharfe Entgegnung auf der Zunge. Als er Ken's bekümmerte Miene sah, schluckte er sie runter. Er legte freundschaftlich einen Arm um seine Schulter. „Deine Mutter gab damals diesem Ort den Namen. Ich glaube, nicht zu unrecht. Du wirst gleich sehen!" Mit einem letzten, furchtsamen Blick ins Dickicht stiegen sie langsam hinab.

„Schau her Ken! Hier findest Du ein noch sehr gut erhaltenes Modell des Parkes, so wie er vor der großen Eiszeit einmal ausgesehen hat. Ist zwar ein bisschen verstaubt, aber die Details sind noch halbwegs erkennbar", erklärte Old Man und beobachtete den Jungen, wie er interessiert das Gebilde umrundete. Fasziniert strich Ken über die maßstabsgetreue Abbildung der Objekte, berührte die wie echt aussehenden, eingefassten Teiche und Seen, drehte an den sonderbaren Rädern. Lustig und bunt sahen die farbenfrohen Zelte mit dem prächtigen Fahnenschmuck aus. „Was war das, welche Bedeutung hatte dieser Park für die Vorfahren?" wollte er wissen. „Dein Vater hat die alten Unterlagen studiert - so wie er es mir erklärte, war das alles ein sogenannter Rummel. Ein riesiger Vergnügungspark mit Karussells, Achterbahnen, Riesenrädern, Looping und wie das Zeug noch so hieß? Du wirst entschuldigen, wenn ich mir nicht jedes Detail gemerkt habe. Aber dies zum Beispiel war eine Achterbahn und hier hast Du ein Riesenrad. In diesem Zelt war ein Saloon eingerichtet, dort ein Cafe und so weiter!"
Ken schaute ihn mit großen Augen an. „Und wofür brauchte man das?"
Old Man kratzte sich verlegen am Ohr.
„Wofür, wofür?" brummte er und blickte hilfesuchend zu Nathan.
„Man erholte und vergnügte sich eben - wie man das so machte!" lautete dessen nichtssagende Antwort. Ken musterte, neugierig geworden, die Umgebung. Der Pavillon zog sich etliche Meter hin, seine gewölbte Decke war an verschiedenen Stellen gerissen. Dunkle Wasserflecke zeugten von der stetigen Arbeit der Naturgewalten. Über dem Eingang entdeckte er eine Aufschrift. „Herzlich Willkommen im Disney-Park!"
Direkt neben den Säulen flankierten zwei Statuen die Eingangszone. Eine stellte die lebensgroße Figur eines älteren Mannes mit gewelltem Haar dar.

Ihm gegenüber befand sich das Abbild einer Maus. Ken kam näher und kniff ihr in die Nase. „Hatten unsere Vorfahren damals schon Probleme mit diesen ausgewachsenen Biestern - eigentlich sieht diese hier recht freundlich aus?" Er wartete nicht erst die Antwort ab, schwang sich den Korb über und ging hinaus ins Freie. Die Wärme tat ihm gut. „Hier befand sich offenbar so was wie die Zentrale, das Herz der Anlage. Es war jedenfalls der Lieblingsort Deines Vaters. Er hielt sich manchmal stundenlang in den Räumen zwischen den Apparaten, Steuerpulten und allem möglichen technischen Schnick-Schnack der Vorzeit auf und träumte." Old Man strich sanft über die Metallfläche eines Gerätes, so als bedaure er, dass er nie erleben konnte, wie es jemals funktionierte. „Das war zum Beispiel ein sogenannter Radioempfänger, man konnte damit über viele Meilen hinweg Musik hören. Sagenhaft, findet Ihr nicht auch?" Ken vermochte die Begeisterung des Alten nicht zu teilen. Für ihn war alles Dreck - zu nichts zu gebrauchen. „Ich hoffe, wir haben den weiten Weg nicht wegen diesem Mist hier gemacht - oder doch?" maulte er verdrossen. Erleichtert nahm er Old Man's Kopfschütteln zur Kenntnis. Die beiden Männer zwinkerten sich zu. „Ich würde sagen, wir spannen unseren jungen Freund nicht länger auf die Folter. Außerdem mag ich diesen Ort nicht sonderlich!" Nathan pfiff Dax zu sich, gemeinsam betraten sie einen der schmalen Seiteneingänge. Das dumpfe Echo ihrer Schritte begleitete sie, Glas zersplitterte knirschend. Der Gang gabelte sich.

„Erst links dann rechts halten!" kommandierte Old Man. Die Sichtverhältnisse wurden schlagartig besser, als sie einen Saal mit in Kopfhöhe angebrachten Bullaugen erreichten. Eine aufgescheuchte Vogelschar umkreiste sie aufgeregt, als sie ihre Brutstätten durchquerten. „Keine Angst, es sind harmlose Schwalben. Schau Dir ihre Nester an. Wie kleine Burgen hängen sie überall an den Wänden!" Ken versuchte zu schätzen, wie viele Nester die Wände zierten, aber es war unmöglich. „Großer Gott, die Mistviecher scheißen uns voll!" kreischte Nathan erbost auf. „Nichts wie raus hier, aber flott!"
In geduckter Haltung rannte er los. Ken und Old Man lachten zwar lauthals auf, dann eilten auch sie, um den Attacken des gefiederten Volkes zu entkommen.

Old Man's Gesicht nahm eine feierliche Miene an, als er langsam den Hebel nach unten drückte und damit den Schließmechanismus betätigte.

„Vor Dir liegt die Stätte des Wirkens Deines Vaters und aller seiner Freunde. Sie haben ihre Kraft und ihr Leben dafür gelassen, irgendwann diesen Augenblick zu erleben. Nun, es sollte nicht sein - Du wirst dafür ihr Erbe antreten und die Mission erfüllen. Bist Du bereit?"

Ken nickte, vor Aufregung leckte er sich die Lippen. „Ich bin bereit...!"

Lautlos schwangen die riesigen Metallflügel zurück und gaben den Blick ins Innere der langgestreckten Halle frei. „Als Deine Mutter damals zum ersten Male hier eintrat, gab sie ihm den Namen ‚Park der Hoffnung'. Ich hoffe, Du bist nicht allzu sehr enttäuscht?" Old Man ließ den Jungen eintreten.

Wie verzaubert lief er mit vor Staunen geöffnetem Mund an diesem monströsen Ding vorbei. Silbern glänzte die Hülle im Sonnenlicht, welches durch die halbwegs sauberen, noch gut erhaltenen Glasfronten hereinfiel. Mit einem Seitenblick erfasste Ken die Bänke mit den ordentlich auf rohen Brettern angeordneten Werkzeugen. Unzählige Kisten und Gefäße standen am Boden, gefüllt mit Muttern, Schrauben, Metallteilen und allen möglichen sonstigen Bauelementen. Die Männer ließen Ken die Zeit, sich umzuschauen. Er lief einmal um den zigarrenförmigen Körper herum.

„Was ist das?" Obgleich er sich den Kopf zermarterte, er wusste mit diesem Ding nichts anzufangen? „Das ist ein Luftschiff! Gebaut einmal von unseren Vorfahren als besondere Attraktion - repariert und wieder flugfähig gemacht in fast zwanzigjähriger Arbeit durch Deinen genialen Vater. Sein Geschenk an Dich, so wie er es in seinen letzten Minuten verfügte." Old Man kniete kurz andächtig nieder und betete. „Vierundsiebzig Meter ist diese fliegende Kiste lang. Sie kann die Last von acht erwachsenen Männern und deren Gepäck tragen!" Der Stolz in Old Man's Stimme war auch für Ken unüberhörbar. „Wie bereits gesagt, zwanzig Jahre hat es gedauert, bis dieses Schmuckstück nun wieder so aussieht wie einst." Das Schiff schwebte wenige Meter über dem Boden. Die gläserne Kanzel an ihrem Bauch konnte über eine kurze Strickleiter erreicht werden. Etwa ein Dutzend armdicke Seile waren an Stahlhaken im Boden verankert und hielten es in dieser Lage fest. Ken hatte sich inzwischen wieder in der Gewalt. Am liebsten wäre er sofort in die Kanzel geklettert, um einen Blick von dort aus zu werfen. „Wie funktioniert das Schiff? Wodurch wird es angetrieben?" bedrängte er Old Man. „Der Antrieb und die Lenkung erfolgt über einen von einem Motor angetriebenen Propeller. Er wurde von Deinem Vater restauriert. Er ist schwenkbar, damit lässt sich das Schiff steuern. Womit der Motor selber betrieben wird - tja, mein Junge, das weiß ich nicht? Das Zeug hat Dein Vater selber hergestellt, dort in den Behältern ist es abgefüllt! Er nannte es Diesel!" Etwa zwanzig Kanister stapelten sich neben der Leiter. „Nathan weiß genauestens über alle Funktionen des Schiffes Bescheid. Frage ihn, wenn Du mehr wissen willst!" wehrte der Alte weitere Attacken des Jungen ab. „Kommt schon hoch!" Nathan winkte ihnen vergnügt aus der Kanzel zu. Dax heulte leise und versuchte, die hölzernen Sprossen hinaufzuklettern. Nach mehreren Fehlversuchen legte er sich so hin, dass er den Eingang des Glaskastens im Auge behielt und wartete ergeben ab. Ken verharrte eine Weile auf der obersten Stufe. In seinen kühnsten Träumen hatte er sich zwar schon immer gewünscht und ausgemalt, einmal wie ein Vogel fliegen zu können. Aber dass dieser Traum einmal Wirklichkeit werden sollte, hätte er nie für möglich gehalten. „Vater hat mir nie davon erzählt?" Old Man zuckte mit den Schultern. „Stimmt, hat er nicht. Er wollte Dich damit zu Deinem nächsten Geburtstag überraschen. Deshalb…! Und jetzt hoch mit Dir!" Das Schiff erzitterte ein wenig, als Old Man ebenfalls die Leiter hinaufstieg und den Jungen zu Nathan hineindrängte. „Nehmt mir die Säcke ab!" stöhnte er. Geschwind griff Ken zu und erleichterte ihn um seine Last. „So, da wären wir also!" stellte Old Man selbstzufrieden fest und klatschte in die Hände. „Wir beide machen jetzt einen Schnellkurs in Sachen Bedienung und Steuerung des Schiffes. Also spitz gefälligst Deine Ohren und höre zu!" erklärte Nathan. „Und ich bereite uns einen Happen Essen für nachher vor. Lasst Euch nicht stören!" murmelte Old Man.

Die nächsten Stunden vergingen unter Nathans gewissenhafter Anleitung sehr schnell. Ken glühte vor Begeisterung und Eifer. „Das Ding kann ja ein Kind fliegen!" krähte er lauthals und umfasste das hölzerne Lenkrad mit sicherer Hand. „Gemach, gemach!" ließ Nathan vernehmen, „bis zum Abflug gibt es noch einiges zu erledigen. Ich schlage vor, wir legen eine Pause ein, danach prüfen wir die Vorräte und ziehen die Kanister nach oben. Der Start erfolgt morgen bei Sonnenaufgang."

Als er Ken's enttäuschten Gesichtsausdruck sah, fügte er schmunzelnd hinzu: „Es lohnt sich heute nicht mehr, Ken! Im Dunkeln ist das Fliegen zu gefährlich. Außerdem sollten wir beim ersten Start jede Minute genießen. Wenn wir Flughöhe erreicht haben, darfst Du das Schiff steuern. Ist das ein Angebot?"

Ken willigte schnell ein. Die Sterne blinkten durch das Glasdach der Halle und spendeten mattes Licht. Old Man und Nathan hatten ihr Lager neben einer Werkbank hergerichtet und träumten schon lange tief und fest. Nathan wollte zwar anfangs nichts davon hören, schließlich gab er Ken's Drängen nach und ließ ihn gewähren. Ken hatte es sich in der etwa neun Meter langen und knapp drei Meter breiten Kabine bequem gemacht.

Er konnte einfach nicht einschlafen. Schon der Gedanke an den morgigen Tag riss ihn immer wieder hoch und brachte sein Blut in Wallung. „Noch immer nicht hell? Wie lange dauert es denn noch?" Schließlich, irgendwann in tiefster Nacht, übermannte ihn doch die Müdigkeit. Im Traum sah er sich wie ein Vogel durch die Lüfte schweben. Seine Arme hatten sich in Flügel verwandelt. Mit kraftvollen Stößen stürzte er sich der Sonne entgegen... „Ken!"

„Ich bin schon wach!" gähnte der Junge und streckte sich, bis er an die Wand der Kanzel stieß. „Los, nach dem Frühstück starten wir!"

Ken beugte sich zur Pforte hinaus, unter ihn der Zwerg sah noch eine Spur kleiner aus als sonst. „Komme sofort!" rief Ken ihm zu und begann, seine Sachen wegzuräumen. Nathan kaute bereits mit vollem Munde, als Ken endlich am Feuer eintraf. Old Man reichte ihm einen verbeulten Metallteller mit gebratenen Vogeleiern und einen Becher Wasser. Der Hund drängte sich an Ken heran und begann zu betteln, in der Hoffnung, einen oder mehrere Bissen erhaschen zu können.

„Du faules Vieh - fang Dir gefälligst draußen einen Hasen oder wenigstens eine Maus!" schimpfte Nathan und stieß ihn grob mit einem Fuß in die Seite. Beleidigt verzog Dax sich ins Freie.

Das schwerste Stück Arbeit lag nach dem Essen noch vor ihnen.

„Passt auf, dass wir nirgendwo hängen bleiben. Es könnte die Außenhaut verletzen", brüllte Nathan kurz auf, als ein schabendes Geräusch ankündigte, dass der riesige Körper irgendwo angestoßen war. Die Männer schwitzten. Auf Nathans Anweisungen hin hatten sie vor der Halle eine Reihe von Ankern in den Boden geschlagen. Während am Heck die Seile gelöst wurden, musste im Zuge der Vorwärtsbewegung das Schiff vorn erneut vertäut werden. Langsam glitt die Bugspitze Meter für Meter durch das weit geöffnete Tor ins Freie.

„Geschafft!" jubelte Ken und vollführte einen Freudentanz.

„Das Wetter ist ideal für unseren ersten Ausflug in die neue Welt", stellte Nathan mit einem prüfenden Blick gen Himmel fest.

Jetzt hing das Luftschiff nur noch an den beiden Halteseilen der Kanzel sowie der Sprossenleiter fest. Majestätisch schwebte es gezähmt vor den Männern und endlich bereit, die Weiten des Firmamentes zu erstürmen.

„Dax - wo ist denn dieser verfluchte Köter wieder?" schnaufte Nathan wütend und gab einen gellenden Pfiff von sich. „Steigt schon ein, ich gehe ihn suchen", bot Ken an, und begann, sich umzusehen.

„Dax, guter Hund, komm zu mir", lockte er laut, doch das Tier ließ sich einfach nicht blicken. Nicht weit von ihm, in einem baufälligen Metallskelett eines Karussells krachte es verdächtig. „Dax, bist Du dort?"

Misstrauisch näherte er sich der Stelle. In diesem Moment kam heulend der Hund hinter einer Mauerecke vorgeschossen und raste im Galopp an Ken vorbei. „Dax Du blödes Vieh, hierher!" brüllte Ken ihm nach und stampfte zornig mit dem Fuß. Doch dann blieb ihn der Fluch im Halse stecken.

Ken eilte dem Hund nach, beide rannten um ihr Leben.

„Großer Gott - wir müssen etwas unternehmen?" Old Man hatte die Sauriergruppe zuerst entdeckt. Mit dem Fernglas konnte er genau erkennen, wie sich die Herde teilte und versuchte, den Jungen einzukreisen.

Nathan schleppte den hechelnden Hund in die Kabine. Dieser strampelte wild um sich. Endlich war er oben. Froh, nun in Sicherheit zu sein, verzog er sich in eine Ecke. „Verdammte Mistdöhle, nur wegen Dir haben wir diesen Ärger!" schnauzte Nathan ihn grimmig an. Dann kappte er kurz entschlossen die Halteseile, startete den Motor und ließ das Schiff sanft höher steigen. „Lass die Strickleiter weiter runter, er soll sich an ihr festhalten!" gab er noch von sich, dann konzentrierte er sich voll und ganz auf die Steuerung.

Ken fühlte, wie die Kräfte ihn allmählich verließen. „Ich kann nicht mehr…" stöhnte er. Das Schnaufen der Giganten kam bedrohlich näher. Der Weg zum Luftschiff war noch so weit? Wut und Empörung über ein Ende, das er so nicht verdient hatte, mobilisierten noch einmal seine Reserven. „Du musst durchhalten, diese Biester fressen Dich sonst…!" Es gelang ihm, einen winzigen Vorsprung zu erringen. „Ken die Leiter! Du schaffst es!" Old Man stand breitbeinig in der Tür, legte das Gewehr an und feuerte auf den ersten Saurier. Die Strickleiter schleifte nur wenige Meter von dem Jungen entfernt. Mit einem gewaltigen Satz bekam er sie endlich zu fassen, verfing sich in ihr und fühlte nur noch, wie er vom Boden gerissen wurde.

Eine stinkende Dunstwolke hüllte ihn ein, der Cerato-Saurus verfehlte seine Beute um wenige Zentimeter. Enttäuscht knurrte dieser dem fliegenden Ungetüm nach…

Intrigen

Eintönig summten die elektrischen Anlagen.

Die Kontrollsensoren der einzelnen Abschnitte blinkten unablässig im stechenden Weiß. Legat Savus zog seine Flügel enger an den Körper, ordnete seine Toga und durchschritt mit betont forschem Schritt den Korridor, welcher direkt in den Saal der Königin führte. Von allen Seiten spürte er die lauernden Blicke der Wartenden. „Was wird die Regentin zu den Übergriffen sagen?" überlegte er. Diese Frage war für seine weitere Mission mehr als wichtig. Hier und dort schnappte er einige Worte aus dem Getuschel auf, konnte sich aber daraus keinen Reim mehr machen. Vor der stählenden Kabinentür trat ihm Legat Renzys entgegen. Auch er vermochte seinen hämischen Ausdruck kaum zu verbergen. Sein Flügelpaar erzitterte, als er dem ihn verhassten Savus endlich ins Gesicht schreien konnte, was er und alle anderen Legaten von seinen humanen Ideen hielten. „Du bist ein Versager, Savus, ein elender

Versager! Ich habe Dich von Anfang an gewarnt. Du und Deine Gefühlsduselei! Jetzt wirst Du Deine gerechte Strafe erhalten!"

„Geh mir aus den Augen!" zischte Savus so leise, dass nur sein Gegenüber ihn hören konnte, „ich bin auf dem Weg zur Königin, Renzys! Wer also gibt Dir das Recht, mich hier aufzuhalten?" Er musterte ihn mit einem verächtlichen Blick, schob ihn lässig zur Seite und gab das Signal zum Einlass.

„Du wirst es schon erleben...!" hörte er noch die Drohung von Renzys, dann schloss sich die Tür hinter ihm. Xeranya, die Königin der Azuros, saß vor einem Monitor und ließ sich die aktuellen Daten aus dem Brüter vorspielen. „7912 Azuros sind wir inzwischen - das ist eindeutig zu wenig. Pro Tag nur fünfzehn Geburten, das wird auf Dauer nicht ausreichen! Wir müssen das gesamte System ändern. Mit der bestehenden Technologie aber kaum noch möglich!" sinnierte sie leise vor sich hin, als sich die Tür fauchend öffnete. „Regentin, darf ich eintreten?"

Xeranya nickte nur stumm, nervös strich sie das bis zur Erde reichende, eng anliegende Gewand glatt. In voller Größe erwartete die Königin ihren fähigsten und klügsten Legaten der Kriegerkaste, Savus. Er neigte andächtig sein Haupt und erwies ihr so die erforderliche Ehrerbietung. „Seid gegrüßt Regentin. Ich wünsche Euch einen Tag voller Sonne und Glück!" Die Königin überragte Savus mit fast einer halben Körperlänge, so dass er gezwungener Maßen beim Sprechen zu ihr aufblicken musste. „Ihr habt mich rufen lassen, ich bin hier. Lasst uns bereden, was Euch auf dem Herzen liegt, meine Königin!"

Xeranya betrachtete noch einmal die Bilder aus dem Brüter, dann schaltete sie den Monitor ab. „Also gut, Savus, es gibt tatsächlich einige wichtige Dinge, die zu klären sind. Ich hörte, es soll Schwierigkeiten bei der Erfüllung unserer Mission geben? Ihr wisst, mein Lieber, Eure Neider warten auf den Augenblick Eurer Niederlage." Sie legte eine Pause ein und bedachte ihn mit einem koketten Augenaufschlag. „Ihr besitzt mein volles Vertrauen, Savus. Ich werde, solange ich kann, Euch und Eure Ideen schützen. Doch hütet Euch vor Renzys und den übrigen Legaten der Kriegerkaste. Sie sind Euch nicht sonderlich wohlgesonnen!" Das war ihm inzwischen längst schmerzlich bewusst geworden. „Es ist Renzys Einfluss und seine unsagbare Gier nach Macht, die unsere bestehende Ordnung wirklich bedrohen. Ich weiß, dass wir besonnen handeln müssen!" bestätigte er und setzte sich. Die Regentin bot ihm ein Glas Rebensaft an. „Hier trinkt einen Schluck. Das haben die Kundschafter mitgebracht. Da ist Alkohol drin und schmeckt sehr gut!" Legat Savus nippte nur und stellte das Glas wieder ab. „Habt Dank. Ich werde mit meinen Truppen, so wie wir es abgestimmt haben, den Weg der friedlichen Verständigung mit den Bewohnern des Planeten suchen. Leider haben Renzys Krieger bereits erheblichen Schaden angerichtet. Und wir selber haben gleichfalls die ersten Verluste in den eigenen Reihen zu verzeichnen. Es kann so nicht gut ausgehen, keinesfalls!" Savus ballte die Fäuste, um seine aufsteigende Wut wieder unter Kontrolle zu bringen. „Wir dürfen niemals vergessen, Legat Savus, unsere Wiege stand einst hier, auf diesem Planeten. Und wir wollen ihn für uns zurückgewinnen, für unsere Nachkommen. Besser ist Deine Version - aber haben wir die Kraft und auch die Macht, sie durchzusetzen? Ich zweifle manchmal daran!" entgegnete die Königin. Bis in die späte Nacht saßen beide zusammen und schmiedeten Pläne.

„…haben wir die Kraft und auch die Macht, sie durchzusetzen? Ich zweifle manchmal daran!" „Zweifle nur, zweifle nur - Königin! Dein Verrat wird Dich teuer zu stehen kommen, das schwöre ich Dir!" raunte Teronus, der Hüter des Vaters und höchster Würdenträger nach der Königin, vor sich hin und schaltete die geheime Abhöranlage aus. Sein Blick saugte sich an der übermannshohen Stele mit dem Abbild des Vaters fest, dem Begründer ihrer Kolonie. „Verzeih meine unwürdigen Gedanken", murmelte er, „aber kann ich noch einer Königin dienen, die mein Vertrauen missbraucht und unsere heilige Mission in Frage stellt?" Das steinerne Gesicht des Vaters blickte wie immer, streng und doch voller Würde auf einen imaginären Punkt. Teronus neigte sein Haupt, dann durchquerte er eiligen Schrittes den Saal des Tempels und begab sich in seine Privatgemächer. Pünktlich, wie vereinbart, erschien Legat Renzys.
In seinem Gefolge befanden sich zwei hohe Legaten der Kaste der Krieger.
„Seid mir gegrüßt und willkommen!"
Teronus bat die Gäste auf die bequemen Liegesitze. Geduldig wartete er, bis jeder seine Flügel in Position gerückt und den Körper in eine für ihn angenehme Lage gebracht hatte. „Ich sehe, dass sich weitere Legaten von der

Königin abgewandt haben, deshalb wiederhole ich meinen Gruß. Noch einmal willkommen, Legat Voner und Legat Meronuk. Der Geist des Vaters möge Euren Weg begleiten!"

Die beiden Angesprochenen nahmen den Gruß mit ausdruckslosen Mienen entgegen. „So lasset uns zur Erbauung und Meditation die Worte des Vaters hören. Erst danach wollen wir reden!"

Das Licht im Raum dunkelte allmählich ab, auf der schneeweißen Wand vor ihnen erschien die schmächtige Gestalt eines Mannes, dessen Augen hinter den Brillengläsern tückisch glänzten. Während des Redens zwirbelte er unaufhörlich die Haare seines bis auf den Bauch reichenden Bartes.

„Darum meine Kinder vergesst niemals diese Worte!" tönte es aus seinem Munde, „die, die Euch einst schufen, genau die Gleichen wünschten am Tage Eurer Geburt Euren sofortigen Tod. Jawohl, wir sind auf der Flucht, um diesem Tod zu entgehen. Doch bei Gott dem Allmächtigen, wir kehren wieder zurück. Ihre Schande ist unser Triumph, und werden wir einst diesen Boden erneut betreten, wird die Rache unser sein! Auge um Auge, Zahn um Zahn...!"

„So sei es!" beendete Teronus die Vorführung und ließ das Licht in voller Stärke aufflammen. Nachdenklich schauten Voner und Meronuk vor sich hin.

„Die Legaten Voner und Meronuk gehören zur Garde der Königin. Damit bröckelt auch die letzte Bastion der Ehrwürdigen. Savus hat keine Chance mehr!" frohlockte Renzys und wollte sich vor Lachen ausschütten.

„Nicht so voreilig, mein Freund. Solange Xeranya ihre Hand schützend über ihn hält, können wir nichts tun!" stoppte der Hüter den Übermut des Legaten.

„Alles Geschwätz, geeignet für die dummen Drohnen, aber nicht für einen Krieger", begehrte Renzys auf. Seine bläulich schimmernden Flügel spreizten sich und zeigten seine innere Erregung an. „Jawohl Teronus, Geschwätz für die dummen Drohnen. Wenn alle Legaten der Kriegerkaste nicht mehr bereit sind, den Befehlen der Königin zu folgen, was glaubst Du, was geschehen wird?" „Das wäre Meuterei, Renzys. So etwas hat es in unserem Volk noch nie gegeben!" warf Voner ein. Schon der Gedanke an solch einer Möglichkeit flößte ihm Entsetzen ein. Das gesamte Weltbild der Azuros wäre mit dieser Aktion gefährdet! „Es muss sein, Legat Voner - oder wir gehen alle zugrunde!" versuchte Renzys den neu gewonnenen Freund und Gefährten zu beruhigen.

„Also gut, ich stelle diese Frage nur ein einziges Mal! Ihr beide steht auf unserer Seite und werdet alle Kraft einsetzen, uns zu dienen? Notfalls bis in den Tod?" hörte der Hüter des Vaters dann den Legat Renzys fragen. Voller Spannung erwartete er die Antwort. „So sei es!" ließ Legat Voner vernehmen. Seine Augen nahmen dabei einen gefährlichen Glanz an.

„So sei es!" bestätigte auch Legat Meronuk.

Beide Legaten erhoben sich, um sich zu verabschieden.

„Haltet Euch bereit, unsere Stunde hat bald geschlagen. Damit wird alles besser!" Der Hüter des Vaters nickte ihnen wohlwollend zu, dann schloss sich die Tür. Mit nachdenklichen Blicken wandte er sich seinem Schützling zu. Teronus war mit der Arbeit von Renzys voll und ganz zufrieden.

„Meine Gedanken werden Euch begleiten. Es ist gut, dass es Dir gelungen ist, diese beiden Legaten zu überzeugen. Sie sind stark und klug, vielleicht zu klug? Na ja, wir werden sehen, ob man ihnen trauen kann? Doch nun zu den militärischen Operationen. Mit Voners und Meronuks Einheiten stehen fast alle Krieger auf unserer Seite, ab jetzt schlagen wir erbarmungslos zu. Nächste Aufgabe: Vernichtet die Oberhäupter des Menschengeschlechtes. Einer Schlange schlägt man den Kopf ab, um sie zu töten… Und ein Volk ohne Kopf ist handlungsunfähig. Und Renzys - vermeidet zukünftig Pannen wie bei der Entführung des Oberhauptes Dr. Harper aus der Siedlung am Berg. Habe ich mich klar genug ausgedrückt?" Damit war Legat Renzys entlassen…

Legat Savus betrachtete von seinem Fenster den Untergang der Sonne. Das Spiel der flammenden Strahlen faszinierte ihn seit ihrer Ankunft vor mehreren Umläufen auf diesem Planeten, der seine Heimat werden sollte. Er genoss jeden Moment und verbannte für kurze Zeit die Sorgen aus seinen Gedanken. Ein letztes Zucken, und die Spenderin des Lichtes versank für die nächtlichen Stunden ins Nichts. „Dieser Verlauf währt nun schon ewig - und es wird noch so sein, wenn ich und die Meinen schon lange ausgelöscht sind!"
Er betrachtete sein Spiegelbild auf dem reflektierenden Doppelglas, sah die hochgezogene, kahle Stirn, das fast menschlich wirkende Gesicht mit den schräg gestellten Augen. Er verzog seine schmalen Lippen zu einer Grimasse und musste selbst über sich grienen. „Ist meine Dusche vorbereitet?" Aus

einem der Nachbarräume huschte ein Schatten herein, seine Drohne verschränkte ergeben die Arme vor der Brust.

„Ja, Gebieter, es ist alles vorbereitet!" verkündete sie und eilte voran. Savus entkleidete sich und stieg in die Kabine. Er schloss die durchsichtige Tür, dann strömte heißer Dampf herein und hüllte ihn vollständig ein. Er stöhnte voller Wonne und schüttelte seine Flügel, um sie zu lüften. „Das tut richtig gut!"

Dieses Spiel dauerte nur einige Minuten, dann verließ er die Brause.

Ein neuer Panzer lag für ihn bereit, daneben eine scharlachrote Toga.

„Hilf mir beim Ankleiden!" Seine Drohne eilte wieder herbei. Wortlos befolgte sie seine Anweisungen. „Mach schon, die Zeit wird knapp!"

Endlich war er fertig. „Ich bin im Brüter. Sollte jemand nach mir fragen, soll er sich im Quartier der Garde melden!" „Jawohl, Gebieter!" bestätigte die Drohne und öffnete ihm die Tür…

Die Luft war warm und schwül.

Sie wurde ständig bei 36,7 Grad Celsius gleichbleibender Temperatur gehalten. Der Brüter war ein recht großer, runder Pavillon mit hochgewölbter Decke. In deren Mitte strahlte eine mit Wabengitter versehene Säule.

Er gehörte zu der neuesten Errungenschaft ihrer Technik. „Seid gegrüßt, Legat. Im Moment ist alles in Ordnung!" wurde ihm gemeldet. Vier Drohnen bewachten rund um die Uhr die sich hier entwickelnden Azuros.

Savus rekapitulierte in Gedanken noch einmal die aktuellen Zahlen.

„Vor Beendigung eines Tages erblicken jeweils fünfzehn neue Nachkömmlinge das Licht der Welt. Eigentlich gar nicht so schlecht. Das war nicht immer so…" erinnerte sich Savus, als er die Säule umrundete. Es gab Zeiten, da war die Existenz des Volkes ernsthaft in Frage gestellt. Lebendgeburten gab es sehr selten. „Seit unserer Ankunft auf der Erde hatte sich dies zum Glück grundlegend geändert!" Die Worte der Regentin fielen ihm ein. „Die aktuellen Erkenntnisse der Forschungsdrohnen besagen, dass eine weitere Steigerung der Kapazität möglich sein wird. Sogar zwingend notwendig ist, wenn wir als Volk überleben wollen! Die erforderlichen Arbeiten an dem neuen Brüter sind fast abgeschlossen…" Savus betrachtete das pulsierende Licht. „Spätestens zu diesem Zeitpunkt müssen die Fragen der Besiedlung des Planeten Erde durch uns mit seinen jetzigen, rechtmäßigen Herrschern geklärt sein. Sonst gibt es einen Supergau!" Soviel stand für ihn fest.

Langsam schlenderte Savus durch die einzelnen Segmente, in denen die Kleinen gehegt und aufgezogen wurden. Licht brannte zurzeit nur in den Sektionen für die Drohnen sowie der Kriegerkaste. Hier wimmelte es vor Nachkömmlingen. Die Wächter hatten alle Hände voll zu tun. „Lasst Euch nicht von meiner Anwesenheit stören. Ich sehe mich nur ein wenig um!" beruhigte er die Drohnen, die bei seinem Anblick sofort sämtliche Tätigkeiten einstellen wollten. Dann wandte er sich einem ruhigen Bereich zu.

„Und hier tut sich seit Jahren nichts?" Leer und unberührt lag seit einer Ewigkeit die Zuchtkammer für die Königin. Manchmal wurde in dieser bei Bedarf auch mal ein neuer Legat der Kolonie aufgezogen. „Im Todesfall schon? Aber bisher hat sich das allerdings immer wieder als äußerst schwierig erwiesen. Warum nur? Was geht da schief?" schwirrte ihn durch den Kopf.

„Wie alt ist eigentlich Xeranya?" rätselte Savus schließlich, konnte sich aber nicht genau festlegen. „Sie war schon lange vor mir da, und ich befinde mich gegenwärtig in der aktivsten Lebensphase? Ich glaube fast, dass ich es nicht erleben werde, wenn die Kammer zur Aufzucht einer Königin erneut vorbereitet wird?" Und wieder drehte sich alles um die ungelösten Fragen, bei denen auch ihre hoch spezialisierten Drohnen versagten. „Wie ich es verstanden habe, hat der Vater in seiner weisen Voraussicht wohl dafür gesorgt, dass eine stetige Entwicklung der Azuros gesichert ist. Aber warum sind wir bisher nur in der Lage, die Geburten der Drohnen und Krieger zu beeinflussen?" Savus streckte seine mächtigen Flügel aus und schüttelte sie. Allmählich wanderte er weiter.

„Trotz aller Bemühungen finden wir nicht den Einstieg in die Kontrolle der Entwicklung der Führungsclique? Ich denke, das wird uns vielleicht eines Tages das Genick brechen!"

Im Mannschaftsraum der Garde, die zugleich Königin und Brüter bewachten, wurde er bereits erwartet. Karzus, ein Unterlegat der Kundschafter, erhob sich bei seiner Ankunft. „Ich muss dringend mit Dir reden, Savus!" beschwor eindringlich er den Legaten. Dann bat er ihn ins Freie. Von einem der vielen Ausflugsschächte hoben beide ab und rauschten mit gleichmäßigen Flügelschlägen durch die Nacht.

„Savus, die Lage spitzt sich dramatisch zu. Renzys Leute waren bereits überall, haben eine breite Blutspur bei den Menschen und Primaten hinterlassen. Wenn es so weiter geht, ist eine Verständigung mit ihnen kaum noch möglich. Was sollen wir tun?" Savus schwieg verdrossen, er konnte die Frage im Moment nicht beantworten…

Aus Stunden wurden Tage, und diese reihten sich zu Wochen des ziellosen Herumirrens auf. Stefanies Geist war in der Finsternis versunken, nur ihr Selbsterhaltungstrieb regulierte alle notwendigen Körperfunktionen, ließ sie essen, trinken, schlafen. Schnecken, Käfer, Würmer - was sich bewegte und sich nicht wehrte, stopfte das Kind wahllos in sich hinein. Einmal hatte sie großes Glück - sie war an ein verlassenes Nest wilder Bienen geraten und hatte sich den Bauch mit Honig vollgeschlagen. Nun nagte wieder der Hunger in ihren Gedärmen. Unzählige Narben und blutige Abschürfungen bedeckten den Körper des Mädchens, aber sie spürte die Schmerzen nicht mehr. Ihre Augen sahen - doch ihr Hirn verweigerte zunehmend den Dienst… So geschah, was früher oder später kommen musste. Ein auf Beutezug befindliches Pumapärchen nahm unverhofft ihre Witterung auf und begann, ihrer Spur zu folgen. Stefanie kauerte sich am Fuß einer riesigen Gelbkiefer nieder, deren flache Wurzeln ein wahres Labyrinth bildeten. Es war nur noch der Instinkt, der ihre Geschicke leitete. Sie presste ihren geschundenen Körper in eine tiefe Kuhle zwischen das wie Riesenschlangen verknäueltes Wurzelgewirr und schlief sofort erschöpft ein…

Rex und Kar waren bereits am frühen Morgen vor den anderen Jägern der Horde aufgebrochen. Sie pirschten seit geraumer Zeit quer durch die Savanne. Bislang ohne nennenswerten Erfolg. Die beiden Tiermenschen verschnauften im Schatten einer uralten Eiche. Rex knurrte missgelaunt vor sich hin, hatte Sin ihn doch in den letzten Tagen immer wieder abgewiesen. „Wir sollten weiterziehen, bevor die Nacht hereinbricht!" schlug Kar leutselig vor und schulterte die Keule. „Warte gefälligst!" wurde er angefaucht. Rex stellte sich neben den Baum und urinierte. Während dessen begann Kar, sorgfältig den Boden abzusuchen. „Es ist einfach nichts zu finden?" knurrte er enttäuscht. Hoffnung auf fette Beute hatten sie bereits vor längerer Zeit aufgegeben. „Aber vielleicht gelingt es uns, wenigstens ein Reh oder mindestens einen Hasen zu erlegen?" Er schnüffelte an einem Kothaufen, doch auch hier winkte er hoffnungslos ab. „Er ist mehrere Tage alt..." Dann zögerte er. Aufgeregt grunzte er, als er die frischen Spuren entdeckte. „Rex, da sieh doch, eine Kahlhaut wird von zwei Pumas verfolgt. Wir sollten da mal nachschauen!" Rex verzog das Gesicht zu einer Grimasse. „Eine Kahlhaut - hast Recht, wir eilen dort hin! Bin gespannt, wie der Kampf ausging?" Sie trafen in dem Augenblick an der Kiefer ein, als die Pumas grimmig fauchend versuchten, in das Loch zu gelangen. Rex gab dem Gefährten per Handzeichen zu verstehen, dass er sich ruhig verhalten sollte. Sie suchten Deckung hinter dicken Baumstämmen und warteten ab. Stefanie wachte vom lauten Mauzen des Pumas kurzzeitig auf. Ihr irrer Blick glitt verständnislos über die Erdwände. Ungerührt von den für sie tödlichen Bemühungen der Tiere drehte sie sich um und schloss erneut die Augen.

„Die Kahlhaut hat sich verkrochen - sehr geschickt!" stellte Kar anerkennend fest, fing sich dafür einen schweren Rüffel ein. „Schwachkopf - sie bekommen sie doch. Sie werden die Kahlhaut aushungern. Solange können wir nicht warten. Wir sollten einen Puma erschlagen, die Kahlhaut gleich mit", keifte Rex, dann verließ er laut heulend und seine Keule schwingend die Deckung. Die Pumas stutzten, als sie den Ungi so unverhofft hervorstürzen sahen. Ihr Hunger war inzwischen so gewaltig, dass sie entgegen sonstiger Instinkte bereit waren, den Ungi anzufallen.

Sie ließen von der Kuhle ab und begannen, die neue, vielversprechende Beute zu umkreisen. Sie waren schon längere Zeit zusammen und in der gemeinsamen Jagd sehr erfahren. Während das Männchen durch auffälliges Vor- und Rückwärtsspringen versuchte, die Aufmerksamkeit des Ungis auf sich zu lenken, pirschte sich das Weibchen von hinten an ihn heran.

Zu diesem Zeitpunkt rückte Kar ins Blickfeld. Sofort stieß das Männchen einen Warnlaut aus, beide Raubkatzen vereinigten sich. Jetzt war es an Rex, die Initiative zu übernehmen. Entschlossen hob er seine Keule zum Schlag und rannte den Pumas entgegen. Im Augenwinkel sah er das Männchen zum Sprung ansetzen, noch in der Luft, schleuderte er ihm seine Waffe voller Wucht auf den Schädel. Das Tier sackte sofort zusammen. Mit zwei, drei weiteren Schlägen wurde es getötet. Angesichts der zahlenmäßigen Übermacht und Kraft der Gegner zog sich das Weibchen fauchend in den Busch zurück.

„Ein Prachtexemplar!" begutachtete Kar die Katze und hob ihren Kopf an.
„Das ist ein gutes Fell für Sin und das Kind - ein Fell für einen Mann!" protzte Rex selbstzufrieden und begann, das Tier mit Hilfe einer scharfen Steinkante zu häuten. „Gucke nach der Kahlhaut!" befahl er Kar.

Dieser angelte mit einiger Mühe den schmächtigen Körper des Mädchens aus dem Versteck. „Sieh doch, an der ist nichts dran. Lohnt sich nicht, sie mitzunehmen. Wir sollten sie einfach liegen lassen..." schlug Kar vor und stubbste Stefanie mit dem Fuß an. „Die Kahlhaut ist tot", brummte er noch, als Stefanie einen lang anhaltenden Seufzer machte.

Rex unterbrach seine Arbeit. „Wir nehmen sie mit. Wenn auch nicht viel dran ist - für ein kleines Fressen reicht das!" entschied er...

Rex erregte, wie erwartet, mit seinem Fell auf der Schulter die Aufmerksamkeit der Horde. Sogar Sin musste neidlos zugeben, dass die Haut einer Raubkatze nicht unbedingt zur täglichen Beute eines Jägers gehörte. „Das hast Du gut gemacht, Rex, sehr gut!" Mit strahlenden Augen nahm sie es als Geschenk entgegen. Wusste sie nun, dass ihre Ängste und Sorgen endlich ein Ende hatten. „Rex wird die Horde in Zukunft führen, wie einst Nab! Er wird ein guter Anführer!" Dessen war sie sich nun vollkommen sicher. Kar ließ das bewusstlose Mädchen von den Schultern rollen. „Eine Kahlhaut?"

„Ja - wir haben sie in der Nähe der Katzen gefunden. Auf den Spieß mit ihr..." erklärte Kar und packte das Mädchen roh an den Beinen.

„Halt! Lasst die Kahlhaut sofort los!" befahl Sin und stieß Kar zur Seite. Der jaulte kurz auf, duckte sich dann aber unter dem Blick der Anführerin.

Von allen Seiten krochen indessen die Ungis näher heran, um die Beute zu betrachten. Eines der vorwitzigen Kleinen stupste es einmal bedächtig an. Als

sich das Mädchen nicht rührte, wurden seine Attacken heftiger. Sin fiel dem
Jungen in den Arm, als er einen Stein schleudern wollte.

„Bringt etwas Wasser!" befahl sie.

Ein Weibchen brachte einen Hautfetzen voller Wasser. Behutsam ließ Sin
einige Tropfen in den Mund des Mädchens laufen. Als es zu schlucken und zu
würgen begann, hielt sie inne. Stefanie schlug ihre blauen Augen auf, ohne
ihre Umwelt wahrzunehmen. Sin blieb wie verzaubert sitzen.

„Sie hat die Augen des Himmels - so seht doch…!"

Rex trat zu ihr heran. Kopfschüttelnd erfasste er das Kinn der Kleinen.

„Die Augen des Himmels tatsächlich - was soll nun mit ihr geschehen, Sin?"

Ohne lange zu überlegen, hob Sin das leichte Mädchen auf die Arme und trug
sie in ihre Höhle.

Cornel Stirnberg runzelte beim Durchsehen des Berichtes die Stirn.

Der Chef von Gray - Area - City, der Grauen Stadt, hatte allen Grund zur
Besorgnis. „Siebenunddreißig Jäger spurlos verschwunden? Möchte wissen,
welche Schweinerei hier im Gange ist!" fluchte er und knallte mit der flachen
Hand vor sich auf den Tisch. Ruckartig schob er den verschnörkelten Stuhl, ein
Überbleibsel der Regentschaft des Lex von Hammerstein, hinter sich weg, so
dass er das Gleichgewicht verlor und scheppernd umkippte. Es geschah
selten, dass Cornel Stirnberg derart die Beherrschung verlor. Er fühlte sich
hilflos und überrumpelt. „Ein Feind, den ich sehen und berechnen kann, der
flößt mir keine Furcht ein!" Doch hier schien der Sachverhalt ein völlig
unkalkulierbarer zu sein?

„Sergeant McCayn, rufen Sie den Stab zusammen! Ich benötige außerdem
eine exakte Karte über die Standorte der Nachbarstämme. Wenn es geht,
auch über die Nomaden und sonstigen Gruppen, die in und um unsere City
herumscharwenzeln." In weniger als einer halben Stunde hatte sich der Stab
bei Cornel Stirnberg versammelt. Seit der blutigen Machtübernahme fungierte
der Stab als autonome Führungsspitze, mit dessen Leitung Cornel Stirnberg
beauftragt wurde. „Meine Herren, es geschehen ungewöhnliche Dinge in
unserer Anlage!" begrüßte Cornel Stirnberg die Mitglieder des Stabes,

„deshalb habe ich mich entschlossen, die heutige Sitzung einzuberufen und nur dieses Thema zu diskutieren." Weiter kam er mit seinen Ausführungen nicht. Sergeant McCayn riss die Tür zum Beratungsraum auf, ohne sich zu entschuldigen, brüllte er: „Sir, wir werden angegriffen!"

Die Ungeheuerlichkeit dieser Benachrichtigung wurde Cornel Stirnberg erst bewusst, als er mit den Offizieren und Mitgliedern des Stabes durch die Gänge flitzte und sich dabei den Halfter mit Revolver umschnallte.

„McCayn - wer greift uns an? Mann, sprechen Sie endlich!"

„Tut mir leid, Sir! Genaueres weiß ich nicht. Ich habe nur die Meldung vom Postenbereich bekommen!" hechelte der Sergeant neben ihn. Inzwischen war im gesamten Bunker Alarm ausgelöst worden, die Gruppen und Züge formierten sich weisungsgemäß an ihren Standorten. Im Unterschied zu früher sah man hier und dort statt der Uniformen recht abenteuerlich geschneiderte Fell- und Lederbekleidungen schimmern. Viele Frauen waren ebenfalls freiwillig angetreten, bereit, ihre Familien und ihr Heim mit der Waffe in der Hand zu verteidigen.

„Wo bleiben die Melder, verdammt noch mal? Irgendwer muss doch Licht in diese Ungewissheit bringen!" Cornel Stirnberg lief mit verschränkten Armen auf dem Rücken hin und her. Endlich trafen die gewünschten Informationen ein. „Das Radar hat eine riesige Gruppe anfliegender Objekte ausgemacht, die direkten Kurs auf uns halten, Sir. Eine exakte Ortung war leider nicht möglich. Wir wissen nicht genau, was und wie viel davon auf uns zukommt?" beendete der Melder seinen Text. „Was kann das sein? Etwa diese verdammten Flugsaurier?" Cornel Stirnberg knallte die Fäuste aufeinander. „Okay, die kriegen eine auf die Mütze, dass es scheppert. Frauen und Kinder in Sicherheit bringen. Alle Übrigen sofort die Verteidigungsstellungen beziehen. Schwere Waffen verteilen!" Er hatte noch gar nicht ausgesprochen, da eilten die Männer, seinen Befehlen Folge zu leisten. „Major, Sir, Ihr Jeep steht bereit!" meldete Sergeant McCayn.

„Eine schöne Pleite ist das!" tobte Cornel Stirnberg etwas später, dass die Wände erzitterten. „Da haben wir Himmel und Hölle in Bewegung gesetzt für

Nichts? Wie erklären Sie sich das? Ist das Radar vielleicht doch kaputt oder sind unsere Leute einfach nur zu blöd?"

Lieutenant Kramer stand mit hochrotem Kopf vor seinem Vorgesetzten.

„Das Radar ist okay, Sir. Vielleicht sind die Viecher abgebogen? Ich habe keine vernünftige Antwort darauf!" versuchte er sich zu rechtfertigen.

„Hhm, na ja, was soll es! War als Übung sowieso mal wieder fällig! Sonst rosten die alten Knochen noch völlig ein. Oder was, Lt. Kramer?"

Damit ließ der Cornel die Geschichte vorerst auf sich beruhen.

„Daddy, bringst Du mich heute Abend ins Bett?" quengelte der kleine Ron und begann, sich mit seinem Vater zu balgen.

„Großer Gott, jetzt stehe mir bei - ein Gryzzli hat mich angefallen!" Lieutenant Jack Kramer ließ sich zu Boden fallen, der Junge kreischte vor Vergnügen und kletterte auf ihn herum. „Oh - er zerquetscht mich, welche Kraft der Bär hat!" jammerte Jack so laut, dass seine Frau Mary lachend aus der Küche kam und ihren Männern zuschaute. Schließlich wurde ihr das Treiben zu bunt.

„Schluss für heute - Ron, Du verschwindest jetzt sofort in die Heia!"

Vater und Sohn schauten sich verschmitzt an, zuckten beide mit den Achseln, dann fielen sie kreischend über die Mutter her. „Gut, es reicht, es reicht!" wehrte diese prustend ab und flüchtete in die Küche zurück. Jack nahm den Sechsjährigen huckepack und schleppte ihn in den Schlafraum. „Er ist eingeschlummert, der Rabauke. Wollen wir noch etwas unternehmen oder gehen wir auch schlafen?" Jack umarmte seine Frau und gab ihr einen Kuss auf die Nasenspitze. „Wir unternehmen noch einen kleinen Spaziergang auf der Rollbahn. Ich war schon seit Tagen nicht mehr an der frischen Luft", schlug Mary vor. „Gut, ich melde mich im Postenbereich ab, dann können wir los."

Jack nahm seine Waffe mit und ging voraus, um seine Männer zu informieren. Am Eingang trafen sich beide. Hand in Hand schlenderten sie auf der alten Betonpiste in eine laue Sommernacht hinein.

„Weißt Du, ich bedaure manchmal, dass wir noch immer in den Bunkern hausen und nicht hier oben leben! Es wäre so herrlich..." schwärmte Mary und schaute verträumt zum sternenbedeckten Himmel.

„Das Leben im Freien wäre zu riskant, Liebling. Der Bunker bietet Schutz...!"

Mitten im Satz sackte Jack in sich zusammen. Bevor Mary überhaupt mitbekam, was hier gespielt wurde, ereilte sie das gleiche Schicksal.

Mitten in der Nacht wachte der kleine Ron auf und wollte etwas trinken.
„Daddy, Mami? Ich habe Durst!"
Niemand reagierte auf seine Rufe. Also kletterte er aus seinem Bett, zog die viel zu großen Schuhe seines Daddys über und stiefelte in dieser Aufmachung hinaus, in der Hoffnung, seine Eltern wären im Nachbarraum.
Die Notbeleuchtung brannte wie gewöhnlich. Von Mama und Dad keine Spur?
„Ich bin allein, ganz allein?" Sein erster Schrecken legte sich.
„Vielleicht sind sie auch nur mal schnell zu Tante Kelly und Onkel Edwin gelaufen?" Er öffnete die Tür und schob seinen Kopf durch den Spalt. So weit er sehen konnte, war kein Mensch auf den Gängen. Ron nahm seinen gesamten Mut zusammen und schlich sich bis zur Tür der Freunde seiner Eltern. Erst nach mehrmaligem Klopfen wurde geöffnet.
Kelly, eine Mittvierzigerin, blickte erstaunt und mit verschlafenem Gesicht auf das Kind. „Ron, was treibst Du denn mitten in der Nacht hier?"
„Tante Kelly - Mami und Dad, sind sie nicht bei Euch? Ich möchte etwas zu Trinken, mein Bauch tut weh", klagte der kleine Kerl.
„Wie spät ist es denn überhaupt? Edwin komm doch mal, der Ron ist hier. Mein Gott, es ist ja 2.00 Uhr am frühen Morgen. Und Mami und Dad sind nicht da - das ist wirklich eigenartig?" Kelly holte den Kleinen erst einmal rein und versorgte ihn. In Gedanken überflog sie die Möglichkeiten, wo Jack und Mary sich eventuell noch aufhalten konnten? „Hast Du eine Idee, wo wir sie um diese Zeit auftreiben können? Normalerweise sagt doch Mary sonst immer Bescheid, wenn sie längere Zeit wegbleiben. Das ist aber sehr komisch, meinst Du nicht auch?" Ihr Mann gähnte verschlafen und drehte sich im Bett um. „Hör auf zu nörgeln. Sie werden sich schon wieder anfinden. Leg den Jungen hin und komm in die Falle. Die Nacht ist sonst bald wieder zu Ende...!"
„Tante Kelly, weißt Du nun, wo Dad und Mami sind?" mischte sich Ron ein.
„Tut mir leid, mein Junge, ich weiß es nicht. Willst Du nicht hier bleiben, bis sie wieder auftauchen? Da bist Du nicht allein - komm schon, kriech zu Onkel Edwin ins Bett." Der Knabe blieb stur am Tisch sitzen.

„Ich warte lieber hier, bis sie kommen. Du hast doch nichts dagegen, oder?"
Kelly schüttelte nachdenklich den Kopf. Die Sache beunruhigte sie, je länger
sie darüber nachdachte. Ab und an schaute sie nach dem Jungen.
„Edwin, hier stimmt etwas nicht, ich fühle es!"
Mit diesen Worten holte sie ihren Mann endgültig aus dem Bett.

Cornel Stirnberg konnte einfach nicht schlafen.
Seit Stunden wälzte er sich unruhig auf seinem Lager. Jedes Mal, wenn er
glaubte, die Augen schließen zu können, schreckte er wiederholt auf.
„Wirst langsam alt und putzig!" schimpfte er auf sich selbst und zog sich die
Decke bis über beide Ohren. „Ich habe es doch gewusst, dass es nichts wird!"
grollte er erneut, als zaghaft an seine Tür geklopft wurde. „Moment, ich komme
sofort!" brüllte er verärgert. Er sprang aus dem Bett, strich sich die wirren
Haare glatt, dann erst öffnete er. Als er die Frau und das Kind vor sich stehen
sah, glaubte er zu träumen.
Das Gefühl verflog, als sie zu sprechen begann…

„Die Welt sieht so friedlich aus - klein und friedlich, beinahe wie das Modell im
Park. Erinnert Ihr Euch?" Nathan lehnte sich versonnen gegen die Scheibe und
blickte mit großen Augen auf die dahin gleitende Landschaft. Um Kraftstoff zu
sparen, ließen sich die Männer zeitweilig von der Kraft des Windes treiben.
„Ich wusste gar nicht, dass die Erde so schön ist! Das kann doch keinesfalls
nur an der Vogelperspektive liegen? Oder glaubt Ihr, dass nur die Vögel die
Schönheit richtig empfinden können?" Old Man und Ken hörten den
Selbstgesprächen des Zwerges schon gar nicht mehr zu. Unablässig brabbelte
er vor sich hin, mal schimpfte er über Gott und die Welt, ein anderes Mal
zeigten sich melancholische Züge bei ihm.
„Ich glaube, wir können den Verband jetzt ablassen. Die Verletzung ist gut
verheilt - der Kräuterextrakt hat geholfen. Eine kleine Narbe wird allerdings
bleiben!" Old Man knüllte die alten Leinenstreifen zusammen und packte sie in
eine leere Kiste. „Oooh, kein Problem. Narben zeichnen den tapferen Mann
aus!" Ken begutachtete die kaum noch sichtbare Wunde. Den rechten Arm

konnte er fast wieder normal bewegen. Der Sprung auf die Leiter wäre ihm fast zum Verhängnis geworden. Mit letzter Kraft schaffte er es damals, in die Gondel zu steigen. Eine faustgroße Hautabschürfung und eine schwere Prellung setzten ihn für mehrere Tage außer Gefecht. Nun brannte Ken darauf, endlich selbst einmal das Luftschiff zu steuern. „Also, ich bin so gut wie okay!" stellte er laut fest. Mit einem Seitenblick auf das Ruder setzte er hinzu: „Meint Ihr nicht, dass wir ein klein wenig die Richtung ändern sollten? So ein klitze kleines Stückchen. Wird ja langweilig - immer bloß geradeaus fliegen."
Nathan war zu sehr in seinen eigenen Gedanken verstrickt, als dass er sofort verstand, was der Junge eigentlich wollte?

„Der Wind ist gut - weshalb also die Richtung ändern? Oder was meinst Du, Old Man?" Dieser hatte es sich auf seiner Decke bequem gemacht, sein Kopf ruhte auf dem schlafenden Hund. „Vielleicht hat Ken recht", lenkte er bereitwillig ein, „wir sollten in der Nähe des Wassers bleiben, wenn wir auf Menschen treffen wollen. Wo Wasser ist - nur dort werden wir sie auch finden!"

„Na gut, ich lasse den Motor an!" Nathans Hand berührte bereits den Starterknopf, als er Ken's flehende Augen bemerkte.

„Du Großer Gott, wo ich meine Gedanken wieder habe?" schalt er sich selbst, dann rückte er beiseite und überließ Ken das Ruder. Mit vor Stolz geschwellter Brust betätigte er den Starter. Als der Propeller gleichmäßig lief, steuerte er eine sanfte Kurve, so dass das Schiff genau mittig über dem Fluss stand. Nathan nickte ihm aufmunternd zu.

„Nicht schlecht, Ken. Fliegst ja fast wie ein Alter!" lobte er ihn und ließ ihn gewähren. „Es macht Spaß, sogar riesigen Spaß - und es ist ein völlig neues Gefühl. Mitfliegen, das ist schon wirklich stark, aber selber fliegen - zu spüren, wie der eigene Wille diesen Giganten in seine Bahn zwingt, das ist der absolute Gipfel!" Ken hätte schreien können vor Freude.

„Jungs, wir bekommen Besuch!" Nathan ließ das Fernglas sinken und löste sein Gewehr aus der Befestigung. „Ken, Du fliegst schön ruhig den Kurs weiter. Ich kümmere mich darum!" belehrte ihn Nathan und wartete ab. Ein riesiges Pteranodon segelte mit ausgebreiteten Schwingen hoch über ihnen. Seine Spannweite, so schätzte Nathan, lag bei mindestens acht bis zehn Metern. „Guck Dir den faulen Burschen an, er macht es genauso wie wir!

Lässt sich einfach vom Wind tragen." Ein schriller Schrei ließ Nathan erneut aufblicken. „Oh Scheiße!" fluchte er und lud hastig das Gewehr durch.

„Wird Zeit, dass Du Deinen Arsch hoch schwingst, alter Mann, bevor das Vieh seinen Schnabel darin versenkt!" fauchte er Old Man grimmig an.

Der Flugsaurier war für Augenblicke aus dem Blickfeld entschwunden.

„Verdammt, die Kreatur fliegt in der Sonne - ich kann nichts erkennen!" klagte Nathan und fuchtelte wild mit der Waffe herum.

Ken neigte sich weit vor und versuchte auszumachen, wo sich die Flugechse gerade befand. Er sah nur einen schwarzen Punkt auf sie zukommen, der sehr schnell größer wurde. „Da fliegt sie doch, los, knall sie ab!" feuerte er Nathan an. Doch dieser, vom langen Suchen in der Sonne fast blind geworden, ließ hilflos das Gewehr sinken. Die Situation wurde brenzlig. „Wenn der Saurier die Hülle des Luftschiffes mit seinem Schnabel oder seinen Krallen aufschlitzt, sind wir rettungslos verloren!" schrie Nathan und blinzelte, um sich zu orientieren. Ken versuchte, das Luftschiff mit einer scharfen Wendung aus der Gefahrenzone herauszumanövrieren, aber das Tier parierte sofort mit einem Gegenzug und steuerte starrsinnig auf sie zu. „Oh Ihr Götter helft uns!" Ken betete leise, jeden Moment erwartete er den Aufprall. Ein Schuss betäubte ihn, gleichzeitig begann der fliegende Riese zu trudeln. Wenige Armlängen vor den entsetzten Gesichtern der Männer stürzte das Tier fauchend in die Tiefe.

„Muss ich denn immer alles allein machen?" keuchte Old Man und wischte sich den Schweiß von der Stirn, während er mit zitternden Händen das Gewehr nachlud. Nathan wollte sich setzen, doch Old Man's schneidender Ton trieb ihn wieder hoch. „Nichts da, sieh lieber nach, ob das Biest auch wirklich verschwunden ist? Vielleicht taucht es noch mal auf - solch eine Kugel ist doch nur ein Mückenstich für dieses Vieh. Ich traue dem Frieden nicht!"

„Immer die Kleinen, die hier die schwersten Arbeit erledigen müssen. Möchte nur wissen, was Du machst, wenn Du mich nicht mehr herum kommandieren kannst? Na?" maulte dieser zwar lautstark, fügte sich aber der Weisung.

„Nichts zu sehen! Du hast ihn endgültig in die Flucht geschlagen!" stellte er nach einer Weile fest und hängte die Waffe an die Wand. „Immer auf die Kleinen!" knurrte er noch einmal, dann machte auch er es sich auf seinem Fell bequem…

Manchmal lugten die Reste längst zerfallener Bauten durch das grüne Blätterdach. In den meisten Fällen konnten die Männer nicht einmal erkennen, welchem Zweck sie einst dienten. „Schaut aus wie eine alte Siedlung. Guckt doch, eine Straße. An beiden Seiten stehen noch die Häuser. Sie sehen überhaupt nicht marode aus? Wir sollten hier landen? Wir müssen sowieso bald unsere Vorräte erneuern!" Der Vorschlag kam überraschenderweise von Old Man. Die Drei wurden sich sehr schnell handelseinig. Ken war bisher aufgrund seiner Verletzung bei der letzten Landung nur als Zuschauer anwesend gewesen. Diesmal überließ Nathan ihm das Ansteuern eines geeigneten Landeplatzes. Sie suchten sich dafür eine große, nur mit Sträuchern und niedrigen Büschen bewachsene Wiese unweit der Siedlung aus. „Setz das Schiff mit dem Bug Richtung Westen auf! Kontrolliere genau den Kompass. Außerdem musst Du akkurat auf die Windrichtung achten, ist das klar, Ken? Langsam, langsam! Geschwindigkeit allmählich drosseln! Auf mein Kommando Motor aus!" wies Nathan den Jungen ein. Der Rest lief wie am Schnürchen. Nathan und Old Man warteten ab, bis das der gewaltige Körper endgültig zum Stillstand kam. Geschickt schleuderte der kleine Mann einen der Anker aus der Gondel, dann ließ er sich an dessen Seil hinabgleiten. Er lief vor Anstrengung rot an. „So jetzt das nächste Teil!" Es dauerte eine ganze Weile, dann gelang es ihm, ein weiteres Seil um einen Stamm zu winden. „Ihr könnt runterkommen und mir helfen. Oder soll ich meinen Spruch von den kleinen Leuten wiederholen?" brüllte er dann aus Leibeskräften.
In der nachfolgenden Zeit hatten die Männer alle Hände voll zu tun. Etliche Erdanker wurden in den Boden getrieben und daran die Stricke festgebunden. „Das hält hundert Jahre!" stellte Ken mit Kennerblick fest, als endlich alle Taue festgezurrt waren. „Dein Wort in Gottes Ohr!" orakelte Nathan. Er selbst prüfte alle Schlaufen noch einmal nach. „Nicht dass hier morgen noch ein Schiff hängt und wir nicht wissen, mit welchem wir fliegen sollen?" unkte er, löste einen Knoten und band ihn neu. Dann war er endlich zufrieden.

„Dax, Junge, komm schon! Musst Dir doch auch die Beine vertreten!
Außerdem wird es Zeit, dass Du wieder mal ein richtiges Ei legst. Du fängst
schon an zu stinken!" lockte Nathan das Tier. Der Hund sprang mit einem
weiten Satz aus der Gondeltür. Dann begann er mit freudigem Gebell einige
Runden zu drehen. „Der ist einfach irre!" war der einzigste Kommentar von
Ken. Bis Sonnenuntergang blieb ihnen noch genügend Zeit. „Lasst uns einen
kurzen Abstecher in die Siedlung machen. Wir haben noch eine gute Stunde
Tageslicht!" schlug Nathan vor. Sie nahmen ihre Waffen und brachen auf.
„Die Ursache für den relativ guten Zustand der Häuser ist schnell zu erklären.
Im Gegensatz zu der sonst üblichen Holzbauweise oder gebrannten Klinker
bestehen diese überwiegend aus gehauenen massiven Felssteinen. Diese
Ruinen stehen noch in tausend Jahren so unverändert..." orakelte Old Man,
der sich in einem Objekt genauer umschaute. Nur die Dächer hatten massiv
gelitten, die Holzsparren waren im Laufe der Jahrhunderte verfault und
eingefallen. Es befanden sich auch mehrere Flachbauten mit eingesetzten
Betondächern darunter. Auf diesen wuchs und wucherte eine eigenständige
Flora. „Auch das wird nicht mehr lange halten. Überall sind Risse und
geborstene Stellen. Die Kraft der Natur ist stärker als das, was der Mensch
gedachte, für die Ewigkeit zu bauen!" Old Mann begutachtete misstrauisch
einige zerfallene Eingänge.
„Nehmt Euch bloß in Acht, wenn Ihr da rein geht. Besser wir bleiben hier
draußen...!" Jetzt, aus direkter Nähe, bot sich ihnen insgesamt ein trostloser
Anblick. Ken war sichtlich enttäuscht. „Macht leider wie immer nicht den besten
Eindruck. Ein Glück, dass wir nicht lange hier bleiben." Die Hoffnung, vielleicht
doch irgendwann durch Zufall auf menschliche Wesen zu treffen, erfüllte sich
auch diesmal nicht.
„Darf ich dort mal reinschauen? Scheint recht noch passabel zu sein!"
Ken trat das morsche, scheibenlose Fensterkreuz ein und schwang sich hinauf
auf den Sims. Er sah im Hintergrund die schemenhaften Umrisse von
Gestalten auftauchen. Polternd fiel ein Gegenstand zu Boden.
„Männer, in Deckung, hier sind welche drin!" Ohne sich zu besinnen,
übersprang er eine Mauer und stieß sich dabei ans Knie. Vor Schmerzen
verzog er das Gesicht. „Da vorn!" Old Man fuhr erschrocken herum und riss die

Waffe hoch. „Wer ist da?" rief er vernehmlich, doch nichts rührte sich.
Vorsichtig näherte er sich den Gestalten. „Du bist mir ein richtiger Maulheld,
wirklich - hast Schiss vor einer Puppe?" Old Man konnte sich ein Grienen nicht
verkneifen. „Komm her und sieh Dir das selber an - von wegen da sind welche
drin!" Die Gestalten erwiesen sich bei näherer Betrachtung tatsächlich als alte
Schaufensterpuppen. Der Junge spuckte verstimmt den Dreck aus und rieb
sich die Hände blank. „Lieber einmal achtsam sein…! Habe mich eben geirrt?
Das kann doch wohl mal vorkommen, oder?" maulte er verlegen.
Die Geschichte war ihm sichtlich unangenehm.
„Richtig. Besser so reagieren als im Ernstfall übersehen!" bestätigte Nathan
laut und feuerte einen Schuss auf eine Puppe ab. Ihr Kopf zersprang in
tausend Stücke. Ken lief suchend an den endlosen, rostigen Regalen vorbei.
Am Eingang stand eine krumme Schiefertafel. Die Kreideschrift war durch
Feuchtigkeit längst ausgelöscht worden, doch auf der eingeätzten Metallfläche
daneben konnte Ken die Gravierungen noch erkennen. „Meyers Shop", las er
leise vor, dann vergaß er es wieder. „Was war schon ein Shop?" Viel mehr
interessierte ihn ein Stapel leerer Blechdosen. „Coca Cola Light" entzifferte er
auf einer recht gut erhaltenen Dose.
„Die nehme ich als Erinnerung mit!" beschloss er.
 „Nichts zu holen hier, Ken. Komm, lass uns bei den anderen Häusern
nachsehen. Vielleicht treiben wir dort etwas Brauchbares auf!" entschied Old
Man. „Hier war schon seit ewigen Zeiten niemand mehr! Nicht einmal die
Knochen seiner Bewohner existieren mehr in diesem Nest. Eine beschissene
Welt ist das!" Nathan stocherte mit dem Gewehrlauf in einem Haufen Unrat
herum. Unzählige Abdrücke von Tieren zogen kreuz und quer zwischen den
Bauten umher. „Scheint allerhand Betrieb zu herrschen? Wir sollten vorsichtig
sein und nicht mehr so weit gehen", warnte er seine Begleiter und suchte
weiter. „Das ist alles, was von solch mächtigem Geschlecht wie dem 'Homo
sapiens' übrig geblieben ist? Dreck und Scheiße?" Verächtlich spie er aus.
Sein Hohngelächter klang gekünstelt. „Lass es gut sein, Nathan!" besänftige
ihn Old Man. „Wir sehen uns nur noch diesen Bereich dort an, dann kehren wir
um!" Damit schlug er eine neue Marschroute ein.

Am Ende der Siedlung duckte sich unter dem Schatten einer weit auslegenden Eiche eine ziemlich zerfallene Lagerhalle. Zielstrebig eilte er darauf zu. Eine Kette mit einem Vorhängeschloss versperrte ihnen den Weg in das Innere. Prüfend klopfte Old Man an die Metallfläche des Tores.

„Völlig verrostet die Kacke hier. Ein Wunder, dass das Zeug überhaupt noch steht?" Mit einem einzigen Schlag seines Gewehrkolbens trennte er die Kette durch. Die Torflügel ließen sich erst nach heftigem Rütteln bewegen, trotz enormer Anstrengungen gelang es den Männern nur, einen schmalen Spalt zu öffnen. „Okay, das reicht! Wir passen durch! Achtet auf das Dach. Nicht dass es runter kommt und uns begräbt…" mahnte Old Man noch einmal.

Ken zwang sich seitlich hinein. Sie mussten einen Moment warten, bevor sich ihre Augen auf die Dämmerung einstellten. Ein eigenartiger Duft schwängerte die Luft. Ken sog ihn prüfend ein. Es roch nicht unangenehm, nur fremd und doch irgendwie betörend. Er verstand auch die hektische Aufregung seiner beiden Begleiter nicht. „Das ist doch…?" rief Nathan aus. Langsam schritt er auf einen Scherbenhaufen zu. Glas zersplitterte unter seinen Füßen. „Du heiliger Strohsack - was haben wir denn hier?" Flink klaubte er eine Flasche aus dem Berg heraus, riss die Banderole am Hals auf und zog mit den Zähnen den Korken heraus. Er verdrehte verzückt die Augen, als er daran roch. „Echter Whisky - mehr als dreihundert Jahre alt!" jubelte er und nahm einen langen Schluck. Old Man bekam glänzende Augenlichter. Mit einer Geschwindigkeit, die ihm Ken niemals zugetraut hätte, klaubte auch er sich eine Flasche aus dem Scherbenhaufen heraus. Seine Hände zitterten förmlich. Erst nach einem gierigen Zug beruhigte er sich wieder. „Mann, dass ich so etwas Göttliches noch einmal erleben darf? Komm, Ken, nimm ein Schlückchen. Er wird Dir gut tun!" Der Junge nippte vorsichtig. Angewidert spuckte er den scharfen Schnaps sofort aus. „Sieh Dir unseren Milchbart an - es schmeckt ihm nicht!" meckerte Nathan und setzte die Flasche erneut an. Dann schaute er sich voller Verlangen um.

„Was denkst Du, wie viele von diesen kostbaren Pullen wohl hier herumliegen?" fragte er schließlich, und begann zu suchen. Old Man beteiligte sich freiwillig. „Viel zu viele, wir können nicht alle mitnehmen! Leider?" bedauerte dieser, nachdem sie ein großes Regal mit gefüllten Flaschen entdeckten. „Das ist doch echt zum Heulen. Da haben wir einmal im Leben Glück und können es nicht bis zur Neige genießen. Für heute habe ich aber genug", kicherte Nathan albern und öffnete eine neue Flasche.

„Wir sollten lieber aufbrechen. Und hör gefälligst auf, Dich hier vollaufen zu lassen. Du kannst ja kaum noch gehen. Denke nicht, dass ich Dich trage! Vergiss es!" Old Man wurde richtig sauer, gewaltsam entriss er dem Gefährten den Schnaps. Dieser rollte wütend mit den Augen, dann raffte er zusammen, was er tragen konnte. „Die nehme ich trotzdem mit, alter Meckerkopf!" grunzte Nathan. Als sie aufbrachen, schleppten die Männer etliche Flaschen mit sich und hatten ganz schön unter der Last zu kämpfen. „Mich interessiert Euer Zeug nicht - seht zu, wie Ihr damit klar kommt!" schmetterte Ken die Aufforderung der beiden ab, auch einige der kostbaren Flaschen einzupacken. „Das reicht für heute Abend. Wir kommen auf jeden Fall morgen noch einmal her!" nahmen sie sich vor. Torkelnd machten sie sich auf den Heimweg.

Die Wehen nahmen an Stärke zu.

Sin biss die Zähne zusammen, um nicht aufzuschreien. „Es geht los - ich muss raus!" Schwerfällig erhob sie sich von ihrem Lager. Die kleine Kahlhaut neben ihr rührte sich nicht. Nur ihr gleichmäßiges Atmen erfüllte die Höhle. „Schlafe weiter - ich bin bald wieder hier!" Beruhigt strich sie dem Mädchen über ihr blondes Haar, dann schwankte sie ins Freie. Eine klare Nacht empfing sie. Die Sterne begannen bereits zu verblassen, um dem herannahenden Tag zu weichen. Instinktiv begann Sin sich von der Horde zu entfernen. „Da irgendwo war eine gute Stelle", erinnerte sie sich. Sie brauchte einen ruhigen, geschützten Platz, um ihr Kind auf die Welt zu bringen. Sin schleppte sich weiter in den Wald hinein. Als die Schmerzen überhand nahmen, entschied sie sich kurzfristig für einen Ort zwischen mehreren Bäumen, die wie ein schützender Wall fast kreisförmig gewachsen waren. „Hier werde ich bleiben!" Sin hob eine kleine Mulde aus. Schnell hatte sie darin Moos und Laub als Polster gesammelt. Dann kauerte sie sich in Hockstellung darüber. In ihrem Leib explodierte ein Feuerball. Ihr wurde schwarz vor Augen. Um nicht vor Schwäche umzukippen, lehnte sie sich mit dem Rücken gegen einen

Baumstamm. Erneut überrollte sie eine heiße Welle. Wie im Fieber bebten ihre
Lippen. Hechelnd begann die Ungifrau zu pressen. „Es kommt…!“
Als die ersten Sonnenstrahlen des neuen Morgen den Himmel in rötlichem
Glanz erschimmern ließen, fand das neue Leben seinen Weg in die Freiheit.
Wenige Minuten später hielt eine erschöpfte aber sehr glückliche Mutter ihr
greinendes Kind in den Armen. „Oooh geschafft! Und du bist ein Junge!“ Sin
biss die Nabelschnur durch und begann, das Kind, ein wirklich prächtiger
Knabe - abzulecken und zu säubern. „So - nun noch die Spuren beseitigen…!“
Sie vergrub die Nachgeburt in der Mulde, scharrte Erde darüber, um zu
verhindern, dass irgendwelche Tiere sie fanden und fraßen. Behutsam nahm
sie ihr Baby hoch. „Komm mein Kleiner - ich bringe Dich jetzt nach Hause!“ Die
Horde schlief noch tief und fest, als Sin sich am Holzfeuer niederließ, um dem
Kind die Brust zu geben.

Stefanie erholte sich zusehends. Der aphatische Ausdruck in ihren Augen war
verschwunden. Sie blieb zwar weiterhin stumm, doch inzwischen verfolgte sie
mit steigendem Interesse das ungewohnte, aber doch verständliche
Geschehen um sich herum. Ihr war inzwischen klar geworden, dass die
fremden, wild aussehenden Wesen nichts Böses wollten. Dennoch hielt sie
sich weitestgehend vom Leben der Horde fern. Ihr Herz hatte sich bereits für
ihre Ziehmutter Sin entschieden. Vergessen waren die Qualen und Schrecken
der vergangenen Wochen - ausgelöscht die Erinnerungen an ihr früheres
Dasein. Stefanie erwachte an diesem Morgen sehr früh. „Es ist kalt?“
Wie gewohnt, wollte sie sich an Sin herankuscheln. Doch ihre Hand griff ins
Leere? „Sin - wo bist Du? Bist Du draußen?“ Zum ersten Mal seit unendlicher
Zeit konnte sie wieder einen klaren Gedanken fassen. Angst befiel sie. Sie
wollte nicht allein sein, nie mehr! „Mutter - wo bist Du geblieben?“
Tränen füllten ihre Augen. Sie schluchzte leise vor sich hin. „Da ist doch was?“
Sie drehte sich um und lauschte angestrengt. Dann hörte sie die vertraute
Stimme, sie summte eine Melodie. „Das ist Sin…!“ Erleichtert tastete sich
Stefanie zum Ausgang und schob das Fell zur Seite. Erschrocken knurrte Sin
auf, als die kleinen Händchen sich um ihren Hals legten. „Ach Du bist das?“
Stefanie schaute sie angstvoll an. Die Tränen rollten erneut über ihre Wangen.

„Du kleiner Wildfang - brauchst keine Furcht zu haben. Du hast mir nur einen Schrecken eingejagt." Stefanie lauschte der vertrauten - fremden Stimme. Auch wenn sie nicht verstand, was sie sagte, sie fühlte die Wärme und Zuneigung in ihr. Beruhigend schnalzte Sin mit der Zunge. „Komm, setz Dich zu mir ans Feuer!" Den Wink der Hand verstand die Kleine sofort. Glücklich schmiegte sie sich an Sin's Körper und schaute zu, wie der Kleine schmatzte. „Das ist Craal - Dein kleiner Bruder!" gurrte Sin, „Du kannst ihn ruhig anfassen!" Stefanie streichelte ganz sachte über das glänzende Fell des Babys. Ihr Lachen zauberte ein Lächeln bei ihrer Ziehmutter hervor.

Weitere Zeit war inzwischen vergangen...
Die anfängliche Scheu und Zurückhaltung gegenüber der Kahlhaut verflog mit jedem Tag, den sie länger bei der Horde weilte. Mieden die Ungikinder bisher jeden Kontakt und gingen ihr aus dem Weg, so konnte Sin nun öfter beobachten, wie sie sich unauffällig aber stetig dem spielenden Mädchen näherten. „Was treibt die Kahlhaut da? So ein merkwürdiges Spiel...?" hörte sie fragen. Der Ring der Gaffer um das Kind herum wurde immer größer. Stefanie hatte sich einen Stapel Hölzer und Stöcke gesammelt. „Ich baue mir daraus eine kleine Hütte!" entschied sie und bereitete dafür alles vor. Einen Moment dachte sie angestrengt nach. „Eine Hütte - woher kenne ich sie?" Indessen harkte sie sorgfältig mit den Fingern eine Fläche sauber. Mit einem Stock malte sie die Umrisse eines Hauses auf. Davor einen Garten mit Blumen und einen Baum. „Das sieht schön aus. Und jetzt fehlen nur noch ein Zaun und die liebe Sonne!" Geschwind skizzierte sie unter den erstaunten Blicken ihrer Zuschauer die restlichen Elemente ihres Entwurfes. „So ungefähr sieht das aus. Und jetzt? Ach ja, dann noch der Rauch aus dem Schornstein!" Endlich war ihr Bild fertig. Und immer wieder kehrten winzige Bruchstücke ihrer Erinnerungen zurück. Sie summte vergnügt vor sich hin. „Was kommt nun?" Sie versuchte sich zu besinnen. „Na klar - zuerst die Ecken!" Sie schätzte die Maße ab und schlug mit einem Stein mehrere Stöcke senkrecht in das Erdreich. „Nun noch die Wände bauen - das ist doch kinderleicht!" Sie begann, biegsame Zweige einzuflechten. „Fertig - aber da war noch was?"

Sie schaute sich suchend um. Flink huschte sie zum naheliegenden Bach und kehrte mit einem Fellfetzen voller Schlamm zurück. „Jetzt ist mein ganzer Bauch dreckig geworden. Da wird Sin bestimmt mit mir schimpfen?" Das hielt sie aber nicht davon ab, ihr Werk zu vollenden. Sie mischte etwas Sand darunter und begann, das Flechtwerk damit zu verschmieren. Sie war so tief in ihrem Spiel versunken, dass sie weder die Kinder noch die inzwischen anwachsende Anzahl der Erwachsenen wahr nahm, die mit verdutzten Blicken ihrem ungewöhnlichen Tun folgten. „Sie baut eine Höhle der Kahlhäute? So was habe ich schon einmal gesehen", knurrte Rex. Sin trat mit dem Säugling auf dem Arm hinaus auf den Vorplatz und musterte nachdenklich das entstehende Bauwerk der Kahlhaut.

„Sin, was tut sie da - was ist das für ein merkwürdiges Sache?"
Der alte Fun saß unbeteiligt am Feuer und zerschmetterte mit einem Faustkeil die Röhrenknochen eines Hirsches, um an das wohlschmeckende Mark heranzukommen. Heftig gestikulierend wiederholte er seine Frage.
Kopfschüttelnd fügte er hinzu: „Weshalb lässt Du sie weiter in unserer Mitte leben? Ich selbst habe Kahlhäute getötet und gegessen, die ebenfalls die Farbe des Himmels in den Augen trugen. Die Götter haben es niemals verwehrt!" Mehrere Jäger, die in der Nähe standen, rückten bei den Worten des Alten näher ans Feuer heran. Sin war verwirrt. „Was soll Deine Fragerei?"
Noch nie hatte es jemand gewagt, eine ihrer Entscheidungen öffentlich anzuzweifeln oder gar zu kritisieren. „Was willst Du tun? Dich am Fleisch dieser mageren Kahlhaut laben, das noch ein Kind ist?" Ihre zornigen Worte entlockte den Jägern ein kehliges Brummen.
Scheinheilig schielte Fun die Anführerin der Horde an.
„Sie ist und bleibt eine Fremde, gehört nicht zu den Ungis! Und sie ist ein Fresser mehr! Ihr Anteil schmälert unsere Rationen", hielt er ihr starrköpfig entgegen, ohne seine Arbeit zu unterbrechen. Zustimmendes Murren der übrigen Jäger übertraf Sin's Fluch. „Das hast nicht Du zu entscheiden!"
Mit einem Schlag wurde ihr allerdings klar, dass gerade genau die Situation eingetreten war, vor der sie sich am meisten fürchtete. „Jetzt geht es gleich los…?" Die Jäger gehorchten bisher der Führerin, nicht aber der Mutter.
Sie fühlte die Angst aufsteigen - Angst um das Leben ihres Schützlings.

„Sie hat nie einen Anteil gefordert sondern immer von meinem erhalten. Das wisst Ihr!" Die Jäger erhoben sich, der alte Fun näherte sich tänzelnd Stefanies Spielplatz. Als sich ein dunkler Schatten über ihr Haus legte, drehte sich die Kleine fragend um. Sein stinkender Atem streifte ihr Gesicht. Sie schrie, als er sie packte und mit schmerzhaftem Griff zu Boden riss. „Sie ist ein Kind, Fun!" „Sie ist eine Kahlhaut - nicht von unserem Blute!" stieß der Alte grimmig hervor. Sin fletschte die Zähne und legte ihren greinenden Säugling ab. Inzwischen hatte sich die gesamte Horde versammelt. Stumm und ohne jegliche Gefühlsregung standen die Ungis da und warteten einfach nur ab. Sie unterwarfen sich dem Gesetz der Wildnis - dem Gesetz des Stärkeren.
„Ihr seid wie die Geier - die Kleine ist ein Wesen wie wir!" versuchte Sin den Tobenden zu beschwichtigen, doch der war nicht mehr zu halten. „Lass sie in Ruhe!" In ihrer Verzweiflung war Sin sogar bereit, für das Überleben des Mädchens zu kämpfen.

Ein dumpfer, anhaltender Schmerz bohrte sich in den mächtigen Schädel des Tigers, als er schwer auf den Felsboden prallte.
Ein rasselndes Röcheln - das war alles, was er als kärglichen Protest vorbringen konnte. Es wurde stockdunkel, als die Ungis den Eingang zur Grube verschlossen. Eine Zeit lang vernahm er noch ihre keifenden Stimmen, dann wurde es still. Goli blieb einige Stunden unbeweglich auf einer Stelle liegen. Jede noch so geringe Regung ließ tausende Sterne vor seinen Augen explodieren und das Tier schmerzvoll aufheulen. Sein Kopf sank immer wieder auf seine Pranken herab. Die gellenden Schreie seiner tobenden Jäger in den Ohren, fiel er in einen totenähnlichen Schlaf, der einige Tage und Nächte währte. Irgendwann wachte Goli wieder auf. „Es muss wieder helllichter Tag sein?" Zwischen einigen Ritzen des Fels am Eingang verirrten sich die Strahlen der Sonne. Goli versuchte, den steifen, zerschlagenen Körper zu strecken. Ein beißender Schmerz nahm ihn den Atem und ließ die Raubkatze jaulend in die alte Position zurücksinken. Er versuchte es wieder und wieder, dann stand er endlich auf zitternden Pfoten. Goli stieß ein kurzes Siegesgebrüll aus, so dass es von den Wänden seines Kerkers widerhallte. Vorsichtig

begann das Tier in der für ihn viel zu engen Grube seine ersten Schritte. Nach geraumer Zeit intensiver Betätigung hatte Goli seine alte Geschmeidigkeit zurückerlangt. Das Kratzen von Steinen gebot ihm Einhalt. Sofort ließ er sich auf den Boden sinken. Zwei Gestalten tauchten auf. Er sah ihre zottigen Köpfe über dem Grubenrand erscheinen. Fackellicht blendete ihn. „Hier hast Du was zum Fressen. Und morgen geht es Dir an den Kragen!" brüllte eine Stimme. Dann platschte es auf dem Boden neben ihn und die Köpfe verschwanden wieder. Der Tiger hatte jedes Wort genau verstanden. Misstrauisch schnupperte Goli an den Innereien, die ihm die Ungis zugeworfen hatten. Sein Magen knurrte vernehmlich. Heißhungrig begann er, sich darüber herzumachen. Das fahle Licht genügte ihm, die wichtigsten Einzelheiten seiner Umgebung wahrzunehmen. Die Felswände waren ziemlich glatt und boten kaum eine Möglichkeit, wo er sich festkrallen konnte. In etwa drei Meter Höhe gewahrte er einen winzigen Sockel, nicht größer, als dass er dort mit einer Tatze Halt finden würde. Goli setzte zum ersten Sprung an. Fast aus dem Stand katapultierte sich das gewaltige Tier in die Luft, versuchte den Sockel zu erreichen, um dann wieder erfolglos in die Grube zurückzugleiten. Auch der zweite Versuch endete in einer Misere. Goli streckte sich in voller Länge aus. Schwer hechelnd legte er eine längere Pause ein. „So funktioniert es nicht!" wurde ihm schnell bewusst. Mit den nächsten Befreiungsversuchen änderte der Säbelzahntiger seine Taktik.
Soweit es ihm möglich war, setzte er in eine Ecke zurück, die geballte Kraft seiner stählernen Muskeln trug ihn bis über die Hälfte des Fels hinaus. Er drückte sich voller Wucht mit den Hinterläufen ab, drehte sich in der Luft, setzte erneut in der Grubenmitte auf und schnellte schwungvoll dem Sockel entgegen. Diesmal reichte es! Seine rechte Vorderpranke bekam den Stein zu fassen. Ehe er sich versah, war er oben! Nun hieß es zu warten, bis einer seiner Wächter erneut auftauchte...

„Fertig, Waffen entsichern, laden - Feuer!"

Die Salven dröhnten über dem provisorisch eingerichteten Schießplatz inmitten eines geschützten Tales unweit von New-Noah-City.

„Die Krieger machen riesige Fortschritte", lobte Sergeant Moos den Eifer der Sonnengarde. Ihr Häuptling und Stammesoberhaupt sah von einer Anhöhe aus zu, wie der Sergeant die Ausbildung mit seinen Leuten bewerkstelligte. „Mein Kompliment, Sergeant, es ist nicht zuletzt Ihr Verdienst, wenn meine Garde mit den neuen Waffen umzugehen versteht. Die Pikos stehen tief in Ihrer Schuld." Sergeant Moos, ein kleiner, drahtiger Mann mit kerzengerader Haltung zwirbelte verlegen seinen dunklen Schnauzbart. Das Lob des Häuptlings freute ihn. „Okay, Männer! Beginnen wir mit dem letzten, deshalb aber nicht unwichtigerem Teil der Belehrung - der Pflege und Wartung der Gewehre. Dazu ist folgendes zu beachten...!"

Bobak und Lt. Gordon entfernten sich vom Übungsplatz. „Es ist gut, dass wir bereits morgen wieder nach Kilbaat zurück können. Ich habe schlechte Nachrichten erhalten. Irgendetwas geht um uns herum vor - wir haben allen Grund zur Besorgnis?" Ein leiser Seufzer entwich des Häuptlings Brust. Für einen kleinen Moment wurden seine Gesichtszüge ganz hell und weich. „Schau Dich um, Norman! Die Götter erschufen einst diese Welt - so, wie sie ist. Mit all ihrer Schönheit und Boshaftigkeit. Es liegt nur an uns, was wir daraus machen?" Bobak erhob beide Arme in die Höhe, als wollte er die ganze Welt umarmen. „Freund, ähnliche Worte hörte ich bereits vor mehr als dreihundert Jahren. Damals wurden die, die sie laut aussprachen, verhöhnt - obgleich wohl jeder wusste, wie Recht sie hatten!" Lt. Gordons Blick folgte einer schneeweißen Wolke, bis sie am Berggipfel verschwand. „Was glaubst Du, haben diese Wesen - die sogenannten Azuros mit diesen merkwürdigen Geschichten zu tun?" fragte er dann, ohne die Augen von den Bergen abzuwenden. „Ich habe heute Nacht in Abstimmung mit dem Administrator unseren alten Bunker in Noah-City mit einer Wache besetzen lassen", fuhr er fort, „nur so, für alle Fälle. Außerdem, da oben steht die leistungsstärkste Radarstation. Wir können das Ding nicht ins Tal bringen. Wenn es weiter so geht, sehe ich uns bald wieder in diesem verfluchten Bunkern sitzen!" Sie hatten inzwischen den Pass zum Tal der Siedlung erklommen. „Nächste Woche, so Gott will, bringen wir unsere erste eigene Ernte ein!" Lt. Gordon strich sanft über eine der üppig treibenden Maispflanzen. Die Posten am Tor salutierten und ließen die beiden Männer passieren. Bei jedem Schritt durch New-Noah-City fielen Bobak die großen und auch kleinen Veränderungen und Fortschritte auf. Voller Stolz präsentierte Lt. Gordon mehrere neue Einrichtungen. „Schau Dir unsere Shops an - irgendwie müssen wir uns ja mit allem Notwendigen versorgen. Leider sind wir im Moment nicht in der Lage, so wie ihr, uns alles selbst anzufertigen. Na ja, noch profitieren wir von unseren Lagerbeständen. Aber irgendwann ist das auch vorbei!" In den nebeneinander stehenden Häusern mit schmuckverzierten Außenfassaden herrschte gerade reger Verkehr. „Komm, ich lade Dich zu einem Drink ein!" bot der Lieutenant dem Freund an und lenkte ihn durch eine Tür. Lärm und Musik schlug ihnen entgegen. Die meisten Gesichter der hier Anwesenden waren Bobak bekannt. Sie wurden auch sogleich mit einem lauten „Hallo" begrüßt.

„Ist das Euer neues Beratungszimmer?" wollte der Häuptling wissen und setzte sich auf einen der hohen, hölzernen Barhocker. Neugierig schaute er auf die mit unzähligen Fotos und Bildern geschmückte Mauer, daneben prangte ein Sternenbanner. Lt. Gordon lachte kurz auf. „So etwas Ähnliches schon. In solchen Räumen haben wir früher unsere Feste gefeiert. Oder einfach nur dagesessen und die Sorgen ertränkt. Wir nennen es Saloon!" Er bestellte zwei Brandy und schob dem Häuptling ein Glas zu. „Auf Dein Wohl, Bobak!"

Wenig später gesellten sich Dr. Harper und Linda zu ihnen. Sie waren zufällig in der Nähe gewesen. „So lass ich mir das Leben gefallen - was Häuptling?" Dr. Harper bestellte ebenfalls noch eine Runde, dann bat er den Häuptling und Lt. Gordon in eine ruhigere Ecke. „Die Funkstation der Grauen Stadt schweigt seit heute Morgen. Wir wissen nicht, was vorgefallen ist? Was mich am meisten beunruhigt, ist diese verfluchte Entfernung dorthin. Wir können im Moment leider nur eines tun - abwarten! Vielleicht meldet sich bald jemand?" Mit einem Zug leerte er das Glas.

„Am liebsten würde ich mich mal so richtig vollaufen lassen und die ganze Scheiße einfach vergessen!" brummte er niedergeschlagen, dann zog er Linda an sich heran und küsste sanft ihre Schläfe. Bobak hatte bisher von seinem Schnaps nur genippt. Wortlos schob er ihn zum Administrator rüber. „Hier - mir schmeckt das Zeug nicht!" Der machte ihn auch ohne mit der Wimper zu

zucken, nieder. „Wir sollten das Orakel befragen! Vielleicht hilft es uns weiter!"
Obwohl Bobak sehr leise sprach, verstanden alle am Tisch seine Worte.
Dr. Harper schaute ihn fragend an. Er, der schon manche Überraschung im
Umgang mit Naturvölkern erlebte, war weit davon entfernt, sich über Bobaks
Vorschlag lustig zu machen. „Was versprichst Du Dir davon? Meinst Du, ein
Orakel hilft uns weiter? Ich habe da so meine Zweifel", gab er dann zu
verstehen. Bobak blinzelte zurück. „Freund Jim, ich weiß sehr wohl, worüber
ich spreche. Viele Dinge, die bei uns geschehen, erfahren wir schon vorher
durch die Kraft unserer Seherin. Sie wird uns sagen, was wir tun müssen, um
das Unheil abzuwenden!"
Dr. Harper zuckte mit den Achseln. Er zögerte mit der Antwort, doch dann
entschied er sich für einen Besuch bei der alten Orona - der Medizinfrau der
Pikos.

Dr. Harper war gerade im Begriff, das Licht zu löschen und sein Büro zu
verlassen, als das Telefon läutete. „Dr. Harper, Sir - hier ist die Wache!
Sergeant Moos und die Krieger der Pikos sind auf dem Weg zu Ihnen. Sie
haben einen eigenartigen Fang gemacht. Irgend so einen Wilden - ich weiß
nicht genau, wie ich diesen Typen beschreiben soll? Sie müssten gleich da
sein!" Dr. Harper dankte für die Meldung, er überlegte, ob er die Männer hier
oder lieber draußen im Foyer erwarten sollte, als Stimmen laut wurden.
„Dr. Harper - sind Sie noch im Büro?"
Kurze Zeit darauf tauchte Sergeant Moos Kopf in der Tür auf. Er nahm Haltung
an, salutierte und bat, eintreten zu dürfen.
„Die Wache hat mich bereits informiert, Sergeant! Also, was oder besser wen
bringen Sie mir angeschleppt?"
Auf einen Wink des Sergeanten wurde der Fremde herein geführt.
Er war etwa ein Kopf kleiner als die Krieger der Pikos, sehr muskulös
gewachsen, so dass er fast gedrungen wirkte. Die pechschwarzen Augen
blinkten sehr lebhaft. Schulterlanges, welliges, dunkles Haar umringte ein
grobschlächtiges Gesicht mit breiter Nase voller Pockennarben und
Tätowierungen. Trotzdem fand Dr. Harper ihn nicht abstoßend. Im Gegenteil,
irgendwie fühlte der Administrator, dass er es mit einen Mann voller Würde und

ehrlichem Charakter zu tun hatte. Der Fremde blickte sich mit großen Augen um, wahrscheinlich hatte er noch nie in seinem bisherigen Leben ein solches Gebäude gesehen, geschweige denn betreten?

Dr. Harper ließ ihn etwas Zeit sich umzuschauen und verständigte sich mit dem Sergeanten. „Wo haben Sie ihn aufgelesen?" Sergeant Moos nahm gewohnheitsgemäß Haltung an, bevor er antwortete. „Sir, er kam zwischen den Bäumen am Schießplatz vor und rannte genau in die Feuerlinie. Es hätte nicht viel gefehlt, und wir hätten ihn wie einen Hasen abgeschossen. Eine eigenartige Type ist er ja. Jeder andere hätte sich vor Angst in die Hosen geschissen - oh Verzeihung!" Er räusperte sich verlegen. „Na ja, ist doch wahr! Wenn es knallt, hauen die Wilden in der Regel ab - und der hier?" Sergeant Moos' Blick verhieß nichts Gutes. „Beruhigen Sie sich, Mann! Vielleicht hat er triftige Gründe, weshalb er sich anders verhält. Wie klappt es mit der Verständigung?" Sergeant Moos zuckte mit den Achseln.

„Ich glaube nicht, dass die Pikos ihn verstanden haben?"

Dr. Harper überlegte einen Moment. „Okay, Sie warten hier. Ich rufe Lt. Gordon und den Häuptling. Vielleicht wissen sie einen Ausweg?"

Als erstes registrierte Bobak die Waffe des Fremden an seinem Gürtel. Es war ein Bumerang! Die Beschreibung Ninos über die Besucher fiel ihm ein. Sie passte genau auf diesen Mann. Die tätowierte Maske auf seiner rechten Wange, auf den Schultern und den Armen. Er erhob die rechte Handfläche zum Gruß und trat auf ihn zu. „Ich bin Bobak - der Häuptling der Pikos! Seid gegrüßt und willkommen bei unseren Freunden aus der Alt-Vorzeit!" Der Fremde berührte flüchtig die Hand des Häuptlings. „Man nennt mich Aikiros - meine Familie gehörte zum Stamme der Shinors. Wir lebten im Westen - und nun bin ich hier!" Seine Stimme klang brüchig. Mit Verwunderung bemerkten die Männer, dass er fließend die Mundart der Pikos beherrschte. Darauf von Bobak befragt, entgegnete er: „Ich gehörte als Kind zu einer Gruppe Krieger, die Euren Stamm schon einmal begegneten. Damals, wir blieben einen Sommer lang bei Euch in der Siedlung Kilbaat, erlernte ich Eure Sprache!" Das war also des Rätsels Lösung. Noch mehr erfreute Bobak,

dass Aikiros sich noch genau an seinen Vater erinnerte. „Doch sag mir, Krieger
Aikiros - weshalb bist Du einem so weiten Weg allein bis hierher gefolgt?"
Die Antwort ließ auf sich warten. Endlich schaute der Fremde den Häuptling
durchdringend und beschwörend an.
„Ich habe viel Unheil gesehen und erlebt, Häuptling der Pikos. Ich bin
gekommen, Euer Volk zu warnen, auf dass es nicht das Schicksal meines
Stammes teile. Doch bitte ich Euch, bevor ich die Geschichte meines Volkes
kund tue, um einen Schluck Wasser und etwas Essen!"
Bobak setzte die Freunde über den Sachverhalt in Kenntnis,
Lt. Gordon bestellte sofort per Telefon Speisen und Getränke.
„Unser Volk war nicht sehr groß. Etwa zweihundert Seelen bewohnten ein Dorf
am Fluss mit dem alten Namen Missouri", begann Aikiros seinen Bericht, als er
gesättigt und zufrieden war. Sie hatten sich dazu im Büro Dr. Harpers
niedergelassen. Als er den Namen des Flusses nannte, rutschte Dr. Harper
ganz unruhig auf seinem Platz umher. „Unsere Vorfahren wanderten während
der großen Eiszeit in dieses Land und ließen sich dort heimisch nieder. Seit
Beginn der letzten Sonnenwende ereigneten sich merkwürdige Dinge in und
um unser Dorf. Krieger verschwanden und wurden nie wieder gesehen, Feuer
vernichteten unsere Ernten und wilde Tiere zerstörten unsere Hütten. Damals
glaubten wir an einen Zufall - heute allerdings bin ich klüger!"
Er unterbrach und bat um ein weiteres Glas Wasser.
„Eines Tages, die Sonne erwachte gerade aus ihrem Schlummer, da tauchten
unzählige dieser fliegenden Teufel auf. Der Himmel war voll von ihnen - und
sie alle stürzten sich auf uns, wie die Geier auf ein verendetes Rind in der
Wüste." Seine Augen schlossen sich, nur seine Hände untermalten bildhaft die
Szenen der erfolglosen Schlacht, die sein Volk gegen die fliegenden
Ungeheuer führte. „Ich weiß nicht, wie ich es Euch erklären kann? Aber ich
habe Grausamkeiten erlebt und mit eigenen Augen gesehen - und ich kann es
doch nicht verstehen? Diese Wesen müssen über unheilvolle Kräfte verfügen,
die Götter allein werden nur wissen, woher sie diese haben...?"
Als er seine Augen öffnete, schimmerte in ihren Winkel ein feuchter Schleier.
„Habt Ihr schon einmal gesehen, wie eine Mutter ihr eigenes Baby tötet?"
Seine Hände zitterten bei den nächsten Sätzen.

„Töten ist nicht der richtige Ausdruck dafür! Eine Mutter, die ihr Kind mit den Zähnen zerfleischt und zerstückelt und dabei lacht und lacht und lacht...?"
Es war dem Sprecher anzusehen, mit welcher Mühe er die Tränen zurückhielt.
„Das Schlimmste war ihr Lachen, während sie zusah, wie das Kleine schreiend verblutete. Und ich konnte nichts machen! Meine Frau war wie besessen! Ich musste sie zum Schweigen bringen - für immer..."
Betroffene Stille hielt für einige Minuten an.
Bobak wollte die Runde schon auflösen, als Aikiros tonlos weiter sprach.
„Neun Krieger überlebten das Massaker. Wir beklagten und begruben unsere Toten, dann brachen wir jeder in eine andere Himmelsrichtung auf, um die Völker vor diesen bösartigen Wesen zu warnen. Deshalb, nur deshalb bin ich hier. Der Weg zu Euch war lang und beschwerlich...!"
Aikiros war im Sitzen eingeschlafen.

„Wir sollten die Warnung sehr ernst nehmen, Jim! Wenn ich über die Sache nachdenke - ich habe kein gutes Gefühl dabei. Niemand weiß, woher diese Wesen kommen, was sie im Schilde führen? Es gibt inzwischen unzählige Gerüchte - aber nur wenige brauchbare Fakten!" Bobak wanderte entgegen seiner sonstigen Art unruhig umher. Linda brachte Tee und setzte sich zu Dr. Harper an den Tisch.
„Du hast Recht, mein Freund!" bestätigte der Administrator, „Es gibt zu viele Unbekannte in diesem Spiel, vielleicht werden wir nie ein vollständiges Bild über sie erhalten? Doch so viel darf man meiner Ansicht nach all den Berichten und eigenen Erfahrungen entnehmen: Mit ihnen ist nicht gut Kirschen essen!"
„Es ist nur erstaunlich, dass wir sie bisher nie richtig zu Gesicht bekommen habe? Das würde die ganze Angelegenheit sicher erleichtern!" mischte sich Linda in die Diskussion der beiden Männer ein, „da wir ohnehin nichts ändern können, schlage ich vor, dass wir erst mal den Tee trinken, bevor er kalt wird!"
Energisch drückte sie dem Häuptling eine gefüllte Tasse in die Hand. „Von wegen nicht gut Kirschen essen!" unkte er verschmitzt, dann fügte er sich dem fraulichen Diktat. „Bobak, darf ich Dir eine persönliche Frage stellen?" Linda ließ einen Löffel Honig in ihren Tee rinnen. Beim Umrühren schaute sie ihn nachdenklich an. „Nun, weshalb nicht?" „Gibt es im Herzen eines Kriegers und

Häuptlings auch ein winziges Plätzchen für eine neue Gefährtin? Du bist jung,
Du solltest selber eine Familie gründen, ein Heim haben! Ich hoffe, ich bin
nicht zu indiskret?"

Ein dunkler Schatten legte sich für einen Augenblick auf Bobaks Seele.

„Nach der Nacht folgt die Morgenröte - den Regen trocknet der Wind!

In einer Hand den Tod ich halte - die andere das Glück mir bringt!" rezitierte

Bobak leise die Zeilen eines uralten Spruches seines Volkes.

Linda verstand…

Die Krieger der Sonnengarde standen abmarschbereit.

Aikiros folgte der Einladung des Häuptlings und schloss sich den Pikos an.

„Wir sehen uns in vier Tagen in Kilbaat! In dieser Nacht hat der Mond seine

volle Kraft erreicht - das Orakel der Menja wird uns dann weiterhelfen."

Bobak verabschiedete sich von den Freunden mit einem festen Händedruck.

Als er Linda gegenüberstand, sah er den feuchten Glanz in ihren Augen.

„Es wird schon werden, Söhnchen!"

Sie nickte ihm aufmunternd zu. Als der Zug hinter dem Pass verschwand,

stand sie noch da und schaute geistesabwesend den Kriegern nach.

„Linda - was ist mit Dir?" Jim legte seine Arme um sie und drückte sie an sich.

„Er ist noch so jung - wie es damals mein Junge war…"

Es war noch tief in der Nacht, als der Hund erneut anschlug.

Verstört schaute Ken sich um, konnte aber nichts sehen und hören.

„Verdammter Köter, gib endlich Ruhe!" schnauzte er Dax an, dann legte er sich
wieder nieder. Doch der Schlaf war verflogen, durch die Fenster der Kanzel
suchte er die wenigen, sichtbaren Sterne. Wenn Nathans Prognose stimmte,
und der Kleine irrte darin nur selten, würde es morgen den ganzen Tag über
regnen. Ken begann einzuduseln, als sich plötzlich ein Warnsignal wie ein Blitz
in sein Hirn bohrte. Er schreckte hoch. Der Hund hatte sich knurrend neben ihn
niedergelassen. Er sah seine Augen aufleuchten, wenn er unruhig den Kopf
drehte. „Ist ja gut, Dax, ich bin wach!" beruhigte er das aufgeregte Tier und

streichelte ihn. Jetzt bemerkte er den Brandgeruch, der vom Wind hergetrieben wurde. Sie hatten das Luftschiff im letzten Tageslicht am Ufer des Flusses verankert. Ken und die Männer hatten entschieden, knapp zehn Meter über der Erde in der Kanzel zu nächtigen. Lautlos schlich sich Ken zum Steuer und angelte sich das Fernglas. „Mist, so ist nichts zu erkennen!" Offenbar standen sie zu tief in den Wipfeln der Bäume. So sehr er auch suchte, er konnte nichts entdecken. Der Brandgeruch indessen verstärkte sich. „Die Männer müssen raus!" Kurz entschlossen weckte er die Gefährten. Nathan stand mit einem Schwung auf den Beinen, gähnend rieb er sich die Augen. Old Man zauderte noch einige Augenblicke, dann wurde auch er mit einem Schlag hellwach. „Das brennt doch irgendwo? Jedenfalls stinkt es furchtbar hier!" Er schnüffelte so laut, dass Ken kurz auflachen musste. „Okay, macht das Licht an. Anker lösen und hoch hieven! Wir müssen machen, dass wir an Höhe gewinnen!" befahl er im kurzen Kommandoton und zog sich hastig an. Die Ruhe der Nacht war endgültig dahin. Endlich begann das Schiff merklich zu steigen. Nathan betätigte das Höhenruder und startete gleichzeitig den Motor. „Sachte, sachte!" brummte Old Man. Er klammerte sich an der Wand fest, um nicht den Halt zu verlieren. Das Dunkel des Dschungels lichtete sich. Als sie hoch genug über dem Meer von Bäumen standen, sah Ken in der Ferne den Feuerschein aufleuchten. „Das kommt von dort!" Jetzt hörten sie auch das unheimliche Rauschen des Windes, der die Feuerbrunst weiter entfachte und wie eine lodernde Wand vor sich hertrieb. Unter ihnen schien ein Orkan auszubrechen. „Da ist ja richtig die Hölle los!" rief Ken aufgeregt. Die Schreie und Schreckensrufe flüchtender Tiere, das Brechen von Ästen und Stürzen der sterbenden Bäume vermischte sich zu einer Gewaltorgie der Geräusche. „Wollen wir ein Stück näher fliegen?" fragte Ken. Old Man lehnte ab. „Ist zu gefährlich, Ken! Die Luft ist dort so heiß, dass wir Probleme mit unserem Schiff bekommen könnten. Ich möchte kein unnötiges Risiko eingehen und vielleicht unser Leben aufs Spiel setzen. Wir werden auf der gegenüberliegenden Seite des Flusses in Warteposition gehen. Morgen, bei Sonnenaufgang, sehen wir weiter!" Ken maulte zwar vor sich hin, es reizte ihn schon, eine derartige Feuerwalze aus der Nähe zu betrachten. Dennoch fügte er sich der Order. Nathan steuerte das Schiff zum anderen Ufer. An dieser Stelle war das Wasser mehrere hunderte Meter breit. Nach Old Man's Auffassung Schutz genug. „So das reicht erst mal. Bis hierher wird das Feuer nicht kommen. Wir sollte noch ein wenig schlafen, wer weiß was uns morgen noch blüht?" Sie teilten die Wachen ein. Ken und Nathan rollten sich in ihre Felldecken und versuchten, noch ein wenig zu schlummern.

Der neue Morgen graute bereits.

„Eh, Du bist dran!" Ein leichter Klaps auf die Schulter weckte Ken. Er sah Nathans übernächtigtes Gesicht, dann fielen ihm die Ereignisse der letzten Stunden wieder ein. „Wie sieht es aus?" wollte er wissen, während er seine Decke zusammen rollte, um Platz zu schaffen. „Wie der Ort der Verdammnis. Möchte nicht meinen Arsch dort braten lassen", war die lakonische Antwort des Zwerges. „Okay, dann hau Du Dich noch eine Weile hin! Kannst Dich auf mich verlassen!" Ken nickte ihm zu und übernahm den Platz am Ruder.

„Pass auf den Wind auf, er hat sich gedreht und ist stärker geworden", riet Nathan ihm noch, dann schlummerte er vor Erschöpfung ein.

Ken hatte im Augenblick nicht allzu viel zu tun. Das Schiff steuerte mit Autopilot selbständig einen riesigen Kreis, deren Tangente der Fluss bildete. „Schon erstaunlich, woher auf einmal all diese Tiere kommen? Wieso muss man sie bei einer Jagd immer suchen?" dachte er bei sich und guckte weiter voller Interesse. Noch immer flüchteten unzählige Bewohner der Wildnis vor dem glühenden Tod. Ganze Scharen strömten zum Ufer und stürzten sich in die rettenden Fluten. Gerade galoppierte eine Herde Wildpferde am Ufer entlang. Das Wasser hinterließ eine längliche Schaumspur an der Stelle, wo sie mit unvermindertem Tempo in die Tiefen sprangen. Ihnen folgte ein ziemlich großes Rudel Wölfe. Kurz darauf sah Ken noch zwei Bären, die sich ebenfalls in Sicherheit brachten. Oder zumindest hofften, dass es ihnen gelingen würde, das andere Ufer zu erreichen. Ken wurde auf eine rote Färbung des Wassers aufmerksam. „Sieht aus wie Blut, oder?"

Da das Luftschiff sich aber gerade vom Ufer entfernte, verfolgte er die Stelle nicht weiter. Der Wind hatte sich zwar gedreht, aber das Feuer fraß sich unaufhörlich durch das Unterholz und dehnte sich immer weiter aus. Bis zum Ufer blieb nur noch ein kurzes unversehrtes Stück.

„Mein Gott, was hast Du bloß wieder angerichtet?" stieß Ken hervor, als er jetzt erst die wahren Ausmaße der Katastrophe erkannte. So weit er sehen konnte, brannte nun die gesamte Uferzone des Flusses. Das Schiff näherte sich allmählich wieder dem Wasser. Der rote Fleck war bedeutend größer geworden. „Nanu - wie kann das sein?" Neugierig richtete er sein Fernglas darauf. „Das ist ja interessant...?" Vor ihm spielte sich das Grauen ab! Als er die Schärfe nachregelte, erkannte er unzählige Baumstämme, die an der Wasseroberfläche trieben. Zumindest hielt er sie dafür, bis Bewegung in ihre Reihen kam. „Wow - das sind keine Bäume! Was dann? Krokodile?" Die Wildpferde hatten fast die Mitte des Gewässers erreicht, als deren aufgerissene Mäuler auftauchten und zielstrebig die Pferde angriffen. Binnen weniger Minuten wurde die gesamte Herde erledigt. Das gleiche Schicksal erwartete auch deren Nachzügler, das Wolfsrudel und die beiden Bären. „Diese verfluchten Bestien!" Ken sah mit schreckgeweiteten Augen, wie sich weitere Herden und Einzeltiere in die Fluten stürzten. Er wollte und konnte den Anblick ungezügelter Mord- und Fresslust nicht mehr ertragen. Mit zittrigen Händen löste er die Blockade des Steuers. Ihn beherrschte nur ein einziger Gedanke: „Wir müssen weg von diesem Fluss!"
Eine Art Schock hatte von ihm Besitz ergriffen und setzte ihn mental außer Gefecht. So registrierte er nicht, dass er das Schiff genau in die lodernde Feuerbrunst lenkte. „Bist Du von allen guten Geistern verlassen?" Fassungslos starrte Old Man auf das wütende Inferno, in dessen Schlund sie beinahe zu geraten drohten. „Aus dem Weg Du Arsch!" Mit einem weiteren derben Fluch auf den Lippen stieß er Ken gewaltsam zur Seite, zog das Höhenruder an und ließ den Motor auf Höchstleistung touren.
Das Schiff begann zu bocken. Der Einfluss der heißen Luftmassen wurde merklich spürbar. In der Kanzel heizten sich die Wände auf. Verängstigt jaulte Dax vor sich hin. Nathan strampelte sich aus seiner Decke frei. Dann hüllte sie eine schwarze Wolke ein...

„**D**arf man fragen, was Euer Häuptling vorhat?" erkundigte sich der Fremde Aikiros und ließ sich geräuschvoll schnaubend auf einem umgestürzten Baumstamm nieder.

„Wir warten hier bis zur Wiederkehr Bobaks! Er wurde zur Seherin gerufen - ihr Wunsch ist uns Befehl!" Aikiros war mit der Antwort von Jeni zufrieden. Er schloss die Augen und versuchte, ein wenig zu dösen. Seit er vor einigen Tagen bei den Pikos eingetroffen war, spürte er, dass allmählich Ruhe in sein rastloses Herz einzog. „Eure Seherin ist wohl eine mächtige Frau?" fragte er beiläufig. Jeni nickte vor sich hin. „Ja das ist sie!"

Bobak schlug indessen einen Weg ein, den er selbst bisher nur wenige Male in seinem Leben beschritten hatte. Das letzte Mal geschah es, als er Stammesoberhaupt wurde und sich von der alten Orona die Zukunft vorhersagen ließ. Der Pfad schlängelte sich durch eine schmale, steil aufragende Schlucht. Wenn er den Blick hob, sah er in der Ferne einen hellen Spalt. Es wurde merklich kühler und dunkel. Endlich ertastete er die in Fels gehauenen Stufen, die ihn wieder ans Tageslicht brachten. Der Geruch von Kräutern und Gewürzen stieg ihm in die Nase. „Das sichere Zeichen, dass ich bald am Ziel angekommen bin!" erinnerte er sich. An der nächsten Biegung schlängelte sich eine Rauchfahne empor. Der Wind trug sie mit sich und zerfetzte sie, bis sie endgültig in den Bergen verschwand. Vor ihm lag eine winzige, steinerne Festung, nur ein wenig größer als eine normale Hütte. Diesen Eindruck machte dieser Bau zumindest auf Fremde, welche die Besonderheiten seines Innern nicht kannten und auch nur selten zu Gesicht bekamen. Das keilförmige Tal stöhnte in der prallen Sonne. Unzählige Hecken und Büsche säumten die Fläche. Der Duft von Flieder und Minze wurde so stark, dass Bobak niesen musste. „Ewig wäre das hier nicht auszuhalten!" schniefte er. Entlang des ausgetretenen Pfades plätscherte lustig ein quirliger Gebirgsbach, dessen Quelle irgendwo in den Gipfeln entsprang. Der Häuptling erreichte die massive, hölzerne Pforte. „Da sind wir also wieder?" Er prüfte kurz, ob seine Kleidung richtig saß und ordnete seine Haare. „Dann werde ich die alte Orona mal rufen!" Dreimal betätigte er den Steinschlägel und wartete, bis seine Klopfzeichen verhallten. Kurz darauf hörte er leichtfüßige Schritte.

„Es scheint alles in Ordnung zu sein…" Die solide Tür öffnete sich knarrend und gab den Weg in das Reich der Seherin frei. „Wartet Häuptling, ich werde Euch führen!" Der jugendliche Klang der Stimme ließ Bobak aufhorchen. „Nanu? Die kenne ich noch nicht?" Ein schemenhafter Umriss glitt auf ihn zu, packte ihn an der rechten Hand und zog ihn mit sich.

Bobaks Gedanken kehrten zum Treffen zurück, als er nach der Weihe zum Häuptling hier war. „Damals hat mich die alte Orona noch persönlich vor der Festung empfangen. Ich hoffe, ihr ist nichts passiert?" Ihm wurde seinerzeit die große Ehre zuteil, einen Blick in die Geheimnisse dieser Kultstätte der Ahnen werfen zu dürfen. Die äußere Festung bildete nur den Eingang zu einem unübersehbaren Labyrinth in der Felswand, die bis in die unendlichsten Tiefen des Berges hinabreichten.

„Wer sich hier einmal ohne die hilfreiche Hand eines kundigen Führers verirrt, kehrt niemals mehr zurück!" hatte ihm Orona einst vermittelt und einige Zeugnisse missglückter Versuche gezeigt. „Der Berg wahrt seine Geheimnisse - und nur er und die Götter der Ahnen entscheiden, wer sich darin frei bewegen darf. Und wer es doch versucht…?" Schier unzählige Knochen jener Glücklosen vermoderten noch heute im Nirgendwo, die jenen riskanten Weg beschritten. „Sieh selber junger Häuptling - so wachen die Götter über unser Schicksal!" erklärte sie mit einem tiefgründigen Lächeln.

Dann führte sie ihn über mehrere Irrgänge zu einer verschlossenen Höhle. „Hier, mein Häuptling bewahren wir seit Menschengedenken den großen Schatz der Pikos auf. Fern von jeglicher Zivilisation wurde er inzwischen vergessen - zu unserem Glück! Es gab eine Zeit, da wimmelten die Berge von Verrückten, die auf der Suche danach waren. Jetzt sind nicht einmal mehr die Legenden davon übrig geblieben. Doch sieh selber!" Sie drehte einen verborgenen Brocken im Felsen und die hölzerne Pforte öffnete sich. Der Anblick verschlug ihm damals den Atem. In den in die Wände getriebenen Nischen des Raumes begann es im Lichte der Fackeln zu glitzern und funkeln. Bis unter die Decke häuften sich unzählige Steine, so weit das Auge blickte! „Unsere Vorfahren haben das hier dem Berg abgerungen - über tausende Jahre lang. Unzählige Diamanten, Opale, Juwele, Saphire und alles, was sonst noch durch die Mutter Sonne einst versenkt wurde. Unser Volk hat diese Steine als Zeichen der besonderen Ehrerbietung gesammelt. Der Kristall auf dem Zepter des Häuptlings stammt auch von hier! Wenn Du wüsstest, mit welcher Gier und Brutalität die Menschen hinter diesem Schatz her waren - es würde Dich sicher zu Tode erschrecken? Und wie viele Opfer es deswegen gegeben hat - das weiß nur der Berg allein? Aber diese Zeiten sind lange vorbei, geblieben sind die Steine!"

Er erinnerte sich genau, dass sie dann eine ziemlich lange Pause einlegte. „Vergiss niemals im Leben diese Worte: Sollte es jemals einem Fremden oder Unbefugten gelingen, diese Tür zu öffnen und nur einen Diamanten zu entwenden, wird ein großes Unglück geschehen! Vor mehr als zweitausend Jahren wurde ein Fluch auf diese Steine gelegt - ich weiß aber nicht genau, um welchen es sich dabei gehandelt hat? Die alten Runen sprechen von einem gewaltigen Diamantenspiegel, der damals zerstört wurde. Ein Teil davon liegt hier - die Reste sind noch immer im Fels verborgen. Woran ich mich aber erinnere, dass eine uralte Legende von der Geburt der Kristallgötter erzählt...? Vielleicht ist alles nur ein Märchen, ich kann es nicht sagen? Auf jeden Fall hat noch nie ein Fremder diesen Bereich betreten!"

Bobak verlor inzwischen jegliches Gefühl für die Zeit und Raum, vertrauensvoll ließ er sich durch das Wirrwarr der Gänge führen. „Hast Du Dich schon einmal hier verlaufen?" fragte er neugierig, bekam aber keine Antwort.
Er bewunderte die Fähigkeit seiner Wegbegleitung, die sich sicher zu orientieren verstand und ohne Zögern den richtigen Gang wählte. „Wir sind gleich da, Bobak. Orona erwartet Euch bereits. Leider ist sie gesundheitlich schwer angeschlagen und deshalb nicht in der Lage, Euch selbst abzuholen!" erklärte ihm die Stimme sanft, dann sah er nicht weit ein Licht flackern. Eine Höhle mit gigantischen Ausmaßen nahm sie auf. „Schließt einen Moment die Augen, ich werde eine Fackel entzünden!" riet ihm seine Begleitung. Er tat wie ihm geheißen. „Nehmt die Fackel, geht jetzt zur Ruhestätte der Seherin! Sie liegt gleich da vorn auf der Terrasse", wurde er angewiesen, dann stand er allein in weiter Flur. Im Laufe von Jahrmillionen hatte Mutter Natur im Herzen der gigantischen Gebirgszüge der Rocky Mountains eine eigenwillige,

zerrissene, dennoch schöne Landschaft aus Kalk, Sand und Erz geformt. Wie ein riesiger Thron hoben sich einzigartige Stufenbauten empor, einer monströsen Treppe gleich - geschaffen für die Wesen einer Fabelwelt, glitzernd und voller bizarrer Formen. Obwohl Bobak zu den Auserwählten seines Volkes gehörte, dem dieser Anblick nicht fremd war, konnte er sein erneutes Staunen kaum verbergen. Auf der größten Terrasse brannte ein kleines Feuer „Komm zu mir, mein Sohn!" vernahm er.

Auf einem Lager voller Felle lag Orona, die kleine, zierliche, weißhaarige Alte, deren Geist so bedeutungsvoll für ihn und dem Stamm der Pikos war. Einst geboren als Tochter ihres Volkes, wurde sie erwählt, den Göttern der Ahnen zu dienen. Hier oben in der Einsamkeit - wo man dem Himmel so nahe schien!

„Viel Zeit ist seit unserem letzten Treffen vergangen; mehr als drei Sommer ist es her!" grüßte Bobak die Seherin. Orona winkte den Häuptling näher zu sich ans Feuer. „Was ist schon die Zeit, Häuptling? Sie ist wie das Wasser, welches durch Deine Finger rinnt. Versuche es aufzuhalten!" Sie kicherte lautlos, tausende Falten ihres vom Alter zerfurchten Gesichtes wurden lebendig. „Siehst gut aus, mein Junge. Komm, setz Dich zu einer alten Frau und vertreib ihr ein wenig die Langeweile!"

Bobak hockte sich neben der Feuerstelle nieder. Voller Wohlgefallen studierte Orona den muskulösen Körper des jungen Mannes.

„Du siehst bedrückt und niedergeschlagen aus, Bobak?" Sie blinzelte ihn kurzsichtig an. „Glaube mir, ich kenne Deine Gefühle und ich spüre die Ursache Deiner Sorgen." Orona sank in ihr weiches Lager zurück. Eine zeitlang schien es Bobak, als wäre sie eingeschlafen? Unverdrossen harrte er aus und wartete geduldig ab. „Du bist gekommen, das Orakel zu befragen?" ließ sie endlich vernehmen. „Ja, ehrwürdige Mutter - wir brauchen Deine Hilfe. Lass das Orakel sprechen. Es geschehen so viele seltsame Dinge um uns, nicht einmal unsere Freunde aus der Alt-Vorzeit können sie sich erklären?" Bobak war auf die Knie gesunken, sein beschwörender Blick erreichte das Herz der alten Frau. Seufzend bat sie ihn, ihr aufzuhelfen.

„Ich bin alt, mein Junge. Mehr als hundert Sommer habe ich kommen und gehen sehen. Drei Generationen Deiner Familie habe ich gekannt und sie auf

ihrem schweren Weg begleitet. Doch Du bist mir von allen der Liebste…"
Orona holte tief Luft, dann ließ sie wieder ihr ungewöhnliches Kichern hören.
„Du bist klug, hast einen scharfen Verstand…" Sie hielt sich am Arm des
Häuptlings fest. „Komm. Ich werde sehen, was ich machen kann? Auch wenn
es das Letzte sein wird, was ich vielleicht auf Erden noch vollenden werde. Die
verfluchte Last der Jahre erdrückt mich zusehends. Bald werde auch ich die
ewige Reise ins Reich der Ahnen antreten!" Orona ließ sich zum Feuer
geleiten und hockte sich ächzend nieder. Dann schöpfte sie während des
Sprechens mit einer Holzkelle kochendes Wasser aus dem Kessel und goss
einen Becher voll. „Trink, mein Sohn! Der Tee wird Dich entspannen, die
Sorgen nehmen!" Wie aus dem Nichts tauchte plötzlich wieder eine Gestalt
auf. Bobak verbrannte sich die Lippen, fluchend setzte er den Becher auf
einem Stein ab. „Verzeiht, Häuptling - es war nicht meine Absicht, Euch zu
erschrecken. Ich bringe nur die Medizin für Mutter Orona!" Im Lichte des
flackernden Feuers sah Bobak jetzt ein junges, schlank gewachsenes
Mädchen vor sich stehen. Das ebenförmige Gesicht strahlte Ruhe und
Entschlossenheit aus. Sie trug ein knöchellanges, einfaches, dunkel gefärbtes
Leinenkleid. „Du hast mich vorhin hierher gebracht?" stellte er überrascht fest
und räusperte sich verlegen. Sie nickte nur. Ein zartes Lächeln verschönte ihr
Gesicht. „Das ist Lonel - meine Schülerin", stellte Orona das Mädchen vor und
schluckte bereitwillig den angebotenen Trank. „Lonel wurde übrigens im
gleichen Sommer geboren wie Du. Ich habe sie damals zu mir genommen. Sie
wird einmal meinen Platz einnehmen!" Bobaks Versuch, die Züge von Lonel
eingehender zu betrachten, scheiterte. Sie zog sich jenseits des Feuerscheins
ins Dunkel zurück und ließ sich dort nieder. Er hatte schon des Öfteren gehört,
dass es eine Nachfolgerin von Orona geben sollte, doch gesehen hatte er sie
bisher noch nie. „Wenn Ihr erlaubt, ehrwürdige Mutter, lasse ich Euch in
einigen Tagen von meinen Kriegern mit einer Sänfte nach Kilbaat bringen. Zur
Stätte des Orakels der Menja - und so die Götter wollen, werden wir hoffentlich
bald wissen, welche Bedrohung uns so arg mitspielt?" Orona gab ihm zu
verstehen, dass sie einverstanden war. „Das ist gut! Ich habe noch eine Frage,
wenn Du gestattest?" ließ Bobak vernehmen. Orona schlürfte ihren Tee voller
Behagen. „Frage mich!"

„Auf den Weg hierher habe ich mich an die Diamantenhöhle erinnert, die Du mir einmal gezeigt hast. Wenn diese so ein wichtiger Schatz mit solch einen gefährlichen Fluch beherbergt - weshalb wird sie nicht von Kriegern bewacht sondern von den Seherinnen? Wie wollte Ihr verhindern, dass ein Fremder sich daran bereichert und damit den Fluch auslöst?" Orona lachte still.

„Die Antwort ist ganz einfach, Bobak. Je weniger Aufsehen um eine Sache gemacht wird, umso geringer ist die Wahrscheinlichkeit, dass sie entdeckt wird! Alte Weisheit der Seherinnen! Hier hat es bereits über tausend Jahre so funktioniert…!" Bobak war ein wenig irritiert, aber letztendlich gab er Orona Recht. Sie verabschiedete sich. „Bevor Du zu den Deinen zurückkehrst, mein Sohn, lass Dir noch einen gut gemeinten Rat von mir geben. Hüte Dich vor falschen Freunden - denn die, die uns bedrohen, werden nichts unversucht lassen, ein sehendes Auge zu senden um uns zu zerstören. Meine Gebete sind mit Dir. Nun gehe in Frieden!"

Ein Gefühl des Schwebens überkommt ihn, irgendwie erscheint alles um ihn herum unwahr, nicht real – ein Traum? Er bewegt sich wie auf Flügeln über den Steinen, kaum berührt er einen Fels, ist er auch schon über ihn hinweg zum nächsten.

Vor ihm erklimmt ein Mann das Gefälle. Es ist der Häuptling, der gerade von seinem Besuch zurück kehrt…? Er wartet im Schatten einer natürlichen Nische, bis er seinen Blicken entschwindet. Von nun an geht es für ihn nur noch bergauf, er durchquert eine Schlucht, Wasser eines Bergbaches netzt seine Füße. Vor ihm ein kegelförmig gezogener Bau, ganz aus Felssteinen errichtet, in der Mitte eine niedrige Holztür. Wie von allein gibt der Steinschlegel das Zeichen des Suchenden, es dauert unendlich lange, bevor jemand öffnet. Er greift ins Dunkle, reißt das Mädchen in die Sonne, ein derber Faustschlag gegen die Schläfe lässt sie stöhnend zu Boden fallen - sie bleibt regungslos liegen!

Er hat eine Mission zu erfüllen - fremde Augen lassen ihn sehend durch das Labyrinth stürzen, eine riesige Höhle tut sich vor ihm auf. Einem Schatten gleich steht ein Körper gebeugt am Feuer, lauschend den Blick zur Decke

Aikiros wachte mit einem bitteren Beigeschmack im Munde auf, sein Körper
glänzte vom Schweiß. „Wieso bin ich allein?" registrierte er verstört.
Der Schreck in seinen Augen wuchs, als er die blutbefleckte Waffe in seinen
Händen fand. „Was mit mir geschehen? Welche teuflische Macht hat Besitz
von mir ergriffen?" stammelte er und blickte verunsichert umher. „Weshalb
stehe ich hier vor dem Eingang einer Höhle?" So sehr er grübelte, er konnte
sich nicht erklären, wie er her gekommen war? Der Traum fiel ihm ein. „Mir
bleibt wenigstens ein Funken Hoffnung, dass alles auch nur ein Traum war...?"
Er senkte den Kopf, entdeckte die leblose Gestalt des Mädchens am Boden -
ein Schrei der Verzweiflung zerriss die Stille. „Ihr Götter - es ist kein Traum!"
Trauer überschwemmte ihn. Ein stechender Schmerz machte sich in seinem
Kopf breit und verdrängte jeden klaren Gedanken...
Als er die Stätte des Grauens verließ, war sein Blick leer...

„Bobak ist zurück! Sammelt die Waffen ein und bereitet alles für den
Weitermarsch vor. Wir wollen noch vor Sonnenuntergang in Kilbaat sein!"
befahl Jeni und eilte dem Häuptling entgegen. „Die Männer stehen bereit,
Bobak!" „Gut, Jeni - dann lass uns sofort aufbrechen!"
Bobak schaute sich suchend um. „Wo ist Aikiros, ich kann ihn nirgendwo
entdecken?" Ein vorwurfsvoller Blick traf seine Krieger. „Bis vor kurzem war er
noch hier. Ich verstehe nicht, wie er sich unbemerkt entfernen konnte?"
Jeni schien sichtlich verwirrt, er vermochte sich wirklich nicht zu erklären, wo
der Fremde geblieben war? „Geht, sucht ihn!"
Der Häuptling war ziemlich ungehalten und ließ es seine Männer spüren.
„Eilt, und kehrt nicht ohne ihn zurück!" brüllte er die verdutzt dreinschauenden
Krieger an. Getrieben von einer dunklen Vorahnung, sprintete er selber den

Weg bis zur Stätte der Seherin im schnellen Lauf. Sein Gesicht lief kalkweiß an, als er Lonel fand. Eine Welle des Zornes ließ es zur Maske erstarren.

„Seht, meine Königin - Euer Volk versammelt sich, um Euch zu huldigen. Es muss Euch mit Genugtuung erfüllen, wachsen zu sehen, wofür unser großer Vater gelebt und gewirkt hat. Ist es nicht so?" Teronus überzeugte sich mit einem unauffälligen Seitenblick, dass die Wirkung des grandios geplanten und organisierten Aufzuges ihre Wirkung auf die Regentin offensichtlich nicht verfehlte. Von ihrem Fenster aus konnte sie verfolgen, wie die verschiedenen Truppen in exakter Marschformation auf den eigens dafür hergerichteten Vorplatz der Wabenstadt einschwenkten. Zuerst die Kaste der Legaten, gefolgt von den Sturmtrupps und Spezialeinheiten der Kriegerkaste. Den Abschluss bildete die Kaste der Drohnen - vornweg die Chefs der technischen Abteilungen. Ganz am Schluss kamen die halbintelligenten Arbeiter, welche die niedrigen Dienste verrichteten und für das Wohl ihrer Herrscherkaste zuständig waren.

„Wie wahr, wie wahr - es ist untrüglich ein imponierender Anblick, an welchem sich meine Augen zu gern ergötzen!" Xeranya konnte ihren Blick nicht losreißen. Vergessen waren die Zeiten der Entbehrungen und Todesängste, der Stagnation und des Sterbens. „Wir sind dabei, Großes - was sage ich - Gewaltiges zu vollbringen!" ließ Teronus, der Hüter des Vaters, erneut vernehmen, in der Absicht, das Eisen zu schmieden, so lange es heiß war. „Dieses - unser Volk ist auferstanden", fuhr er mit theatralischer Geste fort, „diese Welt zu unterwerfen und sich seinen rechtmäßigen Anteil zu sichern - so, wie es unser Vater lehrte." Zornig blitzten seine reptiltaften Augen auf. „Es wird Zeit, meine Königin, sich endgültig von den falschen Propheten zu trennen. Geht und verkündet unseren Kriegern, wer die wahre Würde des Vaters zu tragen vermag!" Geschickt ließ er einige Atemzüge verstreichen. „Geht und verkündet, dass Legat Savus dem Tode geweiht wird!"
Die Regentin zuckte bei dem Namen zusammen. Als sie Teronus unerbittliche Züge sah, wurde ihr klar, dass sie sich jetzt entscheiden musste. Sie war die

Königin - doch er war der Hüter des Vaters, der Träger des Glaubens und der Traditionen. In seinen Händen ballte sich die wirkliche Macht, die auch sie im Interesse des Glaubens ohne Skrupel vernichten würde. Sie ließ sich nicht anmerken, welchen erbitterten Kampf ihre Seele mit sich austrug, doch das Abwägen des Für und Wider ließ ihr keine Alternative. „Es sei Euch gewährt, Teronus. Ich erkenne an, dass der Weg des Legaten Savus falsch und abtrünnig war!" Sie hoffte, dass er das Zittern in ihrer Stimme nicht bemerkte. „Das heißt - Ihr seid einverstanden, dass er seines angestammten Postens enthoben wird?" Teronus kostete seinen Triumph bis zu Neige aus, lange genug hatte er seine Fallstricke ausgelegt, Intrigen gesponnen, die Stimmung des Hofes aus dem Hinterhalt manipuliert und vergiftet. Savus und seine Ideen waren ihm von Beginn an ein Dorn im Auge - doch nun war er seinem Ziele nahe. „So sei es. Savus wird seines Postens enthoben, er wird in Unehren entlassen. Doch er wird nicht getötet - wir werden ihn verstoßen und lassen ihn in Frieden ziehen!" Mit erhobenem Haupt schritt die Königin an dem Hüter vorbei. Er sollte sie nicht sehen, die Tränen der Schande. Der Verrat an einem ihrer engsten Getreuen war wie ein tödlicher Stich in ihr Herz...

Sein verzweifelter Versuch, zur Königin vorzudringen, scheiterte an den Wachen. „Lasst mich gefälligst durch!" Renzys Krieger hatten alle wichtigen Positionen übernommen. Die Krieger der ihm ergebenen Garde blieben spurlos verschwunden. Legat Savus spürte den eisigen Ring um sich herum. Jede Geste und Bemerkung ihn gegenüber war geprägt von Hass und Abneigung. Als ihm gar der Zutritt ins Wachzimmer der Garde verwehrt wurde, war klar, dass er endgültig ins Abseits gestellt werden sollte.
„Ich verlange eine Audienz bei der Regentin!" schmetterte er den Wachen noch einmal ins Antlitz. Diese blickten ihm voller Hohn und Spott entgegen und kehrten sich lachend ab. Wutentbrannt riss er einen Krieger zurück.
„Ich gehöre der Kaste der Legaten an! Man zollt mir Achtung und Respekt...!"
„Wer soll Euch noch Achtung und Respekt gewähren - toter Freund?"
Wie ein Hammerschlag trafen Savus diese Worte aus dem Munde Renzys, der ihn mit verächtlichem Grinsen anstarrte. „Geht hinaus, Savus - unser Volk erwartet seinen heldenhaften Legaten. Ich hoffe nur, dass Dich der Mut nicht

verlässt!" höhnte Renzys zynisch. Dann befahl er dem Posten, Savus festzunehmen. Savus wollte aufbegehren, sein verbrieftes Recht als Oberhaupt einfordern, doch dann ließ er sich willenlos abführen. Es schmerzte tief in seinem Innern, mit ansehen zu müssen, wie man seine Ideale in den Dreck trat. Seine Mühen um ein friedliches Zusammenleben mit den ansässigen Volksstämmen wurden als Verrat deklariert, seine Freunde und Gleichgesinnte mit Schimpf und Schande belegt?

„Und die Königin schweigt jetzt zu all diesen unwürdigen Vorwürfen? Dann habe ich endgültig verloren...!"

Ein Tausendfaches „How" erklang, als Teronus zynisch das Urteil verkündete. „Der Legat Savus wird deshalb für immer aus den Reihen unseres Volkes verbannt! Hinfort mit ihm. Statt der verhängten Todesstrafe wurde sein Urteil gemildert. Die Königin, unsere aller Mutter, hat ihn begnadigt - nun soll er allein da draußen in aller Ewigkeit umherirren!"

Savus spürte nicht den Schmerz, als die Spitzen seiner sonst kühn geschwungenen Flügel gestutzt und er damit auch äußerlich in die Reihen der Niedrigsten, der Drohnen, gestoßen wurde. Vier Tage und Nächte nach der Prozedur kauerte die demutsvolle Gestalt unbeweglich einsam und allein unter freiem Himmel, der Sonne, Tageshitze und nächtlichen Kältegraden ohne Schutz und Wärme ausgesetzt. Am Beginn des fünften Tages suchte die Königin sie vergebens...?

Seine Geduld wurde auf eine harte Probe gestellt.

Eine ganze Nacht blieb Goli in sprungbereiter Position und wartete auf den entscheidenden Augenblick. Er spürte nicht den grimmigen Hunger und vergaß den peinvollen Durst - seine Sinne konzentrierten sich voll und ganz auf diesen beweglichen Fels. Endlich war es so weit, das Patschen nackter Füße am nächsten Morgen ließ ihn erregt schnauben. Der Stein am Eingang begann zu rucken. Scharrend rollte er zur Seite und gab einen Spalt frei. Golis Flanken bebten. Als der Schatten seines Wärters die Sicht verdunkelte, sprang der Tiger mit einem gewaltigen Brüller auf. Knochen splitterten, erst als der Ungi mit letztem Zittern sein Leben aushauchte, ließ er ihn zu Boden sinken. Der

Geruch des Blutes stach in seiner Nase. Trotz gewaltigen Hungers stürmte er hinaus ins Freie, seinen steinernen Kerker endlich hinter sich lassend. Goli unterdrückte seinen aufkeimenden Instinkt, sofort in den Busch zu fliehen. Mit gesenktem Haupt folgte er der Fährte des Tiermenschen. Im Lager der Ungis herrschte Aufruhr. Unbemerkt kauerte sich das Tier hinter einer Anhöhe nieder und beobachtete das eigenartige Treiben. Das Bellen und Kreischen konzentrierte sich in einer Gruppe, deren Anführer ein alter Jäger zu sein schien. Der Wind trieb ihm die Ausdünstungen der Tiermenschen zu.
Er schniefte angewidert, wollte sich bereits ungesehen zurückziehen, als er eine neue Duftnuance aufsog. In diesem Moment brüllte der Jäger lauthals auf und riss einen strampelnden Körper in die Höhe. Ohne sich länger zu besinnen, erhob sich der Säbelzahntiger aus seiner Deckung. Ein Satz und er stand mitten in der Menge. Sein furchtbarer Kampfschrei ließ die Ungis zu Stein erstarren. Mit einem gewaltigen Prankenhieb zerfetzte er dem Alten den Unterleib. Im Sprung fing er das weinende Kind mit seinen furchtbaren Hauern auf, schnappte zu und entschwand, bevor sich jemand überhaupt wieder rührte, mit seiner Beute. Mit weitgreifenden Sätzen überwand Goli jedes Hindernis. Das Mädchen hielt er sicher fest. Für ihn, der sonst ohne Schwierigkeiten einen ausgewachsenen Hirsch schleppte, spielte das Fliegengewicht kaum eine Rolle. Nach einem lang anhaltenden Spurt legte das Tier endlich eine Pause ein…

Stefanie bekam es erst mit der Angst zu tun, als der Jäger sie fauchend umklammerte und mit bedrohlicher Miene zu Boden stieß. „Es schmerzt so doll!" Stefanie schrie eingeschüchtert auf, strampelte verzweifelt um sich. Dann wurde sie hoch gerissen und wild in der Luft umher geschwenkt.
Ihr wildes Kreischen riss nicht ab, als Sin ihre erste Attacke gegen Fun führte. Eine schallende Ohrfeige des Jägers warf die aufgebrachte Mutter zurück.
In diesem Moment überschlugen sich die Ereignisse förmlich.
Die Kleine spürte einen derben Stoß, der ihren Peiniger aufheulen ließ, der Würgegriff löste sich und noch im Fall sah sie einen riesengroßen Rachen voller scharfer Zähne auf sich zurasen. Ihr ängstliches Herz flatterte, dann fiel sie in eine erlösende Ohnmacht…

Raues Kratzen auf ihren Wangen weckte Stefanie. Verschwommen registrierte sie eine Bewegung. Der strenge Geruch der Wildkatze nahm ihr fast den Atem. Endlich wagte sie es, die Augen vollends zu öffnen. Friedlich maunzend lag der Tiger neben ihr. Als sie sich rührte, spürte sie erneut das eigenartige Kratzen auf ihrem Gesicht. Eine feuchte Spur legte sich wie ein Schleier auf ihre Haut. „Igitt - Du Ferkel, hör auf mich abzulecken!"
Erschrocken schloss das Mädchen den Mund. In Erwartung eines ganz schlimmen Ereignisses kroch sie förmlich in sich zusammen. Doch nichts geschah - im Gegenteil! Das riesenhafte Tier wälzte sich schnurrend auf dem Rücken und dachte überhaupt nicht daran, sie zu fressen?
„Bist Du mein Freund…?" Stefanie krabbelte auf allen Vieren dem Tiger entgegen und schaute ihm nun bereits ohne Furcht in die funkelnden Augen. „Du bist doch mein Freund? Du bist mein Freund Katze!"
Vergnügt klatschte sie in die Hände, dann stürzte sie sich übermütig auf ihn.

„Wir waren nie richtige Freunde Jo, heute würde ich alles dafür geben, Dich so nennen zu dürfen! Vielleicht hätten wir uns einfach nur mehr Zeit dafür nehmen sollen, ich meine nur - wir hätten es einfach probieren sollen? Verstehst Du, was ich meine? Wir leben heute in einer Welt, die wir so nicht gewollt haben. Kein Mensch hat sich jemals Gedanken darüber gemacht, was einmal mit ihm geschehen würde? Wir baden heute die Bescherung aus - ein Scheißspiel, alles, was Recht ist. Erinnerst Du Dich noch, als wir damals abkommandiert wurden, nach Noah-City? Du und ich - wir waren die Einzigen aus unserer Einheit. Die anderen - Gott sei ihren Seelen gnädig; vor wie vielen Jahren schon sind ihre Knochen vermodert - niemand weiß genau, wo sie heute verstreut liegen? Weißt Du, es gehen mir so viele unsinnige Gedanken durch den Schädel. Ich würde so gern mit Dir reden! Reden und streiten, so, wie wir es früher taten. Nun liegst Du hier. Und nicht einmal das ist korrekt. Dein Stein liegt hier, Freund Jo, nur Dein Stein. Ich bete zu Gott, dass Dein Körper so gut versteckt liegt, dass ihn die Geier und Krähen niemals finden werden!"
Michael erhob sich und strich versonnen über den Grabstein. Manchmal, wenn ihn der Kummer arg zusetzte, flüchtete er sich hierher, auf den Platz des

Friedens und der ewigen Ruhe. Siebzehn steinerne Kreuze erinnerten an die Gefährten und Kameraden, die bereits in der neuen Zeit den Tod fanden und hier zur letzten Ruhestätte gebracht wurden. In der Mitte erhob sich das mannshohe Denkmal Albert Magonis, dem letzten Präsidenten der Alt-Vorzeit. Auch hier verweilte er noch einen Augenblick, bekreuzigte sich und machte sich auf den Heimweg. Mit einem tiefen Seufzer schritt Michael den schmalen Trampelpfad hinauf zum Pass. Auf der höchsten Stelle des Hanges drehte er sich noch einmal um und hob grüßend die rechte Hand zum Victoriazeichen.

Zur vorgeschriebenen Zeit erreichten die Männer der Sondereinheit das Plateau vor der alten Bunkeranlage Noah-Citys. Sergeant Moos ließ eine Rast einlegen und versammelte die Männer zur Einweisung um sich herum. „Michael - Sie aktivieren mit den Technikern die Anlagen! In dreißig Minuten melden Sie mir Vollzug. Der Rest besetzt nach Plan die Gefechtsstationen. Ab jetzt ist der Urlaub beendet. Tut mir leid, Männer, der graue Alltag hat uns wieder!" Unruhe entstand unter den Soldaten. Viele von ihnen hatten bereits vorher schon erraten, welchem Zwecke der übereilte Abmarsch dienen sollte. Doch nun, wo die Realität härter zuschlug, als erwartet, fehlte bei manchen das Verständnis dafür. „Was soll der Scheiß, Sergeant - die Zeit der Kriegsspiele ist doch wohl endgültig vorbei", maulte irgendwer aus der Mitte des Trupps und erhielt dafür zustimmendes Gemurmel. Die veränderten Verhältnisse der letzten Jahre hatten auch zu einschneidenden Lockerungen des einst notwendigen militärischen Drills geführt. Die Frage der straffen Führung wurde dabei allerdings nie gänzlich aus dem Auge gelassen. Sergeant Moos gehörte zu den Männern, die durch besonderes Einfühlungsvermögen und Sachkenntnis einen hervorragenden Stand bei ihren Leuten hatten. Nicht ohne Grund wurde er deshalb mit dieser heiklen Aufgabe betraut. „Also Jungs - reden wir doch mal im Klartext! Euch passt es nicht, dass ausgerechnet wir den Auftrag erhielten, die erste Wache in diesem verdammten Bunker zu halten? Sehe ich das richtig so?" Sergeant Moos wartete ab, bis wieder Ruhe eintrat. „Habt also Angst, dass Ihr wieder käsig ausseht, wie eine blinde Kellerassel - richtig?" Er krallte beide Hände in den

Staub und hielt sie dann hoch. „Wisst Ihr eigentlich noch, auf welchem Stück Erde wir stehen - ha? Oder habt Ihr Schlafmützen wirklich alles vergessen?" Er streckte ihnen die gefüllten Fäuste entgegen. Ganz leise sprach er weiter: „Einst, es ist schon lange her, dessen bin ich mir voll und ganz bewusst, einst haben wir alle einen Eid geschworen! Wir haben geschworen, zu verteidigen, was unser ist und was immer unser bleiben wird. Erinnert Ihr Euch? Daran hat sich nichts geändert. Es ist noch immer unser Land - Amerika! Das Land unserer Väter - entstanden aus ihrem Blute. Und Ihr schämt Euch nicht, diesen heiligen Schwur zu beflecken, jetzt, wo die Stunde der Entscheidung immer näher rückt? Unser Land ist in Gefahr - ist Euch diese Tatsache noch immer nicht bewusst geworden?" Betretenes Schweigen machte sich breit. Ohne seine Männer noch eines Blickes zu würdigen, marschierte der Sergeant zum Haupttor von Noah-City.

Ken wurde herumgeschleudert und prallte mit dem Gesicht gegen die Kanzelwand. Über seine Lippen floss ein warmer Strom, doch ihm blieb keine Zeit, über den Schmerz nachzudenken. Ihn beherrschte nur ein Gedanke: „Raus aus dieser Hölle!" Der Rauch wurde immer dichter. Husten quälte ihn und zwang ihn beinahe zu Boden. Der Junge bekam zufällig das Steuer zu fassen. Instinktiv riss er das Höhenruder herum. Mit einem heftigen Ruck schwenkte das Schiff nach oben. Eine Böe trieb endlich den Qualm aus der Kabine. Kens Hände hielten verkrampft das Steuer, als er bereits ohnmächtig wurde. Sanfte Schläge auf die Wangen brachten ihn wieder zu sich. Seine Lippen waren geschwollen, er verspürte einen gewaltigen Durst.
„Wasser!" krächzte er und langte nach der Feldflasche.
Nathan stützte ihn und richtete ihn auf.
„Nicht so hastig, Junge - es nimmt Dir niemand etwas weg!" beruhigte ihn der Zwerg und goss noch einen Becher mit Wasser voll. Ken schüttete sich das erquickende Nass über den Kopf. Prustend wischte er sich über das ruß- und blutbeschmierte Gesicht. „Könntest ein Bad vertragen, mein lieber Nathan. Siehst ja aus, als kämst Du geradewegs aus einer Schweinesuhle!" nuschelte der Junge vor sich hin. Dann schaute er sich mit großen Augen um. Ein heißer

Schreck durchfuhr ihn. „Wo ist Old Man?" In diesem Moment tauchte sein grauer Schopf am Eingang auf, ächzend schwang er sich in die Kanzel. „Ist alles vertäut, wir sind diesmal weit genug vom Feuer entfernt. Sieht aus, wie eine alte Betonpiste - haben echtes Glück gehabt!" stöhnte er und schniefte laut. Als Old Man sah, dass Ken wach war, zwinkerte er ihm aufmunternd zu. „Wir sind dem Tod gerade von der Schippe gesprungen. Ich gratuliere zum zweiten Leben!" Ken verzog schmerzlich das Gesicht, als ihm der Alte einen derben Schlag auf die Schulter versetzte. Dann fiel er in das dröhnende Gelächter ein.

„Wie es scheint, hatten wir wirklich einen Schutzengel. Was sage ich - eine ganze Armee war für uns unterwegs!" Old Man kratzte sich am Hinterkopf und setzte die Inspektion am Fluggerät fort. „Bis auf einige angesengte Seile, die wir austauschen müssen, und diese dicke Rußschicht scheint nichts weiter kaputt zu sein? Ist wohl unser besonderer Glückstag heute!" Nathans Vorschlag, die Rußspuren mit Wasser zu beseitigen, löste sich von selbst, als die ersten schweren Tropfen auf die Erde niederprasselten.

Ken riss sich die verqualmten Klamotten vom Leibe und tanzte nackt durch den stärker werdenden Schauer. „Sieht aus, als würde es die ganze Nacht durchregnen. Lasst uns die Kanzel aufräumen und richtig durchlüften. Dann hauen wir uns erst einmal aufs Ohr!" Old Man gähnte herzhaft. Gleichzeitig betastete er die auf Stöcken aufgehängten Sachen neben dem Feuer. „Mist verfluchter, das Zeug wird so nicht trocken! Werde wohl heute im Adamskostüm schlafen gehen", spöttelte er und reckte sich. „Lassen wir das Feuer über Nacht brennen?" wollte Ken wissen. Nathan ließ einen prüfenden Blick über den grau verschleierten Himmel streifen. Schließlich nickte er. „Wir legen ein paar dicke Äste nach. Der Hund soll auf unsere Sachen aufpassen, das bisschen Regen wird ihm nicht schaden." Ken schleppte zwei fußdicke Stämme heran und kreuzte die Enden in der Feuerstelle. „So das wird wohl eine Weile reichen!" Zufrieden wischte er sich die Hände blank. „Und Du blödes Vieh mach bloß keinen Unsinn, verstanden!" blaffte er den Hund noch an. Geschwind kletterte er die Leiter zur Kabine hoch, als die beiden Männer später folgten, duselte er bereits tief und fest vor sich hin. Erst gegen Morgen des nächsten Tages ließ das Unwetter nach. Nur zögernd brannte sich die

Sonne ein Loch durch die Wolkendecke. Doch bereits eine Stunde später gewann sie an Kraft. Ken wachte mit knurrendem Magen auf. „Mann habe ich einen Knast! Gibt es schon was zu Essen?" Es stank noch immer intensiv nach Rauch, obgleich sie die ganze Nacht über sämtliche Luken und Türen offen gelassen hatten. Ken strich sich mit den Fingern durch das wirre Haar und versuchte, es halbwegs zu ordnen. „Ach Scheiße - das bekomme ich sowieso nicht besser hin!" Schließlich gab er resignierend auf, ließ die zottigen Strähnen so, wie sie waren. Seine Gefährten machten noch immer keinerlei Anstalten, aufzuwachen. „Ok, dann werde ich aufstehen und mich um das Frühstück kümmern!" beschloss er. Dax jaulte freudig auf, als er sein Herrchen auf der Leiter entdeckte. „Pst - mach nicht solch einen Krach. Ist ja gut, mein Braver, ist ja gut!" wehrte er die stürmische Begrüßung der Dogge ab. „Du wirst mich auf der Jagd begleiten - auf geht es!" Nur mit einem Lendenschurz bedeckt und dem Gewehr in der Hand, brach Ken mit dem Hund zu einem Erkundungsmarsch in die nähere Umgebung auf. Dax zog, wie gewohnt, seine Kreise und schnüffelte aufgeregt an den nur für ihn verständlichen Spuren. „Dax bei Fuß! Bleib in meiner Nähe!" ermahnte er den Hund. Die Betonfläche zog sich östlich von ihrem Landeplatz hin. Nicht allzu weit entfernt sah er die Umrisse einiger Ruinen. Daneben erhob sich ein mehrstöckiges Gebäude. Ken lenkte entschlossen seine Schritte dort hin, vorbei an verrosteten Blechhaufen und unförmigen Metallkästen, deren Bedeutung er nur erahnen konnte. Er hatte den Hund schon wieder aus den Augen verloren, nur ab und wann hörte er ihn bellen. „Dax, komm zu mir, na komm schon!" lockte der Junge das Tier zu sich. Es dauerte auch nicht lange, und er tauchte hinter einem Schrotthaufen auf. „Was hast Du denn da angeschleppt? Oh Scheiße...?" Ken blickte ungläubig auf die Beute, die der Hund ihm vor die Füße legte. „Oh Scheiße!" fluchte er noch einmal laut, dann riss er Dax zurück und rannte zum Luftschiff, um Old Man und Nathan zu holen.
„Da vorn liegt er!" Ken zeigte auf die Stelle und ließ die Männer vortreten.
„Er hat Recht, es ist ein menschlicher Arm, ohne Zweifel!" stellte Nathan fest und drehte das Objekt mit dem Lauf seines Gewehres um. „So wie die Ränder des Armes aussehen, wurde er mit Gewalt vom Körper abgerissen. Hoffentlich war die arme Sau da schon tot!"

Old Man schüttelte nur den Kopf und sah sich misstrauisch um. „Wir sollten vorsichtiger sein, vielleicht ist das Vieh noch in der Nähe, welches das hier verspeisen wollte? Ich habe nicht die geringste Lust, versehentlich im Magen irgendeines Sauriers zu verschwinden", beendete Nathan seine eingehende Untersuchung. „Was machen wir jetzt mit dem da? Wir können ihn doch nicht so liegen lassen?" protestierte Ken, als Nathan einfach weiterlaufen wollte. „Warte, ich habe eine Idee!" Erst als Old Man den Arm mit einigen Metallplatten abdeckte, schloss er sich ihnen wieder bereitwillig an.

„Diese Anlage hier war scheinbar ein Flugplatz - eine riesige Rollbahn, auf denen diese Maschinen entlang brausten, um in die Luft zu kommen. Dein Vater hat mir einige Bilder in seinen Büchern gezeigt. Die Dinger sollen sehr schnell gewesen sein. Viel schneller, als unser Schiff. Hundert Mal schneller!" erklärte Old Man dem Jungen. „Was für Maschinen meinst Du denn - etwa diese Flieger, von den Dad manchmal gesprochen hat?" Sie umrundeten das Wrack eines zerfallenen Transportflugzeuges. „Das scheint so ein Gerät gewesen zu sein? Sicher bin ich mir natürlich nicht - aber soweit ich in Erinnerung habe, sahen die Dinger auf den Bilder so ähnlich aus!" bestätigte Old Man. „Mann, das wäre eine echt verrückte Sache...?" Ken bekam bei der Vorstellung, noch schneller fliegen zu können, leuchtende Augen.

„Kommt her, schnell doch! Hier ist ein Eingang!" brüllte plötzlich Nathan und unterbrach die Debatte über die Flugtechnik der Vorfahren.

Muffige Luft schlug ihnen aus dem Tunnel entgegen, welches wie die Einfahrt in eine unterirdische Höhle aussah. „Das wurde einst von Menschen geschaffen. Gehörte bestimmt mit zu dieser Anlage. Lasst uns nachschauen!" Old Man lud seine Waffe durch und trat ein.

„Seht Ihr die Lampen an den Wänden? Hier muss es einen intakten Generator geben, der Strom erzeugt. Die sind fast alle noch ganz!" staunte Old Man nicht schlecht, als er die beleuchteten Gänge vor sich entdeckte.

„Langsam, nicht zu schnell, Ken! Wir wissen nicht, welche Kreaturen sich hier eingenistet haben", mahnte Nathan den Jungen, der sich wieder übereilig vordrängelte. Der Gang führte sie über eine schwungvolle Kurve hinab in die Tiefe. Die bedrückende Stille wurde nur unterbrochen von ihren eigenen Schritten. Manchmal vom Plätschern unzähliger Wassertropfen, die von der

Decke herab fielen. Sie fanden ein zerfetztes Kleidungsstück, daneben lag ein aus Holz geschnitztes Pferdchen, dessen Vorderbeine abgebrochen waren. „Fass bloß das Zeug nicht an!" hielt Old Man Ken zurück. „Du holst Dir die Krätze oder andere unangenehme Sachen an den Leib!"

Sie erreichten eine Kreuzung. Ein umgestürzter Jeep versperrte ihnen den Weg. Nathan ließ seine Freunde in der Deckung, um selbst das merkwürdige Gefährt zu untersuchen. „Old Man, lass den Jungen da und komm allein her!" hörten sie ihn kurz darauf mit verzerrter Stimme rufen. Ungeduldig wartete Ken, doch nur das Wispern der beiden Männer drang zu ihm. Schließlich hielt er es nicht mehr aus und schlich sich heimlich bis zum Jeep. „Du solltest doch warten…?" schnarrte Nathan ihn an, als er den Kopf von Ken entdeckte. Dafür war es nun zu spät. „Oh Gott!" stieß der Junge hervor und übergab sich. Der Anblick der bis zur Unkenntlichkeit verstümmelten Körper neben dem Wagen war ein gewaltiger Schock für ihn. „Der kann einfach nicht hören!" meckerte Nathan zuerst, doch dann tat es ihm leid. „Solch eine Geschichte schlägt einem schon mächtig aufs Gemüt, Ken. Kotze Dich richtig aus! Du bist aber selbst schuld, mein Lieber. Manchmal ist übermäßige Neugier eben nicht angebracht!" versuchte Nathan ihn deshalb ein wenig aufzumuntern. Er erntete dafür nur matten Protest. „Der Tod ist vor maximal zwei Tagen eingetreten. Hier müssen richtige Schlächter am Werk gewesen sein? Wir sollten vielleicht doch sofort umkehren und lieber abfliegen. Was meint Ihr?" Old Man musterte misstrauisch die Gänge, die sich irgendwo im Unbekannten verloren. Er hatte in seinem Leben schon manches erlebt. Einen hartgesottenen Burschen wie ihn haute so schnell nichts um. Doch auch ihn beschlich ein äußerst mulmiges Gefühl. „Was ist denn? Gehen wir endlich?" drängte er noch einmal und wollte bereits umkehren. „Warte noch, Old Man. Wir sollten uns trotzdem erst umsehen. Vielleicht braucht jemand unsere Hilfe!" entgegnete Nathan, nun doch auf Ken's Unterstützung hoffend. Nach langem Hin und Her einigten sie sich schließlich und liefen weiter. Sie erreichten die aktiven Ebenen.

„Die Wohnbereiche sehen aus, als wären ihre Bewohner nur für einige Augenblicke weggegangen? Aber wo sind sie, frage ich Euch?" Zu Ken's Verwunderung brannte in den meisten Räumen noch immer das Deckenlicht. Kopfschüttelnd suchte er auch in den benachbarten Wohnzellen.

Niedergeschlagen kam er zu Nathan und Old Man zurück. „Alle leer, keine Menschenseele ist zu entdecken. Da treffen wir einmal auf eine bewohnte Siedlung - und dann ist niemand anzufinden? Es ist wirklich zum Verzweifeln!"
Ein Geräusch ließ die Männer aufhorchen. Dax schlug an und fletschte die Zähne. Die Gewehre schussbereit, hockten sie sich auf den Boden und starrten angestrengt in die Dämmerung. Ken nahm die Umrisse einer Gestalt wahr, dann trat sie ins volle Licht. „Mami, Dad! Mami, Dad...!" stammelte sie ununterbrochen. Vor ihnen stand ein kleines Kind - ein Junge...

Das Grauen hatte sich in ihren Gesichtern festgekrallt. Noch Stunden danach brauchte Ken nur die Augen zu schließen, um die Bilder des Todes neu entstehen zu lassen. Sie standen wie perplex, erst als der Knabe erneut zu verschwinden drohte, rannten sie ihm nach, um ihn einzufangen.
Ken hielt ihn am Arm fest. „He Kleiner warte mal. Wer bist Du?" sprach er den Jungen an. Unwillig zerrte dieser sich frei, wie im Trance stolperte er einfach weiter. „Lass ihn, wir werden ihm einfach folgen!" entschied Old Man mit einem mitfühlenden Nicken. Der Junge führte sie geradewegs in die Arena der Grauen Stadt. Sie war voll von den Bewohnern dieser Siedlung...
„Was ist denn hier passiert?" Nathans Stimme zitterte Angesicht der unzähligen Toten. Zu Bergen aufgetürmt, lagen die bereits erstarrten Körper - die weit aufgerissenen, leeren Augenhöhlen zur Decke gerichtet. Erschüttert trotteten sie die Gänge entlang, bis sie endlich wieder ins Freie kamen.

Ken erhob sich, um nach dem Jungen zu schauen.
„Er ruht jetzt - sieht ziemlich mitgenommen aus, der Kleine. Kein Wunder...!" flüsterte er und deckte den schmächtigen Körper zu.
„Was haben diese Bestien nur angestellt - es ist einfach unvorstellbar? So viele Tote; einfach abscheulich!" Ken war noch immer fassungslos. „Was wollen wir jetzt machen? Etwa hier bleiben?" fragte er in die Runde. Nathan und Old Man schüttelten gleichzeitig die Köpfe. „Auf keinen Fall - das ist ein großer Friedhof!" erklärte Nathan schließlich. „Ich schlage vor, wir ergänzen unseren Vorrat an Frischfleisch. Und morgen starten wir in Richtung Landesinnere...?" Damit waren alle einverstanden.

„Wenigsten einen Vorteil hatte diese ganze Scheiße - wir haben neue Waffen und endlich genügend Munition! Und unseren Treibstoff können wir auch wieder aufstocken", stellte Nathan fest. Es war noch immer das Gefühl der Ohnmacht, welches er für sich selber beschwichtigen wollte.

Sie waren früh aufgebrochen, um zu jagen und hatten bereits ein längere Strecke zurück gelegt. Sogar Dax verhielt sich auffällig friedlich, so als hätte auch er das Ausmaß der unglückseligen Katastrophe verstanden.

„Ein verdammt schwacher Trost, findest Du nicht selber?"

Ken blieb seinem Vordermann dicht auf den Fersen, da er mit seinen Gedanken völlig woanders war, trat er ihn mehrmals in die Hacken.

„Es reicht Ken, meine Knochen tun auch ohne Dein Zutun weh!" schimpfte der Kleine und jaulte schmerzhaft auf, als Ken ihn erneut traf. „Entschuldige Nathan! Es war nicht mit Absicht!" „Nicht mit Absicht, nicht mit Absicht!" schnauzte Nathan mit verzogener Miene, „aber mit einem verdammten Bleifuß! Ein Scheißspiel ist das!" Aufgebracht drehte er sich um. Ken schien ihn überhaupt nicht wahrzunehmen, er krallte sich an Nathans Schulter fest. „Hast Du das eben gehört? Mensch hör doch mal?" Nathan schüttelt Ken's Hände ab. „Du Blödmann!" Doch diesmal vernahm auch er das leise Stöhnen. Sie waren bereits bis an das restliche Buschwerk herangekommen, welches vom Feuer verschont geblieben war. „Das Ächzen kommt von dort - aus dem verkohlten Strauch da!" rief Ken und ging zu der Stelle hin. Er suchte unter den Ästen. „Siehst du was?" fragte Nathan, der nun auch angelaufen kam. Ken schüttelte den Kopf. Doch dann registrierte er eine Unregelmäßigkeit. „Ich glaube da liegt jemand?" Er drückte das Astwerk auseinander. Erst beim genauen Hinsehen fanden sie einen Menschen. Oder besser, was davon übrig geblieben war? Vorsichtig schob Ken die sperrigen Zweige noch weiter auseinander und kletterte hindurch. Einige Dornen bohrten sich tief in seine Haut. „Verflucht...! Sind die spitz. Nathan, hilf mir mal!"

Endlich hatten sie es geschafft, den leblosen Körper hervorzuziehen.

„Bei allen Göttern - sieht der schlimm aus! Aber er atmet noch", flüsterte Ken verstört. Die Haare, Wimpern und Augenlider des Mannes waren völlig verbrannt. Im Gesicht sowie auf großen Teilen der Schultern und der Brust zuckte nur noch das rohe Fleisch. „Der arme Teufel, er muss durch das Feuer gelaufen sein. Ein Wunder, dass er überhaupt noch lebt?" Nathan flößte ihm behutsam etwas Wasser ein. Endlich kam der Mann wieder zur Besinnung. Er stöhnte laut auf und sah sich kraftlos um. „Hier ist Wasser!" Nathan ließ ihn trinken. Gierig saugte er die Flüssigkeit in sich hinein, bis er sich verschluckte. „Das reicht erst mal. Können Sie mich verstehen?" fragte Nathan, doch er war zu sehr erschöpft, um antworten zu können. „Wir bringen ihn zum Lager. Wenn jemand helfen kann, dann nur Old Man!" entschied Nathan…

„Tut mir leid, ich kann absolut nichts tun. Gegen die schweren Verbrennungen nicht und auch nicht gegen das Gift in seinem Blut. Ich müsste beide Beine amputieren, sie sind schon bis zum Oberschenkel völlig schwarz. Ich kann es nicht!" Old Man schaute bekümmert vor sich hin und rührte das Gebräu aus Kräutern und Wurzeln mehrmals um, dann schöpfte er einige Kellen ab und stellte den Becher zum Abkühlen auf die Erde. „Die Wunden werden ihn töten - ich glaube, jeder andere wäre schon lange gestorben! Es ist ein wahres Wunder, wahrlich ein Wunder!" seufzte er. Schweigend hatte Ken ihm bei seinen Vorbereitungen zugesehen. Jetzt half er mit, den Kopf des Schwerverwundeten zu halten. „Das Zeug hier wird seine Schmerzen ein wenig lindern, mehr nicht!" Old Man presste mit dem Messer die verkrampften Kiefern des Ohnmächtigen auseinander und flößte ihm den ersten Schluck ein. Am späten Nachmittag schlug dieser seine Augen auf. „Großer Gott - sie sind fort?" stöhnte der Mann kaum hörbar und regte sich. Ken, der die ganze Zeit über am Krankenlager gewacht hatte, rief Old Man heran. „Schnell, er ist aufgewacht!" Er eilte sofort herbei, um sich weiter um ihn zu kümmern.
„Wie fühlen Sie sich, Mister? Möchten Sie eine Kleinigkeit essen oder trinken?" Er beugte sich zu ihm herab und maß den Pulsschlag. „Der Trunk scheint anzuschlagen zu haben, der Blick des Patienten wird zusehend klarer!"
„...brauche nichts, wo bin ich...?" hauchte dieser schwach.
„Wir haben Sie am Waldrand gefunden - Sie sind offensichtlich in ein Feuer geraten!" ließ Ken vernehmen. „Was ist mit meinen Leuten in der Stadt?"
Old Man verstand die Frage, die Antwort darauf fiel ihm nicht leicht. Tränen liefen dem Mann über sein verstümmeltes Gesicht, doch er spürte kein

Brennen. Der seelische Schmerz ließ die Kondition des schwer
Angeschlagenen sofort wieder merklich schwinden.

„Können Sie uns Ihren Namen nennen?" forschte Old Man behutsam weiter.

In diesem Augenblick näherte sich das Kind der Ruhestätte.

Mit einem Aufschrei stürzte sich der Junge dem Kranken an die Brust.

„Cornel - Onkel Stirnberg, bist Du es wirklich?"

Ein Weinkrampf schüttelte den kleinen Kerl. Er schmiegte sich wie eine Katze
an den Mann. Wohl dem, der bei solch einer Szene seine Gefühle im Zaum
halten konnte. „Ron, mein Junge, Du erdrückst mich. Bitte...?"

Old Man hob das schluchzende Kind auf den Arm und übergab es Ken.

„Geh mit ihm spielen - tu irgendetwas! Hauptsache, Du lenkst ihn irgendwie
ab!" bat er inständig und wies mit dem Kopf zum Luftschiff.

„Okay, ich kümmere mich um den Kleinen!" versprach Ken, nahm ihn mit sich
und kletterte dann geschwind mit Ron in die Kanzel.

„Cornel - was ist hier geschehen? Wer hat dieses Blutbad angerichtet?"

Aus den teilweise lückenhaften Darstellungen Cornel Stirnbergs vermochten
sich die Männer ein ungefähres Bild über den mörderischen Hinterhalt der
Blauen Teufel zu machen...

Der Anschlag

Zorn und Trauer über den feigen Mord an der Seherin Orona erfüllte das Herz
des Häuptlings. Die Forderung nach Rache wurde von einigen Kriegern
unverhüllt ausgestoßen und fand zunehmend Gehör. „Wer immer das getan
hat wird dafür büßen!" In Bobaks Brust kämpften noch immer zwei Seelen -
eine von ihnen befürwortete das Gefühl der Vergeltung, doch eine leise, sehr
eindringliche Stimme warnte ihn vor überstürzten Entscheidungen. Völlig
diesem Zwiespalt ergeben, folgte er dem Zug seiner Garde.

„Wer hat das getan?" Diese Frage stellte er sich immer wieder.

Jeni wartete bis sich der Häuptling auf seiner Höhe befand. „Lonel ist
aufgewacht und fragt nach Dir!" meldete er ihm. „Ich komme sofort!"

Lonel richtete sich schwerfällig auf, noch immer ein wenig benommen umfasste sie hilfesuchend die Hand des Häuptlings und versuchte, aufzustehen. „Danke, es geht gleich wieder", stammelte sie und atmete tief durch. „Wie geht es der Mutter Seherin...?"

Bobak zuckte mit den Schultern. „Sie ist tot!"

Lonel starrte ihn fassungslos an. „Sie wurde von einer Waffe getötet, die nicht von uns geführt wird. Wir kennen den Mörder!"

Lonel's Zustand besserte sich zusehends, trotzdem ließ der Häuptling auch sie auf einer Trage nach Kilbaat bringen. „Das geschieht zu Deiner Sicherheit - bis wir wissen was vorgefallen ist?" erklärte er ihr, dann ließ er den Tross abrücken. Ganz vorn an der Spitze auf einer Bahre der Körper der Seherin.

Am alten Rastplatz hielten die Krieger kurz an, um die restlichen Sachen aufzunehmen. Bobak ließ sich erschöpft und voller Trauer auf einem Stein nieder. „Was passiert hier mit uns?" Er musste endlich in Ruhe nachdenken, meditieren und mit den Geistern der Ahnen Zwiesprache halten.

„Gleich nach unserer Ankunft in Kilbaat werde ich den Rat der Alten einberufen. Eine wichtige Sache ist zu klären: Wer soll Oronas Platz einnehmen?" Bobak schaute nachdenklich zu Lonel - war sie nicht zu jung dafür? Die Zukunft seines Volkes hing von der Kraft der Seherin ab.

Und dann war da noch die Frage nach dem Orakel zu klären?

Ein düsterer Schatten legte sich auf Bobaks Gemüt, angesichts all der schwerwiegenden Probleme, die nun auf ihn zukommen würden.

„Häuptling der Pikos!"

Suchend drehte sich Bobak nach allen Richtungen, konnte den Sprecher aber nirgendwo entdecken. Jeni wies auf den Gipfel des Felsens über ihnen.

„Es ist der Fremde Aikiros! Da oben steht er!" Die Knöchel seiner Hände wurden weiß, als der junge Krieger sein Gewehr vorsichtshalber in Anschlag brachte. „Irgendetwas stimmt mit dem Typen nicht - das spüre ich."

„Wartet - lasst ihn reden!" gebot der Häuptling und erhob sich von seinem Sitz.

„Was willst Du noch - Fremder? Wir haben Dich als unseren Freund willkommen geheißen, doch eine Schlange hat ihr tödliches Gift versprüht! Wie kannst Du es wagen, uns noch einmal unter die Augen zu treten?" klagte er Aikiros an. „Ich will mich nicht vor Euch rechtfertigen - eine Entschuldigung

wäre für diese Bluttat banal und beleidigend. Doch wisse, Häuptling, nicht mein
Geist lenkte den Arm, der den tödlichen Wurf gab - ich habe es nie gewollt!"
Aikiros stand zu weit weg, als dass Bobak die Qualen erkennen konnte, die er
durchlitt. „Ich kam mit reinem Herzen zu Euch - doch nun sind meine Hände
mit unschuldigem Blut befleckt. Bei meinem Volk war es Sitte, dass auch ein
Mörder wählen konnte, welchen Tod er erleiden möchte. Gewährst Du mir
dieses Recht?" Unter den Kriegern der Garde kam Unruhe auf. Wieder zog
das Wort „Rache" seine Runde, nur Bobaks strenger Befehl verhinderte, dass
Aikiros unter Beschuss genommen wurde. „Auch wenn ich mich damit gegen
die Mehrheit meines Volkes stelle, ich gewähre Dir dieses Recht! Blut muss mit
Blut gesühnt werden - so lautet das Gebot der Ahnen. Wähle!" entschied
Bobak, sein finsterer Blick bändigte den aufwallenden Protest seiner Garde.
„Ich danke Dir, Häuptling", ließ der Fremde vernehmen. „Eure Seherin starb
durch diese Waffe!" Er hob den Bumerang über sein Haupt. „Er soll beenden,
was so ruchlos begann!" Bobak sah nur einen glitzernden Schatten durch die
Luft schwingen, fauchend kehrte die Waffe zum Ursprung zurück.
„Er hat sich selbst geköpft?!" Jeni ließ sein Gewehr sinken.

Der Trupp halbwüchsiger Burschen, unter Führung des erfahrenen Jägers Scii,
befand sich auf dem Heimweg. Ihre Jagdbeute wog schwer.
Zwei ausgewachsene Wildschweine pendelten an den Tragestangen und
machten den Jungen ganz schön zu schaffen. „Los, los, nicht so lahm!" trieb
Scii seine Schützlinge an, „bis Kilbaat sind es nur noch einige Schritte."
Scii galt als Sonderling, er lebte seit der Mannesweihe allein in seiner Hütte.
Sein bevorzugtes Interesse für das männliche Geschlecht war in Kilbaat
allgemein bekannt. Niemand störte sich daran, dass er homosexuell veranlagt
war. Der friedfertige Spott seines Stammes hielt sich in Grenzen. Was zählte,
waren die Leistungen des Einzelnen und Scii gehörte zu den besten Jägern
der Pikos. Nie kam er mit leeren Händen von einem Jagdzug, auch in den
Jahren, wo andere längst versagten oder aufgaben, spürte er Wild auf und
brachte es zur Strecke.
„Was ist, seid Ihr etwa müde?" Scii entschloss sich, eine letzte Rast vor ihrem
Einzug in der Siedlung einzulegen. Dankbar setzten die Träger ihre Gewichte

ab, manch einer von den Jungen rieb sich verstohlen die wundgescheuerte Schulter. Doch keinem von ihnen wäre es je in den Sinn gekommen, sich darüber zu beklagen. „Reif - komm zu mir, ich möchte mir Deinen Rücken ansehen!" rief der Jäger den Kleinsten seiner elf Knaben zu sich, deren Ausbildung ihn vom Rat der Alten übertragen wurde. Anfangs zierte sich Reif vor seinen Gefährten, doch als Scii ihm die kühlende Salbe über die Wunde strich, ließ er den Mann gewähren. „So, das war es schon. Den Rest kann Deine Mutter erledigen! Macht Euch wieder abmarschbereit!" ordnete Scii streng an. Mit wachsamen Blicken beobachtete er jede noch so kleine Regung in der unmittelbaren Umgebung. Sie verließen den dichten Busch, vor ihnen breitete sich die Steppenlandschaft aus. Bis zu den Toren der Siedlung war es nicht mehr allzu weit. Ein dumpfes Grollen ließ Scii aufhorchen, als er gar die feinen Schwingungen des Bodens registrierte, zogen sich seine Augen zu schmalen Schlitzen zusammen. Er ahnte, was kommen würde…
„Passt auf, Ihr kühnen Jäger, wir spielen jetzt ein neues Spiel. Seid Ihr bereit?"
Er ließ sich die Furcht nicht anmerken. Lächelnd sprach er weiter.
„Also gut, ich erkläre Euch die Regeln. Wir haben zwei fast gleich schwere Wildschweine. Das Kräfteverhältnis zwischen Euren Gruppen ist relativ gerecht verteilt. Das Spiel ist einfach - welche von beiden Gruppen erreicht als erste Kilbaat!" Die Jungen stürmten auf sein Zeichen gleichzeitig los.
Das Beben hinter ihnen gewann an Stärke, ein wütendes Schnauben brach aus dem Dickicht. „Rennt doch, jetzt nur nicht schlapp machen!" trieb er die Kinder unbarmherzig an und griff zuweilen helfend ein. Kilbaat lag so nah und war doch so weit! Der Tyrannos Rex stampfte schwerfällig durch das dichte Unterholz und bahnte sich eine breite Schneise durch das Strauchwerk. Witternd hielt er den monströsen Schädel in den Wind. Sein zorniges Schnauben verjagte sämtliches Getier in seinem Umfeld. Sogar die winzigen Echsen zwischen den Steinen vergaßen ihr Sonnenbad und huschten durch die Ritzen in die sicheren Tiefen. Seit längerer Zeit bereits folgte das Ungeheuer den Geräuschen der Zweibeiner. Bisher waren sie durch Gestrüpp und Bäume verdeckt und für ihn unsichtbar gewesen. Krachend zerschmetterte der Saurier mehrere junge Tannen und erreichte gleichfalls die Fläche der Steppe. Jetzt entdeckte er die Fliehenden!

Ungeahnte Kräfte setzten das riesige Tier in Bewegung. Mit einer Geschwindigkeit, die dem fülligen Körper niemand zutraute, begann der Tyrannos die gnadenlose Verfolgung. Reif war es, der das Tier voller Schrecken ausmachte.

Das Alarmsignal der Wachen erreichte Ninos, als er sich gerade etwas zur Ruhe begeben wollte. „Nanu - was hat das zu bedeuten?" Hastig schwang er sich den wollenen Umhang über und stürzte aus der Hütte. Bewaffnete Männer strömten mit ihren Bögen und Speeren zur Schutzmauer. Die Frauen sammelten ihre Kinder ein. Mit ängstlichen Blicken zum Tor trieben sie diese in die schützenden Unterkünfte. „Weshalb werden die Tore nicht geschlossen?" brüllte einer der Krieger die Posten an. Die Antwort erübrigte sich, als er die Mauer erklomm. „Das sind doch Scii und die Jungen...?"
Ein Aufschrei des Entsetzens ließ Ninos seinen Lauf beschleunigen. Keuchend erreichte er die Leiter, seine Beine zitterten vor Anstrengung, als er sich schwerfällig hinaufzog. „Helft mir!" Zwei Krieger streckten ihm die Arme entgegen und zogen ihn hoch. „Wir müssen sofort etwas unternehmen, ansonsten sind die Kinder verloren - ausgerechnet jetzt ist der Häuptling nicht hier!" Ninos zögerte nicht lange. „Lauft den Kindern entgegen und beschützt sie!" befahl er mit Nachdruck. Etwa zwanzig Kämpfer, alle mit Speeren und Bogen bewaffnet, eilten durch das Tor. Ein Wettlauf auf Leben und Tod begann.
Scii fühlte beinahe körperlich, wie schnell sich ihr Abstand zum Verfolger verringerte. „Jungs nicht aufgeben - wir schaffen es!" brüllte er wieder.
Die Jungen rannten aus Leibeskräften, doch es war abzusehen: lange würden sie dieses Tempo nicht mehr durchhalten! Dessen war er sich sicher. „Dann nimm das hier und verrecke daran!" stieß er aufgebracht hervor. Der Jäger zückte seinen Dolch und trennte während des Laufes die Bauchdecken der getöteten Tiere auf, so dass das Blut und die Gedärme aus ihnen heraus quollen. „Lasst jetzt die Tragestangen fallen - macht schon!" rief er den beiden Trupps zu, welche sofort seinem Befehl Folge leisteten. „Hoffentlich geht meine Rechnung auf und das Biest macht vom unverhofften Nahrungsangebot Gebrauch", betete Scii inbrünstig. Der Geruch des Blutes sollte ihn den Weg

zeigen und seinen tödlichen Eifer stoppen. Von den Lasten befreit, schöpften die Kinder neue Hoffnung, ihr Tempo konnten sie für kurze Zeit sogar noch einmal steigern. Der Tyrex stieß ein heiseres Gebrüll aus. Unbeachtet blieben die beiden Wildschweine liegen, in wuchtigen Sprüngen setzte das Untier behände den Fliehenden nach. „Dieser Teufel aber auch…!" Scii biss sich Zähneknirschend auf die Unterlippe, so dass sie blutete. In seinem Kopf arbeitete es fieberhaft. „Es muss doch einen Ausweg aus dieser brenzligen Situation geben?" Er sah die Männer vor dem Tor auftauchen, schätzte die Entfernung zu ihnen ab. „Das schaffen sie niemals rechtzeitig…!" wurde ihm schlagartig bewusst. Bevor ihre Hilfe eintraf, waren sie alle rettungslos verloren. Der Saurier, mit dem ausgeprägten Instinkt des Killers ausgestattet, verdoppelte seine Anstrengungen. Siegesgewiss ließ er ein lang anhaltendes Fauchen vernehmen. „Rennt um Euer Leben!" feuerte der Jäger die Kinder letztmalig an, dann trennte er sich von ihnen…

Die Szenerie erinnerte Bobak an den Tag, an dem die Ungis die Mammutherde auf das Tor von Kilbaat trieben und ein furchtbares Blutbad anrichteten. In dem auch der Häuptling, sein Vater Miriam, ums Leben kam. „Diese verfluchten Echsen sollte man ausrotten!" knurrte er ärgerlich. Wie damals drängte sich eine Vielzahl von Kriegern auf dem Schutzwall. Mit einem geübten Blick war die Sachlage für ihn klar. „Fertig machen...! Wir greifen an!" Ein Zeichen von Bobak genügte, und jeder Krieger der Garde wusste, was er jetzt zu tun hatte. So, wie sie es in den letzten Ausbildungstagen zigfach übten, rissen die Männer ihre Feuerwaffen in den Anschlag und luden durch. Bis zum Saurier verblieben etliche hundert Schritte. Es war nur noch eine Frage von wenigen Sekunden, bis er die Flüchtenden erreichen würde. Was dann geschehen würde...? Nicht auszudenken? „Wartet - noch nicht schießen! Was macht der denn da?" Eine Gestalt hatte sich zurückfallen lassen? Zuerst verstand der Häuptling nicht, was sie damit bezweckte. „Der ist wahnsinnig", sauste es ihm durch den Kopf. Doch dann fiel ihm ein, dass es sich nur um Scii handeln konnte. „Richtig, das sind Scii und seine Schüler!" Das Tier stockte im Lauf, als der Jäger so unverhofft vor ihm auftauchte. Irritiert schnaufte es den Winzling an und versuchte, ihn aus der Bewegung heraus zu erhaschen. Sein

Angriff stieß ins Leere! „So ein Draufgänger - er will ihn ablenken! Er will Zeit für die Kinder gewinnen. Jetzt seid Ihr dran - zeigt, was Euch der Sergeant beigebracht hat!" stachelte Bobak seine Krieger an. „Feuer frei!" Jeni ballerte die erste Salve ab...

„Ich wusste gar nicht, was für eine exzellente Malerin in Ihnen verborgen ist!" lobte Major Hammer und betrachtete eingehend die kleine Galerie, welche die sonstige Strenge des Raumes auflockerte. Verlegen wehrte Dr. Ferrow ab. „Danke, aber das ist wohl zu viel des Lobes. Es ist nur eine angenehme Freizeitbeschäftigung, mehr nicht!" Sie ließ ihn einen Augenblick gewähren, dann bot sie ihm einen Stuhl an. „Ich vermute, Sie sind nicht wegen meiner Bilder hierher gekommen, oder?" Major Hammer dankte und setzte sich. Er wirkte nervös. Unruhig wippte er auf seinem Sitz.
„Stimmt, Linda, Sie haben es erkannt! Ich brauche einfach mal jemanden, mit dem ich in aller Ruhe über meine Probleme reden kann. Jim hat sich in seiner Arbeit vergraben, Lt. Gordon kümmert sich vorwiegend um die Angelegenheiten unserer Sicherheit - nur ich habe manchmal das Gefühl, irgendwie überflüssig zu sein?"
Erstaunt nahm Linda den letzten Satz zur Kenntnis. Bisher sah es für sie, und sicherlich für jeden anderen in der Siedlung so aus, als gehörte Major Hammer zu den starken Persönlichkeiten ihrer Zeit. Und nun dieser Ausbruch von Selbstmitleid und Hilflosigkeit. Das passte in keinster Weise zu ihm? Oder hatten sie ihn alle so verkannt? „Ich kann mir schon ausmalen, was Sie über mich denken!" fuhr der Major fort und räusperte sich verlegen. „Major, wir sollten uns die Zeit für ein ausführliches Gespräch nehmen. Und wenn Sie es wünschen für zwei, drei oder mehr? Vielleicht ist es ein grundsätzlicher Mangel in unserer gegenwärtigen Situation, dass wir durch die allgemeinen Probleme wieder uns selber vergessen? Das war ja wohl eine der großen Krankheiten unserer ach so intelligenten Zivilisation. Sie sehen, bestimmte Fehler können wir nicht wie einen alten Mantel abstreifen, weil sie mit uns verwachsen sind wie eine zweite Haut!" Sie setzte sich ihm gegenüber. „Auch ich habe einige Sorgen, vielleicht können Sie mir im Gegenzug bei der Klärung helfen. Okay?" Major Hammer nickte selbstvergessen.

„...wollte ich niemals etwas mit dem Militär zu tun haben, in keiner Weise! Aber wie das Leben so manchmal spielt - es kommt sowieso immer anders, als man denkt. So war es letztendlich auch bei mir. Ich nahm ab dann den normalen Weg - Kadettenschule, Ausbildung in West Point, Dienst bei einer regulären Einheit, später versetzt in den Generalstab, bis zur Katastrophe abgestellt in Noah-City als Stadtcommander, was sich dann als mein Glück herausstellte - zumindest aus heutiger Sicht betrachtet." Major Hammer war aufgestanden und lief fahrig im Zimmer umher. Linda saß einfach nur da und hörte ihm zu. „Familie hatte ich nie. Ich meine, so mit Frau und Kind! Auch wenn ich es mir manchmal von Herzen gewünscht habe. Meine Familie war immer die Army, mein Heim die Kaserne." Major Hammer hielt in seiner stetigen Wanderung inne und presste die Stirn an die kühle Scheibe des Fensters. Er stockte, doch dann sprach er leise weiter. „Jetzt bin ich an einem Punkt angelangt, wo ich einfach müde bin - irgendwie leer und ausgebrannt. Ich habe seit Nächten keinen Schlaf mehr gefunden, der Teufel allein weiß, woran das liegen mag?" Er verstummte. Anfangs schien es Linda, als würde er noch immer aus dem Fenster schauen, doch da sich der Major nach einigen Minuten unverändert still verhielt, kam ihr die Situation etwas merkwürdig vor. „Major - was ist mit Ihnen?" Er reagierte nicht auf ihren Anruf.

Dr. Summerfield kam so schnell, wie er konnte.
Ihm fiel sofort die eigenartig verkrampfte Haltung des Körpers auf.
„Was ist geschehen - hat er irgendwas gesagt oder getan?" Er ließ sich von Linda in wenigen Sätzen den Verlauf der vergangenen Augenblicke erklären.
„Was mich am meisten verwundert, diese depressive Stimmung kenne ich von ihn überhaupt nicht?" schloss sie ihre Ausführungen. Inzwischen waren mehrere Männer herein gekommen. Gemeinsam mit ihnen legte
Dr. Summerfield den Major flach auf den Holzboden. Er maß Puls und Herzschlag, überprüfte die Atmung. „Extrem verlangsamter Herzschlag - Pupillen starr, reagieren kaum noch auf Lichtreize! Tja?" Nachdenklich rieb er sich das Kinn. „Ehrlich gesagt stehe ich vor einem Rätsel? Major Hammer war erst vor wenigen Tagen bei mir zu einer Routineuntersuchung. Er hat zwar ein

bisschen Übergewicht, ansonsten ist er Top fit! Sie meinen, er hat psychische Probleme?" Linda schüttelte bekümmert den Kopf. Sie wusste keine Antwort…

Trotz des Verbotes, vorläufig nicht mehr außerhalb der Schutzmauern spielen zu dürfen, ließen sich die Kinder ihre Stimmung nicht verderben.
Nur wenn sie unmittelbar an Stefanies Haus vorbeikamen, schwiegen sie bekümmert und rannten schnell weg. „Sie ist bestimmt im Himmel und schaut uns beim Spielen zu!" piepste der kleine Sam Howes und ließ sich einfach in den Staub plumpsen. „Meine Mami hat gesagt, sie ist im Himmel - und im Himmel ist Stefanie glücklich. So ist das nämlich!" Er rümpfte erregt die Nase und wunderte sich, weshalb die Großen nicht widersprachen? „Vielleicht hat Deine Mami sie da oben gesehen?" entgegnete Tim mit einem müden Lächeln und ließ Sand spielerisch durch seine Finger rinnen.
Seit Stefanies Verschwinden war er sichtlich abgemagert, vor Kummer aß er kaum etwas. Meistens hielt er sich von den Gefährten fern, grübelte stundenlang in einer einsamen Ecke. Doch heute hatte die Bande nicht locker gelassen. „Los - Du kommst diesmal mit - wir zeigen Dir was!" wurde er bedrängt. Erst als er zustimmte und mit ihnen zog, gaben sie Ruhe.
„Kommt, wir bringen Tim zu unserem geheimen Versteck!" forderte Kelly den Trupp auf. Unter lautem Gejohle stürzte ihr die vielköpfige Meute nach. Auch Tim ließ sich endlich vom Übermut der Freunde anstecken und vergaß für kurze Zeit seine Sorgen. In einem der entlegensten Winkel lagerten noch Unmengen von Steinen, Balken und andere Baumaterialien, ebenso Berge von Schrott und ausgedienten Überbleibseln einer verblichenen Zivilisation.
Kurzum - der geeignete Platz für die lebhafte Phantasie einer lebenshungrigen Horde. „Hier haben wir uns in den letzten Tagen eine tolle Höhle gebaut, wirklich pikfein - wie mein Vater immer zu sagen pflegt", verkündete Kelly stolz und zog Tim mit sich. Hinter einem Schuttberg erhoben sich etliche Balken zu einem flachen, scheinbar zufällig gestapelten Hügel. Dort hinein dirigierte sie den Freund. Sie krochen durch einen schmalen Eingang einige Meter in die Tiefe, dann konnten sie sich aufrichten. „Macht doch mal Licht!"
Der Docht eines Talglichtes wurde entzündet, Feuer flammte auf.

„Ist ja echt stark, Eure Höhle! Wirklich pikfein", lobte Tim erfreut und sah sich um. Stolz funkelten die Augen der Freunde. Einige Steine waren als Sitzgelegenheiten im Kreis verteilt, eine zerschlissene Plane diente als Teppich. Sogar ein alter Leuchter mit gesprungenem Glas war vorhanden. Das Licht wurde sorgsam in ihm festgeklemmt und flackerte unruhig vor sich hin. Von der holprigen Decke hingen bunte Stofffetzen herab und bewegten sich sanft bei jedem Windzug. „Wie eine richtige Burg! Euer Versteck ist einsame Spitze. Warum habt Ihr mich nicht früher geholt?" Doch dann winkte Tim ab. Seine Spielgefährten traf keine Schuld! „Nun guck doch mal her, Tim. Die haben wir uns aus den Abstellkammern des Palastes geklaut - gefallen sie Dir?" quakte aufgeregt der vierjährige Sam dazwischen und zog den Spielgefährten in eine Ecke. „Wenn das rauskommt, gibt es mächtige Hiebe! Ich hoffe, Ihr wisst es?" Tim starrte mit glänzenden Augen auf den Stapel uralter Zeitschriften.

„Da sind in einigen Heften komische Bilder drin", kicherte Sam albern und schlug ein Magazin auf. „Hier, alles voller Frauen ohne etwas an! Man sieht richtig den nackten Busen. Mein Papa nennt die Busen aber Titten!" „Du bist ein richtiger Blödmann, Sam!" erboste sich Kelly und riss dem Knaben das Magazin aus den Händen. „Und Du solltest Dich schämen, solch einen Dreck anzuschauen!" schnarrte das Mädchen Tim wütend an und schleuderte das Heft zurück auf den Stapel. „Ich weiß nicht, was die blöde Kuh hat? Jedes Mal macht sie solch einen Aufstand. Dabei hat sie selber noch gar keine Titten ", maulte Sam entrüstet und glättete sorgfältig die eingeknickten Seiten. Dafür fing er sich von Kelly eine schmerzhafte Kopfnuss ein. „Auwa das tut weh!" schalt er laut. Tim war es angenehm, dass der Raum nicht allzu hell war. So bemerkte niemand seinen roten Kopf. „Wenn Ihr meinen Rat hören wollt, bringt die Dinger wieder dort hin, wo Ihr sie gefunden habt. Das gibt bestimmt Ärger! Lasst nur mal einen von den Erwachsenen hier auftauchen. Das setzt eine Tracht Prügel, die sich gewaschen hat!" gab er zu bedenken.

„Siehst Du, ich habe Dir gleich gesagt, dass Tim nicht damit einverstanden ist. Nun sieh zu, wie Du die Kackhefte wieder in den Palast schmuggelst!" schimpfte Georg auf den noch immer maulenden Sam. Dieser zog sich trotzig in die Ecke zurück und schmollte. Doch nicht sehr lange. „Wir haben uns sogar

Waffen gebaut, so wie die Indianer in den alten Filmen und wie es die Pikos tun - hier, schau Dir meinen Bogen an!" Georg hob Tim die Waffe vor die Nase. Er hielt prüfend das gebogene Holz in der Hand und spannte die Sehne. „Nicht übel - kannst Du damit auch schießen?" fragte er und ließ die Sehne vorschnellen. „Komm, ich zeig es Dir!" Sie versammelten sich im Freien. „Da ist unsere Zielscheibe!" Georg maß dreißig große Schritte zu einem Baumstamm ab. Eines der Kinder klaubte einen verbeulten Eimer aus dem Haufen und stellte ihn davor auf.

„Den schieße ich jetzt ab, wirst Du gleich sehen!" prahlte Georg und legte an. Voller Spannung hielten alle gleichzeitig den Atem an - doch das Geschoss flog daneben! „Mist aber auch - gestern habe ich gleich getroffen, schon beim ersten Mal!" fluchte der Schütze enttäuscht und langte nach einem neuen Pfeil. „Lass mich mal!" drängte Tim und nahm ihm den Bogen ab.

Er biss sich vor Eifer fast auf die Zunge, so vertieft war er in diesem Spiel. Während die Großen über die Taktik des Bogenschießens debattierten, zog sich Sam gelangweilt auf den Balkenstapel zurück. Aus dieser Höhe konnte er über die Köpfe der Kinder hinwegsehen. Er machte es sich auf einer dicken Bohle bequem, bohrte in der Nase und starrte Löcher in die Luft.

„Och, guck mal, da ist doch der riesige Vogel!" hörten die Kinder ihn plötzlich brüllen, „seht Ihr, dass ich nicht gesponnen habe? Den habe ich gestern schon einmal gesehen. Doch Ihr habt mir nicht glauben wollen! Und nun ist er wieder da!" Triumphierend stieß sein Zeigefinger in die Luft.

„Still doch, halt die Klappe. Du vertreibst ihn mit Deinem Geschrei!" mahnte Tim den Kleinen. Auf einen Wink von ihm schlichen sich die Kinder bis zur Hauswand des nächstgelegenen Gebäudes. Von hier aus sah Tim den mannshohen Schatten, der auf einem Dach neben dem Schornstein kauerte. „Verflucht, das ist kein Vogel - bleib gefälligst in meiner Nähe!" fauchte er Sam an, weil dieser schon wieder aus dem Versteck vorpreschen wollte. „Ja doch...!" Gekränkt fügte er sich. Georg fuhr sich vor Aufregung mit der Zunge über die trockenen Lippen. „Du meinst, das ist eines von diesen Viechern? Einer von diesem komischen Engel von denen alle reden? Die unsere Leute getötet haben? Was sucht er hier? Ausgerechnet auf dem Dach von Tante Linda?" flüsterte der Knabe und beobachtete mit zusammengekniffenen Augen

die eigenartige Erscheinung. Tim überlegte fieberhaft. „Holt Eure Bögen - aber
ohne Lärm zu machen!" ordnete er schließlich an und wartete, bis auch der
Letzte wieder zurück kam.
„Los, wir schießen das Biest ab!" Ohne jede weitere Verzögerung stürzte Tim
hinter der Deckung hervor, zielte und ließ einen Pfeil losschnellen.

„Verdammt, was soll denn dieser Krach? Linda, schauen Sie bitte nach und
bringen Sie diese Bande zur Räson!" bat Dr. Summerfield und beugte sich
erneut über Major Hammer. Vor ihrem Haus sprangen die Kinder wie verrückt
umher und schossen Pfeile auf das Dach. In einer ersten Anwallung wollte
Linda Ferrow sich lautstark Gehör verschaffen, doch dann blieb es nur bei
einem vorwurfsvollen „Tim?"
„Getroffen, ich habe ihn getroffen!" jubelte der Bursche indessen und vollführte
einen wahrhaftigen Freudentanz auf. „Seid Ihr denn von allen guten Geistern
verlassen!" donnerte Dr. Summerfield an der Tür, der nun ebenfalls
nachschauen wollte, wer die Ruhestörer waren? In diesem Moment erhob sich
rauschend der Schatten vom Dach. Trotz des Pfeils in der Brust schwang er
sich kraftvoll in die Höhe und entschwand den verdutzten Blicken.
„Das gibt es doch nicht...?" flüsterte Linda und hielt sich erschrocken an der
Tür fest. „Alarmiert sofort die Wachen! Lasst das Ding bloß nicht entwischen!"
schrie Dr. Summerfield aus Leibeskräften, doch es war bereits zu weit oben.
„Heiliges Kanonenrohr - was ist denn hier los?" dröhnte der Bass des Majors
aus dem Haus, kurze Zeit darauf erschien er selbst. „Was schaut Ihr mich so
blöde an?" knurrte er unfreundlich. Misstrauisch musterte er die Versammlung,
nur widerwillig ließ er die erneute Prozedur des Doktors über sich ergehen.
„Mein Gott, Doc, Sie tun ja so, als ob ich krank wäre?" frozzelte er den Arzt an,
als dieser das Stethoskop zückte, um seinen Herzschlag zu prüfen…

„Dieser Mensch gehört zur Riege der Anführer!" das spürte er sofort, als er in
die Gedankengänge eindrang. Erstaunlicherweise gelang es ihm leichter als
erwartet, die Psychobarriere zu überwinden. Er spürte die leise Verwunderung
des Menschen über dieses ungewöhnliche Gefühl. Sofort kaschierte er seine
eigenen Empfindungen und tauchte tiefer ins Unterbewusstsein ein. „Ich bin

drin!" Reco, Kundschafter ersten Grades, konnte mit seiner Mission durchaus zufrieden sein. „Genau was die Legaten wollen!" Er hockte sich auf dem Dach des Objektes nieder, in dem Major Hammer, so nannte sich der Mensch, verschwunden war. Ihn hatte er sich bereits vor Tagen ausgesucht und war ihm seither wie sein unsichtbarer Schatten gefolgt.

Reco sah mit den Augen seines Mediums, er hörte, schmeckte und fühlte wie er. Seinem Auftrag entsprechend, filterte er alle notwendigen Informationen aus Major Hammers Hirn, verfolgte nun jede Bewegung und Regung seiner Gesprächspartnerin. „Diesmal ist es wenigstens eine Aufgabe ganz nach meinem Geschmack. Endlich ein intelligentes Wesen, dessen Gedanken zu absorbieren sind… und nicht wie das vorige Mal!"

Allein bei der Erinnerung an sein letztes Medium, einen Steppenwolf, schüttelte es ihn. Der Gestank vermoderten Fleisches, welches wochenlang in der Erde verbuddelt lag, stach noch immer in seiner Nase. Er begann unwillkürlich zu niesen und verlor damit zeitweise den mentalen Kontakt zum Major. „Achtgeben! Nicht ablenken lassen - Kontakt halten!" suggerierte er sich selbst. Auch diesmal stockte der Mensch, so als spürte er die geistige Übermacht des Fremden, die erneut von seinem Geist Besitz nahm. Reco entschloss sich, einige waghalsigere Experimente auszuführen. „Dann will ich doch mal sehen, was mit Dir zu machen ist und wie weit ich gehen kann?" Vorsichtig lähmte er den Willen seines Mediums, begann nun aktiv in das Geschehen einzugreifen und lenkte den Körper des Mannes bewusst zum Fenster. „Jetzt bin ich an einem Punkt angelangt, wo ich einfach müde bin - irgendwie leer..." hörte er ihn sagen, dann konzentrierte sich sein Geist auf den gleichmäßigen Schlag des Herzens. Binnen Bruchteilen von Sekunden hatte er es in seiner Gewalt. Wie ein Virtuose auf seinem Klavier begann er, die Frequenzen des Schlages zu kontrollieren und zu verändern. Zufrieden lächelte der Kundschafter vor sich hin. „Die Legaten werden mich für diesen Erfolg gewiss loben und erhöhen!" Völlig in sein Tun vertieft, vergaß er dabei eine der wichtigsten Grundregeln der Kundschaftertätigkeit: „Achte stets auf dein Umfeld!" Als die ersten Geschosse an ihn vorbeisurrten, fiel ihm wieder ein, wo er sich befand. Gleichzeitig empfing er die Gedanken der Kinder - voller Entsetzen sah er den Pfeil des Jungen auf sich zuschnellen. „Verflucht noch mal - sie haben mich entdeckt!" Erst als dieser sich in seine Brust bohrte, war er überhaupt zu einer Reaktion fähig. Der Schmerz riss ihn gewaltsam aus seinem Medium. „Ich bin getroffen?" stellte er fassungslos fest. Aber das Geschoss war von schwacher Hand geführt - so war es mehr der Schrecken, der ihn aufspringen ließ. „Ich muss sofort verschwinden!" Nach einem kurzen Anlauf entfaltete er seine Flügel und schwang sich in die Luft! Das Siegesgejohle des Jungen bohrte sich tief in sein Hirn...

„Du meinst, die Azuros sind in der Lage, uns zu beeinflussen? Durch Telepathie oder Ähnliches?" Dr. Harper war sich der Bedeutung von Lindas Schlussfolgerungen völlig bewusst. Linda nickte stumm.

„Ich pflichte Dr. Ferrow bei - alle Anzeichen sprachen eindeutig dafür!" ergänzte Dr. Summerfield, „sämtliche Lebensprozesse waren auf ein Minimum reduziert. Einfach phänomenal!"

„Wenn das stimmt, hätten wir uns den ganzen Quatsch mit den zusätzlichen Sicherungsanlagen sparen können!" Lt. Gordons Einspruch unterbrach die Diskussion abrupt. „Ist doch klar, oder? Die, die uns gefährlich werden, halten wir mit Gräben und Elektrozaun nicht ab. Die Radarstation hat den Azuro erst erfasst, als er flüchtete. Schöne Scheiße ist das aber auch!" fluchte er lautstark. „Okay, fassen wir die wichtigsten Punkte zusammen!" Dr. Harper wartete ab, bis absolute Ruhe einzog.

„Wir haben es mit einem gefährlichen Gegner zu tun, dessen Herkunft unklar ist. Dessen Fähigkeiten das Maß des Normalen bei weitem überschreitet. Sehe ich das richtig?" Die Mitglieder des Rates bestätigten.

„Dann bleibt uns nur ein einziger Weg. Wir müssen schnellstens ausfindig machen, woher sie kommen, um sie endgültig zu vernichten, bevor sie uns auslöschen!" beendete er seine Argumentation. Dr. Ferrow erhob ihren rechten Arm. „Bitte, ich möchte dazu noch etwas sagen!" Dr. Harper erteilte ihr das Wort. „Vielleicht sehen wir nur manches falsch!" begann sie ihre Ausführungen, „ich habe versucht, über die Ereignisse nachzudenken und mir ein Bild zu machen. Deswegen war ich mit Erlaubnis des Rates der Pikos in den vergangenen Tagen in den Höhlen der Ahnen, um die alten Zeichnungen und Wandmalereien zu studieren. Die äußeren Übereinstimmungen der

Azuros mit den Abbildern - nun ja, wie soll ich es genauer beschreiben - sind
nur beim flüchtigen Hinsehen gegeben. Ich glaube jedenfalls nicht, dass der
Häuptling Recht hat. Diese Bilder stellen keine Blauen Engel dar, da bin ich
völlig sicher!" Sie ließ einige Fotos kreisen. „Hier, die habe ich in der Höhle
geschossen!" Die Wahrnehmungen der Mitglieder waren sehr unterschiedlich.
Es gab Für und Wider zu Lindas Argumenten. „Danke Linda!" Dr. Harper nickte
ihr freundlich zu. „Damit wissen wir wieder einen Bruchteil mehr, aber unser
Problem ist noch immer nicht geklärt. Gibt es prinzipielle andere Meinungen
oder Vorschläge?"
„Weshalb lässt Du mich nicht ausreden!" fauchte Linda sichtlich gereizt.
„Bitte, kein Ding! Ich dachte nur, Du wärst fertig gewesen!" rechtfertigte sich
der Administrator. Ohne auf seine Entschuldigung einzugehen, sprach Linda
ruhig weiter. „Wenn wir das wahre Wesen dieser Fremden erforschen wollen,
um zu ergründen, was sie hierher getrieben hat, müssen wir selbstverständlich
ihren Ursprung erkunden. Ich selber bezweifle, dass wir es hier mit einer
Gattung irdischen Lebens zu tun haben. Aber möglich ist bei den gravierenden
Änderungen der letzten Jahre natürlich alles? Vielleicht gab es früher, in
dunklen, bisher unerforschten Zeiten unserer Entwicklung bereits eine
intelligente Spezies, die irgendwann ausstarb und nun durch die Katastrophe
der letzten Jahrhunderte wieder auferstanden ist? Ähnlich aller übrigen
Tierarten, die ja nun auch wieder fast alle da sind? Ich weiß es auch nicht
besser. Dennoch gibt es bei den Pikos einige Legenden aus der Eiszeit, die
sich bis in die Gegenwart gehalten haben. Und diese berichten von längst
vergangenen Zeiten - also von unseren Zeiten vermute ich einfach - in denen
ein Geschlecht das Licht dieser Welt erblickte, das Geschlecht der Bläulinge.
Geblieben davon ist bei ihnen der Begriff 'Azuros'. Soweit dazu! Offen ist für
mich allerdings die Frage, ob wir sie wirklich als so aggressiv und
menschenfeindlich abstempeln dürfen und können, wie wir es gegenwärtig
machen? Wann, so frage ich Euch, war die Chance so nahe, mit einer fremden
Zivilisation Kontakt aufzunehmen? Vielleicht haben wir durch unser Verhalten
etwas ausgelöst, dass sie so reagieren? Ohne es zu wissen?"
Die Anwesenden schauten sich mit unsicheren Blicken an.
Lindas Erklärungen ließen sich nun doch nicht so einfach vom Tisch wischen.

„Ich weiß ja nicht? Die Geschichte stinkt mir zu sehr!" murmelte Lt. Gordon vor sich hin, lauter fügte er hinzu: „Machen Sie was Sie wollen. Ich habe bisher keinerlei Veranlassung, diesen Biestern zu trauen. Dabei bleibe ich!"

Dr. Harper raufte sich die Haare. Dr. Summerfield hielt es für erforderlich, noch einmal die Außergewöhnlichkeit der Situation zu unterstreichen.

„Eine Vernichtung wird so einfach nicht möglich sein, meine Damen und Herren. Wir haben es hier nicht mit irgendwelchen Wilden zu tun, sondern mit offensichtlich hochintelligenten Wesen! Das sollten wir uns stets vor Augen halten. Und sie sind uns in einigen Dingen überlegen. Sie sind beweglicher dank ihrer Flugfähigkeit! Sie können offenbar unsere Gedanken lesen und wir sind im Prinzip machtlos dagegen. Wenn jetzt ein Azuro auf dem Dach entlang spaziert und unsere Gespräche verfolgt, sie wären schon gewarnt..."

Magisch folgte Dr. Harper dem ausgestreckten Arm zur Decke.

Bei der Vorstellung, Dr. Summerfield Vermutung könnte sich bewahrheiten, überlief ihn ein Frösteln. „Alles Humbug!" brauste Lt. Gordon auf, beruhigte sich aber sofort wieder. „Wir haben bisher im guten Glauben gehandelt, alles Menschenmögliche getan zu haben, um uns zu schützen. Nun wissen wir, dass es nicht so ist und werden es ändern! Unsere Männer in Noah-City sind dabei, die alten Schrottkästen von Radarstationen wieder auf Vordermann zu bringen!" Lt. Gordon legte eine Denkpause ein. „Wir werden uns in der Zukunft noch mehr umstellen müssen als bisher. Unsere Reserven sind fast aufgebraucht, die Technik überaltert und zerschlissen. Es wird Zeit, unsere neuen Produktionsstätten müssen endlich ihre Tätigkeiten aufnehmen. Morgen fangen wir mit der Einbringung unserer ersten Maisernte an - ein Ereignis von großer Denkwürdigkeit..." Lt. Gordon brach ab, da seine Ordonnanz einen Funkspruch hereinbrachte und diesen mit einer Entschuldigung übergab. Schnell überflog er die wenigen Zeilen. Mit zitternder Hand hielt er sich an der Stuhllehne fest. „Jim, wir müssen sofort einen Trupp nach Kilbaat schicken. Dort ist die Hölle los!" Mit ernstem Blick auf den Administrator, der ebenfalls erbleichte, fuhr er fort. „Dr. Summerfield - stellen Sie alle entbehrlichen medizinischen Kräfte zusammen. Es gibt viel Arbeit für Sie!"

„In einer halben Stunde erfolgt der Abmarsch!" war angesagt.

„Eigentlich mag ich keine Hektik - aber die paar Minuten kann ich noch effektiv nutzten!" beschloss der Administrator. Er wollte schon so oft den wichtigsten Bereich der Siedlung besuchen, um sich über den Stand der Dinge zu informieren. „Wer weiß schon, wann mir dafür wieder einmal etwas Zeit bleibt?" Dr. Harper folgte dem hellen Klang der Hammerschläge.

Unter einem Schleppdach quoll schwarzer Rauch aus einem lodernden Schmiedefeuer hervor. Der Geruch vom verglühten Metall lag schwer in der Luft. Die Gießerei - im eigentlichen Sinne eine bessere Feldschmiede und Werkstatt, arbeitete seit Tagen auf Hochtouren. Messer, Spaten, Hacken und Sensen, das waren gegenwärtig die wichtigsten Gerätschaften, die hier am laufenden Band produziert wurden. Fünfzehn hoch betitelte Wissenschaftler der Alt-Vorzeit schwangen die Hämmer, bedienten den kleinen Schmelzofen, bauten Sandformen und gossen Rohlinge.

„Hallo, Dr. Harper! Kommen Sie bitte nach hinten, wir sind am Ofen!" hörte der Administrator einen tiefen Bass rufen. Ein Schwall springender Funken wies ihm den Weg dorthin. „Einen Moment, wir bringen nur den Abstich zu Ende, dann bin ich fertig!" wurde er lautstark vertröstet. Voller Interesse verfolgte er die ungewöhnliche Arbeit der Männer.

Ein bisschen Wehmut kam in ihm auf. „Schade, aber für solche praktischen Tätigkeiten besitze ich zwei linke Hände", bedauerte er zutiefst. Doch damit musste er eben leben. Eine Feuerschlange zuckte über eine Röhre in vorbereitete Kästen, einen Moment später tauchte das schweißverschmierte Gesicht von Doktor Oswin Adams auf. „Es wird Zeit, dass Sie sich hier mal sehen lassen!" begrüßte ihn Doktor Adams und schüttelte kräftig beide Hände des Administrators. „Ist heute leider nur ein kurzer Abstecher. Wir müssen in wenigen Minuten aufbrechen - in Kilbaat ist irgendeine große Schweinerei im Gange. Sie haben unsere Hilfe angefordert. Sie und Ihre Männer haben den Laden hier offensichtlich voll im Griff! Meine Anerkennung, mein lieber Adams!" Dr. Harper erwiderte herzlich den Händedruck. Durch einen Wink forderte Doktor Adams ihn auf, nach draußen zu gehen. „Hui, endlich frische Luft!" Doktor Adams, ein dunkelhäutiger Zweimeter-Mann mit einer spiegelglatten Glatze, wischte sich mit einem Tuch den Schweiß aus dem

Nacken. Er trug eine schwere Lederschürze auf seinem nackten Oberkörper, um seinen Hals baumelte eine Schutzbrille mit getönten Gläsern.

„Ist schon etwas anderes, als auf der Tastatur eines Computers herumzuklappern oder mit winzigen Reagenzgläsern Spielerchen zu machen. Macht aber trotzdem Spaß - man sieht halt, was die eigenen Hände schaffen."

Er ließ sich auf einen senkrecht in der Erde verankerten Baumstamm nieder und lud Dr. Harper ein, es ihm gleich zu tun. Doktor Adams spülte zwei Becher aus und goss sie mit klarem Wasser voll. „Feuer verursacht Durst! Mächtigen Durst! Ein kühles Blondes wäre jetzt richtig, aber ich denke, das werden wir später auch wieder hinbekommen!"

Mit diesen Worten stürzte er den Becher in sich hinein. Dr. Harper nippte mehrmals, dann stellte er sein Gefäß ab. Eine kurze Zeit hingen beide Männer ihren Gedanken nach. Ein Gespräch zwischen ihnen kam nur sehr schwer in Gang. Doktor Adams, ein Physiker, war von Hause aus eigentlich ein schweigsamer Mann, der lieber Taten für sich sprechen ließ.

„Nun, mein lieber Oswin", eröffnete Dr. Harper die Runde, „wie stehen die Dinge?" Der Angesprochene blinzelte vor sich hin und rieb sich über den Kahlkopf. „Nun ja - für morgen ist alles klar! Wir haben genügend Arbeitsgeräte vorrätig!" brummte er. Mit seinen tellergroßen Pranken griff er in den Sand, hob eine Handvoll auf und begann, seine öligen Finger zu reinigen. „Die ersten Versuchsgüsse für die Gehäuse der Pumpen sind gerade fertig geworden. Morgen werden wir die Rohlinge rausnehmen und sehen, ob alles geklappt hat. So viel Geduld muss sein!"

Dr. Harper nickte andächtig. Er war überzeugt, dass das Team von Doktor Adams die Sache schon richtig anpacken würde.

„Mich interessiert im Moment aus aktuellem Grunde der Stand der Reparaturen und Wartungsarbeiten der Waffen. Wie geht es damit voran?" wollte er wissen.

„Bei den Handfeuerwaffen gibt es kaum Probleme, bei größeren Kalibern wird es schon schwieriger. Für solche Arbeiten fehlen uns zum Teil die notwendigen Techniken. Aber wir sind dran und lassen uns was einfallen!" beruhigte Doktor Adams den Administrator und fügte hinzu: „Wir haben gemeinsam mit Lt. Gordon den Munitionsbestand überprüft. Eine Weile reichen wir noch. Wir beginnen in den nächsten Tagen mit vorerst zwei Leuten

eine neue Fließstrecke. Wir werden vor allem Patronen für Jagdgewehre
herstellen, später dann sämtliche anderen Arten." Bevor er aufstand, gab er
Dr. Harper einen freundschaftlichen Klaps auf die Schulter. „Hätte mir nie im
Leben träumen lassen, dass ich einmal mit diesen Händen solche Arbeiten
vollbringen würde!" grinste er vor sich hin.

„Wer hat das schon, mein lieber Oswin, wer hat das schon?"

„Kommen Sie, ich möchte Ihnen zeigen, was wir bei der Inspektion der
Lagerbestände gefunden haben." Doktor Adams raffte seine Lederschürze und
schwang sich auf die Füße. Er führte den Administrator entlang an unzähligen
nützlichen, aber auch sinnlosen Überbleibseln aus einer Zeit, die in der Asche
der Geschichte für ewig versunken war.

„Hier, das ist es!" Doktor Adams kramte einen Tornister hervor, mehrere
Lederriemen hingen an ihm herab. Metallröhren und Unmengen von Drähten
und Schläuchen quollen heraus. Unschlüssig betrachtete Dr. Harper das Ding,
schließlich zuckte er hilflos mit den Achseln.

„Ich habe nicht die geringste Ahnung, was das sein könnte? Ich bin leider ein
absoluter Laie auf technischem Gebiet!" gab er schließlich zu.

Doktor Adams lachte dröhnend.

„Eigentlich ist das Schrott, wie das Meiste hier!" erklärte er und ordnete die
Bänder, „doch anderseits ist es irgendwie originell. Dieses Ding hier ist eine Art
Raketenantrieb. Stark genug, einen Menschen in die Lüfte zu erheben."

Da er Dr. Harpers zweifelnden Blick sah, setzte er hastig hinzu: „Das können
Sie mir getrost glauben, wir haben es erprobt!"

Die Vorstellung, Dr. Adams mit diesem Ding durch die Luft fliegen zu sehen,
rang Dr. Harper ein Lächeln ab. „Jetzt nehmen Sie mich aber gewaltig auf den
Arm...?" „Ich kann mir schon denken, was gerade durch Deinen Kopf schwirrt",
fuhr Dr. Adams mit dem vertraulichen 'Du' fort, da Dr. Harper nicht abschlägig
reagierte, fügte er hinzu: „Keine Angst, ich habe auch auf den ersten Flug
freiwillig verzichtet. Aber es funktioniert wirklich! Mich würde nur mal
interessieren, welcher Spaßvogel damals beim Einrichten und Bestücken von
Noah-City gedacht hat, dass so etwas je gebraucht werden könnte? Das war
auf jeden Fall ein irrer Typ mit blühender Phantasie!" brummte er vergnügt vor
sich hin. „Insgesamt haben wir fünf von diesen Rucksacktriebwerken", erklärte

er dann noch, „zum Wegwerfen waren sie mir zu schade. Vielleicht können wir sie eines Tages doch mal gebrauchen?" „Okay, wenn ich wieder zurück bin, schauen wir uns die Dinger etwas genauer an. Vielleicht hast Du Recht und wir können sie irgendwie sinnvoll einsetzen!" sprach Jim und verabschiedete sich bei dieser Gelegenheit. „Gut, bis dahin haben wir genügend Arbeit zu bewältigen. Also, dann! Ach ja noch was - wenn die Truppe zurück kommt, ist unser Wasserrad fertig gebaut und wird für unsere Schmiede eigenen Strom liefern. Nicht viel, aber immerhin genug, endlich einige Maschinen in Betrieb zu nehmen." Doktor Adams putzte sich die Hand blank, dann winkte er dem Administrator noch einmal zu.

Ihre wenigen Habseligkeiten waren schnell in Häuten und Fellen verstaut. Sin suchte ein Stück besonders weiches Leder und wickelte darin ihr Kind ein. Ihr Entschluss, die Horde jetzt und sofort zu verlassen, traf sie selbst wie ein Blitz aus heiterem Himmel. Sämtliche Familien der Ungis versammelten sich an der Feuerstelle und schauten schweigsam zu, wie sich ihre bisherige Anführerin das Bündel auf den Rücken schwang. Das Kleine in der Rechten und einen stabilen Knüppel als Stütze in der linken Hand, wandte Sin sich dem Kreis zu. „Ich gehe jetzt! Ihr solltet es mir gleichtun - dieser Ort wird beherrscht vom Bösen. Drei Leben forderte er bereits, eines Tages wird niemand mehr übrig sein. Mein Sohn soll davon verschont bleiben, deshalb gehe ich!"
Sin schaute sich wehmütig um. Es schmerzte sie, in dunkle, verständnislose Augen zu sehen, deren Blicke nur Leere und Unverstand zum Ausdruck brachten. Niemand nahm ihre gut gemeinte Warnung ernst - weder die Jäger noch die Frauen, geschweige denn die Nachkommen ihres Volkes waren in der Lage, diesen für sie so wichtigen Schritt nachzuvollziehen.
„Der alte Fun ist nun auch gestorben. Nor und die Kahlhaut sind im Reich der Schatten - und Ihr steht hier und denkt, es wird nichts weiter geschehen? Dieser Ort ist verflucht - er ist böse. Das werdet Ihr bald zu spüren bekommen…!" Sin rückte sich ihr Kind zurecht und stützte sich auf ihren Stock. „Wir alle sind mit schuld am Tod von Fun und der Kahlhaut - aber das erkennt Ihr sowieso nicht…?"

Seit Urgedenken lebten die Tiermenschen nach Normen und Instinkten, deren Spielraum ihnen von der Natur vorgegeben war. Der tägliche Kampf ums nackte Überleben setzte den Vorfahren des Homo sapiens immer neue Prämissen, aus denen sich im Laufe tausender Jahre so etwas wie Traditionen entwickelt hatten. Fressen oder gefressen werden, die Maxime des Stärkeren waren die Gebote ihres Handelns. Rex, ihr Lebensgefährte trat aus der Menge. Mit ungelenken Gesten unterstrich er seine Ausführungen.

„Ich verstehe nicht, was Sin bewegt, das heimatliche Feuer zu verlassen? Ein Leben in der Einsamkeit ist der Tod, das weiß jeder. Bleib bei uns...!"

Galt doch der Verstoß aus der Gemeinschaft als höchste ihrer Strafen - und wer würde freiwillig sein Leben beenden? Die Ungis hörten ihm zu, doch dann wandten sie sich ab, um ihren täglichen Gewohnheiten nachzugehen. Sin streichelt Rex am Arm. „Ich gehe jetzt - wenigstens Du solltest mit mir kommen!" bat sie ihn eindringlich, doch er lehnte ab. Sin entfernte sich unauffällig.

Welche Rolle spielte die Zeit, welche Bedeutung besaßen Minuten und Stunden? Keine! Ohne eines klaren Gedankens fähig zu sein, taumelte der Legat Savus ziellos umher. Die Schmach über die erlittene Schande brannte in ihm wie ein tödliches Feuer und höhlte seinen ohnehin geschwächten Körper, einem schwelenden Holzscheit gleich, weiter aus. Die blutunterlaufenen Augen nahmen keinerlei Notiz von der Schönheit des neuen Sonnenspiels. Achtlos zerfetzte er die Blüten eines duftenden Hagebuttenstrauches. „Ich bin ein Geächteter - ein Ausgestoßener!" haderte er mit sich selber.

Er war noch weniger, als die niedrigste Arbeitsdrohne - er war ein Haufen Dreck. Gebeugt und schwerfällig stampfte er über die feuchtwarme Wiese. Eingehüllt in seinen verunstalteten Flügeln sah er eher wie ein gerupftes Huhn statt ein stolzer Legat aus. Sein Entschluss stand fest. „Ich werde mir ein ruhiges Plätzchen suchen und dort in aller Stille von meinem ruhmlosen Leben Abschied nehmen." Der Wind frischte auf und trieb eine heftige Böe vor sich her. Nur mit Gewalt vermochte sich der Azuros noch auf den Beinen zu halten. Schließlich wurde es ihm zu viel. Er breitete einfach die Flügel aus und ließ

sich in die Höhe treiben. „Sollen mich doch die Winde auf dem Boden zerschmettern - damit wäre das ersehnte Ende endlich nah…"
Wie ein Ball wurde er in der Luft herumgewirbelt, so als freuten sich die Gewalten der Natur, endlich einen willenlosen Gegner gefunden zu haben. Immer höher flog er, immer schneller trieb ihn der aufkommende Sturm von den einst heimatlichen Gefilden weg…

„Ich bewundere die Weisheit des erhabenen Vaters, denn er hatte bereits in seinen heiligen Schriften prophezeit, wie es nach der Katastrophe auf der Erde aussehen wird. Mit Fug und Recht kann ich aus den Berichten unserer Kundschafter heute bestätigen: Genau so ist es eingetroffen!"
Legat Renzys wartete, bis sich die Ovationen legten. Der Rat der Dreizehn tagte im Thronsaal der Königin. Nur eine Liege blieb ab heute für immer frei. Zehn statt der üblichen elf Legaten waren anwesend. Teronus nahm wie selbstverständlich den Platz neben der Königin ein, der sonst Savus vorbehalten war. „Gestattet, verehrte Königin, dass ich fortfahre, die Situation auf diesem Planeten zu erläutern", bat Renzys und neigte andächtig sein Haupt. Voller Befriedigung und Genugtuung registrierte er den verwirrten Blick der Regentin, mit dem sie Savus Liege musterte. Er vermochte sich gut vorzustellen, was in ihr vorging. Jetzt, nachdem sein ärgster Konkurrent ausgeschaltet und vernichtet war, hegte er keinen Groll mehr gegen sie. Aber es gelang ihm nur äußerst schwer, die aufsteigende Schadenfreude zu unterdrücken. Ein scharfer Augenschlag des Hüters ließ sein hämisches Grinsen verschwinden.
„Die letzten von mir ausgeschickten Truppen sind heute nach Einbruch der Nacht von ihren Erkundungsflügen heimgekehrt. Insgesamt kann ich in Kürze folgende Aussagen treffen: Vom einstigen dominierenden Herrenvolk, den Homo sapiens, sind nur noch wenige, zahlenmäßig schwache Stämme und sonstige Gruppierungen übrig geblieben. Wir haben nach den alten Kartenmaterialien sämtliche ehemaligen Großzentren überprüft - die gigantischen Städte und Siedlungen der Vorzeit liegen in Schutt und Asche. Sie werden in der Regel von wilden Tieren bevölkert. Die gesamte menschliche Kultur ist für immer und ewig ins Nichts versunken!"

Renzys ließ einige Bilder aus seiner Erinnerung entstehen. Es waren vorwiegend Luftaufnahmen ehemaliger Landeshauptstädte. „Wir haben vierundzwanzig, zumeist aber kleinere Siedlungen entdeckt, die alle exakt vermerkt und auf unseren Unterlagen eingezeichnet wurden. Die Punkte sehen wir auf diesen Kopien!"

Teronus nickte anerkennend und übergab seine Materialien der Königin zur Einsichtnahme. „Interessant ist, dass keines dieser Völker mehr als wenige hundert Individuen zählt. Also sind sie damit auch von dieser Seite her keine reale Gefahr für uns, vom geistigen und technischen Niveau ganz zu schweigen." Auf Renzys Zeichen marschierten eine Vielzahl Drohnen in den Saal. Sie alle trugen Beutestücke aus den letzten Kriegszügen.

„Wir haben begonnen, die am höchsten entwickelten Stämme zu liquidieren. Hier ist eine kleine Auswahl von den Sachen, die wir als Erinnerungsstücke aufbewahren und in den heiligen Bau, der zu Ehren unseres Vaters errichtet werden soll, einbringen werden. Für unsere Nachkömmlinge sind sie geeignetes Anschauungsmaterial über den Werdegang unserer eigenen Geschichte." Königin Xeranya erhob sich und schritt an der Reihe der Drohnen entlang. Viele Dinge, die ihr vorgewiesen wurden, waren ihr fremd. Doch andere dagegen erinnerten sie an durchaus bekannte Gebrauchsgegenstände. „Schau her - ein Spiegel mit passender Lampe. Und hier sind einige Bücher, wie sie der Vater oft benutzt hat!" Behutsam streichelte sie über das Cover. „Diese Sachen stammen aus einer Anlage, die tief unter der Erdoberfläche lag und von künstlicher Herkunft waren. Seine Bewohner nannten sie die Graue Stadt. Ich will nicht behaupten, dass es geradezu ein Kinderspiel war, sie auszulöschen, aber unsere Mission war äußerst erfolgreich!" gellte Renzys triumphierende Stimme durch die Halle. „Gab es bei uns Verluste?" Die Frage der Regentin ließ ihn stocken. „Sicher, verehrte Xeranya, gab es Verluste!" ließ Teronus statt seiner vernehmen und erteilte dem Legat einen heimlichen Wink, sich zu setzen. „Weshalb erfahre ich erst jetzt davon? Immerhin obliegt es meiner Fürsorge, das Volk der Azuros zu stärken. Meine Eizellen sind es, die uns täglich neue Nachkommen sichern. Also?" fuhr die Königin empört auf und ließ die Drohnen abrücken. Als sich die Türen hinter ihnen schlossen, baute sie sich in voller Größe vor den Legaten auf. „Es ist der Wille des heiligen

Vaters, dass wir von diesem Planeten Besitz ergreifen und ihn zu unserer
Heimstatt herrichten. Soweit, so gut! Aber der heilige Vater warnte auch davor,
das Potential unseres Volkes sinnlos zu opfern. Ihr wisst genau, dass wir noch
in der Phase der ersten Reproduktion sind. Was passiert, wenn ein Defekt den
weiteren Prozess stört, wir keine Nachkömmlinge mehr ziehen können? Wie
wollen wir dann unsere Mission der Besiedlung erfüllen, Teronus?"
„Das wird nie geschehen, Königin!" versuchte der Hüter zu beschwichtigen,
„die Brüter produzieren auf vollen Touren. In den nächsten Tagen werden die
neuesten Prototypen in Betrieb genommen. Hört auf zu lamentieren,
Verehrteste. Es läuft genau so, wie wir es planten! Weshalb also die
Aufregung um die neunundvierzig Krieger, die bisher getötet wurden? In vier
Schichten wird der Verlust ausgeglichen. Die nächste, ausgebildete
Generation übernehmen wir morgen!" Die Königin ließ den Hüter ausreden,
eine steile Zornfalte überzog ihre Stirn, als sie endlich wieder zu Wort kam.
„Es läuft nichts, wie Ihr es geplant habt! Seit einiger Zeit häufen sich die
Ausfälle in allen Segmenten des Brüters. Könnt Ihr mir eine geeignete Antwort
darauf geben, Teronus?" Ihr zynischer Unterton war unüberhörbar. Renzys
sprang erregt auf, um Teronus zu unterstützen.
„Wie könnt Ihr es wagen, in diesem Ton mit dem Hüter zu reden?" blaffte er
die Königin an, wohl in der besten Absicht glaubend, ihm so helfen zu können.
Doch ehe er sich versah, rauschte Teronus trotz seines Alters wie ein junger
Falke an ihn heran und versetzte dem Schreihals eine gewaltige Maulschelle.
„Setz Dich und halte den Schnabel!" zischte er ihn böse an, „Du Idiot verdirbst
sonst alles! Schafft ihn raus, bis er sich beruhigt hat!" befahl er dann Legat
Meronuk. „Verzeiht seinem Hitzkopf, Königin, er meinte es nicht so und wird
sich für sein unverzeihliches Verhalten sofort entschuldigen! Doch erklärt mir
und den anwesenden Legaten, was Ihr mit Euren bisher unverständlichen
Äußerungen zum Ausdruck bringen wollt?" Die Regentin ließ ihre mutierten
Flügelstummel aufflattern. Im Gegensatz zu den flugfähigen Angehörigen der
Azuros hatten sich ihre Flügel im Laufe der Entwicklung bedingungsgemäß
zurückentwickelt. Ihre körperlichen Fähigkeiten und Eigenschaften lagen auf
einem anderen, wichtigen Gebiet - der Fortpflanzung. „Das Prinzip unserer
Entwicklung muss ich Euch wohl nicht weiter erläutern? Es wird jedem

Nachkömmling quasi mit der Muttermilch eingeträufelt. Doch unser System ist nicht mehr stabil - ein Fehler, den Ihr mit zu verantworten habt, Teronus!" Teronus Augen schlossen sich unruhig. Trotz angestrengtem Nachdenken wusste er absolut nicht, worauf die Königin hinaus wollte? „Vielleicht sollte ich doch ein wenig Nachhilfeunterricht geben? Ich sehe Euch an, dass Ihr nicht die geringste Ahnung habt!" stellte Xeranya verbittert fest und schritt zu ihrer Liege. Die Legaten drehten fragend ihre Köpfe. Auch sie vermochten den eigentümlichen Anspielungen ihrer Regentin nicht zu folgen.

„Dabei ist es so einfach - Ihr meine ach so klugen Legaten! Seit jeher besteht der Rat der Dreizehn. Der heilige Vater konzipierte damals nach seinem Projekt diese Stätte der Oberhäupter. Lange habe ich mich gefragt, weshalb wir bisher nicht in der Lage waren, unsere Führungskräfte beliebig selber zu reproduzieren oder ihre Anzahl zu ändern? Es geht nicht - und das nicht ohne besonderen Grund!" Sie ließ ihren düsteren Blick in die Runde schweifen.

„Die Legaten des Volkes sind gleichzeitig die Träger der Erbmasse zur Entwicklung unserer Nachkömmlinge. Meine Eier und Euer Samen sind dafür die entscheidende Grundlage. Das Programm funktioniert aber nur, wenn alle elf Legaten vollständig in diesem Prozess impliziert sind. Der heilige Vater hat ein genetisches System entwickelt, welches auf dieser Geschlossenheit basiert. Savus wurde von uns verbannt - sein Teil fehlt damit. Und zu Eurem Verständnis, die Ausfallquote des Brüters beträgt bereits 35 Prozent, Tendenz ist steigend!" Es dauerte eine Ewigkeit, bevor die Regentin wieder zu Wort kam. Die Verwirrung war so groß, dass die meisten der Legaten keinen klaren Gedanken fassen konnten. Ein bitterer Zug umspielte den Mund der Königin, als sie auf die Konsequenzen verwies. „Ihr habt Recht, Teronus, morgen ist die nächste Generation zur Übernahme bereit - doch es wird nicht ein einziger Krieger dabei sein. Morgen nicht, nicht in den nächsten Tagen, vielleicht nie mehr. Im Moment produzieren wir nur - Drohnen! Und dies ist unser Lohn...?" Teronus überlief es heiß und kalt. „Das durfte - das konnte doch nicht sein? Die Regentin hat sich bestimmt geirrt! Er, der Hüter, hatte doch alles nach den Geboten und Gesetzen des Vaters geplant? Einfach unmöglich... Der Vater irrte nie!" grübelte er vor sich hin. Er spürte die wartenden und fragenden Blicke der Legaten auf sich ruhen. In manchen Augen blinkte die Sorge um die

Zukunft hervor, sogar Zorn konnte er erkennen. Ihm war klar - er musste sofort handeln! Meronuk sprang mit einem Satz auf die Füße und stampfte wütend auf. „Gebt uns Antwort - Teronus! Ihr, der uns leitete, einen Schritt zu gehen, der eigentlich gegen unseren Willen war. Habt Ihr wirklich alle Folgen unseres Tun bedacht?" brüllte er den Hüter an. Xeranya spitzte die Ohren. „Was meint Ihr damit, Legat Meronuk?" wollte sie nun wissen.

Bevor Meronuk antworten konnte, schlug ihr die hasserfüllte Stimme des Hüters entgegen. „Wir handeln nach den Geboten des heiligen Vaters - die Zukunft wird zeigen, dass ich richtig handele. Es kann sich nur um eine zeitweilige Krise handeln. Ich werde den Drohnen den Befehl erteilen, sie sofort zu beheben!" Ohne auf das Zeremoniell der Verabschiedung zu warten, rauschte Teronus davon, um die entsprechenden Ordern zu geben. Die Legaten Voner und Meronuk warteten, bis alle den Saal verlassen hatten. „Verzeiht, Königin! Gewährt uns eine Frage!" baten sie und knieten vor der Regentin nieder. Diese richtete ihre ausdrucksvollen Augen auf ihre beiden Oberhäupter. „Sprecht!"

„Wie ernst ist die Lage? Welchen Sinn hätte Savus Rückkehr - so er noch leben sollte?" fragte Voner und wagte dabei kaum, der Königin ins Antlitz zu schauen. „Ihr gehörtet doch einst zum engen Freundeskreis von Savus - oder?" Beide zuckten bei der Frage zusammen, gaben aber keine Antwort. „Die Lage ist, wie ich sie bereits beschrieb. Das System beginnt zu kippen. Ich zweifle an der Aufrichtigkeit des Hüters - auch ich kenne und achte die Lehren des Vaters. Doch nicht so, wie er sie für seine Zwecke auslegt! Er wird uns alle vernichten! Sein unbändiger Hass auf die Menschen der Erde treibt uns eines Tages in den Abgrund...!"

Eine gewaltige Detonation zerriss die Stille.

Ein greller Blitz blendete die Männer im Luftschiff, dann war alles vorbei.
Die Eingänge der Grauen Stadt waren für immer verschlossen, die Stollen zum großen Teil zerstört und dem Erdboden gleichgemacht.
„Gott gebe ihren Seelen Ruhe und Frieden!" schloss Old Man sein Gebet und bekreuzigte sich mehrmals. Dax hatte sich winselnd in die Kabine verzogen.

Auch der kleine Ron verkroch sich unter einem Haufen Decken und hielt sich schreiend beide Ohren zu.

Cornel Stirnberg war nach Sonnenuntergang gestorben, ohne noch einmal aus seiner Ohnmacht zu erwachen. Getreu seines letzten Wunsches schlossen sie die Vorbereitungen der Sprengungen vor Mitternacht ab. Nach einer kurzlebigen Nacht überführten sie seinen Leichnam in die Arena und betteten ihn im Kreise seiner Angehörigen zum ewigen Schlaf. Dann aktivierten sie die Zeitzünder.

Langsam glitten sie über die sich allmählich verziehende Staubwolke hinweg. Ken stand mit tränenverschmiertem Gesicht am Steuer und schlug den neuen Kurs ein. Zurück blieb ein kleines, hölzernes Kreuz, gewidmet den unbekannten Bewohnern einer namenlosen Stadt!

„Wir fliegen diesmal ohne Unterbrechung. Der Kurs liegt an, er ist auf der Karte eingezeichnet. Wenn alles klar ist, erreichen wir in vier Tagen dieses New-Noah-City. Hoffentlich ist diese ominöse Stadt nicht nur das Hirngespinst eines Fieberkranken?" Old Man glättete die Landkarte und zweckte sie neben dem Ruder fest. „Der Kleine hat sich offensichtlich auf Ken fixiert?" flüsterte er Nathan zu. Er hatte bereits bemerkt, dass Ron mit niemand weiter sprechen wollte. Voller Interesse presste der Knabe seine Stupsnase an das Fensterglas und schaute hinab in die Tiefe, ohne dabei seine Umklammerung um Ken's Hals zu lockern. „Mann, Du wirst mir langsam zu schwer und ich kann nicht richtig lenken", stöhnte Ken und versuchte, sich zu befreien. Das Ganze mit dem Erfolg, dass der Bengel sich wie ein Affe bis auf seine Schulter zog und dort den Kopf niederlegte. „Ist ja gut, ist ja gut!" besänftigte Ken ihn und strich über sein Haar.

Sie hatten die verbrannte Erde längst hinter sich gelassen. Immer öfter wechselten die dunkelgrünen, kaum durchdringbaren Flächen des Dschungels mit dem Gelb dazwischen liegender Sandbänke. Manchmal lugten die titangrauen Spitzen kleinerer Felsgruppen zwischen den lichter werdenden Bäumen hervor. Einmal entdeckte Ron eine gewaltige Herde Büffel, die sich wie eine graubraune Flutwelle über Hunderte von Metern ergoss. „Ken da sieh mal - Mensch haben die ein Tempo drauf…?" Begeistert jubelte der kleine Kerl immer wieder auf und freute sich über die erschreckten Fluchtversuche einiger

Tiere, die dem Schatten des Schiffes auszuweichen suchten. „Lauft nur, lauft...!" erklang es noch einmal, doch dann kippte die Stimmung des Kindes. Es war mehr ein lautloses Wimmern ohne Tränen... Ken hielt einfach nur seine Hand und drückte sie.

Nathan kontrollierte in regelmäßigen Abständen die Aufzeichnungen der Karte. Verglich ihren gegenwärtigen Standort mit dem Kompass und nickte zufrieden. „Denke, dass wir es bald geschafft haben. Wirst mal ein richtig guter Steuermann!" Ken freute sich sehr über das Lob. So sah er auch gerne darüber hinweg, dass Ron immer mal heimlich versuchte, das Steuerrad zu berühren. „Wenn ich groß bin, möchte ich auch mal da dran", flüsterte er Ken ins Ohr. „Wenn Du groß bist? Na klar mein kleiner Freund...!" Ken bemerkte, dass Ron eingeschlafen war und legte ihn behutsam auf seiner Decke ab. Einige Stunden war es ruhig, nur das gleichmäßige Tuckern des Diesels war zu vernehmen. Am späten Nachmittag gerieten sie trotz aller Achtsamkeit in einen Schwarm Wildenten. „Achtung Vögel!" rief Ken und weckte damit die Gefährten. „So ein Mist! Sofort den Motor abstellen! Wir laufen sonst Gefahr, den Propeller zu beschädigen. Außerdem gibt das eine riesige Sauerei", schimpfte Nathan laut, „diese blöden Viecher, müssen die genau hier lang fliegen?" Einige Enten prasselten voll gegen die Kabinenverkleidung. „Machen die einen Lärm...?" Ken presste sich die Hände an die Ohren.

„Der Lärm ist Scheiss egal - ich habe mehr Angst davor, dass sie ein Loch in die Außenhaut reißen und wir dadurch ernsthafte Probleme bekommen", grollte Nathan und sah besorgt durch die Glasfront nach oben.

Endlich schien der Schwarm außer Reichweite.

Nathan prustete vernehmbar vor sich hin. „Schwein gehabt - scheint alles ok zu sein." Mit einen Blick auf die blutverschmierten Stellen an den Fenstern ergänzte er zynisch: „Da hast Du aber nachher noch einiges zu tun, mein lieber Ken. Das gehört mit zu den Aufgaben eines Schiffsjungen - für Sauberkeit an Bord zu sorgen." Mit einem Grienen startete er den Motor. Der Angesprochene zog nur die Augenbrauen leicht zusammen, mit einem Achselzucken beließ er die Angelegenheit erst einmal auf sich beruhen. „Wie sagst Du immer so schön - kommt Zeit, kommt Rat!" entgegnete er lakonisch und grinste ebenfalls.

Old Man mischte sich ein: „Schade dass wir nicht wenigstens eines dieser kleinen Federknäuele als willkommenes Abendmahl zu fassen bekamen. Wäre bestimmt lecker, so ein Braten..." Ken nickte. „Auf jeden Fall besser als ständig Hasenbraten", erinnerte er und lachte versöhnlich.

Vor Anbruch der zweiten Nacht überquerten sie die Ruinenlandschaft einer langgezogenen Stadt, die sehr schnell von der hereinbrechenden Dunkelheit verhüllt wurde, so als schäme sie sich, ein langgehegtes, grausiges Geheimnis zu verraten. „Ich bin immer wieder fassungslos, dass es einmal wirklich so riesige Siedlungen der Vorfahren gab? Was haben die nur angerichtet, dass die Welt kaputt gegangen ist?" sinnierte Ken leise vor sich. Doch die Antwort darauf - wer sollte sie ihm geben?
Je näher der langersehnte Augenblick heranrückte, je klarer die Berge der Rocky Mountains in der Ferne zu erkennen waren, umso unruhiger wurden die Männer. Unablässig hielten Nathan oder Old Man abwechselnd Ausschau und fieberten der zu erwartenden Begegnung entgegen...

Benommen klammerte sich Stefanie am Fell des Tigers fest, trotzdem wäre sie fast heruntergefallen, als ein dicker Ast sie an der Schulter streifte.
Goli reagierte sofort bei ihrem Aufschrei und duckte sich.
„Das wird bestimmt ein blauer Fleck", stellte die Kleine nüchtern fest, als sie sicheren Boden unter den Füßen spürte und rieb die Abschürfungen mit Spucke ein. „Oh das tut richtig weh..." klagte sie.
Dann folgte sie Goli, der auf einem kaum erkennbaren Trampelpfad vorausgelaufen war und nun geduldig auf sie wartete. Diese Gegend kannte der Tiger sehr genau, gehörte sie doch vor geraumer Zeit zu seinem bevorzugten Jagdrevier. Nicht weit von hier hatten ihn die Ungis durch einen hinterlistigen Trick zur Strecke gebracht und ihn so mit Hilfe einer primitiven Falle besiegt und gefangen. Unruhig peitschte sein Schwanz die Büsche. Erst als Stefanies Hand sich erneut an ihn festklammerte, lief er geschmeidig weiter. Er passte dabei aber sein Tempo dem des Mädchens an.

Er spürte bald ihre erneute Erschöpfung. Kurzerhand lenkte er seine Schritte zu einer winzigen, unter einem dicken Blätterdach verborgenen Quelle. Dankbar ließ sich Stefanie ins weiche Moos fallen und schlief sofort ein. Goli nahm Witterung auf. Erst als er sich völlig sicher war, dass seinem Schützling in der nächsten Zeit keine Gefahr drohte, brach er auf, um Beute zu erlegen. Tief gebeugt, folgte er der frischen Fährte eines Weißwedelhirschweibchens, welches vor geraumer Zeit seine beiden Jungen hier entlang führte. Unzählige Wildwechsel kreuzten die Spur, doch das Raubtier ließ sich davon nicht irritieren. Es begann, seine Gangart zu beschleunigen. Mit einem kraftvollen Schwung überwand der Tiger den Stamm eines umgestürzten Baumes. Vor ihm, auf einer sonnenüberfluteten Wiese, gleich neben einem flachen Tümpel, entdeckte Goli das Trio. Geschmeidig schmiegte er sich an den Boden, mit wachsamen Blicken beobachtete er jede noch so kleine Bewegung der Hirschfamilie. Die beiden Kälber wähnten sich in Gegenwart ihrer Mutter sicher, unbekümmert tollten sie verspielt umher. Manchmal vollführten sie wahrhaft Bocksprünge, um sich gegenseitig zu necken. Die Mutter äste äußerlich ruhig, nur das Spiel ihrer Lauscher verriet dem erfahrenen Jäger, dass sie ihr Umfeld genauestens unter Kontrolle hielt. Jedes Mal, wenn sich eines der Jungtiere zu weit von ihr entfernte, wurde es durch ein resolutes Schnauben zurückbeordert. Goli übte sich in Geduld, wohl wissend, dass es für ihn eine leichte Übung wäre, sofort zuzuschlagen. Er traute der ungewöhnlichen Stille nicht. Hoch in den Zweigen der umliegenden Bäume huschte ein Schwarm Vögel umher. Doch statt wie bisher weiter herumzutschilpen, versteckten sie sich in einer Baumkrone, um von dort urplötzlich mit lautem Geschimpfe hervorzubrechen und zu verschwinden. Sein feines Gehör war aufs Äußerste gespannt. Es dauerte auch nicht übermäßig lange, bis er die Ursache entdeckte. Mehrere Schatten huschten in nicht allzu weiter Ferne an ihm vorbei, ohne ihn zu beachten. Goli registrierte vier Angreifer, die offenbar die Absicht hatten, ihm die Beute streitig zu machen. Er wusste aus vorherigen Begegnungen, dass sie ihm durchaus gefährlich werden konnten. Sprungbereit wartete er die Entwicklung ab. Die Meute Amphicyons, eine Hundeart, welche durchaus die stattliche Größe eines Bären erreichen konnten, näherte sich den Hirschen und begann, sie einzukreisen.

Ein heiseres Röhren ließ die Jungen ihr Spiel unterbrechen. Ohne zu zögern folgten sie der Mutter bei ihrer Flucht ins schützende Dickicht. Geifernd griffen die Hunde die Fliehenden an und trieben die Weißwedelhirsche genau zu Golis Versteck. Die Flüchtlinge als auch die Amphicyons wurden durch das unverhoffte Auftauchen des riesigen Säbelzahntigers überrascht. Bevor die Mutter sich neu orientieren konnte, erwischte Goli eines der Jungtiere und verschwand wieder. In seinen gewaltigen Fängen zuckte das Kalb im Todeskampf. Die Hirschkuh und das verbliebene Junge brachen gewaltsam in das Unterholz ein, was sich aber bald als verhängnisvolle Fehlentscheidung erwies. Unschlüssig, ob sie den Tiger angreifen oder ihn lieber ziehen lassen sollten, tänzelten die Amphicyons einige Zeit auf der Stelle. Ein verzweifelter Hilferuf der Hirschmutter, die sich inzwischen im Gesträuch verfangen hatte und mit aller Kraft daran riss und rüttelte, um schnellstens wieder frei zu kommen, gab den Ausschlag und half der Meute bei ihrer Entscheidung. So leichte Beute wurde ihnen nicht jeden Tag präsentiert.

Mit wuchtigen Sätzen entfernte sich Goli vom grausigen Schauplatz der Natur. Das Kläffen der Hunde entfernte sich zusehends, schließlich entschwand es endgültig. Goli legte das Kalb neben Stefanie ab und biss ihm die Kehle durch. Sein friedliches Knurren deutete dem Mädchen an, dass er warten wollte.

„Du bist aber lieb, Katze! Danke, ich habe auch ganz großen Hunger!" Stefanie trank sich voller Appetit am warmen Blut satt, bis sie zu platzen drohte. Als sie fertig war, kuschelte sie sich erneut zusammen und schlief zufrieden weiter. Goli rückte das Kalb ein Stück weg, dann zerriss er seine Beute in Stücke und fraß in aller Ruhe. Schließlich begann er die Spuren der Jagd auf seinem Fell zu tilgen, sorgsam leckte er sich sauber. Und da er einmal dabei war, unterzog er auch den blutbespritzten Körper seines Schützlings einer gründlichen Reinigung…

In letzter Sekunde entkam der Jäger Scii dem gewaltigen Schlag des Schwanzes. Schwer röchelnd schlug der Jäger auf dem Boden auf. Staub hüllte ihn ein und brannte höllisch in den Augen. Das Schreien der Jungen wurde nur noch vom Gebrüll des Sauriers übertönt. Doch noch etwas anderes

mischte sich in den Lärm: trockenes Geknatter, welches aus weiter Ferne kam, wurde immer stärker. Viel Zeit der Besinnung blieb dem Jäger nicht. „Steh auf - du musst hoch!" Fauchend jagte der Tyrex erneut herum. Mit wuchtigen Schritten eilte er auf den gestürzten Jäger zu. Die monströse Silhouette tauchte als bösartiger Schatten vor ihm auf, fast schien es Scii, dass ihn die Kräfte endgültig verließen. Doch sein Geist rüttelte ihn auf. „Ich will nicht sterben - jedenfalls nicht auf solch eine Art und Weise!" Er stützte sich auf seinen Speer, die Beine zitterten zwar, aber er hatte sich wieder in der Gewalt. „Komm her Du Biest! Komm her und kämpfe!" brüllte Scii so laut er konnte. Der Tyrannos hielt inne, seine zu kurz geratenen Vorderpfoten fuchtelten wild umher. „Was ist denn?" Voller Erstaunen registrierte der Jäger die vielen kleinen Wunden entlang der Flanken und an der Halspartie des Tieres. „Ein Auge blutet - er ist auf einem Auge blind?" Das Ungeheuer schien die Orientierung verloren zu haben. Ein Umstand, dem Scii wohl letztendlich sein Leben verdankte. Das Gejohle der Krieger kam näher. Laut hallte Bobaks Stimme herüber: „Zielt weiter auf die Augen, Männer, los macht schon!" Speere und Pfeile surrten durch die Luft, bohrten sich in die Lederhaut der Echse, ohne nennenswerte Verletzungen zu hinterlassen. Für den Jäger verging eine halbe Ewigkeit, dann zeichnete sich ein Ende der Horrorszene ab. „Was für ein Glück - er wird gleich die Flucht antreten. Es ist vorbei!" Scii ließ sich einfach auf die Erde fallen und blieb liegen.
Der Krieger Jeni atmete tief durch, versuchte sich nach dem angestrengten Spurt erst einmal zu beruhigen und das Zittern der Hände zu unterdrücken. „Dir werde ich es schon zeigen!" knurrte er vor sich hin und peilte die Lage genauer. Während die Sonnengarde nun systematischer begann, mit den Gewehren das Ungeheuer unter Beschuss zu nehmen und inzwischen auch die Verstärkung aus Kilbaat eingetroffen war, kniete er nieder, um einen besseren Überblick zu erhalten. „Schieß mal auf die Augen, wenn nichts zu sehen ist!" maulte Jeni. Wie eine Dunstglocke hüllte der Staub das Geschehen ein. „Das ist echte Scheiße - der wirbelt immer weiter Dreck hoch?" schimpfte er und versuchte, mehr zu erkennen. Es schien fast unmöglich, nähere Einzelheiten auszumachen. Einem übermächtigen Fels in der Brandung gleich, lauerte das verwundete Tier noch immer auf seine Chance. Ein Windhauch

zerriss die Staubwand und der gigantische Schädel des Sauriers war klar und deutlich auszumachen. Tückisch starrten die faustgroßen Augen auf seine verhüllten Angreifer herab. Die Nüstern bebten vor angestauter Wut und Schmerz. Jeni legte sein Gewehr an, zielte sorgfältig und zog den Finger bis zum Anschlag durch. Wie vom Blitz getroffen, bäumte sich die Echse auf und begann, auf der Stelle zu drehen. „Getroffen, ich habe getroffen!" Jeni liebkoste seine Waffe und bereitete sich auf den nächsten Schuss vor. „Alles zurück - Feuer einstellen!" ließ der Häuptling vernehmen und versammelte die Krieger um sich. Der Raubsaurier hatte vorerst genug. Er schnaufte ohne Unterlass. Das rechte Auge blutete weiter stark. Dann traf er seine Entscheidung - wankend trat er den Rückzug an. „Er haut ab - wir haben ihn erledigt!" Erleichtert atmete Jeni auf und lud vorsichtshalber neue Patronen nach. In das Siegesgeheul seiner Gefährten mochte er nicht so recht einstimmen. Auch Bobak musterte eher argwöhnisch das weichende Tier. „Solange auch nur ein winziger Funken Leben in ihm steckt, gibt dieser Räuber normalerweise einen Kampf niemals auf? Diese Geschichte gefällt mir überhaupt nicht?" Dann konzentrierte er sich auf die nächsten Schritte. „Sammelt die Verwundeten ein, die Garde sichert den Abmarsch - verschwindet leise und ohne Aufsehen zu erregen sofort in Richtung Kilbaat!" ordnete er an. Drei Jungen wurden verletzt vom Platz getragen. Scii nahm die Hilfe zweier Krieger an und ließ sich stützen. „Wie es aussieht, ist Dein linker Fuß gebrochen. Bis zur Siedlung musst Du die Zähne zusammen beißen. Dort können wir Dir helfen!" versprach Bobak. Bevor er sich an die Spitze der Krieger setzte, drehte er sich noch mal um. „Das hast Du sehr gut gemacht Scii! Die Jungen verdanken Dir ihr Leben…!" Dann ließ er abrücken. Vorerst verlief alles komplikationslos. So schnell es die Umstände erlaubten, entfernte sich der Trupp vom Ort des grausigen Schauspieles.
„Das war verdammt knapp - Bobak ist zur rechten Zeit hier aufgetaucht", murmelte Ninos und ließ zusätzliche Krieger ausrücken. „Helft ihnen und bringt die Jungs rein. Das Haupttor sofort mit der Dornenhecke sichern", befahl er mit durchdringender Stimme und dirigierte seine Leute mit wenigen Armbewegungen. „Lasst nur einen Spalt in der Hecke offen, damit die Heimkehrer durchpassen!" Voller Bangen warteten die Mütter und Väter der

Jungen im Innern der Schutzmauer, dass der Zug endlich ankommen würde. Gleichzeitig traf der Trupp der restlichen Krieger mit den sterblichen Überresten der Seherin Orona und Lonel ein. „Das ist wirklich ein schwarzer Tag in der Geschichte der Pikos", brummte der alte Mann in seinen Bart und schickte sich an, die Mauer zu verlassen. „Er kehrt um! Bei allen Göttern, er kehrt zurück!" Der Ausruf eines Wachpostens ließ ihn die bereits herab gekletterten Sprossen wieder hochsteigen. „Das kann doch wohl nicht wahr sein?" schimpfte er und lief auf dem Mauersims entlang bis zum Tor. In diesem Moment erreichten auch Bobak und seine Krieger die Pforte. Der Häuptling winkte Ninos zu. „Alles verschließen und höchste Alarmbereitschaft!" rief er ihm zu. Ohne weiter Zeit zu verlieren, wurden alle Sicherheitsvorkehrungen abgeschlossen. Kilbaat war bereit!

„Ein Glück, dass wir jetzt die Waffen aus der Alt-Vorzeit besitzen. Die Jungen wären verloren gewesen!" begrüßte er den Alten und bezog seinen Posten auf der Mauerkrone. Unzählige Angriffe, welche die Pikos viele Leben gekostet hatten, waren an diesem Schutzwall mehr oder weniger erfolgreich abgewehrt worden. Doch noch nie war der Gegner so riesig und übermächtig wie in diesem Augenblick. „Mein lieber Mann - das ist ein richtiger Koloss! Und er ist stinksauer!" stellte Bobak voller Bedenken fest. Je näher der Saurier heranstampfte, umso bewusster wurde dem Häuptling, wie schlecht es eigentlich um Kilbaat stand. Die Mauer war in den letzten Jahren ausgebaut und erhöht worden. Aber gegen einen Zwölfmeterriesen bot auch sie kaum ausreichend Schutz. „Die Männer mit den Feuerwaffen verteilen sich auf der gesamten Mauer. Drei Mann direkt auf den Torbogen! Da liegt der Schwachpunkt! Gefeuert wird nur auf mein Kommando!" schrie er laut, damit ihn alle hörten. Die Krieger der Garde schwärmten aus. „Macht die Feuerkörbe fertig! Und bereitet die Brandpfeile vor. Vielleicht brauchen wir sie!"
Bobak fixierte den Saurier und beobachtete jeden Schritt der wütenden Echse. „Achtung! Lasst das Biest nicht zu dicht herankommen! Feuer frei! Schießt ab jetzt was Eure Gewehre hergeben. Zielt möglichst genau und verschwendet nicht unnötige Munition!" Nach Bobaks letzter Anweisung warteten die Krieger kampfbereit ab. Das Ungeheuer kam immer schneller näher. Sein Schnaufen klang wie das der alten Dampflok, mit der Bobak einst die große Expedition

durch das Land machte. „Wenn jetzt kein Wunder geschieht, dann sind wir verloren!" ahnte der Häuptling. In den Blicken mancher seiner Krieger sah er Furcht und Todesangst aufflackern. Trotzdem hielten sie sich tapfer auf Kampfposition. „Das Schlimmste, was uns jetzt passieren kann, ist, wenn er sofort auf das Tor losgeht!" sprach Ninos kaum hörbar. Inzwischen war der Tyrannos bis auf wenige Dutzend Meter herangeeilt. Er stockte, als müsste er seine Kampftaktik überdenken, dann stakte er mit schweren Schritten zielsicher auf den schwächsten Punkt der Mauer zu. „Dieser Bastard - er kommt direkt durch das Tor!" brüllte Bobak, griff seine Armbrust und winkte einigen Männern, ihm zu folgen. Mit einem gezielten Schlag des Schwanzes fegte die Echse die sorgsam verzurrte Dornenhecke hinweg. Das Tor war frei! Nun trennte ihn nur noch eine Schicht aus Holz vor seiner Beute. Sein wuchtiger Schädel pendelte hoch über den Köpfen der Krieger der Pikos. „Bringt Euch in Sicherheit - rette sich wer kann!" In der Siedlung brach Panik aus. Kreischend rannten die Frauen umher und suchten nach Verstecken vor einem der gefährlichsten Ungeheuer, welches die Natur jemals hervorbrachte. „Verhaltet Euch still - und vertraut der Kraft der Götter. Mutter Sonne wird uns in der schwersten Stunde dieser Prüfung nicht verlassen!"
Wie ein heller Glockenschlag war die Stimme überall vernehmbar.
Alle Blicke richteten sich auf die schmächtige Gestalt von Lonel, die einer Statue gleich, auf der Mauer neben Ninos stand und die Hände flehend gen Himmel streckte. „Ruhe - schweigt endlich und hört auf, Furcht zu verbreiten!" rief Bobak. Der Lärm verebbte. Andächtig lauschte jeder Mann und jede Frau der Offenbarung des Mädchens, welches die göttlichen Zeichen zu lesen und interpretieren verstand. „Nutzt die Macht der Sonne - das Feuer wird das Untier bändigen. Schießt die Hecke in Brand. Mutter Sonne sendet uns einen Boten. So wollen es die Götter!" Lonel ließ sich auf die Knie sinken, das Gesicht den Strahlen der Sonne zugewandt. Bobak zögerte keinen Augenblick. „Bringt sofort Fackeln nach oben! Brandpfeile fertig machen und entzünden!" befahl er und begann, den ersten Bolzen auf den Angreifer abzuschießen. Im Schweiße ihres Angesichtes schleppten einige Krieger die Feuerkörbe hoch.
„Bogenschützen fertig - feuert in die Hecke!" Nach wenigen Schüssen brannte die eigentlich als zusätzlicher Schutzwall gedachte Dornenhecke vor dem Tor

wie Zunder. Immer höher schlugen die Flammen und schlossen das tobende Tier ein. Unablässig feuerten die Krieger Pfeile, Speere und Kugeln auf den Giganten ab…

Leise Musik erfüllte den Raum, hüllte ihn ein wie ein leichter Morgenmantel. Beschwingt trällerte Legat Voner die Melodie mit, die bitteren Gedanken zerflossen ins Nichts, der Geist wurde schwerelos - frei!
„Erhabener Legat - wir grüßen Euch!" Die vier Drohnen verneigten sich und warteten weitere Anweisungen ab. „Weshalb so früh?" wunderte sich Voner. Ein kurzer Blick aus dem Fenster verriet ihm, dass noch nicht einmal die Sonne aufgegangen war. „Verzeiht, aber heute ist Euer Tag!" wurde ihn geantwortet. „Richtig, heute ist mein Tag; das Ritual der Schöpfung!" erinnerte er sich. Einmal im Monat galt es, neben den sonstigen militärisch - organisatorischen Aufgaben, auch die Pflicht der notwendigen Fortpflanzung zu erfüllen. Dieses Ritus wurde gewöhnlich mit Musik eingeläutet…!
„Eure Morgendusche ist vorbereitet. Wir wünschen erfolgreiche Verrichtung!" Die Drohnen stützten ihn und geleiteten Voner in die Kabine. Nachdem sich die Tür hinter ihm schloss, stürzte eine wahre Flut auf ihn nieder. Der Wechsel von kalt und warm vertrieb die letzte Müdigkeit aus seinem Körper. „Das ist so ein mächtiges Gefühl…! Wie konnte ich nur diesen wichtigen Tag vergessen?" Wild spreizte er die Schwingen und ließ sie mehrmals flattern. Wasser spritzte umher, beim letzten Flügelschlag setzte ein warmer Luftstrahl ein, und begann ihn zu trocknen. Wohlig stöhnte Voner auf. „Diese Momente liebe ich über alles!" Die mit aromatischen Düften angereicherte Luft hüllte ihn vollständig ein. Ein schwaches Ziehen in den Lenden verhieß ihm, dass nun bereits die aktive Phase der Kopulation begonnen hatte. „Regentin - ich bin bereit!"
Nur in eine Decke eingehüllt, durchschritt er den Gang bis zum Appartement der Regentin. Seit er erschaffen wurde, den Brutkasten verließ, um seinen vorbestimmten Platz als einer der Legaten einzunehmen, lief die Kopulation nach dem gleichen, vom Vater vor uralter Zeit initiierten Brauch ab. Helle Gongschläge kündigten sein Erscheinen bei der Königin an. Die Tür öffnete

sich und gab die Sicht frei. Gedämpftes Licht wies Voner den Weg zum Lager der Regentin. „Tretet ein Legat Voner - ich erwarte Euch bereits voller Sehnsucht!" gurrte die Königin. Auch sie war schon in heißer Erwartung und vermochte ihre Lust kaum noch zu zügeln. Ihr Hormonrausch näherte sich dem Höhepunkt - das Oxytocin bereitete in ihrem Leib den Weg zum kommenden Eisprung vor. Voner sog die feinen Ausdünstungen der Regentin tief in seine Nüstern ein. In seinen Lenden baute sich eine Spannung auf, die ihn fast zum Wahnsinn trieb. „Ich werde Euch glücklich und zufrieden machen, meine Königin!" Wie ein wildes Tier stürzte er sich auf sie und drang tief in sie ein. Minuten lang war nur das laute Stöhnen der Kopulierenden zu vernehmen. Dann war der erste Akt der Schöpfung vorbei. „Es war schön mit Euch, Legat. Wie immer..." Die Regentin erhob sich vom Lager. „Ruht Euch ein wenig aus - ich werde die befruchteten Eier in den Brüter bringen! Ich bin gleich wieder hier!" Damit verließ sie ihn. „Es war wie sonst und doch völlig anders?" grübelte Voner, der noch einmal die letzten Momente vorbei ziehen ließ. Jede Faser seines Körpers bebte noch immer unter der Anspannung, die erst allmählich verebbte. „Ist es der Druck, dass wir einen riesigen Fehler gemacht haben, der meinen Kopf leitet?" Unruhe bemächtigte sich seiner, störte den normalen Ablauf der Reaktivierungsphase.

„Was ist mit Euch Legat Voner - was bereitet Euch Kopfzerbrechen?" hörte er die Regentin fragen, die inzwischen zurück gekehrt war und sich erneut zu ihm gesellte. „Verzeiht Erhabene, ich bin nervös! Ich kann es mir selbst nicht erklären", entschuldigte sich der Legat und ließ die Decke zu Boden gleiten. Das Ritual schrieb vor, dass er jetzt mit der Werbung und dem Balzen beginnen musste, um die Königin auf die nächste Vereinigung einzustimmen. Seine gebogenen Flügel spreizten sich weitab, beide Arme über den Kopf haltend, stakte er einige Runden um das Lager der Regentin. Mit knarrenden Tönen und geschlossenen Augen sang er das Lied vom Beginn seines Geschlechtes, dem Geschlecht der Blauen Engel!

...der heilige Vater, so gütig und kühn,
er schuf uns und musst dafür fliehen!
In Liebe und Eintracht, ohne Hass und Leid,

das Leben entsteht aus der Paarung zu Zweit...

Eigentlich müsste ihn nun die Kraft seiner Lenden erneut zum Lager der Königin treiben. Stattdessen erzitterten hilflos seine Flügel, mit fahrigen Bewegungen strich er sich über die Stirn. „Es funktioniert nicht - ich kann nicht?" stellte er geknickt fest, „Das kann ich mir selber nicht erklären?"
„Kommt, Voner, legt Euch zu mir - die Polarität unseres Kreises ist gestört, deshalb treibt Euch die Unruhe und lässt Euch versagen. So ist es jedem Legaten vor Euch gleichfalls ergangen, seit Savus verstoßen wurde!"
Die Regentin seufzte heimlich leise, doch der Legat vernahm es. „Es ist die Erkenntnis, dass alle Mühen umsonst sein werden. Es wurde durch uns eine Entscheidung getroffen, die uns schwach werden lässt." Mit sanfter Stimme rezitierte sie einen Psalm aus der Bibel des Vaters.

„Die Macht der Dreizehn, sie geben uns Kraft!
Das Volk der Azuros, durch Einheit erschafft.
Den Weg ins Leben - nur gemeinsam gehen,
bedenkt dies auf ewig und wir werden bestehen...

Für Augenblicke lauschte Voner den Worten nach.
Er kannte die Bibel des Vaters auswendig, doch noch nie war ihm der Sinn des Psalms so klar geworden, wie in diesen Moment. „Was ich nicht verstehe, Regentin - kennt Teronus, der Hüter, diese Worte nicht? Weshalb hat er sich gegen Savus entschieden? Damit gegen die Macht der Dreizehn...?"
Die Königin dachte lange nach. „Ich kann Euch darauf noch keine Antwort geben, Voner. Manchmal habe ich das Gefühl, der Hüter des Vaters weiß selber nicht, was er mit seinem Dickkopf und Machtgehabe anrichtet. Wenn er weiter nur seinen Weg verfolgt, wird es für unser Volk ein bittereres Ende nehmen..."

Der Hüter lauschte in sich gekehrt dem Bericht des Kundschafters Reco.
„...ohne nennenswerte Probleme einen ihrer Anführer gesteuert, so wie ich es Euch bereits erläuterte, Erhabener. Erlaubt Ihr, dass ich meine Meinung dazu

sage?" Teronus überlegt einen Moment, dann nickte er zustimmend. „Sprecht!"
Reco wankte, die beiden Posten eilten auf ihn zu, um ihn zu stützen.
Unwillig schüttelte er sie ab. „Lasst mich!" fauchte er sie ärgerlich an, denn vor
dem Hüter wollte er sich keine Blöße geben. Obwohl er durch den Blutverlust
aus der Pfeilwunde sichtlich geschwächt war, raffte er sich zusammen und
sprach weiter: „Nun, Erhabener, wenn ich auch nur ein Kundschafter Ersten
Grades bin, so habe ich Augen und Ohren. Mein Vorschlag ist einfach. Wir
sollten unsere Taktik ändern!" Neugierig geworden nahm Teronus Haltung an
und setzte sich kerzengerade auf. „Sprecht weiter, Kundschafter!"
„Also gut, Erhabener, fassen wir die wichtigsten Punkte der bisherigen
Kriegsführung zusammen. Wir haben die Siedlungen der Erdlinge ausfindig
gemacht, einen Trupp ausgeschickt, der diese dann vernichtete. Bisher stets
mit Erfolg, trotz kleiner oder größerer Verluste, wie Ihr selber wisst."
Reco neigte sich unterwürfig dem Hüter zu.
„Das ist nichts Neues, Reco! Kommt zur Sache! Euer Geschwafel langweilt
mich", zischte Teronus giftig. Reco zuckte zusammen. „Sofort, sofort
Erhabener!" beeilte er sich und begann, seinen Plan vorzustellen. „Wir sollten,
um weitere Verluste zu vermeiden, die Führer der Siedlungen in unsere Gewalt
bringen - aber nicht so, wie bei unserem misslungenen Versuch in der
Siedlung New-Noah-City. Mit Hilfe unserer Fähigkeiten können wir den Geist
jedes Führers beeinflussen, sie in unserem Sinne manipulieren. Ihre Anhänger
werden jeden Befehl ausführen, den Ihr dann über die Oberhäupter eingebt.
Sie werden nicht kämpfen sondern sich einfach Eurem erhabenen Willen
unterwerfen. Und wir haben selber keine Verluste mehr!" In Teronus' Gesicht
arbeitete es. Der Vorschlag war gut, fast genial. „Ich werde die Angelegenheit
überdenken! Euch rate ich, meldet Euch bei den Drohnen. Sobald Eure Wunde
verheilt ist, werde ich über Euren weiteren Werdegang entscheiden. Nun geht!"

Der Rat der Legaten traf im Audienzsaal des Hüters zusammen.
Meronuk trat als Letzter ein, murmelte eine kurze Entschuldigung und ließ sich
auf einer freien Liege nieder. Er musterte die Anwesenden, dann konzentrierte
sich der Legat auf die Worte des Hüters.

„Nach inniger Meditation und Zwiegespräch mit dem heiligen Geist unseres Vaters bin ich zu der Überzeugung gekommen, dass wir eine neue Chance haben, unsere Mission trotz vielfältiger Probleme zum erfolgreichen Ende zu bringen", begann er und faltete die Hände zum stillen Gebet. „Lasst uns fortfahren!" Teronus ließ einen nachdenklichen Blick über die zehn Legaten schweifen. „Noch einmal für diejenigen unter Euch, die vielleicht Zweifel hegen. Wir haben nicht gegen die Gebote des Vaters verstoßen - wir haben sie in jedem Punkt erfüllt. Savus war ein Verräter und hat den Tod verdient!" Beim letzten Satz zuckte Voner zusammen. Der Hüter bemerkte es, mit einem diabolischen Grinsen fuhr er fort. „Ihr alle habt Euch für die heilige Mission im Sinne des Vaters entschieden - so wird es auch geschehen. Oder seid Ihr inzwischen etwa anderer Meinung, Legat Voner?"

Der Angesprochene zuckte erneut zusammen, mit einem auffälligen Seitenblick suchte er Kontakt zu Meronuk. Er bemerkte die steile Zornesfalte auf dessen Stirn, die geschlossenen Augen, welche unruhig unter den Lidern rollten. „Wir haben Euch unser Wort gegeben, Erhabener, die Mission des Vaters ist dem Legat Voner genauso heilig wie mir selbst!" kam es vorwurfsvoll über Meronuks Lippen. „Weshalb diese provokante Fragestellung?" grollte er weiter und erhob sich drohend in voller Größe. „Wozu diese Aufregung, niemand wollte Euch oder Voner zu nahe treten!" beschwichtigte Teronus den Legaten. „Ihr selbst habt doch erlebt, wie wankelmütig unsere Regentin ist. Ich habe nur Furcht, dass sie den Samen des Zweifels in Eure Herzen streute und Ihr uns damit nicht mehr zu folgen vermöget?"

„Was ist mit der Feststellung der Königin, dass unser Fortbestand ernsthaft gefährdet ist?" mischte sich Voner ein und trat entschlossen zu dem Freund. Der Hüter lief einmal um sie herum, nicht ohne dabei die übrigen Legaten aus den Augen zu verlieren. „Jedes Gewitter reinigt die Luft, jeder Regen säubert die Erde - so sei auch dieser Zwischenruf von Euch! Wartet ab, gleich werdet Ihr verstehen!" Teronus blieb stehen, bis sich beide Legaten wieder auf ihren Liegen befanden. „Die Drohnen haben von mir den Auftrag erhalten, einen neuen Legaten zu erschaffen! Savus 2 ist in Arbeit. Der Prozess wurde bereits vor Tagen aktiviert - hier ein Bild von ihm. Bereits in wenigen Stunden sind wir wieder komplett, der Kreis der Dreizehn geschlossen!" Die Legaten sprangen erregt auf. „Ihr habt einen neuen Legaten geschaffen? Das wäre in der Tat ein wichtiger Durchbruch...!" musste Voner anerkennen, während er sich wiederum durch Blickkontakt mit Meronuk verständigte. „Nur ruhig bleiben!" verhieß dieser ihn und machte es sich in voller Länge bequem.

Während das Bild in der Runde herum ging, erläuterte der Hüter die neue Kampfstrategie. „Statt wie bisher über massive Angriffe unserer Truppen den Planet Erde zu säubern, werden wir uns intensiver mit den Führern der restlichen Völker beschäftigen. Glaubt mir, haben wir sie erst einmal in unserer Gewalt - die Erdlinge schlachten sich von ganz allein gegenseitig ab. Wir müssen dann nur geduldig abwarten, bis die Frucht reif ist und uns dann von selber in den Schoß fällt. Es gibt auf unserer Seite keine weiteren Verluste - und der Sieg ist trotzdem unser! Außerdem gewinnen wir auf diesem Weg billige Arbeitskräfte und füllen so unser gegenwärtiges Defizit auf. Wir haben einige Pläne zu großen Vorhaben, die unser Volk hier auf Erden unsterblich machen werden! Und dafür brauchen wir dringend Sklaven - und mehr sind diese Menschen für mich nicht!" Punkt um Punkt erläuterte der Hüter die neue Vorgehensweise.

„Wenn Du mich fragst - wir haben einen riesigen Fehler gemacht! Wir hätten niemals zulassen dürfen, dass Savus verstoßen wird!""
Voner ließ den Kopf hängen. Betrübt scharrte er mit den Füßen im Kies.
Meronuk spreizte die Flügel, er wusste einfach nicht, wie er dem Freund helfen konnte. Auch er litt unter der Situation, er war nur härter im Nehmen.
„Glaubst Du, dass Savus... noch lebt?"
In Voners Blick lag soviel Traurigkeit, dass Meronuk einfach nicht anders konnte. Wider besseres Wissen machte er ihm Hoffnung. „Du weißt doch, dass Savus immer schon ein Glückspilz war. Ich denke, dass er irgendwo da draußen auf uns wartet - ich meine, er wartet darauf, dass er zurück kann!"
Voner begann unter leichten Flügelschlägen zu schweben.
„Schau Dich um, Meronuk, wer soviel Schönheit, Grazie und Eleganz schaffen konnte, der kann doch unmöglich eine Bestie sein. Der große Vater muss sich geirrt haben - er hat doch selbst einmal auf diesem Planeten gelebt?"

Um sie herum standen Zigtausend Skulpturen, Plastiken und Denkmäler, alles
Beutestücke unzähliger Erkundungsflüge. Auch dies war eine Idee von
Teronus. Einen Park aus Bronze und Stein wollte er erschaffen zu Ehren des
Mannes, den sie Vater nannten. Vor einer in weißen Marmor getriebenen
Frauengestalt verharrte der Legat. Zärtlich strich er über die Konturen des
wunderschönen Gesichtes.
„Weißt Du, es gibt nur einen Weg für uns, etwas Licht in dieses Wirrwarr zu
bringen!" Meronuk packte den Freund an den Füßen und zog ihn zu sich
herunter. „Wie meinst Du das?" Erwartungsvoll schaute Voner ihm in die
Augen. „Es gibt nur einen Ort auf dieser Welt, wo wir Antworten auf unsere
Fragen finden." Voner begann zu ahnen, was Meronuk meinte.
„Du denkst an das Archiv mit den heiligen Schriften…?"

„Mit Dir rede ich kein Wort mehr! Nie wieder, das schwöre ich!"
Trotzig verschränkte Ron die Arme vor der Brust und starrte zu den Wolken
hinauf. Ken überhörte beflissen den Wutausbruch des Kleinen. Im Innern
musste er doch lächeln. Zu sehr ähnelten sich ihre Charaktere - Ron war
genau so ein Dickkopf wie er selbst. Old Man und Nathan unterhielten sich
leise, auch sie amüsierten sich über den hartnäckigen Versuch Rons, das
Luftschiff selber steuern zu dürfen.
„Nun, was ist? Hast Du es Dir endlich überlegt?" grollte der Junge und rückte
mit drohender Miene an Ken heran. „Na klar - ich bleibe dabei. Du nennst mir
das gewisse Zauberwort und ich übergebe Dir damit das Steuer."
Ken griente vergnügt vor sich hin, als er das nachdenkliche Gesicht seines
Partners bemerkte. „Der Kleine ist stur wie ein Esel - ich verwette meinen Kopf,
dass er nicht nachgeben wird!" flüsterte Nathan und nahm einen langen
Schluck aus einer Schnapsflasche. „Okay, ich halte dagegen. Wetten wir um
eine Flasche!" Old Man hielt ihm die Hand hin. Nathan schlug ohne zu zögern
ein. Inzwischen schlich Ron wie ein Jäger um seine Beute und umrundete Ken
mehrere Male. Dann blieb er mit drohender Gebärde vor ihm stehen.
„Du Stinktier - ich habe immer bekommen, was ich wollte, ohne Dein blödes
Zauberwort", fauchte er und es schien vorerst, als wäre damit die Sache für ihn
erledigt. Ken zuckte geringschätzig mit den Schultern, griff das Fernglas und

suchte die Ferne ab. „Wir müssten bald da sein, die Berge sind schon zu sehen!" Während er weiterhin Ausschau hielt, stahl sich Ron an ihn heran und legte behutsam beide Hände auf das Steuer. Ken blinzelte hinter seinem Glas hervor. Als er die strahlenden Augen des Kindes sah, war er fast bereit, nachzugeben. Er ließ ihn kurze Zeit gewähren, dann berührte er absichtlich die Finger des Jungen. „He, was soll das? Diese heimliche Masche zieht bei mir nicht!" Damit stieß er Ron zurück. Der Kleine heulte vor Wut auf, fügte sich aber schließlich dem Diktat des Stärkeren. „So ein Stinktier!" Als er bemerkte, dass niemand Notiz von seinen Tränen nahm, auch sonst kaum Aussicht auf Hilfe bestand, wischte er sich die Wangen blank. Verlegen zupfte er Ken an den Beinen. „Darf ich das Schiff steuern - bitte?"
Endlich war es heraus. „Alles klar, Alter, kein Problem. Das Steuer sei Dein!" Mit theatralischer Geste verneigte sich Ken und gab seinen Platz frei. Genugtuung erfüllte ihn. War ihm doch wieder ein winziger Schritt gelungen, das Herz des Jungen zu öffnen. Ron atmete tief durch, nur daran war zu erkennen, welche Überwindung ihn dieses kleine Wort ‚Bitte' gekostet hatte. Etwa drei Stunden später, kurz nach der Ablösung durch Nathan, entdeckte dieser Rauch. „Sieht aus, als geraten wir noch mal in einen Waldbrand. Der Wind treibt uns genau darauf zu. Ich starte den Motor!" rief er den anderen zu. Old Man rappelte sich auf, sein finsterer Blick verhieß nichts Gutes.
„Der Teufel aber auch, das ist kein Waldbrand! Dafür ist die Fläche zu karg bewachsen. Man kann aber auch noch nichts erkennen?" sprach er und rückte an die Fensterfront heran. „Verfluchter Mist, das ist nicht gerade unser Glückstag. Kann mir jemand erklären, was das dort sein soll?" In seiner Aufregung stieß er mit dem gestreckten Zeigefinger der gegen die Scheibe und verzog schmerzvoll das Gesicht. „Scheisse aber auch - das hat weh getan!" Der Wind zerfetzte den Rauch und gab die Sicht zu den Mauern von Kilbaat frei. „Sieht fast so aus als herrscht da Krieg? Da wird doch gekämpft, oder?" Old Man reichte Nathan das Glas. „Was meist Du dazu?"
Nathan suchte die gesamte Front der Siedlung ab. „Da wird tatsächlich gekämpft! Das Tor brennt - aber was ist das für ein Tier...?"
Klein-Ron ließ sich von der ausbrechenden Hektik der Männer nicht anstecken. „Ich durfte das Schiff alleine steuern!" jubelte es in seinem Innern.

Er schwebte noch immer im Glücksgefühl seines, wie es ihm schien, errungenen Sieges. Verträumt kuschelte er sich auf seinem Lager, lächelte still vor sich hin. Die Wunden, welche der Tod in der Grauen Stadt in die zarte Seele des Kindes schlug, begannen allmählich zu vernarben. Das Leben an Bord des Luftschiffes war aufregend, sein neuer Freund und Gefährte Ken erwies sich allerdings als ein harter Brocken. „Eine raue Schale mit einem weichen Kern - Du musst nur wissen, wie Du mit ihm umgehen musst? Dann wird er Dein bester Freund und Beschützer sein!" Das hatte ihn Old Man einmal an einem nächtlichen Lagerfeuer zugeraunt. Der Lärm der Männer holte ihn schließlich aus seiner Traumwelt, in der Mami und Dad mit ihm, als Kapitän des Schiffes, hoch in den Lüften schwebten. „Macht es gut - bis später!" murmelte er verschlafen. Gähnend streckte er die Arme, als er wohl mehr durch Zufall die beiden Punkte über einer davonziehenden Wolke entdeckte, welche Augenblicke später hinter einem dichten Schleier verschwanden. „Was ist das denn? Sieht aber sehr komisch aus?" Neugierig geworden rückte er an die Glasfront heran und sah sich um. Er verrenkte sich beinahe den Hals dabei. „Irgendwo müssen die seltsamen Vögel doch abgeblieben sein? Oder sind das sogar Flugsaurier?" Aber so sehr er auch suchte, er konnte sie nicht mehr finden. „Na, Kleiner, ausgeschlafen? Da ist nichts zu sehen, komm lieber her zu uns! Die Siedlung Kilbaat liegt vor unseren Augen!" rief Nathan und winkte ihm zu. Dax, der bislang ausgestreckt gelegen hatte, wurde zusehends unruhig. Leise jaulte er vor sich hin und drehte fortwährend den Kopf. Nathan ließ den Motor auf volle Touren hochfahren. Kilbaat wurde sehr schnell größer. „Du heilige Scheiße, das sieht aus wie ein gottverdammter Tyrex! Ich meine, wir sollten noch einen Zahn zulegen", zischte Nathan, dann betätigte er das Höhenruder. Die Erde stürzte ihnen entgegen....

Die Dunkelheit fraß sich durch das Dickicht.

Mit ihr kamen die Stimmen der Nacht, die Stimmen der Jäger des Todes.

Sin presste das Baby an sich und umfasste den Knüppel fester. „Du darfst jetzt nicht schreien, mein Kleiner…". Sie liebkoste das Kind und schaukelte es sanft. Langsam tastete sie sich immer weiter. Sie fühlte die Angst, die sich im Innern wie ein Krebsgeschwür ausbreitete. Wie oft die Sonne inzwischen neu erwachte und sich wieder zur Ruhe bettete, sie wusste es nicht mehr?
Der Säugling begann zu greinen. „Du hast Hunger - komm versuche es noch mal!" Im Gehen hob sie ihn an die Brust und ließ ihn saugen.
„Er wird wieder nicht satt werden! So wie bereits in den letzten Stunden", das wusste sie. Müdigkeit, Erschöpfung und die Furcht vor der Fremde, dem Unbekannten, hatte ihre Milch fast versiegen lassen. Die wenigen Tropfen reichten jedoch vorerst aus, das Baby zum Schweigen zu bringen. Sin blickte sich suchend um. „Wir brauchen für die Nacht unbedingt eine sichere Bleibe. Vielleicht finde ich dort im Felsen etwas?" Der Schreck saß ihr noch immer im Nacken, wenn sie an das letzte Baumnest dachte.
„Es hätte nicht viel gefehlt, und ich wäre mit dem Kind im Schlaf abgestürzt. Mir tun jetzt noch alle Knochen weh - und mein Knöchel schmerzt!" Gedankenschwer schaute sie in den Himmel. Die Sterne warfen bereits ihr fahles Licht, bald würde der Mond aufgehen. „Das wäre gut - dann kann ich besser gucken!" Dann stutzte sie. „Das sieht ja wie ein Hügel aus? Dort werde ich mich umsehen…!" Inmitten des schwer durchdringbaren Urwaldes erhob sich einer Festung gleich, eine winzige Felsgruppe. In der Hoffnung, unter einem Vorsprung etwas Schutz vor der Kühle der Nacht zu finden, näherte sich das Ungiweibchen dem Fels. Inzwischen leuchtete der Mond auf und schickte seine silbern glänzenden Strahlen. „Da ist offensichtlich eine Öffnung. Vielleicht ist das eine Höhle?" Ihr Herz hüpfte vor Freude, als sie das schwarze Loch in Augenhöhe entdeckte. Behände kletterte sie die wenigen Schritte empor. Endlich stand sie vor dem mannshohen Eingang. „Ich hoffe, da ist kein Bär drin?" Misstrauisch schnupperte sie. „Keine neuen Gerüche…!" stellte sie erleichtert fest. Kühle Luft schlug ihr entgegen und ließ sie frösteln. Das Baby war in ihren Armen eingeschlafen. „Dir wird auch kalt sein? Warte, ich habe dafür etwas mitgenommen!" Sie legte ihr Kind vorsichtig auf dem Fels ab und wickelte es schnell in ein neues Fell „So ist es besser!" Sie gab dem Baby einen sanften Kuss auf die Stirn. Dann hob sie es auf und setzte ihren Fuß in

die Höhle hinein. Erst noch recht zögernd - schließlich gewann ihr angeborener Instinkt wieder die Oberhand. „Es ist alles in Ordnung - keine Gefahr!" beruhigte sie sich selber. Mutiger schritt sie Meter für Meter voran, immer auf der Hut vor möglichen unliebsamen Überraschungen. Sie spürte, wie laut ihr Herz klopfte. „Die Höhle ist nicht groß und sie ist schon längere Zeit unbewohnt!" signalisierten ihre Erfahrungen. Sin sog noch einmal die Luft tief ein, registrierte jede Duftnuance „Die sind wirklich mehrere Tage alt. Nun mein Sohn, wir werden heute Nacht hier bleiben!" entschied sie und versuchte, sich zu orientieren. Trotz der Finsternis fand sie sich schnell zurecht. „Da ist es gut! Vor allem trocken…" In einer Ecke rollte sie sich mit ihrem Kind wie ein Igel zusammen. Lange noch hörte sie auf das leise Greinen ihres Jungen, dann nickte sie endlich ein.

Erschrocken fuhr sie hoch. „Was war das?"
Ein wenig irritiert sah Sin sich um. „Ach ja - die Höhle", fiel ihr ein. Craal nuckelte an seinen Däumchen und hatte die Augen geschlossen.
Sin legte fürsorglich ihren Arm um ihn und wollte bereits wieder schlafen, als es erneut knallte. Erschrocken fuhr sie hoch. „Das war ganz in der Nähe?"
Sin suchte ihren Knüppel. Sie haderte mit sich selber. „Soll ich nachsehen…?"
Schließlich entschloss sie sich und stand auf. Sie warf noch einen Blick auf ihr Baby. „Psst - Du musst leise sein", flüsterte sie und ließ es auf dem Fell weiter schlafen. Dann schlich sie sich hinaus.
Im Freien war vorerst nichts zu vernehmen. In Sin's Schädel arbeitete es. „Hoffentlich ist es kein Raubtier oder Saurier?" Die Bäume und Sträucher um sie herum waren eingehüllt im gleißenden Licht des Mondes, ihre Schatten rückten bedrohlich näher. Sin umklammerte den Stock noch fester. Um sich selbst zu beruhigen, schlug sie mehrmals heftig auf einen Stein. „He he - wer ist da? Scher Dich fort!" Die Schläge und Rufe verhallten ungehört. Nur aus weiter Ferne drang das Gekreische irgendwelcher Vögel zu ihr herüber.
Mutig geworden, trat das Ungiweibchen hinaus. „Es scheint alles in Ordnung zu sein…?" Ein stechender Schmerz im Kopf ließ sie aufschreien.
Sie verlor das Gleichgewicht. Halt suchend rutschte sie den Hang hinab, verlor dabei ihre Holzwaffe. „Was geschieht hier?" Sin erfasste nicht, was mit ihr

passierte? Ihr Schädel glühte im rasenden Feuer, blind und hilflos lag sie längere Zeit auf dem Rücken, unfähig, auch nur einen Finger zu rühren.

Der neue Morgen graute bereits. Das Gewimmer ihres Kindes drang allmählich in ihr Bewusstsein. Verwirrt blickte Sin sich um.

„Die Schmerzen sind verschwunden? Aber weshalb bin ich weiterhin gelähmt, kann mich nicht rühren?" Sie verstand noch immer nicht, was mit ihr geschah? Nur ein Gedanke beherrschte sie. „Ich muss zu meinem Kind und es beschützen, bevor etwas Schreckliches geschieht." Erschaudert nahm sie eine Bewegung im rechten Augenwinkel wahr. „Da kommt etwas?"

Ihr Geist bäumte sich gegen den fremden Willen auf, der sie so unbarmherzig festnagelte. „Lass mich!" Ein böses Fauchen entrann ihrem Kehlkopf - genauso plötzlich wie die Lähmung gekommen war, verschwand sie wieder. Ungläubig starrte Sin erst auf ihre Hände, welche noch unkontrolliert vor ihrem Gesicht herumfuchtelten, dann sah sie die bläulich schimmernde Gestalt auf sich zueilen...

Die Idee, die Pferde zu ihrem Ritt nach Kilbaat einzusetzen, war nicht sehr neu. Bisher scheiterte sie lange Zeit an der Fähigkeit, die Wildpferde zu zähmen. „Wir haben inzwischen riesige Fortschritte gemacht. Und Du bekommst einen besonders zahmen Gaul, Jim. Musst also keine Bedenken mehr haben. Und reiten ist wie selber laufen - halt nur ein bisschen schneller!" hatte Majo Hammer ihm freudestrahlend erklärt, als sie sich an der Pferdekoppel trafen. So richtig hatte er sich nicht ausmalen können, auf ein Pferd zu klettern, aber schließlich klappte es doch. Die ersten Poberunden waren die reinste Tourtour für ihn. „Sie dürfen nicht wie ein nasser Sack da oben hängen. Den Rücken gerade halten und den Rhythmus des Pferdes aufnehmen. Immer mit der Hüfte mitschwingen", belehrte Lt. Gordon, der sich bereit erklärte, ihnen die Grundregeln der Reiterei beizubringen.

Und nun befanden sie sich bereits auf halber Strecke.

Vierzehn kleine, dafür ausdauernde Pferde trugen fast mühelos ihre Reiter mitsamt Gepäck über den Pass. „Wo es uns die Strecke erlaubt, werden wir auch mal in den Galopp gehen, damit wir fixer sind!" verkündete Lt. Gordon, der den Zug anführte. Nun war es so weit. „Gangart erhöhen, treibt die Pferde an!" erscholl es bald. Dr. Harper, anfangs noch immer äußerst skeptisch gegenüber seinem struppigen Braunen, passte sich nach und nach der Gangart des Pferdes an. Schließlich fand er sogar Gefallen daran. „Ist weniger schlimm als ich geglaubt habe? Vielleicht wird doch noch ein guter Reiter aus mir", rief er dem Doc zu, der neben ihn hertrottete. Dr. Summerfield machte nicht gerade eine glückliche Figur auf seinem Hengst, dennoch hielt auch er sich tapfer im Sattel, genauso wie seine beiden Assistentinnen. „Naja, für mich gibt es sicherlich wichtigere Dinge im Leben als Reiten. Aber wer weiß - vielleicht finde auch ich irgendwann Geschmack daran?" entgegnete er seelenruhig. Jonas, ein Sanitäter im Team von Dr. Summerfield, fluchte laut vor sich hin und krallte sich krampfhaft in der Mähne seines Pferdes fest. „Dieser verdammte Gaul - wankt wie ein Wüstenschiff! Mir wird schon ganz schlecht!" Der Lieutenant nahm keinerlei Rücksicht auf den Zustand seines Gefolges. In kürzester Zeit nach Eingang des Hilferufes über Funk hatte er alle notwendigen Materialien und Leute zusammenstellen lassen. „Leute, wir haben es fast geschafft. Nur noch eine knappe Meile und wir sind da. Also bitte - kein Jammern mehr…!" feuerte er seine Mitstreiter an. Sie erreichten das Plateau, von dort hatten sie dann auch bald Blickkontakt zur Siedlung.

Dr. Harper hielt kurz an und schaute durchs Fernglas.

„Das sieht echt böse aus!" murmelte er.

Ohne länger zu verweilen, gab er seinem Pferd die Sporen und galoppierte den anderen nach. Im Eilmarsch strebten sie auf Kilbaat zu.

Michael saß mit verkniffener Miene vor dem Radar.

Eintönig vergingen die Stunden, auf seinen Wangen spiegelte sich das grüne Licht des Kontrollschirmes wider. Anfangs war er bei jedem Signal aufgesprungen, doch ein gewaltiger Anranzer von Sergeant Moos dämpfte seinen Übereifer. „Michael - Sie müssen genauer hinsehen! Lernen Sie die verschiedenen Signal zu lesen und kommen Sie nicht wegen jeden Furz hierher - verstanden!" Er hatte verstanden - und schaute jetzt nur noch ab und wann auf den Monitor. „Ihr könnt mich alle mal…!"

Leise summten die Geräte ihr schläfriges Lied, nur manchmal, wenn einer der Männer kurz hereinschaute, kam so etwas wie Leben in die Bude.

„Na, Alter - schaust ja so missmutig drein. Wie eine Kuh vor dem neuen Tor!" witzelte eine Stimme aus dem Nachbarraum und riss Michael aus seinen trübsinnigen Grübeleien. „Ist doch wahr, Mensch! Wir sitzen hier in dieser Einöde, mitten im Arsch der Welt und drehen Däumchen", maulte er zurück. Auf der Anzeige blinkte ein Punkt auf. Diesmal blieb Michael sitzen und wartete ab. Das Signal wurde stärker und rückte langsam aber stetig vom Rand zum Zentrum des Schirmes.

„Verfluchter Mist, was ist denn jetzt schon wieder los?" presste er durch die Zähne und schlug mit der flachen Hand auf den Bildschirm. Das Signal blieb. „Sergeant Moos - ich bin es schon wieder! Sorry, aber kommen Sie bitte mal ganz flott zu mir. Hier läuft eine Geschichte ab, welche ich mir wirklich nicht erklären kann?" meldete Michael durchs Telefon. „Hhm, und Sie sind sich sicher, dass es diesmal keine Ente ist?" knurrte der Sergeant säuerlich, aber da Michael darauf beharrte, gab er nach. Binnen weniger Minuten war der Sergeant bei ihm auf der Station. „Oh, Du dickes Ei, das muss ein verdammt mächtiger Brocken sein!" ließ er vernehmen und regelte hastig die Frequenzen nach. „Sind das diese Wesen? Diese Kack Engel?" wollte Michael wissen. Sergeant Moos schüttelte den Kopf. „Nee, die sehen anders aus. Das Radar zeigt dann immer mehrere Striche an. Hier kommt uns ein richtiger Klops entgegen. Ich gebe Alarm!" entschied er nach einigen Minuten des Nachdenkens.

„Tut mir leid, Sir, ein Irrtum ist ausgeschlossen! Wir haben es mit einem riesigen, aber langsam fliegenden Objekt zu tun. Es wird in wenigen Minuten die Ebene vor Kilbaat erreichen und hält genau auf die Siedlung zu!" hörte Major Hammer den Bericht des Sergeanten über Funk. Linda saß neben ihn. Ihr gegenüber blickte sorgenvoll Dr. Adams auf den Tisch. „In Ordnung Sergeant, wir haben Sie verstanden. Der Administrator und Lt. Gordon sind bereits unterwegs ins Tal. Wir werden Sie über Funk informieren. Sie warten mit den Männern ab, bis wir uns wieder bei Ihnen melden. Danke und Ende!"

Major Hammer ließ die Bereitschaftstaste blinken, dann schob er das Gerät zur Seite. „Soll ich die Erntevorbereitungen abbrechen lassen?" fragte Dr. Adams. Linda und der Major verneinten gleichzeitig. „Jetzt bloß keine Panik aufkommen lassen. Solange wir nicht wissen, mit wem oder was wir es zu tun haben, gilt erst einmal erhöhte Bereitschaft. Ab sofort werden zusätzliche Posten auf Streife gehen, die Leute sollen ihre Waffen bereithalten!" ordnete Major Hammer an. „Okay, ich informiere die City!" Dr. Adams erhob sich und verschwand. „Nun, Major, was halten Sie von dieser Geschichte?"
Linda schaute den Mann fragend an. „Sie meinen, ob diese verdammten Engel damit zu tun haben?" Doktor Ferrow nickte unmerklich.
„Wenn Sie meine ehrliche Meinung hören wollen: Ich traue diesen Biestern jede Schweinerei zu", brummte der Major. „Ich fürchte mich!" Linda sprach so leise, dass Major Hammer es kaum hörte. „Es ist ein ganz blödes Gefühl, ich kann es nicht beschreiben. Wie eine unheimliche Ahnung...?“

Seine Reaktion kam diesmal viel zu spät.

Ehe er es verhindern konnte, flogen vier oder fünf dieser eigenartigen Wesen über ihn hinweg, so dass er den Wind ihrer Flügelschläge zu spüren bekam. Goli heulte vor Schmerz und Wut auf, als er den nächsten Hieb im Nacken erhielt. Wie eine Furie schnellte er herum. Seine gewaltige Pranke verfehlte den Angreifer um wenige Millimeter. Wieder und wieder wurde der Tiger attackiert, bis er schließlich ermattet liegen blieb. Er hatte verloren, endgültig! Stefanies Hilferufe entschwanden mit den fliegenden Kreaturen in der Luft, ohne dass er etwas dagegen tun konnte. Dabei hatte der Tag hervorragend begonnen.
Nach einem ausführlichen Frühstück waren sie aufgebrochen, um weiter in Richtung Kilbaat zu ziehen. Sie ließen endlich die Wälder hinter sich und erreichten eine der unzähligen Steppen. Hier begann ihr eigentliches Verhängnis. Schon als sich die bohrenden Kopfschmerzen zum ersten Male beim Tiger einstellten, meldete sich sein Instinkt.

Er hätte auf ihn hören und unter das schützende Blätterdach zurückkehren sollen. Stattdessen ignorierte er dieses Gefühl und bekam auch prompt die Quittung serviert. Goli fühlte sich elend und verlassen. Mit einem lang anhaltenden Brüller gab er diesem Gefühl freien Lauf. Die fliegende Schar war mitsamt der Kleinen endgültig verschwunden. Als er wieder zu Kräften gekommen war, schlug er in leichtem Trab ihre Richtung ein...

Unter ihren Füßen erbebte die Mauer bei jedem wuchtigen Schlag des Tyrannos. Ohne Furcht näherte sich Lonel dem Ungetüm.
„Großer Gott, was tut sie da, sie läuft ja dem Saurier direkt ins Maul? Los, bringt sie zurück!" Bobak wies auf zwei Krieger „Ihr da - holt sie! Sofort!"
„Wartet, wir dürfen uns nicht einmischen!" hielt Ninos die Männer auf. „Es ist die Entscheidung der Götter, nicht unsere. Sie ist der Spiegel der Götter, ihr Wille allein vermag, uns zu helfen." Lonel näherte sich der Raubechse bis auf wenige Schritte. Immer deutlicher spürte sie die Kraft und Energie, die dem Tier durch fremden Willen zugeführt wurde. „Wo seid Ihr? Ich werde Euch schon finden!" Sie schloss die Augen und kehrte die geöffneten Handflächen nach oben. Wie elektrisiert tanzten kleine Fünkchen auf ihren Fingerspitzen entlang, wirbelten auf und verschwanden wieder. „Komm zeige Dich!" Lonel konzentrierte sich, versuchte die Erfindungen des Gegners zu erfassen. „Da bis Du ja - ich kann Dich spüren!" Eine Welle des Hasses und verzerrter Wut schlug ihr entgegen und ließ das Mädchen schaudern. „Du bist wie eine böse Macht! Aber ich bin stärker...! Götter der Ahnen - ich bitte um Beistand!"
Überdeutlich sah sie jetzt die vielen Wunden am Körper der Echse.
„Du dürftest Dich so nicht mehr rühren können? Es ist nicht Dein Wille, der Dich lenkt!" Das gesunde Auge des Sauriers erfasste sie.
Im gleichen Moment konnte sie genau verstehen, welchen Befehl dem Tier erteilt wurde. „Töte und vernichte die Frau - sofort!"
Schwerfällig neigte der Tyrannos sein Haupt. Lonel wurde eiskalt fixiert, die riesige Schnauze des Tieres geiferte sie voll. Ein einziger Gedanke beherrschte von nun an die Seherin: „Ich werde seinen Willen brechen und den Giganten zur Strecke bringen! Mutter Sonne, hilf mir und gib mir die Kraft dafür!" Ein Kampf, der nur Minuten währte, wurde für sie zu einer Ewigkeit.

„Ich werde Deinen Willen brechen! Du wirst mir gehorchen…!"
Bobak und seine Getreuen schauten aus sicherer Entfernung dem
ungewöhnlichen Schauspiel zu. „Können wir ihr irgendwie helfen - irgend
etwas tun?" fragte der Häuptling unsicher. „Nein - das ist ein Kampf der
göttlichen Gewalten! Aber sieh doch? Da kommen sie!" Ninos ahnte wohl, was
sich dort auf der Mauer abspielte, sein ohnehin bleiches Gesicht wurde nun
weiß wie eine Kalkwand. „Die Boten der Sonne, da oben sind sie!" stammelte
er schließlich. „Soll ich weiter feuern lassen?" Bobak wiederholte die Frage
nicht, auch er sah jetzt das merkwürdige Schiff der Götter am Himmel
auftauchen…

„Ich habe sie genau gesehen - zwei riesige Monster mit so langen Flügeln!"
Ron streckte beide Arme von sich, um zu demonstrieren, wie groß die Vögel
waren. „Junge, wir haben jetzt keine Zeit für Deine Spielereien. Die Leute da
unten brauchen unsere Hilfe. Hast Du mich verstanden?" herrschte Nathan ihn
verständnislos an, während er das Schiff auf Kurs hielt. Old Man packte sich
einige Handgranaten in Reichweite hin. „Sei bloß vorsichtig", belehrte er Ken,
„diese kleinen Dinger haben es in sich. Eine reicht aus, und uns allen wachsen
auch wunderschöne Flügel!" Dann dirigierte er Nathan, damit er noch dichter
an die Kampfstätte herankam. „Drossele das Tempo. Halbe Kraft voraus und
so bleiben. Die Richtung stimmt. Wir sind fast da!" Sie befanden sich nun
direkt über dem Saurier. „Achtung - ich werfe eine Granate!" Old Man wollte
gerade den Sicherungssplint ziehen, als Ken aufgeregt auf die Mauer wies.
„Um Gottes willen, nicht werfen - da, das Mädchen auf der Mauer!" Das war
der Augenblick, als das Mauerwerk mit lautem Getöse zusammenkrachte.
Nathan reagierte prompt und zog das Höhenruder erneut an…

„Hör auf zu lamentieren. Außerdem haben wir das Schlimmste gleich hinter
uns!" Legat Meronuk überzeugte sich, dass die Gänge vor ihnen leer waren.
„Los, vorwärts, Voner. Solch eine Gelegenheit bekommen wir so schnell nicht
wieder. Teronus ist zur Audienz bei der Königin, die Wachen habe ich
abgelenkt. Es läuft bisher alles nach Plan!" Meronuk zerrte Voner in den

Eingang, von dort aus stiegen sie über eine Metallleiter in das nächst tiefer gelegene Stockwerk. „Das ist aber der falsche Weg - hier kommen wir niemals zum Archiv", stellte Voner nach einer Weile verdutzt fest und wollte stehen bleiben. „So ist es, alter Freund. Ich habe den Plan kurzfristig geändert. Unser neues Ziel ist der heilige Schrein!" „Der heilige Schrein...? Du bist ja völlig verrückt! Meronuk, noch ist es nicht zu spät! Lass uns sofort umkehren und alles vergessen!" schimpfte Voner „Wenn es der Wille des Vaters ist", entgegnete Meronuk trotzig, „dass wir den Tod verdienen, nun; so sei es! Wir werden zum heiligen Schrein gehen, ihn öffnen und die Schriften des Vaters von dort holen. Das sind wir unserem Freund Savus schuldig!"
Damit war für ihn jede weitere Debatte vorerst beendet.
Der heilige Schrein befand sich auf der Ebene des ehemaligen Labortraktes, dort wo sich auch die einstige Wohnzelle des Vaters anschloss. Der gesamte Bereich gehörte eigentlich zum Sperrbezirk. Nur der Hüter des Vaters besaß das uneingeschränkte Recht, es zu jeder Tages- und Nachtzeit zu betreten. Hier ruhten die sterblichen Überreste des Vaters, befanden sich seine privaten Aufzeichnungen und Schriften, aufbewahrt für die Ewigkeit. Grundlagen für die Lehren aller nachkommenden Generationen. Die Gänge wurden nur durch wenige, schwach leuchtenden Laternen erhellt. Gerade genug, den Fußboden zu erkennen. „Wir sind da, hinter dieser Tür steht der heilige Schrein!"
Meronuk gab unter den erstaunten Blicken des Freundes den Code in die elektronische Türsicherung ein. „Gute Vorbereitung ist alles!" kommentierte er mit geheimnisvollem Lächeln. „Wenn Du wüsstest, wie viel Schweiß und Mühe mir das alles gekostet hat? Jeder Schritt wollte genau überlegt sein - ein einziger Fehler und uns ereilt das gleiche Schicksal wie Savus..."
Lautlos verschwand die gewölbte Metallfläche in der Seitenwand, die Beleuchtung begann erst zu glimmen, dann erstrahlte alles im grellen Licht. Die Wohnzelle des Vaters war nicht größer als einige Schritte in der Breite und Länge. Ein Schreibtisch mit Lederhocker, eine Liege und eine hölzerne Truhe - das war das gesamte Mobiliar im Raum. Enttäuscht sah sich Voner um „Das sieht alles sehr trist und einfach aus? Das soll das große geheimnisvolle Heiligtum unseres Volkes sein?"
Meronuk hockte sich indessen vor der Truhe nieder.

„Hier ist das Siegel des Rufus - das ist der heilige Schrein! Gib mir den Beutel mit den Werkzeugen - he Voner, träum nicht!" rief er den Freund zur Ordnung. Meronuk holte ein Brecheisen heraus. „Manchmal hilft nur blanke Gewalt!" Mit einem Ruck gab der Verschluss nach, die Truhe stand offen.

Voner betastete den Schreibtisch - daneben in der Wand entdeckte er eine Art Türleiste. „Meronuk, hier ist noch ein Zugang!" Er berührte zufällig einen Knopf. Als sich die Tür öffnete, schlug ihm ein Schwall Dampf und Kälte entgegen. „Meronuk..., komm doch mal?" Der stand schon längst hinter ihn. Auf einem mit Eiskristallen überzogenen Tisch lag eine menschliche Gestalt, eingehüllt in einen Skaphanter. Voner näherte sich vorsichtig und wischte das Eis vom Helm. „Vor uns liegt - der heilige Vater…"

Zur gleichen Zeit im Audienzsaal der Königin.

„...verstehe nicht, warum Ihr diese Alleingänge nicht unterlasst?"

Nur mit Mühe gelang es der Königin, ihren Zorn zu unterdrücken. Am liebsten hätte sie diesen alten Narren Teronus des Raumes verwiesen, doch das war zu gefährlich. „Ihr tut mir unrecht, Verehrteste, glaubt mir. Alles geschieht im Sinne des Vaters und zum Wohle unseres Volkes...!" Sein selbstgerechtes Grienen erstarb. „So wie Eure unsinnige Aktion mit der Erschaffung des neuen Legaten?" schnitt sie ihm das Wort ab. Verunsichert rieb er sich die Stirn. „Ich habe in der letzten Zeit meine Lektion gelernt, denn Ihr, mein lieber Teronus ward mir ein hervorragender Lehrmeister!" Die Regentin fühlte, dass ihr die Überraschung geglückt war. „Woher...?" Der Hüter war noch zu perplex, um die Zusammenhänge zu verstehen.

„Glaubt mir, meine Gefolgsleute sind nicht unfähiger als die Euren. Euch ist hoffentlich klar, dass die Modifizierung des Legates ein Fehlschlag werden musste? Nach meinen Informationen ist den Drohnen zwar der Körper hervorragend gelungen. Er sieht aus, wie der alte Savus, doch er ist debil. Sein Geist ist umschattet von der Nacht, er wird niemals auch nur einen Strahl der Sonne erblicken." Das Entsetzen in Teronus wuchs. Noch nie hatte sich der Hüter derart überrumpelt gefühlt. Trotzdem wagte er noch einen Vorstoß.

„Die Drohnen haben mir ernsthaft versichert, dass sie den Prozess vollständig beherrschen. Ich werde sie dafür hart bestrafen!" Damit verneigte er sich und wollte den Saal verlassen. „Wartet, Teronus! Lasst uns gemeinsam in den Brüter gehen und beraten, was wir tun können?" schlug die Königin vor, von ihrer Seite war das ein Angebot der Versöhnung. Teronus zögerte, doch schließlich hielt er es aufgrund der Situation für angebracht, wenigstens äußerlich darauf einzugehen. „Einverstanden, lasst uns gemeinsam gehen!" Beschäftigt huschten die Drohnen im Brüter umher.

Als sie der Königin und des Hüter ansichtig wurden, erstarrten sie zu Stein. „Ruft Cratos!" befahl Teronus gereizt. Während er mit düsterem Blick auf die Ankunft des Chefs des Forschungsteams wartete, ließ sich die Regentin von den Anwesenden den Stand im Brüter erklären.

„Habt Ihr es vernommen, Teronus! Ausfallquoten bis fünfzig Prozent und mehr. Die Situation spitzt sich zu. Das gesamte Projekt ist gefährdet, unser weiteres Dasein auf dem Planeten in Frage gestellt."

In Teronus' Gesicht zuckte kein Muskel, es strahlte eisige Kälte aus, als Cratos mit eiligen Schritten vor ihm erschien. Aufgeregt flatterten die Flügelstummel der Drohne, die Königin sah seine Augen vor Angst zittern, als er sich verneigte. „Nun, mein lieber Cratos. Was könnt Ihr Neues berichten?"

Nicht nur die Königin bemerkte den klirrenden Ton des Hüters.

Bei jedem Wort zuckte der Angesprochene wie unter Peitschenhieben zusammen. „Verzeiht, Erhabener! Ich... ich...?" Eine kurze Handbewegung ließ sein Gestammel verstummen. Verschüchtert starrte Cratos auf den Boden. „Habt Ihr mir nicht erst vor wenigen Tagen erklärt, das Projekt wird ohne Komplikationen realisiert werden? Ihr wisst, wie dringend wir den neuen Legaten benötigen!" „Ja, aber...?" versuchte die Drohne eine schwache Rechtfertigung, schwieg aber sofort wieder. „Und haben wir Euch nicht, wie Ihr es wünschtet, genügend genetisches Material aus der unterirdischen Stadt mitgebracht? Eure Vorratskammern sind doch voll mit den Körperteilen dieser Erdlinge!" Cratos nickte heftig. „Weshalb dann diese Panne?" herrschte ihn Teronus noch heftiger an. Cratos schluckte, dann hatte er sich soweit gefangen, dass er eine vernünftige Antwort geben konnte. „Wir haben das gesamte Material analysiert, trotzdem hat der Computer nicht eine einzige Zelle gefunden, die annähernd unseren Ansprüchen genügte. Es gibt einfach zu viele Spielarten und Möglichkeiten in der DNA. Wir besitzen nicht einen

Bruchteil von dem, was nötig wäre. Und wer, so frage ich Euch, wäre so erschaffen, dass er dem Vater gleich käme? Das wäre doch Frevel ohne Gleichen. Sagt doch selbst!"

Ein Posten betrat den Brüter und bat, den Hüter sprechen zu dürfen.

„Verzeiht, meine Königin, ich bin sofort wieder hier." Der Drohne Cratos warf er nur einen vernichtenden Blick zu, dann lief er hinaus. Seine Abwesenheit währte nur wenige Augenblicke. Als er zurückkam, schien er ein gebrochener Mann zu sein. „Der heilige Schrein wurde geöffnet, die Schriften des Vaters geraubt. Es ist unfassbar! Einfach unmöglich!"

Tonlos kam der Satz über seine Lippen.

„Das kann niemals sein?" Die Königin war erschüttert, rüttelte diese Tat doch an den Grundfesten ihrer gemeinsamen Existenz. „Es kommt noch schlimmer - die sterblichen Überreste des Vaters sind ebenfalls verschwunden…"

Das Ungiweibchen Sin traute dem Frieden nicht.

Unablässig schielte sie in die Ecke, aus der leises Schnarchen zu ihr herüber klang. Schließlich lehnte sie sich an den Fels zurück und versuchte, sich zu entspannen. Immer wieder kreisten ihre Gedanken um diesen Fremden.

„Was ist er eigentlich?" Kein Tier, welches sie bisher sah und kannte, entsprach ihm, auch keines der anderen Wesen?

„Er hat nicht einmal mit einer Kahlhaut eine Ähnlichkeit?"

Sie seufzte, schüttelte den Kopf. Es war noch sehr früh, als Sin wieder erwachte. Sofort fing ihr Hirnkasten an, sich mit den letzten Gedanken zu beschäftigen. Ihr Magen knurrte laut. „Ich habe Hunger! Muss was essen!"

Da das Baby noch friedlich schlummerte, entschloss sie sich, etwas Essbares zu suchen. „Ich bin gleich zurück. Ich bringe Dir was Leckeres mit…!"

Der Fremde lag noch immer in der gleichen krummen Haltung, wie vor Stunden. „Ist er tot?" Ein tiefer Seufzer belehrte sie eines Besseren.

 Lautlos schlich sie zum Ausgang. „Geschafft!" Draußen holte sie erst einmal tief Luft. „Viel Zeit bleibt mir nicht. Der Kleine wird bestimmt bald erwachen und mit seinem Geschrei das fremde Ding wecken?" Vor diesem Moment graute ihr - doch andererseits; bisher hatte es ihr doch nichts Böses getan? Sicher, es

hatte sie erschreckt, sie konnte sich eine Zeit lang nicht bewegen, aber das war schon alles! „Wie hat es das nur angestellt, dass ich einfach da lag, mich nicht rühren konnte?" In Gedanken versunken, wäre Sin beinahe über eine knorrige Wurzel gestolpert. „Das fehlt mir gerade noch - mein Knöchel ist noch immer kaputt!" Aufmerksam begann sie, die Umgebung zu erkunden. Schließlich fand sie, was sie suchte. „Die sind schon richtig reif! Und so viele sind dran…!" freute sich Sin. Eine Brombeerhecke zog sich viele Schritte über den Waldboden entlang, Dunkelrot prangten die überreifen Beeren daran und luden zum Verweilen ein. „Essen!" Hastig pflückte sie etliche Früchte ab und stopfte sich den Mund voll. Manchmal schob sie mehr Blätter als Himbeeren hinein. Aber das war ihr im Moment egal. Ihre scharfen Zähne zermalmten alles. „Hhmm das schmeckt!" Der Saft spritzte ihr über das Kinn und tropfte auf das Fell ihres Körpers. Endlich war der größte Hunger gestillt. „Das Baby hat auch Hunger - ich nehme davon welche mit!" Sie pflückte in ein großes Blatt einige Handvoll Beeren. Völlig ihrem Eifer ergeben, bemerkte sie die heran rückende Gefahr viel zu spät. Ein schriller Pfeifton ließ sie entsetzt auffahren. Die Früchte fielen ihr aus der Hand - ohne sich zu besinnen, rannte sie wie eine Besessene los. Vier der krokodilähnlichen Angreifer folgten ihr direkt. Als sie eine kleine Lichtung überquerte, huschten in nicht allzu weiter Entfernung zwei weitere Schatten zwischen den Sträuchern hervor. „Sie schneiden mir den Weg ab", zuckte es durch ihr Hirn. Sie strauchelte und fiel der Länge nach hin. „Da kommen sie - mein Baby…?" Sie raffte sich noch einmal hoch und humpelte weiter. Neben ihr tauchte ein Maul auf und schnappte nach ihren Beinen. Mit letzter Kraft flitzte sie dem rettenden Fels zu. „Alles aus!" Mehr fiel ihr nicht mehr ein, als die beiden Ceolurosaurier ihr fletschend auch von dort entgegen stürmten. Sie hatten ihr mit sicherem Instinkt den Weg abgeschnitten. Ein Schrei der Verzweiflung entrann ihrer Brust. Der Schrei einer Todgeweihten. „Craal - mein Kind!" war ihr letzter Gedanke. Die Saurier waren sich ihrer Beute nun sicher und ließen sich Zeit. Von allen Seiten umzingelt, hatte Sin keine Chance mehr, ihnen zu entkommen. Mit kurzen Sprüngen umkreisten die Jäger ihre Beute, ein leises Zischen war das Kommando, und die Biester fielen über das Ungiweibchen her.
Sin schloss verzweifelt die Augen…

Legat Savus stöhnte im Schlaf, er schlug wild um sich.

Mit leisem Seufzen wachte er endgültig auf, rieb sich verstört die schmerzende Hand. Sie war noch immer geschwollen und blutunterlaufen. Der unkontrollierte Aufschlag gegen das Gestein musste sehr kraftvoll gewesen sein? „Hoffentlich ist sie nicht gebrochen?" stöhnte er und versuchte sie zu bewegen. „Eigentlich ist das egal - hätte mir lieber gleich das Genick brechen sollen, dann wäre die ganze Scheisse vorbei!" maulte er laut, dann brachte ihn der Schmerz in die Realität zurück. Endlich fand er seine Ruhe wieder, aufmerksam musterte er die ungewohnte Umgebung.

Jäh und bitter kehrte das Erinnerungsvermögen zurück. „Großer Vater, wie konntest Du zulassen, was sie mir angetan haben? Bin ich schuldig? Sag es mir, habe ich wirklich soviel Schuld auf mich geladen?"

Sein Blick glitt über die zerklüftete Decke seiner Bleibe.

„Bin ich schuldig oder nicht?" murmelte er weiter vor sich hin, längst im Schwall seiner Erinnerungen versunken. Dieser Zustand währte nicht lange, ständig beschlich ihn ein Gefühl, dass er nicht allein war? Leise richtete sich Savus auf, stets bereit, einen Überraschungsangriff abzuwehren. „Was sind das für merkwürdige Gedanken - damit kann ich nichts anfangen?" Verständnislos registrierte er ein undefinierbares Gewirr von Informationen. Er vermochte kaum klare Bilder zu erkennen, nur manchmal, wie ein Blitzlicht, huschte ein Gesicht vorbei. Da hörte er ein leises Fiepen und entdeckte das eigenartige Wesen. „Schau her, was bist Du denn für ein merkwürdiger Geselle?" Behutsam nahm er das Kind auf den Arm. Wieder nahm er das Gesicht wahr, gleichzeitig fühlte er Schmerzen. Endlich begriff er. „Das Gesicht gehört diesem Wesen, welches ich beinahe bei meiner unsanften Landung getötet hätte, oder? Welcher Zusammenhang besteht zwischen Euch beiden?" rätselte er. „Du hast Hunger, jawohl, das ist es. Deine Drohne hat vergessen, Dich zu füttern. Doch wo ist sie denn, ich kann sie nirgendwo entdecken?"

Er legte das Baby behutsam auf das Fell zurück. „Erstaunlich, wie viel urwüchsige Kraft und Lebenswille in diesem kleinen Kerl steckt. Wenn unsere Nachkommen nur einen Bruchteil davon besitzen würden...?"

Er reckte sich in volle Höhe und breitete seine Flügel aus.

Zufällig streifte sein Blick die gestutzten Spitzen. „Das brennt in meiner Seele
wie tausend Feuer! Diese Schmach werde ich Euch niemals vergeben,
Teronus!" Eine Welle des Hasses durchflutete seinen Körper. „Wenn ich
jemals die Gelegenheit bekomme - dann werde ich mich rächen! So wahr ich
Legat Savus bin!" Es dauerte eine Weile, bis er sich wieder halbwegs
beruhigte. Der Hilferuf überraschte ihn bei seiner kurzen Morgentoilette.
„Craal - mein Kind!" registrierte er, auch die panische Angst vor einer tödlichen
Bedrohung...
Schnell schritt er ins Freie. Sofort wurden die Impulse kräftiger. „Wo bist Du -
wo finde ich Dich?" Zunächst versuchte er zu orten, woher sie kamen? Doch
dann löste sich diese Frage von selbst. Ein braunes Wesen hetzte durch das
Dickicht. Eine Flut an Informationen stürzte schlagartig über ihn herein.
Savus spürte körperlich, in welcher schlechten Verfassung die Fremde sich
befand. „Sie mobilisiert die letzten Kraftreserven? Was treibt sie so?"
Da nahm er die Gedanken der Verfolger wahr - sie waren nur auf einen
wesentlichen Instinkt gerichtet - es gibt Fressen! Augenblicke später konnte er
sie sehen. „Ich muss sofort handeln, ansonsten gibt es keine Rettung mehr.
Wieso fällt mir erst jetzt auf, dass ich es mit einem weiblichen Wesen zu tun
habe?" dachte er noch bei sich, dann startete er seinen mentalen Angriff.
Sin stolperte, im Fallen sah sie den riesigen Vogel auf dem Fels stehen,
seine brennenden Augen auf sie gerichtet...
Im Nacken verspürte sie den stinkenden Atem einer Echse. Willenlos und
erschöpft, die Arme schützend um den Kopf geschlungen, ergab sie sich ihrem
Schicksal. Ihre letzten Gedanken galten ihrem Sohn. „Craal...!"
Die Erde bebte unter ihr.
„Ich lebe noch?" Zögernd schlug sie die Augen auf. Genau neben ihrem
Gesicht sah sie die spitzen Hauer der Kreatur, welches wie eine Salzsäule
erstarrt war. Sie blinzelte ganz vorsichtig, ohne den Kopf zu bewegen.
„Weshalb schnappt das Vieh nicht zu?" dachte sie, dann nahm sie verwundert
zur Kenntnis, dass sich die Echse sogar langsam rückwärts bewegte? Auch
die übrigen Verfolger wussten nicht, wie sie sich verhalten sollten?
Unfähig, überhaupt einen klaren Gedanken zu fassen, richtete sie sich
vorsichtig auf. In ihrem Hirn schrillten wieder die Alarmglocken. „Da ist noch

was!" Endlich entdeckte sie die eigentliche Ursache für das eigenartige
Verhalten ihrer Jäger. Ihr Herz stockte und drohte auszusetzen.
Dort, wo sich vor wenigen Augenblicken noch der Fels erhob, stand ein
weiteres Ungeheuer. Sin schüttelte verzweifelt den Kopf. "Nein!"
Fauchend setzte sich der Tyrannos Rex in Bewegung. Mutlos legte sich Sin
einfach hin und schaltete das Hirn aus...
Der Angriff der Ceolurosaurier lief angesichts eines derartigen Konkurrenten
ins Leere. Verdutzt standen sie einfach nur da und pendelten unschlüssig mit
den Körpern. Ein lang gezogener Kampfschrei erschütterte die Umgebung. Der
Tyrannos schien völlig von Sinnen, so tobte er umher. Als endlich wieder Ruhe
einzog, waren die Ceolorus im Unterholz verschwunden. Sin rieb sich über die
Augen, als sich der Tyrex ins Nichts aufzulösen begann. Sie verstand nur so
viel - die Gefahr war vorüber.

Savus hielt erschöpft inne. Seine Gesichtsmuskeln zuckten noch von den
Anstrengungen, doch sein Geist lebte befreit auf. "Das hätte ich niemals für
möglich gehalten - ich konnte gleich eine Gruppe von Individuen über Hypnose
beeinflussen?" Savus prustete vor sich hin. "Einfach phänomenal!" Er hatte
die natürlichen Ängste der Tiere aufgespürt und sie ihnen, wie ein Spiegel
einen Lichtstrahl reflektiert, tief in ihr Bewusstsein transformiert. "Eure Angst
vor Eurem größten Feind, dem Tyrannos, hat Euch in die Flucht geschlagen!"
Savus lachte laut auf. "Das Ergebnis ist wirklich mehr als verblüffend!"
wiederholte er noch einmal laut, dann schaute er sich nach Sin um.
Das Weibchen war näher gekommen. Argwöhnisch sah sie zu ihm herauf.
Er registrierte, dass sie noch immer besorgt war, dem Frieden nicht traute?
"Psst, ...es ist vorbei!" suggerierte er ihr, und erreichte letztendlich, dass sie
merklich ruhiger wurde. "Wo ist mein Junge?" Ihre Frage nach dem Säugling
verstand er nicht sofort. Ein Bild des Babys entstand in seinem Hirn.
"Dein Kind? Es ist noch in der Höhle!" Sina sah das Gesicht von Craal - hörte
aber keine Laute? Savus winkte ihr zu und gab den Eingang frei.

"Dieses Weibchen ist im Geiste wohl primitiv - aber sie ist stark und ihre
Bindung zum Nachkommen sehr ungewöhnlich?" Savus Bemühungen, die

Gedanken der Ungi-Mutter zu analysieren, eröffnete ihm eine völlig unbekannte Dimension der Gefühle. „Was sind das für unverständliche Emotionen - was sind Zuneigung und Liebe?" Das kannte er aus seinem eigenen Leben und Erfahrungen in dieser Form nicht.

Fasziniert schaute er zu, als Sin, kaum in der Höhle eingetroffen, das weinende Kind aufnahm und es stillte. „Diese Art der Bindung ist so unheimlich stark - warum ist es in unserem Volk nie so ausgeprägt worden?" Die Gedanken des Kindes strahlten jetzt Ruhe und Wohlsein aus.

Er begann zu ahnen: „Vielleicht liegt es auch an dieser besonderen Form der Nahrungsaufnahme, welche eine uns unbekannte Qualität des Verhältnisses beider Individuen zueinander bestimmt?" Savus spürte den süßen Geschmack der warmen Muttermilch. „Das ist wohlbekömmlich und äußerst nahrhaft!" stellte er fasziniert fest. Seine eigenen Erinnerungen waren geprägt vom bitteren Geschmack der Plastikschläuche, dem faden Einheitsbrei und einem kaum definierbaren Getränk, welches ihnen mehrmals täglich recht lieblos eingeflößt wurde…

Häuptling Bobak hielt den Atem an.

„Das kann Lonel unmöglich noch länger aushalten? Jetzt ist sie gleich verloren…!" Unmerklich biss er sich die Lippen blutig. Die rechte Hand umklammerte die schussbereite Armbrust.

Lonel's Körper krümmte sich wie unter Peitschenhieben. „Sie wird fallen…?" schrie die entsetzte Menge. Dann atmeten alle wieder erleichtert auf.

„Das ist ein ständiges Wechselbad der Gefühle - sie kämpft wie eine Berglöwin!" Ninos fieberte mit der einsamen Kämpferin mit. Er ahnte wohl, mit welcher Kraft Lonel gegen den Tyrannos vorging, um seinen Willen endgültig zu brechen. Aber auch er bangte um das Leben der jungen Frau.

„Was macht sie da bloß?" Bobak konnte sich nur schwer beruhigen.

So sehr er es sich wünschte - aber er war selber mehr als ratlos und wusste im Augenblick nicht, was richtig oder falsch war? „Schützen - Gewehre bereit halten! Auf mein Kommando feuern!" rief er in seiner Verzweifelung seinen Kriegern zu. Inzwischen hörte man nur noch das Hecheln der Echse, die erneut Anlauf nahm, um das Tor endgültig auszuhebeln. Entsetzen machte sich bei den Pikos breit. „Das Tor hält nicht länger stand - er bricht endgültig durch!" Steine zerbarsten und fielen polternd aus dem Schutzwall. Sie wirbelten beim Aufprall jede Menge Staub auf.

„Es sind zwei Wesen, die ihn lenken?" hatte sie endlich heraus gefunden und änderte ihre Taktik. Lonel's Geist konzentrierte sich nun vollständig nur noch auf die beiden Energiequellen, nicht mehr auf die Echse. Die sensiblen Hautpartien ihrer Fingerkuppe waren wie Fühler und nahmen jegliche Schwankung im Intensitätsbereich wahr. „Ihr seid irgendwo da oben?" Noch wusste sie nicht genau, gegen wen sie angetreten war?

„Ihre Ausdauer und Willenskraft sind nur schwer zu knacken…? Ich darf nicht schwach werden!" suggerierte sie sich selber. Sie straffte ihren Körper und fühlte den Schwall an neuer Energie, die ihren eigenen Geist stärkte.

„Das Leben meines Volkes hängt von meiner Standhaftigkeit ab! Also werde ich standhaft sein und kämpfen, bis das hier vorbei ist!" schrie sie laut heraus. „Verdammt - was geschieht jetzt?" Eine besonders starke Attacke wurde ihr fast zum Verhängnis. Der Tyrannos erwischte mit dem Oberkörper den Torbogen und zerschmetterte die eisernen Klammern. Das Mauerwerk gab knirschend unter ihren Füßen nach und stürzte ein. „Du bist die Ausgeburt der Hölle - verrecke endlich!" Mit einem Luftsprung katapultierte sich Lonel aus der Gefahrenzone heraus und rettete sich auf einen sicheren Standplatz.

Hilfe kam in diesem Augenblick der höchsten Not von diesem fliegenden Gefährt, welches die Götter gesandt haben mussten?
Es stand senkrecht über ihr, im selben Augenblick riss die Verbindung zwischen dem Tyrannos zu seinen geistigen Führern ab. Lonel spürte das Chaos, welches plötzlich bei dem Angreifer eintrat. „Sie haben sich aus dem Staub gemacht! Sie haben es nicht geschafft!" jubelte es in ihr. Die riesige Raubechse verharrte zitternd und völlig geschwächt in aufrechter Pose. Jetzt nur noch auf sich selbst gestellt, wusste sie nicht, was sie eigentlich hier tat? Ihre Kampfeslust hatte sich vollständig in Luft aufgelöst.
„He, Ihr da unten! Verschwindet sofort von der Mauer, wir erledigen das Vieh schon!" brüllte eine Stimme zu den Pikos herab. Noch immer glaubten sie

nicht, was da über ihren Köpfen schwebte? „Nun macht schon und haut endlich ab. Bevor das Biest wieder zu sich kommt...!"

„Alle verlassen sofort den Bereich der Mauer. Lonel komm hierher!" befahl Bobak und eilte der Seherin entgegen.

Wie von einer schweren Last befreit, wankte Lonel erschöpft zur Leiter. Die ersten Stufen vermochte sie noch mit eigener Kraft zu bewältigen, bevor sie aber endgültig zusammenbrach, befand sie sich im sicheren Gewahrsam der Krieger. „Achtung, Granaten kommen!" schallte es über den Platz. Mehrere Detonationen zerrissen die Luft. Als sich die Staubwelle endgültig legte, füllte ein gewaltiger Fleischklumpen die Bresche im Schutzwall. Minuten später trafen auch Dr. Harper und seine Leute auf ihren Pferden aus New-Noah-City an der Kampfstätte ein...

„Spannt die Leinen am Eingang etwas fester, die Trage kommt neben den OP-Tisch. Außerdem brauche ich kochendes Wasser, viel kochendes Wasser - die Frauen wollten doch welches bringen?" Dr. Summerfield packte selbst mit an, um das Zelt zu richten, dann lotste er den verletzten Jungen auf den Tisch. „Wie viele Verwundete sind es noch?" fragte Lt. Gordon, als die Träger weitere mit Blut beschmierte Gestalten herein trugen. Jeni wies auf einen der Jungen. „Das sind dann alle - die beiden noch. Scii ist noch immer ohnmächtig. Der Arzt hat ihn allerdings erst mal auf die Warteliste gesetzt. Er wird als Letzter operiert. Ist wohl nicht so schlimm, mit dem Knochenbruch?" Bekümmert streichelte er dem Zwölfjährigen über den Kopf. Diese Geste war Hilflosigkeit und Zuversicht zugleich. Lt. Gordon ließ einen Moment seine Hand auf Jenis Schulter ruhen. „Es wird schon, mein Alter, es wird schon!" versuchte er ihn aufzumuntern. Dann verließ er Dr. Sommerfields Residenz, um in Kilbaat nach dem Rechten zu schauen. Ein kleines Mädchen hockte im Staub und zerfloss vor Tränen. Lt. Gordon kauerte sich neben ihr nieder.

„Weshalb so traurig kleine Prinzessin, niemand wird Dir etwas antun. Na komm, ich bringe Dich zu Deiner Mama!" versuchte er es zu beruhigen und nahm es auf den Arm. „Was für ein Fliegengewicht", dachte er noch so, als sich die Kleine schluchzend an seinen Hals schmiegte. Eine junge Frau stürzte ihm entgegen. „Alisa - da bist Du ja?" Mit einem leisen Aufschrei nahm sie ihm

das Kind ab. Ein dankbares Lächeln glitt über ihr Gesicht. „Ich hatte schon Schlimmes befürchtet - aber den Göttern sei Dank, mein Kind ist gesund und unversehrt. Ich bin sehr froh...!" Verlegen schaute der Lieutenant dem Pärchen nach, bis sie in einer Hütte entschwanden. „Wer ist das?" fragte er einen Krieger der Sonnengarde, der gerade in seiner Nähe anhielt. Dieser schaute ihn verständnislos an. „Die Frau mit dem Kind eben? Wer ist das?" wiederholte er. „Das ist Huana - Jenis Schwester und ihre kleine Tochter", erhielt er zur Antwort. „Das werde ich mir gut merken!" registrierte er für sich, dann musste er weiter. Dr. Harper überzeugte sich, dass seine Hilfe nicht mehr notwendig war. „Ich bin drüben beim Luftschiff. Wenn der Lieutenant auftaucht, soll er mir folgen!" meldete er sich bei Bobak ab. Ninos und der Häuptling nickten gleichzeitig. Der Weg aus der Siedlung war im Moment etwas umständlich. Da das Tor verstopft war, führte er über einige Leitern ins Freie. Die Pferde waren außen an der Mauer angebunden. Sie schnaubten laut und tänzelten unruhig. „Ist ja gut, es passiert nichts mehr!" Dr. Harper hielt kurz bei ihnen an und streichelte seinen Braunen beruhigend über die Nase.
Der Blutgeruch des getöteten Sauriers wehte bis zu ihnen herüber. „Wir werden Euch für die Nacht umquartieren - wer weiß, was für Assfresser hier bald auftauchen und Unruhe verbreiten", legte er für sich als nächsten Punkt fest, dann schritt er seinem eigentlichen Ziel entgegen.
Die Besatzung des Luftschiffes lagerte an einem Feuer unmittelbar in der Nähe des Zeppelins. Knurrend kam dem Administrator eine ausgewachsene Dogge entgegen. „Aus, Dax, bei Fuß!" rief den Hund eine schroffe Stimme zur Ordnung. Die Männer und ein Kind erhoben sich, als Dr. Harper in ihren Kreis trat. „Ich bin Doktor Jim Harper, Administrator der Stadt New-Noah-City. Ich freue mich außerordentlich, Ihre Bekanntschaft zu machen!" stellte er sich vor, „Ihr Erscheinen kam zum richtigen Zeitpunkt. Noch einmal vielen Dank!" Nacheinander drückte er jedem kräftig die Hand. „Du wirst einmal ein großer Kämpfer!" prophezeite er dem kleinen Ron und hielt auch ihm den ausgestreckten Arm entgegen. „Das war ein Gruß unter Männern", lobte er den Jungen, als dieser den Handschlag prompt erwiderte.
„Dürfen wir stören?" Lt. Gordon und der Häuptling fanden sich ein.

„Entschuldigen Sie bitte, dass wir bisher keine Anstalten machten, uns um Sie zu kümmern!" fuhr Bobak fort, „aber Sie sehen ja selbst, was los ist. Ich bin gekommen, um mich bei Ihnen für Ihre selbstlose Hilfe zu bedanken. Ich weiß nicht, wie viele Leben noch sinnlos geopfert worden wären? Es ist vorbei. Den Göttern sei Dank!" Old Man räusperte sich, dann ging er dem Häuptling entgegen. „Sie wissen gar nicht, wie froh und dankbar wir sind, dass wir Sie endlich gefunden haben. Ich bedaure nur, dass wir nicht früher eingreifen konnten." Jeni kam im Sturmschritt herbei und winkte Bobak heftig zu. An dessen sorgenvoller Miene erkannte Old Man, dass jetzt nicht die Zeit für Gespräche war. „Tut mir leid, ich kann nicht länger verweilen, der Rat der Ältesten und Lonel erwarten mich. Wir müssen den Abschied von unserer Seherin Orona, die ins Reich der Schatten eingegangen ist, vorbereiten." Bevor er ging, wandte er sich Dr. Harper zu. „Es war gut, dass auch ihr so schnell gekommen seid, Jim. Morgen, kurz vor Mitternacht lassen wir das Orakel der Menja sprechen. Doch heute Nacht brennen erst einmal die Feuer für unsere Toten!" Mit einem flüchtigen Gruß verabschiedete sich der Häuptling. Ken hatte bisher den Gesprächen der Männer nur zugehört, doch jetzt, da sich Lt. Gordon für das Luftschiff interessierte, wurde er lebhafter. „Habt ganz schön Staub aufgewirbelt, mit Eurer fliegenden Kiste. Die Pikos halten Euch für Götter oder wenigstens für deren Abgesandte!" Fachmännisch begutachtete der Lieutenant den Zigmeter langen Hohlkörper, der sicher vertäut zwischen zwei Bäumen hing. „Schon einige Zeit her, als ich solche Dinger fliegen sah - ich glaube, das war im Jahr 1997." „Wie meinen Sie das?" fragte Nathan nachdenklich, „wann war dieses Jahr, ich kann mich nicht erinnern?" Die Gesichter der Luftschiffer wurden immer länger, ungläubig lauschten sie den Geschichten aus einer längst vergangenen Epoche…

Der Körper der Toten lag hoch oben auf einen Holzgestell, eingehüllt in einem purpurnen Tuch, so wie es dem Prestige der Seherin entsprach.
Das gesamte Volk der Pikos hatte sich versammelt, in vielen Augen entdeckte der Häuptling Tränen, Blicke der Mutlosigkeit und Verzweifelung.
Mancher der Krieger trug noch immer die Spuren des Kampfes im Angesicht,

gerade wurde Scii herbei gebracht und auf einen Baumstumpf gesetzt. Sein Verband am Bein war nicht zu übersehen. Bobak nickte ihm aufmunternd zu. „Nun sind alle da! Jetzt fehlt nur noch sie - Mutter Sonne!"
Ninos erhob sich und strecke die Arme zum Himmel. „Ehrwürdige Mutter - wir sind hier her gekommen, Dir den Geist und die Seele unserer Seherin zu übergeben..." Vor Bobaks geistigem Auge zogen noch einmal die Bilder der Vergangenheit empor - seine erste Begegnung mit Orona bis hin zu ihrem Tod. „Bobak - die Sonne geht auf!" hörte er noch Ninos letzte Worte, die Wirklichkeit holte ihn zurück. Hoch über sein Haupt hielt er die brennende Fackel gen Himmel, dessen Sterne allmählich verblassten. Die ersten Strahlen der Mutter Sonne ließen einen immer breiter werdenden Streifen aufleuchten.
Voller Andacht verbeugte sich Bobak vor der einst so mächtigen Frau seines Stammes. „Hiermit erweisen wir Orona die letzte Ehre - und übergeben sie der Welt der Ahnen. Die letzten Tage waren für uns alle eine große Prüfung - so wie es die Seherin vorher sagte. Ihr Tod trifft uns unerwartet und in einer Zeit, in der wir sie als leuchtendes Signal der Zukunft so nötig brauchen..."
Bobak ließ einen langen Blick über seine Mitstreiter gleiten, räusperte sich und fuhr fort. „Stirbt ein Mensch wie unsere Seherin, dann wird seine Seele zu einem Stern am Himmel und wacht hoch oben über die Seinen!"
Langsam umschritt er Orona und entzündete die vier Ecken des Scheiterhaufens unter dem Gestell...

„Es muss kurz vor Sonnenaufgang gewesen sein. Die Wachen waren wohl eingenickt. Niemand nahm die Situation ernst. Alle glaubten, das Radar hätte einfach nur verrückt gespielt. Der kleine Ron und dieser Cornel Stirnberg waren die einzigen Überlebenden dieses grausigen Massakers."
Old Man drehte gedankenverloren den Becher in den Händen. Es fiel ihm schwer, über den Untergang der Grauen Stadt zu sprechen. „Nach den Erzählungen des Cornels griffen diese fliegenden Teufel in mehreren Wellen an. Jeder, der sich ihnen entgegenstellte, wurde erbarmungslos niedergemetzelt. Einigen gelang wohl die Flucht an die Oberfläche, eine

Handvoll Jäger scharten sich um den Cornel und durchbrachen den
Belagerungsring. Es waren sieben oder acht Kämpfer, die schließlich den
Waldrand erreichten. Dann geschah etwas, was sich der Cornel nicht erklären
konnte? Mehrere seiner Leute drehten durch, wurden wahnsinnig. Statt sich zu
retten, ließen sie einfach ihre Waffen fallen und rannten ihren Henkern genau
in die Fänge. Drei Mann blieben schließlich übrig, die sich im Dickicht
verborgen hielten. Bis diese Teufel an mehreren Stellen Feuer legten. Die
armen Kerle wurden völlig von den Flammen überrascht und eingeschlossen.
Sie sind bei lebendigem Leibe verbrannt. In diesem Zustand fanden wir später
Cornel Stirnberg - auch er hat leider nicht überlebt. Tja, was der Junge
durchgemacht hat?" Old Man schaute kurz zu dem schlafenden Kind. „Er
spricht mit niemandem darüber. Ich vermute nun, dass er unter Schock
gestanden hat. Wahrscheinlich hat er irgendwo Unterschlupf gefunden, wo er
nicht entdeckt wurde? Jedenfalls haben diese Biester schlimmer gehaust als
der Leibhaftige. Gott sei den armen Seelen gnädig und schenke ihnen ewige
Ruhe! Was mit den anderen Kindern geschah, wir wissen es nicht? In der
Arena und auch in den anderen Gängen haben wir keine Kinderleichen
entdeckt. Vielleicht haben sie sie mitgenommen...?"
Die Männer bekreuzigten sich und schwiegen.

„Die Zeitangaben sind identisch, in der gleichen Nacht brachen sämtliche
Funkkontakte zur Grauen Stadt ab", stellte später Dr. Harper ratlos fest.
Er und der Lieutenant hatten sich in einer Hütte neben Bobaks Quartier
eingemietet. „Was haben sie wohl mit den Kindern angestellt? Sie müssen sie
irgendwohin gebracht haben? Vielleicht leben sie noch?" Lt. Gordon fand
einfach keine Ruhe bei dem Gedanken, was diese Monster ihnen antun
könnten. „Ich kann nicht schlafen, werde noch eine Runde drehen!" entschied
er schließlich, noch immer von den Ereignissen des Tages aufgewühlt. Die
Nacht war lau, trotz fortgeschrittener Stunde kehrte die gewöhnliche Stille noch
nicht ein. Im Sanitätszelt brannte Licht, der Schatten von Dr. Summerfield lief
auf und ab. Zwischen den Hütten und auf den Plätzen brannte eine Vielzahl
von Feuerstellen, an manchen saßen noch immer Leute.

Lt. Gordon schlenderte in der Nähe der Mauer im Kreis, vor den Resten des Bestattungsfeuers verweilten er und gedachte still der Opfer. „Möge der Geist der großen Orona in Frieden ruhen!" Er bekreuzigte sich und lief dann weiter. Irgendwann erreichte er den Kadaver der Echse. Jetzt, im Schutze der Nacht, sah das Ungeheuer noch furchterregender aus als am Tage. „Ein Glück nur, dass es wirklich tot ist", murmelte er vor sich hin und umrundete die verwüstete Kampfstätte. „Was wäre geschehen, wenn?" Er würgte diese Vorstellungen gewaltsam ab. „Nicht auszudenken! Nanu? Was haben wir denn da?"

 Ein kaum erkennbarer Schatten huschte zwischen den Häusern hervor und steuerte direkt auf ihn zu. Automatisch griff er zur Waffe, ließ die Hand wieder sinken, als er die junge Frau erkannte. „Huana, was machen Sie noch so spät hier draußen?" Sein Hals fühlte sich plötzlich merkwürdig trocken an, trotz Räuspern blieb das Kratzen. „Ich habe auf Sie gewartet, Lieutenant, ich wollte Ihnen nur noch einmal danke sagen!"

Sprach es und drehte sich wieder um. Bevor sie entschwinden konnte, fasste sich Lt. Gordon ein Herz. „Bitte, Huana, laufen Sie doch nicht gleich wieder weg. Ich würde Sie gern zu einem Spaziergang einladen - oder werden Sie dringend erwartet?" Huana zögerte, schließlich kam sie näher. „Alisa schläft, meine Mutter ist bei ihr. Sonst wartet niemand!" Trauer schwang in ihrer weichen Stimme mit. Huana war eine schöne, anmutige Frau, etwa einen halben Kopf kleiner als er selbst, zierlich, pechschwarzes langes Haar, welches bei jeder Bewegung wie ein seidener Vorhang bebte.

Er war fasziniert, einfach weg. „Es ist schon eine eigenartige Geschichte", dachte er bei sich, „den letzten Spaziergang mit einem Mädchen - mein Gott, das ist ja eine Ewigkeit her. Noch zu unserer Zeit!"

Fast hätte er ihre Frage überhört. Verdattert entschuldigte er sich. Als er das verschmitzte Lächeln bemerkte, bekam er einen roten Kopf. „Welches Glück, dass es finster ist", beruhigte er sich selbst. „Wer sorgt für Euren Herd, kümmert sich um Euer Heim?" wiederholte Huana schüchtern. „Ach, was soll ich dazu sagen? Ich habe mir gerade ein schönes Haus gebaut - vielleicht besucht Ihr mich einmal, dann kann ich es Euch gerne zeigen. Ich lebe dort allein - na ja; so ist das eben", murmelte er vor sich hin.

Sie waren neben einem Feuer stehen geblieben. Das flackernde Licht spiegelte sich auf den Gesichtern wider. Doch das war nicht der Grund, weshalb dem Lieutenant plötzlich heiß wurde. „Ihr lebt allein? Das ist nicht gut - ein kräftiger Mann braucht eine Frau, eine Familie. Mein Mann starb vor zwei Sommern bei einer Bärenjagd." Huana schaute ihm durchdringend in die Augen und lächelte verschmitz. „Ich werde mit Bobak reden - vielleicht gestattet er mir, dass ich zu Euch komme?" Bevor er fragen konnte, wie sie das meinte, war sie wie vom Erdboden verschluckt. „Diese Weiber - da kenne sich doch einer aus? Will mit dem Häuptling reden. Ausgerechnet...?" Durch die Schwärze der Nacht suchte er ihre Gestalt, aber sie blieb unsichtbar. In den letzten Stunden bis zum nächsten Tag schlief Lt. Gordon äußerst unruhig.

„Oronas Geist ist wieder eins geworden mit dem Licht der Mutter Sonne. Das heilige Feuer hat ihre Seele gereinigt und für die ewige Reise ins Reich der Ahnen geschmückt!" Ninos verneigte sich tief in alle vier Himmelsrichtungen. Der Rat der Alten hatte sich nach der Zeremonie des Feuers in die Beratungshütte zurückgezogen. „Wir haben von der Asche der Toten gegessen - sie wird für immer in unseren Herzen weiterleben. Der Geist der Orona wird uns - dem Volk der Pikos - auf seinen dornigen Pfaden wie ein strahlender Stern voranleuchten. Wir werden ihrer ewig gedenken!"
Es folgte eine Stille des Gebetes. Dann fuhr Ninos fort.
„Die Nacht der Menja steht uns bevor; das Schicksal unseres Volkes wird sich offenbaren und weisen, welche Richtung wir gehen müssen! Doch wir sind nicht gewappnet!" Zustimmendes Gemurmel breitete sich aus, die Männer des Rates verstummten sofort, als sich der Häuptling von seinem Fell erhob.
„Ninos hat Recht. Harte Prüfungen wurden uns bisher auferlegt und wir haben sie erfolgreich bestanden. Auch wenn es viel Blut kostete - wir waren siegreich! Was wir wissen - die Geister der Ahnen sind beunruhigt. Wir haben beschlossen, das Orakel der Menja zu befragen. Wir wissen aber auch, dass das Orakel der Menja unberechenbar ist! Die Folgen können für uns schlimmer sein als der Tyrannos, welcher Dank der Hilfe der Fremden vor unseren Mauern starb. Orona war es, die das Orakel bisher begleitete!"

Bobak holte tief Luft. „Orona ist tot - sie kann uns nicht mehr helfen. Deshalb gilt es heute und sofort die wichtigste Entscheidung zu treffen: Die Nachfolge der Seherin!" Seine Augen richteten sich auf die Gestalt, welche neben der Feuerstelle in Hockstellung der Versammlung beiwohnte. „Für mich gibt es nur eine Person, die meiner Ansicht nach überhaupt befähigt wäre, das Erbe Oronas anzutreten! Lonel!"

Jeder in dieser Runde wusste, dass Bobak aussprach, was richtig war. Es gab keine Alternative. Entsprechend schnell fiel die Entscheidung des Rates. Ninos erhob sich feierlich. „Damit ist die Bestimmung eindeutig ausgefallen - ich ernenne hiermit Lonel zur offiziellen Nachfolgerin der Orona. Sie ist die neue Seherin der Pikos! Die Götter der Ahnen mögen ihr stets zur Seite stehen! Als äußeres Zeichen überreiche ich ihr nun das purpurn farbende Band unsere Volkes!" Ninos verneigte sich andächtig vor der jungen Frau. „Lonel - nimm dies als Symbol und Ausdruck unserer besonderen Verehrung!" Er legte ihr eine rote, mit goldfarbenen Sonnen bestickte Stola um. „Ich danke Euch allen!" antwortete sie. Lonel's Berufung zur Seherin war nun erfolgt. Sie stand wie eine Göttin inmitten des Raumes. Das lange pechschwarze Haar zu kunstvollen Zöpfen geflochten. Sie trug ein blau leuchtendes Kleid mit den Ornamenten der Pikos bestickt. Goldgelb glänzten unzählige, fein gesponnene Fäden, welche dem erstaunten Betrachter erst aus einiger Entfernung das Geheimnis ihrer Bedeutung preisgab. Bei jeder Bewegung flossen sie ineinander und zauberten ständig neue Bilder hervor. „Die Weiten des Universums mit all ihren Sternen und Planeten", so nannte einst Orona dieses seltene Prunkstück. Verzaubert folgte Bobak jeden Schritt von Lonel, er konnte einfach kein Auge von ihr lassen. „Ich werde sofort mit Ninos und zwei Kriegern der Garde aufbrechen und alles für das Orakel vorbereiten!" entschied Lonel und bat den Alten zu sich. „Wir erwarten Dich und unsere Freunde aus der Alt-Vorzeit, bevor der Mond sein volles Licht in unser Antlitz wirft", flüsterte sie Bobak zu, in ihren wunderschönen Augen glimmte ein seltsames Feuer…

Mit Kraft sparendem Schwung schlug Doktor Adams seine Machete in die nächsten Maisstengel, geschickt fing er die Pflanzen auf, packte sie zu einem Ballen. Kurz hinter ihm arbeitete Major Hammer, gefolgt von Linda.

„Mein lieber Oswin, Du legst ja ein Tempo vor wie ein junger Platzhirsch!" spöttelte Linda, bemüht, den Vorsprung des Doktors nicht allzu groß werden zu lassen. „Jeder ist so jung, wie er sich fühlt", brummte dieser gutmütig zurück und legte den nächsten Ballen ab. Major Hammer drückte das schmerzende Kreuz durch. „Vielleicht sollten wir mal langsam eine Pause einlegen. Ist ja fast Mittag", schlug er vor. „Mittag ist noch lange nicht - Du musst schon noch eine Weile durchhalten!" Dr. Adams war absolut nicht gewillt, vor seinem gesetzten Ziel eine Pause einzulegen. „Wenn die Sonne die Spitze erreicht hat, dann sind die Kinder mit dem Essen hier. Solange wirst Du wohl oder übel weiter ackern müssen!" grinste er vergnügt und machte eifrig weiter. „Komm schon - dafür schmeckt Dir das Essen nachher doppelt so gut", tröstete Linda den Major. Major Hammer winkte behäbig ab. „Was soll ich mit dem Doktor auch diskutieren? Gesagt ist gesagt, eher läuft das Wasser einen Berg hinauf, als dass dieser seine Meinung ändern würde?" schnaufte er. Linda stupste ihn freundschaftlich in die Seite. „Von dem lassen wir uns noch lange nicht unterbuttern. Da kannst Du aber mal sehen, was für eine Schufterei der Job auf einer Farm wirklich ist! Die Männer verdienen meinen vollsten Respekt!" Jede weitere Minute zog sich nun qualvoll in die Länge. Endlich erklang das erlösende Signal. „Mittagspause!" schrie jemand. Von überall her zogen die Erntehelfer zum Sammelplatz. „Die Kinder müssten schon längst da sein? Tim ist doch sonst recht zuverlässig?" stellte Dr. Adams beunruhigt fest, als die Jungen nach kurzer Zeit noch immer nicht aufgetaucht waren. „Vielleicht ist der Handwagen kaputt oder das Essen war noch nicht fertig! Es gibt tausend Gründe, weshalb sie sich verspäten…?" Linda versuchte, sich mit diesem Einwand selbst zu beschwichtigen. Dennoch war auch sie besorgt und hielt ständig nach ihnen Ausschau. „Da kommen sie!" Linda stellte ihre Waffe gegen einen Baumstamm und eilte der Schar entgegen. „Wir haben uns schon ernsthafte Sorgen um Euch gemacht - was war denn?" Tim schaute wütend auf die betreten drein blickenden Freunde.

„Diese Dussel hätten beinahe das ganze Essen verdorben. Mussten unbedingt Rennen mit dem Wagen fahren. Na ja, ist ja noch einmal gut gegangen!" lenkte er versöhnlich ein. „Hauptsache Euch ist nichts geschehen!" Linda strich ihm über sein wirres Haar und lächelte still. „Da habt Ihr aber eine mächtige Schweinerei angestellt? Der ganze Wagen ist ja mit Suppe voll gekleckert? Los, stellt die Kübel in den Schatten!" Kopfschüttelnd half sie den Kindern, den Wagen zum Platz zu fahren. Sie wurden mit großem Hallo empfangen. „Mensch, da seid Ihr ja endlich! Aha - Ihr wolltet uns ein wenig auf Diät setzen oder was?" witzelte Dr. Adams, als er das Fiasko entdeckte. „Naja, wir werden das schon überstehen. Hauptsache die Wasserflaschen sind heil geblieben - und morgen passiert das nicht wieder, verstanden?"

Still und menschenleer lag New-Noah-City in der Mittagshitze.
Die Wachmannschaften hielten sich vorwiegend im Schatten der Bäume auf. In regelmäßigen Abständen tauchten Doppelposten bei ihnen auf, die Ablösungen zogen dann ihre Runden durch die einsame Siedlung.
„He, Leon, Al - Ihr seid jetzt dran!" wurden die beiden Männer aufgerufen. „Schon wieder wir - Ihr mogelt doch?" maulte Leon, raffte seine Sachen auf und folgte laut schimpfend seinem Gefährten. „Die bescheißen uns nach Strich und Faden, diese Wichser. Wir laufen jetzt die dritte Runde, die anderen schaukeln sich die Eier! Langsam habe ich die Nase gestrichen voll. Nachher führe ich eine Strichliste!" Al hörte ihm gar nicht zu und ließ ihn wettern. So lange sich beide kannten, und das war bereits eine halbe Ewigkeit, hatte Leon an jeder Sache etwas auszusetzen. Irgendwann würde er sich schon beruhigen und war wieder ganz der Alte. „Sei froh, dass Du nicht mit auf den Feldern schinden musst. Das ist erst ein Scheißjob", hielt er schließlich dem Tobenden entgegen. Schrill lachte Leon auf. „Hast schon Recht, sogar der Major hat sich freiwillig gemeldet? Irgendwie haben alle eine Macke! Wenn ich an all den Schweiß denke, der dort heute fließt?" Damit wurde er friedlich und grinste spitzbübisch. Sein Zorn war verraucht. „Dann lass uns mal unsere Tour drehen!" An der Zisterne verweilten sie eine Weile. Das riesige Becken zur Wasserversorgung der City war randvoll. „Jetzt ein kühles Bad - das wäre eine richtig geile Sache!" Al tauchte seine Hand in das klare Wasser und erfrischte

sein Gesicht. „Du kennst die Vorschrift - das ist Trinkwasser. Baden strengstens verboten!" erinnerte ihn sein Freund. Seufzend platschte Al mit der flachen Hand auf die Oberfläche, das es spritzte. „Weißt Du was - ich scheiße auf diese verdammten Vorschriften! Ich springe jetzt ist Wasser, nur für eine kurze Erfrischung. Keine Bange - ich pinkele auch nicht rein, versprochen! Kommst Du mit?" schlug Al vor und zog sich demonstrativ aus.

Leon lehnte ab. „Und wenn es noch so heiß ist - lieber schwitze ich, als mir den Arsch zu erfrieren! Dann beeile Dich gefälligst, bevor jemand kommt!" Ihm war das klare Wasser aus dem Bergbach zu kalt. Er suchte sich ein schattiges Plätzchen am Rand und schaute Al zu.

Ein Gefühl, als ob etliche Nadeln auf der Haut tanzten, überwältigte Al, dann drang die Kälte bis ins Mark. „Oh Scheiße - das ist wirklich arschkalt!" Langsam glitt er in das Becken und schüttelte sich wie ein Hund nach dem Regen. Er juchzte vor Vergnügen und Wonne. Zwei, drei Armlängen schwamm er umher. „Los, Du Memme, komm schon rein. Das Wasser ist einfach herrlich!" Leon winkte nur matt ab. „Nichts da, ich bleibe schön hier auf dem Trockenen!" Er verschränkte die Arme hinter dem Kopf und ließ sich den Wind über das Gesicht streifen. „Urlaub müsste man haben - so wie damals...?" Ein sehnsuchtsvolles Seufzen begleitete diese schönen Erinnerungen an alte Zeiten. „Al komm jetzt raus. Wie müssen langsam weiter!" rief er dem Gefährten zu und stand auf. Al kraulte bis zum gegenüberliegenden Beckenrand, dort wo sich der Zulauf befand. Er pausierte eine Weile. Leon wurde es allmählich zu dumm. „Eh Alter, nun penne mal nicht ein!" schimpfte er vernehmlich. Jetzt bereute er es schon ein wenig, dem Drängen nachgegeben zu haben. „Nun mach schon! Wir bekommen nur unnötigen Ärger!" Endlich reagierte sein Kumpel. Mit gleichmäßigen Zügen schwamm er ruhig zurück. Mit einen einzige Ruck schnellte er aus dem Becken. Leon war gerade dabei, sich die Waffe umzuhängen. „Ich glaube jetzt hackt es richtig bei dem?" Ungläubig blickte er noch einmal zu Al. „Eh was ist los mit Dir - spinnst Du jetzt völlig?" Sein Gefährte stand am Beckenrand und vollführte eigenartige Verrenkungen. Zuerst glaubte er an einen blödsinnigen Scherz. „He Al, hör auf mit Deinen dämlichen Grimassen. Ich kann sowieso nicht lachen!" Er spürte allmählich, dass mit seinem Freund irgendetwas nicht stimmte? Seine

Bewegungen wurden immer unkontrollierter. „Nun raste mal nicht völlig aus!"
versuchte Leon ihn zu beschwichtigen. Stattdessen wälzte Al sich im Dreck
und fing an, wie irrsinnig zu schreien. „Meinst Du nicht, dass Du etwas zu weit
gehst? Kannst froh sein, dass wir unter uns sind!" Langsam wurde es Leon zu
bunt. „Ach leck mich doch am Arsch! Dein Spiel ist Scheiße!" fauchte er
wütend und schüttelte seine Hose aus. Keuchend erhob sich Al, die Zähne wie
ein Raubtier gefletscht, das Gesicht zu einer bösartigen Maske verzogen. Er
fasste seine Klamotten samt Waffen und hielt sie vor sich. So stampfte er auf
Leon zu. „Liquidieren; ich werde Dich töten!" brabbelte er vor sich hin, bevor
Leon erfasste, in welcher Gefahr er sich gerade befand, zog er seinen Dolch
aus der Scheide und stieß es ihm direkt ins Herz. Lautlos brach Leon
zusammen.

„Der läuft ja wie ein bekackter Zombie!" platzte einer der Männer heraus und
wollte sich vor Lachen ausschütten. „Halts Maul, Du Blödmann. Irgendetwas ist
doch faul, das rieche ich. Wo ist Leon?" Argwöhnisch hob Peer die Waffe in
Anschlag, je näher Leon kam, umso mehr schrillte sein sechster Sinn. „Bleib
stehen Leon! Keinen Schritt weiter!" schnarrte er unter den erstaunten Blicken
seiner Gefährten den Ankömmling an. Al reagierte nicht sondern lief einfach
weiter. „Bist Du völlig bescheuert? Das ist kein Spaß! Leg gefälligst Deine
Waffe auf den Boden!" befahl Peer wieder. Diese aufgerissenen Augen, das
unkontrollierte Zucken im Gesicht - das gefiel ihm überhaupt nicht. Inzwischen
hatten sich alle erhoben und schauten verunsichert dem eigenartigen Treiben
zu. „Der scheint tatsächlich einen Sonnenstich zu haben? Völlig abgedreht der
Knabe…!" mischte sich einer der Jungs ein. Es lag eine merkwürdige
Spannung in der Luft. Al stockte, hilflos fuchtelte er mit den Händen umher.
„Zum letzten Mal, leg die Waffe ab. Ich mache ernst!" warnte Peer erneut und
richtete nun den Lauf seines Gewehres auf ihn. „Du hast den Sonnenstich,
knallst noch die eigenen Leute ab. Spinnst ja wohl!" protestierte einer der
anwesenden Männer der Wache und wollte Peers Waffe niederdrücken. „Lass
mich - merkt Ihr nicht, was hier gespielt wird?" schrie Peer noch, da kam es
bereits zu einem Handgemenge. Was dann geschah, ereignete sich in
Bruchteilen von Sekunden. Al hatte sich gefangen. Mit einem kurzen Schlenker

brachte er sein Gewehr in Position und feuerte mehrere Schüsse ab. Mit einem Aufschrei der Verzweifelung streckte er einige seiner Kameraden nieder. „Oh große Scheiße...!" Instinktiv rollte sich Peer zur Seite. Aus der Bewegung heraus erwiderte er das Feuer.

„Das glaube ich einfach nicht!" Peer lag noch immer auf der Erde und konnte nicht fassen, was gerade geschehen war? Mit schreckgeweiteten Augen starrten die Männer auf die beiden Toten. „Was ist das denn für eine verdammte Sauerei? Oh Mist, das riecht nach Ärger...!" kam tonlos über die Lippen eines Postens. „Gebt sofort Alarm und informiert unsere Leute auf den Feldern. Sie sollen sogleich alle rein kommen! Außerdem brauche ich Dr. Summerfield. Ich denke, die ganze Scheisse hier ist oberfaul!" ließ Peer vernehmen, lud seine Waffe durch und klopfte sich den Staub von den Knien. Ihm war zum Kotzen zumute...

Ken lag wach auf seiner Schlafstätte, beide Arme unter dem Kopf schaute er ins bleiche Antlitz des Mondes. „Wir sind endlich angekommen!" Noch immer tobte ein Sturm der Gefühle in seiner Brust und ließ ihn nicht zur Ruhe kommen. In der Kanzel war es schwül, deshalb entschloss er sich, eines der Fenster zu öffnen. Behutsam schob er den Arm des Kleinen von seiner Schulter, dann stieg er vorsichtig über die schlafenden Gefährten. Ein sanfter Windhauch strich über sein Gesicht, er genoss den Duft der Steppe, der kühl hereinströmte. Die Erzählungen des Lieutenants über seine Jugend fielen ihm wieder ein, leise schmunzelte er vor sich hin. „Ob er nicht doch nur geflunkert hat?" Doch es klang irgendwie echt und überzeugend. Die Art, wie er sprach, überhaupt sein Getue und Gehabe - es war schon anders. „Was die früher alles hatten? Einfach unvorstellbar!" Er hatte ja nie gewusst, dass er eigentlich Amerikaner war? Sein Blick fiel auf das vergilbte Signet neben dem Steuer. Made in USA - prangte dort in großen Lettern. Zum ersten Mal kam ihm der schmerzliche Gedanke: „Was hätte ich eigentlich für ein tolles Leben führen können?" Sein Dad fiel ihm ein, der letzte große Denker seiner Familie. „Ich möchte werden wie Dad es war! Das verspreche ich mir und meinen Gefährten!" stand in dieser Nacht für den Jungen fest.

Ron schrie lauthals im Schlaf auf. „Was hat der Kleine?" Als Ken sich um ihn
kümmerte, schlug er wild um sich. „Ron - wach endlich auf! Ich bin es!"
Ken tätschelte das Gesicht des Kleinen, um ihn aufzuwecken. „Du machst mit
Deinem Geheule die Männer munter - wach schon auf!" Endlich beruhigte sich
das Kind wieder. „Armer Kerl, manchmal möchte ich schon gern wissen, was
so in Deinem Kopf herumspukt!" flüsterte Ken und deckte ihn wieder zu. Der
erste Silberstreif zeigte sich bereits, als ihn der Schlaf dann doch noch
übermannte.

„Guten Morgen Lieutenant, war wohl eine lange Nacht?"
Dr. Harper gähnte herzhaft, dann hievte er sich hoch.
„Die Bedienung ist exzellent, man kann nicht meckern!" stellte er anerkennend
fest. Eine Vase mit einem schmucken Distelstrauch schmückte den Tisch,
frische Handtücher lagen bereit. Vor der Tür auf der Holzbank standen für
jeden Wasser bereit. Lt. Gordon kuschelte noch im Bett, selbst die lauten
Geräusche seines Zimmernachbarn vermochten ihn nicht aus den süßen
Träumen zu reißen. „Eh raus aus den Federn - der Hahn hat gekräht!" Ein
Schwall spritzte ihm ins Gesicht und ließ ihn wie ein Stehaufmännchen in die
Senkrechte fahren. „Das ist ein echt gemeiner und fieser Zug von Ihnen",
grollte er. Die feixende Miene des Administrators brachte ihn schließlich zum
Lachen. „Ich denke es wird Zeit, die Förmlichkeiten zu lassen - also ich bin Jim
und ab sofort möchte ich von Dir mit Du angesprochen werden. Immerhin
haben wir heute Nacht ein Zimmer geteilt!" Mit einem festen Handschlag war
die Sache besiegelt. „Ich bin laut Geburtsurkunde und Willen meiner
verblichenen Eltern Norman!" brabbelte der Lieutenant, dann traf ihn ein neuer
Schwall aus dem Eimer. „Verflucht noch mal - ich bin doch schon wach!"
protestierte er. „So gefällst Du mir viel besser, so frisch und munter...!"
Dr. Harper musste fliehen, um nicht vom Kopfkissen erschlagen zu werden. Es
waren die einzigen Minuten des nachfolgenden Tages, in denen sie die Sorgen
kurzzeitig vergaßen.

„Langsam aufsteigen. Ihr da unten, bleibt von dem Kadaver weg!"

Lt. Gordon hielt sich am Rahmen der Tür fest. Sein ohnehin wirres Haar flatterte im auffrischenden Wind. „So ist es gut, jetzt eine Winzigkeit weiter nach rechts halten!" dirigierte er Ken, der nach seinen Befehlen kaum sichtbar das Steuerruder des Luftschiffes bewegte.

„Der Brocken ist zu schwer, wir schaffen es nicht!" Ken spürte förmlich, wie die ungewöhnliche Last die Seile bis zum Bersten spannte. Der Motor lief auf vollen Touren. Die Höhenruder waren auf maximale Steigung gestellt.

Lt. Gordon runzelte die Stirn. Dabei war Ken's Idee, den Fleischberg des Sauriers mit Hilfe des Schiffes zu entfernen, das Beste, was in dieser Situation machbar war. „Wie auch immer - uns bleibt nicht viel Zeit. Es sind jetzt schon unzählige Fliegen und Parasiten über Nacht in dichten Wolken über das tote Tier hergefallen. Wenn wir Pech haben, wimmelt es bald richtig hier - aber dann haben wir auch die großen Viecher auf dem Hals!" Lt. Gordon überlegte krampfhaft. „Also spätestens wenn die Mittagshitze kommt, werden wir es vor Gestank nicht mehr aushalten. Uns muss also was einfallen?" Das war Ken auch so klar. „Versuch es noch einmal mit voller Kraft!" schlug Lt. Gordon dem Jungen vor. Ken nickte nur vor sich hin, dann steuerte er gegen den Wind und ließ den Motor erneut aufheulen. „Da rückt und rührt sich überhaupt nichts. Das Vieh muss ja Tonnen wiegen!" maulte er und nahm das Gas weg. „Wartet, wir müssen unsere Taktik ändern", überlegte er dann laut, schließlich strahlte er über das ganze Gesicht. „Mensch, dass ich nicht schon früher darauf gekommen bin!" Seine flache Hand klatschte auf seine Stirn.

„Das Vieh ist zu groß und zu schwer. Besorgt Euch ein paar Schneidewerkzeuge! Wir müssen es zerlegen!" brüllte er den Kriegern zu. Binnen weniger Augenblicke waren Messer, Macheten und längere Lanzen organisiert. „Pfui Teufel, so eine Schweinerei. Da möchte ich wirklich nicht dabei sein." Lt. Gordon schüttelte sich vor Ekel. Nacheinander trennten die Krieger die gewaltigen Hinterläufe, dann den Kopf vom Rumpf. „Na siehst Du - es geht doch! Wo ein Wille ist, da ist auch ein Weg! So sagte man jedenfalls zu meiner Zeit!" frohlockte Lt. Gordon. Diesmal gelang der Transport ohne nennenswerte Schwierigkeiten. Weit draußen, einige Meilen von Kilbaat entfernt, luden sie die Körperteile ab. Zuletzt nahmen sie den Rumpf in Schlepp und flogen los. „Wir sollten uns weiter östlich halten. Soweit ich

erkennen kann, hat sich genügend Gesindel zur Henkersmahlzeit
eingefunden!" brummelte Ken. Lt. Gordon setzte das Fernglas an, wortlos
nickte er. „Ist schon verwunderlich, welchen Geruchssinn diese Saurier
entwickeln. Bis vor kurzer Zeit war hier keiner von ihnen zu entdecken. Jetzt
wimmelt es förmlich von ihnen. Wo die bloß alle herkommen?" stellte Lt.
Gordon sarkastisch fest und begann, eine geeignete Freifläche zu suchen.
Schließlich einigten sie sich auf eine langgestreckte Senke.
Der Rest war dann ein Kinderspiel. „Darf ich Ihnen eine Frage stellen?"
Ken blinzelte den Lieutenant neugierig an. Er hatte es sich auf seinem Fell
bequem gemacht, großzügig überließ er dem Älteren seinen Platz am Steuer.
„Hhm!" war die einzig vernehmbare Antwort des Lieutenants, der mit
kindlichem Eifer das Gefühl des Fliegens auskostete.
„Was Sie heute Nacht erzählt haben, ich meine mit den Flugzeugen,
Schlachtkreuzern und diesen Autos und all diesem Zeug...? Und wie die
Menschen so gelebt haben in den großen Städten?" „Ja, was ist damit?" wollte
der Mann wissen. Ken druckste herum. „Sie haben das alles wirklich selbst
erlebt? Ich meine nur, kein Mensch hat so etwas je gesehen?" Es dauerte
einige Zeit, bevor die Antwort kam. „Weißt Du, Ken, manchmal denke ich, das
alles hier um mich herum ist nur ein böser Albtraum. Ich muss nur die Augen
aufschlagen und der ganze Spuk ist vorbei? Leider dauert dieser Spuk für uns
bereits eine halbe Ewigkeit!" Lt. Gordon dachte nach. „Wenn Du wüsstest, wie
schön sie war, die alte Welt! Sie brodelte, war voller Leben und jeder, der das
Glück hatte, genoss dieses Leben in vollen Zügen." Er bekam einen verklärten
Blick bei diesen Erinnerungen. Ken schaute ihn eindringlich an. „Ich bin ein
Mensch - so wie Ihr! Was habt Ihr getan, dass ich dieses Glück, wie Ihr sagt,
nicht erleben kann? Wo ist die Menschheit, von der mein Vater voller Phatos
stundenlang zu erzählen wusste? Wo sind sie alle hin?" Die Bitternis in der
Stimme des Jungen machte den Lieutenant betroffen. „Was werden wir einst
den Kindern und deren Kindern sagen, wenn wir diese Welt an sie
übergeben?" So oder ähnlich klangen doch die Fragen der Leute, die vor der
Katastrophe warnten. Und nun steht so ein Kind vor mir und will wissen, was
wir ihnen angetan haben? Welche Ironie des Schicksals?

„Ich könnte Dir vieles erzählen!" brach er seinen stummen Disput ab, „es würde doch nicht erklären, was Du von mir hören willst. Nur so viel. Der Mensch, und diese Erkenntnis kommt nicht allein von mir und ist auch nicht neu - der Mensch ist das gefährlichste Raubtier aller Zeiten! Seinem Drang nach höherem Streben unterwirft er alles, egal ob es Recht ist oder nicht! So war es, so wird es immer bleiben. Und dieses Raubtier, mich schließe ich dabei nicht aus - hat mit Erfolg alles vernichtet, was ihm bei seiner Entwicklung im Wege stand. Einschließlich sich selber. Solange ein Funken Leben in uns steckt, bleiben wir ein Raubtier. Früher oder später wirst Du selbst diese Erfahrungen machen. Glaube mir, ich habe alles erlebt. Falls Du noch einige Zeitzeugen befragen möchtest. Nur zu, keine Hemmungen. New-Noah-City ist voller Raubtiere!" Ken verstand den Sarkasmus nicht so recht, über das Gesagte musste er erst einmal nachdenken. Schweigend sah er aus dem Fenster. Kurz vor der Landung wechselten sie wieder die Plätze.
„Du hast mir geholfen, einen Kindheitstraum zu erfüllen. Fliegen ist wunderbar, daran hat sich im Laufe der Jahrhunderte nur wenig geändert. Ich würde mich gern bei Dir revanchieren!" Mit diesen Worten nahm Lt. Gordon seine Uhr vom Handgelenk und band sie Ken um. Der strahlte ihn glücklich an. „Danke, was für ein wunderbares Geschenk!" „Und nicht zu vergessen - direkt aus der alten Zeit - und damit über dreihundert Jahre alt! Noch eines, mein junger Freund. Lebe Dein Leben - jetzt und heute und mache das Beste daraus! Dem Vergangenen sollte man nicht zu lange nachtrauern!" ergänzte der Lieutenant schmunzelnd und gab Ken einen freundschaftlichen Klaps auf die Schulter.

Sie wurden bereits erwartet. Ron sprang quirlig wie ein Ball um sie herum. „Du warst ja so lange fort? Ich dachte schon, Du kommst gar nicht wieder!" Obwohl das Kind einen Flunsch zog, die Freude über Ken's Rückkehr konnte er damit nur schwerlich überdecken. „Es waren doch nur knappe zwei Stunden, die wir unterwegs waren? Sieh mal, die Zeiger der Uhr haben sich nur ein kleines Stück bewegt!" Stolz präsentierte ihm Ken das Geschenk. „Oh, das ist aber schick!" Versonnen lauschte Ron auf das leise Ticken. „Solch einen Chronometer hatte mein Dad auch!" Ken zog den Kleinen zu sich. „Sie war etwas größer, aber die Zeiger sahen fast so aus wie bei Dir. Dad trug sie an einer Kette am Hals - die war ganz schön lang!" Ron kämpfte mit den Tränen. „Was hat er denn?" wollte Lt. Gordon wissen, da er bisher anderweitig beschäftigt war und nur mit halbem Ohr zugehört hatte. Ken winkte unmerklich ab. „Die Uhr erinnert ihn an seine Familie!" „Habt Ihr sie wieder gesehen, nun sag schon?" quengelte Ron und ließ nicht locker. Nachdem das Schiff wieder ordnungsgemäß gesichert war, befanden sie sich auf der Wegstrecke zur Siedlung. „Wen meinst Du denn? Wir haben nichts gesehen!" Ken schüttelte verwundert den Kopf. „Na diese fliegenden Dinger, die aussehen wie Menschen!" Lt. Gordon stutzte. „Warte mal, Ron erkläre mir das bitte noch einmal. Was waren das für fliegende Dinger, wann waren sie hier?" „Ach, geben Sie nichts auf das dumme Gequatsche! Der Junge hat einfach zu viel Phantasie!" Damit wollte Ken die Sache auf sich beruhen lassen. „Irrtum, Ken, er hat nicht Phantasie genug, sich diese Wesen auszudenken! Ron, nun erzähl schon!"

Wer auch immer hinter dieser Sache steckte, er hatte ihn an der empfindlichsten Stelle getroffen. „Der heilige Sarkophag entweiht, der Körper des Vaters entführt und der Schrein mit den unersetzlichen Schriften geplündert. Schlimmer kann es nicht kommen!" Teronus lehnte sich auf seinem Sessel zurück. „Es gibt auch nicht den geringsten Hinweis, wer für diese Missetaten in Frage kommt? Es ist zum Federraufen! Ein Legat - das wäre das Ende der Mission? Das glaube ich nicht. Wohl eher eine Drohne - vielleicht nur ein Akt der Rache gegen mich? Doch wer würde so was wagen? Ich muss etwas unternehmen! Ein Gerücht zieht schnell seine Kreise!" Kopfschüttelnd stierte er vor sich hin. Er verstand die Welt nicht mehr. Es blieben nur wenige Stunden, bis auch das letzte Glied ihrer Hierarchie davon Kenntnis erhielt. Seine Macht stand plötzlich auf tönernen Füßen. „Ruft Legat Renzys! Er möge sich beeilen!" befahl er einem Posten. Ungeduldig wartete er, bis die schweren Schritte des Legates durch die Gänge hallten. „Ehrwürdiger, Ihr habt gerufen - hier bin ich!"

Teronus lud ihn mit einer Geste zum Sitzen ein. „Ihr habt von der Entweihung der heiligen Ruhestätte des Vaters gehört?" begann der Hüter ohne Umschweife. Renzys bejahte. „Das ist ein klug eingefädelter Komplott gegen die Macht der Dreizehn. Wir alle sind in großer Gefahr!" behauptete er heftig. Renzys Vorschlag, den Rat sofort einzuberufen, stieß auf sofortige Ablehnung. „Solange ich nicht weiß, wer die eigentlichen Drahtzieher in diesem Geschäft sind, werde ich die Legaten nicht zusammenholen", würgte der Hüter jegliche Diskussion in dieser Richtung ab.

„Vielleicht steckt doch die Königin dahinter?" hielt der Legat ihm entgegen. Teronus grübelte eine Zeit lang. „Glaub ich eher nicht. Ich bin über jeden Schritt der Regentin genauestens informiert. Meine Gedanken bewegen sich eigentlich in eine andere Richtung. Ich traue diesem Cratos nicht. Sicher, er ist unser klügster Kopf. Sobald ich aber merke, dass er eigene Interessen verfolgt, verliert er genau diesen!" Legat Renzy erhob sich und nahm Haltung an. „Befehlt, Hüter des Vaters - und ich werde den Stall aufräumen, dass die Fetzen fliegen. Cratos und seine Drohnen sollen Eure Macht kennen lernen und zittern!" Teronus winkte nur matt ab. „Sie zittern ohnehin vor Angst. Aber noch brauchen wir sie. Lass uns gehen und unseren Freunden einen kleinen Besuch abstatten!"

In den Laboratorien rund um den Brüter war es still um diese Zeit.
Die Drohnen hatten sich zumeist in ihre Zellen zurück gezogen und genossen die kurze Phase der Regeneration. Cratos, das Genie und der Gelehrte, beugte sich über das Mikroskop, nur in seiner Ecke brannte noch gedämpftes Licht. Unablässig murmelte er vor sich hin. Mit präzisen, knappen Bewegungen stellte er die Schärfe des Gerätes nach. „Schau an, schau an! Da hätten wir es also! So sieht die DNA der Menschen aus!" Hastig machte er sich Notizen. Er war sich der Tatsache bewusst, auf welches gefährliche Spiel er sich einließ. Der Hüter war ihm nicht wohlgesonnen, er wartete nur auf die geringste Möglichkeit, ihn zu liquidieren. Schon der Gedanke daran ließ Cratos wütend werden. Bisher war er ihm hilflos ausgeliefert. „Das Licht wird die Dunkelheit besiegen - Teronus. Die Weisheit vertreibt die Dummheit! Ich werde Dich von

Deinem Thron stürzen, so wie Du es verdienst!" Hämisch grinste der Gelehrte vor sich hin. Ein teuflischer Plan reifte schon längere Zeit in seinem Hirn.

Jetzt, da sie vor vollendeten Tatsachen standen, wussten sie nicht weiter. Die Legaten Meronuk und Voner saßen wie gelähmt. Jeder versuchte, die möglichen Folgen ihrer schändlichen Tat aus den Gedanken zu verdrängen. „Wie auch immer, geschehen ist geschehen! Wir müssen sofort eine Entscheidung fällen! Die Temperatur im Skaphanter steigt an. Bald setzt der Fäulnisprozess ein und zerstört den Körper des Vaters. Das können wir nicht zulassen!" Voner prüfte das Thermometer, dessen rote Säule stetig dem Gefahrenbereich entgegen stieg. Ein Zurück gab es nicht. Das Verschwinden des Leichnams des Vaters war bereits bemerkt worden. „Also gut, wir haben nur noch zwei Wege!" Entschlossen erhob sich Meronuk. „Es wäre nicht schlecht, wenn ich auch mal was erfahren würde...?" Voners Äußerung wurde ignoriert. „Quatsch nicht so viel, fass lieber mit an! Wir gehen zu Cratos!" knurrte Meronuk. Bevor Voner etwas entgegnen konnte, schob der Gefährte das Gestell hinaus auf den Flur.
„Pass auf, dass uns niemand entdeckt. Also immer schön die Augen offenhalten!" ermahnte Meronuk den Kampfgefährten. Sie durchlebten tausend Ängste, jeden Augenblick erwarteten sie ihre Entdeckung. „Nun mach schon und bummele nicht dauernd herum!" hörte Voner zum wiederholen Male. „Halte jetzt nur Deine große Schnauze! Ich mache ja schon!" blaffte er gereizt zurück. Meronuk beruhigte den Freund. „Wir tun das Richtige, glaube es mir! Und es wird alles gut gehen!" Einmal sahen die beiden Legaten die Schatten von Posten auftauchen, sie verschwanden aber glücklicherweise in eine andere Richtung. Schließlich erreichten sie ungesehen einen Lastenlift. „Na siehst Du - das Schlimmste haben wir überstanden!" Aufmunternd nickte Meronuk dem Freund zu. Sie wuchteten das Gestell hinein. „Das hoffe ich doch!" knurrte Voner und betätigte den Etagenknopf.
Cratos fuhr entsetzt auf, als er der Legaten ansichtig wurde. „Ihr? Was wollt Ihr von mir?" In seinem Kopf drehte sich alles. „Jetzt ist alles aus!" war sein letzter Gedanke. Sein Gesicht verfärbte sich vor Bestürzung. Mit Mühe hielt er sich an der Tischplatte fest. Voner registrierte verwundert die ungelenke Haltung des

Alten. „Verzeiht Cratos dass wir so unangemeldet in Euer Reich eindringen, aber wir stecken in großen Schwierigkeiten!" erklärte Meronuk, während Voner die Tür im Auge behielt. Cratos traute seinen Ohren nicht. „Ihr und in Schwierigkeiten?" Das konnte er sich wirklich nicht vorstellen? „Ja, wir stecken bis zum Hals im tiefsten Schlamassel und brauchen dringend Eure Hilfe!" beschwor ihn der Legat. Cratos schwieg noch immer. „Konnte er den beiden vertrauen - sie waren Legaten? Und sie haben den besten Krieger ihre Kaste verraten und vergrault!" Er ließ sich nichts anmerken und hörte weiter zu.

„Cratos, wir sind zu Euch gekommen, weil wir glauben, dass nur Ihr in der Lage seid, uns zu helfen!" beteuerte Meronuk noch einmal mit Nachdruck. Noch immer voller Zweifel, musterte Cratos sein Gegenüber. „Sollten sie wirklich ahnungslos sein?" Er räusperte sich.

Schließlich wagte er, sich zu setzen. Das Zittern in den Knien ließ nach. „Wieso glaubt Ihr, dass ich ausgerechnet Euch vertrauen kann - und wie soll ausgerechnet ich Euch helfen können?" „Wir werden Euch reinen Wein einschenken, mein lieber Cratos. Vielleicht habt Ihr dann keine Bedenken mehr...? Und was das Vertrauen betrifft - kommt mit, ich zeige Euch etwas, damit Ihr unsere Lage besser versteht!" erklärte Meronuk. „Voner, behalte bitte weiter die Eingänge im Blick und warne uns, wenn es etwas Auffälliges gibt - Du hast verstanden?" Legat Voner hatte verstanden...

„Cratos, wir haben etwas mitgebracht, was uns in große Schwierigkeiten bringen könnte? Aber seht es Euch selber an!" Meronuk führte ihn in den Flur und wies auf eine Absperrung. „Dahinter ist es!"

Cratos traf fast der Schlag. „Das sieht aus wie...?" Er nannte keinen Namen. „Sieht nicht nur so aus - ist es auch!" bestätigte Meronuk, ohne mit der Wimper zu zucken. „Tjaaa, das ist natürlich eine völlig neue Situation? Ich muss einen Augenblick nachdenken!" Legat Meronuk verstand, dass der klügste Kopf der Drohnen etwas Zeit brauchte. „Das Ding muss in eine Kühlzelle - die Temperaturen erreichen bald den kritischen Punkt!" rief er Cratos noch nach, dann gesellte er sich zu Voner. „Und was meint er zu dieser Geschichte? Hilft er uns... oder?" Meronuk schüttelte den Kopf. „Ich glaube nicht, dass er uns verraten wird? Ich glaube eher, dass er einen Weg sucht, uns aus der Patsche zu helfen...!" Aber so absolut sicher war er sich dessen doch nicht?

„Cratos kommt - und er ist nicht allein?" Voner zählte die Begleitung des Gelehrten. „Es sind drei Drohnen bei ihm!"

Cratos hatte es plötzlich furchtbar eilig. „Schnell, ich bin gerade gewarnt worden. Hier trifft gleich ein Trupp Krieger ein - diese Sache muss sofort verschwinden!" Ehe sich die beiden Legaten versahen, befanden sie sich mit den Drohnen auf den Weg ins Kühllager. „Hier rein mit den Skaphanter. Beeilt Euch, sie werden gleich da sein!" trieb der Gelehrte sie an. Als die Beleuchtung anging, traf es Voner wie ein Hammerschlag auf den Kopf. „Was ist das? Das blanke Gruselkabinett!" Cratos nahm keine Rücksicht auf die Gefühle des Legaten. „Hebt die Planen hoch und runter mit dem Ding", ordnete er an. Sie waren noch nicht ganz fertig, da stapelten die Drohnen bereits etliche steif gefrorene Häute, Kadaver und andere Extremitäten von Tiere darauf, so dass sich schnell ein Berg darüber türmte. „Das dürfte reichen - und jetzt sofort raus hier!" schnaubte Cratos. Unmittelbar nach ihrer Ankunft im Labor stampfte ein Vierertrupp von Legat Renzys Garde herein. „Wir suchen die Drohne Cratos!" bellte der Postenführer. Der Gelehrte trat zu ihm. „Ich bin Cratos - doch verzeiht bitte, dass ich mich nicht um Euch kümmern kann..."

Er kam nicht dazu, den Satz zu beenden. Ohne Vorwarnung schlug ihm der Postenführer mit einer Peitsche quer über das Gesicht, so dass die Haut aufplatzte und blutete. „Du wagst es, Dich mir zu widersetzten!" geiferte er in voller Lautstärke los und holte erneut aus.

„Nicht so mein Freund! Wie könnt Ihr es wagen?" Legat Voner war dazwischen getreten und hielt seinen Arm fest. Erst jetzt erkannte der Angreifer, wen er vor sich hatte. Er wurde bleich. „Legat Voner - ich bitte vielmals um Vergebung. Ich habe Euch nicht gesehen...!" stotterte er und trat zurück. „Cratos wollte Euch erklären, weshalb er sich nicht um Eure Belange kümmern kann - weil meine und die von Legat Meronuk ja wohl Vorrang haben - oder seid Ihr anderer Meinung? Weshalb schlagt Ihr ihn?" Die Stimme des Legaten nahm an Schärfe zu. Meronuk stellte sich neben Voner. „Das ist eine derartige Unverschämtheit - ich werde den Fall dem Rat berichten!" drohte er.

Der Postenführer sackte in sich zusammen. „Verzeiht, verehrte Legaten, dass ich ein wenig über das Ziel hinaus geschossen bin. Wir sind im Auftrag des Hüters hier, um eine Durchsuchung aller Räume vorzunehmen. Ich vermute,

Ihr seid bereits informiert?" Die Legaten sahen sich erstaunt an. „Nein, dann klärt uns mal auf!" „Die heilige Stätte wurde entweiht! Sämtliche Unterlagen und Dokumente sowie der Körper des Vaters sind verschwunden! Wir sind auf der Suche danach!" klärte der Postenführer die beiden auf, in der Hoffnung, dass sie seinen Auftritt schnell vergessen würden. „So ist das also - darum spielen alle verrückt! In Ordnung, dann waltet Eures Amtes! Wie kommt Ihr allerdings darauf, dass sich der Körper des Vaters ausgerechnet hier bei Cratos befinden soll?" wollte Voner wissen. „Es ist eine direkte Anweisung des Hüters an uns ergangen, gerade hier mit allem Nachdruck zu suchen!" verteidigte sich der Postenführer. „Cratos, habt Ihr etwas vor diesen Männern zu verbergen?" fragte Voner. Er blinzelte dem Gelehrten zu. „Nicht dass ich wüsste? Die Legaten entschuldigen bitte mein kurzzeitiges Fehlen. Ich kommen sofort wieder zu Ihnen zurück!" Cratos verneigte sich, dann winkte er der Wache zu, ihm zu folgen. „Und Euch gebe ich noch einen gut gemeinten Rat - packt diese verdammte Peitsche weg. Das nächste Mal bekommt Ihr sie zu spüren, habe ich mich klar genug ausgedrückt!" schnaubte Voner noch einmal, dann ließ er die Truppe wegtreten.
Es dauerte fast eine Stunde, bis Cratos wieder auftauchte. „Sie haben das Unterste nach oben gekehrt, aber leider nichts Verdächtiges gefunden. So ein Pech!" spottete er. „Sogar das Kühllager wurde von ihnen auf den Kopf gestellt - aber da liegen so viele ekelige Sachen herum, da kann man schon mal was übersehen...?" Der Gelehrte zuckte so unschuldig mit den Achseln, dass seine mutierten Flügel wie ein lustiges Händeklatschen aussahen. „Ihr seid echt Klasse, Cratos - ich wusste schon, weshalb wir zu Euch gekommen sind!"
„Ich danke Euch sehr für dieses Kompliment. Und Ihr seid clever! Ich habe in den letzen Minuten eine wichtige Entscheidung getroffen - wenn Ihr gestattet, würde ich Euch gern ein wenig in meinem Labor herumführen und dabei einiges erklären. Ich denke, das dürfte für Sie sehr aufschlussreich und informativ sein. Haben Sie Interesse?" fragte er. Beide Legaten stimmten zu.
„Dann folgt mir bitte noch einmal in das Kühllager!" Cratos schritt voran.
Sie wurden bereits von den Drohnen erwartet, die ihnen geholfen hatten.
„Nun schaut Euch noch einmal in Ruhe um und sagt mir, was Ihr seht?"

Voner war zwar ein wenig verwundert, aber dann trat er in die kalte Halle und betrachtete eingehend die Sachen, die dort aufbewahrt wurden. Jetzt, wo sie keinen Stress und Zeitdruck mehr hatten, fielen beiden Legaten die teilweisen skurrilen Objekte auf, die ihnen bislang entgangen waren. Meronuk pfiff mehrmals vor sich hin. „Das haut den stärksten Azuro um…!"

Auf dem Fußboden und in einigen offenen Containern lagerten steif gefrorene Glieder von unbekannten Echsen und unzählige Reste von allen möglichen Tieren. In einem stapelten sich komplette Körper von Primaten, dazwischen auch die von vollständig erhaltenen Menschen. „Ihr habt wirklich ein grausiges Sammelsurium - alles was Recht ist!" Dann entdeckte Voner im Nachbarcontainer etliche Leichen von ausgewachsenen Azuros. „Ihr sammelt auch unsere Toten? Wozu?" fragte Meronuk, der einen langen Blick über den Haufen schweifen ließ. „Tja, wozu brauchen wir das alles hier? Vielleicht, um eine der wichtigsten Frage zu klären, die uns seit Beginn unserer Existenz beschäftigt?" Cratos blickte die Legaten listig an. „Ich denke, Ihr wisst, welche Frage ich meine?" Meronuk musste nicht lang nachdenken. „Ich glaube schon - es geht um unsere Herkunft und Abstammung, richtig?"

Cratos schien mit der Antwort zufrieden zu sein. „Genau, Legat Meronuk. Euer Freund, Legat Savus, hat oft bei mir gesessen und mit uns debattiert, von welchen Wesen der Erde wir abstammen. Er glaubte fest daran, dass die Antwort auf diese Frage auch die Einstellung von einigen Gegnern der friedlichen Besiedlung der Erde umstimmen würde. Aber leider wird er diese nicht mehr erfahren, wie es aussieht? Was nicht nur ich sehr bedaure", erklärte der Wissenschaftler und lud die Legaten zu einem Tee in seinem Büro ein.

„Ich würde den Erhabenen dort gerne etwas vorführen!"

Voner und Meronuk interessierten sich nie für irgendwelche Einrichtungen oder Labors, die nichts mit dem Kriegshandwerk zu tun hatten.

Umso erstaunter registrierten beide, dass Cratos über modernste Technologie und Ausstattungen verfügte. „Alle Achtung - Ihr seid wirklich bestens gerüstet. Aber jetzt, wo ich einige Zusammenhänge verstehe, wird mir das auch klar. Bei Euch steht die Wiege unseres Volkes…!" resümierte Voner, während sie voller Verblüffung und Neugier durch die verschieden Räume liefen. „Hier ist mein privates Labor - es ist nicht für die Allgemeinheit offen. Deshalb gibt es auch einige Sicherheitsbestimmungen und besondere Schutzmechanismen, die nur von mir und wenigen Auserwählten aufgehoben werden können. Ihr werdet bald verstehen, weshalb das so ist!"

Cratos legte seine Hand auf einen Scanner, dann gab er einen Zahlencode in das Schloss ein. „So weit würde es mancher sicher schaffen, das zu knacken. Aber dann kommt noch eine Kleinigkeit, die die Sache erst richtig rund macht. Da ist noch ein Scanner - nur für meine Augen!" In Bruchteilen von Sekunden erfasste diese seine Augenpartien, mit einem leisen Knack öffnete sich die Tür automatisch. „Tretet bitte in meinem Reich ein!"

Schon auf den ersten Blick wurde Voner bewusst, dass es tatsächlich ein außergewöhnlicher Ort war. Auf unzähligen Regalen glitzerten Gläser unterschiedlicher Größen. Das Licht flammte auf. „Wenn ich es nicht besser wüsste, würde ich Euch für einen ausgemachten Freak halten! Wer sammelt denn so etwas?" stammelte er ein wenig erschrocken. Meronuk flatterte auf, um einen besseren Überblick zu erhalten. „Das nimmt ja kein Ende…?" rief er aus und drehte sich in der Luft. In jedem Glas befand sich ein Azuro im unterschiedlichen Entwicklungsstadion. Vom Baby bis zum halbwüchsigen Nachkommen war alles vertreten. Teilweise machten sie einen verstümmelten oder unfertigen Eindruck. „Das ist in der Tat eine ungewöhnliche Sammlung", bestätigte Cratos, der die beiden Krieger in einen der hinteren Räume lotste. „Aber ohne diese Kreaturen und Mutanten wären wir nicht da. Der Vater hat damals begonnen, während seiner Forschung diese Körper in Formalin einzulegen, um sie zu konservieren. Heute benötigen wir hin und wieder einige von ihnen manchmal, um Material zur DNA - Extrahierung zu gewinnen. Sie sehen also - so ein Gruselkabinett hat eben auch seine Berechtigung…!"

Auf einem Tisch stand ein Mikroskop. „Schauen Sie dort einfach mal rein. Was meinen Sie dazu?" Voner gab Meronuk den Vortritt. „Also wenn ich ehrlich bin - für mich ist das nur ein großes Durcheinander!" erklärte er hilflos und machte Platz. Auch Voner konnte mit dem Anblick nichts anfangen. „Tja - ich glaube, Ihr müsst uns doch aufklären, was wir hier erkennen sollen?" gab er schließlich kleinlaut zu. „Setzt Euch bitte. Ich werde Euch in die wichtigsten Ergebnisse meiner Arbeit einweihen - ich denke inzwischen, dass ich Euch vertrauen kann!" Cratos holte tief Luft. „Seit geraumer Zeit erforsche ich den wahren

Ursprung unseres Volkes. Der Legende nach, auf welche sich die Lehren des Vaters beziehen, kommen wir, wie allgemein bekannt ist, von diesem Planeten Erde. Wir wissen auch, dass wir künstlicher Herkunft sind! Was aber bisher unklar ist und im Nebel der Phantasien verschwindet, ist die Frage: Wer sind unsere direkten Vorfahren? Aus welchen Zellstrukturen wurden unsere Bausteine einst entwickelt? Ich bin nach langen Nachforschungen jetzt in der Lage, diese Frage eindeutig zu beantworten!"

„Wartet Cratos! Lasst mich erst einmal die Gedanken ordnen", unterbrach Voner ihn, „der heilige Vater hat in seinen Lehren festgeschrieben, dass wir zurückkehren auf diesen Planeten! Auf dass wir uns nehmen, was uns rechtmäßig gehört. Soweit richtig?" Voner wartete die Bestätigung von Cratos ab. „Wir wurden von der Intelligenz dieses Planeten erschaffen, dem Homo sapiens. Auch das ist uns bekannt", fuhr er dann fort. „So weit alles richtig, Ehrwürdiger, doch in keinem einzigen Satz steht geschrieben, woraus wir entwickelt wurden?" setzte Cratos ein und wies auf eine Reihe von Skizzen und Abbildern. „Ich habe fast die gesamte Tierwelt der Erde analysiert. Es gibt aber nur eine einzige Gattung, deren Strukturen der DNA der unseren zu 99,9 Prozent gleichen, oder besser - denen wir gleichen! Kurz, um es auf einen Punkt zu bringen - wir stammen von den Menschen ab!"

Er ahnte wohl, was jetzt in den Legaten vorging. Gerade deshalb ließ er ihnen keine Zeit, diesen Brocken zu verdauen. „Das heißt ja, wir vernichten unsere eigenen Brüder und Schwestern! Das heißt auch, dass Savus so etwas geahnt haben muss? Nicht ohne Grund plädierte er für ein friedliches Zusammenleben mit den Menschen!" stellte Meronuk entsetzt fest. „Ihr meint, der Hüter des Vaters weiß das auch?" fragte Voner dazwischen. „Ja, er und jeder seiner Vorgänger waren in das bestgehütete Geheimnis unserer Entstehung eingewiesen. Ich hoffe nur, Ihr wisst, welche Bedeutung meine Entdeckung hat?" antwortete der Gelehrte. Er hatte allerdings noch eine weit größere Überraschung parat…

Hüter Teronus Hoffnung, den Fall schnell zu klären, erfüllte sich zu seinem größten Kummer nicht. Als der letzte Suchtrupp erfolglos zurückkehrte, verzog er sich ziemlich geknickt in seine Privatgemächer. „Ich bin ein Narr – und nur von Versagern und unfähigen Leuten umgeben!" fluchte er lauthals. Unablässig wandelte er in den dunklen Räumen umher, ohne die ersehnte Ruhe zu finden. In Gedanken ließ er noch einmal die Meldungen Revue passieren. „Es muss doch irgendeinen Hinweis geben? Irgendetwas...?" Jede der dreizehn Abteilungen einschließlich sämtlicher privater Wohnzellen waren systematisch durchkämmt worden. Er kannte jeden Winkel des Mutterschiffes, welches als Zentrale fungierte. Von dort zogen sich die Anbauten der ständig wachsenden Wabenstadt kreisförmig hin. „Es gibt keine Ecken, Nischen oder Kammern, in der ein so auffälliges Ding, wie der Skaphanter des Vaters, unbemerkt versteckt werden kann? Es sei, man hat ihn außerhalb der Siedlung untergebracht - das wäre mehr als fatal!" Wütend knallte seine flache Hand auf das Kartenpult. Die Zeichnungen und Pläne darauf rollten durcheinander oder fielen zu Boden. Unverhofft überkam ihm die Erleuchtung. Was hatten die Männer gemeldet, welche das Labor von Cratos untersuchten? „Als wir ankamen, standen die Legaten Meronuk und Voner mit dem Gelehrten Cratos zusammen und besprachen technische Details...? Was hatte die dort zu suchen?" Es war zwar nur ein winziger Strohalm, aber der Hüter hatte keine große Wahl. „Mein Bauchgefühl verrät mir...?"

Jeni verfolgte voller Interesse jede der geschickten Handbewegungen seiner großen Schwester. So, wie es der Sitte der Pikos entsprach, kümmert er sich als Mann der Familie um sie und seine Nichte, bis sie eines Tages wieder einen Ehemann und fürsorgenden Vater finden würde. Das war nicht ganz einfach. Seit dem Tode ihres Gatten lebte Huana sehr abgeschieden und hielt kaum Kontakt zur Außenwelt. Ihr ganzes Leben spielte sich im Wesentlichen in den beiden Räumen ihrer Hütte ab. Umso mehr verwunderte es den jungen Krieger, dass sich Huana die Wimpern färbte und die Augenbrauen sorgfältig nachzog. „Na, Schwesterlein, hier ist doch etwas im Busche? Das rieche ich!" neckte er die Frau. Huana errötete. „Wieso, weil ich mich schön mache? Maulst doch sonst immer laut genug, wenn ich wie ein Mauerblümchen herumlaufe. Mir ist heute so", gab sie schnippisch zurück und betrachtete

zufrieden ihr Werk. Jeni drohte ihr lachend mit dem Finger. „Das kennt man doch. Nun sag schon, wer ist der Glückliche?" bohrte er neugierig weiter. „Du wirst es noch früh genug erfahren, kleiner Bruder! Ich bin jedenfalls stolz auf Dich, Du hast Dich liebevoll um uns gekümmert. Jetzt wird es langsam Zeit, Deine Hütte für eine eigene Familie frei zu machen. Warte es ab, noch ist nicht alles entschieden." Sie gab ihm einen flüchtigen Kuss auf die Nasenspitze. Mit einem Wink verabschiedete sie sich. So mancher Blick der Bewunderung folgte heimlich der schönen Frau auf ihrem Gang zur Hütte des Häuptlings. Die meisten Männer der Siedlung Kilbaat befanden sich am Tor und waren noch immer dabei, die Trümmer zu beseitigen. Kurz entschlossen bog Huana auf halbem Wege ab und folgte dem Lärm. Old Man, Nathan und Ken, sogar der kleine Ron, hatten sich in das Kommando des Lieutenants eingefügt und halfen, die Steine wegzuräumen. Nathan schnalzte genüsslich mit der Zunge und stieß Old Man in die Seite. „Da kommt ein Bild von einer Frau!" stellte er anerkennend fest. „Die würde ich mit Sicherheit nicht von der Bettkante stoßen!" „Sie aber Dich!" konterte Old Man schlagfertig und hatte die Lacher auf seiner Seite. Huana ertrug die taxierenden Blicke der Männerwelt mit der ihr gegebenen Erhabenheit. Stolz hob sie ihr Kinn. „Finde ich Bobak hier?" Ein Angehöriger der Sonnengarde verneinte und wies zur Beratungshütte. Sie dankte. Mit einer anmutigen Kopfneigung, verabschiedete sie sich und schritt weiter. „Alles was Recht ist! Ein bildhübsches Weib!" bestätigte Old Man, dann winkte er seufzend ab und stürzte sich auf den nächsten Gesteinsbrocken. Stimmengewirr drang durch die offene Tür. Meistens vernahm Huana den Häuptling, der in seiner gewohnten, ruhigen Art den Gästen den Stand der Vorbereitung des Orakels erläuterte. „ ...erreichen wir kurz nach Anbruch der Dunkelheit die Gemäuer der Menja. Wir werden in ihrer Nähe rasten, bis der Mond seine volle Größe erreicht. Dann wird das Orakel zu uns sprechen."
„Wie würdest Du den Begriff Menja in unsere Sprache übersetzen, Bobak?" fragte Dr. Harper dazwischen. „In Eurer Sprache? Nun, am nächsten glaube ich, würde man Menja mit Auge übersetzen können. Ja, das sehende Auge...!" Durch Huanas Erscheinen wurde Bobak unterbrochen.
„Ich grüße Euch, Häuptling und Eure Freunde!"
Huana wartete, bis sie zum Sprechen aufgefordert wurde.

Lt. Gordon vermochte seine Augen nicht von ihr wenden. Da sie mit Bobak im Stammesdialekt sprach, verstand er schließlich nur seinen Namen. Ihre Worte in der letzten Nacht fielen ihm ein. „Sollte sie ihr Vorhaben tatsächlich wahr machen?" Ihm wurde plötzlich heiß. Bobak runzelte verärgert die Stirn. „Es entspricht nicht unbedingt der Stammessitte, dass eine Frau um die Hand eines Mannes anhält. Noch dazu um die eines Freundes aus der Alt-Vorzeit. Schließlich kann ich nicht über Menschenschicksale bestimmen, deren Oberhaupt ich nicht bin. Dein Ansinnen ist ungewöhnlich, Huana. Ich kann und werde keine Entscheidung für ihn fällen. Weshalb fragst Du ihn nicht selber?" erkundigte er sich. „Habe ich doch versucht, aber er ist einfach zu schüchtern", entfuhr es der Frau. Der Häuptling konnte sich nun ein Schmunzeln nicht verkneifen. „Also gut, ich werde Dir den Gefallen tun und als Brautwerber auftreten. Wäre es Dir recht?" schlug Bobak nach kurzer Überlegung vor. Huana war natürlich einverstanden und strahlte förmlich. „So sei es! Ich werde Dein Anliegen vorbringen, wenn die Zeichen der Menja günstig für uns stehen. Bis dahin fasse Dich in Geduld. Nun geh!" bat er dann mit Nachdruck. „Das werde ich Dir nicht vergessen, Bobak. Ich danke Dir!"
Sie verneigte sich elegant, grüßte die anwesenden Männer und zog sich zurück. Der Administrator und Lt. Gordon hatten schweigend zugehört Nachdem sie die Hütte verlassen hatte, bestürmte der Lieutenant ihn. „Weshalb nannte sie meinen Namen?" Bobak winkte ab. „Lass vorerst die Wünsche der Frau. Wir haben im Moment wichtigere Dinge zu erledigen. Morgen ist dafür auch noch ein Tag!" Der Häuptling taxierte den Freund mit einem langen Blick, dann ließ er die Angelegenheit auf sich beruhen.

Der Vorschlag Lt. Gordons, den beschwerlichen Fußmarsch eventuell mit Hilfe des Luftschiffes zu erleichtern, wurde vom Häuptling strikt abgelehnt. „Die Zeremonie läuft nach althergebrachten Ritualen ab. Der Marsch dient der Meditation", erklärte er und lud die Freunde ein, am morgendlichen Mahl teilzunehmen. Vor der Hütte war während der Beratung eine kleine Festtafel errichtet worden. Der Rat der Ältesten erhob sich von den Plätzen, als der Häuptling und sein Gefolge erschien. „Ich bitte unsere Gäste hierher!"

Die Besatzung des Luftschiffes und das Team aus New-Noah-City wurden auf die Ehrenplätze gebeten. Der Häuptling eröffnete das Mahl. Er griff seinen Becher. „Und nun einen Toast auf die Menschen, die im selbstlosen Einsatz ihr Leben aufs Spiel setzten, um uns im Kampf gegen das Untier zu helfen. Ich erhebe außerdem meinen Becher zum Gedenken an die, die heute nicht mehr unter uns weilen. Und ich bitte den Geist von Orona, uns bei unserer schweren Mission zu helfen!" Mit diesen Worten vergoss der Häuptling einige Tropfen seines Getränkes auf den Boden, erhob das Gefäß zur Mutter Sonne. Erst dann prostete er den Anwesenden zu und nahm einen langen Zug. Während des Essens ergab es sich rein zufällig, dass sich Huana um die Belange des Lieutenants zu kümmern hatte…

„Ich sollte besser hier bleiben? Ich traue dem Frieden nicht!" versuchte Lt. Gordon den Administrator umzustimmen. „Wieso? Es wurde doch alles besprochen und geklärt. Oder gibt es neue Beweggründe, daran etwas zu ändern?" fragte dieser verwundert.
„Beantworte mir folgende Frage als Biologe, was ja, soweit ich mich erinnern kann, Dein Spezialgebiet ist. Hältst Du es für möglich, dass eine Echse wie der Tyrannos in eine Kampftechnik wie am gestrigen Tage verfällt? Dass er mir nichts dir nichts seine natürliche Angst vor Feuer überwindet und dann noch wie eine Eiche steht, auch wenn er bereits so schwer angeschlagen ist und schwersten verwundet mehrere Stunden gekämpft hat? Für mich ist das mehr als unnormal! Welcher Katalysator würde eine derartige Kampfmaschine aus solch einem Wesen entwickeln?" erklärte Lt. Gordon seine Bedenken. „Hhm, mein lieber Lieutenant. Ich weiß noch nicht, worauf Du hinaus willst? Deshalb nur so viel. Der Tyrannos Rex ist, und das können wir heute an lebenden Exemplaren mit Nachdruck beweisen, die größte Fressmaschine, welche je auf Erden lebte und lebt. Damit dürfte das Motiv klar sein! Zumindest für mich."
Lt. Gordon gab sich mit der Antwort nicht zufrieden. In kurzen Worten schilderte er Ron's Darstellungen über die fliegenden Engel, die während des Kampfes von ihm über dem Luftschiff gesichtet wurden.
„Wow - wenn das stimmt, haben wir ein riesiges Problem! Dann tritt ja das Schlimmste ein, was uns überhaupt passieren kann. Wenn die Azuros sogar in

der Lage sind, die Psyche von Tieren zu beeinflussen, dann gnade uns Gott!"
antwortete Jim mit ernstem Blick. Die beiden Männer sahen sich kurz an.
„Major Hammer hat sich vorhin über Funk gemeldet. Wir haben wieder zwei
Tote in New-Noah-City. Die Umstände werden gerade geprüft. Die Situation
wird allmählich immer brenzliger", wurde dem Administrator mitgeteilt.
„Schon wieder zwei Tote? Halten Sie mich bitte auf dem Laufenden, wenn sich
der Major noch mal melden sollte. Wir müssen uns langsam fertig machen!"
Damit entließ er den Melder mit einem nachdenklichen Blick.
Dr. Harper nahm seine unterbrochene Tätigkeit wieder auf und packte die
wenigen Habseligkeiten ein, die er für die kommende Nacht mitnehmen wollte.
„Trotzdem, es bleibt wie besprochen. Du kommst mit! Jeni übernimmt hier die
Wache, wenn wir beim Orakel sind. Hoffentlich ist wirklich mehr dran, als nur
ein bisschen Budenzauber. Na ja, wir werden sehen?" murmelte Jim.

Vom Beschützerinstinkt getrieben, gönnte sich der Tiger kaum Zeit,
ausreichende Beute zu schlagen. „Die Spur wird schwächer - ich kann kaum
noch was spüren…? Der Zweibeiner ist verschwunden!" Die winzigen
Duftmoleküle des Kindes lösten sich immer weiter auf, so dass Goli trotz
feinem Geruchssinn nichts mehr wahrnahm. Er hatte sich nur die Richtung
merken können, in denen die Entführer geflogen waren. Unentwegt folgte er so
dem Lauf der Mittagssonne. Erst, als er vor Erschöpfung in einen todähnlichen
Zustand verfiel, schlief er, bis der Morgen erneut anbrach. So ging es bereits
seit etlichen Tagen und doch kam er seinem Ziel nur langsam näher. Er
hechelte und versuchte, sich zu orientieren. „Ich werde schwächer - muss mich
ausruhen!" Diesmal reichten seine Kräfte nicht mehr aus. Unter den
sengenden Strahlen der Sonne brach er mitten in einer Schlucht zusammen.
Der ausgezehrte Körper forderte sein Recht ein. Zwei Tage und zwei Nächte
schlief das Raubtier, ohne sich von der Stelle zu rühren. Es war noch
stockdunkel, als Goli erneut zum Leben erwachte. Er stieß einen
langgezogenen Kampfschrei aus, so dass es von den Felswänden widerhallte.
„Ich bin wach und noch immer da!" Diesmal spürte er Heißhunger, der in
seinen Därmen rebellierte. Mit dem nächsten Brüller kündigte er an, dass er

bereit war, um die zeitweilige Herrschaft dieser Region zu kämpfen. „Wer macht mir diesen Anspruch streitig?" Doch auch dieser blieb ohne Antwort. Ein leichter Windhauch trug ihm zahlreiche Duftnuancen zu. Präzise und routiniert filterte Goli genau die für sich heraus, die ihm für seinen Magen am begehrlichsten erschienen. „Dort wartet Beute auf mich...!"
Ohne Umschweife setzte er sich in Trab. Geschmeidig und sicher überwand er den steilen Pfad bis zum Bergrücken. Vor ihm, auf einer von mehreren Seiten durch hohe Berge geschützten Wiese, lagerte eine kleine Herde Wildschafe. Ab und wann wurde die Stille durch das Blöken eines Lamms unterbrochen. Der Wind stand günstig. Goli checkte die Lage. „Sie fühlen sich sicher - sehr gut!" Mit etwas Glück würde er über kurz oder lang einen fetten Happen sein Eigen nennen. Goli duckte sich zwischen die Gräser. Seine scharfen Augen suchten einen der Wollknäuels, welches ihm am nächsten lag. Er konzentrierte sich auf den Absprung. „Was ist das...?" Wie von einer Tarantel gestochen, sprang die Herde auf und hetzte tiefer ins Tal hinein. „Wer wagt es?" Verärgert über die missglückte Jagd entschloss er sich, den Störenfried näher unter die Lupe zu nehmen. Ein schrilles Fauchen ließ ihn stocken. Vorsichtig umrundete er dieses eigenartige Wesen, welches hell im Mondlicht strahlte. „So etwas kenne ich nicht?" Goli nahm es genauer in Augenschein. „Dieser Winzling hat mir alles verdorben? Der kann was erleben!" Der Geruch frischen Blutes trieb ihm den Geifer ins Maul. Schließlich siegte sein Hunger über die Vorsicht. Golis unbändiges Gebrüll ließ das Fauchen des Gegenübers in klägliches Fiepen umschlagen. Als er dann mit drohender Gebärde auf das getötete Lamm zulief, stahl sich dessen Jäger mit eingezogenem Schweif davon. „Verschwinde oder es geht Dir an den Kragen!" Etliche Schritte weiter ließ er sich auf dem Boden nieder und stimmte sein Klagelied wider dieser Ungerechtigkeit an. Golis Hunger wurde von diesem Happen zwar nicht gestillt, dennoch verschmähte er das zerfusselte Fell und ließ es achtlos liegen. Er hatte sich noch gar nicht weit davon entfernt, als das weiße Etwas sich erneut darüber hermachte. Diesmal ergab sich für den Tiger die Gelegenheit, den Unbekannten näher in Augenschein zu nehmen. „Wirklich nur ein Winzling - und frech oder mutig...?" Auf ein durchdringendes Schnauben von ihm legte sich dieser flach auf den Boden und begann zu winseln. Es war ein junger

Wolf, ein Albino! Das schneeweiße Fell, welches ihm eine Laune der Mutter Natur bescherte, hatte ihn in seinem kurzen Leben nur Scherereien und Nöte eingebracht. Goli kannte Wölfe zu Genüge, hatte er so manchen von ihnen zur Strecke gebracht. Doch sie gehörten nicht unbedingt auf seinen Speisezettel.

„Was hat er für eine merkwürdige Farbe - so hell?"

Der Albino hatte ein gutes Gespür und bemerkte, dass der Tiger kein weiteres Interesse an ihn hatte. Solange seine Mutter lebte, wachte sie über ihren ungewöhnlichen Nachkömmling. Mit ihrem plötzlichen Tod wurde er als Missbildung vom Rudel geschnitten und schließlich seinem Schicksal überlassen. Nun war es ihm zum ersten Male gelungen, nach Tagen des Hungers, ein Schäflein zu erlegen und dann wurde ihm die Beute noch streitig gemacht. Mit Erschrecken sah er die riesige Silhouette des Tigers auf sich zukommen. Die Hauer im Maul flößten ihm Todesfurcht ein. Leise quietschte er auf. „Tue mir nichts! Ich unterwerfe mich!" Er rannte ein Stück weg, dann drehte er sich auf den Rücken.

Golis Neugierde war befriedigt. Er hatte einfach keine Lust, sich mit noch so einem kleinen Bissen abzugeben. Ohne das Wolfsjunge weiter zu beachten, folgte er beharrlich der Spur der Herde. Nur kurze Zeit später kündigte das Lied des Todes von seiner erfolgreichen Jagd. Diesmal schlug er sich den Wanst so richtig voll. Zufrieden streckte er sich neben den kärglichen Resten aus und schnurrte sanft wie ein Kätzchen. In dieser Phase schlich der junge Wolf zielstrebig über die Wiese. Mehrere Schritte vor Goli legte er sich bettelnd flach. Da der Tiger ihn weiterhin unbeobachtet ließ, kroch er allmählich auf allen Vieren immer weiter auf die Futterreste zu. „Was macht er?" Er ließ den Riesen nicht einen Moment aus den Augen. Endlich erreichte der Wolf die Schleifspur und leckte gierig das Blut vom Gras. Schließlich war er so weit vorgedrungen, dass er einen Knochen mit etwas Fleischrest erhaschte. Während der kleine Wolf hastig zu fressen begann, schlief Goli ein.

Lärm und Gekrächze weckten ihn. Ein Dutzend Rabengeier hatte sich eingefunden, an dem für sie reich gedeckten Frühstückstisch teilzuhaben. Belustigt sah Goli zu, wie sich der Wolf mühte, die Aasfresser fernzuhalten. Es schien den Geiern großen Spaß zu bereiten, ihren Schabernack mit dem Kleinen zu treiben. Je zwei oder drei von ihnen ließen sich zum Schein jagen, während die Übrigen über die Beute herfielen und sich ihre Anteile sicherten. Erschöpft ließ das Jungtier schließlich von seinem unsinnigen Tun ab und legte sich wie selbstverständlich neben Goli. Der Tiger ließ es geschehen. Als der Morgen vollends erwachte, machte sich das ungleiche Paar auf den Weg...

Savus rekelte sich auf seinem weichen Lager aus Moos und Blättern.

Die meiste Zeit verbrachte er mit der Beobachtung des Ungiweibchen und ihr liebevoller Umgang mit dem Baby. „Ihre Gedankengänge sind recht primitiv und sie drehen sich meist nur um nächstliegende Dinge des Tagesablaufes. Aber sie hat eine klare Struktur und sie baut eine innere Bindung zu ihrem Nachkommen auf...?" Nach wie vor konnte er seine Bewunderung für das ungewöhnliche Verhältnis zwischen Mutter und Kind nicht verhehlen. „Da ist dieses mir unbekannte Gefühl der Wärme und Geborgenheit...? Wie macht sie das nur?" Obgleich sie beide im gewissen Sinne ähnliche Erfahrungen sammelten, beide die Verstoßenen ihrer Völker waren, gab diese Zweisamkeit dem Weibchen offensichtlich Kraft und Zuversicht. Sie strahlte eine Zufriedenheit aus, die nach und nach auch auf ihn übergriff. „Ein Leben ohne feste Planung für die Zukunft - einfach nur so in den Tag hineindösen und kommen lassen, was kommen muss - das werde ich wohl lernen müssen? Raus aus dem festen Gefüge von Reglements, nur so werde ich die nächsten Tage überstehen!" Er forschte weiter in der Gedankenwelt des Weibchens. „Essen, trinken, schlafen, säugen - mehr belastet sie im Moment nicht. Doch was sind das für Ängste im Unterbewusstsein?" Sin war wie ein offenes Buch für ihn. Die Erklärung dafür lag für ihn sehr schnell klar und eindeutig auf der Hand. „Sie lebt in einer primitiven Wahrnehmung - kennt nicht die einfachsten Prozesse, Gesetze und Zusammenhänge der Umwelt..." resümierte er. „Darin gibt es aber auch keine so großen Unterschiede zu uns!" Diese Erfahrung war ihm nicht so fremd. Was er nicht kannte oder beschreiben konnte, machte auch ihm manchmal ebenfalls Kopfzerbrechen.
„Was soll aber nun werden? Wie soll es weiter gehen? Ich kann doch nicht ewig in der Höhle bleiben? Doch wenn ich fort gehe, was wird aus Euch?"

dachte Savus und ließ seine Fragen in Sin's Kopf einfließen. Sin spürte die Unruhe ihres Mitbewohners. Jedes Mal, wenn er sie so anschaute, überzog sie dieses eigenartige Kribbeln und plötzlich kamen ihr Gedanken und Worte in den Sinn, die sie noch nie vernommen oder gesprochen hatte? „Er redet nicht, und trotzdem höre ich ihn?" Obwohl sie das schon einige Male erlebt hatte, wunderte sie sich immer noch? Wieder entstanden Bilder vor ihren Augen von Orten und Geschehen, die ihr fremd waren? Es dauerte sehr lange, bevor Sin endlich verstand, dass er ihr diese Gedanken einflößte. „Ich kann fühlen, was Du mir sagen willst - ich verstehe es endlich!" Savus war mit dem Ergebnis seiner Bemühungen zufrieden. „Das ist gut Sin - und Du musst keine Angst mehr vor mir haben…" Dann versuchte er ein Spiel, welches ihr sofort großen Spaß machte. „Erkläre mir, wie diese Dinge in Deiner Sprache heißen? Ich möchte das gerne lernen!" Er ließ einfache, bekannte Bilder in ihrem Hirn entstehen und sie artikulierte die Bezeichnung dazu. „Ein Fisch, ein Vogel, ein Kastanienbaum, ein Bach mit vielen Steinen, ein Himbeerstrauch…!"
Savus wiederholte jede Silbe - diesmal versuchte er die Begriffe zu artikulieren und laut zu sprechen. „Es klingt sehr merkwürdig, wenn sie aus Deinem Mund kommen", stellte Sin belustigt fest und musste sogar lachen. „Kann ich mir denken - aber ich muss mich erst an diese Form der Kommunikation gewöhnen!" vermittelte er ihr. „Doch nun versuche zu verstehen, was ich Dir mitteilen möchte!" Mit leicht geneigtem Kopf ließ sie Savus' Gedanken in sich eindringen. Sie sah: „Savus auf einem langen, langen Weg? Er wird immer kleiner bis schließlich auch der winzige Punkt im Nichts verschwindet und nur noch Dunkelheit um Sin und ihr Baby bleiben!" Erschrocken fuhr Sin auf. Sie schaute erst nach ihrem Kind, dann nach ihn. „Du willst fort? Warum bleibst Du nicht hier? Du darfst nicht fort!" Ihr heftiger Protest unterbrach Savus.
Aus den Gesten der Frau war eindeutig erkennbar, dass sie ihn verstanden hatte. „Ich will nicht, dass Du gehst!!!" Diese Reaktion verunsicherte ihn. „Nun ist guter Rat teuer" Mit einem Schwung breitete er seine Flügel aus und flatterte so wild, dass er vom Boden abhob. Das Weibchen kauerte sich vor ihrem Kind. „Was machst Du - er bekommt den Staub ab…!" Schuldbewusst landete er so behutsam wie möglich.

„Es tut mir leid! Aber was soll ich jetzt mit euch anfangen? Ich kann Dich und Dein Kind nicht tragen. Dafür seid ihr zu schwer. Ich weiß auch nicht, wohin wir gehen können? Mein Volk ist weit weg und Dein Volk lebt irgendwo im Dickicht. Was also soll ich tun?“

Die Augen des Ungiweibchen waren flehend auf ihn gerichtet. „Du darfst nicht gehen!“ Immer wieder empfing er diesen einen Satz. Savus seufzte laut.

„Du hast Recht, ich darf Dich nicht allein lassen. Wir sind durch das Schicksal miteinander verflochten, der Vater allein wird wissen, welchen Weg wir gehen müssen? Und wir gehen ihn gemeinsam!“ Savus setzte sich ihr gegenüber auf den Boden. „Sieh mich an - ich werde in Deinem Hirn erkunden, ob ich einen Weg zu den Menschen finde! Bleibe ganz ruhig und schließe nur die Augen!“ Sin begann seine Botschaft zu verstehen. Diesmal sah sie sich selbst. Wie sie gemeinsam mit Savus und dem Baby den Weg entlang liefen. Am Ende des Weges wurde sie erwartet? „Wer soll das sein - sieht aus wie eine Kahlhaut?“ Sin konzentrierte sich wieder auf die Aussage der Bilder.

„Das Wesen, welches uns zuwinkt, ist mir nicht unbekannt! Es ist eine Kahlhaut - ein Mensch!“ Stefanies Gesicht formte sich zu einem Bild, zerfloss wieder. „Die kleine Fremde - vom Tiger getötet!“ Savus extrahierte diese Szene des Angriffes auf das Kind mehrfach. Er versuchte, die Empfindungen des Kindes während des Geschehens zu erfassen - aber es war ihm nicht möglich. „Sie war in einem Schockzustand!“ Zufällig spürte er aber, dass der Tiger nicht im Fressrausch handelte. „Er kennt die Menschen? Seine Bilder drehen sich um Menschen - aber nicht als Beute?“ Savus hielt verblüfft inne. „Das ist doch nicht möglich, oder?“ Dann filterte er alle Hinweise und Auskünfte aus diesen wenigen Abläufen heraus. „Der Tiger hat eine Karte im Kopf? Was für ein Glück für uns. Er, der bei den Menschen aufgewachsen war, er kennt den Weg zu ihnen…!“ Savus nickte freudestrahlend. „Die Informationen reichen jetzt aus. Wir werden zu den Menschen gehen!“

Der gemeinsame Marsch gestaltete sich weitaus schwieriger, als Savus anfänglich bedacht hatte. „Wo steckt sie schon wieder? Das geht so unendlich langsam…“ zeterte er vor sich hin, „so werden wir niemals ankommen?“

Er schwebte unmittelbar über den Baumwipfeln hinweg. „Sin - ich bin hier!"
Sobald er den mentalen Kontakt zu Sin verlor, kreiste er solange, bis er sie
selbst sehen konnte. „Du musst Dich mehr konzentrieren - lass Dich nicht
ständig ablenken!" suggerierte er ihr. Erst als er wieder mit ihr telepathisch
vereint war, flog er weiter auf Kurs. Sin folgte einfach seinen Impulsen. „Ich
fühle Deine Anwesenheit - auch wenn Deine Führung manchmal durch die
Bäume gestört wird! Ich kann nicht schneller - verzeih mir!" Obgleich sie sich
mühte, einigermaßen Tempo zu halten, das Kind samt Gepäck wurde mit
jedem Schritt zu einer Last, die sie immer mehr zu Boden zog. Dabei hatten
sie seit der letzten Rast nur eine kurze Strecke bewältigt. „Ich bemerkte, dass
Du müde wirst. Nur noch ein kleines Stück, dann stoßen wir auf eine Lichtung.
Dort machen wir noch eine Pause. Ich fühle, dass Craal Hunger hat - er wird
bald anfangen zu schreien!" Savus winkte ihr zu und zeigte die Richtung an.
„Laufe einfach gerade aus weiter, dann stößt Du auf einen Bach. Dort geht es
am Ufer weiter." Diesmal führte ihr Weg direkt über eine umgestürzte Buche,
deren knorrige Äste wie unzählige Tentakel eines Kraken in die Luft starrten.
„Hier ist alles dicht - ich finde keinen Durchgang!" stellte Sin bekümmert fest.
Auch an den Seiten war kein Vorbeikommen. Ein dichter Filz aus Unterholz
versperrte sämtliche Zugänge. „Kannst Du mir helfen?" In Augenhöhe
befanden sich einige vernarbte Vertiefungen. Unterhalb zog sich wie ein Relief
eine verdickte Ader auf der Baumrinde entlang. „Du musst über den Stamm
klettern. Genau vor Dir ist die einzige Stelle, die offen ist. Versuche es dort!"
wurde ihr angewiesen. Das wertvolle Bündel mit den Zähnen fassend, zog sie
sich wie eine Bergsteigerin empor. „Jetzt nur nicht den Jungen verlieren…!"
dachte sie. Erleichtert atmete sie auf, als sie endlich das Blau des Himmels
über sich aufleuchten sah. Die Buche war beim letzten Sturm umgestürzt und
hatte dabei viele der Nachbarbäume mit in den Tod gerissen. „Sieht ja wie auf
einem Schlachtfeld aus? Alles kaputt. Und ja, ich laufe gleich weiter!" reagierte
sie auf Savus Anweisung, die er ihr unablässig in ihr Haupt klickerte. Brummig
begann sie den Abstieg. „Ich sehe schon den Boden. Ich habe es gleich
geschafft!" frohlockte Sin. Die Warnung von Savus kam zu spät. „Achtung, vor
Dir lauert eine Kreatur!" vernahm sie noch, als ein heißer Schmerz sie
aufheulen ließ. Ihr wurde schwarz vor den Augen. „Savus - wo bist Du?" rief sie

noch, dann erlöste sie eine Ohnmacht vorerst von ihren Qualen. Aufgeregt flatterte Savus über dem Flurstück, in dem er das Weibchen vermutete. „Sin - was ist geschehen - antworte mir?" So sehr er sich mühte, ihre Gedanken wurden immer schwächer. „Sie fällt ins Koma!" registrierte er. Dann löste sich alles in ein dunkles Nichts auf. „Ich komme - ich bin sofort bei Dir!" Mit dem Mut der Verzweiflung stürzte er sich durch das dichte Blätterdach, nicht darauf achtend, dass seine Flügelspitzen tüchtig zerzaust wurden. Er setzte auf dem Stamm auf und legte die Flügel eng an seine Körper. So schritt er den Weg ab, den Sin gerade gegangen war. „Da sind ihre Signale - sie muss hier in der Nähe sein?" Nach wenigen Schritten sah er das Ungiweibchen neben dem Stamm liegen. „Daneben ist noch immer dieses Vieh - es hat sie voll erwischt!" Savus breitete sein Flügel in kompletter Länge aus und näherte sich einem riesigen Waran, der ihn mit einem bösen Zischen bedachte. „Du willst fressen? Dann nimm es mit mir auf!" Savus drehte eine Pirouette in der Luft und peitschte dem Tier die Flügelenden wie Peitschen über sein Maul. Er bemerkte das verdutzte Stocken. „Du hast noch immer nicht genug?" Neben seinen Fuß ragte ein spitzer Stock aus dem Boden. Er packte ihn mit beiden Händen, mit einem Ruck zog er ihn heraus. Der alte Krieger und erfahrene Kämpfer war wieder erwacht! Der Waran schlängelte auf Savus zu, um ihn zu attackieren. Gekonnt erhob er sich knapp über dessen Kopf und stieß voller Wucht zu. Savus konnte förmlich spüren, wie er durch das Auge bis auf die Schädeldecke drang. Der Waran fauchte schmerzvoll auf. Dann drehte er auf der Stelle ab und verschwand im Busch. Savus wartete einen Augenblick, aber dann konnte er sicher sein, dass er nicht zurückkehren würde. „Sin, ich bin da!" Sin's Gesicht sah fahl und eingefallen aus. Dort, wo sich sonst ihr rechter Fuß befand, schoss ein dicker Blutstrahl heraus und versickerte im Laub. Entsetzt starrte Savus die sterbende Frau an. „Sin, kannst Du mich verstehen?"

So schnell wandelte sich das Schicksal? Savus wusste, dass jede Hilfe zu spät kam. Nicht nur der Fuß war abgerissen, der Waran hatte mit seinem Biss die Wunde mit jede Menge Gift infiziert. „Es geht im Leben nicht immer gerecht zu…!" dachte er bei sich und hielt erschüttert den Kopf des Weibchens fest.

Da war er wieder, der Schmerz, hervorgerufen von seiner eigenen Hilflosigkeit. Trauer lähmte ihn kurzzeitig. „Ich kann Dir leider nicht helfen, am Leben zu bleiben. So gern ich es möchte. Was ich vermag, werde ich für Dich tun - ich wünsche Dir einen schmerzfreien Tod!" Savus neutralisierte den Schmerz in Sin's Kopf, er löschte das unbändige Brennen des Giftes in ihrem Körper aus. Bevor Sin starb, wachte sie noch einmal auf. „Mein Baby - Du darfst es nicht allein lassen. Du darfst nicht..." Ihre bewegte Geste rührte sein Herz. „Ich werde mich um Dein Nachkommen kümmern, das verspreche ich Dir!" schwor ihr im Angesicht des Todes. Friedlich entschlief Sin für immer…

„**D**u solltest eine Pause machen, Liebes. Setz Dich hin und ruh Dich aus!"
Die Eheleute Melanie und Pat Wolters arbeiteten ziemlich am Ende des Feldes, dort, wo genügend Schatten der angrenzenden Bäume Schutz vor der Sonne bot. Melanie Wolters, eine Frau leicht über die Vierzig, einst Computerspezialistin der NASA, hielt mit beiden Händen ihren Bauch umfasst. Sie war im neunten Monat schwanger. „Du solltest im Haus bleiben und nicht mit aufs Feld gehen. Wir schaffen das auch alleine!" Trotz der Bitte ihres Mannes hatte sie sich nicht davon abbringen lassen, ihn bei seinem Gang auf den Acker zu begleiten. „Schatz, ich bin schwanger und nicht krank. Warum soll ich alleine zu Hause warten, wo mir die Decke auf den Kopf fällt? Lieber bin ich an der frischen Luft - und bei Dir!" Seit dem Verschwinden ihrer Tochter Stefanie vor einigen Monaten suchte sie jede sich bietende Möglichkeit, dem Haus zu entfliehen. In ihren Augen schimmerte noch immer ein Spur Wehmut. „Du kennst mich doch - und unserem Baby geht es hier draußen auch viel besser, das kannst Du mir glauben!" Der Gedanke, dass ihr Sprössling niemals die große Schwester kennen lernen würde, betrübte sie nach wie vor. Aber es ging ihr wirklich zunehmend besser. „Na, mein Schatz, alles in Ordnung?" Pat legte die schwere Machete ab, wischte die schwieligen Hände an der alten Jacke ab und nahm seine Frau behutsam in die Arme. „Ich freue mich ja, dass Du mitgekommen bist. Überanstrenge Dich nicht - mache immer schön langsam! Es wird alles gut werden!" Er versuchte, seiner Stimme Halt zu

geben. Im Grunde seines Herzens dankte er Gott, dass Melanie den anfänglichen Depressionen entkommen war. Das wachsende Baby gab ihr neue Kraft und wieder Mut zum Leben. „Es ist wirklich ein Segen. Die Ernte ist bald eingebracht und in wenigen Tagen kommt unser Kind!" Voller Bangen dachte er an die ersten Wochen nach Stefanies Verschwinden zurück. Es hätte nicht viel gefehlt und Melanie wäre beinahe vor Kummer gestorben. „Komm, setz Dich auf meine Jacke! Ich mache die letzte Runde, dann begleite ich Dich nach Hause", schlug er vor und zog die Jacke aus, breitete sie neben einem Hagebuttenstrauch aus. Als er sich überzeugt hatte, dass Melanie gut saß, spuckte er in die Hände und schwang erneut die Klinge. „Alles in Ordnung bei Dir Melanie?" rief Linda zu ihr rüber, als sie die werdende Mutter sitzen sah. Melanie winkte ihr zu. „Alles okay, bin nur etwas müde", gab sie zurück. Just in diesem Moment war das Geknatter der Schüsse zu hören.

Es schien, als erstarrten alle zu Eis.

„Ich wusste, dass irgendetwas passiert!" brummte Major Hammer verdrossen, dann erteilte er laut seine Befehle. „Sicherungsgruppe - sofort in die Siedlung. Ich erwarte in Kürze einen Bericht! Alle Übrigen folgen mir, Frauen und Kinder bleiben in der Mitte!" Sofort formierten sich beide Züge. Der Erste aus etwa fünfzig Männern bestehend, rückte im Laufschritt ab. „Wo sind die Kinder?" Major Hammer war erst zufrieden, als ihm bestätigt wurde, dass alles okay war. Auch auf den Nachbarfeldern sammelten sich die Trupps. Fast zur gleichen Zeit trafen sie in New-Noah-City ein. „Die Anzeichen sind eindeutig! Sie waren wieder hier!" meldete ein Posten. Major Hammers Gesicht lief rot, seine Fäuste ballten sich vor Wut. „Eines Tages erwischen wir diese verdammten Dinger. Dafür bete ich zehn Vaterunser extra."

Die Wolters standen in der Nähe und hörten den Wutausbruch des Majors. Verstört schaute sich Melanie um. Hilfesuchend krallte sie sich an ihrem Mann fest. „Ich glaube, es geht los!" hauchte sie ihm zu. Er verstand nicht sofort. „Was geht los?" Erst als er das vor Schmerz verzerrte Gesicht seiner Frau sah, verstand er. „Großer Gott, es geht los!" Vorsichtig schlang er den Arm um sie und drängelte sich zu Linda durch. „Doktor Ferrow - es geht los. Melanie bekommt ihr... unser Baby!" stotterte er erregt. Ein Blick genügte der erfahrenen Frau um festzustellen, dass er sich nicht geirrt hatte.

„Ausgerechnet jetzt ist Dr. Summerfield nicht da! Bringt sie ins Haus. Bereitet genügend heißes Wasser vor. Ich komme sofort!" wies sie routiniert an.

„Wir sollten Dr. Harper über den Vorfall informieren. Übernehmen Sie das bitte. Ich kümmere mich inzwischen um unseren neuen Erdenbürger", sprach sie mit dem Major ab und machte sich auf den Weg. „Es ist doch mehr als merkwürdig", dachte Linda im Gehen, „mehrere Menschen sind heute gestorben und gleichzeitig bereitet ein neuer Mensch seinen Antritt vor! Aber so ist es nun mal, das Wechselspiel von Leben und Tod!"

„Es ist wohl die ganze Aufregung!" hechelte Melanie. Jetzt, wo sie auf dem Bett lag, ging es ihr wieder wesentlich besser. „Ist alles bereit?" Linda überzeugte sich lieber selbst über den Stand der Vorbereitungen.

„Ein paar Tage zu früh - können Komplikationen eintreten?" Pat Wolters war an Linda herangetreten und hatte die Frage kaum hörbar gestellt.

Sie lächelte ihm aufmunternd zu. „Keine Angst, Sie werden es beide schaffen. Sie können sich aber nützlich machen und aus dem Behandlungszimmer die Arzttasche holen. Dr. Summerfield bewahrt sie gleich rechts neben seinem Schreibtisch auf. Eine braune..." Pat war bereits losgeflitzt.

Major Hammer tastete nach dem Lichtschalter.

„Wieso ist es am helllichten Tage so dunkel hier? Hat irgendein Idiot vergessen, die Läden zu öffnen?" schimpfte er ärgerlich und suchte weiter. Er wartete einen Moment, um die Augen an die veränderten Lichtverhältnisse gewöhnen zu lassen. „Wie das hier aussieht? Wie ein Schweinestall - das darf ja wohl nicht wahr sein!" Lautstark machte er seinem Frust Luft. Endlich fanden seine Hände den Lichtschalter. Trotz mehrmaligem Klicken tat sich nichts. „Dann müssen die Lampen kaputt sein...? Verflixt und zugenäht!" brüllte er dann noch einmal auf, als er in der Dunkelheit gegen einen umgestürzten Hocker rannte. Er blieb stehen und rieb sich schmerzvoll das Schienbein. „Licht, ich brauche hier Licht!" Er erreichte das Fenster und stieß einen Laden auf. Was er dann entdeckte, schlug dem Fass den Boden endgültig aus. „Es ist alles demoliert und verwüstet?" Die Sendezentrale, die gleichzeitig für Funk und ihrem Stadtradio als Basis diente, war völlig zerstört. „Was für Arschlöcher haben sich hier ausgetobt!" Er war total entsetzt. Bevor er weiter agieren

konnte, überzog ein eisiges Kribbeln seine Kopfhaut. „Was geschieht mit mir?"
Atemlos verharrte er; es breitete sich aus, erfasste die Schultern, Nase und
Lippen. Er wollte etwas rufen, doch er brachte nur ein unverständliches Lallen
hervor. „Hilfe - ich bin gelähmt?" dachte er bei sich, dann sah er die düstere
Gestalt vor sich stehen. „Was dieser Typ für eigenartige Augen hat?" fiel ihm
dabei ein. Diese Augen drohten ihn zu verschlingen, wurden größer und
bohrten sich immer tiefer in seinen Kopf. „Du kannst Dich an nichts mehr
erinnern! Schlaf jetzt ein!" Müdigkeit befiel ihn, er versank in einem tiefen Loch.
Einige Minuten später kam ein Posten, um nachzuschauen, wo Major Hammer
geblieben war? Er fand nur ein wüstes Chaos vor.
Der Major selbst war wie vom Erdboden verschluckt...

Unweit von ihrem Lagerplatz hatte sich eine größere Schar Kinder
eingefunden. Neugierig bestaunten sie den zigarrenförmigen Körper des
Luftschiffes. „Habt keine Angst - wir beißen nicht!" Trotz eindeutiger Geste von
Ken, näher zu kommen, wagte sich keiner der Jungen und Mädchen der
Einladung zu folgen. Verlegen kicherten sie vor sich hin und drehten sich
schüchtern weg. „Die sehen aber merkwürdig aus - sind das nun Wilde oder
nicht?" Ron hielt sich an Kens Hand fest, er traute dem Frieden nicht so richtig.
Mit ihrem traditionellen Lendenschurz bekleidet, die rote Haut, das zumeist
dunkle, glattgekämmte Haar mit einer bunten Feder geschmückt, so sahen in
Rons Augen Wilde aus. Er hatte es ja nie anders gehört und gelernt. „In
gewisser Weise hast Du ein wenig Recht, doch schau Dich um! Sieh Dir Old
Man und Nathan an - wir sehen alle aus wie Wilde. Der einzige Unterschied
besteht darin - die da überleben leichter als wir!" erklärte ihm Ken. Diese
Philosophie war dem Kind zu hoch. „Und warum kommen sie nicht her? Wir
beißen doch wirklich nicht?" drängelte Ron. Ken lächelte verschmitzt vor sich
hin. „Erinnerst Du Dich, als ich Dich das erste Mal in die Kanzel brachte? Du
hast Dich gewehrt und vor Angst laut geschrien. Ich vermute, sie fürchten sich
noch ein bisschen. Lass ihnen eine Weile Zeit. Sie kommen bestimmt von
ganz alleine!" vertröstete Ken den Knaben. „Ist gut, ich gehe jetzt spielen!"

verabschiedete er sich schließlich, nicht ohne einen bestimmten Plan auszuhecken. „Euch werde ich schon herum bekommen!"

Ron lief einen weiten Bogen. So, als wäre es von ihm nicht beabsichtigt, erreichte er schließlich doch die Kinderschar. Nun stand er ihnen direkt gegenüber, Auge in Auge. „Hallo da seid Ihr ja? Ich bin Ron!" stellte er sich vor. Eine Mauer des Schweigens umringte ihn anfangs. „Ihr müsst doch keine Angst vor mir haben - ich will doch nur spielen!" erklärte er gestenreich und zeigte auf sich. „Ron!" wiederholte er. Einige ältere Burschen umringten ihn. „Der sieht doch genau so aus wie die Männer von Dr. Harper! Er hat auch so eine weiße Haut und spricht so wie sie! Was denkt Ihr, wollen wir ihn mitnehmen?" Ron verstand nicht viel von dem, was gesprochen wurde, aber er vermutete, dass es um ihn ging. „Ich möchte doch nur mit Euch spielen", betonte er noch mal. Die Meute war sich einig, mit lautem Gejohle trabten sie davon und rissen ihn mit. So schnell ihn die Füße trugen, rannte er mit ihnen um die Wette. Schließlich ging ihm die Puste aus. „Wir sind doch nicht auf der Flucht - weshalb diese Eile?" keuchte er. Ein Mädchen griff einfach seine Rechte und zog ihn weiter. Unterhalb der Schutzmauer von Kilbaat hatten sich im Laufe der Jahre unzählige Sträucher und Hecken angesiedelt, welche inzwischen an einigen Stellen eine beachtliche Größe erreichten. In eine davon wurde er gelenkt. Im Innern war eine Art natürliche Höhle entstanden, ein idealer Spielplatz, vor den neugierigen Blicken der Erwachsenen abgeschirmt. Ken schaute ihnen nach, bis er die Schar aus den Augen verlor. „Na also, geht doch! Ist und bleibt ein kleiner Dickkopf, der Bursche...!"

„Wo ist Ron?" empfing ihn Nathan, als er zum Feuer zurückkam.
„Er übt sich gerade in Sachen Völkerverständigung", gab er mürrisch von sich.
„Setz Dich, wir müssen gemeinsam eine Entscheidung treffen!" bat ihn Old Man. Ken suchte sich einen Stock, nahm sein Messer und begann, ein Ende zu bearbeiten. Ihm war völlig klar, über welche Dinge hier debattiert werden sollte. Und genau darüber konnte er im Moment nichts sagen. Noch nicht! In sich gekehrt hörte er zu. „Bleiben wir hier oder fliegen wir weiter?" Nathan stellte die Frage in den Raum. „Gestern noch hieß es: Wir sind angekommen! Heute, noch keine 24 Stunden später, reden wir, ob wir bleiben oder

weiterfliegen? Welche Laus hat Euch denn gepiesackt?" stieß Ken zornig hervor und ließ den Stock sinken. Old Man blinzelte Nathan listig zu. „Okay, okay, nicht so hastig, junger Mann!" fiel er ihm ins Wort, „Wir sind uns also einig, dass wir vorerst hier bleiben? Ich wollte es aber von Dir hören. Nicht, dass früher oder später Vorwürfe kommen, wir hätten Dich nicht um Deine Meinung gebeten!"

Ken lachte erleichtert auf. „Ihr seid unverbesserlich und schafft es jedes Mal, mir einen Schrecken einzujagen. Das zahle ich Euch eines Tages heim!" Old Man nickte bedächtig, dann fuhr er fort.

„Trotzdem, über eines müssen wir uns im Klaren sein. Von uns selbst hängt es ab, ob wir stets die Fremden und Besucher bleiben. Wenn wir eines Tages die Entscheidung treffen, uns für immer hier niederzulassen, möchte ich mich auch wohl fühlen bei dem Gedanken. Der Anfang gestern war für uns nicht schlecht. Ich hoffe, Ihr wisst, was ich meine?" Old Man schaute die Gefährten fragend an. „Ich denke schon! Man kann nicht ewig Gast in einem Haus sein. Wer darin wohnen will, muss auch etwas dafür tun. Richtig?" gab Nathan zur Antwort. Old Man brummte zufrieden.

Am Tor sammelte sich indessen der Zug und bereitete den Abmarsch zum Orakel vor. „Wir sollten rüber gehen, um den Häuptling und seine Mannen zu verabschieden", schlug er dann vor und erhob sich ächzend.

„...kann nicht verstehen, weshalb der Funkkontakt abgebrochen ist? Am liebsten würde ich sofort nach New-Noah-City aufbrechen. Das ist nicht normal!" Lt. Gordon war sichtlich bedrückt.

„Nur keine Aufregung. Es sind genügend Leute in der Stadt. Wir haben gut vorgesorgt und sind auf alle Eventualitäten vorbereitet. Außerdem sind die meisten auf den Feldern. Wer weiß, was vorgefallen ist? Major Hammer hat die Sache schon voll im Griff!" Dr. Harper ließ sich seine eigene Unruhe nicht anmerken. „Ich weiß nicht. Das Funkgerät ist normalerweise rund um die Uhr besetzt? Wenn es kaputt ist, stehen zwei weitere Reserven zur Verfügung. Es ist mir unerklärlich, dass sich niemand meldet? Sie sind seit mehr als drei Stunden überfällig. Ist Dir das eigentlich klar, Jim?" „Das ist mir durchaus bewusst. Aber wir können jetzt nicht einfach weg von hier. Die Pikos wären gekränkt. Immerhin brechen wir in wenigen Minuten zu einem ihrer Heiligtümer

auf, die sonst nie ein Fremder zu Gesicht bekommt. Es geht nicht anders!
Unsere Leute sind schon wachsam. Keine Bange, mein lieber Lieutenant."
Dr. Harper sah sich hilfesuchend um. „Zur Sicherheit schicke ich einen Kurier
nach New-Noah-City. In knapp fünf Stunden könnte unser bester Läufer wieder
zurück sein. Würde Euch das helfen?" bot Bobak den Männern an.
„Er könnte doch eines unserer Pferde nehmen. Dann geht es schneller!"
schlug Lt. Gordon vor. Noch bevor der Zug abmarschierte, ritt der Melder los.
Nach und nach versammelten sich vor der Beratungshütte die Teilnehmer des
Marsches zum Orakel der Menja...

Unruhig schnaubten die Pferde.

Tim und Georg saßen hoch oben auf dem Koppelzaun.

Verträumt schauten sie auf den Hengst, der sich an ihren Füßen den Kopf rieb.

Jeder von ihnen hielt einen dicken Maiskolben in der Hand.

Eifrig kauten beide Jungen daran herum. „Ist doch eine verfluchte Scheiße mit
den fliegenden Affen!" nuschelte Georg mit vollen Backen und spuckte einige
besonders hartnäckige Maiskörner wieder aus. Dabei biss er sich
versehentlich auf die Zunge. Tim schaute dem Freund belustigt zu, wie er vor
Schmerz einen Indianertanz aufführte. „Ha; ha - tut aber auch weh!" jammerte
Georg und warf den restlichen Kolben dem Pferd zu. „Mensch, Du blutest ja!"
stellte Tim erschrocken fest und sprang in den Staub. „Zeig mal, ob die Zunge
noch dran ist!" Er verzog das Gesicht, der ganze Mund war inzwischen voller
Blut. „Keine Angst, es sieht schlimmer aus, als es in Wirklichkeit ist. Hatte ich
auch schon mal, weißt Du. Musst nur kräftig spucken, dann hört es von alleine
wieder auf!" versuchte er Georg zu beruhigen, der mit schreckgeweiteten
Augen auf seine Nasenspitze starrte und kreidebleich wurde.
Es war wirklich alles nur halb so schlimm. Nach einer Weile hörte die Blutung
wieder auf. „Habe ich Dir doch gleich gesagt. Komm, wir verduften von hier
und gehen nach Hause. Ich vermute, es wird sowieso wieder Ärger geben.
Hoffentlich hat vorhin keiner bemerkt, dass wir vor dem Tor ausgebüchst sind.
Ich kann mir nicht helfen, aber ich habe solch ein komisches Gefühl im
Bauch?" flüsterte Tim nach einer Weile. Es war in der Tat so. Das allgemeine

Durcheinander beim überhasteten Einmarsch während des Alarmes hatten beide ausnutzend und sich geschickt immer weiter nach hinten abgeseilt. Als ihr Trupp in die Stadt einrückte, hauten sie einfach ab. Die Jungen sahen sich einen Augenblick fragend an. Ihnen war nun doch mulmig. „Wenn wir jetzt zurück laufen - dann wollen wir das doch beide, oder?" stellte Georg klar. Keiner wollte vor dem Freund als Memme oder Feigling dastehen. Eigentlich hatten sie nur die Absicht, ein paar Minuten nach Blacky zu sehen. Einem feurigen Hengst, der erst vor wenigen Wochen gefangen wurde. Es war das Lieblingspferd des Lieutenants. Danach wollten sie sofort wieder kehrt machen. Unbemerkt war mehr als eine Stunde beim Spiel und Schauen vergangen. „Na dann mal los! Und beiß Dir nicht wieder auf die Zunge!" Ohne zu stocken, rannten sie den ganzen Weg bis zum Tor.

Der Posten empfing sie schlecht gelaunt. „Habt Ihr Euch mal wieder verdrückt? Wo treibt Ihr Euch nur laufend herum? Wissen Eure Eltern...?" Ehe er sich versah, pirschten sich beide an ihn vorbei. Er drohte ihnen aufgebracht mit der Faust. „Banausen seid Ihr! Meine Kids dürftet Ihr nicht sein! Na wartet ab! Zu Hause gibt es hoffentlich einen neuen Satz warme Ohren!" Tim wurde noch unruhiger. „Weißt Du was?" Tim hielt Georg an. „Wir machen lieber einen kleinen Umweg. Muss doch nicht gleich jeder sehen, dass wir von draußen kommen. Waren eben am Bassin ein bisschen gucken. Wer will uns das Gegenteil beweisen?" raunte er dem Freund zu. „Und die Wache, die hat uns doch gesehen? Wenn die uns verrät...?" jammerte Georg und rieb sich den Arm. „Das Risiko müssen wir eingehen - komm wir machen das jetzt so!" entschied Tim. Wie gesagt, so getan. Auf einem ihrer Schleichpfade hinter den Häusern entlang erreichten sie schließlich das Becken. „Großer Gott, was war denn hier los?" Tim wurde ganz schlecht beim Anblick des vielen Blutes, welches über den Beckenrand verteilt war. „Vielleicht hatte das etwas mit den Schüssen von vorhin zu tun? Bestimmt wurde einer tot geschossen?" Georgs furchtsamer Blick folgte der Blutspur, bis sie durch unzählige Fußabdrücke im Sand verwischt wurde. Erschöpft und voller Angst setzten sich die Kinder in den Staub. „Ich denke, es ist besser, wenn wir jetzt gleich nach Hause gehen. Was meinst Du, Tim?" fragte Georg schließlich scheu.

Tim nickte nur stumm, auch in seinen Augen nistete sich die Furcht ein. Im Haus hatte zum Glück bisher niemand etwas vom Verschwinden der Jungen bemerkt. Tims Mutter sah verheult aus. Auch sein Dad saß deprimiert auf einem Hocker und starrte vor sich hin. „Mama, Dad, wir sind da!" meldete sich der Junge. „Ist gut, Tim! Ist Georg bei Dir?" ließ seine Mutter vernehmen. „Ja, ich bin auch hier!" antwortete dieser. „Dann ist es gut. Bleibt noch ein bisschen draußen, lauft aber nicht weg. Es gibt gleich Essen. Habt Ihr gehört?" Tim bestätigte, dass er verstanden hatte, dann wollten sie sich wieder hinaus schleichen. Sein Vater rief sie zurück. Tim zuckte erschrocken zusammen. „Au Backe, das setzt bestimmt Hiebe. Vater hat bemerkt, dass wir weg waren..." Tim kniff schon die Augen zusammen, doch statt der erwarteten Ohrfeige streichelte Dad ihm übers Haar. „Pass Du auf Mutter auf. Ich gehe noch einmal fort. Du musst jetzt hier bleiben. Eine beschissene Sache ist das, das kann ich Dir schon flüstern!" Damit nickte er ihm zu und strubelte seinen Kopf. „Alles klar! Ich verlasse mich auf meinen Großen. Du kümmerst Dich um Mama!" Mit diesen Worten nahm er seine Waffe und verschwand.

Tim hatte überhaupt nicht begriffen, was er meinte? Er ließ einen völlig verwirrten Jungen zurück. „Ist gut Dad. Ich bringe nur Georg nach Hause!" rief Tim seinem Vater nach. Dann schauten sich die Freunde verständnislos an. „Die Erwachsenen sind doch manchmal sehr eigenartig. Wie soll man sie verstehen...?" murmelte Tim und erntete dafür nur ein Achselzucken. Wohin sie auch kamen, überall blickten ihnen betrübte und ratlose Gesichter entgegen. Schließlich raffte Tim all seinen Mut zusammen und hielt einen Erwachsenen an. „Sag uns doch, weshalb alle so komisch drauf sind? Was ist geschehen?" „Ihr habt keine Ahnung, was vorgefallen ist? Zwei unserer Soldaten sind gefallen, der Major ist verschwunden. Die verfluchten Biester haben es getan! Es gibt wahrscheinlich Krieg?" war die knappe Antwort. Ihnen war schlagartig klar, wen er mit ‚verfluchte Biester' meinte…

„Ich gratuliere zu einem gesunden Jungen!"
Pat Wolters wusste vor Glück nicht so recht, was ersagen sollte. Er strahlte wie die Sonne und streichelte seiner Frau zärtlich über den Handrücken. „Es ist ein Junge, Melanie, ein Junge! Hast Du gehört? Wir haben einen Jungen!"

Melanie schloss erschöpft die Augen und versank im Kissen. „Mein Baby...!"
Linda badete indessen das Neugeborene und wickelte es in saubere Tücher.
Richtige Freude wollte bei ihr nicht aufkommen. Die Nachricht vom plötzlichen
Verschwinden des Majors erreichte sie, als gerade die Presswehen einsetzten.
So blieb ihr bisher auch kaum Zeit, über die Folgen der Meldung
nachzudenken. Doch nun überrollte sie die Wehmut. „So, das wär's dann! Das
Schlimmste haben wir damit überstanden. Kümmern Sie sich um Ihre Familie.
Ich komme später und schaue noch einmal rein!" verabschiedete sie sich
hastig. „Ich danke Ihnen vom ganzen Herzen, Linda. Wenn Sie mich jemals
einmal brauchen sollten, Sie wissen, wo ich zu finden bin!"
Pat Wolters drückte der Frau fest die Hände. Sie lächelte ihm aufmunternd zu,
dann zog sie lautlos die Tür hinter sich zu. Draußen atmete Dr. Linda Ferrow
erst einmal tief durch, lehnte sich an die Wand und ließ den Tränen freien
Lauf. Jemand zupfte an ihrem Ärmel. „Tante Linda, nicht weinen. Bitte...!" Tim
begann gleichfalls zu schluchzen. Ob er wollte oder nicht, auch ihm schossen
die Tränen in die Augen. Sein Freund Georg stand neben ihn und scharrte
verlegen mit den Füßen. Linda schnäuzte sich, mit fahriger Bewegung strich
sie den Jungs übers Haar. „Schon gut, geht schnell nach Hause und bleibt
dort. Eure Eltern werden sich bestimmt Sorgen um Euch machen. Nun lauft
schon!" Sie wartete, bis beide an der Ecke verschwanden. „Diese Kinder - es
ist schön dass wir sie haben!" dachte sie, dann schlang sie ihr Tuch fester um
die Schulter und eilte zum Palast. Das Stimmengewirr erstarb, als sie in der
Tür erschien. Dr. Adam nickte ihr zu und wartete, bis sie einen freien Stuhl
gefunden hatte. „Es ist ein süßer Junge!" kam tonlos über ihre Lippen.
„Da werden sich die Wolters aber freuen. Ich werde nachher unsere
Glückwünsche überbringen." Damit ging Dr. Adam zur Tagesordnung über.
„Wie wir in Erfahrung gebracht haben, wurde Major Hammer zum letzten Mal
auf dem Weg hierher gesehen. Seit dem hat er sich in Luft aufgelöst? Dazu
kommt, dass die Funkstation vollständig zerstört wurde! Damit haben wir
weder zu Dr. Harper in Kilbaat noch zu Sergeant Moos in Noah-City Kontakt.
Um ehrlich zu sagen - ein Scheiß Spiel ist das! Ich persönlich habe mir noch
kein abschließendes Urteil bilden können. Stimme aber nach jetziger Sicht der
Vermutung zu, dass diese Wesen, die Azuros, hinter dieser Sache stecken.

Da wir den Leichnam des Majors bisher nicht gefunden haben, glaube ich fest daran, dass er noch am Leben ist. Ich weiß, das ist nur ein kleiner Hoffnungsschimmer!" Er legte eine Denkpause ein. „Die Stadt ist im Alarmzustand, sämtliche Postenbereiche wurden verstärkt. Wenn man nur wüsste, was diese verdammten Teufel von uns wollen?"

„Das wissen wir eben nicht! Für mich steht nun nur noch eine Frage im Mittelpunkt unserer weiteren Diskussion - was sollen wir jetzt tun?"

Linda war aufgestanden, um ihre Rede fortzuführen. Doch sie kam nicht mehr dazu. „Schnell, bringt Euch in Sicherheit - sie sind überall...!" rief ihnen ein Posten zu, während er wie wild um sich feuerte. Das absolute Chaos brach aus...

Das Orakel

Der einige Stunden dauernde Marsch erinnerte Dr. Harper an eine Prozession, wie er sie in seiner Kindheit oft an den Osterfeiertagen erlebte. „Wir Kinder waren damals immer besonders aus dem Häuschen. Nach dem Gottesdienst gab es meistens kleine Naschereien und ein leckeres Essen. Das war eine schöne Zeit..." erinnerte sich Jim. Lt. Gordon lief neben ihn. „Und die bunten Eier - wir haben sie um die Wette den Berg runter rollen lassen. Und wer es am weitesten schaffte, ohne dass sie kaputt gingen, durfte als Sieger alle aufessen. So war das bei uns. Vielleicht sollten wir die Tradition mal wieder aufleben lassen? Ich denke, unsere Kinder in der City wären dankbar dafür!" erklärte er. Ohne Hast, mit völlig gelöstem Gesicht, schritt Bobak würdevoll an der Spitze der kleinen Truppe. Außer den beiden Kriegern, die ihre Speere mit den Sonnensymbolen mit sich führten, war der Rest unbewaffnet.

Lt. Gordon fühlte sich unwohl in seiner Haut, ohne Waffen kam er sich nackt und wehrlos vor. „Das Orakel wacht heute über unser Schicksal und es wird nichts geschehen, was nicht ohnehin vorbestimmt ist!" hatte der Häuptling ihnen versichert. „Von wegen - ich traue dem Frieden hier noch lange nicht! Was ist wenn...?" Lt. Gordon hielt die Augen offen und sah sich ständig um. Er

vermochte er sich unter den gegebenen Umständen nicht auf die kommenden
Ereignisse zu konzentrieren. Überall sah er Gefahren lauern.

„Wir haben unser Ziel erreicht. Dort auf der Anhöhe liegt die Stätte des heiligen
Orakels", ließ Bobak schließlich vernehmen und wies auf einen Hügel.

Von ihrer jetzigen Position aus war kaum etwas erkennbar.

Als sie dann aber näher kamen und die Höhe erklommen, bot sich ihnen ein
malerisches Bild. Eingebettet in einem Hain voller blühender Rosenhecken
erhob sich ein aus weißem Marmor erbauter Pavillon. Überrascht blieben die
Männer stehen. „Sieht aus wie der Palast eines exzentrischen Millionärs
unserer Zeit. Findet Ihr nicht?" Die Frage des Lieutenant blieb unbeantwortet.
Dr. Harper räusperte sich nach einer Weile. „Ich finde, das Objekt hat eine
gewisse Ähnlichkeit mit dem Capitol. Es gehörte zu den ältesten Gebäuden in
Washington D.C., der Hauptstadt unseres Landes. Es war der Sitz des
Kongresses und außerdem fanden dort die Sitzungen des Senates und
Repräsentantenhauses statt. Es war quasi unsere Beratungshütte für den
Ältestenrat - so wie heute bei Deinem Volk!" erläuterte er dem Häuptling, der
voller Interesse zuhörte. „Ich denke, heute wird davon nicht mehr als die
Grundmauer stehen. Ja so ist das nun mal mit der Geschichte, wenn sie nach
ihren eigenen Regeln verläuft…"

Unterhalb einer riesigen Halbkugel zog sich ein Reigen lebensgroßer Figuren
herum. Es waren genau vierundsechzig Frauen und Männer, die einander im
Wechsel die Hände hielten. Sie waren allesamt völlig nackt dargestellt. „Wer
das geschaffen hat, war auf jeden Fall ein Meister seines Faches!" bewunderte
Dr. Harper, als er den Pavillon umrundete. Die Skulpturen glänzten matt im
Licht des wachsenden Mondes. Woraus sie gefertigt waren, ließ sich aus der
Entfernung nicht mit Sicherheit bestimmen. „Auf jeden Fall hat ihnen die Zeit
nichts angetan - sie sehen wie neu aus?" ergänzte Dr. Harper nachdenklich.

„Der Eingang zum Gebäude befindet sich innerhalb dieser vorgesetzten
Pyramide am Osthang!" Bobak zeigte auf einen Bereich, der ebenfalls aus
mehreren Figuren zusammen gesetzt war. „Dort werden wir nachher das Haus
der Menja betreten, wenn es so weit ist!" Der Häuptling führte sie an eine
seitlich gelegene Stelle, wo die Überreste einer Lagerstätte zu finden waren.
„Sammelt etwas Holz und macht uns ein Feuer!" ordnete er an. Die beiden

Krieger eilten und kamen bald mit Brennmaterial wieder. Kurze Zeit später loderten die ersten Flammen. „Lasst uns ein wenig ruhen! Noch ist es nicht so weit! Der Mond erreicht heute Nacht seine volle Größe. Bis dahin müsst Ihr Euch noch gedulden!" Bobak hockte sich auf das kühle Gras und bat die anderen, es ihm gleich zu tun.

 Er war wohl etwas eingenickt. Benommen schaute sich Lt. Gordon um. Sie saßen noch immer am Feuer, doch irgendetwas war nicht mehr wie vorher? „Was ist passiert - es ist irgendwie anders als vorhin?" Versonnen lauschte er in die Stille der Nacht und grübelte vor sich hin. Ab und wann drangen Wortfetzen des leise geführten Gespräches zwischen Dr. Harper und dem Häuptling zu ihm. „Der Legende nach ist es ein sehr altes Gebäude. Ich glaube fast, es wurde bereits lange vor Eurer Zeit errichtet? Neben der Höhle der Vorfahren nicht weit von Euch und der Höhle der Seherin gehört die Stätte der Menja mit zu den großen Heiligtümern meines Volkes." Die nachfolgenden Sätze interessierten Lt. Gordon nicht weiter, doch dann wurde er hellhörig. „Was hier geschehen wird, ist kein Spuk und keine flüchtige Illusion, die uns vorgegaukelt wird, glaubt es mir, mein Freund", flüsterte Bobak. Neugierig geworden, rutschte der Lieutenant näher zu den Männern heran. „Das Orakel vereint das Wissen sämtlicher Generationen intelligenter Wesen, die einst auf diesem Planeten antraten, ihn zu beherrschen. Im Unterbewusstsein eines jeden Menschen sind jahrtausende alte Erfahrungen gelagert, so wie in einem Speicher Eurer Computer. Für immer und ewig. Nur sind wir nicht mehr in der Lage, dieses Wissen abzufordern oder zu unserem Nutzen zu verwenden. Wir vergessen, verdrängen und schalten ab, was uns nicht behagt. Doch dieses Vergessen ist nicht gleichbedeutend mit Auflösung oder Nichtexistenz. So, wie Energie niemals verloren geht in einem Gefüge von Gesetzmäßigkeiten, die uns ständig umgeben, so geht auch die Energie des Denkens ein in eine andere Dimension des Fortbestandes. Sie sucht sich nach dem Tod ihren Weg und vereint somit die Energie des Individualwesens zur Gesamtheit - das ist die Kraft der Menja!" Lt. Gordon fühlte eine heiße Welle in sich aufsteigen. „Das heißt, um Deine Worte für mich verständlicher zu interpretieren: Es gibt ein Leben nach dem Tod?" fragte Dr. Harper. Diesen ungläubigen Ausdruck in seinem Gesicht hatte der Lieutenant nur selten gesehen. „Ja, so ist es! Dieses

Bewusstsein begleitet uns und nimmt uns die Furcht vor dem Tod", bestätigte
der Häuptling ohne Zögern. Seine Hände erhoben sich zum Sternenhimmel.
„In den Bibliotheken und Archiven Noah-City's fand ich während meiner Jahre
bei Euch unzählige Hinweise auf die Religionen der Menschheit und ihre
Götter. So verschieden manche Betrachtungsweisen zum Thema Tod und das
Leben danach auch dargestellt wurden, in diesem Punkt herrschte, bis auf
wenige Ausnahmen, Übereinstimmung. Das Individuum und seine Energie
gehen ein in die Gesamtheit des Universums. Auch wenn unser Körper zu
Staub zerfällt, unser Geist vereint sich mit der Energie der Allwissenden. Um
aufzuerstehen, wenn seine Zeit reif ist. Das Orakel der Menja ist ein wichtiger
Teil unserer Religion. Wir verehren das Licht als ewigen Bestandteil des
Universums, als Träger der Energie." Bobak hob eine Handvoll Sand auf und
ließ ihn durch die Finger rinnen. Eine Bewegung, wohl tausende Male gesehen
oder gar selbst ausgeführt, bei ihm ein Lehrbeispiel seiner Empfindungen.
„Jedes Sandkorn, welches ich in der Hand halte und welches dann durch
meine Finger auf den Boden fällt, symbolisiert das Individuelle, solange es in
Bewegung ist. Mit bloßen Augen kann ich es erkennen, doch sobald es mit all
den anderen den Boden berührt, ist es eines von vielen, versunken in der
Unendlichkeit. Versuche es selbst, merke Dir ein Korn und lass es fallen!"
Lächelnd füllte er dem Administrator die Handfläche.
Dieser ließ den Sand kopfschüttelnd zu Boden fallen. „Ich sage ja immer, je
einfacher eine Erklärung, um so schwieriger für uns, sie zu verstehen", fügte
Lt. Gordon ein. „So ist es, mein lieber Lieutenant. Deshalb möchte ich zum
Abschluss noch folgendes sagen!" Bobak rückte seine Schulterdecke zurecht.
„Wir werden heute Nacht etwas erleben, wovon die Meisten von uns sicher
schon einmal geträumt haben. Nämlich in einen Spiegel zu sehen, und das
eigene Ich offen wie ein Buch lesen zu können. Es wird schmerzen, doch wer
diesen Schmerz überwindet, tritt ein in die Reihen der Allwissenden. Und nur
das Orakel wird in der Lage sein, die uns drängenden Fragen zu beantworten.
Wir haben den Vorteil, dass das Wissen verschiedener Generationen in
diesem Fall kompensiert wird mit den Kenntnissen zweier Epochen, der Euren
und der Jetzigen. Jeder von uns wird seinen Teil leisten müssen. Erst das
gemeinsame Bild wird uns aufzeigen, woher die Gefahren kommen. Und

vielleicht erfahren wir auch einen Weg nach dem Wohin? Das Orakel wird uns bloßlegen, verändern, modifizieren und es wird uns erheben auf eine neue Ebene des weiteren Lebens. Nur wenige durften bislang das Orakel erleben. Nicht alle haben es schadlos überstanden. Für die, die neugeboren wurden - die Letzte von ihnen war die alte Orona - begann eine Zeitrechnung jenseits von Gut und Böse. Sie nannten sich fortan Ol-Teen, die Auserwählten! Doch bedenkt, es ist eine Bürde, ein Auserwählter zu sein. Wenn diese Nacht vorbei ist, sind wir vielleicht die Ol-Teens? Deshalb lasst uns meditieren, auf das Körper und Geist in vollständigem Einklang stehen. Die Prüfung wird hart, für jeden von uns!" Damit beendete Bobak seine Erklärungen und schwieg, bis einer der Krieger das Feuer schürte. Statt der erwarteten Ruhe zogen so viele Gedanken gleichzeitig durch seinen Kopf, dass dem Lieutenant fast schwindlig wurde. „Das ist mit Sicherheit die verrückteste Sache, die ich in meinem Leben gehört habe. Da bin ich echt gespannt? Ol-Teen - das klingt mehr als bescheuert!" sinnierte er, dann versuchte er sich zu entspannen.

Der Mond war inzwischen weitergerückt. Ein leichter Nebelschleier löste sich vom Boden und begann, alles um sie herum einzuhüllen. „Es ist so weit. Lasst uns gehen!" vernahm er den Häuptling. Seine Stimme klang diesmal völlig verändert. Er wollte Dr. Harper noch eine Frage stellen, doch dieser schüttelte unmerklich den Kopf. „Später mein Freund. Jetzt beginnt die Zeremonie!"

Bobak ließ die bunt bestickte Decke von den Schultern gleiten. Um seine Hüfte schlang sich ein wundervoll gearbeiteter lederner Lendenschurz. Auch Dr. Harper und Lt. Gordon legten ihre Kleidung neben dem Feuer ab. Nur im Lendenschurz der Pikos begleiteten sie Bobak zum Pavillon. „Schon ein wenig ungewohnt - und kühl da unten!" schoss es Jim durch den Kopf, unwillkürlich musste er grinsen. „Wenn Linda mich so sehen würde…?"

Bevor sie die Pyramide durchschritten, stellte Lt. Gordon verwundert fest, dass sich der Reigen an der Kuppel langsam drehte. „Genau! Das ist es, was mich die ganze Zeit über beschäftigt hat? Oder träume ich das nur?" Wie richtige lebendige Figuren sahen sie jetzt aus. „Wow, da bekomme ich gleich Gänsehaut!" Am liebsten hätte er nun auf der Stelle kehrt gemacht. Nur mit Mühe gelang es ihm, die aufsteigende Aufregung unter Kontrolle zu bringen.

„Ist diese Pyramide wirklich von Menschen erbaut worden?" Als sie durch die Vorhalle pilgerten, erschien es ihm, als würden die Augen der Statuen nur ihn anstarren. „Absolut gespenstisch…!"

Dunkelheit hüllte ihn ein, ein kühler Hauch ließ ihn frösteln. Schritt für Schritt tastete er sich durch die Schwärze, eine Richtung schien es nicht mehr zu geben? „Verdammt - ich brauche eine Orientierung. Etwas zum festhalten!" Nervös versuchte er, eine Wand zu finden. Ohne Erfolg. Irgendwann spürte eine Berührung an seine Hände. „Ich führe Dich!" vernahm er und wurde ganz ruhig. „Du bist angekommen!" Seine Hand lag auf einem Gegenstand, er ertastete er die Konturen eines Sessels. „Setze Dich dort hinein!"

Erleichtert atmete er auf. „Wo sind wir jetzt? Etwa im Innern des Pavillons?" „Du bist am Ziel Deiner Sehnsüchte und Träume. Entspanne Dich und öffne Deinen Geist für die Dinge, die nun kommen werden!" hörte er noch, dann versank die Stimme im Nichts. „ Bin ich nun im Orakel?" So sehr er auch suchte, er konnte nichts erkennen. Ein schwach leuchtender Silberreif begann hoch oben zu rotieren. Gleichzeitig hörte er Lonel, die Seherin. Ihre Stimme kam aus weiter Ferne. Erst als der fahle Lichtstreifen an Stärke zunahm und allmählich herabsank, wurde sie kräftiger. „Willkommen in den heiligen Mauern der Menja. Ich, Lonel, Seherin des Volkes der Pikos, bin gemeinsam mit Euch aufgebrochen, den Geist der Menja mit dem Euren zu vereinen. Habt keine Angst - es kann Euch nichts geschehen!" fügte sie besänftigend hinzu. Sie spürte wohl, unter welcher Anspannung Dr. Harper und Lt. Gordon standen. Vier Lichtpunkte lösten sich aus dem Feuerkranz und schwebten, sich wie winzige Kometen um die eigene Achse drehend, allmählich den Gestalten entgegen. „Seit Menschengedenken und länger", sprach Lonel weiter, ohne, dass sie sichtbar wurde, „tobt der fortwährende Kampf zwischen Gut und Böse, zwischen Licht und Dunkelheit!" Während die Männer der Seherin zuhörten, folgten sie mit ihren Blicken den Lichtpunkten. „Das könnten auch Glühwürmchen sein?" fiel Lt. Gordon ein, als einer von ihnen direkt über seinem Kopf stehen blieb. Seine Finger umkrallten die Lehne so fest, dass sie zu schmerzen begannen. „Mensch - Du musst viel ruhiger werden! Irgendwann ist die ganze Show wieder vorbei!" sprach er zu sich selber, dann überschlugen sich die Ereignisse und nahmen ihn endgültig gefangen…

„Am Anfang stand das Feuer, geboren aus dem Leib der Finsternis. Es durcheilte Zeit und Raum, und dort, wo es kollidierte, entsprangen mächtige Feuerkaskaden!" tönte Lonel's Stimme weiter. Diesmal konnte Lt. Gordon erstmals seine Gefährten erkennen. Ihm gegenüber entdeckte er das Antlitz des Alten Ninos. Zu seiner Rechten befand sich Bobak, zur seiner Linken Dr. Harper. Wie ein Finger löste sich ein gleißender Strahl aus dem Lichtpunkt und tastete behutsam über seine Stirn. Der Vorgang spielte sich zeitgleich bei seinen Gefährten ab. Die berührte Stelle wurde merklich wärmer. Er empfand es aber nicht als unangenehm. Ein kurzes Blinken flackerte auf. Durch die geschlossenen Augen spürte er die Intensität des Strahles. „Und aus dem Feuer entstand die Macht der Allwissenden, denn sie vereinten fortan die Kraft und Energie alles Lebens des unendlichen Universums. Eine Kraft, deren Stärke so mächtig und gewaltig ist, dass es nichts Vergleichbares gibt, die ihr gleichkommen würden. Eine Kraft, die in uns lebt - und nur darauf wartet, endlich erweckt und befreit zu werden. Gebt Euch hin und Ihr werdet sehen. Seht und Ihr werdet verstehen! Versteht und Ihr werdet verändern!"
Lonel hielt den Atem an. Ihre warme Stimme drang erneut in des Lieutenants Hirn. „Das Orakel sucht nun den Kontakt zu Euch. Es wird in wenigen Augenblicken in Euch eindringen und von Eurem Geist Besitz ergreifen. Meine Stimme wird seine Stimme sein. Fragen und die richtigen Antworten werden aus Euch selbst erwachsen." Es war das Letzte, was er von Lonel vernahm. Wie ein greller Blitz drang das Orakel in die Köpfe der Männer ein und bemächtigte sich ihrer…

Michael Fox wusste zwar nicht, worüber sich die beiden Kerle in ihrer Ecke stritten, doch langsam wurde ihm der Krach zu viel.
„Ihr gottverdammten Arschlöcher, haltet endlich Eure Fressen. Ich verstehe kein Wort von diesem Scheißfilm!" keifte er die Jungs im Nachbarraum verärgert an. Für einen kurzen Moment schauten sie ihn verdattert an.
„Ach, leckt mich doch...!" schnauzte Bobo zurück. Wütend stürmte er hinaus und knallte die Tür hinter sich zu. Die Stimmung näherte sich mit jeder

weiteren Stunde ihres Verbleibens in Noah-City jenem Punkt, in der Anarchie
und Willkür das Verhalten des Einzelnen zu prägen begannen. Michael konnte
sich einfach nicht erklären, woher plötzlich diese unkontrollierten
Wutausbrüche kamen. „Haben hier inzwischen alle eine Macke? Ich könnte
einigen Jungs mal richtig die Fresse polieren!" Er schaltete den Player ab. Die
Lust auf den Film war ihm ohnehin vergangen. Mit großen, nachdenklichen
Augen schaute ihn Jeffry an. „Ich weiß nicht, welcher Teufel Bobo geritten hat?
Alles wegen dieser Scheiß Lappalie. Kein Mensch interessiert sich heute,
welches Musikstück von irgend so einer beknackten Band einst gespielt
wurde? Der Typ rastet ja völlig aus - ich kapiere es nicht, wirklich nicht?"
Er runzelte die Stirn, schließlich zuckte er bedauernd mit den Achseln und
verabschiedete sich. „Ich gehe im Park etwas frische Luft schnappen."
Mit diesen Worten verschwand er aus Michaels Blickfeld.
Blechern schepperte Sergeant Moos' Stimme über den Lautsprecher.
„Michael, prüfen Sie sofort in der Zentrale die Funkgeräte. Ronald hat Wache,
er faselt dauernd etwas von Funkunterbrechung zur City. Das kann nicht sein?
Bewegen Sie gefälligst Ihren Hintern mit Tempo, wenn ich bitten darf." Auch er
schien aufs Äußerste gereizt. „Der Laden ist zum Kotzen, jeder motzt einen
hier an. Die haben alle ein Rad ab!" Michael war stinksauer. Noch im Gehen
brubbelte er unablässig laut vor sich hin. „Alles Penner!" Im Laufschritt
erreichte er die Zentrale. Ronald war noch immer dabei, den Fehler zu suchen.
„Könnt Ihr Typen nichts richtig machen? So ein richtiger Wichserverein hier!"
Michael schob ihn resolut zur Seite und checkte das Gerät selber durch.
„Also an dem Kasten liegt es garantiert nicht. Wird wohl ein Defekt in Major
Hammers Laden sein. Da wird sich der Sergeant aber freuen!" stellte er bissig
fest und zog die Schraube des Netzteils wieder an. „Wer wird sich freuen?"
Sergeant Moos hatte nur die letzten Worte vernommen. Sein von Sorgenfalten
gezeichnetes Gesicht verdüsterte sich, als Michael ihm das Ergebnis seiner
Untersuchung darlegte. „Mist aber auch. Ohne Verbindung zur Siedlung sind
wir aufgeschmissen. Ein Irrtum ist ausgeschlossen?" Michaels energisches
Kopfnicken machte auch den letzten Hoffnungsschimmer zunichte.
„Okay, Ronald, Sie halten hier die Stellung. Sollte wider Erwarten der Kontakt
zustande kommen, bin ich sofort zu informieren. Und wenn es mitten in der

Nacht ist. Alles klar?" Der Angesprochene bestätigte und nahm seinen Platz wieder ein. „Und Sie kommen mit mir, Michael!"
Sergeant Moos hatte in den Appartements des Administrators Quartier bezogen. Blitzsauber sah alles aus. Jedes Ding stand an seinem Platz, so wie es der peniblen Art seines jetzigen Benutzers entsprach. Nichts, aber auch gar nichts überließ der Sergeant dem Zufall! „Ich hoffe, der Administrator nimmt es mir nicht übel, dass ich eine Weile seinen Platz einnehme?" Die wenigen verbliebenen, privaten Sachen Dr. Harpers standen wohlgeordnet auf dem Schrank. Sergeant Moos seufzte lang anhaltend. „Manchmal habe ich richtige Sehnsucht nach all dem Zeug hier." Seine hilflose Geste rührte Michael, der verwundert diesen ungewöhnlichen Gefühlsausbruch seines sonst so gestrengen Vorgesetzten vernahm. „Ich denke, er wird nicht gleich schimpfen!" entgegnete er mit einem Anflug von Lächeln. Er konnte ihn irgendwie verstehen. Es war jedem bekannt, dass Sergeant Moos zu jener Gruppe Befürworter gehörte, die es lieber vorgezogen hätten, weiterhin im sicheren Schutz der unbezwingbaren Mauern Noah-Citys zu leben. „Das ist tausend Mal besser, statt sich ständiger Gefahren auszusetzen!" war zu dieser Zeit sein Argument. Allgemein wurde damals nach dem Beschluss zum Umzug gemunkelt, dass es hauptsächlich Lt. Gordon zu verdanken war, dass es zu keiner Spaltung der Besatzung kam. „Sicherlich denken Sie jetzt, was dieser sentimentale Quatsch soll?" entschuldigte sich der Sergeant und setzte sich auf die Liege. Er sah müde und abgezehrt aus. Michael zuckte verlegen. „Ach wissen Sie, Sergeant. Irgendwie nervt die ganze Scheiße mächtig. Ist doch klar, dass irgendwann bei jedem das Visier fällt. Mir geht es genauso!" Fast eine Minute schaute Sergeant Moos sein Gegenüber tiefsinnig an, ohne sich zu rühren. „Okay, darüber wollte ich eigentlich nicht reden. Ich werde zwei Melder nach New-Noah-City schicken. Sie sollen rausbekommen, was da los ist? Nach ihrer Rückkehr werde ich entscheiden, was geschehen wird? Sie übernehmen für eine Weile das Kommando. Ich muss einfach mal ein paar Stunden Schlaf finden, bevor ich völlig durchdrehe. Sie überprüfen zuerst die Posten. Wenn irgendetwas sein sollte, wecken Sie mich sofort, ist das klar?"
„Alles klar und verstanden, Sir!" Damit entließ er Michael.

Michael entschloss sich, den Außentrupp aufzusuchen. „Die hat es am besten getroffen - sind an der frischen Luft und in der Sonne!"

Die Gespräche der Truppe verstummten, als Michael den Lift verließ.

Eine Welle des Misstrauens schlug ihm entgegen. Tische und Stühle standen auf dem Plateau verstreut. Die meisten Männer der Freiwache hatten sich hier versammelt und genossen die Strahlen der untergehenden Sonne. Michael zog eine Sitzgelegenheit heran und ließ sich schwerfällig darauf sinken. „Sind Mark und David schon weg?" Da sich keiner direkt angesprochen fühlte und deshalb keine Antwort kam, wiederholte er seine Frage. Dabei fixierte er William, einen kraftstrotzenden Burschen, der meistens den Ton bei solchen Gelegenheiten angab. „Was ist, hat es Dir die Sprache verschlagen, oder wie?" Eine Unmutsfalte auf Michaels Stirn kam zum Vorschein.

„Sind seit einer knappen Stunde weg! Müssten fast in New-Noah-City angekommen sein", murmelte William kurz angebunden zurück und wandte sich ab. „Ein schönes kühles Bier und eine schöne kühle Blonde, ach wäre das ein Leben? Fast wie im Paradies!" schwärmte am Nachbartisch jemand. Sofort setzten die typischen Soldatensprüche über diese Themen wieder ein. Michael angelte nach einem Stoß zerfledeter Zeitschriften. „Die Tittenmagazine sind leider schon vergeben!" knurrte William und zeigte auf das Heft vor sich auf dem Tisch. „Kannst Du gerne für Dich behalten. Vergiss nicht, Dir dabei einen runter zu holen!" konterte Michael und zog sich eine Illustrierte heraus.

12. November 2015. „Eine ein wenig veraltete Ausgabe", stellte er belustigt fest und begann, darin zu blättern. Er hatte sich gerade in den Artikel eines gewissen Doktor Jack Hilmar vertieft, der über die Zusammenhänge zunehmender Umweltschädigungen und deren Auswirkungen auf die Ökologie der Erde philosophierte, als die Sonne hinter den Gipfeln zu verschwinden begann. Sofort wurde es merklich kühler, ein flüchtiger Windhauch wirbelte Staubfontänen auf und vertrieb die Männer von ihren Plätzen. „So ein Scheiß…!" Mit einem derben Fluch auf den Lippen trennte sich Michael schließlich von seiner Lektüre und stürzte als letzter zum Lift. Auf halbem Wege setzte das Schrillen der Alarmglocken ein. Gleichzeitig dröhnte es ohrenbetäubend. „Die äußeren Tore werden geschlossen? Wer hat das

veranlasst?" Michael und William sahen sich nur besorgt an. „Hoffentlich ist da keine Scheisse in Bewegung gekommen...?" Williams Blick sprach für sich. „Jeder auf seinen Platz - höchste Alarmstufe!" klang es aus allen Lautsprechern und wurde ständig wiederholt. Kaum unten angekommen, eilte Michael zur Zentrale. An der Tür stieß er mit Sergeant Moos zusammen, der noch völlig verschlafen gähnte. „Hoffentlich hat Ronald einen triftigen Grund für diese Aktion!" brummte dieser ärgerlich vor sich hin, dann betraten sie nacheinander den Raum. „Was liegt an, Ronald? Gleich die Tore zu versiegeln...?" kam es hart von Sergeant Moos' Lippen. Der Angesprochene wies nur auf seine Kontrollmonitore. „Auf dem Plateau wimmelt es vor Azuros...! Ich weiß nicht, ob inzwischen schon welche reingekommen sind? Sie waren urplötzlich da, gleich nachdem unsere Jungs den Lift betreten haben", schloss er seinen kurzen Bericht über die gegenwärtige Lage ab. „Das ist doch echt der Knaller – alle sofort auf Gefechtstation! Jetzt ist die Kacke am Dampfen, so viel ist sicher Männer!"
Diese sah nach den Worten des Sergeanten mehr als „bescheiden" aus...

Jeder empfand die Wirkung des Orakels auf seine eigene Weise, doch in einem Punkt waren ihre Gefühle eins: „Es ist wie ein verrückter Tanz auf einem glühenden Vulkan!" Bobak atmete konzentriert und gleichmäßig, auch der stechende Schmerz des in die Stirn eindringenden Strahles vermochte ihn nicht mehr der einsetzenden Trance zu entreißen. Bunte Strahlenkränze quirlten durcheinander, nahmen ihn auf in ihrer Mitte und entführten seinen Geist in die Welt des ewigen Lichtes. „Das Licht ist so warm und angenehm auf meiner Haut? Als will es mich streicheln", wunderte er sich für einen kurzen Augenblick. Dann vollzog sich übergangslos die Trennung des Geistes vom Körper. Er trat in die Phase der körperlosen Wesen ein, ein Energiebündel unter unzähligen, in eine Welt gänzlich ohne Schatten...
Während die vier Männer wie Puppen leblos im Pavillon zurückblieben, waren ihre Seelen dank der Hilfe der Seherin Lonel aufgegangen im Orakel der Menja. Um zu erkunden, welches Schicksal sie erwartete? Dr. Harper sträubte

sich anfangs unwissentlich, doch dann glitt auch er hinüber in den Reigen der Ewigkeit. „Ich muss mich nur treiben lassen!" Zuerst irrte er scheinbar ziellos umher, stieß gegen vorbeieilende Schweife, die unter lautlosen Detonationen zerplatzten und schleierförmige, weitgezogene Feuerkaskaden versprühten. Lustvolles Prickeln erfasste ihn, schärfte die Wahrnehmungen für das Ungewöhnliche, welches um ihn herum geschah.

Bobak wurde immer gelassener. „Was sich außerhalb meines Ich's auch bewegt, es bewegt sich in einer offenbar für jedes Ding festgeschriebenen Bahn? Ich muss mich nur treiben lassen...!" wiederholte sich der Gedanke. Allmählich kehrte wohltuende Ruhe bei ihm ein. „Jetzt wird es immer besser - ich fühle mich so frei, unendlich frei...!" Jede noch so geringfügige Änderung zog eine Kette unkalkulierbarer Reaktionen nach sich. Er lernte sehr schnell, die Positionen herauszufinden, die ihn in angenehme Schwingungen versetzten. Wie auf einem unsichtbaren Magnetfeld katapultierte er sich quer durch die Sphäre, bis er einen Zustand des Rausches erreichte. In der Ferne zeichnete sich ein zartweißes Band ab, je näher er mit steigender Geschwindigkeit heran glitt, umso monströser und gigantischer erwuchs daraus ein nie gesehenes Gebilde. „Was ist das? Ein Körper? Eine Wolke?" Ein durchdringender, schriller Ton erfasste ihn, erstickte jegliche Regung, ließ wie ein glühender Feuerstrahl Wollust hoch steigern bis zur quälenden Pein. „Oh Ihr Götter - was macht Ihr mit mir? Sina meine Frau - Du bist hier?" Schließlich empfand er nur noch Sehnsucht nach Vereinigung.
So tauchte er voller Begierde unter in einem rotierenden Strudel, ohne Anfang und Ende, ein fortwährendes Auf und Ab, in einem Ozean der befreiten Seelen. Eine Stimme, so warm und zärtlich lockte ihn, zog ihn mit sich ins Zentrum, dorthin, wo sich das Auge der Menja offenbarte. „Sina - meine Liebe!" Gleißendes Licht umspielte ihn, formte kurzweilig bizarre Strukturen, ineinander verwoben und gleichzeitig abstoßend, sich kringelnd und windend und wieder ins Nichts verschwindend. Er ließ sich fallen in eine Ekstase des Entstehens und Vergehens. Hier, am Ursprung sämtlichen Seins erwartete ihn die Erkenntnis der Ewigsuchenden; konzentrierte, unvergängliche -

immerwährende Kraft, welche jeder von ihnen unter ein und denselben Begriff der Allmächtigkeit versinnbildlichte - Gott!!

„Wacht auf, es ist vorbei!" säuselte die Stimme eindringlich.
Benommen rieb sich Dr. Harper die Augen, versuchte sich hoch zu rappeln. Die Glieder waren ihm schwer wie Blei, bei jeder noch so geringen Bewegung hätte er vor Schmerz am liebsten laut aufgeschrien.
„Was ist gerade geschehen? Wie spät ist es eigentlich?"
Woran er sich noch erinnerte - bunte Feuerbälle zerplatzten um ihn herum und drohten ihn zu verbrennen! Es war so furchtbar heiß...?
Seine Augen glitten über Arme und Beine und suchten vergeblich die Feuermale, die er zu besitzen glaubte. Die Haut spiegelte glatt und unversehrt wie eh und je. „War das alles nur ein Traum - dann war er sehr real geträumt, wie kaum möglich?" Jim entschloss sich, noch einen Moment zu ruhen.
Der Häuptling rührte sich, auch er hatte noch immer Probleme mit der Orientierung. „He Bobak, wie geht es Dir? Kommst Du klar?" Auf Dr. Harpers Frage winkte er nur schwach mit der Hand, sein Kinn sank erneut auf die Brust. „Fühle mich noch sehr schwach!"
Dr. Harpers Geduld wurde auf eine harte Probe gestellt. Erst nach geraumer Zeit gab der Häuptling wieder ein Lebenszeichen von sich. „Langsam hört es auf, sich in meinem Kopf zu drehen!" Diesmal wirkte er kräftiger, sogar sprechen konnte er, wenn auch noch sehr langsam und betont artikuliert.
„Den Göttern sei Dank - wir haben hoffentlich das Schlimmste überstanden?"
Bobak richtete sich ächzend auf und setzte sich gerade hin.
„Wieso das Schlimmste? Kommt denn noch etwas?" Dr. Harper rollte gemächlich seine Schultern, nach und nach stellte sich das Gefühl in ihnen wieder ein. „Ich bin noch völlig knülle. Mir tun sämtliche Knochen im Leibe weh, so als wäre ich tatsächlich durch diese Lichtwelt geflogen...!"
Bobaks Blick ließ ihn den Satz nicht vollenden.
Ninos und Lt. Gordon regten sich noch immer nicht, ihr Atem ging flach und ungleichmäßig. „Ich denke, ich habe mich geirrt. Wir haben das Schlimmste noch vor uns!" hörte der Administrator den Häuptling noch ausrufen, dann senkte sich erneut die Finsternis über ihn…

Mit Einbruch der Dunkelheit erreichten die beiden Soldaten David und Mark weisungsgemäß die Region von New-Noah-City. „Mir gefällt die Sache überhaupt nicht!" knurrte David und zuckelte unruhig am Riemen seiner Waffe herum. Mark belächelte insgeheim Davids Gehabe. „Mensch, Du bist ja schlimmer als ein Kleinkind mit Deiner Phobie! Deine Macken gehen mir mächtig auf den Sack!" Den gesamten Weg über hatte David vor sich hingemault. Bei jedem Schatten war er schreckhaft zusammengezuckt. „Nun halte endlich die Luft an und male nicht laufend den Teufel an die Wand! Wir wissen überhaupt nicht, was passiert ist und Du machst laufend den Affen? Halte endlich Deine Schnauze und lass mich damit in Ruhe!" knurrte Mark angesäuert. Langsam aber sicher ging ihm das ständige Gezeter auf den Geist. Auch er war nicht sonderlich erfreut gewesen, als sie den Befehl erhielten, nach New-Noah-City zu marschieren. Und wenn er ehrlich war, anfangs hatte es ihn sogar angekotzt. Jetzt fand er es gar nicht so übel, endlich wieder unter freiem Himmel zu laufen.

„Nirgendwo brennt Licht - ich sage Dir, das ist eine linke Nummer!" unkte David erneut. Diesmal stutzte auch Mark. Der Postenbereich des Haupttores lag völlig im Dunkeln. „Das ist tatsächlich merkwürdig und absolut untypisch? Wenn eine Panne des Generators vorliegen würde, dann wären wenigstens Fackeln entzündet worden! Aber so?" David schüttelte misstrauisch den Kopf und nahm die Waffe in die Hände. „Hör schon auf zu sülzen!" herrschte Mark den Gefährten an, entsicherte aber auch vorsichtshalber sein Gewehr. „Du wartest hier, bis ich Dir ein Zeichen gebe. Im Notfall musst Du mir den Weg freischießen. Alles klar?" Ohne Davids Antwort abzuwarten, huschte er zum Tor. Totenstille empfing ihn. Die Sicht wurde durch die zunehmende Dunkelheit immer schlechter. Erst als sich die Sichel des Mondes langsam über die Berggipfel hinweg schob, konnte er einige nähere Umrisse wahrnehmen. „Die Pforte im Tor ist offen. Dann müsste ja jemand da sein?" Schrittweise pirschte er sich näher heran, jederzeit den Anruf der Wache erwartend. „Ich hoffe, Ihr pennt nicht um diese Zeit?" Doch nichts dergleichen geschah? Lautlos pfiff er durch die Zähne, einmal trat er versehentlich auf einen Ast.

Dessen trockenes Knacken ließ ihn erschrocken aufhorchen.

„David - komm jetzt her!" Er musste mehrmals rufen, bevor David reagierte.

„Bist Du taub oder was? Ich brüll mir die Lunge aus dem Hals!"

Mark kannte ja die Ursache seines Zögerns, gerade deshalb war er so wütend.

„Du wirst Dir eines Tages noch vor Angst die Hosen vollscheißen! Mann - reiß

Dich gefälligst zusammen!" kanzelte er ihn ab. David schluckte verkrampft, auf

seiner Nase perlten große Schweißtropfen. Es war immer das gleiche Spiel.

Sobald eine Situation brenzlig wurde, begannen seine Hände vor Aufregung se

feucht zu werden und irgendwann drohte er, die Kontrolle über sich selbst zu

verlieren. „Ich kann doch auch nichts dafür - es ist halt nun mal so!" Er war

schon mehrfach bei Dr. Summerfield zur Beratung gewesen. Der Doktor

konnte ihm nicht helfen. Seine Diagnose war schlicht und einfach:

„Psychischer Knacks durch den Aufenthalt in den Kältekammern!" Das

brachte ihn allerdings im normalen Leben auch nicht weiter Erst Recht nicht im

Dienst an der Waffe! „Was wollen wir jetzt tun - es ist niemand da?"

Angestrengt spähte David in das schwarze Loch des Eingangsbereiches. „Das

sehe ich selbst, dass niemand da ist, Du Schlaumeier! Wir werden wohl oder

übel nachsehen. Irgendwo müssen sie ja sein?" Versöhnlich puffte Mark an

seine Schulter. „Na los, Alter, gib Deinem Herzen ein Stoß und folge mir!"

Sie erreichten unbehelligt den Innenbereich der City. „Es ist so furchtbar still?"

flüsterte David. Nur ihre Schritte hallten von den Häuserwänden wider.

„Ist wie in einer Gespensterstadt - wie in den alten Horrorfilmen - erinnerst Du

Dich?" unkte David weiter. Mark reagierte nicht auf sein Gebrabbel. Irgendwie

streifte ihn eine böse Vorahnung. „Schnauze halten und nicht blöd herum

palavern! Wir bewegen uns die Hauptmagistrale empor und sehen nach, ob

wer im Palast ist? Vielleicht machen die gerade ein Meeting?" vermutete Mark.

Je weiter sie vordrangen, umso sicherer wurde ihre Gewissheit, dass etwas

Ungewöhnliches passiert sein musste? „Du dickes Ei, wer hat denn hier

gewütet?" entfuhr es Mark angesichts der zertrümmerten Türen am Saloon.

David überzeugte sich, dass niemand in der Nähe war. „Kein Schwein zu

sehen. Soll ich mal einen Warnschuss abgeben?" schlug er vor. „Lieber nicht -

lass uns einfach reingehen und gucken, was sich abgespielt hat?" widersprach

Mark und trat durch die beschädigte Tür in das Objekt hinein. „Hier hat es

Stress gegeben!" Es war bisher die einzige Stelle, wo Spuren eines Kampfes
sichtbar waren. Ringsherum war der Boden aufgewühlt, zerbrochenes Glas,
umgestürzte Möbel und leere Patronenhülsen lagen herum. Ein Teil der Mauer
war durch eine Explosion eingestürzt. „Das muss mächtig geknallt haben? Da
drüben liegen noch einige Handgranaten", stellte er sachlich fest.
„Vielleicht sind sie geflüchtet?" sinnierte David vor sich hin. „Laut dem
aktuellen Fluchtplan sollen sich ja alle Einwohner in Richtung Bunkeranlage in
die Berge zurückziehen, sobald die Anzeichen einer Gefahr vorliegen.
Vielleicht sind sie dorthin unterwegs?" Dann verneinte er. „Wir hätten sie auf
jeden Fall auf den Weg hierher treffen müssen. Das fällt also erst mal flach!"
„Ok, wir checken noch einmal die Lage und sehen uns genauer um, alles
klar?" erklärte Mark und ging los. Sie sahen in jedem Haus nach. „Wieder
nichts!" So sehr sie sich auch mühten, es blieb alles erfolglos. Inzwischen
kamen sie in der Nähe des Palastes an. „Unsere letzte Chance. Wenn da
niemand ist, weiß ich auch nicht weiter?" Mark wirkte inzwischen auch ziemlich
mutlos und geknickt. „Warte, da vorn ist wer?" David hielt Mark am Arm fest
und zog ihn mit zur Hausfront. „Ich sehe und höre nichts - Du hast Dich
sicherlich geirrt!" raunte Mark und riss sich unwillig los, „das ist aber auch
finster wie in einem Kellerloch!" Schon wollte er erneut losstürmen, als er
dieses eigentümliche Klappern vernahm. Er drückte sich rücklings an die
Wand und hob die Waffe in Anschlag. „Komm, komm!" wisperte er David zu
und tastete sich weiter. Manchmal setzte das Geräusch längere Zeit aus.
Einmal glaubte Mark bereits, es hätte sich vollständig in Luft aufgelöst. „Da ist
es wieder - wir sind dicht dran!" stellte er beklommen fest. Einzig der kühle
Lauf der Waffe gab ihm in diesen Augenblicken etwas Rückhalt. Ihre Nerven
waren zum Zerreißen gespannt, immer wieder fuhr sich David mit dem
Handrücken über das schweißüberströmte Gesicht. Sein Herz rutschte in die
Hosen, als sich eine kalte Hand an seinen Hals legte…

„Kann irgendwer diese verdammte Sirene wieder abschalten?"
Sergeant Moos strich sich nervös über die Stirn, das dauernde Hupen störte
ihn beim Denken. „Endlich!" Die Stille war himmlisch. Unruhig lief er im Kreis
und kaute dabei auf seinen Daumennägeln. „Was ist? Sprechen die Sensoren

an? Zeigen diese Dinger überhaupt irgendetwas an?" Michael überflog hastig das Kontrollpult. „Suchsensoren aktiviert! Wenn einer dieser fliegenden Teufel den Innenraum erreicht hat, wird er sofort registriert. Wie es aussieht, haben wir Glück...!" In diesen Moment flammten vier gelbe Punkte auf den Bildschirmen auf. „Mist, sie haben es doch geschafft!" vollendete er seinen Satz. „Also gut. Wir werden sie gebührend empfangen!" murmelte der Sergeant grimmig, dann erteilte er seine Befehle. „Michael, rufen Sie die Männer augenblicklich in der Zentrale zusammen. Voller Kampfsatz ist angesagt. In einer Minute sind alle hier. Dann sofort sämtliche Eingänge hermetisch sichern. Alles klar?" Jetzt, wo es um ihr Leben ging, funktionierten die Männer wie ein Uhrwerk. „Sir, alle Mann an Bord! Eingänge versiegelt", meldete Michael nach exakt einer Minute. „Okay, prüft noch einmal, wo sich die Biester befinden?" bat Sergeant Moos.

Die Punkte bewegten sich Richtung Parkanlage. Inzwischen waren weitere Signale aufgeflammt. „Sechzehn!" stellte Michael konstatiert fest. „Achtzehn!" korrigierte Ronald und markierte die neuen Blinkzeichen: „Das verstehe ich nicht! Das äußere Tor ist doch geschlossen? Wie kommen die herein?" dachte Sergeant Moos laut und schaute seine Männer mit großen Augen an. Ronald ließ einen Kontrollscheck durchlaufen. „Irrtum, das äußere Tor ist nicht vollständig zu! Die Blauen haben wahrscheinlich einen Fels abgesprengt und verhindern damit, dass sich der Flügel gänzlich schließen kann. Wir sollten ein anderes Tor schließen!" „Wenn sie die nicht auch inzwischen blockiert haben? Los, versuchen wir es!" ordnete der Sergeant an. Fieberhaft arbeiteten die Männer an den Pulten. „Tore 2 und 3 - außer Betrieb!" Wie vom Blitz getroffen sprang der Sergeant von seinem Sitz und spurtete selbst zu den Kontrollmonitoren. Doch auch diese konnten ihm nicht helfen. „Diese verfluchten Hunde!" presste er zwischen den Zähnen hervor, „sie haben die Elektrik lahmgelegt. „Sergeant, Tor 4 bewegt sich!" meldete Ronald kurz darauf. Alle Augen richteten sich wie gebannt auf den Bildschirm. Insgeheim sandte Sergeant Moos ein Stoßgebet gen Himmel. „Tor 4 vollständig geschlossen!" Verhaltener Jubel erscholl, dann konzentrierten sich alle wieder auf ihre Kontrollschirme. „Jungs, jetzt wollen wir ein wenig aufräumen. Drückt die Daumen, dass die Sicherungsanlagen noch funktionieren. Alle Mann Schutzmasken anlegen!" brüllte der Sergeant und zog seine Maske aus der Tasche.

„Achtung, ich aktiviere Stufe Alpha!" tönte Michaels Bass aus der Maske, dann begann ein rotes Band aufzuleuchten. Zuerst tat sich überhaupt nichts. Zweiundvierzig Eindringlinge rückten in einem Kreis immer enger um die Zentrale zusammen. „Seht nach, ob Ihr draußen etwas erkennt? Sie können nur noch wenige Meter von uns entfernt sein?" Hektik hatte die Männer erfasst, sie umklammerten ihre Waffen und versuchten, durch die beschlagenen Scheiben der Atemmasken hinauszuspähen. „William, überprüfen Sie die Druckmesser. Das verdammte Gas müsste inzwischen längst alles überflutet haben", war Sergeant Moos dumpfe Stimme erneut zu hören. Aus dem satten Blinken einiger Anzeigen wurden immer schwächer werdende Signale, die schließlich vollständig verloschen. Sergeant Moos rieb sich zufrieden die Hände.

„Na bitte, es funktioniert doch!" stellte er erleichtert fest. Eine halbe Stunde später ließ er die Aktion beenden und schaltete die Entlüftungsanlage zu. „Jetzt wird erst einmal gründlich ausgemistet!" ließ Sergeant Moos vernehmen und brach selbst mit dem größten Teil seiner Leute auf. Er hatte mehrere Flammenwerfer aus den Waffenkammern holen lassen. „Wie sieht es oben aus?" wollte er wissen, bevor er den Raum verließ. „Scheint, als hätten die eine ganze Armee hergeschickt. Ein Glück, dass wir es rechtzeitig bemerkt haben", stellte Ronald mit schaudernder Stimme fest und stellte die Bilder schärfer. „Großer Gott, das müssen ja einige Hundertschaften sein! Macht Aufnahmen von ihnen, besseres Bildmaterial können wir sonst kaum bekommen! Haltet ein Auge auf Tor 1 und das Plateau. Kontrolliert regelmäßig das Radar. Irgendwann werden diese Vögel ja wieder abfliegen? Möchte dann wenigstens wissen, wo wir sie suchen müssen!" Damit verabschiedete sich der Sergeant vorerst, rückte die Schutzmaske zurecht und verschwand.

„Oh Du dicke Scheiße, da sind sie ja!" Es war für alle die erste direkte Begegnung mit einem bislang unbekannten Feind. Der Sergeant fühlte einen dicken Kloß im Hals, der sich immer mehr in seinen Därmen auszubreiten schien. „Da vorn liegen einige dieser Biester, und da auch!" Mitten auf der Hauptstraße lagen drei seltsam verkrümmte Körper. Auf ein Handzeichen des

Sergeanten rückten die Männer behutsam vorwärts. „Behaltet vor allem die oberen Sektionen im Auge. Ich möchte keine böse Überraschung erleben!" „Die sind mausetot!" stellte William fachmännisch fest. Er beugte sich über die vorderste Gestalt und piekte ihr mehrfach mit dem Lauf in den Bauch. „Der Typ richtet jedenfalls keinen Schaden mehr an…!"

„Wie im Film ‚Krieg der Sterne', erinnert Ihr Euch?" flüsterte einer der Männer aus dem Trupp, die nun neugierig die Toten umringten. Sergeant Moos ließ sich Zeit und begutachtete die Gefallenen von allen Seiten. „So etwas habe ich auch noch nie zu Gesicht bekommen. Scheinen tatsächlich direkt einem dieser verdammten Horrorfilme entsprungen zu sein!" knurrte er und stupste eines der Wesen an. „Sehen wirklich aus wie Außerirdische - diese eigenartigen Gesichtszüge, die Augen, der Körper und dann diese Flügel!" sprach er mehr zu sich selbst, während er die Körperteile berührte. „Was haben wir denn hier?" Er drehte den rechten Arm eines Azuros herum. Auf dem Oberarm entlang war mit mehreren Riemen eine Art silbernes Rohr festgeschnallt, welches an der Armbeuge eine leichte Vergrößerung aufwies. „Ist vielleicht das Ding, womit die Projektile abgeschossen werden? Wo ist aber der Abzug?" William tastete das Rohr ab. „Wir sollten es mitnehmen. Einer unserer Wissenschaftler kann bestimmt etwas damit anfangen", schlug er schließlich vor. Da der Sergeant nicht widersprach, schickte er sich an, die Riemen zu lösen. Sergeant Moos hockte noch immer vor dem Gesicht des Wesens und betrachtete dessen Augen. „Was ist plötzlich mit mir los?" Er fühlte sich auf einmal so schlapp und kraftlos, die Augenlider wurden schwer wie Blei. „Der Bursche lebt ja noch!" Das war das Letzte, was er hörte, dann versank er in eine kurze Ohnmacht. Es war William, der geschrien hatte. „Sergeant, wachen Sie auf! Alles wieder ok?" Er riss seinen Vorgesetzten an den Schultern zurück, bevor sich die Hand des Azuros um seinen Hals schließen konnte. „Du verdammter Scheißkerl - Dir werde ich es zeigen! Hier nimm…!" Blind vor Hass und Wut richtete William seinen Flammenwerfer auf die Kreatur und verwandelte sie in eine lodernde Fackel. Wenige Minuten später erwachte Sergeant Moos. Er taumelte noch und rieb sich die Augen. „Was war los mit mir?" Er sah den brennenden Körper. „Der hätte Sie fast erwischt! Jetzt wird er sich an niemanden mehr vergreifen", stellte William selbstzufrieden fest und ließ noch einen Feuerschweif auf die Fackel niederprasseln.

„Okay, es reicht! Tragt die Blauen zusammen - passt aber gefälligst auf!" befahl der Sergeant und näherte sich der nächsten Gruppe. In den nächsten Stunden ließ er die Toten filmen und auf einen Berg stapeln. Später wurden sie verbrannt...

„Scheint so, als ob die jetzt die Nase voll haben? Sie versammeln sich offensichtlich zum Abflug!" kommentierte Michael die Ereignisse auf dem Bildschirm. Die Sicht auf das Plateau war alles andere als optimal.

„Versuch noch einmal, die Kamera schärfer einzustellen - Du musst den Winkel nachjustieren", bat Michael. Doch Ronalds Bemühungen blieben ohne Erfolg. „Ist doch alles nur noch alter Scheißkram, Schrott!" fluchte dieser und gab schließlich auf. „Sei froh, dass wir überhaupt noch Bilder empfangen!" konterte Michael. Damit lugte er voller Interesse über Ronalds Schulter.

„Hast offensichtlich Recht. Jetzt haben sie gemerkt, dass ihnen die Zugänge versperrt sind, nun hauen sie endlich ab! Verpisst Euch und lasst Euch nie wieder hier blicken!" Den letzten Satz stieß er voller Grimm hervor.

In diesem Moment trat Sergeant Moos polternd in die Zentrale ein.

Sofort wurde er über die neue Lage informiert. „Gebe es Gott, dass es so ist. Es war ein Fehler, sie hier zu verbrennen! Die Viecher stinken entsetzlich, es ist kaum noch auszuhalten! Dabei arbeitet die Lüftung auf Hochtouren...!" Sergeant Moos blieb vor dem Monitor sitzen, bis der letzte Azuro mit kurzem Anlauf seine Flügel ausbreitete um dann mit kräftigen Schlägen im Nachthimmel verschwand. „Haben sich eigentlich Mark und David inzwischen mal wieder gemeldet? Was ist mit dem Funkkontakt zu New-Noah-City?" fragte er beiläufig, erhielt darauf aber nur abschlägige Antworten. „Hoffentlich waren die Burschen clever genug, denen da nicht in die Hände zu fallen!" Den gleichen Gedanken hatte in diesem Moment auch Michael. Nicht auszudenken, was dann mit Mark und David geschehen wäre?

„Sie sind da! Sie sind zurück!"

Mehr als ein Krächzen brachte Ronald nach den qualvollen Stunden des Wartens nicht mehr hervor. Die Sonne war bereits aufgegangen, ein weiterer wunderschöner und heißer Tag kündigte sich an, als Ronald die beiden Gefährten auf dem Monitor entdeckte. Aufgeregt winkten sie in die Kamera. Er streckte mehrmals seinen zerschlagenen Körper. „Na, na, keine Panik auf der Titanic!" brummte er gutmütig vor sich hin, dann bat er Michael, ihm beim Öffnen des Tores zu helfen. Während die gigantischen Flügel sich dröhnend nach oben schoben, verschwanden die Köpfe der Kundschafter. Minuten später tauchten sie müde, aber wohlbehalten in der Zentrale auf. Behutsam dirigierten die beiden Männer ihre Begleitung um den langen Tisch. „Das sind doch die Kinder? Wo habt Ihr denn die aufgegabelt?" stellte Michael überrascht fest, als er die übermüdeten Kids sah. „Das ist alles, was von den Bewohnern der Siedlung übrig geblieben ist! Sie sind die einzigen..." Ronald verstand erst nicht, was David vor sich hinnuschelte. „Wo habt Ihr die Kinder gefunden? Nun sag schon?" drängelte er, doch David rollte sich wie ein Igel auf dem Boden zusammen und fiel übergangslos in einen tiefen Schlaf. „Bei Euch war ja richtig der Teufel los? Na ja, schlimmer als in New-Noah-City kann es aber nicht gewesen sein?" Mark ließ sich ebenfalls erschöpft auf einen Stuhl sinken und starrte trübsinnig vor sich hin. Als Sergeant Moos eintrat, schaffte er es nicht einmal mehr, sich zu erheben. „Bleiben Sie sitzen! Was ist in New-Noah-City?"

„**D**ieses Pack steckt doch unter einer Decke! Man müsste sie alle liquidieren", zürnte Legat Renzys. Ihn wurmte die Erfolglosigkeit seiner Inspektion im Labor Cratos. Die Suche nach dem Sarkophag des Vaters hatte sich wiederum als Fehlschlag erwiesen. „Wir haben sämtliche Laboratorien und Nebenräume noch einmal gründlich durchsucht. Nichts, nichts!" „ Einen kleinen Hinweis möchte ich doch loswerden! Wenn alle Drohnen vernichtet werden - wer wird dann ihre Arbeit verrichten? Oder liegt Dein künftiges Interesse darin, zukünftig selbst am Brüter zu stehen und unseren Nachwuchs aufzuziehen? Nur zu!" stichelte der Hüter giftig. Ihn ärgerte die Unüberlegtheit, mit der sein Günstling mit wenigen Worten mehr Unsinn anrichtete, als gut war. „Manchmal denke ich, Du bist ein Strohkopf. Wenn man Dich so reden hört - nur heiße Luft kommt aus Deinem Mund!" Verdattert ließ Renzys die Abfuhr über sich ergehen. „Von einem Legat erwartet man aber mehr als nur laue Luft! Versuche, bevor Du in Zukunft einen Laut von Dir gibst, vorher Dein Hirn einzuschalten. Ich bin nicht da, um jedes Mal Deine Fehler zu korrigieren oder gar zu vertuschen!" Unwirsch drehte Teronus ab und ließ den Verdutzten stehen. „Das hat man nun davon", zischelte Renzys sauer vor sich hin, „sämtliche Loyalität ist vergessen, wenn einem ein winziger Fehler unterläuft? Es ist doch immer das gleiche Spiel!"

In der Zentrale der Wabenstadt der Azuros herrschte reges Treiben.

„Was gibt es Neues?" donnerte Renzys die Posten an, die bei seinem Erscheinen salutierten. „Erhabener, die ersten Meldungen sind eingetroffen. Die Offensive ist ein voller Erfolg! In Eurem Büro warten die Kundschafter auf Euch!" wurde ihm gemeldet. „Na, wenigstens etwas Erfreuliches!" brummte er und trat in seine Räume ein.

„Nun, Reco, wie ich hörte, könnt Ihr mir einige angenehme Auskünfte übermitteln!" sprach er den Kundschafter an. Reco fühlte sich geehrt, dass der Legat sich an ihn erinnerte und ihn berichten ließ. Nach seiner Verwundung in New-Noah-City war dies der erste große Einsatz, an dem er wieder teilnahm. Diesmal sogar als Chef einer eigenständigen Abteilung. „Es gibt sowohl Positives als auch weniger Positives zu vermelden!" beschwichtigte er vorsichtig den Legat. In ausführlichen Worten beschrieb er die Einsätze gegen New-Noah-City. „Euer Plan war wirklich genial - der Überraschungsangriff ein voller Erfolg. Wir haben fast alle Zentren in unserer Hand, die meisten Völker auf diesem Planeten haben wir unterworfen. Sogar diese New-Noah-City ist gefallen. Das Heer wird in einigen Tagen mit dessen Bewohnern hier eintreffen. Das Aufnahmelager wird gerade vorbereitet. Einen ihrer Anführer habe ich bereits mitgebracht. Es ist der Gleiche, mit dem ich schon kommunizierte. Damals, als ich diesen unglückseligen Pfeil abbekam!" Renzys konnte sich recht gut erinnern. Voller Interesse lauschte er dem Bericht über den Einsatz des Tyrannos Rex in Kilbaat.

„Diese Mission wurde durch zwei Fakten vereitelt, die für mich unerklärlich sind!" erzählte Reco weiter. „Ich selbst war dabei und steuerte die Echse. Am Anfang verlief alles nach Plan und ohne Komplikationen. Doch dann tauchte ein Mensch auf, der unsere Gedankengänge erheblich störte, so dass wir schließlich aufgeben mussten. Bemerkenswert ist für mich die Tatsache, dass dieses Wesen ein Weibchen der Menschen ist. Nicht nur, dass sie unsere telepathischen Kräfte lokalisieren konnte, sie war auch in der Lage, uns aktiven Widerstand zu leisten. Und als zweiter Fakt tauchte dann diese unbekannte Flugmaschine auf und vernichtete die Echse mit Explosivgeschossen?"
In Erwartung eventueller Fragen des Legates hüllte sich Reco in Schweigen, auch die übrigen Kundschafter nickten beiläufig und bestätigten damit seine Aussagen. „Danke, das reicht mir vorerst! Ich werde dem Hüter Bericht erstatten. Sollte er weitere Auskünfte benötigen, lasse ich Euch rufen. Ihr dürft Euch vorerst zurückziehen." Damit entließ der Legat sie.

„Wenn ich ehrlich bin - ich weiß noch immer nicht, was ich von diesem Cratos zu halten habe?" Voner schaute sich unruhig um, während sie wie Diebe durch die leeren Gänge schlichen. „Wir haben keine Wahl - jetzt nicht mehr!" stellte Meronuk stirnrunzelnd fest. Dann überzeugte er sich, dass an der Kreuzung keine unangenehme Überraschung wartete. „Alles sauber!" Flink huschten die Legaten auf die Gegenseite, froh, endlich dem Licht entronnen zu sein.
„Hier muss es sein! Ich hoffe nur, dass die Karte einigermaßen genau ist?" Meronuk faltete das Pergament neu, dann gab er die Richtung an. „Laut Aufzeichnungen müssen wir dort lang!" Die Luft wurde feucht, glitschige Bretter und Steine säumten ihren Weg. „Das kann unmöglich der Treffpunkt sein? Hier ist nichts! Überhaupt nichts!" zweifelte Voner und hüllte sich fröstelnd in die Flügel ein. Irgendwann gabelte sich der Pfad, sie bogen nach rechts ab. „Wir haben jetzt genau den Rand der Stadt erreicht. Ich laufe nicht einen Schritt weiter. Entweder Cratos findet uns hier...!" „...oder wir warten, bis wir schwarz werden!" vollendete der Gelehrte Cratos Meronuks Satz und trat ihnen aus der Dunkelheit entgegen. „Ich bin schon seit geraumer Zeit hier. Ihr Fortgehen blieb unbemerkt. Renzys und seine Anhänger feiern frenetisch ihren Sieg. Ein

bitterer Sieg, der unseren Niedergang einleitet. Deshalb habe ich Euch hergebeten."

„Gab es keinen besseren Ort, als diese zweifelhafte Einöde?" fuhr Voner heftig auf. Cratos verneinte. „Diese Einöde bietet uns genau den Schutz, den wir benötigen. Unsere Gegner sind nicht untätig. Ihr wisst selbst, welchen Gefahren wir uns ständig aussetzen. Der eigentliche Grund unseres Treffens ist; die Mitglieder der Aura wollen mit Euch reden!" entgegnete er. „Welche Aura? Welche Mitglieder?" hinterfragte Meronuk argwöhnisch. „Wartet ab, kommt Zeit, kommt Rat." Mit einem pfiffigen Lächeln verneigte sich der Gelehrte Cratos vor den beiden Legaten Voner und Meronuk.

„Wir haben außerdem dafür gesorgt, dass nicht einmal der Schatten eines Verdachts auf Euch fallen wird", ergänzte Cratos und bat, ihm zu folgen. Er führte sie durch ein geschwungenes Labyrinth, irgendwann erreichten sie einen uralten Korb. „Was soll das sein? Ein Lift?" Voner war entsetzt, als Cratos die quietschende Tür öffnete. „Genau, das ist ein Fahrstuhl im Originalzustand. Niemand außer uns würde auf die Idee kommen, dieses Unikum zu benutzen. Habt keine Bedenken - wir sind nicht so blöd, uns selber in unnötige Gefahr zu bringen. Steigt bitte ein!" bat der Gelehrte. „Aha, der alte Korb ist nur eine Attrappe - der Innenbereich ist neu!" Voner war sehr erleichtert. Ruckartig setzte sich der Lift in Bewegung und verschwand in der Tiefe. „Willkommen im Reich der Drohnen!" bemerkte der Alte mit einem Anflug von Sarkasmus. Dann erzählte er ihnen, wie Renzys persönlich noch einmal mit seinen Kriegern auftauchte und seine Räume auf den Kopf stellte. „Ich konnte ihm sogar vier Sarkophage präsentieren, leider war er auch damit nicht zufrieden." Er lächelte selbstzufrieden. Dann wies er auf ein Tiefenmesser. Er stand auf 240 Meter. „Hier wurde in alten Zeiten Erz von den Menschen abgebaut. Wir sind durch Zufall auf die Gänge gestoßen, als unmittelbar nach unserer Landung ein Riss im Erdreich entstanden war. Seid gewiss, hierher hat noch nie ein Legat, geschweige denn ein Krieger seinen Fuß hinein gesetzt", erklärte er den Legaten auf ihre fragenden Blicke. Der Stolz in seiner Stimme war unüberhörbar. Zischend öffnete sich die innere Lifttür und gab den Weg frei. Ihre erste Überraschung erlebten die Legaten, als sie nach wenigen Schritten einer gut ausgerüsteten Garde gegenüber standen.

„Ich denke, kein Krieger...?" entfuhr es Voner, gleichzeitig griff er nach seiner
Waffe. „Haltet ein! Es besteht keine Gefahr!" beruhigte Cratos die Legaten,
„diese Krieger haben noch nie das Licht der oberen Welt erblickt. Wir haben
sie entwickelt - zum Schutz und für eventuelle Notfälle." Er wies auch auf die
körperlichen Besonderheiten hin. „Ihre Augen sind für das ständige Leben in
der Dunkelheit besonders modifiziert worden. Sie sehen hier unten genau so
deutlich, wie wir bei Tageslicht. Ihre Wahrnehmungen bewegen sich im
Infrarotspektrum...! Es gibt einige Tierarten auf diesem wunderbaren Planeten,
welche uns dafür die Vorlage lieferten!" berichtete er den erstaunt zuhörenden
Legaten. „Es ist, wie bereits betont, unsere Garde für besondere Notfälle!"
Ein geräumiger Stollen querte den Zugang zum Lift, in regelmäßigen
Abständen brannten jetzt helle Lampen. In der Ferne plätscherte Wasser,
entlang der vom Erz durchsetzten, matt glänzenden Wände perlten Rinnsale
und verliefen sich in unzähligen Löchern und Rissen.
Ein merklicher Luftzug kühlte die erhitzten Gesichter der Legaten
Als Cratos sie diesmal zur ungewohnten, nächtlichen Stunde zum Treff bat,
glaubten sie an eine normale Zusammenkunft, ähnlich, wie alle vorherigen.
„Ich bin noch immer ein wenig erstaunt und verwundert", eröffnete Voner ihrem
Führer. Cratos lachte auf. „Das kann ich mir gut vorstellen!"
„Als Ihr uns vorhin sagtet, dass wir mit den Mitgliedern einer Aura bekannt
gemacht werden sollen, hat es mich fast vom Sockel gehauen! Bisher waren
wir der Meinung, dass sämtliche Aktivitäten von Euch als Einzelperson
ausgehen. Doch jetzt gibt es sogar eine gut funktionierende Organisation?
Damit konnte niemand rechnen?" schloss Voner seine Gedanken.
„Es sollte ja auch niemand mit solcher Möglichkeit rechnen - das war der
ganze Sinn und Zweck unserer bisherigen Tätigkeit! Doch die Lage hat sich
dramatisch verändert - uns bleibt nicht mehr viel Zeit. Meine erhabenen
Legaten, die eigentliche Überraschung steht Ihnen noch bevor!" Cratos setzte
sich wieder in Bewegung.
Frische Spuren im Gestein zeugten von Arbeiten, die erst vor kurzer Zeit
realisiert worden waren. Der Gelehrte bestätigte dies auf Voners Frage hin.
„Ein großer Teil der Anlagen entstammt wahrscheinlich noch aus der Zeit, als
die Erde vom Homo sapiens besiedelt war und von diesen die Bodenschätze

ausgebeutet wurden. Hier wurde vor allem Kupfer abgebaut, in einem Stollen fanden wir geringe Spuren von Eisen, sogar Gold. Wir mussten wenige Gänge neu graben - zum Glück kann ich nur sagen. Wir haben dadurch viel Zeit und Kraft gespart." Sie erreichten schließlich einen Durchbruch, dessen Decke durch unzählige dicke Balken gesichert war. Dahinter breitete sich ein größerer Hohlraum aus. Skeptisch folgte Voner dem Gelehrten dorthin. Ihm war diese Gegend einfach nicht geheuer. Die Vorstellung, dass einige hundert Meter Gestein über seinem Kopf aufgetürmt lagen, behagte ihm wenig. Beklommen trat er ein. „Ihr werdet bereits erwartet!" Von einem aus Felsstein geformten Kamin erhoben sich mehrere Gestalten und eilten ihnen entgegen. „Willkommen, ich freue mich, zwei so starke Partner in unseren Reihen begrüßen zu dürfen!" tönte eine sanfte, wohlklingende Stimme. Wie gelähmt blieben die Legaten stehen. „Ihr hier?" Meronuk fasste sich als erster und sank auf die Knie. „Verzeiht, Ehrwürdige, wir konnten nicht wissen...?" stammelte Voner und kniete ebenfalls zu Boden. Vor ihnen stand die Königin...

Ungläubig schielte Voner zu dem hochwüchsigen Wesen, welches nach Worten Cratos die Königin und doch nicht die Königin war. „Ich hoffe, Ihr verzeiht mir. Doch Eure Reaktion zeigt uns, dass wir auf dem richtigen Weg sind", entschuldigte sich Cratos wortreich und geleitete sie in den hinteren Teil der Höhle. „Wir haben Euch in der letzten Zeit sehr genau beobachtet. Und wir sind uns einig, dass jetzt der Zeitpunkt reif ist, Euch in unsere Pläne einzuweihen. Wir brauchen Verbündete, und Partner, auf die wir zählen können!" Während der Gelehrte sprach, versammelten sich immer mehr Drohnen um sie herum. Voner stieß Meronuk an. „Dort drüben, die sehen aus wie unsere Bediensteten", flüsterte er ihm ins Ohr. Es schien in der Tat so, als Meronuk ebenfalls in ihre Richtung sah, nickten diese ihnen freundlich zu. Für die beiden Legaten war das ein eigenartiges Zusammentreffen. Bisher waren die Drohnen niedere Wesen, ohne Namen und ohne Gesicht. Sie waren einfach da, um zu dienen. Plötzlich wurden sie von ihnen gegrüßt, wie alte Bekannte? Und sie gehörten einer Verschwörung an? Während sie noch ihren Gedanken nachgingen, teilte sich die Menge.
Die Mitglieder der Aura standen ihnen gegenüber.

Es fiel Meronuk nicht leicht, die Fassung zu behalten. Er räusperte sich, hilflos spreizten sich seine Flügel und sanken kraftlos wieder zusammen.

„Wie ist so etwas möglich?" Er strich über seine Augen, doch das Bild blieb. „Freund Savus - Du lebst?"

Sein Gegenüber hob beide Arme. „Der Rat der Aura grüßt Euch und dankt, dass Ihr unserem Ruf gefolgt seid. Ihr nennt mich Savus - ich weiß, dass er Euch sehr nahe stand. Ich bin seinem Fleisch und Blut sehr ähnlich und ich trage seinen Namen. Doch ich bin nicht der, den Ihr kennt und Freund nennt!"

Meronuk konnte nur noch sprachlos mit dem Kopf schütteln. Nacheinander hoben die zwölf Mitglieder ihre Arme zum Gruß. Damit war der gesamte Rat der Dreizehn einschließlich der Königin komplett. Ihre Namen brauchten sie nicht zu nennen, jeder von ihnen glich seinem Original. Bestürzt standen Voner und Meronuk ihrem eigenen Double Auge in Auge gegenüber. Jede Bewegung, jede Geste glich der ihren aufs Haar genau. „Wir mussten Euch mit den Tatsachen konfrontieren - leider bleibt uns nicht genügend Zeit, Euch schonender auf den Rat der Aura vorzubereiten!" Diesmal hatte Teronus II das Wort ergriffen, gleichwohl seinem Original wanderte der Hüter, während er sprach, unruhig umher.

„Wir alle sind Kinder unseres Freundes Cratos und seiner Anhänger. Hier unten haben wir alles, was wir brauchen und könnten eigentlich in Ruhe abwarten, bis die da oben abgewirtschaftet und sich gegenseitig die Köpfe eingeschlagen haben." Teronus II stützte sein Haupt schwer auf den linken Arm. „Doch die Ereignisse sind nicht dazu angetan, die Hände im Schoß ruhen zu lassen. Der Hüter des Vaters missbraucht seine Macht - denn so steht es in der Bibel des Vaters; nicht Tod und Elend ist unser Ziel - sondern ein Leben unter der Sonne des Glücks. Seit Teronus Hüter wurde, verfolgt er genau das Gegenteil dessen, was der Vater in seinen heiligen Schriften für die Nachwelt festhielt. Ihr selbst habt uns dafür die letzten, noch fehlenden Beweise geliefert. Dank Euch befinden sich die Originalschriften jetzt in unseren Händen. Es ist bedauerlich, dass außer Savus und Euch kein weiterer Legat bereit war, gegen die Machenschaften Teronus aufzutreten!" Cratos unterbrach den Redner. In Erwartung der üblichen scharfen Zurechtweisung durch den Hüter zuckten die beiden Legaten zusammen. Stattdessen lächelte

Teronus sanft und machte bereitwillig Platz. „Wir können es uns im Moment nicht leisten, die ganze Nacht durch Reden zu verlieren. Entscheidungen müssen getroffen werden! Sollte in den nächsten Tagen das Heer mit den Gefangenen hier eintreffen, sind die Menschen des Planeten Erde in ernsthafter Gefahr. Deshalb nur so viel zu Eurer Information. Nach der Landung unserer Fähre auf der Erde suchten gleichgesinnte Wissenschaftler nach Möglichkeiten, dem Treiben Teronus ein Ende zu setzen. Auch wenn es die Legaten nicht wahrhaben wollen, die intelligenteren Köpfe besitzen noch immer wir! Wir waren es, die mit unserer Hände Arbeit die Stadt erbauten, die Brüter konstruierten und schließlich auch in die Tat umsetzten. Wir sorgen für unsere Brut, hegen und pflegen sie, bis sie flügge wird. Deshalb steht uns auch das Recht zu, uns weiterhin um das Wohlsein unseres Volkes zu kümmern. Wir sind keine Schlächter, die sich an wehrlosen Wesen vergreifen und nur aus reiner Lust töten. Ich habe mit meinen Gefährten erreicht, dass wir hier immer einen Schritt weiter waren, als die da oben. Der neue Brüter in unseren Stollen arbeitet bereits, während wir in der Stadt nur Misserfolge aufweisen können. Ist das nicht ein Pech?"

Cratos blinzelte vergnügt vor sich hin. „Faktum bleibt natürlich - Teronus Ziel ist die Vernichtung des menschlichen Lebens auf der gesamten Erde. Können wir zulassen, dass unsere Schöpfer und direkte Vorfahren ausgelöscht werden?" Die Menge reagierte mit einem einhelligen „Nein".

„Aber was wollen Sie tun, Cratos - Sie und diese Drohnen? Gegen die Kaste der Krieger antreten?" Voner konnte sich dies nicht vorstellen.

„Die Frage ist falsch gestellt, mein lieber Voner - es heißt nicht was ‚Sie' tun, sondern, was ‚Wir' gemeinsam unternehmen können?" korrigierte dieser mit Nachdruck und lächelte weise vor sich hin. „Wir! Das ist das Zauberwort!"

Dann führte er weiter aus. „Unser ursprünglicher Plan sah vor, nach und nach die Legaten und schließlich auch die Königin auszutauschen. Die Originale sollten vernichtet werden. Dann hätten wir direkt Einfluss nehmen können und allmählich die Kriegerkaste neu modifiziert. Sämtliche Programme dafür liegen fertig vor, wir hätten alle einer gründlichen Gedankenwäsche unterzogen. Aber dafür benötigen wir Zeit - und die haben wir nicht mehr!"

„Was erwarten Sie und Ihre Anhänger von uns, was können wir Ihrer Meinung nach tun?" wollte nun Meronuk wissen. Cratos ließ einen langen Blick über seine Schützlinge gleiten. „Um ehrlich zu sein, ich weiß es selber nicht genau? Versteht mich nicht falsch, ich habe keinen Plan B in der Tasche, den ich jetzt zücken könnte. Ich kann nur meine Vorstellungen äußern. Das Leben wird zeigen, ob sie realisierbar sind." Teronus II bat erneut ums Wort.

„Der gegenwärtige Groll richtet sich in erster Linie gegen die Oberhäupter der Menschenstämme", führte er aus, jedes Wort gestenreich untermalend.

„Sie sind damit zuerst gefährdet, denn ein Volk ohne Kopf ist leichter zu überrumpeln. Dass diese Taktik aufgeht - wir haben es leider erfahren müssen. Das Volk in den Bergen, aus dieser New-Noah-City; von allen existierenden Gruppierungen am Höchsten entwickelt, wurde gerade vernichtend geschlagen. Einer ihrer Führer wurde in Gewahrsam genommen und befindet sich bereits hier in der Stadt." Dann legte er eine Pause ein. „Vielleicht sollten Voner und Meronuk ihre gegenwärtige Stellung nutzen, um zu ihn Kontakt aufzunehmen? Und wenn sich die Chance bietet, sogar zu befreien und hierher zu bringen", schlug er nach kurzer Überlegung vor. „Damit wäre er aus dem Schussfeld und wir gewinnen etwas Zeit."

Voner suchte die Augen des Freundes. Dessen Miene war zu einer Maske verzogen. „Wenn Euch selber das Risiko zu groß erscheint, dann lasst sie statt Euer gehen!" Cratos wies auf die Doubles der beiden Legaten.

„Das kommt nicht in Frage!" wehrte Meronuk heftig ab und sprang auf.

In den nächsten Stunden wurde so mancher Schlachtplan entworfen, verworfen und schließlich bestätigt. „Bevor wir an die Oberfläche zurückkehren erlaube ich mir, Euch noch ein wenig herumzuführen!" schlug der Gelehrte Cratos vor. Die gesamte Anlage war viel größer, als Voner und Meronuk angenommen hatten.

Am meisten beeindruckte sie die Funktionsweise des neuen Brüters.

„Wir sind augenblicklich in der Lage, die Kapazität sofort um ein Vielfaches hochzufahren. Hier unten geht es leider nicht, da wir aus Platzgründen genau rechnen müssen. Aber eines Tages, wenn wir die Erde besiedeln...!" Cratos strich liebevoll über die warme Metallhaut des Brüters.

„Wenn ich Euch vorhin richtig verstanden habe - dann sind die Verluste im Brüter der Stadt nicht zufällig sondern durchaus gewollt?" Erwartungsvoll sog Voner jedes Wort des Gelehrten in sich auf.

Dieser griente. „So ist es! Teronus und seine Dummköpfe glauben, nur mit Befehlen werden alle Probleme geklärt. Wir werden in Zukunft die Produktion des Brüters vollständig stoppen. Bedauerlich ist, dass wir starke Verluste an Rohmaterial hinnehmen müssen, aber wir haben keine andere Wahl. Für jeden Krieger, der im Kampf fällt, wird von nun an kein Nachwuchs mehr da sein!" In einer Nebenhöhle wurde Voner auf Stimmen aufmerksam. Er registrierte sofort die Fremdartigkeit der Hirnimpulse. „Ihr habt Menschen hier!?"

Eine Schar tollender Kinder quoll aus dem Gang und umringten den Gelehrten.

„Es sind die Nachfahren aus der Grauen Stadt. Sie wurden den Laborchefs für Experimente zur Verfügung gestellt. Offiziell sind sie tot, im Dienste der Wissenschaft zur Gewinnung neuer Erkenntnisse gestorben. Nun leben sie unter uns, bis eine bessere Zeit kommt!" Ein kleines Mädchen mit langen, blonden Haaren und blauen Augen drängte sich an Voner heran, nahm ihn furchtlos bei den Händen.

„Spielst Du ein bisschen mit mir? Mein Name ist Stefanie!"

„Lonel...!"

Wie ein Hilfeschrei stieß er den Namen der Seherin aus, in der Hoffnung, sie würde dem Grauen endlich ein Ende bereiten. Hohngelächter gleich heulte ein Kreischen auf, welches der Hölle entronnen schien.

Lt. Gordon sträubte sich verzweifelt, seine Kraft zerrann mit jeder Bewegung im wabernden Nichts. Es blieb nur eine Frage der Zeit, bis er aufgeben würde. Gerade rechtzeitig erreichte ihn Lonel's Aufmunterung.

„Halte durch..., es geht alles vorüber!" Tränen voller Blut rannen über seine Wangen, hoffnungsvoll richtete er den Blick auf den winzigen Punkt, der wie ein einsamer Strahl in einer Gewitterfront ein glänzendes Löchlein in wirbelnden Rotgrau riss. „Halte durch, halte durch!" hämmerte es unablässig in seinem Schädel, dann entdeckte er mit freudigem Erschrecken die beiden nächsten Silberspitzen, die sich wie Lanzen in den Orkan bohrten und weitere

Teile aufrissen. Allmählich formten sich die Gesichter der Gefährten in den von Licht erhellten Sektoren, jedes von ihnen schien ihm zuzurufen:

„Wirf die Fesseln der Nacht ab - komm zu uns!" Lt. Gordons Zuversicht wuchs. Ihm war schlagartig klar geworden, was er tun musste.

„Lieber Gott, erlöse mich von diesen Qualen, denn meine Seele ist rein! Nimm die Zweifel von mir und gib mir die Kraft, gegen die Mächtigen der Finsternis anzukämpfen." Wie selbstverständlich falteten sich die fleischlosen Finger zum Gebet. Lt. Gordon senkte die Augen und verbannte die Angst aus seinem Denken. Der Orkan ebbte ab, wie ein greller Blitz fetzte das stärker werdende Leuchten die jetzt blutroten Wolken auseinander und gaben ein neues Bild frei. Sämtliche Gefühle des Mannes konzentrierten sich auf die schärfer hervortretenden Konturen des Körpers, der sich allmählich um die eigene Achse drehte und endgültig Formen annahm. Seine Lippen flüsterten selbstvergessen einen einzigen Namen, Zeugnis seiner im Unterbewusstsein verdrängten Sehnsucht nach Liebe und Zuneigung: „Huana?"

„Dem Himmel sei Dank, er kommt endlich zu sich!"

Die Worte klangen wie durch dicke Wattebäusche verzerrt, der Kopf dröhnte und hämmerte ohne Unterlass. „Öffnen Sie langsam die Augen, Lieutenant, hören Sie, was ich sage?" Er wollte gehorchen, aber noch verweigerte ihm der geschundene Körper den Dienst. „Es hat ihn ganz schön erwischt - aber er wird schon wieder auf die Beine kommen!" Das war eindeutig die Stimme der Seherin, doch was hatte ihn erwischt? Schwerfällig ordneten sich die Gedanken, fanden aber nicht zum gewohnten Rhythmus zurück. Schwarze und rote Kreise flimmerten um ihn herum, ihr ständiges Wechseln brannte in den Lidern. „Kann ich irgendetwas für ihn tun?"

„Huana, das warst doch Du eben? Das Orakel? Das Orakel!"

Seine Ohren summten noch wie ein Bienenstock, aber seine Augen registrierten das ebenförmige Gesicht, welches sich sorgenvoll über ihn beugte. „Huana?" Sein Flüstern wurde erhört, Huana nickte ihm erleichtert zu. Die sanfte Berührung ihrer Hand geleitete ihn in einen langen, erholsamen Schlaf.

Dr. Summerfield ließ den Jäger Scii einige Schritte auf und ab laufen.

„Na bitte, es geht doch wieder!" stellte er beiläufig fest.

Durch Gesten gab er ihm zu verstehen, dass er mit dem Fortgang der Genesung zufrieden war. „Und er soll unbedingt auf sein Gipsbein achten…!" Scii verstand ihn auch ohne seine teils verwirrenden Handzeichen.

„Dr. Summerfield - bitte kommen Sie, der Lieutenant ist gerade aufgewacht!" Sofort verdüsterten sich die sonst freundlich dreinblickenden Augen des Arztes. Seufzend stand er von seinem Holzklotz auf, suchte seine Utensilien zusammen. „Gehen wir!" Schweren Herzens folgte er der leichtfüßig davoneilenden Huana. „Hallo Doc, es ist schön Sie zu sehen!" empfing ihn Lt. Gordon und bat ihn zu sich auf den Stuhl neben dem Kopfende.

„Wo sind Dr. Harper und Bobak? Was ist mit Ninos - weshalb sind sie noch nicht hier? Oder haben sie auch verschlafen?" fügte der Lieutenant scherzend zu seinen Fragen hinzu. Ohne zu antworten, untersuchte ihn Dr. Summerfield, maß den Puls, ließ sich die Zunge zeigen und überprüfte die Reaktionen der Pupillen. „Sie sind jedenfalls über den Berg!" stellte er abschließend fest und räusperte sich. „Ich will ja nicht meckern, aber irgendwie habe ich den Eindruck, hier herrscht absolute Friedhofsstille?" Lt. Gordon ließ sich ermattet ins Kissen sinken. Schweiß glänzte auf seiner Stirn, dankbar nahm er Huana das weiche Tuch ab und rieb sich die Wangen trocken. „Ich kann mich eigentlich an nichts erinnern - nicht einmal, wie ich hierher gekommen bin?" ließ er schließlich vernehmen. Mit großen Augen schaute er die Anwesenden an. Es klopfte. „Sergeant Moos, was machen Sie denn hier? Ich denke…!" Er kam nicht dazu, seine Verwunderung über Sergeant Moos Erscheinen bis zu Ende zum Ausdruck zu bringen. Dr. Summerfield drehte sich ihm entschlossen zu und unterbrach ihn einfach. „Früher oder später müssen wir es ja doch sagen! Dann lieber gleich!"

Lt. Gordon ahnte, dass etwas Unheilvolles geschehen sein musste, als er die betretenen Gesichter sah. „Ninos, Bobak und Dr. Harper sind verschwunden. Sind einfach weg und kein Mensch weiß, wohin?"

Es dauerte eine Zeit, bis der Lieutenant den Sinn der Worte verstand.

„Was heißt weg - sind sie irgendwohin gegangen?"

Eine Antwort erwartete er nicht mehr, als ihm die Tragweite dieser Aussage endgültig bewusst wurde. Erschüttert schloss er die Augen, eine winzige Träne

verlor sich im wirren Haar und hinterließ einen feucht glänzenden Streifen auf der Schläfe. Tonlos berichtete Dr. Summerfield weiter.
„Inzwischen sind fünf Tage vergangen - solange waren Sie ohnmächtig. Jeni und die Garde fand Sie neben dem Pavillon; allein. Von den Übrigen fehlt bis heute jede Spur! Doch das ist noch nicht alles." Es ging offenbar über seine Kraft, weiter zu reden. Ein Zittern erfasste den Körper des Mannes.
„New-Noah-City hat aufgehört zu existieren! Unsere Häuser stehen zwar noch - es gibt aber niemanden mehr, der in ihnen lebt. Die blauen Monster haben sie alle geholt!" endete Sergeant Moos mit bitterem Klang in der Stimme, dann ging er hinaus. „Ich würde gern allein sein!" bat nach geraumer Zeit Lt. Gordon. Er bemerkte nicht einmal, wie sich alle hinaus schlichen. Mit leeren Blicken starrte er an die Balkendecke.

Mit leisem Zischen verdampfte das Wasser aus den Holzscheiten. Flackernd verbreitete das Feuer im Kamin seinen hellen Schein in der Hütte und tauchte seine unmittelbare Umgebung in ein tänzelndes Rot. Doch genau dieses Rot war es, welches den Lieutenant aus seiner Lethargie erwachen ließ. Er spürte, dass er beobachtet wurde, suchend schaute er sich um. „Ich bin hier!"
Eine schlanke Frauengestalt schob sich aus der dunklen Ecke hervor, er erkannte sofort, wer es war. Er verspürte den inneren Drang, ihren Namen zu nennen, dennoch verschlossen sich die Lippen zu zwei schmalen Strichen. „Du hast mich gerufen! Sehr oft, in jeder Nacht!"
Lt. Gordon lauschte der Stimme, jede Silbe löste ein sanftes Beben in seinem Herzen aus. „Ich wusste nicht, dass ich Dich rief!" Es war mehr ein hilfloses Krächzen, was er von sich gab. Langsam schritt sie um ihn herum, der Widerschein des Feuers spiegelte sich in ihren sanften Augen. „Wir sind füreinander bestimmt - Du weißt es!" widersprach Huana, zärtlich zeichnete der Zeigefinger ihrer rechten Hand über seine Augenbrauen. Willenlos ließ er es geschehen. „Du bist jetzt ein Ol-Teen, ein Auserwählter. Unser Volk wird Dir große Achtung entgegenbringen." Er erinnerte sich, dieses Wort schon einmal gehört zu haben: „Ol-Teen? Ich bin kein Ol-Teen! Bobak ist ein Ol-Teen oder Dr. Harper, nicht ich!" wehrte er matt ab. Huana schüttelte

heftig den Kopf. „Du bist der Auserwählte - Dich hat das Orakel geschützt!
Sobald Du gesund und kräftig bist, wirst Du die Führung des Stammes
übernehmen!" flüsterte sie dem Mann ins Ohr, und streichelte ihn, bis er
wieder einschlief.

„Mir blieb keine Wahl - die Vorzeichen des Orakels waren mehr als deutlich!"
Die Seherin hob die Stimme. „Nur, wer im Schmerz die absolute Liebe findet -
der ist fähig, die Bürde eines Ol-Teen zu ertragen!" Sie ließ in Gedanken
versunken einige Augenblicke verstreichen. „Wie soll es weitergehen? Der
Häuptling und Ninos sind verschwunden - vielleicht tot?" Die Last der Jahre
hatten den Sprecher gebeugt. Langes strähniges, schlohweißes Haar fiel über
sein Gesicht und verdeckte es. Eli der Blinde, er führte der Rangfolge gemäß
bei Ninos Abwesenheit den Rat der Alten, stützte sich schwer auf einen
reichverzierten, geschnitzten Stock. Lonel riss sich von ihrer Grübelei los.
„Ich weiß es nicht. Ol-Teen wird bald entscheiden, was geschieht, denn er wird
zur rechten Zeit erkennen, was notwendig ist!" Sie spürte, dass die Mehrzahl
der Alten mit ihren Antworten unzufrieden war. „Jeder von uns hat sich vom
Orakel mehr versprochen!" hub sie erneut an. Das Murren verstummte bei den
ersten Worten. Der Zorn ließ ihr Gesicht hart werden. „Wenn auch nur einer
von Euch glaubt, ich habe versagt, dann soll er vortreten und es mir ins
Gesicht schreien", forderte sie die Menge auf. „Ich habe getan, was ich für
richtig hielt!" fuhr sie fort, „und habe den Mann mit meinen Kräften geschützt,
der in der Lage sein wird, unsere jetzige Situation zu verändern. Ich musste
mich entscheiden, denn alle Männer abzuschirmen, dass ihre Hirnimpulse
nicht von den Blauen aufgespürt werden konnten, war mir leider nicht
gegeben. Das ging über meine Kraft."
„Du hättest den Häuptling retten müssen...!" warf einer der Alten ihr
aufgebracht entgegen und schürte damit die Diskussion erneut an. Lonel
blickte finster drein, entweder wollte der Rat nicht verstehen oder konnte nicht?
Der Blinde klopfte mehrmals mit seinem Stock auf den Boden, um sich Gehör
zu verschaffen. „Es ist nicht Lonel, die versagt hat, sondern wir waren es!
Denn wir haben, im Glauben daran, dass sie ebenfalls die Kräfte der Orona

besitzt, sie zur Seherin gemacht. Nur uns selbst können wir Vorwürfe machen, niemanden sonst!" versuchte er die Menge zu beschwichtigen.

Die junge Frau war den Tränen nahe. „Das Orakel hat entschieden, wen ich retten sollte - nicht ich!"

„Wenn Ihr weiterhin herumschreit wie unmündige Kinder, ist es besser, die Beratung aufzulösen!" Es war der Krieger Jeni, der aufstand und den Alten aufgebracht die Worte entgegenschleuderte. Diese Ungeheuerlichkeit des Jünglings wirkte. Abrupt verstummten die Schreihälse. „Seid Ihr alle blind, wie Eli - habt Ihr wirklich alle vergessen, was vor wenigen Tagen am Tor passierte? Es war Lonel, die das Ungeheuer bändigte. Ich habe sie und den Lieutenant gefunden, ich weiß, in welcher körperlichen und geistigen Verfassung sich beide befanden." Inzwischen waren alle Blicke auf Jeni gerichtet. „Wenn ich, der viele Sommer jünger als Ihr bin, der nicht die Erfahrungen und Weitsicht Eures Alters besitzt, Euch sagen muss, dass die Seherin eine Entscheidung getroffen hat, die wir zu respektieren haben, ohne Wenn und Aber, dann weiß ich wirklich nicht, was ich von Eurer so sprichwörtlichen Weisheit halten soll?" Beschämt waren auch die letzten Mitglieder des Rates verstummt. „Zum Abschluss möchte ich Euch nur noch so viel sagen. Lt. Gordon trägt das Zeichen des Orakels, er trägt das feuerrote Brandmal über seinem Herzen. Er ist der Auserwählte, der Ol-Teen. Doch nur, wenn wir bedingungslos an seine Kraft glauben und ihm vertrauen, werden wir vielleicht diesen Kampf führen und gewinnen können. Das sollte sich jeder merken! Das Gleiche gilt natürlich auch für die Seherin - ohne unsere Zuneigung und Vertrauen ist auch sie machtlos!"

Bis zum Frühstück verlor der Lieutenant nicht ein Wort.

Huana huschte eifrig im Zimmer umher und deckte den Tisch.

„Darf man eintreten?" Das zaghafte Klopfen brach ab, Sergeant Moos Kopf wurde sichtbar. Huana schaute ihm zwar grimmig entgegen, aber davon ließ sich der Sergeant keineswegs einschüchtern. „Kommen Sie herein!" forderte der Lieutenant ihn auf. „Ich freue mich sehr, dass es Ihnen wieder besser geht - ehrlich!" ließ Sergeant Moos lautstark vernehmen. Der Händedruck der beiden Männer war ungewöhnlich lang. „Ich lade Sie herzlich ein! Beim Essen

können wir alles besprechen!" schlug Lt. Gordon schließlich vor. „Ich hoffe Du
hast nichts dagegen, Huana?" Die junge Frau lachte ihn an. „Nein, Deine
Freunde und Kameraden sind mir willkommen, ich decke schnell den Tisch!
Du solltest allerdings endlich versuchen, aufzustehen…?" Lt. Gordon schlug
die Decke zurück. „Du hast Recht, die Faulheit muss jetzt ein Ende haben!"
Er fühlte sich kräftig genug und erhob sich bedächtig von seinem Lager. Die
ersten Schritte wirkten noch etwas unsicher, aber er hielt sich tapfer aufrecht.
„Ich habe Hunger wie ein Bär nach dem Winterschlaf!" stellte er fest, sein
Magen knurrte laut und vernehmlich. Huana goss ihm aus einem Tonkrug
frische Milch in einen Becher, zerriss einen tellergroßen Fladen in mehrere
Stücke und bestrich diese dann mit goldgelbem Honig.
„Danke, es schmeckt ausgezeichnet", lobte der Lieutenant nach einigen
Bissen und langte kräftig zu. Sergeant Moos nippte nur an seinem Becher,
unruhig wartete er ab, bis der Lieutenant seinen Heißhunger gestillt hatte.
Endlich war es soweit. „Ich habe Acht unserer besten Männer oben in
Noah-City gelassen. Das Radar wird rund um die Uhr besetzt, wir stehen im
ständigen Funkkontakt mit ihnen!" klärte er Lt. Gordon über die bisherige Lage
auf. „Die restlichen Männer - Sir - sie warten draußen. Sie würden gerne
wissen, wie es Ihnen geht", fuhr er fort. Lt. Gordon sammelte sorgfältig einige
Krumen vom Tisch. Er schien in seinen Gedanken weitab vom Geschehen.
„Keine Angst, ich habe jedes Wort verstanden", beruhigte er nach längerer Zeit
den Sergeanten, „ich würde gern etwas frische Luft schnappen und unsere
Leute begrüßen."
Für einen Augenblick blendete ihn die Morgensonne, als er die Tür öffnete,
dann sah er sich von seinen Soldaten umringt. Die kurzen Momente der
Wiedersehensfreude wurden überschattet von der Trauer. In jedem Augenpaar
konnte er die gleiche Frage lesen: Wie soll es weitergehen?
Aufmunternd nickte er den ihm am Nächsten stehenden zu.
„Eine Antwort kann ich Euch darauf nicht geben. Noch nicht?"

Gebeugt saß er auf seinem Hocker und lauschte den ausführlichen
Erzählungen des Sergeanten. Die Seherin Lonel hatte sich eingefunden, auch
sie hörte mit leicht geneigtem Kopf zu. „...brachten unsere beiden

Kundschafter die Kinder mit - die Einzigen, die entkommen sind. Sie stehen noch immer unter Schock. Dr. Summerfield kümmert sich um sie."
„Okay, wir werden nachher nach ihnen sehen. Konnte wenigstens ausgemacht werden, wohin die Blauen geflogen sind, nachdem sie bemerkten, dass sie nicht in den Bunker kommen?" wollte Lt. Gordon wissen. Sergeant Moos wog bedenklich den Kopf. „Osten! Wir konnten nur ihre ungefähre Richtung ausmachen - woher sie genau gekommen sind - wir können bisher nur raten?"
„Na ja, viel ist es nicht", stellte der Lieutenant resignierend fest. Draußen brach Tumult aus, mehrere scharfe Schreie waren zu hören. Dann schienen alle Beine in Bewegung zu geraten. Die Tür wurde aufgerissen.
„Wir haben einen dieser Teufel gefangen..., wir haben ihn!"

Savus verwarf seine anfänglichen Planungen. „Diese kleiner Scheißer hält mich mächtig auf trab!" Das Kind im Schlafsack bestimmte von nun an den Rhythmus des Tagesablaufes. Er versuchte sich zu erinnern, welche Speisen und Getränke Sin dem Kinde zu geben pflegte? „Das sah bei Sin alles so leicht und selbstverständlich aus? Für mich die reinste Wissenschaft!" stöhnte er. Jedes Mal, wenn er irgendwo reife Beeren schimmern sah, legte er eine Pause ein und sammelte genügend Vorräte. „So das dürfte eine Weile reichen. Aber wie nimmt er die Nahrung auf?" Er zerquetschte sie mit den Händen und vermischte den Brei mit frischem Wasser einer Quelle. Das Kind schrie vor Hunger und strampelte sich frei. Wieder und wieder ließ er einige Tropfen in den Mund des Babys rinnen. „Komm Du musst trinken, Kleiner."
Endlich schien das Kind zu bemerken, dass es nur zu schlucken brauchte. Savus atmete erleichtert auf. Er wusste, dass er nur einen kurzweiligen Zeitaufschub damit erreicht hatte. „Wenn der Junge nicht verhungern soll, muss er zu artgleichen Bewohnern dieses Planeten kommen. Ich habe nicht die Fähigkeiten, das auf Dauer durchzuhalten...!" gestand er sich selber ein.
Als das Kind endlich wieder friedlich schlummerte, startete der Azuro durch.
„Wenn meine Berechnungen stimmen, wird genau die Zeitspanne von Sonnenaufgang bis Sonnenuntergang genügen, um eine der befestigten

Siedlungen der Homo sapiens zu erreichen!" Er stärkte sich noch einmal mit Früchten und Wasser, dann hob er ab.

Nur einmal legte er zwischendurch eine Pause ein, um den kleinen Ungi zu füttern. „Du stinkst erbärmlich! Ist ja nicht zum Aushalten...!" Wasser und Früchte hatten dem winzigen Wesen einen Durchfall vom Feinsten beschert. So, wie er es oben eingeflößt bekam, lief es unten wieder heraus. In seiner Not reinigte Savus das Kind notdürftig und wusch es behelfsmäßig in einer Pfütze. „Mit Dir habe ich mir ja etwas aufgeladen? Du solltest Dir eine Drohne zulegen..." lamentierte er. Das mit Kot beschmierte Fell warf er weg. Er ließ den Knaben einige Minuten in der prallen Sonne trocknen, indessen suchte er aus Sin's Bündel einen sauberen Fellrest und schlang es dann um das Kind. „So, das wär's vorläufig! Hoffentlich schaffe ich es, bevor ihm die Kacke am Kragen heraus läuft...!" stellte er fest, orientierte sich nach dem Stand der Sonne und spreizte die Flügel. Die letzte Etappe begann. Es finsterte bereits, als er vor sich die Feuer von Kilbaat aufleuchten sah. Zuerst wollte er sofort darauf zufliegen, doch dann überlegte er es sich.

„So mitten in der Nacht - ich werde lieber keinerlei Risiken eingehen! Diese Menschen sind bestimmt argwöhnisch genug? Und sicher nicht ohne Grund..." Er suchte sich die ausladende Krone einer gewaltigen Eiche als Landeplatz. In einer nestförmig gewachsenen Astgabel legte er das Kind ab und deckte es vorsichtshalber mit einigen Zweigen zu. „Ich werde mir mal einen kurzen Überblick verschaffen - Du bleibst hier, bis ich wieder da bin!" Er umkreiste die Siedlung in genügender Entfernung und erkundete deren Lage. Mit gleichmäßigen Flügelschlägen reduzierte er den Abstand und erreichte schließlich die Mauer. Sorgfältig musterte er sein Umfeld, die meisten Impulse der Bewohner empfing er nur schwach. Sie schliefen. Vom Tor her registrierte er lebhafte Signale mehrerer Männer. In seiner jetzigen Position fühlte Savus sich sicher, deshalb ließ er sich mit ausgebreiteten Schwingen auf den Boden gleiten. Lautlos setzte er auf. Im Schutze der Schatten der Hütten eilte er durch die schmalen Gassen. Endlich fand er, was er suchte. Auf einer Bank aus Felsstein stand achtlos und vergessen ein flacher Teller mit Breiresten. Er schnupperte am Essen. „Richt gut. Da bekommt der Kleine was Ordentliches zu futtern...!" Geräuschlos, wie er kam, verschwand er wieder. In dieser Nacht sah nur ein einziges Augenpaar das fremde Wesen über die Mauer hinweg gleiten, das von Lonel, der Seherin!

Mit der aufgehenden Sonne wuchs Savus innere Unruhe.
Zweifel nagten an ihm. „Vielleicht ist doch nicht richtig, Kontakt mit den Erdlingen aufzunehmen? Was ist, wenn sie mein Ansinnen missverstehen?" Sein Blick fiel auf das schlafende Ungibaby, sein Versprechen an dessen Mutter fiel ihm wieder ein. „Ich habe praktisch kaum eine andere Wahl!" Entschlossen packte er seine wenigen Habseligkeiten zusammen. Als die wärmenden Strahlen sein Gesicht berührten, flog er los. Er staunte selbst, wie schnell die Entfernung zur Siedlung schmolz. Ehe er sich versah, stand er bereits auf der Mauer. „Ich werde aufrecht abwarten, was geschieht?" Diesmal legte er Wert darauf, dass er von den Bewohnern entdeckt wurde.
„Da oben - ein blauer Teufel!" Der Warnung ging durch die ganze Siedlung, immer mehr Menschen liefen zusammen, um ihn zu sehen.
Auf eine derart heftige Reaktion war der Legat nicht gefasst.
„Die Impulse steigern sich ins Unermessliche…?"
Eine Welle des Hasses schlug ihm entgegen und überflutete sämtliche anderen Empfindungen. Erschrocken zuckte Savus zusammen. „Es muss etwas Furchtbares geschehen sein - ich ahne auch schon was?" Einige undeutliche Bilder zogen an ihm vorbei. „Diese Männer haben gekämpft und unsere Krieger getötet!" stellte er überrascht fest. „Dann hat Renzys seinen großen Krieg begonnen…" Immer mehr Erdenbewohner fanden sich ein, der Zorn auf ihn wuchs zu einer permanenten Bedrohung. Trotzdem verhielt sich Savus ganz ruhig. Mehrere Männer mit nacktem Oberkörper stürmten auf seinen Landeplatz zu und bedrohten ihn direkt. Einer von ihnen hielt eine glänzende Lanze vor sich hin. Ein gleißender Strahl entsprang ihr und trieb einen glutroten Streifen vor ihm ins Mauerwerk. Ein Hitzeschwall hüllte ihn ein und versengte ihn fast. Die Menge brüllte auf, der Lanzenträger visierte ihn erneut an. „William - es reicht! Den Flammenwerfer runter! Sofort!"
Die schneidende Stimme ließ das Gejohle verstummen.
Eine Gasse tat sich auf und gab den Blick auf einen Mann frei.

Savus registrierte das Unverständnis bei William über den erteilten Befehl. Noch war sein Wille nicht vollends gebrochen, die Lanze noch immer drohend auf ihn gerichtet. Sein Finger am Abzug zuckte unruhig. „Ich werde es diesem Bastard schon zeigen!" grollte William entschlossen, sich jeder Weisung widersetzend. „Ich muss handeln!" registrierte Savus. Hoch über seinen Kopf hielt er das greinende Kind, ohne Zögern flog er genau auf William zu. „Schieß auf mich und töte ein unschuldiges Wesen!" suggerierte er ihm. William strich sich benommen über die Augen, die Bilder des brennenden Kindes ließen sich aber so nicht verdrängen. Der Bann war gebrochen. „William noch einmal - weg mit dem Flammenwerfer!" Ein kurzes Bellen des Sergeanten Moos beendete den Spuk. Mit hängenden Schultern ließ sich William von den Gefährten zurückführen. Jetzt konzentrierte sich Savus auf die Gestalt des Mannes, der offensichtlich das Oberhaupt der Menschen war.

Aus der Vielzahl filterte er die Gedanken des Lieutenants heraus.

„Das Kind braucht Hilfe! Ich bitte Euch...!"

Das waren die ersten Worte des fremden Wesens, welche Lt. Gordon erreichten. Wie ein Dämon der Nacht stand der Azuro vor der Mauer, das wimmernde Kind im Arm. Die Menschen wichen noch weiter zurück und räumten den Platz vor dem Lieutenant. „Lonel - ist das unser nächtlicher Besucher?" Auf einen Wink von ihm trat Savus eine hochgewachsene, junge Frau entgegen. Eine ungeheure Aura ging von ihr aus. Sie parierte jeden seiner Versuche, in ihre Gedanken einzudringen, mit einem glatten Rausschmiss. „Das habe ich nicht erwartet - sie ist unheimlich stark...!" Verblüfft nahm er ihren Gruß wahr. „Seid willkommen, Fremder. Kommt Ihr in friedlichen Absichten, so bitten wir Euch zu uns. Wenn nicht, ist es besser, Ihr verschwindet wieder!" Mit einladender Geste forderte Lonel ihn auf, sich zu entscheiden. Inmitten der finsteren Blicke war dies der erste freundliche Sonnenstrahl. Ein Raunen ging durch die Reihen, als Savus flatternd empor schwebte und vor der Seherin aufsetzte. „Kommt, gebt mir das Kind. Wir werden uns darum kümmern!" bat Lonel und nahm ihn das weinende Baby ab.

Erwartungsvoll empfingen die Mitglieder des Rates der Alten den neu ernannten Ol-Teen und den Fremden, welcher gerade in Begleitung der

Seherin in der Beratungshütte eintraf. „Sie sind hier - nehmt Eure Plätze ein!"
Eli, der Blinde, stützte sich schwer auf seinen Stock, er spürte noch vor allen
anderen die Veränderungen, die durch den Fremden ausgelöst wurden.
Lauschend hob er sein Gesicht. Er, der die Härten des Lebens ohne
Augenlicht von Kindheit an kannte, reagierte äußerst sensibel auf merkliche
Einflüsse seiner Umwelt. Eli vermochte sich kaum der Gedankenfülle zu
entziehen, die unvermutet auf ihn hereinstürzte. „Der Fremde, er möge sich
bezähmen und mich nicht in Bedrängnis bringen!" bat er leise an die Seherin
gewandt. Ohne, dass sie dem Azuro zureden musste, schirmte dieser sofort
seine Impulse ab. „Verzeiht, ich vergaß, dass Euch meine Gedanken
unangenehm sein könnten!" entschuldigte er sich. Dann verfolgte er neugierig
die beginnende Debatte. Während er zuhörte und ab und zu einen Gedanken
auffing und diesen bis zu seinem Ursprung zurück verfolgte, betrachtete er
aufmerksam sein Umfeld. „Diese Behausung ist schlicht und einfach, aber
zweckmäßig! So wie die meisten Hütten, die ich bisher sehen dufte!" Ihm fiel
allerdings hier sofort der Unterschied auf. Diese war reichlicher geschmückt.
Entlang der Wände hingen unzählige Felle, umsäumt von primitiven Waffen. In
Abständen waren an hölzernen Pflöcken Bögen und Köcher mit bunten Pfeilen
befestigt. In einem eigens dafür gebauten Gestell kreuzten sich mehrere
Speere mit spitzen Widerhaken. Schon wollte er seinen Blick abwenden, als
sich die vier Masken in sein Gesichtsfeld schoben. Fasziniert vergaß er
beinahe, wo er sich befand.
Jede der Maske stellte das Abbild eines Fabelwesens dar. Er kramte in seinen
Erinnerungen. „Ich glaube, Ähnliches habe ich schon einmal gesehen? Aber
bei welcher Gelegenheit?" Er konnte sich einfach nicht mehr entsinnen.
Indessen führte noch immer der Blinde das Wort.
„Erfüllt einem alten Mann eine Bitte!" Eli tastete sich an den Lieutenant heran.
„Lasst mich das Zeichen des Ol-Teens fühlen. Gewährt Ihr mir diesen
Wunsch?" „Er sei Euch gewährt, Eli!" Lt. Gordon zuckte in Erinnerung an die
Schmerzen, mit denen das Zeichen auf seiner Brust eingebrannt wurde,
merklich zusammen. Doch erstaunlicherweise tat ihm die Berührung des Alten
nicht mehr weh. Elis Fingerspitzen glitten über das Brandmal. Was alle

anderen sehen konnten, ertastete er sich. Ein Dreizack - drei Speerspitzen, die direkt aus seiner Brust zu wachsen schienen, flammten tiefrot.

„Großer Gott, es ist das Zeichen!" flüsterte der Alte voller Ehrfurcht und verneigte sich. Lt. Gordon war dies sichtlich unangenehm. „Nicht doch, Eli. Das müsst Ihr nicht tun!" Er konnte sich noch immer nicht mit dem Gedanken anfreunden, dass er für die Pikos so eine Art Gott sein sollte? Er wollte aufbrausen, als er Lonel's Stirnrunzeln bemerkte. „Denkt daran, Lieutenant - auch wenn Ihr es noch nicht wahrhaben wollt, Ihr tragt das Zeichen des Ol-Teen. Damit seid Ihr den Göttern unseres Volkes sehr nahe. Vergesst das nie! Euch vertrauen die Menschen in höchster Not. Ihr seid Führer und geistiger Ratgeber zugleich." Diese Worte der Seherin von einem ihrer letzten Gespräche kamen ihm in den Sinn. „Ach was soll es?" brummte er gutmütig vor sich hin, und ließ die Huldigungen über sich ergehen. „Lasst uns beginnen - unsere Zeit ist knapp bemessen!" forderte er die Anwesenden endlich auf und suchte nach einem Platz. Doch Eli führte ihn zum Sitz des Häuptlings. „Dieser Stuhl gebührt Euch!" Erst als der Lieutenant sich darauf niederließ, setzte auch er sich zu seiner Rechten. „Weshalb ich Euch gebeten habe, hier zu erscheinen, ist allen sicherlich bekannt?" begann der Lieutenant erneut zu reden. Einhelliges Kopfnicken bestätige dies.

„Okay, kommen wir ohne Umschweife zum Kern der Sache. Ich möchte Euch Savus vorstellen, ein Legat der Azuros - der Bläulinge!"

Der Lieutenant wartete ab, bis sich das Geraune legte.

„Ich weiß, die Situation ist außergewöhnlich und nicht leicht zu verstehen!" fuhr er schließlich fort. „Savus - soweit habe ich ihn hoffentlich richtig verstanden, ist ein Ausgestoßener. Er lebt quasi im Exil." Bisher stand der Azuro leblos wie eine Säule, doch bei den letzten Worten des Lieutenant ging eine merkliche Veränderung mit ihm vor. „Wieso traut Ihr diesem... Wesen? Vielleicht spioniert er nur einfach, um uns ebenfalls entführen und ermorden zu lassen!" stieß einer der Alten in der Runde heftig hervor.

Eine drohende Gebärde begleitete seine Äußerungen.

„Niemand rührt ihn an!" Lt. Gordon sprach ganz ruhig, erst im nachfolgenden Satz hob er leicht die Stimme. „Wir haben ihm das Gastrecht gewährt - es wäre gegen jegliche Tradition, würden wir dieses brechen!"

Er stockte und lauschte seinen eigenen Worten nach. Wieso sprach er plötzlich, als lebte er schon immer bei den Pikos? Welche Traditionen meinte er wirklich? Eine unwirkliche Ahnung beschlich ihn. „Die Geschichte mit dem Ol-Teen wird mich mehr beschäftigen, als ich es im Moment verstehen kann...", dessen war er sich nun bewusst. Lonel's Augen blitzten triumphierend auf. „Er wird zur rechten Zeit wissen, was zu tun sein wird...!" wiederholte sie lautlos, nun endgültig von der Richtigkeit des Orakels und ihrer Entscheidung überzeugt. „Was wir tun und vor allem wie wir es tun - das ist die entscheidende Frage, wie sich unsere Zukunft gestalten wird? Deshalb sollten wir die Hand eines Partners nicht ausschlagen! Ich kann mich auch nur auf mein Gefühl verlassen, und ich denke, der Azuro Savus ist kein Verräter. Im Übrigen, er hat sich bereit erklärt, als Mittler zu fungieren und gegebenenfalls mit seinen Leuten zu verhandeln." Lt. Gordon holte tief Luft.

„Ich bleibe dabei, trau niemals einem Fremden. Wer sein eigenes Volk verrät, der hat keinerlei Skrupel, auch den Partner und Gefährten zu verraten", widersprach der Alte verächtlich. Die anderen Teilnehmer schienen gleichfalls dieser Meinung. Die Emotionen schäumten über.

„So ist es; wir lassen uns nicht wie Schafe auf die Schlachtbank führen!" gab Eli zu verstehen. Der Blinde erhob sich und gab das Zeichen für Ruhe. Bedächtig sprach er weiter. „Wir drehen uns wie der Wolf, der sich in den eigenen Schwanz beißt. Und jedes Mal, wenn wir den Schwanz zu schnappen bekommen, jaulen wir vor Schmerz auf. Niemand kann sagen, was gut oder schlecht in dieser Situation ist. Niemand sollte seine Hand ins Feuer legen, weder für den Freund noch für den Partner!" Das Wort Partner betonte er extra. „Und trotzdem, ich frage jeden von Euch, welche Alternativen haben wir?" Eli stand noch immer aufrecht, die blinden Augen an die Decke gerichtet. „Eigentlich - keine?" vernahm nun jeder Mann des Rates. „Also, hört auf mit der Schwafelei, Ol-Teen wird uns sagen, was wir tun sollen und wir tun es einfach!" Unerwartet mischte sich der Fremde ein. Seine hohe, gurrende Stimme erreichte mühelos jeden Winkel der Beratungshütte.

„Es lag nicht in meiner Absicht, Streit unter den Bewohnern dieser Siedlung zu entfachen. Ich habe auch erst vorhin von den letzten Gräueltaten meines Volkes erfahren und versichere, dass es mir sehr leid tut. Ich verstehe die

Zweifel, die hier geäußert wurden. Egal, welche Entscheidung der Rat der Pikos heute und hier treffen wird, ich akzeptiere jede - ohne Widerspruch. Ich wollte nur, dass Sie alle das wissen!" Er nickte Lt. Gordon zu, dann verließ er den Raum.

Einige Kinder spielten zwischen den Häusern.

Nicht ohne Grund hielten sich die Jungen rein zufällig in der Nähe der Beratungsstätte des Rates auf. „Er kommt! Er kommt!" kreischten sie lauthals auf und stoben nach allen Seiten davon. Ron schnaufte verärgert vor sich hin. „Jetzt habe ich tatsächlich verpennt? Oh so ein Mist!" fluchte er lauthals. Er war zum Zeitpunkt des Eintreffens des Teufels, diese Bezeichnung hatte sich bei ihm festgesetzt, in der Kabine des Luftschiffes und hatte den ganzen Trubel regelrecht verschlafen. „Nein, ich könnte mir selber eine runter hauen…!" Er beeilte sich und sauste wie ein Verrückter los. „Er ist noch da, ein Glück!" hechelte er. Nun stand er unmittelbar neben dem Eingang. Mehrmals hatte er sich zum Vorhang herangepirscht und versucht, durch einen Spalt hineinzuspähen. Leider ohne Erfolg. Ihm rutschte das Herz in die Hose, als sich die dunkelblaue Gestalt des Azuros ins Freie schob.

„So sahen die Bestien damals auch aus - sie haben alle umgebracht!"

In Ron brachen verdrängte Erinnerungen einer schaurigen Nacht hervor und überschwemmte den Jungen. Ein Schrei der Verzweiflung zerriss die scheinbare Stille, das Kind brüllte sich die angestaute Angst, die Wut und den Hass auf die kaltblütigen Mörder seiner Familie, Bekannten und Verwandten aus dem Leibe. „Du bist böse! Du bist ein Mörder!" Er zitterte wie Espenlaub, seine kleinen Fäuste ballten sich. Tränen schossen Ron in die Augen, mit einem Wutgeheul ging er auf den Legaten los und trat ihm voller Wucht gegen die Schienbeine. Zu tief saß der Stachel des Schmerzes. Mit einer einzigen Handbewegung hielt Savus den schmächtigen Körper des Jungen auf.

„Oh Vater, was haben wir getan?" Zerrissene Bilder tauchten auf, aus den Bruchstücken konnte er das Grauen erkennen, welches dieses kleine menschliche Wesen in sich verborgen hielt. Er sah die Krieger seines Volkes - voller Hohngelächter metzelten sie Männer nieder und schlachteten ohne Skrupel Frauen und Kinder dahin. „Und ich, ein Mitglied des Rates der

Dreizehn, habe diesen Befehl nicht verhindern können?" Das Zittern des Kindes übertrug sich auf ihn. Er fühlte sich schlagartig kraftlos und leer. Erschöpft ließ er sich in die Hocke sinken. „Es tut mir leid...!" murmelte er. Das zarte Kerlchen bäumte sich noch einmal auf und starrte ihn mit wutverdunkelten Augen an. „Sie sind tot, sie sind alle tot! Mami, Dad, die Tanten und Onkels. Meine Freunde! Ich hasse Dich, Dich und Deine ganze verfluchte Sippschaft." Diesmal trommelte er mit den bloßen Fäusten auf Savus Brustkorb ein, um seiner Wut Luft zu machen. Er wurde gewaltsam weggerissen.

„Ron, komm zu Dir!" Lt. Gordon war bereits beim ersten Schrei hinausgerannt. Das Bild des Jungen, seine ungezähmten Attacken gegen den Fremden machte ihn betroffen. Er nahm das tobende Kind auf den Arm. „Ron - wir sind bei Dir, mein kleiner Freund!" Für einen Moment trafen sich seine und Savus Blicke. „Es ist ein Elend, was mein Volk bisher getan hat...!" vernahm er. Unmerklich nickte er Savus zu. „Zieht Euch zurück - wir kommunizieren später!" Savus breitete seine Flügel aus und flog in die Höhe. „Hört mir einen Augenblick zu!" Er flatterte wie ein Kolibri auf der Stelle.

„Die Kluft zwischen Menschen und Azuro ist unendlich tief und gefüllt mit dem Blut unschuldiger Opfer. Es hat keinen Sinn für mich, in Euren Reihen zu verweilen. Ich werde meinen eigenen Weg gehen und versuchen, das Leid ein wenig erträglich zu machen! Lt. Gordon - Ol-Teen, ich danke Euch für Eure Bemühungen. Aber Ihr seht selber, es wird nicht funktionieren! Kümmert Euch um das Ungibaby, das ist meine einzige Bitte, die ich habe. Deswegen bin ich zu Euch gekommen. Damit es überleben kann. Und nun lebt wohl!"

Die letzten Silben verhallten so schnell, wie der Fremde über den Baumwipfeln verschwand...

Die Seherin schob sich unauffällig an den Lieutenant heran. „Was wir tun und vor allem wie wir es tun - das ist die entscheidende Frage - nicht nur für die Zukunft sondern vor allem für die Gegenwart. Es sind Eure Worte!" raunte sie ihm zu. Lt. Gordon seufzte lang anhaltend. „Ein Scheißspiel ist das! Wie soll ausgerechnet ich verbinden, was durch abgrundtiefen Hass auf ewig getrennt erscheint. Ich weiß es nicht!" Ratlos zuckte er mit den Schultern.

„Ich denke auch, dass es besser ist, wenn er nicht hier bleibt! Soll er in Frieden ziehen!" Damit löste Lt. Gordon die Ansammlung auf.

„Dieser alte Kasten fliegt wirklich. Einfach unglaublich!"
Sergeant Moos staunte nicht schlecht, mit welcher Leichtigkeit Ken das Luftschiff zu steuern vermochte. Diesmal hatte er beschlossen, selbst mit nach New-Noah-City zu reisen und alle notwendigen Materialien für die Expedition zusammenzustellen. Die Liste dafür lag zusammengerollt auf seinen Knien. Unter ihnen glitt Kilbaat hinweg. Sie erreichten die Ausläufer der Berge.
„Die Fahrt dauert knappe vierzig Minuten", erklärte Ken und ließ den Motor aufheulen. Er musste es wissen, war er bereits mehrmals mit einem Trupp diese Strecke geflogen. Sergeant Moos verlor einen verträumten Blick über die raue Schönheit der Landschaft, dann kehrten seine Gedanken zur Realität zurück. Diese war hart genug. „Was denke Sie über diesen blauen Teufel? Ich persönlich halte es für falsch, überhaupt jemand aus seiner Sippe zu vertrauen. Und noch weniger, es blindlings zu tun! Es ist gut, dass er sich vom Acker gemacht hat. Mein Vater hat immer gesagt: Der beste Feind ist ein toter Feind!" plapperte Ken ununterbrochen vor sich hin. „Der beste Indianer ist ein toter Indianer!" korrigierte der Sergeant seinen Slogan. „Was?" Ken verstand nicht, was er meinte. „Der beste Indianer ist ein toter Indianer! Diese Losung stammt aus einer Zeit, die lange vor meiner Geburt lag. Erstaunlich, dass nicht gerade die klügsten Sprüche sich so lange gehalten haben?" Dann versuchte er, ihm einige Passagen aus der Zeit des Wilden Westen näher zu bringen. „Vom Goldrausch bis zur Rinderzucht - als der Westen besiedelt wurde, mussten viele der Ureinwohner daran glauben und ihr Leben lassen. Es war eine brutale Zeit, in der ein Menschenleben keinen Wert besaß…!" In wenigen Minuten vermittelte er Ken die Grundzüge der Besiedlungspolitik des 18. Jahrhunderts. Voller Interesse lauschte der Junge. „Sie können tolle Geschichten erzählen, beinahe wie mein Dad!" stellte Ken schließlich lobend fest. „Es war damals wie heute!" resümierte er weiter, „die Stärkeren rotten die Schwächeren aus. Nichts hat sich seither wesentlich geändert!"

Er steuerte eine sanfte Linkskurve. Die Dächer der City tauchten auf. Bekümmert fügte er hinzu: „Bis auf eines - das hat sich doch geändert! Die Indianer von damals sind heute wir!" Vier Gestalten liefen im Kreis und winkten ihnen zu. Ken steuerte das Haupttor an. „Lassen Sie die Halteseile runter, Ihre Männer wissen Bescheid." Ken vergewisserte sich, dass der Sergeant alles richtig machte. Wie es ihn seine beiden Meister, Old Man und Nathan gelehrt hatten, legte er eine perfekte Bilderbuchlandung hin. „Wir haben soweit alles zusammengetragen!" meldete Michael und wies auf die vorbereiteten Haufen. Sergeant Moos dankte, dann zückte er seine Liste und begann zu vergleichen. Was er abhakte, wurde in die Kabine verladen. Waffen und Munition nahmen den meisten Platz ein, dann folgten Decken, Zelte und sonstige Dinge. „Kochgeschirr - ist okay! Die drei Kompanden; wo zum Teufel sind sie?" schnaubte der Sergeant, weil diese nicht sofort zur Hand waren. Nach einigem Suchen konnten auch diese verstaut werden

„Und welchen Mist haben Sie hier mitgebracht? Steht nicht auf meiner Liste!" Verächtlich stieß der Sergeant gegen einen dieser Tornister.

„Das sind Minitriebwerke. Man kann sie sich auf den Rücken schnallen und damit durch die Lüfte fliegen. Ich dachte mir, dass wir sie vielleicht gebrauchen können?" Michael schaute den Vorgesetzten fragend an.

„Richtig, ich erinnere mich. Das sind doch die Dinger, mit denen sich Professor Taylor die Zeit vertrieben hat. Sie meinen, die Dinger taugen zu etwas? Die fliegen auch?" Er blieb skeptisch. Erst als Michael sich anbot, ihm eine Probevorführung zu geben, lenkte er schließlich ein und ließ die Raketensäcke einpacken. „Dann lasst uns aufbrechen. Hoffentlich kommen wir irgendwann wieder zurück - mit unseren Leuten!" Wehmütig und mit schwerem Herzen verließen die Männer ihr Heim. Mancher von ihnen wischte sich verstohlen eine Träne aus dem Auge. Sie waren bereit, alles zu opfern, wenn nur die geringste Chance bestand, ihre Angehörigen und Freunde wieder zu finden. Langsam trieb der Wind sie immer weiter weg, bis schließlich auch der letzte Stein von New-Noah-City sich mit der Unendlichkeit vermischte…

Das Erbe des Khara Cahn

Ein verheißungsvoller Sommer sollte es werden, das zumindest hatten ihr die nächtlichen Opferzeremonien für die Geister offenbart. Naumi faltete die Hände zum kurzen Gebet, berührte mit beiden Zeigefingern Lippen und Stirn. „Habt Dank Ihr Götter! Ich muss jetzt los!"
Nach einer Verbeugung rutschte sie rückwärts bis zum Torbogen. Erst dort erhob sich das Mädchen von den Knien und verließ den Wagen des göttlichen Steines. Es war noch sehr früh am Morgen, das Lager lag in friedlicher Stille und strahlte Ruhe und Zufriedenheit aus. Eilig tippelte Naumi den staubigen Pfad entlang, vorbei an kunstvoll geflochtenen Kegelhäuschen, die wie Vogelnester an den Ästen alter Bäume befestigt waren. Sie schwebten mehrere Schritte über der Erde. An den meisten „Nestern" waren die Strickleitern hochgezogen. „Diese faule Bande - haben heute noch keinen Fuß auf den Boden gesetzt!" Lautlos pirschte sich das Mädchen an den Baum ihrer Familie heran, eine uralte Rotbuche, riesig und hochgewachsen, der Stamm voller verkrusteter Narben und Riefen. Einundzwanzig große und sieben kleinere Nester baumelten rundherum verteilt. In jedem lebten ein oder mehrere Mitglieder der Familie. Die Erwachsenen in den großen, die Kinder in den kleinen Kegeln. Naumi überschattete die Augen und suchte das Firmament ab. „Nicht eine Wolke am Himmel. Das wird auch heute wieder ein wunderschöner Sonnentag werden…" Gedankenverloren hüpfte die Zwölfjährige auf der Stelle. „Ich werde bis zum großen Wecken noch einmal schlafen zu gehen!" entschloss sie sich. In der aus biegsamen Ästen und Schilf geflochtenen Hütte war es dämmrig. Außer einem moosgepolsterten Schlafplatz und einer winzigen Spielecke für kühle Tage befand sich nichts weiter darin.
Das Leben der Maakler, einem Volk mit knapp zweihundert Angehörigen, spielte sich im Wesentlichen an den offenen Feuerstellen im Freien ab. Wie ihre Vorfahren, die Nomaden des Westens waren, blieben sie nur solange an einem Ort, wie dieser sie mit Wild und Früchten versorgte. Wurden diese Quellen knapp oder versiegten, luden sie ihr Hab und Gut auf die zweirädrigen

Karren und schoben diese so lange, bis sie eine neue Heimstatt fanden. Die
Materialien für ihre Häuser wuchsen überall und waren schnell zur Hand.
Naumi rekelte sich auf ihrem Schlafplatz, versonnen lauschte sie den Stimmen
der erwachenden Vogelwelt. Ein klangvoller Gong riss sie später erneut aus
dem Tiefschlaf. „Oh, schon so spät? Jetzt muss ich mich aber sputen!"
Behände sprang sie auf die Beine und schlug die aus Weide geformte Tür auf,
so dass die Sonne durch die ovale Öffnung direkt auf ihr Bett schien. „Naumi,
Du bist dran mit Holz suchen! Beeile Dich gefälligst, das Feuer ist fast aus!"
drang es an ihre Ohren. „Verflucht, das habe ich ja völlig vergessen! Ich bin
heute mit dem Feuerdienst dran. Das gibt bestimmt Ärger, wenn Crom
deswegen nicht rechtzeitig sein Frühstück erhält?" Sie rollte fix ihre Decke
zusammen. „Bin sofort da!" meldete sie sich und sprang hinaus. Im Laufen fuhr
sie sich mit den Fingern durch das krause Haar, fertig war die Morgentoilette.
Die Feuerdienste der anderen Familien waren ebenfalls auf Holzsuche. „Mist
aber auch - diesmal haben sie die Nase vorn!" Sie musste sich sputen, bevor
diese die besten Äste in der Nähe fanden. Ins Dickicht wollte sie nicht, dazu
fehlte ihr einfach die Lust. Rasch klaubte sie etliches Gehölz und Stöcke
zusammen, riss einige Büschel trockenes Gras heraus und trug alles
zusammen zur Feuerstelle. „Na endlich! Dachte schon, Du kommst überhaupt
nicht mehr!" maulte ihre Mutter, eine untersetzte, wohlfüllige Frau mittleren
Alters. Ihr sonst rabenschwarzes Haar wies einige graue Strähnen auf, die in
der Sonne silbern glänzten. Vorsichtig schob sie die Asche zur Seite, legte ein
Grasbüschel in die Glutbrocken und blies sanft, bis Flammen emporschlugen.
„Du kannst schon mal das Geschirr holen!" mahnte die Mutter.
Naumi schaute ihr zu, erst als etliche Äste Feuer fingen, rannte sie zu dem
Holzkarren, der am Stamm lehnte und suchte das eiserne Kochgeschirr, eine
riesige Pfanne mit langem Griff, heraus. „Mann ist das Ding schwer. Und jeden
Morgen muss ich das schleppen! Das ist ungerecht!" maulte das Mädchen,
aber es war niemand weiter da, der das zur Kenntnis nahm. Endlich stand der
Dreifuß und die Pfanne konnte eingehängt werden. „Ich bin fertig!" meldete sie.
Während dessen öffnete ihre Mutter einen Tonkrug und entnahm ihm mehrere
Streifen frischen Talg. Sie erhitzte diesen in der Pfanne. Als das Fett flüssig
wurde und zu spritzen begann, ließ sie sich die Vogeleier bringen, die sie

gestern mit den übrigen Frauen der Familie gesammelt hatte. Naumi lief das Wasser im Munde zusammen. Hungrig wie ein Wolf strich sie um die Pfanne herum. „Mutter guckt nicht - das ist die Gelegenheit!" Aber sie hatte kein Glück. Als sie heimlich kosten wollte, fing sie sich einen Klaps auf die Finger ein. „Warte gefälligst ab, bis alle da sind!" rügte sie die Mutter und schwang drohend den Holzlöffel. Schmollend verzog sich das Mädchen. Da ihre Arbeit vorerst getan war und das Frühstück noch dauerte, schaute sie sich bei den anderen Familien um. „Vielleicht gibt es dort schon etwas zu holen?" hoffte sie. Die Fary-Familie, sie war zahlenmäßig der Crom-Familie weit überlegen, hatte zwei Bäume mit ihren Hütten in Beschlag genommen. Sie mochte Vater Fary, das Oberhaupt der Familie, nicht besonders. Er war streitsüchtig und unfreundlich, vor allem Fremden gegenüber. Schon von weitem hörte sie seine geifernde Stimme. „Faules Pack - das muss ein bisschen schneller gehen, sonst mache ich Euch Beine!" fluchte er laut. Die Frauen eilten hin und her, um seinen Befehlen Folge zu leisten. „Naumi, he Naumi - hier sind wir!" Suchend schaute sich das Mädchen um, dann entdeckte sie die Zwillinge. Versteckt im sicheren Schutz eines Busches, hockten Raoul und Pien, Söhne des Oberhauptes Fary, und winkten ihr ungestüm zu. Sie waren etwa im gleichen Alter und seit sie krabbeln konnten, miteinander befreundet. „Euer Vater schreit, als wolle er der König der Maakler werden!" spottete Naumi und kauerte sich ebenfalls hin. „Oh, Ihr habt ja etwas zum Naschen hier", stellte sie fest. Vor Freude klatschte sie in die Hände. Raoul stieß den Zwillingsbruder an. „Na, habe ich nicht gleich gesagt, beim Futtern vergisst Naumi alles, sogar ihren Groll auf Vater!" Die Jungen wieherten vor Vergnügen, dann erbarmten sie sich der halbverhungerten Freundin und teilten ihre Beute. „Hhm, Honig! Das schmeckt richtig gut!" Naumi biss ein großes Stück von der Wabe ab und ließ es genussvoll in den Mund gleiten. Während Raoul erzählte, unter welch schwierigen Umständen sie den Honig ‚organisiert' hatten, langte sein Bruder ebenfalls mächtig zu. „Eh, das ist aber mein Stück! Du frisst mir ja alles weg!" Erbost entriss Raoul das letzte Wabenstück den Händen des Bruders und stopfte es sich flink in den Mund.
„Der lernt das nie - sagt Vater auch immer! Schwatzt und schwatzt, während dessen haben sich alle anderen die Wänster vollgeschlagen!" witzelte Pien.

„Schau Dir an, dieses dürre Geripppe! Sogar der Wind pfeift ungehindert
hindurch!" Naumi kicherte verstohlen. So war es jedes Mal. Die Brüder reizten
sich gegenseitig bis aufs Blut, aber wenn es kritisch wurde, waren sie sich
einig. „Das Geripppe wird Dir gleich eine aufs Maul geben. Wollen dann mal
sehen, wo der Wind hindurch pfeift. Nämlich bei Dir, weil Dir ein paar Zähne
fehlen", fauchte Raoul wütend zurück und ballte die klebrigen Finger zur Faust.
„Wenn Ihr Euch prügelt, gehe ich!" drohte Naumi. Sofort wurden beide wieder
friedlich. „War doch nur ein Scherz", beeilte sich Pien zu versichern.
„Verdammt, wo stecken die Kerle schon wieder? Wenn sie auftauchen,
verpasse ich ihnen einen Satz neuer Ohren!" dröhnte es indessen durch die
Büsche. Raoul rutschte unruhig auf seinem Hosenboden umher. „Wir sollten
lieber gehen. Hast ja eben gehört - Vater ist stinksauer", drängelte er den
Bruder. Sie verabredeten sich mit Naumi nach dem Essen am Tümpel, dann
verschwanden sie auf flinken Füßen.
„Erst hummelst Du herum vor Hunger und dann bist Du zum Essen nicht da!
Ist alles alle. Dein Pech!" empfing die Mutter Naumi mürrisch. Statt der
erwarteten Proteste zuckte Naumi nur mit den Achseln. „Was soll's?" Schon
wollte sie sich abwenden, als sie den Schalk in Mutters Augen blitzen sah. „Na
komm schon Töchterchen. Hier ist Dein Frühstück!" Naumi ließ sich ihre
Portion schmecken und schlang sie heißhungrig runter. „Du sollst Dich bei
Vater melden. Er möchte mit Dir reden. Gleich nach dem Essen - hörst Du?!"
Belustigt sah die Mutter zu, wie Naumi den Holzteller sauber ableckte. „Dich
bekomme ich wohl niemals groß?" stellte sie lachend fest und tätschelte die
Wangen ihres Mädchens. Diese knurrte unverständlich vor sich hin.
Als die Mutter etwas derber zufasste, schrie sie erschrocken auf. „Ab zu Vater,
sonst setzt es was!" Der normale Alltag hatte sie wieder.
Umständlich stopfte Vater Crom unter den prüfenden Augen seiner Tochter die
Pfeife. Auf einen Wink von ihm wurde ein glühendes Stöckchen gebracht.
Paffend lehnte er sich auf seinem Hirschfell zurück. „Also mein Kind! Ich muss
mit Dir reden!" Dann nahm er einen langen Zug und blies den Rauch mit
dicken Backen in Naumis Gesicht. Sie hustete und schlug wie wild um sich.
Vater Crom amüsierte sich köstlich, doch dann wurde er wieder ernst.

„Heute war ein Brautwerber der Fary-Familie bei mir und hat um Deine Hand angehalten. Was meinst Du dazu?" Naumi wankte, das war wie ein Schlag vor den Kopf. Sie und heiraten? „Aber..., aber ich bin doch erst Zwölf!" stotterte sie vor Aufregung. „Fast Dreizehn - in diesem Alter habe ich Deine Mutter geheiratet. Ein Jahr später wurde Dein ältester Bruder Wook geboren. Und danach alle anderen. Na ja, und jetzt ist die Zeit reif, dass Du eine eigene Familie gründest!" Naumi ließ die Worte ihres Vaters über sich ergehen. Wie betäubt stand sie da und verstand die Welt nicht mehr? „...der Mond noch zweimal die volle Größe erreicht, findet die Vermählung statt!" Naumi erwachte aus ihrer Starre. Heiße Tränen rollten über die Wangen des Mädchens. „Na, na, so schlimm ist es auch wieder nicht!" tröstete sie der Vater, dann war die Unterredung für ihn abgeschlossen.

Lustlos schlenderte Naumi in Richtung Tümpel.
Die Zwillinge waren noch nicht da, also suchte sie sich ein schattiges Plätzchen und ließ sich im kühlen Gras nieder. „Dass ich früher oder später heirate und eine Familie gründen werde, das ist mir durchaus bewusst. Aber ausgerechnet die Fary-Familie schickt ihren Brautwerber?" überlegte sie trübselig. Die Aussichten für sie waren mies, äußerst mies. Sie stellte sich das Leben unter Fary's Fuchtel furchtbar und schwierig vor. „Und wer soll dieser Angetrauter werden?" Das hatte sie in der Aufregung völlig vergessen zu fragen? „Fary besitzt acht Frauen, mit denen er insgesamt 32 Kinder gezeugt hat? Und wen davon soll ich abbekommen?"
Sieben Söhne davon waren im heiratsfähigen Alter - zwischen vierzehn und sechzehn Sommer alt. Oder wollte einer der älteren, bereits verheirateten Söhne sie als Nebenfrau? „Das wäre dann wirklich die Hölle auf Erden! Ich und eine von mehreren Frauen - das geht überhaupt nicht!" schimpfte sie leise. „Sitzt da, als wäre sie die Unschuld vom Lande", witzelte Raoul und schreckte Naumi aus ihren fruchtlosen Grübeleien. „Wirklich, siehst aus, als wäre Dir ein Bär über den Weg gelaufen", stellte er bekümmert fest. Naumi brauste auf. „Sicher doch! Ein schöner Fary - Bär ist mir über den Weg gelaufen! Möchte wissen, wie Ihr Hohlköpfe reagieren würdet, wenn man Euch so nebenbei erfahren lässt, dass Ihr in zwei Monden verheiratet werdet? Und dann noch mit

einem Fary!" Pien pfiff durch seine Zahnlücke. „Ach deshalb diese
Heimlichtuerei beim Familienrat. Jetzt wird mir so einiges klar!" Ein mitleidiger
Blick traf das Mädchen. „Wenn Du genaueres weißt, dann sag es mir, bitte!"
Naumi hatte sich auf ihre Knie geschwungen. Flehend las sie dem Freund
jedes Wort von den Lippen ab. „Es wird viel von einer Hochzeit gemunkelt!"
mischte sich Raoul nun ein. Er drehte unablässig mit seiner Steinschleuder.
Naumi anzuschauen, wagte er nicht. „Caron, unser Bruder Nr. 4, soll Dein
Ehemann werden", erklärte er schließlich. „So Caron also - es hätte mich ärger
treffen können?" Naumi fühlte sich irgendwie erleichtert. Er war zwar nicht
gerade ein ausgesprochen schöner Typ, eher von kurzer, gedrungener Statur,
aber er war ihr stets freundlich gesonnen begegnet. „Na wenigstens ein kleiner
Lichtblick!" Der Tag sah auf einmal nicht mehr ganz so trübselig aus.
„Okay - bis dahin vergeht noch etwas Zeit, was haben wir heute vor?" fragte
sie voller Ungeduld. Die Brüder atmeten befreit auf. „Wir haben eine alte
Grabstätte gefunden. Eine aus der Zeit vor dem großen Winter. Ist gar nicht
weit von hier. Wir wollen noch einmal dorthin. Kannst gerne mitkommen?"
Naumi überlegte nicht lange. Bevor sie aufbrachen, rieben sich die Kinder ihre
schwarzen Körper mit einer Salbe ein. „Das Zeug sollte angeblich gegen
Mücken helfen. Dem Gestank nach müsste es jeden Kojoten vertreiben!" Pien
langte in den Tontopf und verteilte das Zeug gleichmäßig auf seinem Bauch.
„Wenn Gro-man das wüsste? Es ist seine geheime Mixtur, die ich mir
erschlichen habe. Hoffentlich ist sie wirklich so gut, wie alle behaupten!"
grinste Raoul, der sie mitsamt dem Topf einfach geklaut hatte. Wie Zedernholz
glänzte ihre Haut jetzt in der Sonne. Die Jungen nahmen Naumi in ihre Mitte,
dann eilten sie geschwind durch das Unterholz. Sie erreichten den Lauf eines
Baches, folgten seinem Ufer bis zum Fuße einer Anhöhe. „Da geht es weiter!"
zeigte Pien an und schlängelte sich zwischen dem Buschwerk hindurch. Von
dort aus verließen sie den dichten Wald und bewegten sich auf einer schwach
bewachsenen, teils felsigen Fläche vom Wasser weg.
„In alten Zeiten hat hier ein großes Haus gestanden. Und das da war ein
Brunnen!" erläuterte Pien, als sie die Ruinen erreichten. Die äußeren Umrisse
des Hauses waren noch gut erkennbar. Moos und Efeu hatten sich
breitgemacht und hüllten die Mauern wie ein grüner Teppich ein. „Wie hat man

damals solche großen Häuser bauen können? Viel zu umständlich für so kurze
Zeit", urteilte Naumi. Sie konnte es sich einfach nicht vorstellen. „Großvater hat
uns erzählt, dass die Leute immer am gleichen Platz wohnten. Deshalb haben
sie ihre Häuser aus Stein errichtet. Sie sind nicht umhergezogen wie wir!
Außerdem waren es Weiße, die hier lebten", ließ Raoul vernehmen. „Weiße?
Und immer am selben Ort? Und das ging so? Und wenn es keine Tiere mehr
zu jagen gab und die Beeren abgesammelt waren? Was haben sie dann
gegessen?" Naumi schüttelte nur ungläubig mit dem Kopf.
„Ich weiß es nicht. Jedenfalls hat Großvater gesagt, dass diese Häuser nicht
umgesetzt werden konnten. Vielleicht sind sie deshalb alle an Hunger
gestorben?" Raoul kicherte albern vor sich hin.
„Sie sind den Weg des weißen Mannes gegangen - die Götter waren nur
gerecht! Kommt weiter, da hinten ist die Grabstätte!" forderte Pien die
Spielgefährten auf und lief voran. Eine halbverfallene Mauer zäunte ein recht
großes Gelände ein, das von Rost zerfressene Eisentor stand offen. Efeu
wucherte auch hier auf den Wegen und bedeckte unzählige Grabsteine und
Kreuze aus verwaschenen Steinen und rostbraunen Metall.
„Das ist ein Friedhof des weißen Mannes. Hier wurden vor dem großen Winter
ihre Toten begraben!" Pien entfernte eifrig von einem Grabstein das Unkraut
und rieb die verwitterte Schrift frei.

Toni Mc Lauth

geb. 17.04.1971

gest. 28.01.2002

Raoul mühte sich zu lesen, was in den Stein gemeißelt war, doch es wollte
nicht so recht gelingen. „Jedenfalls haben Lebende den Toten solche
Denkmäler auf das Grab gesetzt!" schloss er seinen erfolglosen Versuch.
Naumis Interesse für die Gräber erlosch sehr schnell. Während die Jungen
zwischen den Steinen herumtollten, balancierte sie auf der brüchigen Mauer
entlang. Sie umrundete auf diese Art fast den gesamten Friedhof und erreichte
so die Gegenseite. Schroff fielen hier die Abgründe viele Schritte in die Tiefe
hinab. Doch das war es nicht, was sie erschreckte. „Raoul und Pien, wo seid
Ihr denn? Los, kommt schnell hierher!" rief sie die Freunde zu sich heran. Sie
beeilten sich und kletterten zu Naumi hoch. „Oha!" Für einige Sekunden

279

blieben die Jungen sprachlos. „Zieht gefälligst Eure Köpfe ein, damit uns
niemand sieht! Das müssen wir sofort den Oberhäuptern melden", wies Raoul
an. Dann krochen sie vorsichtig auf allen Vieren zurück.

In Marschformation rückten die Krieger der Maakler unter Führung der Kinder
vor. „Es ist nicht weit weg von hier, wir sind schnell da!" erklärte Pien. Sie, die
Nachkommen des uralten Geschlechts jener geknechteten, vertriebenen, zum
Sklaven missbrauchten Afrikaner, die sich vor der Katastrophe in den Slums
der Großstädte behaupten mussten, um zu überleben - sie fühlten sich freier
denn je ohne den weißen Mann. Sie vereinten Jahrtausendalte Traditionen des
schwarzen Volkes mit ihrem natürlichen Instinkt im Kampf ums nackte
Überleben in einer Umwelt, die für sie gemacht schien. Die jetzigen Familien
kannten die Geschichten um ihre weißen Peiniger von den Legenden, die an
den nächtlichen Feuern erzählt wurden und nicht nur die Kinder im Schlaf
hochschrecken ließ. Ihr Erzfeind Nr. 1 war für ewig im Eis versunken.
Große Aufregung herrschte in der Siedlung, als die Kinder atemlos und
abgehetzt eintrafen und den Familienoberhäuptern ihren ungeheuerlichen
Bericht gaben. „Das habt Ihr nicht geträumt und das ist kein Spaß, oder? Ich
warne Euch - das setzt Prügel, die sich gewaschen hat!" kündigte Vater Fary
an. „Ein Tal voller Weißer…? Das kann nicht sein - seit Jahrhunderten sind sie
ausgestorben?" Ungläubig sah er den Medizinmann an. „Wir scherzen nicht -
da ist ein Tal voller Weißer!" rief Pien trotzig. „Gebt Alarm – alle Mann zu den
Waffen!" gellte es durch die Siedlung. Sofort standen sämtliche kampffähigen
Knaben und Männer der zwölf Familien bereit. Die Schilde aus Leder, lange
Speere und Pfeil und Bogen vervollständigten die Ausrüstung eines jeden
Kriegers. Gro-man, der Medizinmann der Maakler, trug eine weiße Maske mit
verzerrten, hässlichen Gesichtszügen auf dem Kopf. Das Bildnis des
Schreckens - des weißen Mannes. Tänzelnd umkreiste er die Befehlshaber der
Familien. „Der Fluch des Khara Cahn holt uns wieder ein! Ich flehe Euch
Götter der Ahnen an - seid gnädig und gebt uns die Kraft, die Weißen zu
besiegen!" Seine Schreie und Gebete wurden immer hektischer. „Wir müssen
die heilige Mission erfüllen. Krah - Tod den Weißen!" stieß er laut hervor, ein
Vielfaches „Krah - krah - krah!" begleitete seine Schritte zum Feuer. Er riss

sich die verfluchte Maske vom Gesicht und schmetterte sie in die Flammen.

„So werden sie brennen im Feuer der Vernichtung!"

Das war das Signal zum Aufbruch.

Nach einer knappen Stunde erreichten sie den Friedhof. „Da drüben, auf der anderen Seite ist das Tal!" Pien dirigierte die Oberhäupter zur Nordseite der Mauer. „Unten in der Schlucht haben wir sie gesehen!" Sie schoben sich an den Rand, bis sie freien Blick in die Schlucht hatten. Sie war leer. „Oh nein!" entfuhr es Pien. Aufgeregt suchte er den Kessel ab. „Ich schwöre beim heiligen Stein! Sie waren vorhin noch hier!" stieß Raoul heftig hervor. Die strafenden Blicke des Vaters verhießen nichts Gutes. „Ich habe Euch gewarnt!" Crom stand auf und wischte sich lässig den Dreck von den Oberschenkeln. „Sei es, wie es sei! Wir sollten einfach mal nachschauen. Die Kinder sind für solche dummen Streiche zu alt", verkündete er. „Okay sehen wir nach, was an der Sache dran ist! Aber wehe dem…!" Vater Fary erklärte sich mit der Suchaktion einverstanden. „Sucht einen Weg, der runter führt!" befahl er, dann schlängelten sich die Männer allmählich hinab. Der Abstieg in die Schlucht zog sich hin. Endlich erreichte die Schar den Grund des gewaltigen, steinernen Beckens. „Da schau einer her! Möchte zu gern wissen, was sich hier abgespielt hat?" Crom stocherte mit dem Lanzenschaft in einem matschigen Brei aus Früchten. Aromatischer Duft nebelte die Männer ein. Dicke Fliegen und unzählige Insektenschwärme summten um sie herum und taten sich an dem für sie reich gedeckten Tisch gütlich. „Als hätte ein Orkan den ganzen Mist hier abgeladen!" staunte Raoul und klaubte sich eine halbwegs unverdorbene Orange aus einem Haufen heraus. Die Männer hielten misstrauisch Ausschau. „Mir ist die ganze Geschichte nicht geheuer. Auf jeden Fall war irgendwas hier!" verkündete Vater Crom argwöhnisch. Dann suchte er weiter nach Hinweisen.

„Wer weiß schon, welcher verfluchte Zauber hier sein böses Spiel treibt? Vielleicht ist die Schlucht verhext! Bei den Göttern der Ahnen - eine andere Erklärung gibt es kaum!" Fary schlug ein geheimes Zeichen in die Luft, um den Zauber zu bannen. „Wir sollten sehen, dass wir schnellstens von hier verschwinden. Es wird langsam ungemütlich und eng!" Crom wies mit der Speerspitze auf die Schatten, die über ihre Köpfe zu kreisen begannen.

Er wollte bereits aufbrechen, da entdeckte er dieses ungewöhnliche Gebilde.
Mit wiegendem Schritt näherte er sich diesen.
„Das ist ja interessant!" murmelte er vor sich hin und untersuchte eingehend
den Untergrund des Standortes. Frische Spuren waren erkennbar.
„Wir sollten uns das hier vielleicht genauer ansehen!" Er wies auf das aus zwei
einfachen Stöcken gebundene Kreuz. Ein frischer Hügel erhob sich darunter,
kleine Felsbrocken deckten ihn ab. „Seht nach, was darunter liegt!" Crom
befahl seinen Krieger, die Steine zu entfernen. Nach wenigen Minuten gruben
sie ein verschnürtes Stoffbündel frei.
„Das ist der endgültige Beweis - die Kinder haben nicht gelogen. Oder ist
jemand anderer Meinung?" Alle schüttelten entsetzt die Köpfe.
Vor ihnen lag der Leichnam eines Säuglings - eines weißen Jungen!
„Grabt ihn ein und richtet alles wieder her, wie es war!" ordnete Crom an.
Nach einer Weile fügte er hinzu: „Ich möchte nicht, dass wir Ärger mit den
Geistern der Weißen bekommen! Und beeilt Euch gefälligst, damit wir
verschwinden können!"
Schweigend warteten die Männer, bis der Befehl ausgeführt war…

Die erste Nacht unter freiem Himmel war entsetzlich.

„Hoffentlich geht bald die Sonne auf und es wird wieder wärmer?"
Linda fror erbärmlich, verstohlen rieb sie sich die Handgelenke.
Sie schmerzten noch immer nach dieser ungewohnten Tortour.
„Es ist unfassbar, was in den letzten Stunden passiert ist?" Linda erging es wie
allen hier im Tal. Es gab niemanden, der nicht unter Schock stand.
„Und so wird es hoffentlich nicht ewig weitergehen, oder doch?"
Ihr graute bereits vor den nachfolgenden Tagen. Die derben Griffe der Azuros
hatten blutende Hämatome an den Armen hinterlassen.
„Es ging alles so schnell? Es blieb überhaupt keine Zeit mehr, uns zur Wehr zu
setzen? Was für Wesen sind das, die uns einfach überrollen konnten?"
Linda hatte den Kopf voller Fragen. „Ehe ich mich versah, wurde ich an den
Gliedmaßen gepackt und schwebte schon durch die Lüfte davon?"
Mit ihr alle anderen Bewohner von New-Noah-City!

Linda streckte sich. „Ich werde mir ein wenig die Beine vertreten!" beschloss sie. Nachdenklich schaute sie sich um. „Was für ein Ort ist das hier?" Sie befanden sich in einer fast kreisrunden Schlucht, steil ragten die Felswände empor. „Da kommt mit Sicherheit keiner hinauf?" murmelte sie. Hoch oben wölbte sich der klare Himmel, kalt und unnahbar wie die fremden Wesen strahlten die Sterne zu ihnen herab. „Das wäre so eine tolle Nacht für einen Spaziergang. Aber jetzt ist es einfach nur die Hölle!" seufzte die Frau und lief weiter. Ihre Freunde und Bekannte saßen dichtgedrängt in kleineren Gruppen zusammen und versuchten auf diese Art, sich gegenseitig ein wenig zu wärmen und Schutz vor der aufziehenden Kühle zu finden. „He Linda, komm setz Dich zu uns!" wurde sie eingeladen. „Danke, ich komme später zu Euch. Ich will erst mal sehen, in welchem Zustand unsere Leute sind!" erklärte sie und zog weiter. Hier und da hielt Linda an und tröstete ihre Mitmenschen. „Wir lassen uns nicht entmutigen, hört Ihr. Wir leben noch. Wenn sie uns hätten töten wollen, wäre es längst geschehen! Wir dürfen jetzt nicht aufgeben!" Schließlich kam sie zu einer Gruppe, in der kaum gesprochen wurde.

Dr. Adam winkte sie zu sich heran. „Gut dass Du kommst. Ich wollte gerade los, um Dich aufzusuchen. Um die Wolters sieht es schlimm aus. Ich weiß nicht, was ich machen soll?" flüsterte er ihr zu und wies in die Richtung des Ehepaares. Melanie saß einige Meter weg von ihnen und drückte ihr Kind fest an sich. Sie schaukelte es sanft und summte ein Schlaflied vor sich hin. Tränen tropften ohne Unterlass auf das Köpfchen des Babys.

Pat Wolters sah verzweifelt aus. Hilflos umfasste er seine Frau. Als er Linda entdeckte, vermochte auch er nicht mehr die angestauten Tränen zurückzuhalten. „Sie reagiert nicht mehr", schluchzte der Mann, „sie reagiert einfach nicht. Ich weiß nicht, was ich noch machen soll?"

Linda unterdrückte den Kloß im Hals. „Es ist nur der Schock, das geht vorüber!" versuchte Linda ihn zu beruhigen. „Nichts geht vorüber, nichts, nichts!" schrie er hysterisch und legte schützend die Arme um seine Familie. Dr. Adam beugte sich Linda. „Wir müssen uns etwas einfallen lassen. Das Kind ist tot!" raunte er ihr zu. „Großer Gott, auch das noch! Uns bleibt wirklich nichts erspart. Die arme Frau, erst verliert sie ihre Stefanie und nun auch noch das Baby. Das ist irgendwie nicht gerecht! Ach Mensch, was machen wir

bloß?" Linda war mit ihren Kräften ziemlich am Ende. Auch sie begann leise zu
weinen. „Diese verfluchten Bestien! Was wollen die nur von uns? Solch ein
Leid…!" schluchzte sie und lehnte ihren Kopf an Dr. Adams Schulter.
„Ach Linda - was soll ich dazu sagen? Weine ruhig, Tränen machen die Seele
frei! Ich kümmere mich nachher um das Baby. Wir werden es in aller Stille
begraben. Das ist aber noch nicht alles! Wir vermissen bisher 26 Männer der
Wache. Es ist anzunehmen, dass sie im Gefecht getötet wurden. Tim und
Georg sind ebenfalls verschwunden. Leider wissen wir bei den beiden nicht,
was mit ihnen geschehen ist? Vielleicht konnten sie fliehen? Keine Ahnung!"
Dr. Adam ächzte anhaltend. „Du wirst Dich ein wenig ausruhen. Siehst
kreidebleich aus! Komm ich bringe Dich erst mal zu unseren Freunden!"
Dr. Adam sorgte dafür, dass Linda Unterschlupf fand, dann holte er mehrere
Männer zusammen. „Ich habe einiges mit Euch zu bereden!" Sie saßen
längere Zeit abseits und flüsterten. Später verteilten sie sich in der Menge.
Mitten in der Nacht kehrte er zu Linda zurück. „Hoffe es geht Dir besser?"
fragte er und setzte sich zu ihr. Die anderen der Gruppe dösten vor sich hin.
„Ja, mir geht es wieder besser. Aber wie siehst Du denn aus? Du blutest ja!"
Besorgt tastete Linda die Schnittwunden an seinen Händen ab.
„Zum Glück ist nichts gebrochen. Was habt ihr die ganze Zeit über getrieben?"
wollte sie schließlich von ihm wissen. Er druckste eine Weile herum, endlich
rückte er mit der Sprache heraus. „Wir haben einen Fluchtweg aus diesem
Hexenkessel gesucht." Triumphierend fügte er hinzu. „Wir haben auch einen
gefunden. Aber leise, es darf niemand mitbekommen!"
In Lindas Kopf arbeitete es fieberhaft. „Wer sind wir?" fragte sie.
„Komm. Ich zeige es Dir!" Dr. Adam kletterte über schlafende Gestalten
hinweg, schließlich standen sie direkt neben einer Felsbank. Jetzt bequemte er
sich zu einer Antwort. „Ich habe ein Dutzend Männer ausgewählt, vorwiegend
vom Militär. Wir werden heute Nacht von hier abhauen. Du kommst mit, Linda!"
„Oh nein, auf keinen Fall!" Linda wehrte sich gegen den Gedanken, einfach
fortzugehen. „Was passiert dann mit unseren Leuten? Wir können nicht
einfach verschwinden und sie ihrem Schicksal überlassen. Ich bleibe hier!"
Von diesem Standpunkt war sie in keiner Weise abzubringen.
„Okay, flieht ihr und bereitet mit Bobaks Kriegern unsere Befreiung vor."

Mehr zu sich selbst fügte sie hinzu: „Hoffentlich ist es dann nicht zu spät?"

Er reichte ihr zum Abschied die Hand. „Ach ja, bevor ich es vergesse, wir haben das Kind der Wolters beerdigt. Kümmert Euch um Melanie. Sie hat offenbar den Verstand verloren!" Aufmunternd drückte er sie noch einmal, dann verschwand er.

Es war reiner Zufall, wie sich alles fügte!

In regelmäßigen Abständen standen die Azuros wie leblose Zinnsoldaten, eine undurchdringbare, drohende Mauer. Jedes Mal, wenn einer der Gefangenen versehentlich oder mit Absicht zu dicht an die Absperrung geriet, sank er wie unter Peitschenhieben zusammen. Der Kopf dröhnte eine Weile, dann war alles wieder in Ordnung. Die Azuros setzten auf den Lerneffekt ihrer „Gäste".

„Nicht an die Absperrung kommen - die setzen Euch außer Gefecht!"

Die Wirkung dieser Begegnungen verbreitete sich in Windeseile. Fortan vermied es jeder, auch nur in die Nähe des lebenden Zaunes zu kommen.

„In jedem System gibt es eine Lücke! Also auch bei Euch. Aber wo, das ist hier die Frage?" Dr. Adam studierte aus reiner Neugier das Prinzip der Abwehr der Azuros. Es dauerte nicht lange, und er ahnte, wie es funktionierte. „Die Abschirmung erfolgt offenbar im Wechsel, jeder zweite Wächter ruht und schläft, während der Nachbar seinen Bereich sichert. Ist ja fast logisch..." sinnierte er und schaute sich weiter um. „Aber wer macht in welcher Zeit was?"

Äußerlich war nicht unbedingt erkennbar, wer gerade der aktive Part war.

„Versuch ich es oder nicht?" Das war die entscheidende Frage, die ihm durch den Kopf schwirrte. Schließlich siegte der Wissensdrang.

Er probierte mehrmals die harte Tour. „Schauen wir mal, was an dieser Stelle geschieht?" Er erhielt einen derben mentalen Schlag. „Das hat weh getan!"

Nach einigen Minuten war er wieder fit. „So mein Freund, jetzt zu Dir!" Wieder bekam er eine gewischt! „Ist wie ein Stromschlag auf der Kuhweide!" stöhnte er erneut und musste sich setzen. Diesmal brauchte er länger, um wieder klar zu kommen. „Alle guten Dinge sind bekanntlich Drei!"

Als er sich wieder in der Gewalt hatte, forderte er noch einmal sein Schicksal heraus. „Irgendeinen Weg muss es doch geben...?" Diesmal fixierte er genau die Mitte zwischen den beiden Wächtern an, schrittweise tastete er sich vor.

Wieder reagierte prompt der rechte Azuro, während die linke Seite teilnahmslos dastand. Nach dieser Lektion brauchte er noch länger, um wieder auf die Beine zu kommen. „Das reicht erst mal - jetzt bin ich zumindest ein wenig klüger! So können wir sie nicht knacken!"

Im Schutze der Nacht umkreiste er einmal den Lagerplatz. Die Abstände zwischen den Kriegern betrugen nach seiner Schätzung etwa um die zwanzig Schritte. Nur an einer einzigen Stelle fiel ihm eine geringfügige Unregelmäßigkeit auf. „Das ist ja interessant? Werde ich mir gleich genauer betrachten." Während sonst die Gesichter der Wächter stets exakt auf den Mittelpunkt des Kreises gerichtet waren, standen zwei Azuros, bedingt durch eine Felsnase, die weiter ins Innere der Schlucht ragte, etwas seitlich abgewandt. Sofort kam ihm ein Gedanke: „Ob hier eine Störung der Kontakte möglich ist?" In aller Stille schlich er genau zwischen diesen Wächtern auf den Fels hinzu. „Geschafft, es funktioniert!" Er hätte jubeln können vor Freude, als er unbeschadet die Wand erreichte. Sofort war sein Fluchtplan fertig…

Die beiden Wächter standen unverändert.

Auf einen Wink von Dr. Adam schlossen sich die ausgewählten Männer unauffällig an. „Achtet genau auf den Weg. Versucht, in meiner Spur zu bleiben. Euer Ziel ist diese Wand dort. Hinter dem Vorsprung geht ein Spalt direkt bis zu einem Sockel hinauf. Weiter konnte ich nichts erkennen. Aber sind wir erst einmal draußen, wird sich schon eine Möglichkeit finden, die Schlucht zu verlassen!" flüsterte er ihnen zu und wies auf den Felsvorsprung. „Okay, ich gehe jetzt. Drückt mir die Daumen!" Dr. Adam winkte noch einmal, dann brach er auf. Auch diesmal spürte er keinerlei Hindernisse auf seiner Pirsch in die Freiheit. Unbemerkt näherte er sich dem Fels, endlich erreichte er die Schattenseite und fühlte das harte Gestein. Er wähnte sich in Sicherheit, der Aufstieg in die nächtliche Höhe war für ihn das kleinere Übel. Jeden Moment erwartete er den nächsten Mann. „Verflucht noch einmal, weshalb dauert das so lange?" Ungeduldig schaute er in die Richtung, woher dieser eigentlich kommen musste. Nichts geschah? Er tastete sich an der Wand zurück, bis er eine bessere Aussicht in das Nachtlager hatte. „Wo sind denn diese Kerle abgeblieben?" Die Männer waren verschwunden? Schon wollte er sich in Sicherheit bringen und den Aufstieg allein wagen, als er ein eigentümliches Kribbeln auf der Kopfhaut spürte. Gegen seinen Willen wurde sein Blick nach oben gelenkt. Wenige Fuß über ihn schwebte ein Azuro. Er vernahm noch ein schrilles Hohngelächter, dann durchzuckte ein Blitz sein Gehirn. Dr. Adam kippte vorn über und war auf der Stelle gelähmt.

Noch in derselben Stunde erfuhr Linda von der missglückten Flucht und deren tragischem Ausgang. „Dr. Ferrow, haben Sie schon vernommen...?" wurde sie von einem Soldaten angesprochen. Linda erhob sich aus ihrer Schlafstellung und schüttelte den Staub von der Kleidung. „Was gibt es denn?"
„Dr. Adam und seine Leute wurden erwischt, sie sind außer Gefecht gesetzt worden. Im Moment ist noch unklar, wie es ihnen geht und wo sie sind?" wurde sie aufgeklärt. Es dauerte einige Zeit, bis Linda wieder klar denken konnte. „Ich danke Ihnen. Damit hat sich die Möglichkeit einer eventuellen Flucht auf tragische Weise von selbst erledigt?" fügte sie gefasst hinzu. „Dieser gottverdammte Dickkopf! Diese Kerle sind so stur und denken nie richtig nach. Hoffentlich ist ihnen nichts Schlimmes passiert?" Sie wusste, dass sie ein wenig ungerecht war. „Wenn ich ein Mann wäre, auf diesen Versuch hätte ich es auch ankommen lassen und wäre mit ihm gegangen!" beschwichtigte sie sich. Resigniert und voller trüber Gedanken wartete sie auf den nächsten Tag. Eigentlich glaubten alle, dass mit den ersten Sonnenstrahlen der Tanz von neuem beginnen würde.
„...traue ich diesen Teufeln inzwischen alles zu. Außerdem habe ich Hunger - hoffentlich kommt bald der Zimmerservice und bringt uns das Frühstück ans Bett?" Der Witz kam nicht sonderlich an, es war niemanden zum Lachen zumute. „Einfach die Klappe halten und abwarten ist die Devise. Keine unnötige Energie verschwenden!" belehrte Linda ihre Leidensgefährten. Die Morgenstunden vergingen ohne nennenswerte Aktivitäten von Seiten ihrer Entführer. „Nun guckt Euch bloß diese Arschgesichter an! Möchte doch zu gern wissen, was die sich wieder ausgeheckt haben?" dröhnte ein Bass aus der Menge. Die gesamte Gruppe schaute sich gleichzeitig um. „Mist, es geht schon wieder los...!" Mehrere Hundert Azuros verdunkelten die Schlucht, ehe sich die Menschen versahen, prasselte ein wahrer Regen von Früchten und

rohen Fleischstücken auf sie herab. „So ein blödes Volk!" Linda hob schützend
die Arme über den Kopf. Orangen, Äpfel, Birnen, Trauben zersprangen auf und
um sie herum, sogar Melonen schlugen mit einem lauten Platsch auf den
Boden. „Das ist eine riesige Schweinerei!" schimpfte Linda, doch dann tat sie
es den anderen gleich und sammelte sich einiges halbwegs heil gebliebenes
Obst ein. „Esst was Ihr könnt! Wer weiß, wann wir wieder Nachschub
bekommen?" Was sie von dieser Geste der Fremden halten sollte, sie wusste
es nicht? Ein unheimliches Rauschen erhob sich. Es mussten Tausende
dieser Teufel sein, die sich über sie hermachten. Im Sturzflug packten sie
paarweise mit sicherem Griff ihre Opfer und entschwanden damit in den
Wolken. Die Schlucht blieb einsam und leer hinter ihnen. Ein kleines Holzkreuz
erinnerte an den missglückten Versuch eines winzigen Erdenbewohners, in
diesem Leben Tritt zu fassen…

Naumi saß auf einem abgebrochenen Stamm, sie summte ein uraltes
Kinderlied vor sich hin. Im Rhythmus klatschte sie den Takt. Manchmal nahm
sie beide Beine zu Hilfe, der Oberkörper pendelte ebenfalls hin und her.
Trotz ihrer intensiven Beschäftigung versäumte das Mädchen nicht,
regelmäßig Ausschau nach den Männern zu halten.
„Ach diese Kerle, wie lange braucht Ihr denn noch?" Über ihre Enttäuschung
war sie inzwischen hinweg. Vater Crom hatte ihr strengstens verboten, zur
Grabstätte mitzugehen. Auch ihr Flunsch, Bitten und Zetern vermochten den
Vater in keiner Weise umzustimmen. „Es bleibt wie ich es beschlossen habe!
Du wartest hier, und jetzt ist Schluss!" war sein letztes Wort. Trotzig lauerte sie
seither auf ihrem unbequemen Sitzplatz. „Ich gehe nicht eher hier fort, bis sie
da sind!" schnaubte sie eigensinnig. Minute reihte sich an Minute, nichts
geschah! „Jetzt könnten sie aber kommen!" maulte sie angesäuert und rieb
sich verstohlen den brennenden Hintern. „Wird langsam unbequemt, dieser
Scheiß Stamm!" Es wurde bereits später Nachmittag, aber wie eh und je rührte
sich weit und breit keine Menschenseele. Manchmal trieb ein laues Lüftchen
Bratenduft zu ihr herüber. „Die Familien bereiten das Abendmahl für die
Krieger vor. Bin gespannt, was Mutter kocht?" rätselte sie einen Moment, aber
dann war das Thema Essen erst mal erledigt. Naumis Geduld wurde weiterhin

auf eine harte Probe gestellt. „Mir reicht es langsam - ist ja nicht zum
Aushalten!" Ihr wurde die Sache zu bunt. „Ich werde ihnen einfach entgegen
gehen. Es wird mir schon eine passende Ausrede einfallen! Ist das eine Hitze
heute - nicht normal!" prustet sie. Sie brach einen buschigen Ast ab und
fächelte sich während des Laufens ein bisschen Kühlung zu. Durchdringendes
Geckern ließ sie kurz stocken. Es schmerzte in den Ohren, dann glaubte
Naumi, Stimmen zu hören. „Blinder Alarm - das war nichts!" stellte sie
enttäuscht fest. Später wurde sie auf eine flüchtige Bewegung im Busch
aufmerksam. „He, seid Ihr das?" Doch allmählich kam ihr der Gedanke, dass
etwas nicht stimmen konnte? „Verflixt - das gefällt mir überhaupt nicht!"
Eine der elementarsten Grundregeln, die ihnen bereits mit der Muttermilch
eingeträufelt wurde, lautete: „Gehe niemals allein zu tief in den Wald!"
Ihr Herz klopfte vor Furcht, unablässig suchte sie ihre nähere Umgebung nach
eventuellen Gefahren ab. „Ich renne sofort zum Quartier zurück! Ich warte
lieber dort auf die Rückkehr der Männer!" beschloss sie und machte sich
sogleich auf den Weg. Erleichtert atmete sie auf, als sie endlich eine freie
Lichtung erreichte. „Phuu, das hätte ich fast geschafft!" Von hier waren es zum
Lager nur noch einige Hundert Schritte, jetzt kannte sie jeden Strauch und
Baum. Zwischen den Baumstämmen huschte ein Schatten hervor. „Oh nein -
nicht das!" Mit heiserem Krächzen stolzierte ein Diatryma auf sie zu. Naumis
Gesicht wurde aschgrau. Hilfesuchend klammerte sie ihren Wedel so fest in
der Hand, dass der Ast zerbrach. Das Geräusch ließ den übermannshohen,
fleischfressenden Vogel neugierig näher kommen. „Ich muss sofort hier
abhauen!" war ihr einziger Gedanke. Naumi nahm die Beine in die Hand und
flitzte um ihr Leben! Immer wieder schaute sie zurück. Der Abstand verringerte
sich zusehends. „Das Vieh ist zu schnell!"
In Panik und Angst vor diesem ungewöhnlichen Ungetüm tat Naumi genau das
Falsche. Statt im dichten Busch zu verschwinden, in der das Ungetüm nicht
folgen konnte, lief sie schnurstracks über die freie Wiese. Hier vermochte der
Vogel sein volles Tempo entwickeln. Der Diatryma, ein äußerst geschickter
und sehr schneller Laufvogel, jagte vor allem Wildschweine, manchmal erlegte
er Rehe oder Hirsche. Und wenn er die Gelegenheit bekam, verschmähte er
auch keinen Menschen! Er besaß zwar keine Zähne, aber mit seinem

schweren, messerscharfen Schnabel schlitzte er seine Beute auf und zerstückelte sie. Naumi keuchte schwer, ihren Wedel hatte sie längst weggeworfen. „Er kommt immer näher…!"
Jedes Mal, wenn sie rückwärts schaute, war der Jäger noch dichter dran. Dann geschah es! Sie verhedderte sich im Gesträuch und stürzte zu Boden. Kreischend hüpfte der Riesenvogel auf sie zu. Die viel zu kurzen Flügel flatterten vor Erregung. Naumi hielt sich schützend die Hände vor das Gesicht. Sie fühlte den ersten Schnabelhieb auf ihrem rechten Bein. Ratschend klaffte die Haut auseinander, Blut spritzte umher. „Nein - hör auf…! Hilfe!" Sie schrie noch immer wie am Spieß. Bedrohliches Knurren lenkte den Räuber kurzzeitig ab. Suchend drehte er sich um. „Mein Bein, das Blut - ich muss irgendwo hin?" Trotz der Schmerzen besaß Naumi noch soviel Geistesgegenwart, sich von dem Angreifer wegzurollen. Unter einem neben ihr liegenden Baumstamm fand sie vorerst in einer schmalen Kuhle Zuflucht. „Das reicht nicht - ich muss noch weiter darunter! Wo ist er? Mama hilf mir doch!" wimmerte sie. Ihr wurde bewusst, dass ihr letztes Stündlein geschlagen hatte. Er würde sie erreichen und dann…? Sie bebte vor Angst, sie schob sich die Faust in den Mund, um nicht erneut aufzuschreien. Es waren die schlimmsten Minuten ihres so jungen Lebens. Das Knurren kam immer näher. „Ihr Götter der Ahnen! Bitte macht, dass der Spuk ein Ende hat und ich aus diesem Traum erwache. Ich will nicht sterben! Es tut so weh…", betete sie inbrünstig.
Der Tiger Goli strich bedachtsam um den Riesenvogel herum.
Er hütete sich, ihn noch mehr zu reizen. Seine Tücke und Hinterlist waren ihm durchaus nicht unbekannt, hatte er doch genügend Spuren und Reste seiner meist erfolgreichen Beutezüge zu Gesicht bekommen. Bösartig scharrte der Diatryma den Boden auf. Die dreizehigen, mit spitzen Krallen versehenen Beine zogen tiefe Spuren ins Erdreich.
Der Säbelzahntiger ließ einen kurzen Kehllaut vernehmen. „Lenke ihn ab!"
Sofort kroch ein weißes Knäuel unter einem Busch hervor und attackierte den Vogel von der entgegengesetzten Seite. Hart knatterten die schweren Schnabelhälften aufeinander. Trotz seiner enormen Geschwindigkeit verfehlte er den Albino um Längen. Dieser befand sich bereits wieder in Sicherheit, tief im Unterholz, wohin sein Verfolger nie kommen würde. Das

Ablenkungsmanöver verschaffte Goli genügend Vorsprung. Ohne unnötig Zeit
zu verlieren, kroch der Tiger unter den Baum, holte sich das Mädchen und
verschwand ebenfalls im schützenden Dickicht. Viel zu spät bemerkte der
Räuber, dass er einer List aufgesessen war. Er konnte noch so wütend
krächzen, seine Beute war ihm für diesmal entkommen...

Bereits beim ersten Hilferuf ließen die Frauen alles stehen und liegen.
Naumis Mutter griff sich eine Eisenstange, die sonst als Bratspieß Verwendung
fand und spurtete querfeldein. Auf der Wiese entdeckten sie Kampfspuren.
Die Grashalme neben einem Busch waren über und über mit Blut bespritzt.
„Naumi - melde Dich doch! Wo bist Du?" Daneben fanden sie die Hasenpfote,
den Talisman, den Naumi stets an einer ledernen Schnur um den Hals trug.
Das Band war zerrissen. „Oh wo ist sie! Was ist bloß geschehen? Naumi -
Töchterchen!" stöhnte die Mutter. Wieder und wieder riefen die Frauen nach
dem Mädchen. „Beim Allmächtigen, da ist sie!" Den Frauen verschlug es die
Sprache, als der riesige Tiger mit dem Kind in seinen Fängen vor ihnen
auftauchte. Entsetzt wichen sie zurück. Nur Naumis Mutter packte die
Eisenstange fest mit beiden Händen. „Lass mein Kind fallen!" Sie war zum
Äußersten entschlossen, bereit, ihr Leben für das ihrer Tochter zu geben.
Mit einem wilden Kampfschrei stürzte sie auf den Tiger los. „Los lass sie fallen,
Du Bestie!" Dieser wich ihr geschickt aus. Bevor sie ein weiteres Mal auf ihn
einschlug, legte er das Mädchen vorsichtig auf den Boden und verschwand.

Kopfschüttelnd lauschten die Oberhäupter der zwölf Familien am Abend der
Erzählung ihrer Frauen. „Und er hat ihr nichts getan? Das ist wirklich ein
Wunder!" Crom zog zerstreut an seiner geliebten Pfeife und ließ die
Wortschwalle seiner Frau über sich ergehen.
„Erst dachte ich, dieser verfluchte Tiger hat das Mädchen verletzt. Ich kann es
selbst nicht fassen. Dabei hat er ihr nur helfen wollen? Das kann nur einer
unserer Ahnen sein, dessen Seele nun in diesem Raubtier wohnt. Ich danke
den Göttern dafür!"
Crom's scharfer Einspruch unterbrach sie. „Halte endlich den Mund, ich muss
über viele Dinge nachdenken. Dein Geschnatter stört!" Beleidigt verzog sich

die Frau in ihr Haus. Als hätte er nur auf diesen Moment gewartet, tauchte der Medizinmann wie ein Schatten aus dem Dunkel auf und setzte sich mit ans Feuer. Eine halbe Ewigkeit starrten beide Männer in die Flammen, als suchten sie dort die Antworten auf ihre Fragen. „Ich glaube, dieser Tag wird unser Leben grundlegend verändern!" stellte Crom mehr für sich selber fest. Gro-man, der Medizinmann, nickte nur stumm vor sich hin. „Das Leben ist doch manchmal sehr eigenartig. Da vergehen Jahre still und ohne Wiederkehr, wie der Fluss, der behäbig und träge in seinem Bett läuft. Doch eines Tages quillt er über und nichts ist mehr wie früher!" Croms Gedanken flogen weit weg, in eine Zeit, die einmal war und die niemals wieder werden sollte?

„Und die Täler sind voller Stille, die Blätter der Bäume und Gräser färben sich grau und zerfallen zu Staub. Hunger und Seuchen überziehen das Land, der Tag des letzten Gerichtes ist nah. Und die, die eine neue Welt erleben, wachen auf aus dem Schlaf der Toten. Die Schreie des Wesens aus uralten Zeiten begleiten die Wege ins Nichts. Dann kehrte er wieder, mit neuem Gesicht - der weiße Mann – Khara Chan! Und die Faust Gottes drückt uns zurück in den Staub, unsere Seelen winden sich gehorsam blind - um seine Hand - um endgültig zu sterben in der Faust von Khara Chan! Und der weiße Mann wird wieder übernehmen die Macht!" rezitierte er den alten Spruch der Ahnen. „In Ewigkeit und Amen!" Das waren die ersten Worte des Medizinmannes. Er hatte die Prophezeiung schon viele Male gehört und selbst interpretiert. Doch die Art, wie Crom sie vortrug, trieb sogar ihm eine Gänsehaut über den Rücken. „Der weiße Mann hat heute aus seinem Grab zu uns gesprochen. So viele Sommer war er nicht zu sehen. Wir lebten unser Leben, in Frieden und Harmonie. Doch nun ist er wieder da und der große Krieg wird kommen!" Crom suchte sich ein Stück brennendes Holz im Feuer und ließ die bereits erkaltete Pfeife wieder erglühen. „Die Vorzeichen sind eindeutig!" philosophierte er weiter und warf das Stöckchen zurück in die Flammen. Bedächtig nickte Gro-man vor sich hin. „Die Zeiten sind schlecht!" hub er zu sprechen an und öffnete dabei einen seiner unzähligen Lederbeutel, welche an seinem Gürtel baumelten. Mehrere geschnitzte Knöchel kamen zum Vorschein. Mit einer geschwinden Handdrehung warf er sie in die Luft. „Die

Zeiten bleiben schlecht, sieh selbst!" Zwei Paare lagen übereinander wie kämpfenden Krieger, die drei übrigen Knöchel waren außerhalb der Linie gelandet, die er mit dem Finger dick nachzeichnete. „Ruf heute Nacht die Familien zusammen, wir müssen ein Opfer bringen. Tun wir es nicht, wird Khara Chan uns verschlingen! Der weiße Mann ist wieder mächtig!"

Naumi genoss die ungewöhnliche Anteilnahme der Familie. Ihre Brüder kamen nach dem Essen, entgegen ihrer sonstigen Art, bei ihr vorbei und brachten kleine Leckereien mit. „Hier, aber lass es nicht Vater sehen! Schön dass es Dir schon wieder besser geht!" flüsterte ihr Ältester und sah sich geheimnisvoll um. Er nahm aus seiner Brusttasche ein Lederband mit einem glitzernden Stein heraus. „Hier, diese Kette habe ich extra für Dich gemacht. Es ist ein Türkis-Edelstein. Ich habe ihn vor einigen Wochen in den Bergen gefunden. Ich hoffe, er gefällt Dir?" Naumi war einfach sprachlos vor Freude. „Ich habe ihn bearbeitet und geschliffen und dann in dieser alten Brosche eingefasst. Sieh Dir an, wie er im Sonnenlicht funkelt!" Begeistert hielt Naumi ihn ins Licht. „So ein wunderschöner Stein - nur für mich?" stotterte sie dann, als Heron ihr das Band um den Hals knüpfte. „Weißt Du Schwesterchen? Du bist manchmal eine mächtige Nervensäge. Aber ich finde trotzdem, dass Du in Ordnung bist - so als Schwesterlein..." Heron gab ihr einen sanften Klaps auf die Schulter und hinterließ ein überglücklich strahlendes Mädchen. Sogar Vater Crom kauerte sich etwas später einige Minuten zu ihr und beehrte sie mit seiner stummen Anwesenheit. „Hattest mächtiges Glück, mein Kind, mächtiges!" war sein einziger Kommentar. Dennoch verstand seine Tochter, was er ihr sagen wollte. Es war halt seine Art auszudrücken, dass er sie mochte. Als allmählich wieder Ruhe einzog, schaute die Mutter herein. „Na Kindchen, was machen die Schmerzen?" Behutsam entfernte sie den Verband von der vernähten Wunde, streute neue Kräuter auf und deckte sie wieder ab. Dann lobte sie ihre tapfere Tochter: „Es tut weh, aber Du bist stark wie ein Mann. Das wird schnell wieder heilen, glaub es mir." Behutsam legte sie einen neuen Verband um. „Du bist völlig sicher, dass der Tiger Dir nichts tun wollte?" fragte sie dann zum wiederholten Male. Schon der Gedanke an die ausgestandene Gefahr regte Naumi erneut auf. „Du hast gesehen, wie groß er war und Du hast gesehen, wie er mich in seinem gewaltigen Gebiss getragen hat. Hast Du auch nur eine winzige Schramme an meinem Körper entdeckt? Ich nicht! Er hätte nur kurz zubeißen müssen und ich wäre in zwei Hälften zerfallen." Bei dieser Vorstellung lief ein Schaudern über ihren Körper. Die Mutter bemerkte es. Beruhigend streichelte sie die Wangen des kranken Kindes. „Hier, nimm einen Schluck von dieser Medizin, Gro-man hat sie vorhin für Dich mitgebracht. Das Zeug schmeckt gallebitter, aber es wird die bösen Geister vertreiben und Fieber verhindern. Nun trink schon!" Sie wartete geduldig, bis Naumi das Gebräu bis auf den Grund leer trank. Das Mädchen schüttelte sich vor Ekel, doch unbarmherzig half die Mutter nach. „Du wirst jetzt schlafen. Dein guter Geist, der Tiger, wird über Dich wachen und alle bösen Träume verscheuchen", flüsterte sie, doch Naumi schlummerte schon tief und fest den Schlaf der Gerechten.

„Das Ritual beginnt! Die Oberhäupter mögen sich versammeln!" verkündete der Medizinmann. Jede Familie nahm ihren angestammten Sitz an der Feuerstelle in der Nähe des heiligen Steins ein. Gespenstisch flackerten die Flammen. Windböen rissen Funken mit sich, manchmal schien es, als trieben Wind und Feuer ein ewiges Spiel. „Die magischen Flammen erwachen zum Leben - also ordnet Eure Gedanken!" Zufrieden betrachtete Gro-man den geschlossenen Ring am Feuer. Die Oberhäupter trugen zu Feier des Tages die magischen Zeichen ihrer Familienclans auf ihren Körpern. „Mit jeder neuen Familie kommen neue Zeichen hinzu - so ist nun mal der Lauf des Lebens!" sinnierte er kurz. Jede Familie vererbte seit Generationen die Clanzeichen immer an die erste Linie ihrer Angehörigen weiter. Jede weitere Verzweigung suchten ihre eigenen Signets. „Fary und Crom tragen die ältesten Symbole unseres Volkes - ihre Vorfahren waren die Mitbegründer der Maakler", erinnerte er sich und betrachtete Croms Gesicht eingehender.
Zwei gleichmäßige, ockerfarbene Wellen, die sich quer über beide Wangen hinzogen, bedeckten es in dieser bedeutungsvollen Stunde. „Die Einheit von Geist und Natur, denn nur im vollständigen Einklang beider ist für uns Maakler ein freies, unbeschwertes Leben überhaupt erst denkbar!" interpretierte er für sich noch einmal deren symbolhafte Bedeutung. „Aha, es sind jetzt alle

anwesend", stellte er fest. Gro-man stampfte mit schweren Schritten in den offenen Feuerkreis. In der Rechten eine Rassel, in der linken Hand schwang er wie ein Zepter einen gewaltigen Knochen. Sein schwarzer Körper war über und über mit skurrilen Strichen und Linien bemalt, die ein scheinbar wirres Muster darstellten. „Hört mir zu, Volk der Maakler! Heute sprechen die Götter zu uns!" Das Prasseln des Feuers verstärkte sich. So, als habe der Wind auf die Erscheinung des Medizinmannes gewartet, blies er noch gewaltiger und ließ das Feuer meterhoch aufflackern. „Lauscht den Stimmen der Götter!" Die Rassel bestimmte von nun an den Takt des Alten. Tänzelnd bewegte er sich im Kreis. Gebannt verfolgten die Familien die Zeremonie. „Unser Volk, geboren aus der Schande und aus dem Blut unserer Vorfahren - war einst mächtig und frei!" Die Stimme des Medizinmannes wurde vom Wind zerrissen, trotzdem vernahm sie jeder. „Frei von Angst und Furcht, die das Leben der Unseren bestimmte. Seit Urgedenken tragen wir sie in uns - wir hatten vergessen und begraben, die Furcht und Angst. Unsere Vorfahren - das schwarze Volk, verbannt in den Slums der Städte der Weißen. Bis der Tag der Gerechtigkeit kam und strafte ihren Hochmut." Die Rassel untermalte seine Worte, mal leise, mal nervig aufreizend. „Doch - so die Prophezeiung - und so steht es geschrieben in den alten Büchern von Gott, wird wieder kommen ein Tag; ein Tag der Trauer, des Schreckens!" Die Rassel schlug harte, kurze Töne an. „Der Tag des Khara Chans ist heute!"
Ein lautes, anhaltendes Stöhnen und Wimmern unterbrach ihn.
Die Rassel forderte eindringlich Ruhe. „Noch ist der Tag nicht vorbei - der Zauber des Khara Chans nicht mächtig genug, uns zu bezwingen. Der Geist des weißen Mannes - wir werden ihn knacken wie die Finger die Laus!" Mit theatralischer Geste hob er Rassel und Knochen über sein Haupt und schlug beide zusammen. Mit den bloßen Fäusten hämmerten über zweihundert Mitglieder des Volkes vor sich auf den Boden ein. „Er soll brennen im Feuer der Rache. Der weiße Mann soll verbrennen an unserem Hass, den wir in uns tragen - für alle Schmach und Schande, die unser Volk je ertragen musste." „Brennen - brennen - brennen...!" erscholl es im Rhythmus der Rassel. Gro-man war mit der Wirkung seiner Vorstellung mehr als zufrieden.

„Es wird Zeit, den Geist des weißen Mannes in unserer Welt endgültig zu
brechen!" schrie er mit überschlagender Stimme. Wie durch Zauberhand hielt
der Medizinmann plötzlich ein Packen in seinen Händen. Die Krieger sprangen
erschrocken auf, sie ahnten, was sich in dem Bündel befand. Mit einem Ruck
legte Gro-man den Leichnam des Säuglings frei. Kreischend blickten Frauen
und Kinder auf den kleinen Körper. „Er ist weiß - weiß!"
„Brenne und vergehe!" Gro-man schleuderte ihn mitten ins lodernde Feuer…

Die Nacht war wie ein Rausch der Gefühle!

Erschöpft und überglücklich kuschelte sich Huana an Lt. Gordon heran.
„Du weißt nicht, wie sehr ich Dich liebe, wie sehr ich Dich brauche?" Er schlief
neben ihr wie ein Kind, tief und fest. Eine Strähne überdeckte seine Augen.
Zärtlich strich sie diese zur Seite. Bei der Berührung erhellte ein Lächeln das
Gesicht des Mannes. Huana lauschte dem Schlag ihres Herzens. „Dieses
Gefühl - das ich das noch einmal erleben darf?" Es schlug noch immer
ungewohnt laut und heftig. Weder von ihr noch von Norman war der Verlauf
des letzten Abends vor der Abreise der Suchexpedition in dieser Art geplant.
Es sollte nur ein Abendmahl unter vier Augen werden, ein Gespräch unter
Freunden. „Gesprochen haben wir auch - wenn nicht sonderlich viel!" Sie
schmunzelte vor sich hin. Die Glut der Liebe brannte schon seit längerem in
ihren Herzen, es bedurfte nur eines winzigen Windstoßes, daraus ein offenes
Feuer zu entfachen. „Das ist eine Flamme die einen schon verzehren kann…!"
Sie erinnerte sich an die letzten Stunden vor der wilden Nacht.
Sie hatte den gesamten Nachmittag mit der Zubereitung eines herrlichen
Bratens verbracht. Ihre Mutter kam wie verabredet vorbei und holte nach
Sonnenuntergang die Kleine ab. Anerkennend nickte sie, als sie den liebevoll
gedeckten Tisch betrachtete. „Bist eine Meisterin geworden, meine Tochter.
Immerhin, Liebe geht auch durch den Magen!" verabschiedete sie sich und
verschwand lachend. „Ich habe Dich auch lieb, Mama!" Alisa winkte ihr noch
mal zu, dann folgte sie plappernd ihrer Oma.

„Ja die Zeit bis zum Rendezvous schleppte sich dahin! Bei jedem Geräusch
vor der Tür bin ich Dummchen zusammen geschreckt!"

Für einen Moment dachte sie an ihren verstorbenen Partner. „Ich habe Dich
mit ganzer Hingabe geliebt und bereue nicht einen winzigen Augenblick
unseres Zusammenseins. Du warst ein fürsorglicher Vater und liebevoller
Mann!" Sein unverhoffter Tod hatte sie schwer getroffen. „Noch heute tut es
mir weh, wenn ich an Dich denke! Doch das Leben geht einfach weiter und
jeder Tag forderte seinen Tribut. Ich schaffe es alleine nicht...?"

Sie hatte schon mehrmals versucht, sich zu überwinden, den Lockungen von
Freiern nachzugeben und eine neue Bindung einzugehen. „Ich brauchte Zeit
und musste lernen, über meinen eigenen Schatten zu springen. Diesmal ist es
anders...!" Sie schaute ihrem Liebsten noch immer ins Gesicht.

„Und was war dann - ach ja? Vor Grübeln hätte ich gestern beinahe das leise
Klopfen überhört!" An dieser Stelle ihrer Erinnerung an den Abend musste
Huana doch feixen. „Wie verlegen er war - er tanzte vor Aufregung wie ein Bär
von einem Bein auf das andere. Und dann hatte er vergessen, mir den
wunderschönen Blumenstrauß zu übergeben! Aber es war so schön..."

Norman seufzte im Schlaf und drehte sich zur Seite. Huana sah seine Hände.
„Es war wohl diese zufällige Berührung unsere Hände, die alles zur Explosion
brachte?" Ein wohliger Schauer flutete über ihren Rücken.

„Ich würde zu gern wissen, welche Gedanken in diesem schönen Kopf gerade
umhergehen!" Das waren seine Worte, die alles einleiteten - und natürlich sein
unverschämtes Grinsen! „Versuch es doch heraus zu bekommen?"

Huana rekelte sich genüsslich und schaute eine Weile an die Decke. „Ich
wusste nicht, dass ich so frech sein kann? Und dann der erste Kuss...! Seine
stürmische Umarmung...!"

„Guter Morgen Sonnenschein, bist Du schon lange munter?" Norman schlang
den Arm um seine Liebste. Huana errötete. „Schon fast eine Stunde Du
Langschäfer...!" antwortete sie, dann fühlte sie seine Finger, die langsam um
ihre Brüste kreisten. „Okay - dann bist Du ja ausgeruht genug und bereit für die
nächste Runde!" lachte er. Huana schloss einfach glücklich die Augen und ließ
sich fallen...

„Lieutenant, Sir, das Luftschiff ist startklar, die Mannschaft bereit!"
Sergeant Moos beendete vorschriftsmäßig seine Meldung, dann trat er ins
Glied zurück. „Danke Sergeant - guten Morgen Männer! In wenigen Minuten
geht es los!" Nach der Begrüßung erfolgte die letzte Abstimmung. Lt. Gordon
inspizierte Fluggerät und Ausrüstung. Um die Kabine für die Besatzung frei zu
halten, hatte man kurzerhand einen Teil der Ladung außen angebracht und
verschnürt. „Und wir sind auch nicht zu schwer?"
Der Lieutenant kletterte die Leiter hinauf und warf einen Blick in den
Innenraum. Ken und Nathan hantierten am Ruder und bereiteten den Start vor.
„Keine Bange, Verehrtester, es ist alles genau berechnet. Nur viel mehr
können wir wirklich nicht laden!" beruhigte Nathan den Offizier völlig
unmilitärisch, ohne sich bei der Arbeit stören zu lassen. Der Augenblick des
Abschiedes war da. Unter Lt. Gordons Führung sollte ein auserwählter Trupp
von neun Mann, einschließlich der beiden Steuerleute des Schiffes, in wenigen
Minuten aufbrechen. Bei der Vielzahl an Vorschlägen und Ideen hatte man
sich auf diese Variante geeinigt. „Alle anderen Versionen dauern entweder zu
lange oder sind einfach nicht machbar! Und eine größere Einheit
auszusenden, scheitert schlicht und einfach am Problem der gegebenen
Transportmöglichkeiten!" Damit hatte Lt. Gordon die Sache kurzerhand
entschieden. „Wir können später weiter experimentieren und vielleicht schaffen
wir es irgendwann sogar, eigene fahrbare Untersätze zu bauen? Aber im
Augenblick gibt es nur eine Priorität - wir befreien unsere Leute!"
Damit waren die Würfel endgültig gefallen.
Der Start war ziemlich unpopulär, trotz ihrer heiklen Mission.
„Komm gesund wieder und passe auf Dich auf! Du weißt, ich und die Kleine
brauchen Dich!" flüsterte Huana, ein kurzer, angstvoller Druck ihrer Hände,
dann entschwand der Mann, dessen Liebe ihr einen neuen Lebensinhalt
bescherte. Ein aufmunterndes Lächeln, ein letzter Gruß und schon hob das
Luftschiff ab. Old Man hielt den winselnden Hund am Halsband fest.
Gleichzeitig tröstete er Ron, der traurig neben ihn stand und noch immer wild
winkte. „Jetzt ist er fort. Kommt Ken bald wieder?" fragte er, während seine
Blicke dem kleiner werdenden Punkt am Himmel folgten. „Aber ja, ehe wir uns
versehen, sind sie alle wieder hier. Wir müssen nur ein wenig Geduld haben",

tröstet Old Man ihn. Auch ihm war es nicht leicht gefallen, auf seine Teilnahme zu verzichten und seinen Platz zu räumen. „Dafür haben sie einen erfahrenen Kämpfer mehr an Bord - und das allein zählt!" Dieser Gedanke beruhigte ihn. „Komm mein kleiner Freund, Trübsal blasen hilft uns nicht weiter. Wir suchen uns eine schöne Sache und bereiten den Tag vor, an dem alle wieder heimkehren. Hast Du vielleicht schon eine Idee, was wir dafür machen können?" Ron dachte intensiv nach. „Habe ich nicht - aber vielleicht fällt uns was ein, wenn wir mit der Seherin gesprochen haben? Die hat doch immer so kluge Vorschläge...!"

Für die Besatzung des Luftschiffes begann eine Zeit des Ausharrens. Rechte Abenteuerstimmung wollte nicht aufkommen, mit eher gemischten Gefühlen sahen die Männer die Siedlung der Pikos unter sich verschwinden. Nathan übernahm das Ruder. „Jetzt wollen wir doch mal zeigen, was unser Kasten noch so drauf hat!" Sprach es und ließ den Motor los tuckern. Sergeant Moos hatte die alte Karte an der Wand gegen eine aktuellere Stabskarte ausgetauscht. Das schwarze Kreuz markierte das Ziel ihrer Reise - Oklahoma City. Dr. Summerfield richtete sich häuslich auf den Decken ein. „Eine herrliche Aussicht, alles was Recht ist!" Versonnen schaute er eine Weile auf die Erde hinab. „Ist schon eine Ewigkeit her, als ich geflogen bin. Damals nach Hawaii - vor der Katastrophe. War ein wunderschöner Urlaub...!" murmelte er, dann legte er sich lang. „Wenn ich mit der Wache daran bin, weck mich bitte. Nach der Hektik der letzten Tage bin ich hundemüde und kaputt." Er machte es sich bequem und zog die Decke bis ans Kinn. Lt. Gordon gab ihm ein Zeichen, dass er verstanden wurde. Zwei Posten schauten rund um die Uhr nach eventuellen Angreifern aus. Sie tauschten jede Stunde ihre Plätze, aller drei Stunden wurden sie abgelöst. Die Steuerleute Nathan und Ken hatten ihren eigenen Rhythmus und scherten sich recht wenig um die militärische Ordnung, die an Bord Einzug gehalten hatte. „Ich hoffe nur, der Kleine kommt mit Old Man klar! Vielleicht hätten wir ihn doch mitnehmen sollen?" fragte sich Ken selber, laut genug, dass es Nathan mitbekam. Der schüttelte energisch den Kopf. „Es ist schon besser so. Old Man ist doch kein

Menschenfresser! Außerdem, was soll es, jetzt ist sowieso nichts mehr zu ändern!"

Ken setzte sich zu Lt. Gordon. Seit ihrer Räumaktion mit dem Tyrex hatten sie einen guten Draht zueinander. „Darf ich mal eine persönliche Frage stellen?" Ken sah den Lieutenant erwartungsvoll an. Lt. Gordon legte seinen Stift zur Seite. „Was gibt es denn?" Ken druckste ein wenig herum. „Okay ich komme gleich zum Punkt. Wie ist das mit Ihren Visionen? Sind das Träume oder besondere Phantasien? Oder was kann man sich sonst darunter vorstellen?" Er hatte davon gehört, dass Lt. Gordon als Ol-Teen von solchen heimgesucht wurde und deshalb soviel Druck machte, um schnell starten zu können.

Lt. Gordon lachte kurz auf. „So so, das beschäftigt Dich also? Ich weiß selber nicht, wie ich diese Geschichte erklären soll - so abwegig erscheint sie sogar mir? Aber wie auch immer - ich habe seit einer Woche immer den gleichen Traum - oder nenne es Vision, Scheiß egal!" Er holte tief Luft und strich sich über die Augenbrauen. „Da ist diese eigentümliche Stadt, verstehst Du? Und wir fliegen direkt über sie hinweg. Es ist wie eine Fata Morgana in der Wüste. Du denkst, da ist was und plötzlich verschwimmt alles im Nichts. Und dann taucht immer wieder dieser Schwarm auf, ein Schwarm Blauer Teufeln. Und mittendrin sehe ich Dr. Harper, wie er um Hilfe schreit! Das ist eigentlich schon alles!" Ken hatte aufmerksam zugehört. „Und woher kommen die Koordinaten für unser Ziel? Hat ein Engel sie uns verraten?" wollte er wissen.

Lt. Gordon schüttelte nachdenklich den Kopf. „Genau das ist der springende Punkt. Ich wusste plötzlich, wo sie sind! Und dass wir nur eine Chance haben, sie zu finden. Mit Eurem Schiff. Deshalb meine Entscheidung!"

Es war ein Schauspiel ganz besonderer Klasse.

Goli und sein Gefährte, der weiße Wolf, folgten schon seit ewigen Zeiten dem ausgetretenen Wechsel, der entlang der Hochebene immer tiefer ins Land führte. Sie schlugen eine schnelle Gangart an. Als die Sonne ihren höchsten Stand erreichte, dröhnte vor ihnen die Erde.

Eine kleine Herde Triceratops galoppierte vor ihnen in ein Tal hinein. Sie waren nicht ohne Grund in Eile, hatte es doch ein Tyrannos auf sie abgesehen und folgte ihnen in geringem Abstand. Bei einem Kampf der Giganten war es immer besser, sich herauszuhalten und genügend Abstand zu wahren. Getreu dieser Devise zog es Goli vor, einen anderen Weg zu wählen. Mit einem mächtigen Satz übersprang er einen nicht übermäßig breiten Spalt. Als er sah, dass auch der Albino ohne Schwierigkeiten übersetzte, lief er weiter bergan. Sie hielten sich von nun an oberhalb der Triceratopsherde und liefen parallel auf einer ausgewaschenen Kammspitze. Die Triceratops verlangsamten ihr mörderisches Tempo. Mehrere Jungtiere, sie waren erst vor wenigen Tagen aus ihren Eiern geschlüpft, hielten das Rennen nicht mehr durch. Der Tyrannos Rex stelzte auf mächtigen Pranken heran, sein heiserer Kampfschrei brach sich an den Felswänden. Goli und der Wolf erreichten einen Gesteinsbogen, der sich wie eine natürliche Brücke über einen Bachlauf schlug. Sanft neigte sich hier ein mit Gras und niedrigem Gestrüpp bewachsener Hang ins Tal. Von dieser Position aus beobachteten beide, wie sich die Herde in Kampfposition formierte. Es waren ein Dutzend ausgewachsene Triceratops, dabei ein fast neun Meter langer Bulle, dessen Narben auf der Halskrause von vielen erfolgreich bestandenen Kämpfen zeugten. Zwei massive Jungbullen und neun Weibchen vervollständigten die Herde. Allesamt stellten sie sich schützend wie eine Mauer vor sieben etwa schäferhundgroße Jungtiere. Scheinbar schwerfällig tänzelte der Raubsaurier umher, um dann blitzschnell mit einem genau kalkulierten Sprung auf den Wall einzustürmen. Fauchend schnappte sein gefräßiges Maul zu und traf den Leitbullen genau oberhalb der Augenbrauenhörner. Bevor er sich festbeißen konnte, schüttelte der Bulle ihn ab und attackierte den Angreifer jetzt seinerseits. Mit gesenktem Kopf rammte der Koloss direkt die Hinterläufe des Tyrannos und schlitzte ihm die Lederhaut auf. Damit hatte der Tyrannos offensichtlich nicht gerechnet. Schnaubend hielt er erst einmal Abstand und umkreiste die Herde, in der Hoffnung, eine Schwachstelle in ihrem Verteidigungsring zu entdecken. Jede seiner Bewegungen wurde mit wachsamen Augen verfolgt. Wo immer er auch war, neigten sich drohend die gepanzerten Schädel mit den gefährlichen Hörnern. Wie eine Festung, so kraftvoll und wehrhaft war jedes Tier in der Herde. Ein kaum überwindbares Hindernis für den Fleischfresser und Räuber.

Die schmalen Hinterbeine und von der Natur erschaffene breitere Vorderbeine gewährten dem Triceratops eine Standfestigkeit, die einem Angreifer auch bei frontalem Vorstoß kaum die Möglichkeit gab, diesen umzuwerfen.

Der Tyrannos zog es nach mehreren erfolglosen Runden vor, den Kampf vorerst aufzugeben. Zwar gab er noch einige drohende Kampfschreie von sich, doch dann setzte er sich schnell ab. Die Herde behielt die Abwehrposition noch längere Zeit bei. Erst als das Leittier sicher sein konnte, dass der Feind verschwunden war, löste es den Ring auf. Nach diesem Gewaltmarsch verschnauften die Tiere und begannen, sich erst einmal an den saftigen Sträuchern und Gräsern gütlich zu tun. Die Jungtiere tollten zwischen ihren Müttern umher und neckten sich gegenseitig. Einer der jüngeren Bullen hielt weiterhin misstrauisch Wache. Sein Kopf zeigte während des Äsens stets in die Richtung, in die der Angreifer verschwunden war. Ein Bild des Friedens und der Harmonie bot sich nun den heimlichen Beobachtern.

Goli entschloss sich, endlich den Rest der Strecke bis zum nächtlichen Lager zu absolvieren. Während er sich orientierte, schaute der Wolf mit peitschender Rute auf eines der Jungtiere, welches völlig selbstvergessen den Ring der Alten verlassen hatte und fröhlich in der Welt umherstreunte. Es befand sich genau unter ihnen, als das Unglück geschah. Statt auf den Weg zu achten, ließ sich der Albino ablenken und trat mit den Vorderpfoten in ein Erdloch. Er knickte weg, rollte seitlich ab und schlitterte den Hang hinab. Verzweifelt ruderte er mit den Pfoten, um die Rutschpartie zu stoppen. Fiepend jaulte er um Hilfe. Sein Fall endete abrupt.

Auge in Augen standen sich der Wolf und der kleine Triceratops gegenüber. Bei wem der Schreck wohl größer war? Es festzustellen, blieb keinem mehr die Zeit. Beide quietschten auf und rannten entgegengesetzt davon. Der Albino schlug mit dem Kopf gegen den Berg, taumelte benommen und schüttelte sich. Der Tiger knurrte vor Wut. Was jetzt kommen würde, war ihm absolut klar. Vom Hilfeschrei des Jungtieres aufgeschreckt, preschte die Herde heran. Sofort nahmen sie das Kleine wieder in ihre Mitte. Mit gesenkten Häuptern stampften die riesigen Urtiere auf den vor Angst winselnden Wolf zu. Er

versuchte zwar, den Hang hinaufzuklettern, doch so sehr er sich mühte, er
rutschte stets wieder herab, Geröll und Erde unter sich begrabend. Der
Leitbulle scharrte mit den Vorderfüßen und prustete aufgebracht. So ein
Winzling wagte es, die Familie zu stören?
Der Wolf befand sich in einer ausweglosen Lage. Dicht an den Hang gepresst,
erwartete er den Todesstoß. Goli maunzte hilflos vor sich hin. Er vermochte
den in Bedrängnis geratenen Freund nicht mehr zu helfen…

Einsam und von allen verlassen, flog der Azuro Savus seine Bahnen.
„Das Leben ist schon etwas Merkwürdiges? Noch gestern wollte ich es nicht
mehr - und heute denke ich völlig anders darüber? Was ist mit mir
geschehen?“ Er blieb in Sichtkontakt zum Boden und schwebte fast lautlos in
einer starken Windströmung, um Kraft zu sparen. Schon früh am Morgen hatte
er diesen Wandel bei sich registriert. „Hat mich die Begegnung mit den
Menschen so verändert?“ Seine Kontaktaufnahme kam ihn in den Sinn. „Das
ging ja völlig in die Hose! Aber meine Trauer ist wie weggeblasen? Das ist es!“
Seit der direkten Anbahnung zu den Bewohnern dieses Planeten regte sich ein
winziger Funke in ihm - Trotz! Dieser Funke bewirkte, dass sein fast
verloschener Wille zum Leben wieder erstarkte, der Funke allmählich zur Glut
wurde. „Ob ich es wahrhaben will oder nicht, die Zeit der Einsamkeit in dieser
fremden und doch so vertrauten Welt hat mich wohl ein wenig verändert? Ich
habe noch nie soviel über mich - mein eigenes, tieferes „Ich“ nachgedacht?
Und vielleicht finden wir und sie irgendwann einen gemeinsamen Weg in eine
Zukunft auf dieser Erde?“ Diese und ähnliche Gedanken lenkten ihn bei
seinem Flug über eine Landschaft ab, die er inzwischen mochte und liebte.
„Es ist genau, wie der Vater uns immer erzählt hat - einfach wunderschön!“
Die rauen, zerklüfteten Berge, die rauschenden Wälder, der Ockerton der
wilden Flüsse und das gleichförmige Gelb der Wüsten - das alles faszinierte
ihn jeden Tag aufs Neue. So verwunderte es nicht weiter, dass er irgendwann
für sich selbst einen folgenschweren Entschluss fasste: „Ich werde wieder zu
meinem Volk zurückkehren! Egal, mit welchen Konsequenzen auch zu

rechnen ist, alles wird besser sein, als länger weiterhin wie der einsame Wolf durch die Lande zu ziehen? Dann lieber sterben…!"

Jetzt, wo er wieder ein klares Ziel vor Augen hatte, ging es ihm erheblich besser. „Oh da hat wohl jemand sein Frühstück verpasst?"

Seit geraumer Zeit wurden seine Gedanken durch die erregten Impulse eines Tyrannos gestört. Für einen Augenblick jagte es ihm ein Schaudern über den Rücken, als er registrierte, mit welchen mordlüsternen Augen das Tier ihn verfolgte. „Was für ein Glück, dass Biester wie du keine Flügel haben! Musst schon mit was anderem vorlieb nehmen!" Er kehrte sich ab wechselte die Richtung. Erleichtert atmete er durch, als der Kontakt verebbte. Er näherte sich zufällig dem Tal, in der die Herde Triceratops weidete und wurde Augenzeuge, wie der Albino in akute Lebensgefahr geriet. „How how - was geht hier gerade ab?" Eigentlich hatte er nicht vor, noch einmal Schicksal zu spielen und den Lauf der Dinge zu ändern. Doch dann nahm er die Emotionen seines Gefährten, dem Säbelzahntiger wahr. „Wie geht das denn - der Tiger trauert um den Wolf? Das sehe ich mir mal aus der Nähe an!" Savus stellte gleichzeitig voller Verwunderung fest, dass das Tier über eine ungeheuer vielfältige Gefühlswelt verfügte. „Er ist klug und kampferfahren - aber hier hat er keine Chance…! Das hat er richtig erkannt!" Was ihn aber bewog, doch in das Geschehen aktiv einzugreifen, war das Gesicht des Mannes, welches das gesamte Leben und dessen Sinn bei dem Tiger zu bestimmen schien? „Das Tier ist bei den Menschen aufgewachsen. Und es ist auf dem Weg zu ihnen? Das habe ich doch schon einmal gesehen", erinnerte er sich.

Savus reagierte sofort und stellte sich auf die Impulse der Herde ein. Der Moment des tödlichen Angriffs stand unmittelbar bevor. Der Wolf winselte nur noch und kniff den Schwanz ein. „Das ist der Leitbulle - ihn werde ich erschrecken!" legte er seine Strategie fest und wurde aktiv. Das Leittier gab das Signal zum Angriff. Der verhasste Feind würde endgültig vernichtet werden. Irritiert schnaubte das riesige Tier auf, gleich ihm erging es den übrigen Mitgliedern der Familie. Statt des winselnden Wolfes erhob sich eine tosende Flamme aus dem Boden, sie wuchs und wuchs. Die Hitze wurde schier unerträglich. Die Muttertiere ließen sich von ihren Instinkten leiten und kümmerten sich erst einmal um ihre Jungen. Der Angriff brach auseinander. In wilder Flucht suchten die Kolosse ihr Heil...

Bitterer Geschmack ließ ihn aufstoßen.

Dr. Harper wischte sich den Speichel von den Lippen, jede noch so geringfügige Bewegung kostete ungeheure Kraft. Grelles Scheinwerferlicht stand genau über seinen Augen, sogar durch die geschlossenen Lider schmerzte es wie tausend Nadeln. „Ist das die Sonne...?" Vielfach glitten Schatten ganz in seiner Nähe vorbei, er spürte den Windzug, der durch sie verursacht wurde. Mehrmals wurde im singenden Tonfall gesprochen. Einmal glaubte er sogar, etwas verstanden zu haben. „...Gehirn arbeitet!"
Wessen Gehirn arbeitet?
Das Licht schwächte sich ab. Angenehme Dämmerung linderte den Schmerz. „Wessen Gehirn arbeitet?" Diese Frage stellte er sich bereits zum x-ten Male, ohne dass darauf eine Antwort erschien. Stattdessen formten sich bunte Bilder in seinem Kopf.
Ein Kind läuft über eine blumengeschmückte Wiese.
Ein Junge in einer dunkelblauen Matrosenuniform mit kurzer Hose und einer Mütze mit Bändern. Er kickt einen roten Ball mit großen weißen Punkten vor sich her. Völlig seinem Spiel ergeben, rennt er immer schneller und schneller.
Ein Hund, ein riesiger, kläffender Köter taucht unverhofft hinter ihm auf.
Wenige Sätze genügen, das Untier ist auf gleicher Höhe. Verzweifelt rennt der Knabe um eine Weide. Der Verfolger lässt nicht locker. Er schlägt Haken, jetzt kommt er genau von vorn auf ihn zu. Angstvoll brüllt der Junge auf, die Augen des Tieres sind auf seinen Ball gerichtet. „Mami, Mami...!"
Fletschend geht der Hund auf den Ball los, seine Zähne sind so riesig!
Wie erstarrt sieht der Junge die Fangzähne des Hundes in den Gummi eindringen. Erst der Knall, einer Detonation gleich, bringt ihn wieder zur Besinnung! „Mami!"
Mit einem Ruck schlug Dr. Harper die Augen auf.
Das Bild des platzenden Balles war so plastisch und real, dass er sich verwundert umschaute und ihn und den Hund suchte? Dann begriff er! „Der

Hund und der Ball - ich war damals gerade fünf Jahre alt, als sich genau diese Situation abspielte?" Es war der erste schöne Sonnentag des Jahres, der Ball - ein Geschenk seines Vaters zum Geburtstag. Doch wieso fiel ihm das ausgerechnet jetzt ein? „Dr. Harper?" Die Art, wie sein Name ausgesprochen wurde, erschreckte und verletzte ihn. Die geballte Abfälligkeit und Missachtung darin konnte er fast körperlich spüren. „Jetzt kommt er zu sich!" An diesem Punkt erreichte er das volle Bewusstsein. Er saß auf einem Stuhl, wie er ihn von seinem Zahnarzt her kannte. Er fühlte sich warm und weich an. „Weshalb bin ich gefesselt?" Jetzt entdeckte er auch die Deckenleuchte. Sie war inzwischen abgeschaltet. Der Raum war nicht sehr groß. Mehrere Türen standen offen, daneben befanden sich abgedunkelte Zimmer.

Ein Rumoren lenkte seine Aufmerksamkeit auf sich. In einer Tür bewegte sich eine Gestalt. Allmählich trat sie auf ihn zu. Zwei glühende Augen starrten ihn längere Zeit an. Sie versuchten nicht nur in sein Ich einzudringen. Wie eine heiße Nadel im Schnee schoben sie sich durch jede seiner Gehirnzellen. Er konnte sich dagegen nicht wehren.

„Ich bin sehr zufrieden mit Ihnen, Administrator. Sie sind ein hervorragender Schüler!" Kein Muskel zuckte im Antlitz seines Gegenübers. Trotzdem verstand er jedes Wort? Da traf ihn die nächste Erkenntnis: „Vor mir steht ein Teufel - ein Azuro!" Ein abgehacktes Lachen ließ ihn aufhorchen.

„Teufel ist nicht übel! In Eurem Sinne sind wir durchaus die Boten der Hölle. Nur mit einem winzigen Unterschied!" Langsam, ohne Dr. Harper aus den Augen zu lassen, umkreiste er ihn. „Wir sind real! Und wir werden Euch die Hölle auf Erden bereiten, wie Ihr und die Euren es sich in den schlimmsten Träumen nicht ausmalen könnt! Darauf freue ich mich schon! Und Ihr, Verehrtester, Ihr werdet uns dabei assistieren...!" Mitten im Satz wurde der Azuro unterbrochen. Ein weiteres Wesen betrat den Raum. Unterwürfig verneigte es sich und ließ eine knarrende Kanonade über sich ergehen.

Dr. Harper registrierte die heftigen Kopfbewegungen des Neuankömmlings mit wachsendem Unbehagen.

So oft, wie auch in New-Noah-City über diese Wesen gesprochen wurde, jetzt hatte er erstmalig die Gelegenheit, sie selbst zu studieren. Der äußeren Erscheinung nach ähnelten sie durchaus einem Menschen. Zumindest die

Gesichter. Etwas über zwei Meter große, hohe, kahle Stirn mit einem Haardreieck im hinteren Drittel. Die Nase war spitz und stark gekrümmt, wie der Schnabel eines Raubvogels. Die Augen schräg gestellt. Wenn sie geschlossen wurden, waren nur noch schmale Sehschlitze erkennbar. Der Mund war verhältnismäßig klein. Die Spannweite der Flügel schätzte Dr. Harper auf mindestens drei bis vier Meter. Sie ragten im gefalteten Zustand etwas über den Kopf hinaus. Während das Wesen mit Herrengehabe spitz zulaufende Enden besaß, wiesen die Flügelenden des Neuankömmlings Rundungen auf? „Das sind wohl mehr Attrappen - sie dürften zum Fliegen kaum taugen!" Arme und Beine waren unbedeckt, die dunkelblaue Färbung der stark pigmentierten Haut im Licht genau auszumachen. Die Körper umhüllten locker gelegene Stoff- oder Lederbahnen ähnlich einer Toga der alten Römer. An den dreizehigen Füßen trugen sie einfache Sandalen. Der Disput endete mit einem harten Geschnatter, dann verschwand der Spitzflügel. Sobald dieser den Raum verlassen hatte, änderte sich die Haltung des Zurückgebliebenen. Diesmal nahm Dr. Harper wahr, wie sich der Fremde direkt in sein Hirn einklinkte. „Dr. Harper, entschuldigt bitte mein forsches Vorgehen. Ich habe nur wenig Zeit. Der Legat Renzys wird gleich wieder mit dem Hüter des Vaters hier eintreffen." Dem Administrator erschien das Bild eines ergrauten, alten Azuro mit grausamen Gesichtszügen. „Mein Name ist Cratos - ich soll Euch von Bobak und Ninos grüßen. Sie sind wohlauf!" Bevor Dr. Harper seine Fragen aussprechen konnte, wurden sie abgewehrt.

„Keine Zeit, glaubt mir einfach. Ich habe sie gesehen und mit ihnen gesprochen. Doch nun zu Euch. Ich werde versuchen, die Pläne des Hüters zu durchkreuzen. Dazu benötige ich allerdings Eure Hilfe. Schweigt jetzt, der Hüter kommt!" Er strich Dr. Harper über die Stirn und blockierte damit die Informationen. „Es ist besser so. Noch habt Ihr nicht gelernt, Eure Gedanken vor uns zu verbergen!" entschuldigte er sich bei dem Administrator, dann war die Sache erledigt. Gleichgültig blickte Dr. Harper den beiden Azuros entgegen.

„Soweit ich seinen Gedanken und Erinnerungen entnehmen konnte, nennt er sich Präsident oder Administrator. Er ist eindeutig das jetzige Oberhaupt der Siedlung aus den Bergen. Nur eine Sache habe ich nicht verstanden! Vielleicht

müssen wir dazu noch einige Gefangene überprüfen. Es gibt einen nichterklärbaren Zeitsprung in seinen Informationen?" Cratos stand ungeachtet an der Seite, voller Spannung verfolgte er das Gespräch. Teronus musterte den Menschen. „Was heißt Zeitsprung - ich verstehe es nicht?"
Renzys kratzte sich am Kopf. „Wie soll ich es Euch erklären, Erhabener? Ich habe bemerkt, dass Teile seiner Erinnerungen aus einer Zeit stammen, die nichts mit der Gegenwart zu tun hat. Begriffe, Worte und Bilder aus einer Epoche, die längst versunken ist. Eigenartigerweise stimmen sie aber mit dem Vokabular unserer Computer überein. Es scheint, als spräche der Heilige Vater selbst zu uns - so identisch sind auch die Wortwahl und Vorstellungen."
Der Hüter des Vaters winkte unwirsch ab. „Wer weiß, was Du da wieder missverstanden hast, Renzys? Die Drohnen sollen sich näher mit ihm beschäftigen. Danach wird er das Wissen eines Neugeborenen besitzen. Wir werden seine Erinnerungen sein - und unseren Interessen wird er dienen! Lasst ihn für den Rat vorbereiten!"

„Irgendetwas müssen wir unternehmen. So kann es nicht weitergehen!"
Die Erregung wuchs von Minute zu Minute. Linda versuchte sich Gehör zu verschaffen. „Wir schicken eine Abordnung. Vielleicht lassen die Kerle mit sich verhandeln?" Prof. Taylor unterstützte lautstark ihren Vorschlag. „Lasst uns in Ruhe nachdenken. Stress und Hektik schadet am Ende nur uns selber - also bitte Freunde! Auch wenn die Lage mehr als beschissen ist!" Er erreichte zumindest, dass Linda weitersprechen konnte.
„Okay, wir sollten einen Katalog unserer Forderungen formulieren und zusammenstellen. Ich hätte schon einige Punkte, die darin einfließen könnten. Also es bleibt dabei. In allen Gruppen werden Vorschläge für den Katalog zugearbeitet. Sind alle damit einverstanden?" fragte er und sah sich um. Allgemeines Kopfnicken war die Antwort. „Vergesst die Namen für das Komitee nicht", ergänzte er noch mal. An den vielen Feuerstellen, welche die ganze Nacht über brannten, saßen die Menschen aus New-Noah-City zusammen, um über ihre jetzige Lage zu beraten. Ohne jegliches Aufsehen hatte man die speziellen Arbeitsgruppen, wie sie während der Katastrophe im Bunker

gebildet wurden, erneut aufleben lassen. „Wir müssen uns Gedanken machen, wie wir aus diesem Schlamassel raus kommen? Checkt alles, was uns irgendwie nutzen kann. Und sei es noch so gering - im Moment brauchen wir jeden krummen Nagel. Im Notfall könnte das zum Beispiel eine Waffe sein. Ich denke, jeder hat verstanden, was zu tun ist!" Dr. Ferrow hoffte, dass ihre Aktivitäten vorerst im Verborgenen blieben. Das Objekt, in dem sie seit geraumer Zeit hausen mussten, war früher eine Lagerhalle gewesen. Das Dach war noch recht solide, nur an einigen Stellen blinkte der nächtliche Himmel durch. So gut es ging, versuchte man sich einzurichten. „Organisiert Moos und Gräser heran, polstert damit die Schlafplätze. Wir brauchen Gefäße, um Wasser zu sammeln, Holz und Decken! Schreibt das alles mit auf die Liste", bat Linda. Sorgen bereiteten ihr auch die Ankunft der Männer, die unter Führung von Prof. Adam den gescheiterten Fluchtversuch unternommen hatten. „Hat sich ihr Zustand gebessert?" Diese Gruppe war inzwischen separat im hinteren, fast sicheren Bereich untergebracht worden. Zwei Frauen hatten sich bereit erklärt, diese intensiv zu betreuen. „Leider nicht! Sie reagieren nicht auf Ansprachen. Sie sind wirklich hilflos wie kleine Kinder. Als hätte man ihr Gehirn mit sämtlichen Daten gelöscht und nur die leeren Hüllen da gelassen!" seufzte Jana. Sie sah bekümmert aus. „Und wir haben nichts, was wir ihnen geben können? Keine Nahrung, keine Medikamente…! Wir leben hier schlimmer als in einem Schweinestall!" begehrte sie wütend auf. Linda versuchte sie zu beruhigen. „Ich weiß das Jana. Wir versuchen unser bestes, ok? Mehr kann ich Dir nicht versprechen - aber wir versuchen es!" Prof. Adam hockte am Boden und schaukelte unentwegt vor sich hin. Linda beugte sich zu ihm. „Oswin - kannst Du mich hören?" Erst als sie seine Hand berührte, sah er sie an. „Oh Gott, was haben sie nur mit Dir angestellt?" Entsetzt schreckte sie zurück. Seine Augen waren blutunterlaufen und stark entzündet. Seine Antwort nur ein schwaches, unverständliches Lallen. „Da siehst Du selber, in welchem Zustand sie sind. Wir haben nicht mal ein Schluck Wasser für sie!" Jenny, die zweite Pflegerin war abgemagert und konnte sich selber kaum noch auf den Beinen halten.
Linda nahm sie kurz in den Arm und ging.

Obwohl das Gelände, in dem sie sich am Tage frei bewegen konnte, nirgendwo eingezäunt oder begrenzt war, traute sich niemand über eine imaginäre Linie hinaus. „Denkt an ihre verdammten Fähigkeiten - wir haben bereits genügend Opfer mit den Folgen…" wurden alle von Prof. Taylor gewarnt. Diese Grenze bildeten einige Dutzend Windräder, die wie ein Wall rund um die sonst verfallenen und maroden Gebäude standen. „Wir haben uns diese Dinger mal aus der Nähe angeschaut. Ich bin der Meinung, dass diese Windräder neueren Datums sind und offensichtlich zur Versorgung der Siedlung der Azuros dienen. Die Bauweise ähnelt sehr uns bekannten Prototypen! Was mich wirklich sehr verwundert - die Pläne dafür könnten aus unseren Computern stammen? Wir selber hatten vor, neben der City einen ähnlichen Windpark alternativ zur jetzigen Energieversorgung einzurichten!" erklärte der Professor. Diese Erkenntnis irritierte Linda ein wenig. „Du glaubst, sie haben unsere Systeme angezapft und arbeiten mit unseren Daten? Das wäre tatsächlich ein absoluter Hammer! Aber zutrauen würde ich ihnen auch das!" Fröstelnd schob sie die Hände unter die Achseln. Die Situation verschärfte sich zusehends. „Wenn nicht bald ein Wunder geschieht kommt ein böses Ende auf uns zu!" murmelte sie vor sich hin. Ihr Kopf arbeitet fieberhaft und suchte nach Auswegen. Alle Gefangenen waren inzwischen unterernährt und die meisten von ihnen litten zusätzlich an Durchfall. Eine Folge der unzureichenden Ernährung, die ausschließlich aus unreifen Früchten und kaum noch genießbarem Fleisch bestand. Es herrschte Mangel an Wasser. „Ein ordentliches Bad oder Dusche wäre super. Oder wenigstens mal richtig waschen." Linda seufzte verhalten. Sie ekelte sich schon vor sich selbst. Den anderen erging es ähnlich. Doch das wenige Wasser, welches jeden Morgen bereitgestellt wurde, reichte nicht einmal, dass sich alle Gefangenen satt trinken konnten. „Mich würde interessieren, was die von uns wollen? Die Frage stelle ich mir nun schon täglich, ohne dass sich dafür eine vernünftige Antwort ergibt", sinnierte Prof. Alan Taylor laut vor sich hin. „Wenn sie uns töten wollen - wozu erst den Umweg und die vielen Mühen? Es wäre doch einfacher gewesen, uns in New-Noah-City zu vernichten!" Linda nahm seine Hand und streichelte sie sanft. „Niemand wird uns töten, Alan! Glaub mir, niemand." Sie wünschte sich mit ganzer Kraft, dass dieses Grauen niemals eintreten würde, doch im Grunde ihres Herzens ahnte sie, dass dieser Gedanke auf wackligen Füßen stand. Die Azuros waren unberechenbar, für sie waren sie offensichtlich nichts weiter als Freiwild. Und dennoch, die Graue Stadt wurde erbarmungslos ausgelöscht - sie lebten noch? „Ich rechne damit, dass der Administrator und der Häuptling inzwischen unser Verschwinden bemerkt haben. Sie werden alles unternehmen, uns zu finden und zu befreien!" Hier war wohl mehr der Wunsch der Vater des Gedankens.

Am frühen Morgen, zur gewohnten Zeit, wo sonst die Kessel mit Wasser gefüllt wurden, fand sich die Abordnung der Wächter der Azuros ein.

„Sie kommen Linda. Es geht los!" ermahnte der Professor seine Kollegin. „Wie wollen wir vorgehen? Wer weiß, ob wir überhaupt zu ihnen durchkommen?" Doktor Ferenc kratzte sich an seinem kahlen Schädel. „Nur keine Bange. Schlimmer kann es kaum noch kommen. Also, los geht es!" kommandierte Linda laut und lief voran. Sie drängten sich durch den Trupp der Bewacher hindurch. Wer ist hier der Ranghöchste?" schrie sie, als sie zurück geschoben wurden. „Wir müssen mit dem Anführer reden!" rief sie noch einmal. Endlich standen sie vor dem Postenführer. „Wir möchten mit Ihnen sprechen!" Linda stellte sich provokatorisch vor ihm auf. Vorerst reagierte er überhaupt nicht auf ihre Anfragen. „Haben Sie mich verstanden? Wir wollen uns beschweren. Wer ist für uns zuständig?" bedrängte sie ihn weiter. Kalte Augen fixierten sie einen Moment, dann spürte Linda, wie sich die Gedanken des Gegenübers mit Gewalt in ihr Bewusstsein schoben. Sie zuckte vor Schmerzen zusammen, versuchte sich aufrecht zu halten.

„Ihr seid Nichts! Für Nichts ist niemand zuständig. Es ist eine Beleidigung, dass ausgerechnet ich auserwählt wurde, mich um Eure Belange zu kümmern. Ich finde, ich mache meine Sache nicht schlecht!" Linda vernahm den Satz, es dauerte aber eine Weile, bevor sie dessen Inhalt verstand. Eine Welle der Wut überrannte ihre Emotionen. „Was heißt, Ihr wollt Euch beschweren? Was bedeutet es?" lautete die anschließende Frage des Azuros.

Linda schaute sich hilfesuchend nach ihren Leuten um. „Ich habe nicht ewig Zeit!" knurrte der Azuro. „Wir wollen uns beschweren, weil die Zustände im Lager unzumutbar sind. Das Essen ist schlecht und es gibt viel zuwenig

Wasser. Es reicht nicht einmal, um trinken zu können. Außerdem benötigen wir Decken und Medizin. Wir haben Kranke..."
Linda wurde abrupt unterbrochen. Mit zusammengekniffenen Augen musterte der Anführer der Wachen die drei Männer und zwei Frauen, ebenso die weißgraue Fahne, die sie wie eine Trophäe vor sich herschwenkten.
„Mehr gibt es nicht. Lernt damit auszukommen", schnarrte er sie missgelaunt an. Verzögerungen dieser Art waren für ihn ungewöhnlich und brachten nichts als Ärger ein. Prof. Taylor trat hervor. „Wir wollen mit Eurer Leitung oder Chef sprechen. Wir lassen uns nicht länger wie Tiere behandeln, das ist unmenschlich!" Der Azuro verstand auch diesmal nicht.
„Ihr müsst doch jemand haben, der Euch anleitet, anführt oder so ähnlich!" Prof. Taylor suchte nach den richtigen Worten.
„Euren König oder Anführer, Präsidenten, Heiligen oder so!"
„Ihr wollt die Königin sprechen? Das ist nicht möglich!" stellte der Postenführer resolut fest. In seinen Augen war allein schon der Gedanke daran absoluter Frevel. Ohne sich weiter auf irgendwelche Diskussionen einzulassen, ließ er die Delegation stehen. Dr. Kim Barry, seines Zeichens Atomphysiker und Mitglied der Fünfergruppe, wollte einfach nicht glauben, dass damit die Angelegenheit erledigt sein sollte. „Ist das ein sturer Bock! Wenn ich könnte wie ich wollte, würde ich Dir den Hals umdrehen und dann den Hunden zum Fraß vorwerfen!" fluchte er lauthals, um seiner angestauten Wut Luft zu machen. „Reg Dich nicht auf, Kim, was geht die fremdes Elend an!" versuchte Professor Taylor ihn zu beruhigen.
Dr. Barry wollte sich aber nicht beruhigen. „Das können die nicht mit uns machen, das doch nicht. Sollen wir alle verrecken, oder was wollen die von uns? Außerdem haben die uns doch hierher gebracht - ich habe die Nase endgültig voll!" „Ist ja gut, Kim. Wir werden es wieder und wieder versuchen, bis uns jemand von dieser Bande zuhören wird!" lenkte Linda ein. „Ja, ja! Bis wir alle ins Gras gebissen haben. Die wollen doch gar nicht zuhören!" schnaubte Dr. Barry sauer und verschwand einfach in der Halle.
Prof. Taylor zuckte hilflos mit den Achseln. „Was soll ich dazu noch sagen? Er hat ja Recht..." Nach und nach löste sich die Delegation auf.

Das Ergebnis der fruchtlosen Mission verbreitete sich in Windeseile im gesamten Lager. Einige Männer begannen, laut zu murren. „Fluchtversuch!" Dieses Wort kreiste erneut in der Runde. Doch an diesem Morgen geschah noch etwas Ungewöhnliches.

Eine der Frauen, Dr. Eva Morres, drängte sich an die Lagerstätte von Linda heran. Aufgeregt bat sie diese, mit hinaus ins Freie zu kommen.

„Linda, schau Dir diese Gestalten dort an. Bedeuten sie etwas Gutes oder Schlechtes?" Am Fuße der Windflügel kauerten mehrere dunkelhäutige, bis an die Zähne bewaffnete Krieger. Als sie entdeckten, dass sie beobachtet wurden, zogen sie sich schleunigst in das Waldgebiet zurück.

„Das sind aber keine Azuros!" stellte Linda verblüfft fest.

„Der Meinung bin ich auch. Sind das Menschen - ich konnte sie nicht richtig erkennen!" fragte Eva Morres. „Ich denke ja. Vielleicht können sie uns helfen?" Linda nahm sich vor, mit Prof. Taylor zu sprechen. „Findest Du nicht, dass es äußerst merkwürdig ist, dass die da sich frei bewegen können? Oder siehst Du Wachen, die sie behindern?" Evas Frage war nicht ohne. Linda überschattete ihre Augen und suchte den gesamten Horizont ab. „Keine Wachen! Du hast Recht. Das ist wirklich sehr eigenartig?" Noch am selben Tag wurde allerdings schnell klar, auf wessen Seite diese Fremden standen. Eine der Frauen wurde vermisst, erst spät am Abend fand man sie. Dr. Ferrow war wie gelähmt, als sie zum Fundort geführt wurde. „Wer hat das getan?" Vor ihr lag der verstümmelten Torso von Christin. Arme, Beine und Kopf waren abgetrennt worden und staken auf federgeschmückte Speeren rund um den massakrierten Körper. Linda wurde speiübel. „Haben wir es nur noch mit Bestien in Menschengestalt zu tun?" schluchzte sie und drehte sich weg.

„Bringt Christin rüber zum Baum. Wir werden sie dort begraben!" entschied Prof. Taylor, dann führte er Linda zum Lager.

„Waffen dieser Art besitzen die Azuros nicht. Das ist doch abartig und grausam. Meinst Du, das waren diese Fremden...?" Linda hatte sich inzwischen wieder gefangen. Jetzt waren sie alle auf Spurensuche.

Die entsetzliche Szenerie erinnerte Linda an alte Filme ihrer Zeit über die Sklavenjäger in Afrika, die bereitwillig ihre Brüder und Schwestern in klingende

Münze umsetzten, um damit die eigene Freiheit zu erkaufen. „So wie man Christin zugerichtet hat, erscheint es mir beinahe wie ein Ritualmord", erklärte Eva, die sich schon seit Stunden den Kopf zerbrach. „Und ja, ich denke das waren diese Fremden! Nur was haben die mit den Azuros zu schaffen? Das will mir nicht in den Schädel? Die arme Christin - hoffentlich musste sie nicht allzu viel leiden", schloss sie ihre Darlegung. Prof. Taylor hatte die ganze Zeit über geschwiegen. „Wenn Ihr meine Meinung hören wollt - die stecken mit den Azuros unter einer Decke! Anders kann man das nicht sehen. Ich bin mir fast sicher - sie sind die Bluthunde und machen die Drecksarbeit!" knurrte er wütend. Wie nahe er der Wahrheit kam, das erfuhren sie erst sehr viel später. „Kommt, lasst uns Christin die letzte Ehre erweisen. Alles Weitere werden wir noch einmal in Ruhe besprechen!" bat Linda. Damit brachen sie auf...

„Das ist endlich ein Spaß, der mir gefällt!"
Teronus schlug sich vor Vergnügen auf die Oberschenkel, sein Lachen dröhnte durch den Saal. Renzys sah ihn verdattert an. Er verstand die Welt nicht mehr? So hatte er den Hüter schon lange nicht erlebt, vor allem seit der fruchtlosen Suche nach dem verschwundenen Vater lief er sonst nur noch mit verkniffenem Gesicht herum. „So fügt sich alles, es läuft wie am Schnürchen!" platzte der Hüter heraus und wischte sich die Tränen von den Wangen. „Mein lieber Renzys, köstlich, absolut köstlich! Wir haben die führenden Köpfe unseres ärgsten Feindes und das gesamte Volk dazu. Gleichzeitig melden sich diese Schwarzen, diese Maakler, und wollen für uns die Arbeit erledigen. Also gut, was kann uns Besseres widerfahren, als dass sich die Erdlinge gegenseitig auslöschen? Wir schonen die eigenen Kräfte und erleben dabei ein imposantes Schauspiel. Ist es nicht eigenartig, wie tief die Wurzel des Hasses bei den sogenannten intelligenten Wesen reicht? Keine Zeit der Welt würde ausreichen, sie endgültig auszumerzen. Nun, so sei es! Meinen Segen haben sie!" Legat Renzys fühlte sich von dieser Entwicklung überrumpelt. Als sich der Medizinmann dieses Stammes, sie nennen sich selbst die Maakler - Verkäufer der Seelen - bei ihm meldete, war er der festen Meinung, dieser habe damit sein Todesurteil herausgefordert. Und nun kam alles anders? Renzys verneigte sich steif! „Euer Wunsch ist mir Befehl, Erhabener, jede

Eurer Weisungen wird genauestens ausgeführt. Noch etwas! Die Pläne für den Turm des heiligen Vaters sind fertig - es wäre an der Zeit, mit den Bauvorbereitungen zu beginnen. Eine lobenswerte Aufgabe für die Erdlinge, wie ich meine. Ich habe bei meinen Rundflügen zwar nur noch Ruinen gesehen, aber mit ein bisschen Phantasie könnte man sich schon vorstellen, welche Prachtbauten hier einst standen! Wir sollten ihre Fähigkeiten nutzen, wenigstens solange, wie sie noch am Leben sind!"

„Du sprichst aus, was wir schon lange planten! Oder glaubt Du ernsthaft, wir haben sie bisher ohne Grund verschont? Wir müssen und werden auf billige Arbeitskräfte zurückgreifen, solange unsere eigenen Quellen nicht mehr so reichlich sprudeln und die Probleme mit unserem Nachwuchs nicht endgültig geklärt sind. Aber das dürfte nach meinem Ermessen auch nur noch eine Frage der Zeit sein. Außer, Cratos beabsichtigt, freiwillig aus dem Leben zu scheiden? Ach, was soll es. Komm her und sieh selber!" Teronus winkte den Legat zu sich auf das Podest.

Auf schwarzen Tafeln waren mehrere Zeichnungen und Skizzen des Turmes des Vaters angebracht. Daneben stand ein Modell des Baus.

„Hier, das wird er werden! Ein Prachtbau, das Symbol unseres Glaubens und Zeichen unserer ewig währenden Herrschaft auf der Erde. Schau genau hin, mein lieber Renzys. Der Vater wird mit uns sehr zufrieden sein!"

Eine achteckige Pyramide erhob sich steil in den Himmel. Zu ihren Füßen führte eine breite Promenade aus gehauenem Stein, an deren Platten das klare Wasser eines künstlichen Kanals nippte. An jeder Ecke zogen sich prachtvoll geschmückte Treppen bis zur Spitze hinauf, in vier Etappen luden breite Terrassen zum Verweilen ein. Jede dieser Terrasse diente einem besonderen Zweck. Die Unterste war ein Garten voller Obstbäume, Tannen, Koniferen und sonstige Zierhölzer. Die Nächste war über und über mit Blumen und Sträuchern bepflanzt. Die dritte Terrasse enthielt Teile der Skulpturen und Denkmäler, die zurzeit noch vor der Stadt ihres Schicksals harrten. Schließlich auf der Vierten und letzten Terrasse – auf der Spitze der Pyramide selbst - war eine gigantische Figur errichtet - das Abbild des Vaters.

Voller Stolz präsentierte der Hüter sein Werk. „Mein Entwurf - welch göttliche Eingebung! Findest Du nicht, mein lieber Renzys?" hauchte er entzückt und

streichelte sanft die Außenfassade der Pyramide. „Du hast Recht, Renzys.
Wären die Bewohner dieser Erde nicht so blind und dumm, sie hätten sich an
der Schönheit ihrer Werke ergötzen und erfreuen können. Doch Du hast selbst
gesehen, was von ihnen übrig blieb. Ein Haufen Dreck und Schrott!" Teronus
ließ kein Auge von seinem Bau. „Einst, vor langer, unendlich langer Zeit gab es
einen Bau, der mich zu diesem Werk inspirierte!" erklärte der Hüter weiter.
„Man nannte ihn die ‚Hängenden Gärten von Babylon'. Ich habe mir die
Aufzeichnungen im Computer angesehen - ein Werk voller Kraft und Würde,
geradezu das Richtige für eine Stätte, die den Vater ehren soll!" Legat Renzys
folgte den freudvollen Ausbrüchen des Hüters mit sichtlichem Unbehagen. Er
sah in erster Linie nur den Berg Arbeit, der auf ihn und alle Azuros zukommen
würde. „Meint Ihr nicht, Erhabener, dass der Entwurf etwas zu groß geraten
ist? Wir werden kaum in der Lage sein, solch einen Koloss zu errichten. Allein
die technischen Voraussetzungen...", warf er zaghaft ein, erntete dafür einen
vernichtenden Blick. „Kümmere Dich um Deine Belange! Das Denken überlass
gefälligst mir! Diese Gärten wurden von den Erdlingen in einer Zeit errichtet,
als sie nur Knüppel und Tiere zur Verfügung hatten und ihr Verstand nicht
weiter reichte als der Deine im Moment", kanzelte der Hüter ihn erneut ab und
ließ ihn wie einen kleinen Jungen wegtreten.

Die wie Störche auf einem Bein stehenden, dunklen Gestalten gehörten
inzwischen zum grauen Dasein des Lagerlebens. Ihre Bedrohung war
allgegenwärtig, manch furchtsamer Blick wanderte zu ihnen hinüber. Linda
fühlte sich seit zwei Tagen nicht besonders wohl, ihr Magen rumorte und ihr
war ständig schlecht. Prof. Taylor brachte die morgendliche Wasserration in
einer Eierschalenhälfte. „Du musst einen Schluck trinken, Linda. Sonst spielt
Dein Körper bald verrückt..." Er versuchte die Frau noch einmal zu überreden.
Schließlich nippte sie ein wenig von dem Wasser, erbrach sich aber sofort
wieder. „Um Gottes willen, Du glühst ja förmlich!" stellte er erschrocken fest,
als er ihre Stirn stützen wollte.
„He, Leute, bringt doch mal noch einen Armvoll Polstermaterial. Linda hat es
schwer erwischt!" bat er einige Männer. Er ließ ihr Bett in eine geschützte Ecke
verlagern, dort wurde die Streu aus Moos und Gräsern erneuert. „Mensch, sei

doch vorsichtig!" fauchte er die beiden Soldaten an, die Linda beinahe fallen ließen. Draußen ertönte das Signal der Wächter zum Sammeln.

„Auch das noch!" stöhnte der Professor, dann überprüfte er noch einmal, ob alles zu Lindas Besten geschah. „Es muss sich jemand um die Kranke kümmern, aber wer?" Auf dem Gelände trafen weitere Truppen der Azuros ein, auf den ersten Blick erkannte der Professor, dass es diesmal nur Krieger waren. „Hier ist doch wieder irgend etwas im Busch?" brummte er und rieb sich nachdenklich über das inzwischen von einem kräftig sprießenden Bart bewachsene Kinn. Mehrere Bewaffnete durchkämmten indessen die Halle und trieben alle Nachzügler brutal ins Freie. „Raus mit Euch, aber flott!" wurden sie angetrieben. Zwei Krieger sonderten sich ab und eilten auf das Krankenlager zu. Ihre Gesten waren eindeutig. „Aufstehen und gehen!" Sie forderten auch von Linda, dass sie sofort zu den Übrigen sollte. Da die Frau nicht reagierte, versuchten sie, den schlaffen Körper hoch zuhieven. „Seid Ihr denn noch zu retten?" donnerte sie der Professor entrüstet an. „Behandelt uns schlimmer als Tiere und lasst nicht einmal die Kranken in Ruhe!"

Aphatisch ließ Linda alles über sich ergehen.

Sie vernahm jedes Wort - doch in ihrem Fieberwahn verstand sie nicht, was die Blauen von ihr wollten. Mehr als ein Stammeln brachte sie nicht hervor. Einer der Posten wandte sich an Prof. Taylor, wie hypnotisiert starrte dieser ihm direkt in die Augen: „Du bringst sie persönlich raus oder sie stirbt! Verstanden!" Verwirrt strich sich der Professor über die Stirn. Der Befehl war eindeutig, ließ keinen Widerspruch zu. „Kommt helft mir, Linda nach draußen zu bringen!" bat er schließlich. Schwerfällig schleppte er sie mit einem Nachzügler hinaus.

„Mann, ist das ein Bahnhof heute. Scheint fast so, als hätten die alle Leute zusammen getrommelt um hier eine Riesen Show abzuhalten", stöhnte einer der Jungs. Die Marschformationen der Azuros standen stramm wie bei einer Parade, als endlich etwas geschah. Sie hatten die Blöcke der Gefangenen zwischen sich eingeklemmt, so dass sie kaum noch Bewegungsfreiheit besaßen. Eine mehrköpfige Gruppe flog heran. Erstaunt registrierte Professor Taylor den ergrauten Azuro, der offenbar von den anderen gestützt wurde. Mitten auf dem Platz setzte die Formation auf. „Ich schätze, der alte Zausel

dort ist so etwas wie ihr Chef! Der Oberguru!" unkte nicht weit von ihm jemand.
Der Professor spürte sofort die Kälte und Arroganz, die von diesem Wesen
ausging. „Haltet bloß die Klappe - mit dem ist bestimmt nicht gut Kirschen
essen!" fauchte er zurück. Inzwischen inspizierte der Alte die Truppe.
Danach näherte er sich den Gefangenen. Auf der Höhe von Dr. Kim Barry
blieb er stehen und schaute ihn eindringlich längere Zeit an.
Die Gesichtszüge änderten sich kaum, dafür sah der Professor das tückische
Funkeln in seinen Pupillen. Auf ein schnarrendes Kommando von ihm wurde
Dr. Barry aus der Reihe gestoßen. Hilflos und verunsichert drehte dieser sich
um. „Lass Dich bloß nicht provozieren - hörst Du!" rief Prof. Taylor ihm zu. Der
Alte richtete seinen Blick nun auch auf ihn. Die Mundwinkel verzogen sich zu
einem hämischen Feixen. Ein Schnipp mit dem Finger und auch Prof. Taylor
lag vor ihm im Staub. Ein Raunen des Erschreckens ging durch die Menge. Mit
hartem Griff wurde er aufgerichtet und stand dem Blauen genau gegenüber.
„Willkommen im Paradies auf Erden!" Die Worte und Begriffe formten sich von
selbst in seinem Kopf. „Wie mir zu Ohren kam, seid Ihr und die übrigen
Erdlinge recht unzufrieden! Wie bedauerlich, tja!" Seine Ironie war nicht zu
überhören. Prof. Taylor blieb ruhig stehen, nur seine Fäuste ballten sich vor
verhaltener Wut über soviel Zynismus. „Schweine seid Ihr - ach was sage ich!
Unmenschen; Bestien, dreckige Hunde und Schlächter!" Dr. Barry schleuderte
dem Azuro die gesamte Palette seiner Schimpfkanonade entgegen. „Kim halte
endlich Dein blödes Maul!" schimpfte der Professor, doch ohne Erfolg. Teronus
ließ nun von Prof. Taylor ab und beäugte den Menschen, der es wagte, ihn
derart zu beleidigen. Einer seiner Begleiter wollte eingreifen und den Mann zur
Ruhe bringen. Der Hüter hielt ihn zurück. „Vertrau mir, Legat Renzys. Ich
werde ein Exempel statuieren. Diese Würmer werden vor uns im Staub
kriechen!" Dann drehte er sich wieder den Menschen zu. „Ich gebe Euch
beiden die Freiheit - Ihr dürft gehen!" vernahm der Professor. Ungläubig starrte
er den Alten an. Offenbar erhielten alle die gleiche Information. Unruhe
entstand unter den Menschen. Dr. Barry begann zu strahlen. „Wir dürfen
gehen - wirklich?" Aufgeregt trampelte er auf der Stelle. „Kim, Du glaubst ihm
doch hoffentlich nicht!" bemerkte Prof. Taylor eindringlich. „Wieso nicht?
Komm, lass uns von hier verschwinden. So eine Chance bekommen wir

vielleicht nie wieder!" Prof. Taylor schüttelte nur den Kopf. „Merkst Du nicht, dass dies nur ein Spiel ist. Dort stehen die Jäger - und wir beide sind die Hasen!" beschwor er ihn wieder. „Wenn Du nicht mitkommen willst, dann bleib hier. Ich nehme das Angebot an!" schnarrte Dr. Barry und wollte loslaufen. „Du rennst in den sicheren Tod! Kim...!" Der Professor hielt ihn am Arm fest. „Lass mich gefälligst los. Ich verschwinde von hier! Alles ist besser als in diesem verdammten Lager zu bleiben und hier elend zu verrecken!" knurrte dieser vernehmlich und riss sich gewaltsam los.

Diabolisches Grinsen machte sich auf dem Gesicht des Hüters breit. „Behaltet ihn im Auge und berichtet mir, wie die Geschichte ausgeht. Ich hoffe, unsere schwarzen Freunde versagen nicht!" wies der Hüter des Vaters seine Wachen an. Dann schien die Angelegenheit vorerst für ihn erledigt. Er wartete ab, bis der Gefangene aus dem Blickfeld verschwand. Ein abwägendes Blinzeln traf Prof. Taylor, doch dann winkte er ihm zu, wieder in die Reihen zu treten. „Und nun zu Euch, Volk aus den Bergen! Von heute an werdet Ihr alle mithelfen, unsere heilige Mission in die Tat umzusetzen. Den ersten Teil - die Übernahme des Planeten Erde, dem Heimatplaneten des Vaters - haben wir erfolgreich praktiziert. Es liegt nun an jeden selbst, ob er am Leben bleibt oder die Schatten des Totenreiches seine Begleiter werden!" Teronus ließ den Erdenbewohnern genügend Zeit, seine Drohung zu verarbeiten. Verschlagen blinzelte er den Seinen zu. „Damit Euch die Entscheidung leichter fällt, haben wir eine kleine, aber wie ich denke äußerst wirkungsvolle Überraschung vorbereitet!" Mit theatralischer Geste klatschte er mehrmals in die Hände. Als geschlossener Formation marschierte eine Gruppe Krieger auf den Hüter zu. Vor ihn teilte sie sich und gaben vier Gestalten aus ihrer Mitte frei.
„Das kann nicht wahr sein...?"
Prof. Taylor taumelte, so sehr schockierte ihn diese ‚Überraschung'.
„Begrüßt Eure Oberhäupter - oder seid Ihr immer so stumm?"
Der Hüter zog sich seitlich zurück und genoss die Verwirrung, die er in den Köpfen der Menschen anrichtete.
Vor ihnen standen Dr. Harper, Major Hammer, Bobak und Ninos...

Damit hatte niemand gerechnet!

Prof. Taylor fühlte sich wie an die Wand geklatscht. Die Frage „Was soll nun werden?" stand allen auf die Stirn geschrieben. „Nun guckt mich nicht so an, ich weiß auch nicht, wie es weitergehen soll?" grollte der Professor und drehte sich enttäuscht weg. Ihre ganze bisherige Hoffnung auf eine mögliche Befreiung ruhte auf Dr. Harper und dem Häuptling der Pikos. Und nun war sie futsch. In unmittelbarer Nähe flüsterten einige Männer. „...nicht eindeutig klar, ob es wirklich unsere Leute waren. Vielleicht sind wir einer Massenhypnose aufgesessen? Diese Mistkerle sind doch zu allem fähig..."

Prof. Taylor wollte von all dem nichts hören. Er war sich völlig sicher, dass dieser Geisterjäger nicht geflunkert hatte. Warum auch?

Ihn drängte es hinaus ins Freie. „Ich muss einfach mal an die Luft. Vielleicht fällt mir dann was Sinnvolles ein?" Die ersten Sterne zeigten sich am Firmament. Prof. Taylor suchte sich ein ruhiges Plätzchen neben einer uralten Kastanie. Das leise Rauschen der Blätter beruhigte seine Nerven. Er saß einfach nur so da und massierte seine Schläfen. Eine kurze Zeit lang vergaß er die Sorgen und Probleme…

Dr. Kim Barry gehörte seit jeher zu den Außenseitern.

In der High Shool oder später während des Studiums galt er als der typische Einzelgänger, der niemanden an sich heran ließ. Dieser Abstand vergrößerte sich noch durch seine als genial bekannten Leistungen in fast allen Fächern der Naturwissenschaften. Er lebte zum großen Teil in Sphären, die ein normaler Mensch als irrational oder einfach nur verrückt abtun würde. Er gehörte zu jener Klasse von Menschen, die von ihrer Umwelt als kaltschnäuzig und herzlos eingestuft wurden, obwohl dies nicht in jedem Fall stimmte. Es waren wohl eher Äußerlichkeiten, welche diesen Eindruck erweckten. Seine Unzugänglichkeit allen Fremden gegenüber sowie eine starke Brille, die er persönlich als sein größtes Handicap ansah, bewirkten seine ungewöhnliche Scheu. Diese Distanz blieb auch während des bisherigen Lebens in New-Noah-City bestehen. Dr. Barry hatte überlebt und er war bereit, dafür einen Preis zu zahlen. Doch den Preis wollte er selbst bestimmen...

Die Schatten wurden länger, die Kühle der Nacht kündigte sich an. Bisher war er stumpfsinnig querfeldein gerannt. „Hauptsache weg von diesem verfluchten

Gefangenenlager! Nur weit weit weg!" Er war am Ende seiner Kräfte, erschöpft und hechelnd lehnte er sich gegen den Stamm eines Baumes. „Nur mal kurz ausruhen und Luft schnappen", motivierte er sich selber. Dann eilte er weiter.

Mit zunehmender Dämmerung kamen doch ernsthafte Zweifel an der Richtigkeit seines Handelns. „Wo soll ich hin - welche Richtung einschlagen?" Erst jetzt wurde ihm vollständig bewusst, wie einsam und verlassen er war. „Ich muss mir eine geeignete Bleibe für die Nacht suchen, bevor ich nichts mehr sehe. Und eine Waffe, ja ich benötige unbedingt eine Waffe?"

Einige Erfahrungen der vergangenen Jahre im Umgang mit der Wildnis kamen ihm jetzt zu Gute. Er suchte sich einen stabilen Knüppel. „Als Waffe kaum zu gebrauchen, aber er stärkt meine Psyche", beruhigte er sich. Dann kletterte er eine mächtige Ulme hinauf und richtete sich, so gut es ging, einen Schlafplatz her…

Die Trommeln riefen zur Jagd.

Der Medizinmann betrachtete zufrieden die Bemalung auf seinem Gesicht. Stirn und Wangen waren gänzlich mit weißer Tünche bedeckt, das geflochtene Haar tiefrot gefärbt. Sein Herz erzitterte vor Freude - galt diese Jagd doch als ein Höhepunkt im Leben der Maakler. „Die Blauen haben unserem Vorschlag zugestimmt - und nun können wir ihnen beweisen, dass wir starke Partner sind!" Er korrigierte einen winzigen Klecks im Gesicht, dann begab er sich zum Treffpunkt. Ein großer Teil der Krieger versammelte sich bereits am Feuer vor dem Beratungsbaum. Gro-man sah sich um. „Es dauert nicht mehr lange, dann sind alle da!" Er wartete ruhig ab und betrachtete intensiv die neuen Ankömmlinge. Die Meisten von ihnen trugen traditionelle Waffen. Schild und Speer, wie ihre kämpferischen Vorfahren. „Die alten Traditionen werden sich immer behaupten…!" murmelte er selbstvergessen.

Es gab allerdings auch einige Männer, die Feuerwaffen mitgebracht hatten. „Diese Quatschköpfe - was wollen die damit? Sind doch nur unbrauchbare Attrappen. Im Kampf völlig nutzlos!" Innerlich regte er sich über diese Überbleibsel aus längst vergangenen Zeiten auf. „Ich werde noch mal mit den Oberhäuptern reden - sie sollen zukünftig solche Spinnereien unterbinden!" Alle Krieger hatten sich mit den Farben der Rache geschmückt.

„Wie es aussieht sind jetzt alle da! Dann wollen wir beginnen...!"
Gro-man trat in die Mitte des Kreises und hob sein knöchernes Zepter...

„Kommt, lasst uns näher zu den Kriegern heranrücken! Von hier ist doch kaum
etwas zu sehen!" drängelte Raoul die Gefährten. Naumi wehrte ab. „Bist Du
närrisch! Ich darf als Mädchen die Tabuzone nicht betreten. Das weißt Du
doch! Und ich werde mir diesmal keinen Ärger mehr einhandeln, das habe ich
mir geschworen!" belehrte Naumi die Zwillinge. Das Feuer am Beratungsbaum
war nur den Männern ihres Volkes vorbehalten. Gegen diese Regel zu
verstoßen, hieße wahrlich Kopf und Kragen zu riskieren.
„Geht doch allein! Ich warte hier auf Euch!" bot sie den Brüdern an.
Die Wunde tat beim Humpeln noch weh, deshalb blieb sie lieber sitzen.
„Na los, macht schon!" Doch allein, ohne Naumi hatten sie keine Lust, das
Treiben der Krieger aus der Nähe zu beobachten. Pien tat ganz geheimnisvoll.
„Ich weiß, was für ein Wild heute Nacht in die Falle geht! Ich habe nämlich
vorhin gelauscht, als dieser fliegende Blaue bei Gro-man war", berichtete er
mit ernster Miene. „Ach, Du weißt etwas? Alles nur Einbildung!" frozzelte Raoul
und zeigte ihm einen Vogel. „Ich wollte es Euch ja erzählen, aber wenn Ihr mir
nicht glauben wollt, dann eben nicht!" Entrüstet kehrte Pien den Spielgefährten
den Rücken zu. „Nun maul nicht herum! Sag schon, was Du weißt! Oder wir
nennen Dich auf ewig den größten Lügner der Welt", foppte Raoul den Bruder
erneut. Naumi kicherte leise vor sich hin, das wurmte Pien noch mehr. „Du bist
ein elender Lügner!" blaffte er den Bruder an. Fast wäre es wieder zu einem
Handgemenge gekommen. „Ihr seid doch manchmal richtige Knallköpfe!"
entrüstete sich Naumi, „ausgerechnet jetzt, wo es spannend wird, wollt Ihr
Euch schon wieder prügeln. Schaut doch selber, die Krieger rücken gleich ab!"
In der Tat begannen sich mehrere Züge zu formieren. Gro-man umkreiste die
Krieger wie ein Geier seine Beute. „Hört, hört! Die Stunde des Khara Chans ist
angebrochen. Die Engel der Nacht haben uns erhört und werden uns einen
Wunsch erfüllen! Sie, welche die Farbe unserer Haut tragen, auch sie hassen
den weißen Mann! Mit ihnen werden wir vollenden, was wir begonnen haben
und wir werden siegen!"

Seine Zuversicht rüttelte die Maakler auf. Ihr langgezogenes „Kiri...kiri" hallte durch die Dunkelheit und schwang sich hoch bis in die Wolken. Jede Familie versuchte die Nachbarn durch ihre Schreie zu übertönen. Sie stachelten sich gegenseitig an, denn jeder machte jedem den Fang streitig. „Und bedenkt! Der Clan, der heute die Beute erlegt, bekommt eine besondere Trophäe!" stieß der Medizinmann heiser hervor. Jedem Krieger war bewusst, wovon er sprach: die Trophäe der heutigen Nacht galt als höchste Auszeichnung, die je eine Familie erringen konnte. Den Kopf eines weißen Mannes!

Das Trommeln steigerte sich zur Ekstase und brach abrupt ab. Stattdessen war das Grunzen eines Sauriers zuhören. „Sie haben Uri aus der Schlucht geholt. Das wird eine heiße Hatz", stellte Pien sachkundig fest. Uri, ein halbwüchsiger, zahmer Teratosaurus, der seit einigen Jahren das Maskottchen der Maakler war, schniefte aufgeregt und stieß einen schrillen Kampfschrei aus. Auch er wurde vom Jagdfieber der Krieger angesteckt und zog an den Lederleinen, die an einem Halsband unter seinem Kopf festgebunden waren. Endlich ging es los. „Hy hy hy...!" Mit anhaltendem Geheul brach der erste Zug der Fary-Familie in die Schwärze der Nacht auf.

„Was machen wir jetzt? Ich würde zu gern bei dieser Jagd dabei sein?" seufzte Pien sehnsüchtig. Naumi überlegte einen Augenblick. „Und wenn Ihr der letzten Gruppe einfach folgt? Schleicht ihnen einfach nach. Ihr seid doch keine kleinen Kinder mehr. Es wird schon niemand bemerken! Ihr müsst nur aufpassen! Nun, was sagt Ihr?" Die Jungen waren sofort einverstanden.

„Habt Ihr für den Notfall Waffen dabei?" fragte Naumi. Pien nickte. „Klar - unsere Streitäxte wie immer. Komm Bruder, bevor sie völlig verschwunden sind und wir den Anschluss verlieren!" Sie flitzten den Kriegern hinterher.

Es war ein völlig neues Gefühl, in der Nacht durch den Wald zu preschen. Die Geräusche dröhnten irgendwie lauter als am Tage. Beklommen suchte Pien jeden Baum und Strauch ab. Wie viele Schatten sich plötzlich bewegten, um sich dann ins Nichts aufzulösen? „Los, los, nun bummele nicht so herum!" trieb Raoul ihn an. Sie mussten sich sputen, wollten sie nicht den Blickkontakt zur vorauseilenden Familie verlieren. „Ich vermute, wir laufen in Richtung Stadt der Blauen - von dort aus wurde der Gefangene heute freigelassen!" mutmaßte Pien, nachdem sie bereits eine längere Wegstrecke überwunden hatten. „Sieht ganz so aus, Bruderherz. Hoffentlich bekommen wir ihn zu fassen? Das wird bestimmt ein großer Spaß!" Raoul steigerte das Tempo, um den Anschluss zu halten. Kurze Zeit darauf tauchten die Umrisse der Windräder auf.

„Ab hier wird die Spur aufgenommen. Jetzt brechen die Kundschafter mit Uri auf und führen die Familien an", kommentierte Raoul das Geschehen vor ihnen. Mit einer rasanten Geschwindigkeit sprinteten die Krieger los.

Die Jungen hatten nun ernsthafte Mühe, sie nicht aus den Augen zu verlieren. Manchmal entdeckten sie die Shilouette des Sauriers, der wie ein Fährtenhund dem Geruch des Flüchtlings folgte. Von nun an bewegten sich die Jäger fast lautlos. Ihre schwarzen Körper verschmolzen mit den Schatten der Nacht. Nur das grelle Weiß der Gesichter leuchtete manchmal als einzige Orientierung zwischen den Blättern und Sträuchern hervor. Sie erreichten schließlich einen Bach. „Hier hat der Gefangene offensichtlich eine Rast eingelegt. Die Spuren sind nicht zu übersehen." Ganz in ihrer Nähe hörten sie einige Jäger tuscheln. Auf der gegenüberliegenden Seite waren die Abdrücke seiner Füße deutlich zu erkennen. Und wieder trieben die Fährtensucher zur Eile. „Er kann nicht sehr weit gekommen sein! Uri ist ganz unruhig…?" hörten die Zwillinge

Uri zog heftig an seinen Leinen und begann erneut, das Tempo zu bestimmen. Während Raoul durch das Wasser hastete, schöpfte er einige Hände voll und trank. Die Spur führte mehrmals im Zickzack. Einmal kehrte sie im Kreis zu sich selbst zurück. „Er hat sich einige Male mächtig verirrt. Der hat keine Ahnung vom Busch!" amüsierte sich ein Jäger. Dann war es so weit. Ein lang anhaltendes Schnauben stoppte ihren Lauf.

„Sie haben ihn gefunden!" tuschelte Pien aufgeregt. Obwohl von hier aus nichts zu erkennen war, war Raoul klar, dass er Recht hatte. „Sei leise - wir schleichen uns weiter ran!" flüsterte Raoul. Vorsichtig tasteten sie sich näher an die Jäger heran. „Jetzt geht es ihn an den Kragen, pass auf!" Pien fieberte schon mit den Jägern mit. Was jetzt geschah, hielt sie in Atem. „Ich mache Feuer!" rief Gro-man und betätigte einen Feuerflug. Es war ein einfaches Werkzeug, bestehend aus einem harten Stock, der durch schnelle Handbewegungen in einem weicheren Holz mit Rille so lange hin und her gerieben wurde, bis sich durch die Hitze ein Funke bildete. Gro-man war sehr geschickt in der Handhabung des Feuerfluges. Es dauerte nicht lange und er

begann, trockenes Moos und Gras aufzulegen und leicht zu blasen. Eine
Qualmwolke stieg zwischen seinen Fingern auf. Erst schlug eine winzige
Flamme empor, doch da sie sofort genügend Nahrung fand, wuchs sie in
Sekundenschnelle. „Jetzt macht überall Licht, damit wir den Bastard finden!"
forderte der Medizinmann die Krieger auf und gab die Feuerstelle frei. Fackeln
wurden entzündet und verteilt. Eifrig begannen die Krieger, die Umgebung
abzusuchen. Schließlich hatte man den Standort der Beute ausgemacht.
„Da oben ist er! Ich kann ihn sehen!"

Dr. Barry war jegliches Zeitgefühl verloren gegangen.
Die Glieder schmerzten, so sehr er sich auch drehte und wendete, seine Lage
wurde dadurch nicht besser. „Alles verdammt hart hier! Das wird bestimmt eine
beschissenen Nacht…?" ächzte er und versuchte, seinen Rücken zu entlasten.
Er lag eingebettet in einer relativ großen Astgabel. Das rechte Bein hatte er
zwischen zwei armdicke Äste geklemmte, um so seinen Halt zu stabilisieren.
Nach wenigen Minuten drückte es an der Hüfte. „Ich werde noch völlig irre,
wenn das so weitergeht!" Irgendwann schlief er vor Erschöpfung ein.
Mitten in der Nacht schreckte er auf. „How - wo bin ich? Ach ja - der Baum!" fiel
ihm ein. Die Beine waren ihm eingeschlafen. „Ich spüre sie nicht mehr! Ist ja
schlimmer als eine Folterbank im Mittelalter!" stöhnte er und angelte sich an
einem Ast schwerfällig hoch. „Oooh das tut richtig gut!" Er setzte sich aufrecht
hin und ließ die Beine baumeln. Obwohl er nichts erkennen konnte, beschlich
ihn eine merkwürdige Ahnung. „Da war doch ein Geräusch, oder irre ich mich?"
Dr. Barry wischte seine Brille frei. Er setzte sie wieder auf und lauschte
angestrengt. Es knackte mehrfach im Unterholz. „Da bewegt sich was
Größeres? Bleib bloß ruhig." Diesmal hatte er sich nicht geirrt. Irgendetwas
kam da unten auf ihn zu? Er griff seinen Knüppel fester und atmete flach. Ein
Feuer begann aufzulodern. „Oh Gott - was ist das denn? Wer macht hier
mitten in der Pampa Feuer?" Die Gedanken überschlugen sich in diesem
Moment in seinem Kopf. Er entdeckte mehrere Gestalten, die mit ihren Fackeln
umherhuschten. Noch wollte er nicht so recht glauben, dass diese da es auf
ihn abgesehen hatten? „Haben sich bestimmt verirrt, ja das wird es sein?
Verirrt!" Er verhielt sich vorerst ruhig und schmiegte sich dichter an den

Stamm. Misstrauisch beobachtete er das ungewöhnliche Geschehen. „Was ist das für ein Ungeheuer?" Mit schweren Schritten stampfte ein übermannshoher Saurier an die Ulme heran. Er züngelte wie eine Schlange und hielt das Maul in seine Richtung. Er grunzte bösartig und stieß den Kopf gegen den Stamm. Verschreckt schrie Dr. Barry leise auf, um ein Haar wäre ihn seine Stockwaffe entglitten. „Sie haben mich entdeckt! Sie haben mich gesucht? Warum?"
Und sie wussten, dass er sie gesehen hatte!
Johlend umtanzten die Krieger seine Schlafstätte. Dr. Barry versuchte anfänglich zu zählen, wie viele Schwarze sich versammelt hatten? „Ist doch Scheiss egal? Lass Dir lieber was einfallen - schnell, ehe es zu spät ist?" So sehr er auch überlegte, ihm fiel nichts ein, was er machen konnte um von hier zu entfliehen. „Oh Gott im Himmel - hilf mir!" jammerte er. Als einige Jäger begannen, einen Weg zu ihm zu erkunden und dann sogar den Baumstamm hoch kletterten, brach er verstört ab. Dr. Barry prüfte gehetzt, ob es ihn gelingen würde, noch höher in den Gipfel des Baumes zu klettern. „Ich sehe überhaupt nichts?" Fluchend rutschte er zum nächsten verzweigten Arm und hangelte sich einen Meter weiter nach oben. „Verdammt, was mache ich bloß? Was wollen die nur von mir? Ich habe doch niemanden etwas getan?" Die Warnung des Professors fiel ihm ein. Sollte er es wirklich vermutet haben? „Dieser Teufel hat mir eine Falle gestellt - der Prof. Taylor hat es geahnt! Ich verdammter Idiot!" Diese Erkenntnis gab ihm beinahe den Rest. Langsam breitete sich Panik in ihm aus. Die Fackeln boten nicht ausreichend Licht, dennoch glaubte er, einen gangbaren Weg nach oben entdeckt zu haben? Unmittelbar neben ihn knackte es verdächtig. „Sie sind schon da?" Entgeistert registrierte er den Schatten, der sich ruckartig zu ihm hin bewegte. Dr. Berry schmiegte sich wie ein Affe noch dichter an den Baumstamm. Für einen winzigen Augenblick sah er eine teuflische Maske aufleuchten. Der Fremde hatte seinen Standort offensichtlich noch nicht genauer lokalisiert. „Na warte - Dir werde ich helfen!" Er nutzte seinen Vorteil der Deckung und stieß überraschend mit dem Stock durch das Laub direkt in das Gesicht des Kriegers. „Treffer!" jubelte es in ihm. Doch dann wurde ihm schlagartig klar, dass er endgültig verspielt hatte. Der Getroffene schrie überrascht auf, dann

kündete ein dumpfer Aufprall von der harten Landung auf dem Boden.
Wutgeheul drang zu ihm herauf.

Diesmal sprangen gleich mehrere Gestalten an den Stamm und hangelten sich herauf. Mehrere größere Holzstapel wurden in Windeseile zusammengetragen und entzündet. „Nur weg von hier!" Dr. Berry überlegte nicht mehr lange und begann, automatisch zu klettern. Schweiß verklebte ihm die Augen. Äste peitschten sein Gesicht und hinterließen blutige Striemen. Er schaute mehrmals gehetzt nach unten. „Sie kommen - sind bald da!" Der Abstand zu seinen Verfolgern verringerte sich zusehends. Und dann kam der Augenblick, vor dem er sich am meisten fürchtete. Es ging nichts mehr! „Scheiße verfluchte!" Die Äste waren zu dünn und trugen sein Gewicht nicht. Ein Beben ging durch den Baum. Der Saurier stieß mehrmals seinen wuchtigen Schädel dagegen. Schniefend näherte sich der erste Jäger, eine blanke Machete zwischen den Zähnen. „Was wollt Ihr denn von mir? Lasst mich gefälligst in Ruhe! Ich habe niemandem etwas getan. Hörst Du?" brüllte Dr. Barry seinen Angreifer in höchster Not an und schlug mit dem Knüppel nach ihm. Geschickt wich dieser den unkontrollierten Schlägen aus. Noch mal und noch mal peitschte er das Laub des Baumes, plötzlich bemerkte er den Widerstand. Sein Gegner hatte seinen Stock zu fassen bekommen. Verzweifelt zog und ruckte er. „Gib das her, verflucht noch mal!" Er vergaß im Eifer des Gefechtes, wo er sich befand. Er griff mit der zweiten Hand nach seiner Waffe und verlor den Halt. Der Ast unter ihm gab nach, er stürzte aufheulend in die Tiefe. Er prallte kopfüber gegen einen Knorren, glitt wie im Trance durch das rauschende Blätterdach und blieb schließlich mit den Beinen irgendwo im Geäst hängen. Die Wucht des Sturzes hatte ihn völlig aus der Bahn geworfen. Unfähig, sich aus dieser kritischen Situation zu befreien, vermochte er nun nicht mehr sich zur Wehr zu setzen.

„Wir haben das Schwein!" vernahm Gro-man bald. Ein frenetisches Jubeln erhob sich, die Krieger tanzten wie wild um den Baum herum. Wie eine überreife Frucht wurde Dr. Berry vom Baum gepflückt. „Achtung, wir lassen ihn fallen!" Mit einem lauten Knall schlug er schwer auf dem harten Boden auf. Der

Ohnmacht nahe, spürte er zum Glück nicht mehr, wie er mit roher Gewalt aus seiner unnatürlichen Lage befreit und hinab gestoßen wurde.

Fachmännisch wurde der Verletzte von Gro-man untersucht. „Er lebt - aber abhauen wird er nicht mehr können!" frohlockte er

Die zerschundenen Beine waren geschwollen, das rechte Bein lief bläulich an. Blut sickerte aus einer Fleischwunde in der Kniekehle. „Es hat ihn voll erwischt! Er bekommt nachher, was er verdient!" höhnte der Medizinmann und grinste zufrieden vor sich hin. Jeder Krieger rückte im Verlauf der nächsten Minuten einmal an den weißen Mann, um ihn zu berühren. „Bindet ihn an eine Tragestange - wir brechen sofort zum Lager auf!" befahl Fary und ließ seine Krieger antreten. Wie ein erlegtes Wildbret schnallten ihn die Jäger an einen jungen Baum und trugen ihn singend in ihrer Mitte fort. Nach dieser erfolgreichen Jagd ließen die Maakler ihren Saurier frei - für den Rest der Nacht würde er seine eigene Jagdsaison eröffnen…

Die geheimnisvolle Stimmung übertrug sich auf alle Doubles.

Der Gelehrte Cratos ordnete vor sich den Packen Unterlagen. Nachdenklich schob er eine Speicherkarte in den Player und schaltete ihn an. „Meine lieben Kinder", begann er zu sprechen. Sein ernstes Gesicht strahlte Zuversicht und Ruhe aus. „Die Stunde der Entscheidung ist angebrochen. In nächster Zeit müssen und werden wir handeln. Die Phase der Passivität ist damit vorbei - unser aktives Eingreifen ist gefragt!" Teronus II zwinkerte unruhig vor sich hin, ihm war die innere Anspannung anzusehen. Die übrigen Mitglieder der Aura nahmen Cratos Entscheidung ebenfalls mit großer Erleichterung auf. Nur die beiden Gäste, die Legaten Meronuk und Voner, fühlten sich von der Eröffnung ein wenig überrumpelt. Wie immer bei den Beratungen saßen sie mit ihren Doubles zusammen, ein Bild, an das sich auch der alte Cratos nur schwer gewöhnen konnte. „Ich bin mit dem Studium der Schriften des Vaters fertig! Mir ist dabei auch klar geworden, weshalb sie verborgen blieben und niemals der Öffentlichkeit zugängig gemacht wurden! Teronus und seine Helfer haben sie verändert. Besser formuliert - die Lehren der heutigen Schriften wurden eindeutig gefälscht!" Cratos wartete ab, bis sich seine Jünger wieder zu beruhigen begannen. Voner und Meronuk schüttelten ungläubig die Köpfe. „Dafür seid Ihr uns eine Erklärung schuldig, Cratos!" brauste Voner auf. „Geduld, Legat Voner, ich werde den Beweis sofort antreten!" Auf Cratos' Zeichen trat wieder Ruhe ein. „Ich habe die wichtigsten Auszüge aus den Tagebüchern des Vaters zusammengestellt. Außerdem liegt uns ein Originalvideo vor - quasi sein Testament an uns! Bevor ich mit dem Video beginne, lasst mich noch Folgendes äußern. Unsere heutigen Entscheidungen betreffen nicht mehr so sehr und ausschließlich das Schicksal der Menschen des Planeten. Oh, nein, denn wir sind fest an diese Schicksalsgemeinschaft angekettet. Der Rat der Dreizehn will oder kann nicht wahrhaben: Der Untergang der Zivilisation der Erde wird gleichbedeutend sein mit unserer eigenen Vernichtung. Schon aus diesem Grund hat der Vater niemals gefordert, die Erde mit Gewalt zu nehmen und die Menschen auszulöschen. Doch ich will nicht zu weit vorgreifen. Seht und hört und bildet Euch Euer eigenes Urteil!" Cratos schaltete den Videorecorder an.

„Mein Name ist Professor Buradow, Alexander.
Ich bin der letzte Überlebende eines Teams von Wissenschaftlern, die im Auftrag der UNO ein Experiment durchführten, welches Wahnsinn und Genialität zu gleichen Teilen in sich vereint. Ich hoffe und wünsche inbrünstig, dass diese, meine Botschaft irgendwie die erreicht, für die sie auch gedacht ist. Möge die Warnung die Menschen, die einst die große Katastrophe überlebten, vor ähnlichen Dummheiten abhalten."
Professor Buradow atmete schwer. Schweiß perlte über sein von Hunger und Entbehrungen gezeichnetes Gesicht. Krächzend fuhr er fort: *„Wir haben eines vergessen - wir sind nicht Gott! Auch wenn wir uns manchmal so fühlen und aufführen, wir sind nicht Gott! Ich habe noch knappe zwei Stunden zu leben, dann wird die Giftinjektion ihr wohltuendes Werk vollbracht haben. Um ehrlich zu sein, ich habe keine Angst vor dem Tod, jetzt nicht mehr!"*
Den Zuschauern erschien das Gesicht des Professors merkwürdig verzerrt.

Offenbar regelte er am Aufzeichnungsgerät die Schärfe nach. Ein kurzer Fluch war zu hören, dann wurde das Bild wieder klar. *„Meine Geschichte fängt im Jahr 1997 an. Damals begannen wir, ein auserwähltes Team hochqualifizierter und hoch spezialisierter Wissenschaftler, die Chronik der menschlichen Entwicklung neu zu schreiben. Wir waren Gott gleich, denn allein unsere Fähigkeiten entschieden über Leben und Tod der Kreaturen, die wir zu erschaffen gedachten. Heute bereue ich jeden Gedanken, den ich dafür verwandt habe, ohne die Folgen zu beachten. Das Wissen der Menschen erhebt sie über das Tierreich - doch die Art und Weise seiner Anwendung führt eines Tages unausweichlich in die Katastrophe. Eine späte Erkenntnis, ich weiß!"* Der alte Mann hustete schwer. Dann raffte er die löchrige Decke fester um seinen hageren Körper. *„Unsere Aufgabenstellung war relativ leicht zu beschreiben. Schaffung eines neuen Menschen - einer Gattung Homo sapiens, die ohne Schwierigkeiten die Probleme lösen sollten, die wir uns durch Borniertheit und Eigensucht selbst aufbürdeten. Ein Mensch sollte her, der in einer kaputten Umwelt überleben konnte, der Rauch und Gift verträgt und dessen geistige Fähigkeiten den unseren übersteigen sollten. Das war das erklärte Ziel!! Das Projekt lief unter der höchsten Geheimstufe. Nur wenige Abgeordnete der Großmächte waren eingeweiht. Wir, allesamt dynamische Wissenschaftler, stürzten uns mit Feuereifer an diese Aufgabe. Skrupel oder Bedenken räumten dicke Bankkonten in der Schweiz aus dem Weg. Die Aussicht auf ein Leben ohne finanzielle Sorgen beflügelte so manchen von uns. Binnen kurzer Zeit gelang uns auch der entscheidende Durchbruch. Doktor Gerhard, ein Forscher aus Deutschland, lieferte uns eine Idee, mit der wir uns sehr schnell anfreundeten.*

Es gelang uns nach einigen Experimenten, die embryonale Entwicklung des Fötus im Mutterleib in einer uns genehmen Phase zu unterbrechen, um sie dann spezifisch zu modifizieren. Die technischen Details möchte ich außer Acht lassen, da sie in den Computern gespeichert und somit jederzeit abrufbar sind. Nur soviel. Der menschliche Körper ist etwas Einzigartiges - schon aus diesem Grunde hätte es niemals soweit kommen dürfen! Wir haben es trotzdem getan! Ohne Skrupel und Bedenken! Wir nutzten die Besonderheit im

*Leib der Mutter. Vollzieht sich doch hier in kürzester Zeit die gesamte
Entwicklungsperiode der menschlichen Zivilisation. Sozusagen im Zeitraffer
werden das Tausende von Jahre währende Stadien bis hin zum heutigen
Menschen durchlaufen. Bevor der Embryo die endgültige menschliche Form
annimmt, entdecken wir den Lurch, den Fisch, den Vogel und schließlich das
Säugetier. Der Mensch als solcher ist das vorläufige Ende der Evolution. Wir
entschieden uns für das Stadium des Vogels aus vielerlei Gründen, die ich
jetzt nicht alle aufführen möchte und kann. Wie stolz waren wir doch, als wir
nach weniger als fünf Jahren die ersten Exemplare der neuen Gattung Mensch
aus der Retorte hoben. Und wie groß war unser Erschrecken, als sich von
Stund an unser Leben total veränderte! Wir wurden zum Militärobjekt - unsere
fliegenden Knaben zur Geheimwaffe Nr. 1!"*
Der Sprecher legte eine längere Pause ein, er schien Schmerzen zu haben
und keuchte anhaltend. *„Oh Gott, das Gift wirkt schneller, als erwartet. Ich
muss mich beeilen! Jedenfalls wurden wir fortan von unseren Familien
getrennt. Und um die Abschirmung perfekt zu machen, verfrachtete man das
gesamte Team in ein Raumschiff und katapultierte uns hinauf in eine dieser
verdammten Raumstationen, die um die Erde kreisen.*
Und diese wird, wie ich das so sehe, auch mein Grab werden."
Professor Buradow krümmte sich vor Husten, seine Schmerzensschreie
hallten durch den Raum.
*„Oh Gott, tut das weh! Aber weiter! Solange wir auf der Erde forschten,
überlebte keines unserer erschaffenen Wesen mehr als 24 Stunden. Vielleicht
lag es an der Schwerkraft, ich vermute es jedenfalls? Hier oben, in der Station
perfektionierten wir unsere Produktionsreihe, entwickelten einen besonderen
Brüter und stabilisierten die Lebenserhaltungssysteme...! Verflucht, jetzt haben
sie mich entdeckt!"* Das Bild schwankte heftig, dann fiel es aus. Nur der Ton
war noch einige Minuten vernehmbar, doch die Qualität war äußerst miserabel.
Schreie und nicht definierbares Pfeifen überlagerten sämtliche andere
Geräusche. An dieser Stelle brach Cratos die Vorführung ab und übernahm
wieder das Wort. „Es ist leider nicht nachvollziehbar, was dann geschehen ist?
Ich vermute, dass seine Kinder - sprich unsere Vorfahren - ihn gesucht haben,

um seinen Selbstmord zu verhindern? Doch ohne Erfolg, wie es scheint. Jedenfalls habe ich in seinen Tagebücher wichtige Hinweise erhalten. Ich trage Euch Einiges daraus vor!" Er nahm ein graues Buch in die Hand und las vor:

12. März

Die Katastrophe auf der Erde muss inzwischen biblische Ausmaße erreicht haben? Hier, vom Fenster meiner Kabine zeigt sich seit unendlichen Umdrehungen unserer Forschungsstation ein immer gleich während Bild. Der einst strahlende, blaue Planet ist umhüllt von einer nie aufreißenden Wolkenschicht, die sämtliches Leben zu verschlingen droht. Wir sind beunruhigt. Seit Tagen bekommen wir keinen Funkkontakt mehr zur Erde. Die Mitglieder des Teams sind sich einig: Wir werden trotzdem den uns erteilten Auftrag erfüllen!

24. April

Noch immer keinen Kontakt zur Erde!
Hatten in den vergangenen Tagen Grund zum Jubeln. Unser System beginnt zu funktionieren. Zum ersten Mal, so lange wir das Experiment betreiben, ist es uns gelungen, einen modifizierten Körper länger als 24 Stunden am Leben zu erhalten. Wenigstens ein kleiner Lichtblick in dieser beschissenen Situation.

3. Mai

Etwas Unfassbares ist geschehen - mein langjähriger Freund und Gefährte, Doktor Young, ist freiwillig aus dem Leben geschieden. Ich verstehe es nicht - der Verlust ist schmerzlich. Die Stimmung an Bord sinkt stetig, wir können kaum noch ein vernünftiges Wort miteinander wechseln. Laufend gibt es Streitereien. Die ersten Stimmen wurden laut, das Experiment abzubrechen und zur Erde zurückzukehren. Das kommt nicht in Frage. Ich habe heute die Landefähren sperren lassen!

7. Juli

Es ist zu gewalttätigen Ausschreitungen gekommen!
Ich musste von meiner Macht als Leiter der Station Gebrauch machen.

Habe Vier meiner Leute festsetzen lassen. Sie befinden sich in der Isolierstation in sicherem Gewahrsam. Morgen werde ich entsprechend dem Codex der NASA das Verfahren gegen sie eröffnen. Danach erwartet sie die Todesstrafe. Wie konnte es nur so weit kommen? Auf Hilfe von der Erde zu warten, scheint sinnlos!

2. August

Meine Nerven sind zurzeit überstrapaziert. Ich habe versucht, ein milderes Urteil zu finden. Doktor Kerrin forderte für sich die Todesstrafe - wenn sie nicht vollzogen wird, drohte er mit Selbsttötung. Ich befinde mich in einer ausweglosen Situation, da auch der Rest der Mannschaft zu meutern beginnt.

22. Januar

Ich kann es nicht fassen - ein Wahnsinniger hat das Labor zerstört.
Ich muss völlig neu beginnen! Bevor ich dazu übergehen kann, werde ich die erforderlichen Schritte zur Liquidierung meiner Gegner einleiten.
Gott allein weiß, dass ich keine Wahl habe!

28. Januar

Großer Gott, sie sind fort! Während ich schlief, sind sie mit einer Fähre geflüchtet. Irgendwer muss den Code der Sperre geknackt haben. Das erspart Zeit. Ich muss nicht länger gegen meine Skrupel ankämpfen, sie selbst haben ihren Weg erwählt. Jetzt bin ich sogar so weit, ihnen alles Glück dieser Welt zu wünschen!"

31. März

Habe lange meine Eintragungen vernachlässigt. Doch dieser Grund besonderer Freude zwingt mich einfach dazu. Nach monatelanger Arbeit stellen sich erneut Erfolge ein. Vier neue Wesen sind herangewachsen. In wenigen Wochen kann ich sie aus dem Brüter nehmen. Es wird Zeit, dass ich einige Gefährten bekomme. Die Einsamkeit ist erdrückend!

16. Mai

Ich bin auf dem richtigen Weg. Zwar sind drei meiner kleinen Engel kurz nach der Geburt - ich benutze für den Eintritt ins normale Leben diesen üblichen Begriff - gestorben, doch das Männchen lebt inzwischen die dritte Woche. Die Entwicklung verläuft schneller als bei uns Menschen, sozusagen im Zeitrafferverfahren. Probleme bereiten mir im Moment die Versorgung. Ich darf mir keinen Fehler mehr leisten!

9. Juni

Er ist ernsthaft krank! Ich bete jeden Tag zu Gott! Möge er mir die Gnade erweisen, ihn am Leben zu lassen! Wenn ich nur wüsste, wie ich sein Fieber senken könnte? Ich werde noch einmal den Computer befragen. Vielleicht kennt er eine Lösung!

15. Juni

Rufus wird immer schwächer. Der Junge, ich habe ihm endlich einen Namen gegeben, ist mir inzwischen ans Herz gewachsen. Was nützt mir die gesamte moderne Technik an Bord, wenn ich nicht in der Lage bin, die einfachste Immunschwäche zu behandeln. Ich sehe nur noch eine Möglichkeit!

17. Juni

Die Pferdekur zeigt Wirkung! Rufus' Zustand bessert sich zusehends, seit langem hat er erstmals wieder Nahrung zu sich genommen. Gottes Wege sind unerforschbar - ich danke ihm!

7. Juli

Wir sind über den Berg! Rufus hat heute seine ersten Flugversuche unternommen. Es sieht lustig aus, wenn er mit kurzen Anläufen die Flügel streckt und zu gleiten versucht. Die ersten Beulen am Kopf hat er sich bereits eingefangen. Ich bin sehr stolz auf ihn! Wie ein richtiger Vater...

3. September

Ich kann zum ersten Mal in meinem Leben nachempfinden, wie sich ein Vater fühlen muss, wenn sein Sohn ihn zu rufen beginnt. Vater - welch herrliches Wort! Ich bin sein Vater! Rufus ist äußerst intelligent. Manchmal träume ich davon, wie dieses neue Geschlecht die alte Mutter Erde neu bevölkern wird. Ich werde ihnen dabei hilfreich zur Seite stehen!

27. April

Wir feiern Rufus Geburtstag.

Er ist zwar erst ein Jahr alt, aber sein Wachstum lässt ihn wie einen Zehnjährigen erscheinen. Ich ertappe mich des Öfteren dabei, dass ich voller Verwunderung darüber nachsinne, wie ein derartiges Wesen erst von uns erschaffen werden musste? Vielleicht hatte die Evolution nicht genügend Zeit und Spielraum, seine Existenz zu sichern? Oder vielleicht gab es irgendwann und irgendwo bereits eine Art Vorfahren von ihnen - und der Mensch in seiner heutigen Form hat ihn ausgelöscht? Dank Rufus' Hilfe haben wir den Brüter neu bestückt. Bin echt gespannt, wie viele Eier diesmal zum Erfolg führen.

3. Juni

Wir haben Zuwachs bekommen. Sieben kleine Schreihälse haben bisher durchgehalten. Ich verstehe nicht, woher plötzlich diese Blaufärbung kommt? Ich habe genauestens die Pigmentierung der Haut analysiert. Es sieht zwar etwas ungewöhnlich aus, hat aber keinerlei negative Auswirkungen auf die physische und psychische Entwicklung meiner Kinder. Ja, es sind meine Kinder, denn sie sind das Produkt meines Geistes, meiner Hände Arbeit. Ich wünsche mir nichts Sehnlicheres, als dass sie überleben! Die Erde sieht noch immer wie ein aufgeblasener Wattebausch aus. Werde wohl in der nächsten Zeit nicht zum Schreiben kommen.

19. Januar

Fast drei Jahre sind seit dem letzten Eintrag verstrichen. Habe heute durch Zufall mein altes Tagebuch wieder entdeckt. Wie einfach alles am Anfang war! Wir sind inzwischen auf zwölf Personen angewachsen. Größtes Problem ist weiterhin unsere kontinuierliche Versorgung mit Nahrung. Unsere Technik spielt auch manchmal nicht mehr richtig mit. Wir müssen dauernd improvisieren. Wir haben aus einigen Containern Unmengen von Erde in der Station verteilt und mit dem Anbau von Mais und Gemüsesorten begonnen, deren Samen in einigen Eiszellen eingelagert waren. Unser Energieverbrauch wächst damit bis an die Grenze der Belastbarkeit. Ich kann es aber nicht ändern, wenn wir nicht verhungern wollen! Bisher läuft der Versuch recht erfolgreich. Rufus ist ein prächtiger Gefährte geworden. Er ist ungeheuer intelligent und arbeitet ohne Pausen Tage hindurch. Seine Fragen über die Entstehung des Lebens sind sehr direkt. Ab und an entdecke ich ein wildes Funkeln in seinen Augen. Seine Kameraden akzeptieren ihn als ungekröntes Oberhaupt. Mich stört nur manchmal die Art und Weise, wie er mich vergöttert. Der Begriff „Vater" hat für ihn eine andere Bedeutung als für mich. Rufus hat begonnen, die Bibel zu lesen.

8. März

Unser Mais - und Gemüseprojekt entwickelt sich prächtig. Ich fühle mich seit Tagen schwach. Bin wohl etwas erkältet. Rufus kümmert sich aufopferungsvoll um mich. Die anderen lässt er nicht in meine Nähe. Als ich ihn zur Rede stelle, streitet er erst ab, gibt dann aber zu, bewusst so zu handeln. „Niemand hat das Recht, außer ihm, die Nähe des göttlichen Vaters zu genießen!" Mein Protest ist zu schwach.

17. April

Heute geht es mir schon etwas besser. Ich habe begonnen, mir Gedanken über das weitere Leben meiner Schutzbefohlenen zu machen? Bei einem Check aller bisherigen Unterlagen musste ich voller Bestürzung feststellen, dass mir ein gravierender Fehler unterlaufen ist. Der Aufbau der Zellstruktur ist zwar stabil und wird auch für die nächsten Generationen ausreichen, aber in der DNA sind mir einige Irrläufer aufgefallen. Das führt zwangsläufig irgendwann zur Mutation. Die Folgen möchte ich im Moment nicht weiter bedenken.

23. Mai

Mein Gesundheitszustand verschlechtert sich rapide. Habe die letzten Tage
nur noch vor dem Computer gesessen und ein passendes Modell einer
sozialen Gemeinschaft für meine blauen Gefährten entworfen. Rufus hat sich
sogar einen Namen ausgedacht: Azuros - die Bläulinge. Das klingt irgendwie
lustig. Meine Vorstellungen einer Volks- oder Lebensgemeinschaft sind recht
einfach und klar gegliedert. Ich habe lange überlegt und geeignete Parallelen
in der Natur gesucht und wie ich denke, auch gefunden! Die Bienen und
Ameisen haben ein Staatsgefüge, welches auf einer abgegrenzten
Arbeitsteilung beruht. Nach dem gleichen System beginne ich, die Azuros zu
gliedern. Rufus ist zwar noch nicht vollständig von der Richtigkeit und
Notwendigkeit einer solchen Arbeitsgliederung überzeugt, fängt aber an, sich
mit dem Gedanken anzufreunden.

26. Juli

Können heute einen Erfolg verbuchen! Rufus beginnt, seine geistige
Überlegenheit geschickt einzusetzen und auszuspielen. Er hat den Prototyp
einer Königin modifiziert und das Ei für den Brüter vorbereitet. Inzwischen sind
alle wichtigen Fragen geklärt. Auch die Zielstellung ist eindeutig. Wenn ich
nicht mehr bin, werden Rufus und seine Gefährten alles unternehmen, um zur
Erde zu gelangen. Es ist ihr gutes Recht, darauf zu leben, sie sind im
übertragenen Sinne die eigentlichen Erben dessen, was von der Erde übrig
bleiben wird. Schließlich sind sie auch als ein neues Geschlecht der Blauen
Engel ein Teil von uns Menschen! Und es wird der Zeitpunkt kommen, wo die
Azuros auf die Gemeinschaft der Menschen angewiesen sind. Sie werden die
Hilfe der Wissenschaftler benötigen, um meine Fehler zu korrigieren - oder sie
sterben! Und ich habe nicht mehr die Kraft und die Zeit, meine Fehler selber zu
beheben. Es ist wie ein Fluch... Auch wenn ich im Hass von der Menschheit
geschieden bin, meine Kinder mögen nur die friedliche Seite der Zivilisation
kennenlernen. Ich weiß nur nicht, ob die Menschen die andersartigen Azuros
so akzeptieren können, wie sie sind? Ich habe da meine Bedenken.

3. August

Ich will sterben! Seit Jahren weiß ich nun, dass der Krebs mich eines Tages zerfressen wird. Der Zeitpunkt ist nicht mehr aufzuschieben. Ich halte die Schmerzen nicht mehr aus. Ich sterbe aber mit der Gewissheit, alles für meine Kleinen getan zu haben. Um ihnen diesen Anblick zu ersparen, habe ich meine Kammer verriegelt. Jetzt, wo ich weiß, dass meine Zeit abgelaufen ist, würde ich gern noch soviel schreiben wollen. Meine Kräfte schwinden, ich bin müde. Ich hoffe und wünsche mir, dass die Azuros es eines Tages schaffen und die Erde erreichen. Vielleicht gelingt es ihnen, Fuß zu fassen und mit Hilfe der Menschen ein Volk zu werden? Auch wenn die Azuros anders sind als wir...! Sie sind ein Teil von uns! Menschen der Erde, wenn Ihr einst diese Zeilen erhalten solltet, besinnt Euch endlich!"

Nach den letzten Worten des Gelehrten hielt die Stille ungewöhnlich lange an. Voner wippte mit den Knien, den Kopf schwer in die Hände gestützt.
„Wenn dies alles der Wahrheit entspricht, dann war der heilige Vater nichts weiter als ein stinkordinärer, irdischer Wissenschaftler mit ein paar verrückten Ideen. Und wir sind das Resultat dieser verrückten Ideen? Ein Haufen zusammen gewürfelter Gene, die der Zufall in einer puren Geberlaune erschuf?" Cratos konnte nachempfinden, in welcher Verfassung sich der Legat befand. Schließlich brach bei ihm gerade ein Ideal zusammen, nach dessen Regeln und Instruktionen das gesamte bisherige Leben der Azuros ablief. Ein göttliches Wesen, deren Unfehlbarkeit und Glorienschein Voraussetzung für ein absolutes Vertrauen in sich selber schuf.
„Ja ich weiß - die Demontage eines Gottes tut weh und hinterlässt tiefe Spuren! Ein Mythos wird in dieser Nacht zu Grabe getragen. Bevor Ihr allerdings den Stab endgültig brecht, bedenkt eines! Den Namen Vater verdient dieser Mann zu Recht, denn wir sind unzweifelhaft die Kinder seiner Schöpferkraft." Flüchtig lächelnd fügte Cratos an Voner gewandt hinzu: „Auch wenn wir eine Laune der Natur sind, die uns, dank der Genialität solcher Wissenschaftler wie dem Vater, aus der Asche emporsteigen ließ - wir sind da! Wir sind jetzt und hier angetreten, das Vermächtnis des Vaters zu erfüllen. Nicht das Vermächtnis eines Gottes - sondern das eines Menschen, dessen

einziger Wunsch und Wille darin bestand, gemeinsam mit uns zur Erde zurückzukehren und uns mit ihren Bewohnern friedlich zu vereinigen. Zum gegenseitigen Nutzen und Vorteil!"

Savus II erhob sich. „Verzeiht Cratos, wenn ich störe - doch erklärt mir bitte, was der Vater mit dem Fehler meinte, der unseren Untergang beschleunigen soll? Darüber wurde bisher noch kein weiteres Wort verloren!"

„Hhm, das ist nicht mit drei Sätzen erklärt." Cratos kratzte sich nachdenklich am Kopf. „Ich versuche es Euch so darzulegen, dass auch ein Laie verstehen könnte, welche Zeitbombe in unserem Körper tickt." Cratos verschränkte die Arme über dem Bauch, wie ein Dozent in seiner Vorlesung begann er, das Kapitel der Replikaction der Lebewesen zu erläutern. „Träger der genetischen Erbinformationen bei allen sich fortpflanzenden Wesen ist eine stoffliche Substanz, die sogenannte DNS! Ausgesprochen heißt das Desoxyribonukleinsäure. Das ist ein Molekül, welches zwar 100 Millionen Mal schwerer als Wasserstoff ist, dennoch ist es so winzig klein, dass man es unter einem normalen Mikroskop nur schwerlich entdecken würde. Es besteht aus einem spiralförmig gewundenen Doppelfaden, der wiederum aus einzelnen Nucleotiden zusammengesetzt ist. Die Bausteine der Nucleotiden sind Zucker, ein Phosphorsäuremolekül und einer der vier organischen Basen: Adenin, Guanin, Cytosin oder Thymin. Soweit der wissenschaftliche Teil meiner Ausführungen. Nun weiter! Diese DNS-Stränge sind in der Lage, sich zu verdoppeln, das heißt für uns, die Erbanlagen für jeden Azuro werden damit stets zu gleichbleibend reproduzierte Versuchsreihen. Eine Vielzahl von Experimenten wurde mit unserem Erbgut durchgeführt. Dabei waren einige, die zu ungewollten Veränderungen an dem Material führten. Der Fehler, von dem der Vater sprach, ist die Tatsache, dass ausgerechnet solch ein fehlerhaftes Material den Grundstock für unsere Erschaffung bildete. Da er damals unter Zeitdruck stand, beachtete er diese Umstände nicht weiter - als die ersten lebensfähigen Vorfahren das Licht der Welt erblickten verdrängte er es einfach. Kurz vor seinem Tode überprüfte er sämtliche Notizen und Aufzeichnungen über alle Forschungsreihen. Da fielen ihm wohl die Schuppen von den Augen. Ohne es zu wollen, hatte er neues Leben geschaffen und dessen Unfähigkeit zum Leben ab einem bestimmten Zeitpunkt „X" mit einprogrammiert. Soweit dazu!" Wie vom Donner gerührt, saßen die Mitglieder der Aura vor ihm.

Stefanie dachte oft an ihren vierbeinigen Freund und vergoss manch heimliche Träne wegen ihm. Wenn sie schlief, träumte sie, wie sie sich in seinem Fell festklammerte und rittlings querfeldein galoppierte. „Ach mein Freund Katze - ich vermisse Dich so sehr!" seufzte sie manchmal in stillen Augenblicken. Sie sehnte sich nach der Sonne, nach den Blumen und Blättern. „Wo ist der blaue Himmel mit seinen lustigen Wölkchen, die oft mit mir um die Wette gelaufen sind?" Wenn sie jetzt ihren Blick nach oben lenkte, stieß sie auf grauen Stein. Wohin sie auch schaute, überall nur Steine, Steine...!
Seit ihrer abenteuerlichen Entführung mochte bereits eine Ewigkeit vergangen sein. Sie ahnte nichts von den Gefahren, denen sie dank ihrer neuen, so ungewöhnlich aussehenden Freunde im Schacht entgangen war. Sie galt wegen ihrer ungewöhnlichen Fantasie und Durchsetzungskraft als Einzelgängerin und sogar Trotzkopf, die sich von niemandem etwas sagen ließ. Die Kinder der Grauen Stadt, die ebenfalls eine neue Heimat hier fanden, versuchten sich anfänglich, mit ihr zu arrangieren. „Die ist unbelehrbar - soll sie ihr Ding machen - aber ohne uns!" war irgendwann die einhellige Meinung aller Kinder. Sie ließen von da an Stefanie links liegen. Sie konnte Tun und Lassen was sie wollte - es juckte niemanden mehr!
Dieser Tag, soweit man unter den extremen Bedingungen davon sprechen konnte, begann mit einer ungewohnten Hektik. Irgendetwas lag in der Luft, das spürten auch die Kinder. „Was haben die denn alle - weshalb sind sie so merkwürdig?" fragte sich Stefanie und verzog sich in ihre Ecke. Die sonst freundlich gestimmten Azuros waren merklich kurz angebunden, ließen sich nicht einmal die Zeit für die übliche Begrüßung.
Als gar die Legaten Voner und Meronuk mit ihren „Zwillingen" vorbei schritten und ebenfalls Stefanies Winken unbeachtet ließen, lief sie gekränkt in ihr Lager zurück. „Ach wie schön war doch dagegen das Zusammensein mit meiner großen Katze", schmollte sie. Mit offenen Augen begann sie zu träumen. Und dann waren da noch die Erinnerungen an zwei Menschen - Dad

und Mama? „Welche Bedeutung haben beide Namen?“ Sie wusste es nicht mehr - nur dass sie ihr freundlich gesonnen waren! Daran konnte sie sich noch schwach erinnern. „Mami, Dad - klingt irgendwie gut…?“

Die übrigen Kinder verzogen sich, um zu spielen. Völlig sich selbst überlassen, begann Stefanie, neugierig die Nachbarhöhlen zu erkunden. Sie kannte sich inzwischen sehr gut aus. Sie wurde bei jeder Gelegenheit von Cratos und den anderen Azuros belehrt, wo sie sich aufhalten durfte und wo nicht. „Hier gibt es einige gefährliche Bereiche. Die sind zum Spielen nicht geeignet. Kinder seid vorsichtig! “ Cratos hatte extra einige Schilder mit Warnzeichen aufstellen lasse. Sie durchquerte die Haupthöhle, ohne jemanden anzutreffen. Voller Interesse lauschte das Mädchen auf die Stimmen, die direkt dem Bauch der Steine zu entspringen schienen. „Dieses Gemurmel kann kein Mensch verstehen…?“ Ein Stück weiter lauschte sie erneut. „Das ist schön!“ Sie neigte den Kopf, um besser zu hören. Das helle Plätschern der unzähligen Wassertröpfchen, die in die Pfütze prallten, das dumpfe Glucksen der im Fels wohnenden Quelle, das geheimnisvolle Knarren der Balken über ihrem Kopf - sie alle vereinigten sich zu einem stetigen Gesang, welches nur die Erfindungsgabe eines Kindes deuten und verstehen konnte. Stefanie wiegte sich im selbst gewählten Takt hin und her. „Ich habe keine Lust mehr!“ Dieses Spieles bereits wieder überdrüssig, drang sie weiter in die Tiefe vor. Irgendwann erreichte sie den sogenannten toten Schacht. „Lauf niemals hinter dieser Absperrung entlang. Dahinter ist ein tiefes, tiefes Loch! Wer dort hineinfällt, kommt nie wieder heraus. Hast Du das verstanden, Stefanie?" vernahm sie die mahnenden Worte von Cratos, als er sie zum ersten Male herumführte. Sie hatte diese Worte nicht vergessen. Aber ihre Gedanken waren schon wieder ganz woanders! „Ich will doch nur mal wissen, wie tief ein tiefes, tiefes Loch ist?“ Zögernd kletterte sie über den großen Stein, der den Eintritt verwehrte. Die Dunkelheit danach war undurchdringbar. „Oh nein - da gehe ich doch nicht hin! Ja wenn mein Freund Katze da wäre - dann vielleicht?“ Sie machte vor Angst auf dem Absatz kehrt. Und da war er plötzlich wieder, der Heißhunger auf die liebe Sonne. Auf flinken Füßen eilte sie zum Lift. Die Posten davor standen reglos, wie eh und je. „Die schlafen ja? Oder doch nicht?“ Eine Chance, hier ungesehen vorbei zu kommen, war eigentlich

gleich Null. Stefanie versteckte sich und überlegte. Doch wie das Leben manchmal so spielte. Der Zufall war einer dieser unberechenbaren Faktoren, die oftmals zu außergewöhnlichen Ereignissen führten. Als Stefanie nach geraumer Zeit noch einmal aus ihrem Versteck hervorlugte, waren die Krieger fort. „Sie sind weg? Das ist ja super!" Freudig strahlend schlich sich das Mädchen zum Lift. Auf Zehenspitzen versuchte sie, den Schalter zu erreichen. „Mist aber auch. So geht das nicht. Ich brauche...?"
Suchend schaute sie sich um. „Oh, da liegt ja ein Stein!" Mit beiden Händen packte sie den buckeligen Fels, ächzend hob sie ihn an. „Oooh ist der aber schwer!" Schließlich fand sie heraus, dass es einfacher war, ihn zu rollen. Diesmal erreichte sie den Knopf. Der Lift ruckte an...

Der Gang vor ihr war dem vorherigen täuschend ähnlich.
Eine riesige Wasserlache versperrte den Weg. Obwohl sie am Rand entlang balancierte, bekam sie doch nasse Füße. „So ein Pech aber auch! Da wird Cratos wieder mit mir meckern!" Sie schüttelte sich wie ein Hund. Da es nicht half, lief sie weiter. Sie irrte sehr lange umher, bis ein zufälliger Lichtstrahl ihr den Weg wies. „Ich bin draußen! Ist das schön hier!" Jubelnd tanzte sie im gleißenden Schein der Mittagssonne. „Die Sonne, da ist sie ja - und das viele grüne Gras!" Stefanie tollte umher, zupfte hier und streichelte da. Die Wärme tat ihr wohl. Mit sich und der Welt zufrieden streckte sich die Kleine auf einer Moosbank aus und schlief lächelnd ein. Zwei Stunden später war sie wieder auf den Beinen. Neugierig begann sie, sich umzuschauen. Und es gab Einiges zu sehen! „Was sind das denn für Leute - weshalb sehen sie so komisch aus?" Sie umrundete einige Figuren und wunderte sich immer mehr.
So viele Onkels und Tanten ganz aus Stein hatte sie im Leben noch nie gesehen. „Ich habe Durst! Gibt es denn hier kein Wasser?" Sie feuchtete mit der Zungenspitze ihre trockenen Lippen an, dann trottete sie unverdrossen weiter. „Die hier kenne ich doch? Merkwürdig, oder?"
Sie lief im Kreis. Als Stefanie zum vierten Male an der Statue „Frau mit Kind" verweilte, wurde ihr klar, dass sie sich endgültig verirrt hatte. „Ach nein, was mache ich denn jetzt nur? Wo ist Cratos...?" Der Mut drohte sie zu verlassen.

Während sie verpustete, fiel ein Schatten über ihr Antlitz. Eine Hand griff nach ihren Haaren!

„Es gibt Fehler, die sollte man im Leben nicht wiederholen!"
Königin Xeranya verfluchte den Tag, an dem sie nicht die Courage und Kraft aufbrachte, Teronus die Stirn zu bieten und seine Ränkeleinen endgültig zu unterbinden. Nun war es zu spät! „Das Schiff treibt Führerlos auf die Klippen zu." Die Meuterei seiner Besatzung hatte ihre Spuren hinterlassen.
Die Situation war verfahren genug, die Zügel ihren Händen entglitten.
„Dieser verfluchte Teronus - er hat alles kaputt gemacht! Alles, wofür es sich zu leben gelohnt hätte. Wie sehr wünsche ich mir Savus, den treuen Gefährten und Ratgeber herbei. Er wüsste bestimmt, was zu tun wäre?"
 Ihr sorgenvoller Blick kam nicht zur Ruhe. „Ich muss etwas tun, aber was...?"
Wie stets um die gleiche Zeit, entschloss sich die Königin auch heute, ihren Spaziergang im Park der Skulpturen zu machen. Wenigstens in diesen wenigen Minuten genoss sie das Gefühl, einen winzigen Hauch Freiheit zu besitzen. Auch wenn es nur eine Illusion blieb.
Die Zahlen der täglichen Verluste des Brüters spukten ihr noch immer im Kopf herum. „Woran liegt es, dass alles anders kommt als es geplant war?" Sie fand einfach keine Antworten auf ihre Fragen. Unruhig schlenderte sie an den steinernen und metallenen Überbleibseln einer verlorenen Zivilisation vorbei, die einst den höchsten Grad an Intelligenz auf diesem Planeten besaßen. Manchmal liebkoste sie die glatte Oberfläche einer Statue. „Es ist nicht zu verstehen, dass die Erschaffer dieser Schönheiten vor einer halben Ewigkeit diesen Planeten zugrunde richteten?" Bei ihrer Wanderung durch die unzähligen Abbildungen menschlichen Freud und Leids wurde sie magisch von einem Denkmal angezogen. Es stellte eine junge Frau dar, an ihrer rechten Hand führte sie ein lachendes Kind - ein Mädchen. Jedes Mal, wenn sie hier anlangte, verweilte die Königin einige Zeit und ließ dieses Bild der Harmonie, Schönheit und des Friedens auf sich wirken. So auch diesmal. „Da sind sie!"
Im Lichte der Sonne strahlten die aus schneeweißem Marmor getriebenen Gestalten und entzückten die Regentin aufs Neue. „Das ist wirklich schön, unsagbar ergreifend..." In Gedanken vertieft, vernahm sie Schritte im

knirschenden Kies. „Ist sicher der Hüter? Habe aber jetzt keine Lust, ihn hier zu treffen!" Dachte es laut und zog sich bis an die nächste Biegung zurück. Die Geräusche kamen schnell näher, doch es war nicht Teronus…?
„Jetzt habe ich mich schon wieder verlaufen!" schimpfte der kleine blonde Engel laut und stampfte wütend mit dem Fuß. Xeranya vermochte kaum ihren verdutzten Blick von dem Kind zulösen, zu ähnlich war es ihrem Marmorabbild. Sie ertastete die Hirnströme des Mädchens. „Das ist nicht möglich - woher will sie mich kennen?" Die Königin hielt sich weiter im Hintergrund und ließ die Kleine nicht aus den Augen. Zu ihrer größten Überraschung stellte sie fest, dass dieses Menschenkind offenbar alle Mitglieder des Rates persönlich kannte und regelmäßig mit ihnen kommunizierte? Einschließlich sie selbst?
„Das ein Unding! Daran würde ich mich doch erinnern? Ich kenne das Kind nicht, habe es noch nie gesehen? Wie ist das möglich?" Immer wieder tauchte ein Namen auf - Cratos? „Was hat Cratos in den Erinnerungen zu suchen?" Sie checkte ihr eigenes Gedächtnis. „Wann soll das gewesen sein und wo?" Noch immer völlig verblüfft, wartete die Regentin geraume Zeit ab. Doch die Intensität der Impulse nahm schließlich ab und konzentrierten sich auf ein Bedürfnis - Wasser! „Die Kleine hat Durst! Sie sucht Wasser…?" Sie wollte schon aus ihrem Versteck hervoreilen, als sie erneutes Knirschen vernahm. „Diesmal ist es ganz sicher der Hüter!" Außer ihrer Person und ihm durfte sich niemand weiter hier aufhalten. „Das ist nicht gut - die Kleine ist in ernsthafter Gefahr!" Sie überlegte nicht mehr lange. Kurzerhand eilte sie auf das Mädchen zu und ergriff sie an den Haaren. Die strahlend blauen Augen des Kindes ließen sie für einen Moment zaudern. „So etwas habe ich noch nicht gesehen?" Dann suggerierte sie Stefanie, dass sie sich sofort verstecken sollte. „Du musst weit weg! Verstecke Dich und lass Dich vorläufig nicht blicken! Gleich! Ich hole Dich dann!" Das Kind verstand sofort. Auch dies war Bestandteil der Einweisung im Schacht. Sofortiges Befolgen der Anweisungen - bei Gefahr konnte dies das Leben retten.

Cratos ließ die erfolglose Suche abbrechen.
„So hart es klingen mag!" seufzte er, „das Beste für uns wäre die Tatsache, wenn sie in den toten Schacht gestürzt ist. Wenn nicht…? Daran möchte ich

jetzt lieber nicht denken!" Der Stein am Lift ließ alle Möglichkeiten offen? Da die Krieger nicht sicher waren, ob der Eingang doch kurzzeitig unbewacht geblieben war, ergab sich genügend Raum für wilde Spekulationen. „Wir werden oben nachschauen, ob sich irgendeine Veränderung ergeben hat?" schlug Voner vor. Cratos wirkte plötzlich so hilflos, wurde ihm doch jetzt erst völlig bewusst, welcher Gefahr er seine Schützlinge aussetzte. Die Folgen wären fatal - Teronus kannte im Falle einer Entdeckung keine Gnade. Er hatte keine Angst um sich, sein Leben hatte er gelebt. Es ging um das Leben seiner Anvertrauten und um die Zukunft seines Volkes. „Also gut, Voner und Meronuk prüfen, in wieweit wir unsere Pläne und vielleicht unseren Standort ändern müssen? Ich bete zu den Göttern, dass die Kleine nicht in die Hände von Teronus gefallen ist. Solltet Ihr Euch nicht melden, beginnen wir, wie abgesprochen, heute Nacht mit der Operation!" Mit einem Kopfnicken verabschiedeten sich beide Legaten und bestiegen den Lift. Wenig später fuhr auch Cratos an die Oberfläche. „Haltet unbedingt Ohren und Augen offen - Ihr seid mir für die Sicherheit unserer Leute voll verantwortlich!" vergatterte er noch einmal vor seinem Verschwinden die Wachen.
Die Mitglieder der Aura begannen indessen, alles für eine eventuelle Flucht vorzubereiten.

Savus freute sich über jeden neuen Tag, der ihm beschert wurde.
Er schwebte hoch oben über dem Birkenhain, das Gesicht der Sonne zugewandt und wärmte sich. Ein kehliges Räuspern signalisierte ihm, dass seine neuen Gefährten aus dem Schlaf erwachten. „Merkwürdig", dachte der Azuro bei sich, „mein eigenes Volk hat mich verstoßen, den Menschen bin ich nicht willkommen. Ausgerechnet die niederen Kreaturen dieser Welt nehmen mich im Kreise ihres Rudels auf?" Von der ersten Stunde dieser ungewöhnlichen Verbrüderung an empfand er das Schicksal als nicht mehr so hart und unabwendbar. „Die Rettung des weißen Wolfes hat mir mehr eingebracht, als ich je zu erhoffen wagte?" So richtig konnte er die neue Situation noch nicht nachvollziehen. „Zuneigung und wahre Freundschaft zweier Wesen, die so verschieden sind, und dennoch zueinander gefunden haben! Und ich bin jetzt der Dritte im Bunde?"

Bemerkenswert erschien ihm eine bisher ungeklärte Tatsache. „Obwohl er mir körperlich weit überlegen ist, hat er mir ohne zu Zögern seinen Platz als Leittier überlassen? Wie ich aber fühle, hatte er absolutes Zutrauen zu einem besonderen Menschen…!" Savus beschloss, sich in der nächsten Zeit noch einmal mit diesem Thema zu beschäftigen.

In dieser Konstellation vergingen bereits mehrere Tage und Nächte - sie waren ihrem gemeinsamen Ziel erheblich näher gekommen. Auch diesmal liefen sie die gesamte Nacht hindurch. „Achtung Jungs - da vorn sehe ich einen guten Lagerplatz! Ich lotse Euch dort hin!" suggerierte er seinen beiden Begleitern. Wohlbehalten setzte Savus auf der Wiese auf. „Ich bin da - Ihr müsst nur noch über den Hügel kommen, dann werdet Ihr mich erblicken!" Er fühlte sich schon länger in seiner Haut nicht wohl und suchte nach einer Möglichkeit für ein Bad. „Naja - für eine Dusche reicht es zwar nicht - aber wenigstens muss ich nicht staubig den Tag beginnen!" In einem mit Wasser gefüllten Loch wusch er sich gründlich. Prustend schüttelte er sich, so dass die Tropfen umherspritzten. „Das hat gut getan. Wo stecken denn nun meine Vierbeiner?" Als er dem Lagerplatz entgegen schritt, lag dort nur noch der Albino. Savus stupste ihn mit den Füßen an. „Wach auf, alter Faulpelz! Wo treibt sich Dein Kumpel herum?" Gähnend bleckte der Wolf die Zähne, dann rollte er sich übermütig auf den Rücken und schnappte zärtlich nach Savus Fuß. Er ließ ihn einen Moment gewähren. „Nun hör schon auf, alter Schlawiner!" brummte er schließlich nachgiebig und streichelte dem Albino den Bauch. Bevor der Tiger durch die Büsche brach, registrierte Savus bereits, dass sein Streifgang erfolgreich verlaufen war. „Frühstück ist im Anmarsch!" Sofort sprang der Wolf auf und begann, Witterung aufzunehmen. Schwanzwedelnd lief er dem Freund entgegen. Goli ließ sich nicht aus der Ruhe bringen, erst am Lagerplatz legte er das erjagte Fohlen ab. Der Albino kannte das nun folgende Ritual sehr genau. Und gerade deswegen bereitete es ihm immer wieder diebisches Vergnügen, den Freund mit kleinen Neckereien zu ärgern. Der Tiger war gutmütig genug, ihm jedes Mal diese Verfehlungen zu vergeben. Bevor Goli das Fohlen zu reißen begann, sprang der Wolf bellend hinzu und biss sich an der blutgetränkten Kehle fest. Verdutzt ließ Goli ab und schüttelte sich. Ein kurzes Fauchen ließ den Wolf erkennen, dass sein Spaß die Grenzen erreicht

hatte. Immerhin symbolisierte er mit dieser Attacke, dass er dem Größeren die Beute streitig machen wollte. Savus schaute den Raufbolden schmunzelnd zu. Er konnte genausten die Gedanken beider Tiere verfolgen. „Das ist doch ein verrückter Typ - aber er scheint den Tiger bestens einschätzen zu können? Aber Vorsicht kleiner Freund - schieße nur nicht über das Ziel hinaus!"
Er wartete gespannt auf die Reaktion des Tigers. Scheinbar unbeachtet ließ er den Wolf links liegen, und begann die Bauchdecke des toten Fohlens aufzureißen. Rein zufällig geriet dabei der Wolf in die Nähe seiner Pranken. Der Hieb kam so unverhofft, dass der Kleine nur noch aufquietschen konnte, um dann mit hohem Bogen durch die Lüfte zu schweben. Bevor er aufprallte, stand der Tiger bereit und fing ihn mit seinen mächtigen Hauern ganz sanft auf, setzte ihn dann auf dem Boden ab. Winselnd kroch der Albino bäuchlings auf seinen Bezwinger zu und bat so um Verzeihung. „Wenn ein Tier sein Lachen zeigen könnte", so erschien es Savus in diesem Moment, „würde der Tiger sich vor Freude kringeln…" Mit einem Kopfstoß beförderte Goli den Wolf zur Beute. „Ah ja - jetzt bekommt der Kleine noch eine Lektion in Sachen Futterverwertung!" stellte er erstaunt fest, als Goli ihn belehrte, wie man an das schmackhafte Fleisch herankam. „Die beiden sind ein richtiges Traumpaar - das kann man sonst nicht anders bezeichnen!"
Die nachfolgenden Stunden des Tages gestalteten sich nach bewährtem Muster. Savus flog in Blickhöhe voran und gab die Richtung an. Goli suchte den geeigneten Pfad, um ihm zu folgen. Der Albino bildete den Schluss der Truppe. Am späten Nachmittag war sich Savus irgendwie sicher, dass er diese Gegend kannte. Und dann entdeckte er auch den riesigen Felsen, der mit seiner Wulst an der Seite wie ein Kopf mit überdimensionaler Nase ausschaute. „Hier war ich tatsächlich schon einmal? Dieses charakteristische Gebilde habe ich mir gemerkt! Hier werden wir bleiben!"
Früher als gewohnt bat der Azuro, das Nachtlager aufzuschlagen.
Goli verließ sich rein instinktmäßig auf den neu gewonnenen Freund. Wohl aus dem gleichen Beweggrund heraus ahnte er, dass ihm dieser Fremde in seiner Suche sehr wohl von Nutzen sein konnte. Deshalb akzeptierte er auch sofort, dass heute der Marsch zeitiger als üblich endete. „Der Fremde wird schon seine Gründe dafür haben!" Der Tiger markierte wie gewöhnlich erst mal die

umliegenden Sträucher und Bäume mit seiner Duftmarke. Gelassen übersah er dabei die Bemühungen seines jungen Gefährten, es ihm gleich zu tun. Diesmal forderte er den Albino auf, sich an der Jagd zu beteiligen. „Du kommst mit!" Willfährig folgte dieser dem großen Bruder, bemüht, stets in die Fußspuren seines Vordermanns zu treten. Doch die Körpergröße der Tiere war zu unterschiedlich. Ständig tappte der Wolf daneben oder musste nachsetzen. Mit der Zeit fand er Gefallen an diesem neuen Spiel und vergaß wieder völlig, weshalb sie eigentlich unterwegs waren. Umso größer war sein Schrecken, als aus einer Baumhöhle, nicht weit von ihnen, eine aufgebrachte Bärenmutter ihren Warnlaut hervorstieß. Ohne sie weiter zu beachten, sprintete der Tiger im leichten Trab los. Der Albino war recht froh, unbehelligt aus dieser Begegnung zu entkommen. Während er dem Tiger nacheilte, nahm er Witterung dieses eigentümlichen Geruches auf. Seine Nackenhaare sträubten sich vor Entsetzen. Mit diesem Duft war er in seinem Dasein ein einziges Mal konfrontiert worden. Dieses unfreiwillige Zusammentreffen mit Zweibeinern, die äußerst flink und gefährlich waren, kostete seiner Mutter das Leben. Mauzend weigerte er sich, weiter zu rennen. „Ich will nicht mehr - ich warte hier!" Goli hingegen schien nicht mehr zu bremsen zu sein. „Was ist mit Dir los? Wir müssen weiter!" Wütend fauchte er den Kleinen an, sich nicht länger zu sperren und in der Spur zu bleiben. Schließlich siegte wieder seine Gutmütigkeit - er brach die Verfolgung des Menschen vorerst ab.

Das Glück war ihnen nicht hold gewesen.
Hungrig und entsprechend gereizt hielt Goli den Albino auf Distanz.
Savus hatte es sich bequem gemacht und lehnte seinen Oberkörper gegen einen Stamm, stets darauf bedacht, nicht die Flügel einzuquetschen oder gar zu knicken. „Na, nichts los mit Euch? Wohl eine leichte Verstimmung, weil das Essen Beine besaß und davonlaufen konnte?" scherzte Savus leise vor sich hin. Der Wolf legte sich zu seiner Linken nieder und genoss die Streicheleinheiten des Azuro. „Was ist, komm leg Dich auch hier nieder?" lockte Savus und klopfte auf das Gras an seiner rechten Seite. Goli sträubte sich zwar nach außen, doch Savus registrierte sehr schnell, dass auch er das Streicheln und Kraulen sehr mochte. „Na komm schon, mein großer Freund."

Das Gesicht eines Mannes stieg in dem Tiger auf, als er zufrieden neben Savus schnurrte. Offensichtlich das Antlitz aus den Tagen seines Lebens bei den Menschen. „Es wird Zeit, diesen Herrn endlich kennenzulernen!"

Ein Waldkauz strich über den Boden, erhaschte eine Maus und stieg mit wenigen Flügelschlägen auf einen abgestorbenen Baum, um sich an seinem Mahl zu laben. Savus lag einfach so da und konnte nicht einschlafen. Neben ihn die Tiere schnarchten und schnieften vor sich hin.
„Was machen meine Krieger und die Königin - ich hoffe es geht ihnen gut?"
Zu sehr wühlten ihm die Erinnerungen der Vergangenheit.
„Wie gerne wäre ich wieder unter den Meinen!"
So träumte er mit offenen Augen. Wie immer in solchen passiven Phasen, schaltete er auch diesmal nicht vollständig ab. Wie ein Radar auf halber Leistung filterten seine Sinne trotzdem sämtliche Ereignisse des Umfeldes. Eine imaginäre Glocke schrillte in seinem Hirn. „Da ist etwas faul - nicht weit von hier?" Ohne die tierischen Gefährten aufzuwecken, erhob er sich. Obgleich die Impulse anfangs sehr schwach bei ihm ankamen, versuchte Savus, eine Orientierung zu finden. Er beschritt einen größeren Freiraum, breitete seine Flügel aus und hob langsam ab. Nach mehreren Drehungen um die eigene Achse hatte seine Peilung endlich Erfolg.
„Von dort kommen die Signale! Was für ein wildes Durcheinander? Das sehe ich mit genauer an!" Wie eine Fledermaus huschte Savus in einen stärker werdenden Pegel ausgesandter Hirnströme vieler Menschen, die zu einer ungewöhnlichen Zeit unterwegs waren? Seine Suche währte nicht allzu lang - ungestümer Jubel deutete an, dass er seinem Ziel nahe war. „Da sind sie! Was für eine verrückte Truppe ist das denn?" Unbemerkt blieb er reglos in der Luft stehen. Mit lautem Gesang zogen mehrere Gruppen unter den Baumkronen entlang. Es waren Jäger, die mit dem Lied auf den Lippen ihren Triumph über ihren Sieg zum Ausdruck brachten. „Sie sind schwarz - schwarz, wie die Nacht? Und sie sind voller Wut und Hass…?" Savus entschloss sich, ihnen zu folgen. Unablässig prasselten die Emotionen der nächtlichen Jagd auf ihn ein. Er analysierte und verglich diese mit den bereits gesammelten Erfahrungen der letzten Zeit. „Sie nennen sich Kopfgeldjäger? Sie haben ein

klares Ziel!" stellte er sachlich fest. „Ihre Gefühlswelt werden durch niedere Instinkte geprägt. Doch mit ihrem Feindbild komme ich noch nicht klar…?" sinnierte er. Sie entsprachen durchaus dem normalen, ihn bereits bekannten Bild dieser Zivilisation, die sich gegen eine Umwelt voller Gefahren und Tücken erfolgreich zur Wehr zu setzen wusste. Es waren typische Vertreter der sogenannten Erdlinge. „Was haben aber die Farben Schwarz und Weiß in ihrer Historie miteinander zu tun? Diese Gleichnisse haben sie so geprägt, dass ihr ganzes Dasein davon bestimmt wird?" rätselte er weiter und vertiefte sich erneut in der Vorstellungswelt der Fremden. Er las in ihren Gedanken wie in einem offenen Buch. „Die Erinnerungen reichen weit zurück - sehr weit sogar! Da sind Szenen von weißen Männern, die sich den schwarzen Mann untertan machen? Sie nehmen sich ihre Frauen - und rotten ganze Stämme und Familien aus? Männer, Frauen, Kinder, Alte wie Junge - in Ketten gelegt? Merkwürdige Schiffe, die den Bauch voller lebender Leichnahme beherbergen…?" Savus unterbrach den Kontakt, um nicht überreizt zu werden. „Ihre Welt von damals unterscheidet sich in keiner Weise von dem, was sie jetzt gerade denken und fühlen? Im Leben dieser Wilden spielt die Person des weißen Mannes eine grundlegend negative Rolle. Ist es nur ein psychisches Problem oder steckt mehr dahinter?" Die vielen Fragen ließen seinen Kopf rauchen. Die Stimmung bei den Jägern war angeheizt. „Die können kaum noch klar denken! Die meisten Männer gleiten auf eine Extase hin…?" Des Öfteren erwischte er den einen oder anderen bei einer für ihn durchaus nachvollziehbaren Handlung. „Was haben sie vor - was soll das alles?" Er begann sich für dieses eigentümliche Ritual, auf welches sich mehrere Schwarze geistig vorzubereiten, ernsthafter zu interessieren. Immer wieder flackerte der Kopf eines Mannes auf, die Augen vor Angst verdreht, den Rachen weit aufgerissen. Der Schatten eines Armes stieg senkrecht in die Höhe. „Das wird eine Hinrichtung!" durchzuckte es Savus. Er sah den blitzenden Stahl, der sich tief in den Nacken des Mannes eingrub. Savus schüttelte sich unmerklich. „Sie wollen jemand töten - aber wen? Und diese Männer sind die auserwählten Henker! Und es wird gleich geschehen?" Das wollte er nun unbedingt genauer sehen. „Das ist die Siedlung der Truppe - sie werden bereits erwartet? Die Hirnströme nehmen massiv zu!"

Die Männer erhielten Antwort auf ihre Rufe. Aus seiner jetzigen Position sah Savus die flackernden Feuer auf den Plätzen der Familien. Er flog weiter und schwebte dann kurz über den Wipfel einer Tanne. „Von hier habe ich eine gute Aussicht!" Dann konzentrierte er sich auf das weitere Geschehen unter sich. Ein brummender Kehllaut dominierte den Lärm. Immer mehr Gestalten strömten herbei und empfingen die Jäger mit derbem Aufstampfen, begleitet vom Rhythmus der Rasseln und Schlagstöcke.

„Ki.., ki.., ki...!" stießen die Ankömmlinge hervor und passten sich dem Takt an. Der tanzende Zug voller zuckender und sich windender Leiber wälzte sich um den Beratungsbaum und rückte immer näher an die lodernden Flammen heran. Die Staubwolke lichtete sich. Jetzt erst entdeckte der Azuro den leblosen Körper an der Tragestange „Das ist die Beute dieser blutigen Hatz?" Savus versuchte mehrfach, mentalen Kontakt zu dieser Person herzustellen.

„Seine Hirnaktivitäten sind sehr schwach. Ich müsste näher ran...?" Dann wurde er wieder abgelenkt. Von allen Seiten prasselten die erregten Signale der Jäger auf ihn ein. „Die sind einfach nur irre! Das kommt mir schon ein wenig bekannt vor..."

Die Sinne der Leute richteten sich nun voll und ganz auf die nachfolgende Zeremonie - eine Zeremonie, die den Tod brachte. „Das Spektrum der Empfindungen eines Menschen sind so ungeheuer vielfältig und reich. Und dennoch - Angst, Hass und Rachegefühle können alles Humane auslöschen. Das sind nur noch wilde Tiere - Killer und Bestien! Da haben meine neuen vierbeinigen Freunde mehr Anstand und Würde, als dieser ganze verkommene Haufen dort!" Dass diese Emotionen nichts mit der Gegenwart zu tun hatten - die Wurzeln ihres Entstehens weit zurück lagen, in einer Zeit, die sie selbst nie erlebten, machte ihn nach wie vor betroffen und nachdenklich. „Das ist unendliche Jahrhunderte her und doch noch immer präsent?" Er entdeckte diesen merkwürdigen Alten mit seiner besonderen Aura. „Er ist ein Führer - da bin ich mir sicher!" Was er dann erkennen konnte, haute ihn fast um.

„Dieser Typ kennt Legat Renzys? Er hat mit ihm verhandelt - das kann nur ein böser Spiel werden!" Savus spürte, dass der Zeitpunkt gekommen war, um aktiv zu werden. „Das reicht mir vorerst!" Savus klinkte sich aus dem Durcheinander der Hirnströme aus. Sein Bedarf an Informationen war

hinreichend gedeckt. Noch zögerte er. „Immerhin hast Du Dir selber einen Schwur geleistet. Du mischt Dich in keiner Weise in die inneren Angelegenheiten anderer Völker und Stämme ein. Und nun?"
Er gab sich einen Ruck. „Mal sehen, ob er jetzt reagiert?" Er versuchte noch einmal Kontakt zu dem Ohnmächtigen aufzunehmen. „Nichts - Null Reaktion! Das sieht böse aus - er kollabiert!" stieß Savus bestürzt hervor, die Anzeichen dafür waren eindeutig. Von nun an gab es kein Halten mehr für ihn! Im Sturzflug ließ er sich mitten in den Kreis gleiten und zeigte sich der Menge. Kreischend spritzte die Versammlung auseinander. Die Kinder verbargen sich voller Furcht hinter dem Rücken der Mütter. „Was will der denn hier?" Diese Frage las er in fast allen Köpfen. Savus flog geradewegs auf den Verletzten zu. Ihn kümmerte nicht, was er um sich herum ausgelöst hatte. „Macht ihn los!" befahl er den nächst stehenden Kriegern. Er wurde von dem Alten unterbrochen. „Nein - niemand trennt irgendetwas durch, verstanden!"
Die Krieger zogen sich langsam zurück und bildeten einen Ring um den Azuro. Verwundert registrierte Savus, dass sie nur wenig Furcht vor ihm zeigten? Sie waren vorsichtig - aber hatten keinerlei Angst?
 Er durchtrennte selber die Fesseln und entfernte die Stange. Der Mann atmete sehr flach, lebte aber noch. „Er sieht wirklich schlimm aus? Was haben die nur mit ihn angestellt?" fragte er sich. Bereits vor längerer Zeit wäre sofortige Hilfe von Nöten gewesen. Er drehte den Misshandelten in die Seitenlage, dabei berührte er versehentlich seine Beine. „Die wurden mit brutaler Gewalt gebrochen...! Kein Wunder, dass sein Geist völlig umnebelt ist und der Körper aussteigt. Er muss unter furchtbaren Schmerzen leiden...?"
Die Maakler verfolgten die Aktivitäten des Blauen mit finsterer Mimik.
Unwillig trat Gro-man vor und stieß den Blauen an. „Verschwindet von hier!"
Savus schaute ihm mit düsteren Augen ins Gesicht.
„Was wollt Ihr jetzt hier? Wir liefern, wie versprochen, bei Sonnenaufgang den Körper des weißen Mannes ab. Der Kopf gehört uns! So wie es besprochen wurde!" gestikulierte heftig der Medizinmann. „Ihr habt Euch überzeugt, dass wir Wort halten und den Weißen gefangen haben - doch nun stört uns nicht weiter!" Gro-man tat mit eindeutiger Geste kund, wohin er sich den Fremden wünschte. Savus platzte vor Grimm der Kragen. Wie ein Blitz bohrten sich

seine Gedanken in den Kopf des Alten, doch dieser trat ihm furchtlos entgegen. Noch einmal wiederholte er sein Zeichen und deutete Savus an, wieder hinweg zu fliegen. Erbost stellte sich der Azuro schützend vor Doktor Barry. Er nahm die Bilder im Kopf des Medizinmannes auf - und sah jetzt auch den Hüter im Dialog mit den Kriegern der Maakler? Jetzt begriff er endlich. „Dieser Verrückte - hat vor nichts Respekt und stürzt uns alle ins Unglück!" stieß Savus bestürzt hervor. „Verschwindet endlich und stört unsere Zeremonie nicht weiter!" fuhr ihn der Alte noch einmal an. Die Maske des Medizinmannes verlor ihre Starre. Zwei weitere kurze Beller von ihm genügten, mehrere Krieger stürmten auf den Fremden ein und überwältigten ihn.

„Wir haben den weißen Mann für Euch erlegt. Der Fluch des Khara Chan wurde damit von uns gebannt und die Götter sind uns wieder gnädig! Glaubt Ihr wirklich, wir hätten nun ausgerechnet Angst vor Euch?" Verächtlich spuckte der Medizinmann aus. Savus war so überrascht, dass er nicht einmal in der Lage war, sich selbst zu schützen. „Wie könnt Ihr es wagen!" tobte er los. Wutschnaubend bäumte er sich auf, doch starke Arme hielten ihn wie Klammern fest. Gro-man flüsterte mit den Oberhäuptern der Familien. Sie wurden sich schnell handelseinig. „Nun Blauer Bote - seht genau hin. Unsere Mission ist gleich erfüllt!" triumphierte der Medizinmann.

Ein kräftiger, junger Mann wurde in den Kreis geschoben. „Vollende was wir begonnen haben!" befahl Gro-man. Vor den Augen des Azuros vollzog sich in wenigen Augenblicken, was er bereits vorher voller Schaudern erahnte.

Ein wilder Schrei löste sich von den Lippen des Henkers. Ein dumpfer Schlag - jubelnd hielt er den Kopf des weißen Mannes nach oben...

Savus nutzte diesen Augenblick, sich loszureißen und zu entfliehen.

„Hier ist es so viel schöner als in der blöden Höhle!" Neugierig sah Stefanie sich um. Nachdem der Hüter Teronus, vor dem sie sich verstecken sollte, wieder gegangen war, wurde sie von der Königin heimlich in ihre Gemächer gebracht. Das Spiel, welches Tante Xeranya dabei mit ihr spielte, fand sofort ihren Gefallen. Sie musste sich unter dem wallenden Kleid der Tante verstecken. „Immer wenn ich Dir das Signal Gefahr gebe, verschwindest Du

sofort darunter! Du bist ein schlaues Kind und merkst Dir das doch - oder Stefanie?" Die Kleine nickte heftig. „Ja, wie bei Onkel Cratos in der Höhle. Da haben wir Kinder auch Verstecken gespielt, das weißt Du doch? Du warst doch dabei! Aber da durfte ich mich nie unter Deinem Kleid verstecken?" flüsterte sie geheimnisvoll, während sie sich neugierig umsah. „Du hast viele schöne Sachen hier, Tante Xeranya. Doch wirklich, es gefällt mir hier viel besser als in der kalten blöden Höhle!" beteuerte das Mädchen erneut und kletterte auf den Schemel vor dem Monitor. „Kannst Du mit dem Computer umgehen?" plapperte die Kleine unaufhörlich, dann bat sie um ein Glas Wasser. „Rühr Dich nicht von der Stelle - ich hole Dir etwas zu trinken", ermahnte die Königin das Kind, dann rauschte sie für kurze Zeit hinaus. Mit einem Glas in der Hand kehrte sie zurück. „So, trink erst einmal! Und dann erzählst Du mir, wie Du hierher gekommen bist?" Stefanie hatte großen Durst. Sie leerte das Glas in einem Zug, dann bedankte sie sich artig. „Hast Du zwei Wohnungen, Tante Xeranya?" wollte sie nun wissen. „Was heißt zwei Wohnungen? Du weißt doch wer ich bin?" Stefanie bestätigte. „Na klar, Du bist die Königin!" „Na siehst Du, und die Königin hat viele Wohnungen. Wusstest Du das nicht?" Stefanie überhörte die Fragen, zu viel Neues galt es zu entdecken. „Weshalb sollte ich mich vorhin in diesem eigenartigen Park verstecken? Ist Onkel Teronus böse mit mir, weil ich abgehauen bin?" ließ sie nach einer geraumen Weile vernehmen. „Nicht nur Onkel Teronus - auch alle übrigen sind böse auf Dich!" erklärte die Königin, dabei achtete sie auf jede Regung des Kindes. „Oh, da bin ich aber traurig!" schluchzte Stefanie sichtlich betrübt. Tränen rollten über ihre Wangen. „Darf ich nie wieder in die Höhle zurück - zu den Kindern?" Die Regentin verneinte. „Du wirst hier bei mir bleiben!"
„Ich wollte doch nur die liebe Sonne sehen, weißt Du? Und dann wollte ich noch schauen, ob die Blumen da sind? Die Roten und die Blauen, die mit den großen Blättern." Die Kleine schluchzte herzerweichend. „Dabei waren überhaupt keine Blumen in diesem blöden Park!" brachte sie noch trotziger hervor, dann schnäuzte sie sich. Auf die Frage, ob sie ihre Freunde sehr vermisse, nickte Stefanie zuerst, dann schüttelte sie energisch den Kopf. Arglos berichtete das Mädchen von ihrem Kummer, dass sie gern mit den Kindern spielen würde, aber doch lieber allein blieb.

„Ach ja, meinen richtigen Freund habe ich verloren! Das war eine große Katze." Sie seufzte inbrünstig. Die Königin nahm voller Erstaunen das Bild des Tigers in Stefanie wahr. „Die Kleine hat schon Einiges erlebt…?" Das wurde ihr mit jeder weiteren Minute ihres Zusammenseins bewusst. Aus den Erzählungen des Mädchens und den Informationen, die sie Bruchstückweise direkt aus den Erinnerungen des Kindes bezog, versuchte Xeranya sich einen Reim auf das gegenwärtige Geschehen zu machen. Es war wie ein Puzzle, jedes Teil fügte sich allmählich in ein großes, klares Bild ein.
„Der führende Kopf in diesem Komplott ist ohne Zweifel der Gelehrte Cratos!"

„Bringt mir diesen verdammten Cratos herbei! Aber dalli!" donnerte die Stimme des Hüters durch den Beratungssaal. Legat Voner gefror das Blut in den Adern. „Eine Sitzung des Rates um diese ungewohnte Stunde? Ist alles aufgeflogen?" fragte er sich, sein Herz pochte vor Aufregung. Seinem Freund Meronuk erging es ähnlich. Fahrig strich er sich über die heiße Stirn. Die Königin thronte reglos. Mit keiner Miene verriet sie ihre innere Spannung.
„Wie lange dauert es denn noch?" Hüter Teronus wälzte sich auf seiner Liege umher. Zornig schnaubte er vor sich hin. Endlich traf der Gesuchte ein.
„Der vollständige Rat zu dieser Zeit? Das bedeutet bestimmt Ärger", dachte Cratos, als er den Saal betrat. „Es sind tatsächlich alle anwesend", registrierte er bestürzt. Der Gelehrte verneigte sich tiefer als normal, um seinem Gegenüber nicht in die Augen schauen zu müssen. „Was hat uns verraten? Welchen Fehler haben wir gemacht?" Er grübelte noch immer, weshalb er hier erscheinen sollte? Jeden Moment erwartete er das vernichtende Urteil aus dem Munde des Hüters. „Zumindest hat sich der Versuch gelohnt - komme was da will!" rechtfertigte sich der alte Mann vor sich selbst und schloss in dieser Sekunde mit seinem Leben ab. Er spürte die lauernden Blicke des Hüters, die auf ihn ruhten. Am liebsten hätte er ihm seinen Groll ins Gesicht gespien. „Erklärt Ihr mir, mein lieber Cratos, was sich zurzeit unter unseren Dächern abspielt?" Cratos traute seinen Ohren nicht. Diese sanftmütige Stimme passte nicht so recht zu dem Hüter? „Ich habe keine Ahnung, was Ihr meint, Ehrwürdiger?" entgegnete der Gelehrte unterwürfig. Ein Funken Hoffnung keimte in ihm auf. „Ihr wisst, dass ich Euch schon immer vertraute -

nur Ihr, so glaube ich darum, werdet unser Dilemma lösen können!" Teronus ließ endlich die Katze aus dem Sack. „Ich habe vor wenigen Minuten den Nordbezirk der Stadt sperren lassen. Deshalb habe ich den Rat einberufen - wir haben ein riesiges Problem!" Nicht nur Cratos fiel in diesem Moment ein Stein vom Herzen.

„So sprecht doch um des Vaters Willen, was ist geschehen?" mischte sich die Regentin ein. Die Wache trat ein und überbrachte dem Hüter eine Botschaft. Er dankte. Während er las, verständigten sich Voner und Meronuk per Blick. Ruhig bleiben und abwarten, verhieß dieser!

„Es ist eine unvorhergesehene Situation eingetreten, welche uns zum sofortigen Handeln zwingt", fuhr der Hüter endlich fort und begann, den Rat aufzuklären. „Wie gesagt, ich habe den gesamten Nordbezirk sperren lassen. Das betrifft in erster Linie die Quartiere, in denen Renzys Garde lebt. Gerade erhielt ich die aktuellen Zahlen - wir haben über hundert Ausfälle innerhalb weniger Stunden!" Cratos erhob sich aus seiner unbequemen Stellung. „Verzeiht, Erhabener, was meint Ihr mit Ausfällen?" fragte er noch mal nach. Teronus runzelte die Stirn. „Unsere Krieger krepieren wie die Fliegen - bisher trifft es nur für Renzys Garde zu. Wir müssen das Sterben stoppen, koste es, was es wolle!" Die Mitglieder des Rates fuhren voller Entsetzen auf. „Legat Renzy - was sagt Ihr zu dieser Situation?" Die Königin wandte sich dem Legaten zu. „Was ist mit Euch - Ihr seht so merkwürdig aus?" Seine sonst dunkelblaue Gesichtsfarbe verfärbte sich ins aschfahle… „Ich weiß es nicht? Mir geht es seit einigen Stunden nicht sonderlich gut!" stöhnte Renzy und wollte sich erheben. Dann brach er vor den verdatterten Augen des Rates zusammen. Teronus wich erschrocken einige Schritte zurück, fassungslos starrte er auf den sich vor Schmerzen windenden Körper. „Legat Renzy?" Cratos reagierte augenblicklich. Er untersuchte den Legaten und überprüfte seine Vitalfunktionen. „Legat Renzy stirbt! Ich kann ihm nicht mehr helfen" teilte er dem Rat mit. Der Hüter stand noch immer wie eine Säule und glotzte auf seinen getreuen Krieger. „Jetzt auch noch er…?"
Die Tür öffnete sich einen Spalt, der Kopf eines kleinen Menschenkindes schob sich hindurch. „Königin - da bist Du ja - ich haben Dich schon überall gesucht?" Stefanie stürmte überschwänglich herein und eilte zu Xeranya. Die

Königin war nun völlig perplex. Erst der Zusammenbruch des Legaten und jetzt die Kleine...? Hüter Teronus hatte sich bereits wieder etwas gefangen. Wie eine Furie drehte er sich herum und betrachtete voller Argwohn das Mädchen. „Wo kommt denn dieses Vögelchen her? Königin - erklärt Ihr mir das?" Stefanie flüchtete sich in die Arme der Regentin. „Nun, ich warte?" Der drohende Unterton des Hüters war nicht zu überhören. „Ich bin Euch keinerlei Rechenschaft schuldig!" antwortete die Königin aufgebracht, „kümmert Euch lieber um die wirklich wichtigen Angelegenheiten und lasst das Kind zufrieden!" Teronus flatterte auf, wie ein böser Geist stürzte er auf die überraschte Regentin zu und entriss ihr das Mädchen. „Lieber drehe ich ihr persönlich den Hals um, als dass ich Euch gewähren lasse...!" schnaubte er voller Wut und packte die Kleine brutal am Hals. Stefanie röchelte vor Angst. „Es reicht - lasst sofort das Kind los!" Auf die unerwartete Attacke des Gelehrten war Teronus nicht gefasst. Cratos prustete aufgeregt auf. „Ihr seid der Hüter des Vaters - also führt Euch auch entsprechend auf! Das Kind ist keine Gefahr für uns - sondern Ihr mit Eurem dümmlichen Machtanspruch seid es...!" Jetzt war es endlich heraus. Teronus lachte schrill auf. „Also habe ich mich nicht geirrt - der Gelehrte Cratos ist ein Rebell? Ein Verräter...?" Stefanie lief blau an und schnappte nach Luft. „Nicht ich bin der Verräter, Teronus. Ihr seid es!" Cratos versuchte das Kind zu befreien, doch gegen den mächtigen Hüter hatte er körperlich keine Chance. Er bekam unerwartete Hilfe. „Ich habe zu lange gewartet und Eure Ränkespiele geduldet! Es reicht jetzt!" Der riesige Korpus der Königin rammte den Hüter in der Luft, mit einer Handbewegung raffte sie seine Flügel zusammen und zog ihn zu sich heran. Er zappelte wild und versuchte, sich zu wehren. „Wie könnt Ihr es wagen...?" geiferte er. Legat Voner eilte zur ihnen. Auch Meronuk war aufgesprungen und schwebte auf die Kämpfer zu. „Jetzt geht es Euch endgültig an den Kragen!" höhnte der Hüter, in der Hoffnung, Hilfe durch seine Verbündeten zu erhalten. „Das Spiel ist aus, Teronus - lasst das Kind los. Sofort!" Voner erwischte die Hand des Hüters und drückte gewaltsam zu. „Wieso...?" war noch zu vernehmen. Endlich war das Mädchen wieder frei und rutschte leblos auf den Boden. Die Königin hielt Teronus noch immer fest umklammert. „Ich hätte Euch statt Savus verbannen

sollen! Ihr habt mit Euren Intrigen genug Schaden angerichtet. Ihr seid nichts
weiter als ein armer unzufriedener machtgeiler Alter! Und nun geht mir aus den
Augen...!" Mit einer kraftvollen Bewegung schleuderte sie ihn von sich.
„Verschwindet!" Dann beugte sie sich zu dem Mädchen. Teronus schäumte vor
Zorn. Blind vor Erbitterung stürzte er sich erneut auf die Regentin. Ein
gewaltiger Schlag hielt ihn auf. „Die Königin hat Euch des Raumes verwiesen!
Das ist die letzte Warnung!" Die beiden Legaten Voner und Meronuk standen
schützend vor der Königin. Bereit, den Hüter erneut zu maßregeln.
„Eine Palastrevolte also - das wird Euch allen bitter zu stehen kommen!" drohte
Teronus. Doch auch alle anderen Legaten wandten sich von ihm ab.
Mit hängenden Flügeln verließ der Hüter den Saal.

„**W**enn wir nicht sofort das Fieber senken, stirbt Linda!"
Eva wrang den Lappen aus und legte ihn auf die glühende Stirn der Kranken.
„Ich bin kein Arzt, ich habe nicht mehr Ahnung von Medizin als Du!"
Prof. Taylor war verzweifelt. Sie hatten einen kleinen Verschlag geräumt und
diesen als provisorische Krankenstation hergerichtet. Inzwischen lagen bereits
zwölf Leute hier. Alle mit dem gleichen Symptom. Durchfall, Erbrechen,
Fieberanfälle. Dr. Laura Schneider streichelte besänftigend über seine
Schulter. „Ich weiß, ich weiß!" seufzte sie. „Wir bringen die nächsten
Kandidaten!" Mit diesen Worten trugen die Männer zwei weitere Erkrankte
nach vorn und legten sie zu den anderen. Die Umstehenden rückten furchtsam
weiter ab. Der Abstand zwischen ihnen und den Kranken markierte eine Linie
das Schreckens. „Wenn das so weiter geht, liegen wir bald alle flach! Wir
haben nichts, womit wir helfen können? Wenn wenigstens genügend Wasser
da wäre? Das würde ein bisschen helfen!" Laura kletterte über die liegenden
Körper, um die Neuankömmlinge zu untersuchen. Aphatisch starrten die
beiden Männer sie an. Nur, wenn Laura mit Nachdruck ihre Fragen stellte,
reagierten und antworteten sie. „Zieht doch mal die Hosen und Hemden aus.
Ich will Euch etwas näher betrachten!" bat sie. Ihr waren die eigentümlichen
Kratzspuren an den Armen von Garry aufgefallen. Schon als er sein Hemd
aufknöpfte, wurde ihre Ahnung bestätigt. Er war völlig zerstochen. Kleine und

bereits größere eitrige Beulen hingen an Stellen, wo er mit den Fingernägeln nicht herangekommen war. „Ist gut, es reicht, zieht Euch bitte wieder an!" Laura biss sich auf die Lippen. Systematisch begann sie, alle Kranken nach ähnlichen Spuren abzusuchen. Prof. Taylor atmete tief durch.

„Wenn sich bestätigt, was Du an Vermutungen vorträgst, na dann gute Nacht!" murmelte er und suchte hektisch seine Arme und Beine ab. „Ursache dieser Krankheit sind eindeutig die beschissenen hygienischen Bedingungen. Seit wir hier sind, werden wir von Rattenscharen förmlich überrannt. Und Ratten haben Flöhe - und diese sind Überträger der Pest!"

Das Wort Pest reichte aus, um Panik aufkommen zu lassen.

Sergeant Moos wischte sich an einem Lappen die ölverschmierten Hände ab. Der Probelauf war erfolgreich, der Motor tuckerte wieder fehlerfrei vor sich hin. „Es war nur eine Leitung verstopft. Zum Glück nichts Schlimmeres! Das Problem ist behoben, wir können jetzt weiter!" meldete er dem Lieutenant. „Okay, Start in fünf Minuten!" befahl Lt. Gordon.

Die Männer packten ihre Werkzeuge zusammen und verstauten sie in der Kanzel. Ken ließ die Maschine im Leerlauf auftouren, dann nickte auch er zufrieden. „Alles wieder gut! Besser hätte es mein Dad auch nicht machen können!" stellte er anerkennend fest. Sergeant Moos lachte kurz, augenzwinkernd hob er den rechten Daumen in die Luft. „Na das ist ja mal ein Lob der besonderen Art!" freute er sich.

„Wir müssten, um die verlorene Zeit aufzuholen, heute Nacht durchfliegen. Glaubst Du, dass wir das schaffen?" wurde Ken vom Lieutenant gefragt.

„Ich denke, wir können das Risiko wagen. Nathan wird eben tagsüber das Steuer übernehmen, damit ich etwas vorschlafen kann."

Lt. Gordon war mit der Antwort des Jungen zufrieden. „Sir, die Sachen sind verstaut und alle Mann an Bord!" meldete Sergeant Moos. Ken ließ die Seile und Strickleiter einziehen, dann gab Nathan langsam Gas.

Während die Männer vor sich hindösten oder leise Gespräche führten, sonderte sich der Lieutenant ab. Ken schlief eingerollt in seiner Ecke. Nathan führte das Steuer ihres fliegenden Ungetüms. Sergeant Moos saß neben seinem Gepäck und reinigte gewissenhaft seine Waffen. Dr. Summerfield

gesellte sich zu ihm. Während er sich an der dahin ziehenden Landschaft ergötzte, unterhielt er sich mit dem Sergeanten. „Der Lieutenant hat sich irgendwie verändert, er ist ein völlig anderer Mensch geworden? Oder sehe ich das falsch?" fragte er dann. „Hm, wer nicht?" war die karge Antwort der Sergeanten. „Ich mache mir schon ernsthafte Sorgen um ihn. Seit dieser Orakelgeschichte scheint er nicht mehr zur Ruhe zu kommen? Ich weiß nicht, wie ich mich verhalten soll?" Dr. Summerfield warf einen verstohlenen Blick auf den Lieutenant. Sergeant Moos ließ sich nicht von seiner Tätigkeit ablenken. „Er wird schon wissen, was für ihn gut ist. Ich hoffe nur, dass seine Vorhersage zutrifft und wir den richtigen Kurs eingeschlagen haben? Das ist viel wichtiger!" brummte er. Mit einem weichen Lappen polierte er den Griff seines Revolvers auf Hochglanz. „Vom Gefühl her glaube ich allerdings, dass er genau weiß, was er will! Er irrt sich nicht - da können Sie ganz beruhigt sein, Doc!" Nathan korrigierte mit einer winzigen Drehung die Lage und Richtung des Luftschiffes. „Lt. Gordon - der Kurs liegt an!" rief er laut. „Danke Nathan - wir haben es bald geschafft!" bestätigte dieser zuversichtlich und schloss die Augen. Mit gleichbleibender Geschwindigkeit flogen sie ihrem ersehnten Ziel entgegen, einen wundervollen Sonnenuntergang hinter sich lassend.
Einige Stunden später weckte der Lieutenant Ken. „Du bist dran mein Junge!" Dieser übernahm das Steuer für ihre Fahrt durch die Finsternis.
„Sie sollten sich schlafen legen, Lieutenant. Ich bleibe bei Ken!" schlug Dr. Summerfield vor. Lt. Gordon wehrte freundlich und bestimmt ab.
„Ich habe vorhin Ihrem Gespräch mit Sergeant Moos zugehört. Sie müssen sich keine Sorgen um mich machen. Ich bin okay. Trotzdem danke!"
„Wann, schätzen Sie, werden wir Oklahoma-City erreichen?" unterbrach Ken das Gespräch der Männer. „Morgen, bei Sonnenaufgang sind wir da!"
Lt. Gordon presste die Stirn an die kühle Scheibe. Bilder einer ungeheuren Katastrophe schwirrten vor seinem geistigen Auge. „Am liebsten würde ich das Tempo steigern lassen. Doch das Risiko, den Motor endgültig zu Schrott zu fahren, ist einfach zu hoch…" seufzte er und übte sich in Geduld. Mehrmals waren sie auf ihrer bisherigen Fahrt auf kleinere Gruppen der Azuros gestoßen, ohne aber mit ihnen in direkten Kontakt zu treten. Lt. Gordon dachte intensiv nach. „Ich glaube an keine Zufälle dieser Art. Für mich steht eher fest,

dass jeder unserer Schritte argwöhnisch beobachtet wird! Die Azuros
erwarteten uns! Sie wissen, dass wir kommen! Aber sollen sie ruhig - die
Blauen werden ihr blaues Wunder erleben!" „Es wird bald Regen geben!" Die
Worte des Jungen holten ihn in die Wirklichkeit zurück. Er konnte Recht
haben, der Wind war merklich aufgefrischt. Man roch förmlich die Feuchtigkeit.

„Professor, Professor, hören Sie doch, es regnet!"
Laura musste Prof. Taylor mehrmals rütteln, bevor er wach wurde.
„Was ist?" murmelte er verschlafen. „Es regnet - aber richtig! Ist das nicht
wundervoll?" Der neue Tag hatte gerade begonnen. Im tristen Dämmerlicht
schepperten die schweren Tropfen auf das Dach ihrer Unterkunft. Der Wind
verfing sich in einem losen Blech. „Das ständige Scheppern kann einem
mächtig auf den Zunder gehen!" schimpfte der Professor, konnte aber
dagegen nichts ausrichten. „Los raus hier, lasst uns Wasser tanken!" Im Freien
tanzten die Menschen vor Freude. Der Regen spülte den Dreck und Gestank
der letzten Tage von der Haut. Schwerfällig tapste der Professor nach
draußen. Im Gehen fetzte er sich die stinkende Kleidung vom Leib. „Großer
Gott, ist das wundervoll!" jauchzte der Mann wie ein Knabe und genoss den
peitschenden Schauer auf seinem Körper. Und trank sich seit langer Zeit
wieder einmal richtig satt.
„Stellt alles raus, womit man Wasser sammeln kann! So eine Gelegenheit
bekommen wir so schnell bestimmt nicht wieder?" schrie der Professor seinen
Mitstreitern zu, während er nach einer Weile nachdenklich seine nasse Sachen
einsammelte und sich langsam wieder anzog. Zu schwer drückten die Sorgen
und Ängste auf seinen Schultern…

„Nun warteten wir schon eine halbe Ewigkeit! Wo bleiben die mit unserem
Essen?" fragte einer der Männer sichtlich verstimmt. „Ich habe richtigen
Knast!" Die Feuerstellen unter dem Dach brannten lichterloh, um die triefenden
Klamotten halbwegs zu trocknen. „Fackelt bloß nicht unsere Hütte ab! Ich gebe
Linda noch mal was zu trinken. Ruft mich, wenn die Wachen kommen!" bat
Eva und gesellte sich wieder zu Laura. „Hier ist sauberes Wasser - hoffentlich
kommt Linda wieder auf die Beine? Ich löse Dich ab - leg Dich hin, bis das

Essen eintrifft. Du hast Dir bereits die halbe Nacht um die Ohren gehauen. Das reicht erst mal. Ich wecke Dich dann!" bot sie Dr. Schneider an. Dankbar nahm diese den Vorschlag an. „Sie atmet gleichmäßig. Ich denke, sie wird es schaffen!" informierte sie Eva, dann zog sie sich in ihr Bett zurück.

„Verstehe nicht, was das soll? Die sind doch sonst so überpünktlich", knurrte auch Prof. Taylor vor sich hin. Die unverhoffte Dusche hatte Hunger gemacht. Dennoch waren alle vorerst zufrieden, dass zumindest eine behelfsmäßige Katzenwäsche für die lang ersehnte Erfrischung gesorgt hatte.

„Mir wird mit dem feuchten Plunder auf dem Leib allmählich kalt. Trotzdem - es war genial. Die Sonne geht ja bald auf - dann wird es wärmer…" vernahm der Professor vereinzelte Gesprächsfetzen.

Das Warten zog sich in die Länge, nichts geschah? Erwartungsvoll suchten sie immer wieder die Eingangszone ab, doch kein Azuro ließ sich blicken? „Wenn die blauen Teufel in der nächsten halben Stunde nicht erscheinen, müssen wir was unternehmen! Weiß nur noch nicht was?" verkündete der Professor lautstark. „Das ist in der Tat mehr als ungewöhnlich? Ich habe ein eigenartiges Gefühl im Bauch? So, als wird gleich etwas Außergewöhnliches passieren", orakelte er noch, da wurde er unterbrochen. „He Männer, hört doch mal? Da knattert doch etwas? Ich glaube, unsere Gastgeber haben sich eine neue Schweinerei ausgedacht!"

Es war einer der Soldaten, der das aussprach und dabei aufgeregt zum Himmel wies. Das Geräusch wurde lauter, es kam genau auf ihre Halle zu.

„Es ist ein Zeppelin - ein Luftschiff? Los raus mit Euch - ein Luftschiff!" Skeptisch verfolgten die Gefangenen die Fahrt des Schiffes.

„Seht Ihr einen Wächter? Scheint keiner dabei zu sein, oder irre ich mich? Eh - das sieht aus, als ob die hier landen wollen?" schrie der Mann und sprang auf. Auf der Freifläche vor den Windrädern senkte sich das Luftschiff schwerfällig herab. Jede heftige Windböe wurde zu einer Gefahr für das Monstrum. Es schlenkerte mehrmals, musste wieder nach oben steigen.

„Wow, das war verdammt knapp…!" stellte Prof. Taylor aufgekratzt fest und rannte los. Dann hörte er durch den Lärm des Motors seinen Namen.

„He, Professor, seid Ihr taub da unten oder was? Wir brauchen Eure Hilfe!" Die Tür der Kabine hatte sich geöffnet, ein Mann war erschienen.

„Ich glaube es nicht, das ist der Lieutenant?" Der Ruf lockte den Rest der
Massen ins Freie. Es war ein unbeschreibliches Gefühl, welches sich nun der
Menschen bemächtigte. Der Jubel wollte vorerst kein Ende nehmen.

Dr. Summerfield hatte in der nächsten Zeit alle Hände voll zu tun.
„Ein Glück, dass wir ausreichend Medikamente mitgenommen haben. Hier
habe ich eine Liste und Abbildungen von Kräutern, die gesammelt werden
müssen. Hoffentlich finden wir einige Leute, die dazu in der Lage sind?
Außerdem müssen wir sofort die Kranken hier herausschaffen! Am besten, wir
bauen unsere beiden Zelte auf und..."
Lt. Gordon überließ dem erfahrenen Arzt das Kommando im Lager.
Dann rief er alle verfügbaren gesunden Truppenteile zusammen.
„Wir sollten uns kurz verständigen! Waren die Azuros heute schon hier oder
noch immer nicht?" fragte er laut. Die anwesenden Männer zuckten mit den
Achseln. „Wir warten seit den frühen Morgengrauen. Bisher hat sich keiner von
denen blicken lassen!" wurde ihm geantwortet. „Ich traue dem Frieden nicht.
Irgend etwas stimmt an der Geschichte nicht!" bestätigte Prof. Taylor und zog
sich recht umständlich die noch feuchte Jacke an. „Entweder die wussten,
dass ihr kommt und warten jetzt ab, oder...? Tja, ein Oder gibt es eigentlich
nicht!" stellte er stirnrunzelnd fest. Der Lieutenant hörte anfangs nur zu. „Und
das ist sicher wie das Amen in der Kirche! Die Azuros haben uns seit unserem
Erscheinen belauert, jeden unserer Schritte genausten beobachtet! Wir sind
ihnen unterwegs einige Male begegnet. Aber seit gestern ist eigenartigerweise
absolute Funkstille - wie die berühmte Ruhe vor dem Sturm!" antwortete der
Lieutenant einsilbig und breitete eine Karte vor sich aus. „Das hier ist das
Gebiet, in dem wir uns gerade befinden - und hier liegt wie es scheint, diese
Siedlung der Blauen?" Lt. Gordons Erläuterungen wurde vom Professor
unterbrochen. „Ich denke ich weiß, weshalb sie nichts unternehmen!" Mit
wenigen Sätzen versuchte er dem Lieutenant seine Gedanken zu vermitteln.
Dieser hörte still zu, man konnte ihm förmlich ansehen, wie sehr es in seinem
Kopf zu arbeiten begann. „Du meinst also, sie setzen uns mit unseren Leuten
unter Druck, die sie gefangen halten? Das ist immerhin ein Trumpf, der nicht

zu verachten ist. Ich wäre nicht bereit, das Leben von Dr. Harper, dem Major, Bobak und Ninos aufs Spiel zu setzen." Lt. Gordons Position war eindeutig. „Wer glaubt hier, dass wir das Leben unserer Leute aufs Spiel setzen? Eher würde ich mich selber umbringen lassen!" beteuerte Prof. Taylor seine eigene Überzeugung. Liebkosend streichelte er über den Lauf seines Revolvers, den er aus dem Fundus des Schiffes bekommen hatte. „Und mit diesem Schatz in der Hand bin ich ja auch kein wehrloser Idiot mehr, mit dem man machen kann, was man will!" Es war für alle ein beruhigendes Gefühl, nicht mehr völlig hilflos zu sein.

„Sie kommen...!"

Diese Nacht steckte noch in seinen müden Knochen.

Trotzdem war Gro-man schon früh am Morgen auf den Beinen. Ein Zug von zwölf Kriegern erwartete ihn bereits. Auf einer aus Ästen gefertigten Trage hatte man den kopflosen Rumpf des Weißen festgebunden. „Beeilt Euch gefälligst - wir müssen endlich los!" herrschte er seine Leute an und tänzelte ungeduldig herum. Ihm war nicht wohl bei dem Gedanken, wie er gestern mit dem Blauen umgegangen war? „Ist doch selber schuld...! Sollte seine Nase nicht in Dinge stecken, die ihm einen Scheißdreck angehen!"

Noch bevor sie aufbrachen, öffnete der Himmel seine Schleusen. Es schien, als wollte er die Geschehnisse der letzten Stunden für immer vom Antlitz der Erde verbannen. „Das hat uns gerade noch gefehlt?" seufzte er, dann gab er den Befehl zum Abmarsch. Die staubigen Wege sogen sich im Nu mit Wasser voll und verwandelten sich in glitschige, kaum begehbare Flächen. Der Medizinmann schwenkte auf den Hauptweg in Richtung Stadt der Blauen ein. Die Maakler hatten ihre liebe Not, die grausige Last zu schleppen. „Passt gefälligst auf, dass er Euch nicht von der Bahre rutscht!" schimpfte Gro-man unablässig. Zum Glück war es bis zur Stadt der Fremden nicht übermäßig weit. Als sie den Wald verließen, befanden sie sich bereits in der unmittelbaren Randzone der Ruinen. Von hier aus waren bereits die riesigen Windräder zu erkennen, deren Rotoren sich ununterbrochen im Wind drehten. „Da stehen diese eigenartigen Drehdinger. Nun legt mal einen Zahn zu! Sie werden bald zur Fütterung erscheinen!" trieb er die Krieger an. Mit Hilfe seines Stabes stakste der Medizinmann vor dem Zug her. Der Regen löste nach und nach den weißen Kalk von seinem Gesicht. Weiß und Rot mischte sich zu einer grauen Masse, die in Rinnsalen über Brust und Rücken liefen. Zufrieden grinste er vor sich hin. „Der Bann des weißen Mannes ist von nun an endgültig gebrochen - die Rache unseres Volkes vollendet! Nun wird ewige Ruhe und Frieden einziehen. Die, die einst Schuld trugen am Untergang der Welt, sie gehen nun selbst in den Tod. Ihre Nachfahren sind gefangen und werden sterben - so wie sie es verdienen! Die Jagd auf den weißen Mann erlöste uns endgültig vom Fluch des Khara Chans - dem tödlichen Atem der Götter. Wir sind frei - endgültig frei!" jubilierte der Medizinmann laut im Angesicht der rotierenden Räder. Unverhofft stockte der Marsch. Aufgeregt kam Niro, der junge Krieger, der in der Nacht den Weißen köpfte, auf Gro-man zu gerannt. Er sollte voraus eilen und den Weg erkunden. „Gro-man, Khara Chan ist gekommen, um uns zu strafen! Er ist groß und mächtig wie nie zuvor", wimmerte er ohne Unterlass, das Gesicht kreidebleich. Gro-man stieß seinen Stab voller Wucht in den weichen Boden. „Schweig still Du Narr! Die Macht des Khara Chan ist seit heute Nacht gebändigt...!" donnerte er den jungen Mann an, doch dieser schüttelte unablässig den Kopf. „Kommt mit und seht selber, was da ist!" Im Laufschritt erreichte der Trupp den Rand des Waldes, dort hielt Niro plötzlich an und deutete auf das nun weithin sichtbare Luftschiff am Himmel. Dem Medizinmann sträubten sich die Haare, für einen kurzen Augenblick spürte er die Erde unter sich beben. „Wenn Khara Chan erschienen ist, dann nicht unseretwegen, sondern weil er die restlichen Weißen mit sich nehmen will. Auf dass sie für ewig im Feuer der Mächtigen schmoren!" versuchte er sich und den Seinen dieses unerklärliche Ereignis plausibel zu machen. „Vielleicht ist es besser wir kehren wieder um?" gab Niro verschüchtert zu bedenken.

Der Umgang mit so mächtigen Geistern war nichts für die Krieger der Maakler. Gro-man versuchte abzuwägen. Stimmte er dem Vorschlag Niros zu, hieß es später vielleicht, er hätte aus Angst gekniffen? „Wir haben den Blauen unser Wort gegeben, dass sie mit Aufgang der Sonne den Körper des Weißen erhalten. Wir stehen zu unserem Wort!" entschied er schließlich, und befahl den Weitermarsch. Die Krieger murrten zwar, aber der Medizinmann ließ ihnen keine Wahl. „Also los. Wir sind fast da!" Voller Bangen schlich sich der Zug unter dem riesigen Körper hindurch, der reglos in der Luft hing. Nichts war mehr von ihren einstigen Triumph zu spüren. „Was ist, wenn uns jetzt der Blitz der Vergeltung trifft? Wenn die Götter wirklich zürnen…?" Mit ängstlichen Blicken blinzelte der Alte vor sich, immer auf der Hut vor unerwarteten Ereignissen. Im Grunde seines Herzens war Gro-man froh und erleichtert, dass das Ding sie unbehelligt passieren ließ. Vorsichtshalber vergrößerte er den Abstand zum Gefangenenlager. „Los los! Schlaft nicht ein. Ausruhen könnt Ihr Euch später!" spornte er seine Leute an, obwohl das nicht nötig war. Sie liefen auch so schon schnell wie die Hasen auf der Flucht.

Eine Handvoll Weißer kamen eiligst aus der Halle gelaufen. „Es sind keine Azuros - das sind diese verdammten Jäger!" stieß Prof. Taylor heftig vor. Verständnislos schaute Lt. Gordon durch das Fernglas. „Ist doch gut so, wenn es keine Azuros sind!" gab er zurück. „Ist nicht gut - diese Barbaren haben uns teilweise mehr zugesetzt, als die Azuros selbst. Obwohl es Menschen sind, wie wir. Denen möchte ich nicht allein begegnen!" rechtfertigte Laura des Professors absonderliche Reaktion. „Okay. Wir sollten uns die Brüder einmal aus der Nähe anschauen", schlug Sergeant Moos vor. Auf Lt. Gordons Bestätigung hin stellte er sich eiligst einen Trupp zusammen. „Ihr bleibt besser hier und ruht Euch noch ein wenig aus. Wer weiß, was uns nachher noch alles erwarten wird?" empfahl er Laura, die sich unbedingt anschließen wollte. „Achtet auf ihre Speere! Sollte jemand schießen müssen, zielt zuerst auf die Beine!" ordnete Sergeant Moos an, nachdem sie den Zug erreichten und ihn zum Stehen brachten. Die Gewehre im Anschlag umringten sie den Trupp. Misstrauische Blicke verfolgten jede ihre Bewegungen. Sergeant Moos umrundete diese merkwürdig anmutenden Schar. Der Alte mit dem Stab fiel ihm auf. „Hat der hier das Sagen?" fragte er über die Schulter hinweg seine Jungs. „Keine Ahnung - fragen Sie ihn doch selber!" bekam er von Michael zur Antwort. „Ok Michael, schauen Sie nach, was die auf ihrem Rücken tragen. Keine Angst, Junge, wir passen schon auf!"

Zur Bekräftigung richtete Sergeant Moos seine Waffe auf den Alten, der seiner Meinung offensichtlich der Anführer war. Michael dirigierte einige Krieger auseinander, dann wies er sie per Zeichensprache an, die Trage abzusetzen.
„Gütiger Himmel, der hat ja keinen Kopf mehr!" stieß er erschrocken hervor. Dann wurde er derb zur Seite geschoben. Prof. Taylor eilte heran.
„Ich wusste, dass es eine Falle war! Das ist Kim. Diese Monster haben ihn kaltblütig ermordet. Sie und diese verdammten Azuros machen gemeinsame Sache!" In seiner grenzenlosen Wut war der Professor bereit zu töten. Er zielte mit seiner Waffe auf die Stirn des Medizinmannes, der Finger am Abzug zuckte bereits. „Halt! Nicht so, Professor! Wir werden der Sache nachgehen und die Schuldigen zur Rechenschaft ziehen. Keine Selbstjustiz, verstanden! Dann sind wir nicht einen Deut besser als die da! Hören Sie also auf!" Der Professor war kaum zu bändigen. Stur zielte er weiter auf den Alten.
Lt. Gordon bat ihn noch einmal, den Revolver runter zu nehmen. „Doch vorher brenne ich diesen Satansbraten noch einen auf den Pelz!" zischte er aufgebracht, dann passierte es. Der Schuss ging einfach los - die Kugel zerbrach aber nur den Stock des Alten. Der erstarrte, dann ließ er voller Entsetzen den Rest vom Knüppel fallen und fiel wimmernd auf die Knie. Willenlos ließen sich die völlig verschüchterten Maakler entwaffnen und abführen. Khara Chan war gegen sie…

Nach der Bestattungszeremonie von Dr. Barry wurden die letzten Vorbereitungen abgeschlossen. „Die restlichen Waffen sind verteilt. Immerhin wächst damit die Schlagkraft unserer kleinen Armee auf vierzig Mann. Alle anderen sollen sich was suchen. Stöcke, Steine, egal. Hauptsache, sie können sich damit verteidigen!" Sergeant Moos ließ noch einmal einen prüfenden Blick über seine Mannschaft gleiten. Er war froh, dass bisher trotz unzähliger Probleme am Ende alles so glimpflich abgelaufen war.
„Lieutenant, wir sind so weit. Wegen mir können wir losschlagen. Ich lasse einige Männer mit Waffen hier. Nur für den Fall, dass sie doch noch kommen und unsere Leute nicht völlig wehrlos sind!" Lt. Gordon bestätigte kurz.
„Alle klar! Wie weit ist unsere Luftwaffe? Alles startklar?"

Michael war inzwischen als ‚Luftwaffe' präpariert worden - er bekam einen
dieser Raketentriebsätze auf den Rücken geschnallt. Der Sergeant bedachte
ihn mit einem aufmunternden Grinsen. „In Ihrer Haut möchte ich jetzt ehrlich
gesagt nicht stecken. Wenn das Ding hochgeht, na dann gute Nacht! Da
brennen mehr als nur die Eier!"
„Sie haben eine besondere Gabe, Sergeant Moos. Bauen Sie mich ruhig weiter
so auf! Vielleicht überlege ich mir die Sache dann doch noch mal!" entgegnete
Michael knurrend, dann zog er den Bauchgurt richtig fest und prüfte den Sitz
seines Helmes. „So das passt jetzt! Macht gefälligst die Bahn frei!"
Prof. Taylor instruierte ihn noch einmal. Bevor er seine Künste vorführen
konnte, warnte er mit Nachdruck. „Denk daran, ein Treibsatz reicht maximal für
eine Flugdauer von knapp 25 Minuten. Mit der Steuerung ist es nicht so
einfach, den Körpereinsatz dabei nicht vergessen." Damit ließ er zünden.
Dicker, schwarzer Rauch hüllte Michael kurzzeitig ein. „Dann viel Glück mein
Junge. Hals- und Beinbruch!" wünschte er ihm noch, dann zog auch er sich
zurück. Unter ohrenbetäubendem Sausen erhob sich der Mann vom Boden,
und begann, eine Runde zu drehen. Ken stand mit am Rand der Piste und war
richtig begeistert. „Jepp, die Sache flutscht!" Er klatschte laut Beifall. Ihn hatte
die Funktionsweise der Triebsätze schon während der ganzen Fahrt hierher
brennend interessiert. Er konnte sich nur schwer vorstellen, dass man damit
auch richtig fliegen konnte? Sie waren im Gegensatz zum Schiff so klein - aber
höchst wirkungsvoll, wie er nun feststellte. „Damit würde ich auch gern einmal
durch die Luft sausen. Muss absolut geil sein!" seufzte er selbstvergessend.
Michael donnerte davon. „Wenn uns die Azuros bisher nur beobachtet haben,
diesen direkten Angriff auf ihre Stadt können sie nicht ungesühnt hinnehmen?
Haltet Euch für alle Fälle bereit. Beobachtet den Himmel", belehrte der
Sergeant seine Männer.

Michaels Chancen, den Azuros im Notfall zu entkommen, waren nicht schlecht.
Seine Geschwindigkeit war um ein Vielfaches höher. „Da ist sie ja schon!"
Er überflog die Wabenstadt. Der Name hatte sich inzwischen so bei ihnen
eingebürgert. Unzählige Rundkuppeln erhoben sich wie Waben eines
Bienenstocks unter ihm. In ihrer Mitte blinkten, einer Lanze gleich, die

Außenbordleuchten einer Landefähre. Sie bildeten den Mittelpunkt der Stadt.
Schwungvoll zog er an den Ausflugsöffnungen vorbei, wo sonst ein reger
Betrieb herrschte. Auch hier nur Totenstille. „Kein Azuro zu erblicken? Die
müssten mich doch sehen und hören?" Er drehte noch eine Runde, dann flog
er zum Lager zurück und landete mit einem gekonnten Purzelbaum. Ächzend
stand er auf und schüttelte sich. „Nehmt mir das verdammte Ding endlich ab.
Hätte mir eben fast das Genick gebrochen!" Er rieb sich den Nacken und
reckte sich, dann erstattete er Meldung. „Habe das gesamte Gebiet
überflogen. Nicht ein einziger Azuro ist mir über den Weg gelaufen - ich meine
geflogen", korrigierte er dann. „Ungewöhnlich - absolut nichts. Scheint fast so,
als herrscht da nur Totenstille!" war sein abschließender Kommentar.
Lt. Gordon dachte kurz nach. „Okay, wir werden den Stier bei den Hörner
packen und die Stadt stürmen. Oder hat jemand einen besseren Vorschlag?"
Niemand meldete sich.
Damit begann er, den Trupp aufzuteilen. „Je 5 Mann bildeten eine Gruppe - je
zwei Gruppen eine Einheit. In genau einer halben Stunde dringen wir in die
Stadt ein. Wir stoßen aus allen vier Himmelsrichtungen gleichzeitig zu.
Sergeant Moos - Sie kommen mit Ihrer Einheit aus dem Norden, Michael - Sie
aus dem Süden. Prof. Taylor - Sie übernehmen den Westen und ich selbst
komme durch den Ostbezirk. Da ich den kürzesten Weg habe, beginnen die
übrigen Einheiten jetzt mit dem Abmarsch. Und Männer...!" Er stockte einen
Moment: „ Denkt daran - keine unnötigen Risiken eingehen, ist das klar!"
Einhelliges Nicken war die Antwort. Dann traf ein Seitenblick die am Boden
hockenden Maakler. „Sperrt die irgendwo ein und bewacht die Burschen gut.
Mit denen beschäftigen wir uns später."

Die Stille wirkte bedrohlich.
Sergeant Moos winkte seinen Leuten zu und ließ sie durch einen der
unzähligen Rundbögen hineinschlüpfen. „Nun macht schon - und immer schön
die Augen offen halten!" Paarweise sicherten sie sich nach den Seiten ab.
Die Waffen im Anschlag fühlten sie sich gegen jeden Angriff gewappnet.
„Vergesst niemals, dass sie Telepathen sind! Damit sind sie uns überlegen -
deshalb feuert sofort, wenn Euch etwas Ungewöhnliches auffällt oder

begegnet." Das waren die letzten Worte des Lieutenant vor ihrem Aufbruch gewesen. Die unzähligen Flure und Gänge wirkten wie ausgestorben. Durch schmale Schlitze wurde natürliches Licht hereingeführt und beleuchtete sie. Die ersten, äußerst spartanisch eingerichteten Räume waren allesamt leer. „Sergeant, kommen Sie sofort hier her!" hörte dieser. Vor ihnen kreuzte sich der Hauptflur. Geradezu befand sich ein größerer Saal. Dort lag der leblose Körper eines Azuros auf dem Boden - der Hüter Teronus. „Er ist tot! Nirgendwo sind Verletzungen sichtbar? Woran ist der wohl krepiert?" stellte nach kurzen Check einer der Jungs fest. Sergeant Moos zuckte mit den Achseln „Ich bin nicht schlauer als Ihr. Sucht weiter!" „Sieht aus, als schläft der bloß. Möchte aber nicht erleben, wie er aufwacht!" unkte einer aus der Mannschaft. „Weiter! Hört auf zu quatschen. Und sucht mir jeden Winkel dieser verdammten Stadt ab. Irgendwo werden sich ja wohl noch einige Biester herumtreiben? Denen werde ich persönlich den Hals umdrehen..." knurrte der Sergeant unmissverständlich und gab mit Kopfzeichen zu verstehen, in welche Richtung sie sich bewegen sollten. „Da lang!" Wohin sie auch kamen, überall hatte der Tod seine perfide Handschrift hinterlassen. „Das ist wirklich unheimlich? Möchte wirklich wissen, wer hier aufgeräumt und uns die Arbeit abgenommen hat?" murmelte er, als sie weitere Leichen fanden. Wasserrauschen führte sie direkt in einen äußerst prunkvoll eingerichteten Raum. Die drei Wesen, die hier leblos am Boden lagen, waren bedeutend kleiner als die bisherigen Engel. Sie wirkten dadurch auch schwächer. „Ihre Flügel waren bestimmt kaum in der Lage, sie durch die Lüfte zu tragen. Die sehen irgendwie mickrig aus, findet Ihr nicht?"
Dieser Feststellung des Sergeant konnte nur beigestimmt werden.
In einer gläsernen Duschkabine stand aufrecht ein Azuro. Das Wasser lief noch und perlte an der Scheibe herab. „Was ist mit dem? Zu faul zum Umfallen, oder was?" witzelte ein Soldat. Sergeant Moos öffnete die Tür und sperrte den Wasserhahn. „So eine Wasserverschwendung! Der ist mit seinen aufgeplusterten Flügeln so eingequetscht - der konnte nicht umfallen!"
„Scheint ein Privilegierter gewesen zu sein - zumindest was die Einrichtung im Vergleich zu den anderen Buden betriff? Die ist ja richtig schick? Erstaunlich ist doch, wie schnell der Tod dieses Wesen erhascht hat - wenn er nicht mal

mehr die Zeit hatte, die Dusche abzudrehen?" murmelte einer der Männer, dann ging es bereits in die nächste Etappe. Sie näherten sich schnell dem Zentrum der Stadt. Trockene Wärme schlug ihnen entgegen. Eine glitzernde Röhre brummte leise. Voller Misstrauen schlängelten sich Sergeant Moos und seine Leute an dem Ding vorbei. „Fasst bloß nichts an - wer weiß, was das für eine Maschine ist? Soll sich der Professor ansehen, wenn er Interesse dafür hat!" warnte der Sergeant, bevor einer überhaupt auf dumme Gedanken kam. Neben dem Raum entdeckten sie eine Vielzahl von Laboratorien. Auch hier lagen wieder etliche Tote herum. Vorwiegend von diesen kleineren Typen. „Das wird wohl immer ein großes Geheimnis bleiben, weshalb diese Unterschiede bestehen? Irgendwie werde ich das Gefühl nicht los, dass ich Ähnliches schon einmal gesehen habe? Weiß bloß nicht wo?"
Sergeant Moos sah das Unverständnis auf den Gesichtern seiner Männer. „Versteht Ihr nicht, was ich meine? Die großen, kräftigen Kerle, das sind die Soldaten, die kleinen, schwachen sind die Leuten mit Köpfchen - die verrichten die Arbeit. Ameisen haben zum Beispiel solche Aufteilung. Vielleicht waren die früher mal so was wie Ameisen oder sie haben sich aus Ameisen entwickelt? Ist doch alles möglich - oder?" Dann winkte er ab. „Ist ja auch Scheiss egal!"

Kurze Zeit später trafen sie mit der Einheit von Prof. Taylor zusammen. „Würde mich schon interessieren, welche Katastrophe hier eingetreten ist? Es ist einfach nichts zu erkennen. Oder habt jemand irgendwelche Hinweise gefunden?" Der Professor kratzte sich nachdenklich am Schädel. Sergeant Moos winkte nur ab. „Nichts, wir haben nur Tote gesehen. Nicht eine lebende Seele in diesem Nest!" Nach einer kurzen Abstimmung marschierten sie gemeinsam in die Zentrale ein. Das Sicherheitsschott stand offen. Mitten in einem Raum lag eine Gestalt von ungewöhnlich großen Ausmaßen.
Prof. Taylor war sofort wieder ganz Wissenschaftler. Er schritt die Maße des Azuros ab. „Mein lieber Schwan, gute drei Meter - ein richtiger Hüne ist das! Und wie es aussieht, ist es ein weiblicher Azuro?" pfiff er durch die Zähne. Ein Geräusch ließ ihn herumfahren. Am Eingang stand ein Mädchen…

Lt. Gordon stürmte herein. An der Tür stutzte er.

„Stefanie, bist Du das wirklich? Das gibt es doch gar nicht?“

Das Kind reagierte nicht. Sie starrte kummervoll auf die Tote.

„Du bist es doch? Mein Gott, und wir dachten alle, Du bist...“ Das letzte Wort

verschluckte er. Lt. Gordon war sich nach so langer Zeit nicht völlig sicher?

Aber es konnte nicht anders sein. Wie war das Kind hierher gekommen?

Ausgerechnet hierher? „Das ist Xeranya - die Königin. Sie ist tot, ganz plötzlich

ist sie umgefallen...“ kam es tonlos von den Lippen der Kleinen.

„Onkel Cratos ist auch tot - alle sind sie tot!“

„Ich weiß Kleines, ich weiß - komm her zu mir!“ Stefanie schlang ihre Arme um

den Hals des Lieutenants und ließ ihren angestauten Tränen freien Lauf.

„Gehen wir zurück - Michael wird auch gleich auftauchen!“ wies er an.

Im Labor flimmerten und flackerten unzählige Lämpchen und Kontrollzellen.

Monitore blinkten, Datenanzeigen liefen lautlos über die Schirme.

„Merkwürdig!“ Prof. Taylor schaute sich die Geräte näher an.

Sämtliche Beschriftungen und Bezeichnungen waren in englischer Sprache

verfasst. „Das ist doch ein Ding?“ entfuhr es ihm erneut. Ohne zu zögern gab

er einige Befehle in den Computer ein. Er reagierte prompt und gab die

geforderten Daten frei. „Das ist noch gute alte Erdtechnik. Sozusagen

Vorkatastrophenware! Die gesamte Technik könnte aus unseren Beständen

stammen. Kann mir das irgendwer erklären?“ Unwillig berührte er die

Tastaturen und schüttelte dann den Kopf.

Lt. Gordon drehte eine Runde durch den Raum.

„Das Ding hier sieht aus wie ein Shuttle, eine alte Raumfähre? Vielleicht haben

Außerirdische diese gekapert und sind damit gelandet? Wäre zumindest eine

plausible Erklärung!“ Dann entdeckte er auf dem Nachbarmonitor einen Text.

„Kommt her! Das dürfte Euch auch interessieren!“ rief er dann. „Ist alles kein

Problem, es zu entziffern...!“ Prof. Taylor ließ sich schwerfällig auf einem Stuhl

nieder, und begann laut vorzulesen.

„...kleine Ursache, aber große Wirkung!

Eine winzige Bakterie - gleichbedeutend mit einem Kieselstein, der eine

Lawine auslöste, die schließlich zum alles vernichtenden Bergrutsch wurde.

Es ist die Ironie des Schicksals, dass es so gekommen ist. Und ich denke,

dass es richtig und gut ist. Heute weiß ich, dass der Vater Ähnliches erahnte,

als er vor den Konsequenzen seiner eigenen göttlichen Überheblichkeit
sprach. Sicher ist, das konnte ich in der kurzen, mir noch verbleibenden Zeit
feststellen, dass Renzys Krieger diese Seuche einschleppten. Nur sie hatten
unmittelbaren Kontakt zu den Menschen. Und sicher ist auch, dass sie sich mit
einer ungeheuren Geschwindigkeit vermehrt und überträgt. Unser
Immunsystem ist zu schwach, in so geringer Zeit genügend Abwehrkräfte zu
produzieren. Zumal genau unser schwächster Punkt in der DNA direkt
angegriffen wird. Bisher sind sämtliche Bewohner der Außenbezirke gestorben.
Die Isolation kam viel zu spät und zeigt keinerlei Wirkung. Ich selbst bin bereits
infiziert und spüre die ersten Anzeichen dieser tödlichen Krankheit.
Unsere Mission dürfte endgültig ihr ruhmloses Ende erreicht haben.
Ich bedaure mit ehrlichem Herzen, was geschehen ist. All das Leid und Elend,
welches wir über unschuldige Erdlinge gebracht haben. Und dabei haben wir
unsere Erzeuger und Vorfahren gesucht - und gefunden! Euch Menschen!
Wir säten den Tod und ernteten die Vernichtung! Meine einzigste Genugtuung
bleibt, dass Teronus, der Hüter des Vaters nicht verschont wurde. Er und die
meisten Mitglieder des Rates sind bereits gestorben. Sollten einst Menschen
unsere Überbleibsel finden, sie sollen wissen, dass nicht alle von uns als
Tyrannen auf diesen Planeten kamen. Wir wollten uns einen großen Traum
erfüllen - der zu einem Albtraum wurde. Wer Wind sät, wird Sturm ernten! Wir
haben Sturm gesät! Ich hoffe, meine Kinder werden mir einst verzeihen!"
Cratos

„Wir werden uns doch hoffentlich nicht mit diesen Bakterien infiziert haben?"
war Sergeant Moos erster Gedanke, nachdem der Professor fertig war.
„Die Azuros haben sich bei uns angesteckt? Der Schreiber meint bestimmt die
Pest! Ich hoffe, dass Dr. Summerfield diese Geschichte in den Griff bekommt,
damit uns solch ein trauriges Ende erspart bleibt", erwiderte Lt. Gordon. Dann
gab er zu verstehen, dass die Zentrale geräumt werden sollte.
„Stefanie - ich nehme Dich jetzt mit und bringe Dich zu Deinem Dad.
Einverstanden?" Ihr Körper hatte seinen Schutzmechanismus aktiviert, um sich
vor dem eindringenden Stress abzuschirmen. Stefanie war einfach
eingeschlafen. Behutsam trug Lt. Gordon sie hinaus.

„Ich dachte, Michaels Einheit ist schon längst draußen. Hoffentlich ist nichts passiert?" Lt. Gordon machte sich ernsthafte Sorgen. Sie warteten bereits eine halbe Ewigkeit. Ihre Geduld wurde auf eine harte Probe gestellt.

„Also gut", ließ Sergeant Moos vernehmen, „ich ziehe mit meinen Jungs noch einmal los und überprüfe, wo sie sich herum treiben?" „Nicht nötig, Sergeant, da sind sie!" Lt. Gordon wies zum Eingangsbereich, durch den sie bereits gekommen waren. Michael winkte ihnen zu. Er schien erregt, obwohl sie nur noch eine relativ kurze Entfernung zu bewältigen hatten, schickte er einen Boten voraus. „Lieutenant, Sir - wir haben Dr. Harper und die anderen gefunden!" meldete dieser schnaufend dem Offizier.

„Wenigstens eine freudige Nachricht!" Lt. Gordon übergab das schlafende Kind an Prof. Taylor und eilte Michaels Einheit entgegen. Schon von weitem erkannte er die vier Gestalten der Kameraden. Doch je näher er kam, um so merkwürdiger kamen sie ihm vor. „Dr. Harper, Jim?"

Dr. Harper stand jetzt genau vor ihm. Er wurde von zwei Männern an den Armen geführt. „Er hört Sie nicht Lieutenant! Sie nehmen überhaupt nichts wahr. Es ist, als hätte man sie abgeschaltet!"

„Wir haben Glück im Unglück - zwei Tage später und ich hätte nicht mehr helfen können. Die Erkrankten haben Antibiotika erhalten. Ich habe ihnen außerdem eine Spritze verpasst - um das Immunsystem besser zu aktivieren. Die sind in einer Woche wieder halbwegs fit. Wir werden allerdings den kompletten Bereich hier räumen und für die nächsten Tage ein anderes Quartier beziehen. Wenn es nach mir ginge, ich würde die ganze Halle einfach verbrennen. Damit keine weitere Infektion erfolgen kann..." Dr. Summerfield packte bedächtig seine Instrumente ein und wusch sich sorgfältig die Hände. „Danke, Doc - wenn die Beräumung abgeschlossen ist, lasse ich Feuer legen. Was ist mit Dr. Harper, Bobak und den anderen? Hatten sie hier schon Erfolg?" „Wissen Sie, Lieutenant, so leid es mir tut, aber an dieser Stelle bin ich überfordert. Die Azuros haben offensichtlich eine Art Gehirnwäsche an ihnen durchgeführt. Alle Anzeichen deuten darauf hin - sie reagieren wie Neugeborene. Wir müssen deshalb äußerst vorsichtig vorgehen. Wunder können Sie nicht erwarten - ich hoffe, das wissen Sie?" Der morgendliche Regenschauer hatte sich inzwischen weitestgehend aufgelöst. Allmählich kam die Sonne durch und schickte erste warme Strahlen. Unmittelbar unter ihrem Schiff war auf Vorschlag Dr. Sommerfields ein Camp errichtet worden, um die schwersten Fälle der Pesterkrankung separat zu versorgen Die beiden Männer standen noch immer neben dem provisorischen Sanitätszelt, während sie sich unterhielten. „Prof. Taylor ist noch immer richtig sauer, dass diese Schwarzen entkommen sind. Sie hätten sich für ihre Flucht auch kaum einen besseren Zeitpunkt aussuchen können", stellte Dr. Summerfield stirnrunzelnd fest. Die Maakler verschwanden in dem Augenblick, als die freudige Kunde verbreitet wurde, dass man Dr. Harper und seine Gefährten gefunden habe. Alles, was Beine hatte, rannte ihnen damals zum Empfang entgegen, leider auch ihre Wachposten. „Besteht nicht die Gefahr, dass sie sich ebenfalls angesteckt haben?" fragte Lt. Gordon besorgt.

„Die Gefahr besteht immer", bestätigte der Arzt, „aber ich denke, die Natur hat im normalen Fall genügend Möglichkeiten und Mittel im Angebot, solch eine Krankheit zu bekämpfen. Der Alte hat ja auch sehr genau beobachtet, was ich gemacht habe. Er hat bestimmt verstanden, worum es geht."

Feuer loderte in der alten Halle auf, und begann sich zum Dach hin auszubreiten. „Eine der schlimmsten Etappe der Menschen wird damit endgültig in Schutt und Asche gelegt. Wir sollten auch die Wabenstadt verbrennen. Bei den vielen Toten!" gab Dr. Summerfield zu bedenken. „Ist bereits veranlasst. Wir werden die Stadt sprengen und dann abfackeln. Die Vorbereitungen sind fast abgeschlossen!" Lt. Gordon hielt sein Gesicht in die Sonne und genoss sichtlich die Wärme. „Vielleicht sollten wir aber vorher alle Daten und Materialien sichten und eventuell die Sachen mitnehmen, die für uns von Interesse wäre. Ich meine, diese Blauen Engel sind immerhin eine Schöpfung der Menschen. Ich denke einfach, man sollte nicht alles den Flammen überlassen!"

Mit einem Seitenblick auf ihre Oberhäupter fügte Dr. Summerfield hinzu: „Außerdem hoffe ich, dass wir wenigstens einen winzigen Hinweis finden, wie wir diese Blockade in den Hirnen unserer Leute lösen können? Ansonsten sehe ich schwarz!" „Hhm, ich denke darüber nach. Es könnte aber fast zu spät sein. Sergeant Moos und seine Männer dürften in wenigen Minuten mit dem Verlegen der Sprengladungen fertig sein. Wir haben Zeitzünder eingesetzt...!" Lt. Gordon schulterte seine Waffe und wollte gehen.

„Ich sehe mal nach, wie weit unsere Männer sind? Ansonsten wird es mächtig rumsen, wenn der ganze Haufen in die Luft geht!"

In diesem Moment schob sich der blonde Schopf von Stefanie aus der Kabinentür des Luftschiffes. „Ihr dürft die Stadt nicht anzünden, da sind doch noch die anderen Kinder!" Lt. Gordon glaubte, sich verhört zu haben? „Welche Kinder - wir haben die gesamte Stadt durchkämmt? Da waren keine Kinder, Stefanie!" „Doch, im Schacht. Unten in der Höhle!" bekräftigte das Mädchen noch einmal. Ein Melder salutierte vor dem Lieutenant: „Lieutenant, Sir! Alle Maßnahmen zur Sprengung abgeschlossen! In knapp 20 Minuten fliegt der Kasten in die Luft!" Lt. Gordon erbleichte bis unter die Haarwurzeln.

„In 20 Minuten - können wir die Aktion noch stoppen?"

Der Melder blickte ihn verwundert an. „Können wir sie noch stoppen - Mann, reden Sie schon!" herrschte der Lieutenant ihn an „Das geht nicht, Sir, es sind zu viele Zeitzünder!" „Verfluchter Mist, was machen wir nun?"

Der Albino schniefte und nieste. Goli lag auf der Seite und schnarchte.

Mit beiden Vorderpfoten rieb sich der Wolf die Schnauze. Endlich hörte die Nieserei auf. Zufrieden rückte er sich wieder in seine Schlafstellung, als er den leeren Platz des Azuros bemerkte? Normalerweise wäre dies kein Grund für ihn gewesen, sich darüber irgendwelche Gedanken zu machen. Doch er verspürte eine innere Unruhe, die ihn am Weiterschlafen hinderte. Eine Zeit lang wälzte er sich auf dem Boden, jedes Mal, wenn er schläfrig wurde und die Augen zufielen, schlug die Unruhe erbarmungslos zu. Jaulend schreckte er erneut aus dem Schlummer. Diesmal war er endgültig hellwach.

Savus war noch immer fort?

Die Geräusche und Stimmen der Wälder in der Nacht schreckten ihn nicht. Hatte er es doch inzwischen gelernt, dass die gefährlichen Feinde eher die lautlosen Angreifer waren. Das Spiel seiner Lauscher zeigte an, dass er trotzdem jede Nuance und Veränderung seiner Umwelt registrierte.

Es war stockfinster, doch das machte ihm nichts aus. Was er optisch nicht wahrnahm, er ertastete auch die feinste Spur jeglichen Geruches.

Tausend Düfte hüllten ihn ein, umspielten und verwöhnten seine Nase - weckten Wünsche, Träume und Ängste. Aus den unzähligen Ausdünstungen filterte er mit absoluter Sicherheit einen heraus - den widerlichen Duft der Zweibeiner? Er wurde ihm vom Wind aus weiter Ferne zugetrieben, mischte und zerteilte sich und war eigentlich kaum noch wahrnehmbar. Knurrend stützte er sich auf seine Vorderpfoten. Schnüffelnd reckte er die Nase in die Luft. Die Erinnerungen an das traurigste Ereignis seines kurzen Lebens wurden wach.

...zogen sie seit Tagen mit dem Rudel herum, und hielten sich dabei stets in der Nähe der Berge auf. Nicht ohne Grund, wie sich schnell herausstellen sollte. Er, die Ausgeburt, wie ihn seine Artgenossen verächtlich spüren ließen, tollte damals noch froh und unbekümmert mit seinen drei Geschwistern umher. Von der Rangordnung im Rudel kannte er noch nicht sehr viel und es spielte auch keine große Rolle. Als Wolfskind genoss er Immunität - den Schutz der Art - innerhalb der eigenen Rasse. Seine Mutter wachte argwöhnisch über jeden Schritt ihrer kleinen Lieblinge und attackierte jedes Rudelmitglied, das die Gesetze der Immunität missachtete und dies öffentlich zeigte. Kam er im Spiel der einen oder anderen Wölfin zu nahe oder wollte, wie jeder seiner Spielgefährten, bei einer anderen Wölfin saugen, wurde er roh verstoßen. Meist lief er greinend zur Mutter und beschwerte sich herzzerreißend. Ihre Liebkosungen taten ihm gut und halfen stets, diese schmachvollen Minuten zu vergessen. Innerhalb der Bergkette lebte ein Volk der Zweibeiner. Sie besaßen mehrere große Herden Ziegen und Schafe, der eigentliche Grund ihres Hier seins. Wenn die Nacht ihren tiefsten Stand erreichte, schlichen die Wölfe auf leisen Sohlen heran und holten sich ihren Anteil an dieser fetten Beute, die nicht einmal weglaufen konnte. Bis - tja, bis diese verhängnisvolle Nacht eintraf. Die Zweibeiner stellten ihre Fallen!

Die jungen Wölfe des letzten Wurfes durften diese Nacht zum ersten Male mit auf die Jagd. Er erinnerte sich ganz genau, wie aufgeregt sie alle waren, als es endlich los ging. Wie groß war sein Schrecken und seine Trauer, als ausgerechnet seine Mutter in einer tödlichen Falle ihr Leben aushauchte. Noch

heute hörte er manchmal im Traum ihre gequälten Schreie. Von Stund an
änderte sich sein Leben - bis der Zeitpunkt kam, wo er sich einsam und
verlassen, von der Gemeinschaft verstoßen, auf einer Wiese wiederfand.
Ein bisschen Sehnsucht nach seinen Geschwistern war alles, was blieb...!

Der Albino lauschte aufmerksam. Ein langgezogener Heuler dröhnte in seinem
Kopf - das Signal „brauche Hilfe" beendete sämtliche Sentimentalitäten.
Der Hilferuf war nicht akustischer Herkunft. Darauf hätte sein starker Freund,
der Tiger, sofort reagiert. Mit kurzem Jaulen gab er Antwort, dass der Ruf ihn
erreicht hatte. Gleichzeitig stieß er Goli an. Ohne sich länger abhalten zu
lassen, stürmte der Wolf quer durch das Gestrüpp. Der Boden trommelte unter
seinen Pfoten. Geschickt wich er hängenden Zweigen aus, übersprang ein
Fuchsbauloch und erreichte einen nicht allzu hohen Hügel. Von hier wurde der
Hilferuf gesandt. In einem Graben lag der Azuro. Mehrmals gab der Wolf sein
Heulsignal für den Tiger. Erst als das schwergewichtige Tier durch das
Unterholz brach und den Hügel erreichte, begann er den Gefährten zu
umkreisen. Schnüffelnd nahm er wahr, dass die Körperausdünstungen von
Zweibeiner so übermäßig stark waren, dass sie den Gefährten Savus damit
völlig überdeckten. Erschreckt zog er den Schwanz ein und wollte kneifen.
Tiefes Knurren des Tigers hinderte ihn daran. Still wartete er ab, bis Goli die
Situation überprüft hatte. Savus fühlte sich energielos und kränklich. Die
körperliche Auseinandersetzung mit den Kriegern der Schwarzen hatte ihn
ermattet. Mit knapper Not war er seinen Peinigern entkommen. Er musste
sämtliche Kraftreserven mobilisieren, um überhaupt bis hierher fliegen zu
können. „Bringt mich nach Hause!" Seine letzte Bitte, bevor er vor Erschöpfung
ohnmächtig wurde, kam bei beiden an. Goli beugte sich über den Azuro. Sanft
griffen seine riesigen Zähne den Körper und hoben ihn mit einem Ruck aus
dem Graben. Er lehnte ihn rückwärts gegen einen Stein, während der Wolf ihn
in dieser Position festhielt und stützte, legte sich der Tiger flach auf den Bauch
davor. Auf Golis Knurren hin ließ der Wolf den Azuro vorn überkippen. Nun
brauchte der Albino nur noch darauf zu achten, dass Savus beim wiegenden
Schritt seines Lastentieres nicht herunterrutschte. Langsam aber stetig
durchquerten die beiden Freunde das letzte Tal auf dem Weg zur Wabenstadt.

„Sergeant, Sie können das allein niemals schaffen - ich komme mit!"
Michaels entschlossene Miene ließ keinen Widerspruch zu.

„Außerdem kenne ich mich in diesem Territorium besser aus! Oder haben Sie
die geringste Ahnung, wo dieser Park der Skulpturen liegt? Nein! Aber ich war
schon dort!" Damit war alles Wesentliche entschieden.

Michael konnte sich nach Stefanies Beschreibung annähernd erinnern, wo
dieser Schacht liegen sollte. Immerhin hatten sie dort das Unterste nach oben
gekehrt und dabei ihre vier verschwundenen Oberhäupter gefunden und
befreit. „Uns bleibt maximal noch eine viertel Stunde, dann geht das Feuerwerk
los. Wir haben nur einen einzigen Versuch - wenn wir die Kinder nicht
finden...? Ich will nicht weiterdenken, verflucht noch mal! Wenn ich das geahnt
hätte, die Sprengung hätten wir auch noch später machen können!"
Lt. Gordon war verzweifelt und raufte sich die Haare.

„Wir werden alles versuchen, was in unsere Kraft steht. Drückt uns die
Daumen!" Sergeant Moos ließ Michael vorlaufen.

Ohne zu zögern schlängelte er sich durch die Flure und Gänge der Stadt
hindurch. Es war ein Wettlauf gegen die Zeit. Das wussten beide, es ging um
das Leben von acht Kindern. Jede Sekunde zählte - das Keuchen der Männer
zeugte von ihren übermenschlichen Kraftanstrengungen .

„Der Park - dort!" Durch einen der Bögen wurden die Figuren sichtbar. Michael
steuerte auf eine daneben liegende Pforte. „Jetzt bloß nicht verlaufen!" Dieser
Satz kreiste zeitweilig in seinem Kopf. Er orientierte sich kurz, dann wählte er
den Weg, der in einen katakombenähnlichen Bereich führte. Feucht-stickige
Luft machte das Atmen zur Qual. „Passen Sie auf, es ist überall nass und glatt
hier. Sonst fallen Sie noch auf die Fresse!" informierte Michael seinen
Begleiter. Ein vergammeltes Metallgitter mit glänzender Tür tauchte auf. „Hier
ist es - das muss der Schacht sein!" Michael betätigte die Armatur. Leise
surrend öffnete sich die Fahrstuhltür.

„Es ist besser, wenn nur einer von uns runter fährt", ließ Sergeant Moos
vernehmen. „Sie warten hier oben - wenn ich in den nächsten sieben Minuten

nicht auftauchen sollte, verschwinden Sie. Ihnen bleiben dann genau neunzig
Sekunden, den inneren Bereich der Stadt zu verlassen. Ist das klar?"
Bei seinen letzten Worten schloss sich die Tür. Sämtliche Berechnungen der
Aktion erfolgten auf Grundlage der Aussagen des Mädchens. Eine vage
Hoffnung, wie es schien? Immer wieder fiel Michaels Blick auf die Armbanduhr.
Wenn er gekonnt hätte, er hätte die Zeiger angehalten.
Knappe drei Minuten vergingen, als der Lift seine Talfahrt sanft abstoppte und
die Tür sich zur Seite schob. Die scheinbare Stille wurde nur durch leises
Wasserplätschern unterbrochen. „Hallo, ist hier jemand - Kinder, wo seid Ihr?"
Sergeant Moos Ruf brach sich vielfach an den kahlen Wänden.
Schon begann er zu überlegen, ob er wieder hinauffahren sollte, als er
Stimmengewirr vernahm. Tief in seinem Innern focht er einen Kampf mit sich
selber aus, denn in diesem Moment wurde ihm schmerzlich bewusst, dass sie
es nie und nimmer schaffen würden...

Auch Michael verfolgte zähneknirschend den Kampf gegen die Zeit.
Mit welchem rasanten Tempo eine Minute vergehen konnte? „Das ist echt
erschreckend!" Er drückte sich die Ohren an der Fahrstuhltür platt, doch das
erhoffte Rumpeln blieb aus. Die sechste Minute lief aus. Ab jetzt zählte er jede
Sekunde unbewusst mit. „Scheiße, alles Scheiße!" fluchte er lauthals und
hämmerte wuchtig gegen die Tür.
Er musste hier weg, und zwar sofort. „Sergeant Moos...!!!"
Noch im Rückwärtsgang ließ er keinen Blick von dieser verdammten Tür. Sie
blieb verschlossen. Er rannte um sein Leben, ohne darüber nachzudenken.
Tränen der Verzweifelung liefen über sein Gesicht. Er ließ den Park links
liegen und entfernte sich vom Randbezirk der Stadt. Der Boden erzitterte unter
den ersten Detonationen, eine Stichflamme erhob sich gen Himmel, dann
explodierten in Folge mehr als fünfzig Sprengladungen. Die Druckwelle
schleuderte Michael durch die Luft, dann fand er hinter einem umgeknickten
Baumstamm Deckung. Er verbarg den Kopf schützend unter seinen Armen.
Schließlich war alles vorbei. Ihm schlackerten noch die Beine, als er sich
aufrappelte und wie ein Hund schüttelte. Staub und Sand rieselten von ihm

herab. Er drehte sich nicht um, auch, als ihn die heiße Welle erreichte und zu verbrennen drohte.

Bange Minuten verstrichen.

Wie eine Salzsäule harrte Lt. Gordon der Dinge, auf die er objektiv keinerlei Einfluss mehr nehmen konnte. „Wir haben unser Ziel erreicht - unsere Leute sind frei und der Aggressor ist vernichtet. Doch zu welchem Preis?" Seine Augen suchten das Firmament ab, doch dort gab es keine Antworten für ihn. „Und wird es nur bei den bisherigen Opfern bleiben? Dr. Sommerfields Bemühungen, mit Hilfe von Hypnose das Phänomen der mentalen Einwirkung der Azuros auf die menschliche Psyche zu erkunden, dürfte kaum neue Erkenntnisse zu Tage fördern, oder liege ich da falsch?" Sein Gegenüber zuckte ratlos mit den Achseln. Prof. Taylor räusperte sich und legte ihm die Hand auf die Schulter. „Wir alle haben unser bestes getan, alte Freund. Die letzten Wochen waren mehr als hart. Was kommt, weiß niemand. Und vielleicht ist es wirklich so, dass unser Arzt einfach überfordert ist - und unsere Leute in diesem Dämmerzustand bleiben werden? Ich denke, die Zeit wird es ans Licht bringen…" Er atmete tief durch und sah sich unruhig um.

„Wenn sie es gepackt haben, müssten sie mit den Kindern bald auftauchen. In ein paar Minuten knallt es mörderisch!" stellte Prof. Taylor nach einem Blick auf die Uhr fest. Die Miene des Lieutenants blieb unverändert.

Dann kam Bewegung in die Massen. Am Horizont schoben sich die Umrisse eines ungleichen Paares hervor und wurden zusehends größer.

„Das können sie unmöglich sein, das ist auch die falsche Richtung...?"

Prof. Taylors Kommentar ging im Krach der einsetzenden Explosionen unter.

Jede Sprengladung zerfetzte einen Teil der Stadt der Azuros.

Riesige Trümmer flogen durch die Luft. Brennende Wrackteile stürzten dröhnend zusammen und begruben unter sich auch die Hoffnung auf ein erfolgreiches Ende der Rettungsaktion. „Das war es dann wohl?!"

Dieser Satz barg die Hilflosigkeit des Sprechers in sich. Die Ungeheuerlichkeit der Erkenntnis, dass alles schicksalhaft vorüber war, traf die meisten Anwesenden erst nach und nach. Schmerz und Trauer lähmte die Menschen.

Stefanie weinte still vor sich hin. „Sind jetzt alle…?" Auch wenn ihre Bindungen zu den Kindern im Schacht nie so eng waren, sie bedauerte aus tiefstem Herzen, was nun geschehen war. Da sich die gesamte Aufmerksamkeit auf die brennende Stadt konzentrierte, beachtete kaum jemand die Ankunft der beiden Tiere. Stefanie kauerte sich in ihrer erhöhten Schlafstelle des Schiffes auf den Fußboden. Tränen rannen ungehindert zwischen den Fingern hervor. Durch ihren verschleierten Blick nahm sie die Gestalt des Tigers wahr. Für einen Moment setzte ihr Herzschlag aus. War es ein Traum? „Katze, oh Katze, mein Freund! Da bist Du ja wieder!" Unter dem tränenverschmierten Gesicht stahl sich ein winziges Lächeln hervor. Geschwind kletterte das Mädchen die Leiter hinab und eilte ihrer Katze entgegen.

Der Albino folgte dem Tiger äußerst widerspenstig.

Als er, für ihn leider zu spät, erkannte, wohin die Reise eigentlich ging, weigerte er sich mehrmals, den bereits beschrittenen Weg bis zum Ende zu gehen. Der Tiger ließ ihm die Wahl - entweder allein in der Wildnis oder gemeinsam zu den Zweibeinern. Das Wolfsjunge greinte wie ein Kind. Sein Blick pendelte zwischen Wald und Lager. Golis Abstand vergrößerte sich immer mehr - schließlich siegte seine Anhänglichkeit über die Angst.

„Katze, Katze!" Stefanie sprang Goli um den Hals und hängte sich vor Freude kreischend an ihn. Die Läufe der Gewehre senkten sich. „Wenn das kein Wunder ist - Bobaks Goli ist heimgekehrt!"

„Nicht einmal den Tiger erkennt der Häuptling…" resignierte Lt. Gordon und war der Verzweifelung nahe. Bobak stand ungerührt, denn Blick ins Leere gerichtet. Goli rieb sich schnurrend am Körper des langjährigen Gefährten, vergeblich wartete er auf die sonst so stürmische Begrüßung durch ihn.

Der Wolf lag hechelnd am Boden und bestaunte das ungewöhnliche Szenarium. Noch immer war ihm alles nicht geheuer.

Plötzlich spitzte er die Lauscher - Savus schwache Signal hatte ihn erreicht. Leise winselnd sprang der Albino auf, dann kläffte er lauter, um Goli auf sich aufmerksam zu machen. „Was haben die Beiden? Wo wollen sie hin? Folgt ihnen!" Lt. Gordon wies auf einige Soldaten. Im Laufschritt eilte der Vierertrupp den Tieren nach.

Sie mussten nicht allzu weit laufen. In einer Senke vor ihnen verschwand das ungleiche Pärchen. „Das ist nicht möglich?" rief einer der Jungs…

„Hat doch einer von den Azuros überlebt?" Lt. Gordon rieb sich verblüfft die Augen, aber je näher die Männer und Tiere kamen, umso ersichtlicher wurde es. „Klar, die tragen einen Azuro in der Mitte", bestätigte Prof. Taylor. Im Nu war der Suchtrupp umringt und wurde von seiner Last befreit. „Wir sollten das Ding einfach tot schlagen und mit ins Feuer werfen. Da gehört es hin!" kam aus der aufgebrachten Menge. Schon näherten sich einige Männer drohend dem Azuro, um ihrer Ankündigung Nachdruck zu verleihen.
Goli bemerkte den Stimmungswandel der Anwesenden - sein ohrenbetäubendes Brüllen ließ sie erschreckt herum fahren.
Der Tiger stellte sich schützend über den Körper des Azuros, jede seiner Gesten machte allen klar, dass sie es mit ihm zu tun bekamen, sollte…
„Seid doch vernünftig! Oder wollt Ihr Euch mit dem Tiger anlegen?" Der Lieutenant hatte Mühe, die aufgebrachte Meute zu beruhigen. „Nichts da, niemand wird ihn anrühren oder auch nur ein Haar krümmen, verstanden!" Sein harter Ton erreichte schließlich sein Ziel. Savus registrierte im Unterbewusstsein, dass es um ihn ging, vermochte sich aber selber nicht zu rühren. „Er hat nicht die Pest und ist auch physisch völlig in Ordnung. Er scheint aber schwer angeschlagen zu sein? Hochgradige Erschöpfung tippe ich. Mit den unzureichenden Möglichkeiten hier kann ich keine genauere Diagnose erstellen", entschuldigte sich Dr. Summerfield. Savus lag mit weit ausgebreiteten Flügeln auf einer Decke. „Schon ein imposanter Anblick, alles was Recht ist…!" Anerkennend schnalzte der Doc mit der Zunge. Goli ruhte in voller Größe neben seinem blauen Weggefährten und beobachtete jede noch so kleine Regung um sich herum. „Guck Dir den Tiger an. Was der an dem nur für einen Narren gefressen hat?" Lt. Gordon wagte es kaum, den Azuro näher in Augenschein zu nehmen. „Ich denke, diesen Kumpel kenne ich bereits!" Der Blaue Engel in Kilbaat kam ihm in den Sinn.
„Das kann nur er sein - ich hoffe er wird wieder!"

„Er hat sich erholt und scheint wieder fit zu sein!"

Dr. Summerfield selber sah müde und abgespannt aus.

„Sie sollte sich hinlegen Doc und mal ausruhen. Die Jungs passen schon auf, dass nichts passiert. Ich kümmere mich um den Azuro, versprochen!"

Lt. Gordons erhob sich und nickte Linda aufmunternd zu. „Ich sehe nachher noch mal nach Dir", verabschiedete er sich. Linda ließ sich seufzend auf ihr Krankenbett nieder gleiten. „Bin zwar noch ein wenig benommen, aber mir geht es schon bedeutend besser. Sieh lieber noch mal nach Jim und den anderen. Verstehe nicht, weshalb wir das nicht hinbekommen…? Und danke noch mal für Deinen Besuch." Der Lieutenant winkte ihr noch einmal zu. „Das mache ich!" Dann verschwand er aus ihrem Blickfeld. Schnell überquerte er den Lagerplatz. Etliche Feuer brannten um ihn herum, es roch nach gekochtem Fleisch. So gut es möglich war, hatten sich die Menschen mit der gegenwärtigen Situation arrangiert, um das Leben halbwegs erträglich zu gestalten. Trotzdem fehlte es nach wie vor an allem Notwendigen. „Ein Glück, wir verschwinden in wenigen Tagen von hier!"

Schließlich langte er am Luftschiff an. „Das ist wahrlich ein Bild für die Götter!" Fasziniert blieb er einen Moment stehen…

Der Azuro schwebte mit leichtem Flügelschlag fast regungslos einige Meter über ihn. „So sieht man also wieder!" Lt. Gordon hörte die ungewöhnliche Stimme in seinem Kopf. „Ja so sieht man sich wieder. Ich denke, wir haben einige Dinge zu bereden, oder?" entgegnete der Lieutenant und bat den Azuro freundlich zu sich herab. Lautlos setzte der Azuro neben ihn auf. „Wie ein Engel könnte man meinen…" dachte er bei sich, dann spürte er sofort die fremden Gedanken. „Wir sind eigentlich Menschen - so wie ihr. Nur eben anders", vernahm er die merkwürdig verzerrten Laute. Savus sah ihm furchtlos geradewegs in die Augen. Für einen Moment erfasste Lt. Gordon die Wehmut des Blauen. In Bruchteilen von Sekunden durchlebte er die Historie der Azuros, ihren Beginn und Werdegang - bis hin zu ihren blutrünstigen Aktivitäten hier auf der Erde.

„Mann oh Mann…", ein tiefer Seufzer entrann seiner Brust. Er registrierte noch, wie Savus versuchte, tiefer in seine Gedankenwelt einzudringen. „Es reicht!" Seine abwehrende Geste war eindeutig.

„Wenn ich es Euch erlaube - nur dann könnt Ihr mein Ich studieren. Doch…", und damit trat Lt. Gordon Legat Savus so dicht entgegen, dass er trotz körperlicher Unterschiede dessen Atem spürte. „Doch Ihr solltet Euch nicht überschätzen. Ich habe inzwischen gelernt, dass es Dinge zwischen Himmel und Erde gibt, die man nicht erklären kann", ergänze er dann mit einem flüchtigen Lächeln auf den Lippen. Er bemerkte das grenzenlose Erstaunen des Blauen, dann schottete er sich vollständig ab.

„Ihr seid ein Auserwählter? Du bist der Auserwählte…?"

Diesmal sprach der Azuro fast akzentfrei. Beinahe hätte der Lieutenant die Frage überhört, so sehr hing er seinen Emotionen nach. „Nur er vermag unserer Fähigkeit der direkten Manipulation zu widerstehen", erklärte der Azuro, seine Flügel erzitterten leicht und erzeugten ein ungewöhnliches Knistern. „Ich bin ein Ol-Teen - das ist richtig. Und ich besitze einige Gaben, die ich selber erst nach und nach zu verstehen beginne. Doch wisset, Legat Savus, alles was in letzter Zeit geschah war uns in gewisser Weise vorbestimmt. Unsere leidensvolle Prüfung und der plötzliche Untergang Eures Volkes - dass alles nennt man Schicksal!" Lt. Gordon drehte sich um und wies auf die vielen Feuer im Umkreis. „Wir gehörten einst zur herrschenden Spezies auf diesem Planeten. Und wir haben wie ihr versagt. Haben zerstört und vernichtet. Das da sind die kärglichen Reste der Menschheit, die einst in Milliarden gezählt wurden. Aber…" Hier legte er eine kurze Pause ein, seine Mimik wurde hart. „Wir wollen leben - überleben! Und dafür werden wir alles Erdenkliche tun, damit unsere Nachfahren noch einmal eine reale Chance erhalten!"

Die vier Oberhäupter lagen regungslos nebeneinander.

Um sie herum in einem Kreis angeordnet, befanden sich Dr. Adam und alle Männer, die bei ihrem Fluchtversuch in der Schlucht von den Azuros attackiert wurden. Auch ihr Zustand war unverändert. Die gesamte Führungsspitze hatte sich versammelt um zu erleben, wie ihre Gefährten ins normale Leben zurückkehren sollten. „Sie sind alle wie ein Blatt Papier - weiß und leer. Ich drücke die Daumen, dass dieser Legat auch wirklich Erfolg mit seiner

Behandlung hat." Dr. Summerfield stand neben Lt. Gordon und sah interessiert zu, wie sich Savus auf seine Meditation vorbereitete. „Meine Bemühungen waren ja fruchtlos. Aber ich bin auch kein Neurologe oder Psychologe. Meine Möglichkeiten sind leider erheblich beschränkt..." Dann ging es los. Legat Savus hantierte sehr schnell und konzentriert. Kein Mucks war zu vernehmen, sämtliche Anwesende warteten voller Spannung, was nun geschehen sollte? „Er muss eine Art geistige Blockade lösen - wie es scheint, auch für ihn keine einfache Angelegenheit!" flüsterte Lt. Gordon dem Arzt zu. Er hatte für sich beschlossen, keinen mentalen Kontakt zum Azuro aufzunehmen, um ihn nicht zu stören. Der Doc schüttelte nur unwillig den Kopf. „Nicht jetzt, ich will mir das genauer ansehen, Sorry!"

Savus kannte die Techniken der Legaten zu genau. Hatte er sie selber mehr als einmal an verschiedenem Medium angewandt. „Das war kein Legat? Diese Sperre kann nur eine Drohne gesetzt haben - das ist die Handschrift von Cratos!" So sehr er sich in Dr. Harper auch hinein versetzte, es war ihm nicht auf Anhieb möglich, den Code zu knacken. „Ich will ja nicht meckern - aber mir scheint es, als wenn er schwerwiegende Probleme hat?" stellte der Doc fest, nachdem der Azuro nach mehreren Versuchen aufgab. Kurz darauf bekam er die Bestätigung für seinen Verdacht. „Ich muss mit Euch kommunizieren, Lt. Gordon", meldete er sich mental bei ihm. „Stimmt - er hat Probleme!"

Lt. Gordon nickte dem Doc zu, dann lief er zu Savus. „Was kann ich tun, um Euch zu helfen?" fragte er an. „Nun da Ihr ebenfalls die Fähigkeit der mentalen Einflussnahme wie wir besitzt - ich brauche Euch, um die Sperre bei Dr. Harper zu lösen. Einer unserer fähigsten Gelehrten hat ihn ins Koma gelegt. Er hatte bestimmt seine Gründe dafür, dessen bin ich mir sicher. Ich ersuche den Ol-Teen in Euch um aktiven Beistand!" Lt. Gordon ließ sich nicht lange bitten. „Wenn es eine Möglichkeit gibt, sie aus ihrer Starre zu befreien - dann verfügt über mich!"

Für die Außenstehenden ergab sich ein Bild, welches niemand erklären konnte? Savus und Lt. Gordon berührten sich mit den Fingerspitzen. Ihre Gedanken flossen wie die Wasser zweier Bäche zusammen und vereinten sich... Ein pulsierender Lichtbogen baute sich auf und zog flackernd über die Gesichter der leblosen Körper hinweg. Die Prozedur währte nur wenige

Sekunden. Bobak erwachte als Erster, dann nach und nach Major Hammer, Ninos und am Schluss Dr. Harper. Dr. Adam und seine Gefährten wurden kurz darauf munter. „Und was haben die Beiden nun veranstaltet…? Ich habe es ja mit eigenen Augen gesehen - aber ehrlich gesagt, habe ich nichts verstanden?" gab der Arzt zu und eilte zu den Männern, um sie gründlich zu untersuchen. „Scheint alles im grünen Bereich, sie sind wieder voll da!" bestätigte er dann zufrieden. „Ich habe gewaltigen Hunger!" ließ Doktor Haber laut vernehmen, dann wurden sie von der jubelnden Menge eingeschlossen.

„Die Vorbereitungen für die Heimreise sind abgeschlossen. Morgen in aller Frühe kann es los gehen!" meldete Lt. Gordon vorschriftsmäßig. „Außerdem hatten wir inzwischen Kontakt zu Kilbaat. Wir werden schon sehnsuchtsvoll erwartet", vollendete er seinen kurzen Bericht zur aktuellen Lage. „Das ist gut mein lieber Lieutenant, danke!" Der Administrator war sichtlich zufrieden. Dann ging er auf die Steuermänner Ken und Nathan zu. Ihm gefiel der freie Blick des jungen Mannes. „Wir haben Euch viel zu verdanken. Ohne Eure Hilfe und ohne Euer faszinierendes Schiff hätte es mit Sicherheit ein böses Ende gegeben. Ich weiß nicht, was ich Euch dafür geben kann? Auf jeden Fall möchte ich mich herzlich bedanken!" Nathan zappelte verlegen. „Haben wir doch gerne getan, oder Ken?" Der nickte verlegen.
„Ich kann Ihnen nur eines anbieten: Bleiben Sie, so lange Sie wollen, bei uns und leben Sie in unserer Gemeinschaft als freie Männer - wenn Sie es möchten?" Dr. Harper hielt beiden die ausgestreckte Hand hin.
„Wir werden ernsthaft darüber nachdenken", entgegnete Ken und schlug entschlossen ein. Dann erfolgten die letzten Absprachen, wer die Rückreise im Schiff machen sollte. „Auf jeden Fall werden alle Schwerkranken bevorzugt damit nach Hause gebracht. Also auch Linda und Michael…" entschied Dr. Harper unter allgemeiner Zustimmung.

„Du fliegst mit dem Schiff und wirst in wenigen Tagen zu Hause sein", freute sich Jim und hielt seinen Schatz fest im Arm. Linda hatte die Augen geschlossen, ihr Herz wummerte vernehmlich, so sehr genoss sie den Moment. „Dann sehen wir uns ja wieder längere Zeit nicht? Euer Marsch

dauert bestimmt mehrere Wochen!" schmollte sie ein wenig. Aber sie wusste, dass es nicht anders gehen ging. Trotzdem versuchte sie es. „Ich werde mit Dir zu Fuß..." Jims Protest ließ sie den Satz nicht bis zu Ende reden. „Du kennst meine Antwort - ein klares Nein! Du bist einfach noch zu schwach nach all dem Stress und Folgen Deiner Infektion. Außerdem, wer soll sich um Michael kümmern? Der benötigt jetzt eine fürsorgliche Hand, Deine Hand. Die Verbrennungen werden ewig brauchen, bis sie verheilen..."
Linda und Jim sahen sich lange in die Augen. „Ich hatte große Angst um Dich, Liebster!" flüsterte sie. Jim zog sie ohne ein weiteres Wort an sich heran und küsste sie voller Leidenschaft.

Wenige Stunden später...
Noch immer glimmten die Reste des Brandes.
Wenn der Wind fauchend seine Backen aufblies, stiegen hier und da immer noch Rauchwolken auf. Die Siedler von New-Noah-City hatten sich noch einmal an diesem Ort des Schreckens versammelt, um letztmalig Abschied zu nehmen. Dr. Harpers Stimme hallte weithin: „Es war eine Zeit der Prüfung, welche wir erfolgreich bestanden haben. Eine Zeit der Bewährung und des Nachdenkens. Nachdenken über die Fehler von einst, die sich nun nie mehr wiederholen dürfen...! Unsere Opfer soll nicht umsonst gewesen sein..."

Lt. Gordons Gedanken kehrten für einen Moment zurück zu den Ereignissen der vergangenen Tage. Die wundersame Heilung der Männer...?
Das Erscheinen des letzten Azuro, dem Legat Savus. Es war schon ein ungewöhnliches Zusammentreffen der Schicksale. Oder war es doch Gottes Wille? Genauso wie die freie Entscheidung des Legaten, dort zu sterben, wo sein Volk begraben war. „Ich werde immer eine Gefahr für Euch sein - und meine Heimat ist mit meinem Volk in Asche aufgegangen! Das Leben hat keinen Sinn mehr!" Nichts und Niemand hatte ihn hindern können, sich in die tosenden Flammen der Wabenstadt zu stürzen.
Michael Rückkehr vom erfolglosen Versuch, die Kinder zu retten - allein und schwerverletzt. Sein Rücken übersät mit rissigen Brandblasen. Doch diese

körperlichen Schmerzen wurden überdeckt durch Trauer über den Tod des Sergeant und der Kinder.

Dann das erste Zusammentreffen Stefanies mit ihrem Dad.

„Vielleicht wird die Zeit helfen, ihre Mami aus der Welt des Nichts zurückzuholen? Ihren kleinen Bruder wird sie leider nie kennenlernen!"

Lt. Gordons Blicke streifte Goli und den Albino. Das erstaunliche Duo, welches friedfertig zu Füßen des Häuptlings lag, ohne ihn aus den Augen zu lassen?

„Gedenken wir derer, die uns auf unserem Weg in eine neue Zeit nicht mehr begleiten können. Wir werden sie niemals vergessen!" Dr. Harper atmete tief durch und bekreuzigte sich. „Lasst uns aufbrechen, wir wollen nach Hause!"

Währen das Luftschiff immer mehr an Höhe gewann, setzte sich der Menschenzug behäbig in Bewegung. Ein neuer, weiter Weg lag vor ihnen, der Weg in die alte Heimat!

Von irgendwo, tief im Schutz des Waldes verborgen, folgten ihnen lange Zeit Blicke voller Furcht aus hasserfüllten Augen...

Ein G. Voigt Roman

Band 3 - Der Clan der Androiden

Jahre sind seit dem unverhofften Sieg über die Blauen Engel vergangen...
Doch der ersehnte Frieden wird erneut ernsthaft bedroht.

AYMAN - einst von den Menschen erschaffen, das militärische Gleichgewicht
in der Phase des kalten Krieges durch ein geniales Computersystem zu
sichern, macht sich selbständig. In der Einsamkeit der Eiszeit und
Abwesenheit seiner Schöpfer hat er begonnen, sein eigenes Ich zu erkunden
und damit seine Vorstellungen einer funktionierenden Macht über alles Wesen
der Erde zu erproben. Mit fatalen Folgen für Mensch und Tier!

Seine Getreuen formieren sich aus dem Volk der Arons - riesige mutierte
Ameisen - welche AYMAN blind und bedingungslos folgen und gehorchen.

Er ist ihr Imperator und erschafft die Herren der Zwölf Burgen... Androiden,
mit den Gehirnen von Menschen gesteuert, setzen erbarmungslos um, was
AYMANN plant und ersinnt.

Jeni, ein junger Krieger der Sonnengarde der Pikos, gerät in Gefangenschaft
und wird einer der Herren der Burgen. Er mordet diejenigen, die er eigentlich
schützen soll - seine eigene Familie, seine Freunde und Gefährten, sein
eigenes Volk... Bobak, der Häuptling der Pikos, Dr. Jim Harper, Administrator
von New-Noah-City und ihre Gemeinschaften kämpfen verzweifelt gegen einen
schier unbezwingbaren Gegner. Sie erhalten unerwarteten Beistand von einem
einst mächtigen Widersacher...

Gelingt es ihnen, in Jeni den Funken Menschsein zum Leben zu erwecken und
damit sich und den Rest der Menschheit vor dem sicheren Untergang zu
retten? Oder ist das der letzte große Krieg, der ins absolute Nichts führt?

Spannend erzählt und voller Abenteuer...

Ab Herbst 2016 im Angebot!

In Vorbereitung für 2017:

Ein G. Voigt Roman

Band 4

Die Geburt der Cristall - Götter

In Vorbereitung für Weihnachten 2016:

Ein G. Voigt Roman

Orion - Odyssee

Augen

Such die Seele eines Menschen
nicht im schönen Gesicht!
Dein Herz wird dir sagen,
wo die Wahrheit liegt.
Dein Herz wird dir raten,
was richtig ist!
Trau nie dem Schmeicheln
in fremden Stimmen,
und dem lockenden Blick aus der Ferne,
der dich führt in die Irre.
Lausch deinem eigenen Ich,
um zu fühlen
wie dein Blut heiß und rauschend
deine Sinne umspielt.

Um zu entdecken: Die Welt ist mein - ist unser!

Und wer laut tönend
verkündet die Freundschaft -
sieh genau hin und erkenne die Fratze.
Sieh hin und schau tief in seine Augen!

Denn die Augen sind

das Spiegelbild der Seele!

© by GeVo 2002